国家出版基金项目
NATIONAL PUBLICATION FOUNDATION

中国海上丝绸之路通史
第二辑
中华文明海外传播史

文缘广结：中国文学艺术的海外传播

陈支平　王子今　主编

李　丽　陈威俊　著

海峡出版发行集团
THE STRAITS PUBLISHING & DISTRIBUTING GROUP
鹭江出版社

2024年·厦门

图书在版编目(CIP)数据

文缘广结：中国文学艺术的海外传播/陈支平，王
子今主编；李丽，陈威俊著.—厦门：鹭江出版社，
2024.12
（中国海上丝绸之路通史）
ISBN 978-7-5459-2089-5

Ⅰ.①文… Ⅱ.①陈… ②王… ③李… ④陈… Ⅲ.
①文艺学—传播学—研究—中国 Ⅳ.①I0-05

中国国家版本馆 CIP 数据核字(2023)第 001177 号

中国海上丝绸之路通史(第二辑)

WENYUAN GUANGJIE ZHONGGUO WENXUE YISHU DE HAIWAI CHUANBO

文缘广结：中国文学艺术的海外传播

陈支平　王子今　主编

李　丽　陈威俊　著

出版发行：鹭江出版社

地　　址：厦门市湖明路 22 号　　　　　　　邮政编码：361004

印　　刷：恒美印务(广州)有限公司

地　　址：广州南沙开发区环市大道南 334 号　　联系电话：020－84981812

开　　本：787mm×1092mm　1/16

插　　页：4

印　　张：25.5

字　　数：368 千字

版　　次：2024 年 12 月第 1 版　　2024 年 12 月第 1 次印刷

书　　号：ISBN 978-7-5459-2089-5

定　　价：150.00 元

的帷幕。① 由于中国沿海传统渔业和养殖业在中国历代社会经济中所占份额较小，因此，中国的海洋文明发展历史，主要体现在向海外发展并且与海外各地相互连接的海上丝绸之路上。

从现有的资料看，中华民族海洋先民与世界其他民族的交流，早在公元前10世纪时就已产生。由于地处亚欧大陆，东临大海，中国在早期的对外交流中，率先开辟西通西域、东出大海的两条主要通道，中华文明与世界文明交往基本格局的雏形自此形成。

《山海经》中提到"闽在海中"，这是一种传说。但是"闽在海中"的传说，是数千年来中国南方民族与东亚其他民族长期交往的历史记忆。"闽"是福建地区的简称。福建地区处于陆地，何谓"海中"？这一传说实际上说明了我国东南沿海地区面向大海以及宝岛台湾在东南海洋中的特殊地理位置，乃至中国东南沿海地区与南洋各地包括南岛语族居民长期交融的文化互动关系。这种关系无疑就是后来海上丝绸之路的先声。

中国北方有"箕子入朝鲜"的记述，称公元前1066年，周武王灭商，命召公释放箕子，箕子率5000人前往朝鲜。公元前3世纪末，朝鲜历史上第一次记载了"箕氏侯国"。《史记》记载，箕子在周武王伐纣后，带着商代的礼仪和制度到了朝鲜半岛北部，被那里的人民推举为国君，并得到周朝的承认。箕子在朝鲜半岛建立的政权史称"箕子朝鲜"。现代谱系学的研究成果证实，现今许多朝鲜人和韩国人的祖先来自华夏地区。

徐福东渡，一直被公认为华夏民族及其文化传入日本的重要历史事件。《史记·淮南衡山列传》记载了徐福东渡事件及徐福在日本平原、广泽为王之说。徐福东渡日本，促成了一代"弥生文化"的诞生，并为日本带去了文字、农耕和医药技术。据统计，日本的徐福遗迹有50多处。

秦朝以前的许多文献均已缺失，至今留存的文献记载十分有限，但

① 杨国桢：《海洋丝绸之路与海洋文化研究》，载李庆新主编《海洋史研究（第七辑）》，社会科学文献出版社，2015。

是从上述传说和记述中，我们可以了解到中国古代先民并没有辜负大海的恩赐。在当时生产力低下、航海技术相当原始的情况下，他们仍不断地尝试循着大海，向东面和东南面拓展，谋求与海外民族的联系与合作。

汉唐时期是中国历史上的强盛时期，社会生产力得到长足的进步，交通工具特别是航海技术有了空前的提升，中外文化交流也进入稳步发展阶段。强盛的国力和丰富多彩的文化，吸引着其他国家前来学习，唐代的政治文化制度对东方邻国的政治文化体制产生了直接的影响。可以说，汉唐时期中国闻名于世的陆上丝绸之路和海上丝绸之路已经形成，中国海洋发展史进入了一个崭新的阶段。

公元前138年，张骞出使西域，这是丝绸之路开通的先声。东汉永元九年（97），西域都护班超派遣甘英出使大秦，扩大华夏文化对西域的影响，也丰富了汉人对西域的认识。陆上丝绸之路开辟以后，中国的丝织技术随丝织品输入西方，促进了中外文化交流和贸易往来，加强了西汉与西域地区的联系。

与此同时，自中国沿海起始的海路，西达印度、波斯，南及东南亚诸国，北通朝鲜、日本。公元前2世纪到公元前1世纪，西汉王朝的使节已在南海航行。中国古籍《汉书·地理志》最早提到的中西海路交通的路线是："自日南（今越南中部）障塞、徐闻（今广东徐闻）、合浦（今广西合浦）船行可五月，有都元国；又船行可四月，有邑卢没国；又船行可二十余日，有谌离国；步行可十余日，有夫甘都卢国。自夫甘都卢国船行可二月余，有黄支国……平帝元始中，王莽辅政，欲耀威德，厚遗黄支王，令遣使献生犀牛。自黄支船行可八月，到皮宗；船行可二月，到日南、象林界云。黄支之南，有已程不国，汉之译使自此还矣。"[①]《汉书·地理志》所记载之海上交通路线，实为早期的海上丝绸之路，当时海船载运的"杂缯"，即各种丝绸。到2世纪60年代，罗马帝国与东汉通过海上丝绸之路发生联系。三国时期的吴国曾派遣朱应、康泰出使南海，促进了中国与南海诸国的联系。5世纪，中国著名旅行

---

① 班固：《汉书》，中华书局，1962，第1671页。

家法显由陆上丝绸之路前往印度，回国时取道海上丝绸之路，经师子国（今斯里兰卡）、耶婆提（今印度尼西亚苏门答腊岛一带）回国。此时，海上交通已相当频繁，中国与东南亚地区、印度洋地区已有广泛联系，特别是来自中国与印度的僧人为弘扬佛法，交往更为密切。这一时期，中国与阿拉伯半岛、波斯湾地区之间也有一定规模的海上交流活动。

唐朝是海上丝绸之路的大发展时期。隋唐五代时期，与中国通商的国家有赤土、丹丹、盘盘、真腊、婆利等。中唐之后，西北地区丝绸之路阻塞，华北地区经济衰落，华南地区经济日益发展，海上交通开始兴盛。这一时期，海上丝绸之路的繁荣程度远远超过了陆上丝绸之路。与中国通商的国家有拂菻、大食、波斯、天竺、师子国、丹丹、盘盘、三佛齐。航路是以我国泉州或广州为起点，经过海南岛，及环王国、门毒国、古笪国、龙牙门、罗越国、室利佛逝、诃陵国、个罗国、哥谷罗国、胜邓洲、婆露国、师子国、南天竺、婆罗门国、信度河、提罗卢和国、乌剌国、大食国、末罗国、三兰国。同时，唐代即有唐人移民海外。其中，唐代林氏始祖渡海至韩国，繁衍至今约有 120 万人。2001年，韩国林氏到泉州惠安彭城村寻根谒祖，传为佳话。

中国宝岛台湾以其雄踞东南海中的地理位置，在中国海洋文明发展史及对外交通的海上丝绸之路中扮演着无可替代的角色。最新考古发掘资料证实，以台北十三行文化遗址为代表，在距今 1800 年至 400 年之间，台湾是联结中国大陆与海外的一个重要中转站。这里出土的文物，既有来自大陆的青铜器物，也有来自南亚地区甚至更远区域的玻璃器皿。这些出土文物充分说明，我国东南地区及台湾地区在唐宋时期就已经成为我国海上丝绸之路的重要港口与据点。

隋唐时期我国海洋文明发展的一个重要标志，是中国文化向周边国家传播。隋唐时期是我国专制集权发展的鼎盛时期，政治、经济、文化均较为发达，与邻近诸国往来频繁，互相影响，对我国及邻近各国的经济、文化发展，具有积极的推进意义。唐贞观十七年（643），李义表、王玄策出使印度，天竺迦摩缕波国童子王请求将《道德经》翻译成梵文。他们归国后，唐太宗命玄奘等完成翻译，王玄策在第二次出使印度时，即将翻译好的《道德经》赠送给童子王，并赠送了老子像。这是迄

今为止最早的有文字可考的关于《道德经》传入印度的记述。不仅如此，侨居中国的波斯人、阿拉伯人亦受中国文化的熏陶。当时的长安可谓亚洲各国留学生聚集的地方，也是世界文化传播中心。

汉字作为世界上使用人数最多的文字，对日本、朝鲜、韩国、越南、哈萨克斯坦等亚洲诸国均产生过深远且重大的影响。日本民族虽有古老的文化，但其本族文字则较晚出现。长期以来，日本人民以汉字作为传播思想、表达情感的载体，称汉字为"真名"。5世纪初，日本出现借用汉字的标音文字——"假名"。公元8世纪时，以汉字标记读音的日本文字已较为固定，其标志是《万叶集》的编定。日本文字的最终创制由吉备真备和弘法大师（空海）完成。他们两人均曾长期留居唐朝，对汉字有很深的研究。前者根据标音汉字楷体偏旁创造了日文"片假名"，后者采用汉字草书创造日文"平假名"。尽管自10世纪起，假名文字开始在日本盛行，但汉字的使用却并未因此废止。时至今天，已在世界上占据重要地位的日本文字仍保留着1000多个汉字。

朝鲜义字称谚文。它的创制和应用是古代朝鲜文化的一项重要成就。实际上，中古时期的朝鲜亦如日本，没有自己的文字，使用的是汉字。新罗统一后稍有改观，时人薛聪曾创造"吏读"，即用汉字表示朝鲜语的助词和助动词，辅助阅读汉文书籍。终因言文各异，"吏读"无法普及。李朝初期，世宗在宫中设谚文局，令郑麟趾、成三问等人制定谚文。他们依中国音韵，研究朝鲜语音，创造出11个母音字母和17个子音字母，并于1443年编成"训民正音"公布使用，朝鲜从此有了自己的文字。

10世纪以前，越南是中国的郡县。秦、汉、隋、唐均曾在此设官统辖，故越南受中国文化的影响较深。越南独立后，无论是上层人士的交往，还是学校教育、文学作品创作，均以汉字为工具。直至13世纪，越南才有本国文字——字喃。字喃是以汉字为基础，用形声、假借、会意等方法创制的表达越南语音的新字。15世纪时，字喃通行越南全国，完全取代了汉字。

不仅文字，唐代的政治制度同样对东亚各国产生了不小的影响。科举制度和三省六部制是中国古代政治制度的重要组成部分，也是支持官僚政治高度发展的两大杠杆。科举制度和三省六部制萌芽于汉代，建立于隋唐，不仅影响了东亚政治制度的发展，还促进了西方文官制度的建立。在唐代，有不少来自朝鲜半岛、安南（今越南）、大食（今阿拉伯）等国的留学人员参加中国的科举考试，其中尤以朝鲜人为多。9世纪初，朝鲜半岛还处于百济、新罗、高句丽并立的三国时代，新罗的留唐学生十分向往中国的科举制度，并且来中国参加科举考试。821年，新罗学生金云卿首次在唐朝科举中登第。截至唐亡的907年，新罗学生在唐登第者有58人。五代时期，新罗学生及第者又有32人。958年，高丽实施科举制度。日本也于8世纪时引进中国的科举制，建立贡举制。唐会昌五年（845），唐王朝允许安南同福建、黔府、桂府、岭南等地一样，每年选送进士7人、明经10人到礼部，同全国各地的乡贡、生徒一起参加科举考试。科举制度虽然最早产生于中国，但其声望及影响并非仅囿于中国。从其诞生之日起，历朝历代就有不少外国学子到中国学习和参加科举考试，绝大多数人学有所成，像桥梁一样促进了国与国之间在文化、教育等方面的交流，为增进中国人民与其他各国人民的友谊作出了不可磨灭的贡献。他们的历史功绩永载中国海洋文明发展史及中外文化交流史史册。

新罗受唐文化影响最深。当时入唐求学的新罗学子很多，仅840年一年，从唐朝回国的新罗留学生就有100余人。他们学成归国后，协助新罗统治者仿效唐朝的政治制度，建立起从中央到地方的行政组织。8世纪中叶，新罗仿效唐朝改革了行政组织，在中央设执事省（相当于唐朝的中书省），在地方设州、郡、县、乡。日本也是与唐朝有密切来往的东亚国家之一。仅在唐朝一代，日本就派遣了12批遣唐使团到中国学习，次数之多，规模之大，时间之久，学习内容之丰富，可谓空前，推动了中日文化交流的第一次高潮。通过与中国的不断交往，日本在政治、经济、军事、文化、生产技术乃至生活风尚等方面都受到中国的深刻影响。其中，影响最大的是646年日本的大化改新。日本在这次革新中充分借鉴了唐朝经验，建立了以天皇为中心的中央集权国家，官吏任免权收归中央。这次改革还仿效唐朝的三省六部制，在中央设立相应机构，各司其职，置八省百官。从649年"冠位十九阶"的制定到701年

《大宝律令》、718年《养老律令》的先后制定，全新的封建官僚体制取代了贵族官僚体制（现在日本的中央部级还称作"省"）。同一时期，安南所推行的文教制度和选拔人才政策也与隋唐几乎相同。世界五大法系之一——"中华法系"的代表《唐律疏议》，对越南法制史有重大影响。中国政治制度对东亚、南亚国家的影响一直延续到宋明时期。

佛教传入中国，经过中国文化的滋养，再传入东亚各国，对东亚各国的宗教文化产生了深刻影响。鉴真先后6次东渡到达日本，留居日本10年，辛勤不懈地传播唐朝多方面的文化成就。唐代前期和中期以后，新罗留学生研习当时盛行的天台宗、法相宗、律宗、华严宗、密宗和禅宗。

唐朝时期，中国的典籍源源不断地传入东亚各国，形成了一个高潮。日本飞鸟、奈良时代甚至出现了当时举世罕见的汉书抄写事业。日本贵族是最早掌握汉字和汉文化的社会阶层。日本平安时代（794—1192）是贵族文化占主流的时代。这一时代的贵族，包括皇室在内，均以中国文明为榜样，嗜爱汉籍，对唐诗推崇备至。平安时代初期，嵯峨天皇敕令编撰了《凌云集》和《文华秀丽集》两部汉诗集，开启其后300年间日本汉文化发达之先河。

唐代国学等汉籍传入东亚各国，形成了一条通畅的"书籍之路"。早期"书籍之路"航线从中国江南始发，经朝鲜半岛，再至日本列岛，这是与东亚海上丝绸之路相辅相成的文化传播之路，构建了东亚文化交流的新模式。

宋元时期中国海洋文明发展史在更广阔的范围展开。一方面，在传统"朝贡贸易"的刺激下，民间从事私人海上贸易的情况不断出现；另一方面，理学成为中国儒学的新形态，很快成为东亚各国的道德文化范本。中国禅宗的兴盛也深深地影响着周边各国。中国的"四大发明"进一步影响世界，中国与东南亚各国的往来日渐密切，与非洲的联系也日益紧密。

宋元时期，儒学向亚洲国家传播，对东亚及东南亚产生深远的影响。对东亚的影响主要是朱子学和文庙制度的东传。四书五经等儒家经典的思想和智慧传到朝鲜、日本和越南，这些教化中国民众的核心精神也深深影响着东亚各国。在朝鲜，高丽王朝的安珦于1290年将《朱子全书》抄回国内后，白颐正、禹倬等人开始不遗余力地在朝鲜发扬程朱理学。他们的后学李齐贤、李穑、郑梦周、郑道传等人，成了推动朝鲜朱子学发展的中流砥柱。日本的朱子学传播伴随着佛教的交流。日本僧人俊芿曾带回朱熹的《四书章句集注》等著作，日本僧人圆尔辩圆曾持朱熹的《大学或问》《中庸或问》《论语精义》《孟子精义》等著作回国。同时，宋朝僧人道隆禅师曾赴日以儒僧身份宣传理学，元朝僧人一宁禅师赴日宣传宋学，培养了一大批禅儒兼通的禅僧，如虎关师炼、中岩圆月、义堂周信等。15世纪末朱子学在日本形成三大学派：萨南学派、海南学派和博士公卿派。在越南，陈圣宗于绍隆十五年（1272）下诏求贤才，能讲四书五经之义者，入侍帷幄。于是，越南出现了一批积极传播朱子学的先驱，如朱文安、黎文休、陈时见、段汝谐、张汉超、黎括等。黎朝建立后，仍然大力提倡朱子学，将朱子学确立为正统的国家哲学。

宋元时期，除了朝鲜、日本、越南等经过海路与中国交往，并且产生文化影响力之外，东南亚各国也同中国产生了直接的联系。例如泰国，宋朝曾于1103年派人到罗斛国，1115年罗斛国的使者正式来到中国，罗斛国与中国建立友好关系。罗斛先后五次（分别于1289年、1291年、1296年、1297年和1299年）派遣使者出访元朝。1238年，泰族首领马哈柴柴查纳亲王后裔坤邦克郎刀创建了以素可泰为中心的素可泰王国（《元史》中称"暹罗"），历史上称作素可泰王朝。宋元时期，泰国医生使用的药物中，30％为中药。他们也采用中医望、闻、问、切的诊治方法。中国的针灸术也流行于泰国。又如缅甸。缅甸蒲甘国1106年第一次遣使由海路入宋，于1136年第二次遣使由陆路经大理国入宋。纵观整个元代，缅甸至少13次遣使至元朝，元朝向缅甸遣使约6次。1394年，明朝在阿瓦设缅中宣慰司，与阿瓦王朝关系密切。再如柬埔寨。真腊是7—16世纪柬埔寨的国名。公元616年2月24日，真腊国遣使贡方物。苏利耶跋摩二世在位时（1113—1150），曾两次遣使来中国访问。真腊国分别于1116年、1120年、1129年遣使入宋，宋朝廷将"检校司徒"称号赐予真腊国王。1200年，真腊遣使入宋赠送驯象等礼品。宋宁宗以

厚礼回赠，并表示真腊"海道远涉，后勿再入贡"。1295 年，元成宗（铁穆耳）派遣使团访问真腊，周达观随行。回国后，他写下了《真腊风土记》。唐宋时期中国与老挝的交往在史书中几乎没有记载。元朝曾在云南边外设老丫、老告两个军民总管府。1400 年至 1613 年间，中、老两国互相遣使达 43 次，其中澜沧王国遣使入明 34 次，明朝向澜沧王国派遣使节共 9 次，并在澜沧王国设"军民宣慰使司"。960 年，占城国悉利胡大霞里檀遣使李遮帝入宋朝贡。982 年，摩逸国（今菲律宾群岛一带）载货至广州海岸。1003 年、1004 年、1007 年，蒲端王其陵遣使来华"贡方物"。1011 年，蒲端王悉离琶大遐至遣使入宋"贡方物"。1372 年，吕宋（位于菲律宾北部）遣使来贡。1003 年，三佛齐王思离朱罗无尼佛麻调华遣使入宋。宋元时期，随着中国海洋文明及海上丝绸之路的发展，中国与东南亚各国建立了比较稳定的联系。

15 世纪初叶，郑和船队开始了史诗般的航行；16 世纪之后，中国沿海贸易商人也拼搏于东西洋的广阔海域。世界东西方文明在这一时期产生了直接的碰撞与交流。中国文化在面对初步全球化格局的挑战时，演绎了许多可歌可泣的历史篇章；中华文明在新的碰撞交流中，将自身的影响力扩大到全球。中国海洋文明发展的历史又向前迈进一步。

中国明代前期郑和下西洋，体现了中国古代航海技术的最高水平。自永乐三年（1405）开始，一支由 200 余艘"巨舶"、27000 余人组成的庞大舰队在郑和的带领下踏上了海上征程。在近 30 年的航行中，郑和船队完成了人类史无前例的壮举：先后 7 次跨越三大洋，遍历世界 30 多个国家。这支当时世界上最强大的海上舰队的足迹，东达琉球、菲律宾和马鲁古海，西至莫桑比克海峡和南非沿海的广大地区，定期往返，到达越南、马来西亚、斯里兰卡、印度、沙特阿拉伯等 30 多个国家和地区，最远曾达非洲东部、红海、麦加，并有可能到过澳大利亚、新西兰和美洲。1904 年，郑和下西洋 500 年后，梁启超在《新民丛报》发表《祖国大航海家郑和传》，请国人记住这位"伟大的航海家"，说"郑君之初航海，当哥伦布发现亚美利加以前六十余年，当维哥达嘉马发现印度新航路以前七十余年"。而郑和与带给美洲、非洲血腥殖民主义的西欧航海家最大的不同，则是其宣扬"宣德化而柔远人"的和平贸易理念。这支秉持明太祖"不征"祖训的强大海军，不仅身负建立朝贡贸易的重任，也扮演了维持海洋秩序，使"海道清宁"的角色。在感慨这支强大的海军因明朝廷内外交困不得不中止使命，中国失去在15世纪开始联结世界市场的机会之余，我们还应思考郑和与他史诗般的跨洋航行留给我们的启示：是不是只有牺牲人性与和平的殖民主义才是"全球化"的唯一可行路径？我们的海洋、我们的世界，能否建立起一个以"仁爱""和平"的理念联结在一起的政治秩序？

15世纪中叶，肩负中国官方政治使命的郑和航行虽然画上了句号，但以中国为核心的东亚海洋贸易网络的勃兴与发展却从未停止。郑和船队对东亚、南亚海域的巡航，为中国历代沿海居民打开了通向大洋的窗口，而明朝海禁政策导致朝贡贸易的衰落，更刺激了民间海外贸易的大发展，最终迫使明朝廷做出"隆庆开关"的决定，民间私人海外贸易获得了合法的地位。东南沿海各地民间海外贸易进入了一个新时期。此时，中国沿海海商的足迹几乎遍及东亚和东南亚各国，其中日本、吕宋（今菲律宾）、暹罗（今泰国）、满剌加（今马六甲）等地为当时转口贸易的重要据点。他们把内地的各种商品，如生丝、丝织品、瓷器、白糖、果品、鹿皮及各种日用珍玩运销海外，换取大量白银及香料。由于当时欧洲商人已经到达东南亚各国及我国沿海地区，这一时期的海外贸易活动实际上也是一场东西方争夺东南亚贸易权的竞争。16世纪至17世纪上半叶，以闽粤商人为主的中国商人集团在与西方商人的竞争和抗衡中始终占有一定的优势，成为世界市场中非常活跃的贸易主体。随着国内外商品市场的发展，作为交换媒介的货币也发生了重要变化，自唐、五代以来一直流行于民间的白银，随着海外贸易中大量白银货币的入超，最终取代了明朝的法定钞币，成为通行的主要货币。

繁盛的海外贸易对增加明朝廷的财政收入具有无可替代的重要作用。实际上，明朝已经成为当时的世界金融中心。明代后期及清代前期，中国与世界已经紧密地联系在一起。中国商人奔走于东西洋之间，促进了中国与亚洲各国的经济和文化交流。15世纪之后，来自欧洲的商人及传教士群体，纷纷来到亚洲，更是与中国的商人发生了直接的交往。

总序

万历时期，即 16 世纪末、17 世纪初，欧洲陷入经济萧条，大西洋贸易衰退，以转贩中国商品为主的太平洋贸易发展为世界市场中最活跃的部分。中国商品大量进入世界市场，在一定程度上缓和了世界市场贵金属相对过剩与生活必需品严重短缺的不平衡状态；因嗜好中国精美商品而掀起的"中国热"，刺激和影响了欧洲工业生产技艺的革新，促进了经济的发展。中国商品为 17 世纪西方资本主义的兴起作出了不可磨灭的贡献。

16—18 世纪，"中国热"风靡西方世界，欧洲人沉浸在对东方文明古国心驰神往的迷恋之中。思想家们开始思索西方与东方、欧洲与中国之间的深层次交流。欧洲的启蒙运动思想家们正是在这样一种氛围中，援引儒家思想，赞美中国。中国悠久的历史和发达的文明令欧洲人欣羡不已。为欧洲带来有关中国的信息从而引发热潮的人，主要是 16—18 世纪持续不断地来到中国的耶稣会士。由于此时的陆上丝绸之路已经衰败，从陆路来到中国，交通相当不便，于是海上交通便成为 15 世纪以后西方人来到中国的主要通道。换言之，中国的海洋文明发展史在 15 世纪以后开始逐渐向世界各地延伸。

明末清初时期，中西之间的文化交流达到了前所未有的深度与广度，呈现出第三次高峰。在此时期，来华天主教传教士，尤其是耶稣会士，充当了重要的文化交流桥梁。一方面，在传播天主教教义的动机的驱使下，西方传教士译介了大量的西方科学文化知识，使明清时期的中国知识界对"西学"有了初步的了解和认识；另一方面，通过定期撰写书信报告、翻译中国典籍等方式，传教士也将中国悠久灿烂的文化及中国现状介绍到欧洲，致使 17—18 世纪的欧洲"中国热"经久不衰。可以说，这一时期中西文化的接触和交流，对东西方社会的发展和进步都产生了重要的影响。这个时期中国文化比较系统地传入欧洲，对 18 世纪欧洲社会文化转型和正在兴起的启蒙运动产生了重大影响。18 世纪中叶，启蒙运动在欧洲兴起。启蒙思想家在继承古希腊、古罗马以来西方理性主义精神遗产，尤其是近代实证论、经验论的同时，也把眼光投向了中国，他们发现了在 2000 年前（公元前 5 世纪时）就已清晰地阐述了他们想说的话的伟大哲人——孔子。在耶稣会士从中国带回的各种知识中，没有哪一样像孔子的思想那样引发欧洲知识界的热烈研究与讨论，而与之相关联的，对中国的理性主义、文官制度、科举制度和法律的探讨，更是直接成为欧洲启蒙运动的重要灵感。许多著名的启蒙思想家，对孔子及中华学说赞扬不已。如伏尔泰从儒学的"人道""仁爱"思想和儒家道德规范的可实践性看到了他所寻求的理想社会的道德理论和道德经验。莱布尼茨惊呼："东方的中国，竟然使我们觉醒了！"孟德斯鸠从中国的儒学中看到了伦理政治对君主立宪的必要性。百科全书派的代表人物曾经赞扬中国是世界上唯一把政治和伦理道德相结合的国家。

18 世纪以来，西方的工业革命确立了资本主义制度的坚固基础，殖民化的欲望日益增强。传统的中华古国，在西方列强坚船利炮的冲击下，陷入了深重的危机。然而，富有包容性和创新性的中国海洋文化，在逆境中不断寻求变革之路，探索着文化的新生与重构。以鸦片战争为标志，在西方现代文明的冲击之下，中华文明遭遇空前危机，其主体性地位不断被质疑，中华文明向海外扩展的内在动力也大为减弱。然而，中华文化内在的包容性与创新性，激发了一代又一代的中国人，特别是知识分子群体。中国的仁人志士从未停止对中华民族复兴之路的探索。他们勇于直面危机，努力探索，求新求变，从而推动中华文化的自我调整和现代化嬗变。中华文明面对的是"三千年未有之大变局"，中国长期的文化优势和文化优越感被西方殖民主义的强势文化不断消解。因此，伴随着西方历次的殖民战争，许多中国人在阵痛之后开始了文化自觉和文化反思。这种文化自觉和文化反思最集中的表现即对西方先进科学技术和社会科学理论的引进传播，最终孕育了 20 世纪初的新文化运动，这成为中国近代名副其实的启蒙运动。

无论是林则徐、魏源等人的"师夷长技以制夷"，还是洋务派人士的"师夷长技以自强"；无论是维新派人士的"立宪救国"，还是资产阶级革命派的"民主共和"；无论是以"民主"和"科学"为旗帜的新文化运动，还是以马克思主义为旗帜的中国共产党领导的新民主主义革命，无不体现出中国传统文化勇于面对逆境的韧劲。当然，逆境中的复兴之路，是十分艰辛、曲折的。仁人志士在不断的探索及实践中，最终找到"只有社会主义才能救中国"的伟大真理。

　　近代中国文化在中外文化交流中虽然身处逆境，但是其顽强的生命力，使这一时期中华文明的海外交流和传播从未间断，并且呈现出某些新的传播特征。从对外经济往来的层面说，西方的经济入侵，固然使中国传统经济受到了很大的冲击，但是善于求新求变的中国民众，特别是沿海一带的商民们，忍辱负重，敢于向西方学习，尝试改变传统的生产格局，发展工农业实业经济，拓展海外贸易，取得了良好的成效，从而为中国现当代社会经济的转型与发展奠定了不可忽视的基础。

　　从文化层面看，20世纪初中国遭受的巨大浩劫，牵动东西方文明交流向更深入的方向走去。中国知识分子在吸收西方近代知识智慧的同时，深刻地反思中国传统文化的精髓与糟粕，继而为国家和民族的命运奋起反抗。在中学西传的过程中，以在传统海商聚居地出生的辜鸿铭、林语堂为代表的晚清知识分子的贡献很大。这一时期，中国古典文明的现代意义虽然在国内受到质疑和批判，但是在西方社会依然被广泛关注。中国传统的儒家经典、古典诗歌、明清小说在这一时期仍被大量译介到西方。许多汉学家如葛兰言、高本汉等对此都有专业的研究。

　　在近代中外文化交流中，海外华侨群体也作出了杰出贡献，如创办华文报刊、华文学校等，提倡华文教育。华文教育无形中扩大了中文社会的影响力，促进了中国文化与南洋本土文化的交流，同时也使南洋居民在一定程度上认识和了解了博大精深的中华文化。

　　随着明清时期特别是近代以来中国民间群众移民海外数量的增加，这一时期中国文化的对外传播形成了某些值得注意的新特征，这就是遍布世界各地的"唐人街"的形成与传播。近代中国文化在中外文化交流中虽然处于逆境，但中国商民在海外的发展从来没有停止，中国文化的海外交流和传播一直没有间断，中国的一些文化习惯，如中国茶文化传到西方之后，依然表现出强大的影响力，成为西方的一种流行文化。而华侨华人对世界各地经济发展的贡献，更是世界各国人民有目共睹的。

　　近代以来，中国人民的艰辛探索终于迎来了中华人民共和国的诞生。新中国成立之后，殖民主义文化被彻底抛弃，中华文明及其深厚的海洋文化发展潜力得到全面的复苏与拓展，中国与世界各地的经济交往以前所未有之势蓬勃发展，中华文化在中西文化交流中展现出前所未有的自觉和自信。特别是改革开放以来，随着中国综合国力和国际话语权的不断提升，中华文明及海洋事业在国际事务与中西文化交流中，表现出强大的拓展动力和趋势。中华海洋文化及中国海上丝绸之路，再次焕发出独特魅力，不断地延伸创新，影响世界，成为中国走向世界的最强音。

纵观中国海洋文明发展的历史过程，以及中华海洋文化与世界文化的交流历史，既有畅行的通途，也有布满艰辛的曲折之路。无论是唐宋时期由朝贡体系促成的政治制度、礼仪制度、文字文学、宗教信仰等的向外传播，还是宋明以来中国沿海商民的私人海上贸易和华侨移民，都对世界文明的进步与世界经济的发展作出了重要贡献。即使是在以往被人们忽视的科学技术领域，英国著名汉学家李约瑟（Joseph Needham）在其著作《中国科学技术史》一书中，对中国古代科学技术为世界所作的贡献作出了很高的评价。当然，近代以来，中华文明以及中国海洋文明的发展，备受压抑，历尽磨难，但始终保有顽强的生命力、特有的文化魅力和世界影响力。当改革开放的春风吹遍神州大地的时候，中华文化更是在频繁的交流中不断丰富发展，体现出越来越鲜明的包容性格和进取精神。这一历史发展过程也充分证明，中华文明作为世界文明花坛中的一朵奇葩，必将在今后的历程中更加绚丽多彩。在全球化日益显著的今天，我们有责任也有义务让包括中国海洋文明在内的中华文明在继承中不断发扬光大，为整个世界文明的发展与和谐共存贡献力量。

二、对中国历代政府海洋政策的反思

中国历代政府所推行的海洋政策，无疑对各个时期海洋事业的发展与迟滞，产生了极为重要的作用。众所周知，中世纪以来，西方各国争相向海外发展势力，在全世界包括东方各地争夺势力范围。在这一系列的海外扩张过程中，国家的海洋政策起到了至关重要的推进作用。西方国家一直是海商、海盗寻求海外势力范围的坚强后盾。然而，中国历代政府的海洋政策与此截然不同。秦汉以来，中国历代政府关于海洋事务的政策基调，基本上围绕所谓的朝贡体系展开。到了近代，中国积贫积

弱，朝贡体系因而备受海内外政治家与学者的非议乃至蔑视。

秦汉以来的朝贡体系无疑是中国历代对外关系的基石。近现代以来，人们诟病这一外交体系主要因为两个方面：第一，中国历代政府以朝贡体系为主的外交方式，把自身置于"天朝上国"或"宗主国"的地位，把交往的其他国家视为"附属国"；第二，中国历代朝贡体系下的外交，是一种在经济上得不偿失的活动，外国贡品的经济价值有限，而中国历代朝廷赏赐品的经济价值大大超出贡品的经济价值。

进入近现代时期，由于西方列强的侵略及中国自身发展的迟滞，中国沦为"落后挨打"的半封建半殖民地社会。在许多西方人和日本人的眼里，中国是一个可以随意宰割的无能国度。在这种观念的影响下，西方人和日本人探讨中国近现代以前，特别是中国历代的朝贡体系时，就不免带有某种先入为主的偏见，嘲笑中国历代的朝贡外交体系是一种自不量力、自以为是的"宗主国"虚幻政策。与此同时，20世纪中国学界普遍沉浸于向西方学习的文化氛围中，相当一部分学者也就自然而然地接受了这种带有蔑视和嘲笑意味的学术观点。因此，近现代以来国内外学者对明朝朝贡体系的批评，存在明显的殖民主义语境。与此形成鲜明对照的是，同时期大英帝国所谓"日不落帝国"及其后的美国霸权主义，却很少受到世人的蔑视与取笑。

中国历代朝贡体系之下的外交在经济上得不偿失的观点，很大程度上受二十世纪四五十年代以来关于中国封建社会内部是否已经出现资本主义萌芽问题讨论的影响。由于受到西方学界的影响，中国大部分学者希望自己比较落后的祖国能够像西方的先进国家一样，走上资本主义社会这一有历史发展规律可循的道路。而发展资本主义社会的前提是商品经济、市场经济及对外贸易经济的高度发展。于是，在这样的学术背景下，二十世纪五六十年代，中国历史学界探讨明清时期的商品经济、市场经济及海外贸易等领域，取得了不错的成绩。人们发现，西方国家在资本原始积累的过程中，对外关系、对外贸易以及海外掠夺，对这些国家的资本主义经济发展和社会变革起到了至关重要的助力作用，反观中国传统朝贡体系下的经济贸易，得不偿失，未能给中国资本主义的萌芽和发展提供丝毫的帮助。然而，从纯经济的角度来评判中国历代的朝贡体系，实际上严重混淆了明朝的国际外交关系与对外贸易的应有界限。

毋庸讳言，中国历代的朝贡外交体系是承继中国两千年来"华夷之别"的传统文化价值观而形成的。这种朝贡外交体系，显然带有某种程度的政治虚幻成分。同时，它又只是一种国与国之间的政治外交礼仪而已。这种朝贡式外交礼仪中的所谓"宗主国"与"附属国"，也只是一种名义上的表述，两者的关系并不像欧洲中世纪国家那样，必须以缴纳实质性的贡赋作为联系纽带。因此，我们评判一个国家或一个朝代的外交政策及其运作体系，并不能仅仅因为它的某些虚幻观念和经济上的得失，就武断地给予负面的历史判断。如果我们要比较客观和全面地评判中国历代的对外关系，就应该从确立这一体系的核心宗旨及其实施的实际情况出发，同时参照世界上其他国家对外关系的历史事实，进行综合分析，如此才能得出切合历史真相的结论。

中国历代朝贡体系的确立，是建立在国与国、地区与地区之间和平共处的核心宗旨上的。这一点我们在明朝开创者朱元璋及其儿子明成祖朱棣关于对外关系的一系列谕旨中就不难发现。朱元璋在《皇明祖训》中明确指出："四方诸夷，皆限山隔海，僻在一隅，得其地不足以供给，得其民不足以使令。若其自不揣量，来扰我边，则彼为不祥。彼既不为中国患，而我兴兵轻伐，亦不祥也。吾恐后世子孙，倚中国富强，贪一时战功，无故兴兵，致伤人命，切记不可。"① 洪武元年（1368），朱元璋颁诏于安南，宣称："昔帝王之治天下，凡日月所照，无有远迩，一视同仁，故中国尊安，四方得所，非有意于臣服之也。"从这个前提出发，中国对外关系的总方针就是要"与远迩相安于无事，以共享太平之福"②。永乐七年（1409）三月，明成祖朱棣命郑和下西洋，"敕谕四方海外诸番王及头目人等……祗顺天道，恪守（遵）朕言，循理（礼）安分，勿得违越；不可欺寡，不可凌弱，庶几共享太平之福"。③ 在这种对外关系的总方针下，明初政府开列了朝鲜、日本、大小琉球、安南、真

---

① 《皇明祖训》条章，载《四库全书存目丛书》，齐鲁书社，1996。

② 《明太祖实录》卷三四。

③ 郑鹤声、郑一钧：《郑和下西洋资料汇编》上册，齐鲁书社，1980，第99页。

总序

17

腊、暹罗、占城、苏门答腊、西洋、爪哇、彭亨、百花、三佛齐、浡泥，以及琐里、西洋琐里、览邦、淡巴诸国，皆为"不征诸夷国"。① 在与周边各国的具体交往过程中，朱元璋本着中国自古以来的政策，主张厚往薄来。在一次与琐里的交往中，他说道："西洋诸国素称远番，涉海而来，难计岁月。其朝贡无论疏数，厚往薄来可也。"② 明初奉行的一系列对外政策和措施，充分体现了明朝政府在处理国际关系中所秉持的不用武力，努力寻求与周边国家和平共处之道的基本宗旨。

在寻求国与国之间和平共处的核心宗旨的前提下，明朝与周边的一些国家，如朝鲜、越南、琉球等，形成了宗主国与附属国的关系，这也是不争的事实。但这种宗主国与附属国关系的形成，更多是承继以往历朝的历史因素。纵观全世界中世纪以来宗主国与附属国的关系，就会发现，宗主国与附属国的关系基本上是通过三种途径形成的：一是通过武力征服强迫形成，二是通过宗教关系或是民意及议会的途径形成，三是在传承历史文化的条件下通过和平共处的途径形成。显然，在这三种宗主国与附属国关系中，只有第三种，即以和平共处方式形成的宗主国与附属国的关系，是最经得起历史检验和值得后世肯定的。中国历代建立起来的以和平共处为核心宗旨的宗主国与周边附属国的关系，正是这样一种经得起历史检验和值得后世肯定的对外关系。正因为如此，纵观历史，虽然这些附属国会不时发生内乱等极端事件，历经政权更替，但无不以得到明朝中央政府的册封为荣，即使是叛乱的一方，也都想方设法得到明朝中央政府的承认。可以说，当这些附属国发生内乱，明朝中央政府基本上采取充分尊重本国实际情况的原则，从道义上给予正统的一方支持，以稳定附属国的国内情势，维护区域和平局面。当遭遇外患陷入国家危机的时候，这些附属国也经常向明朝求援。其中最典型的例子，就是万历年间朝鲜遭到日本军阀丰臣秀吉侵略时，明朝政府应朝鲜王朝的求援，派出大量军队，帮助朝鲜王朝抵抗日本军队的进攻，最终把日本军队赶出朝鲜，维护了朝鲜王朝的领土完整和国家尊严。尤其值

---

① 郑一钧：《论郑和下西洋（修订本）》，海洋出版社，2005，第 9 页。
②《明史》卷三二五《外国六·琐里》，中华书局，1974，第 8424 页。

得一提的是，在这场规模不小的抗倭战争中，明朝政府不但派出军队参战，而且所有的战争经费都由明朝政府从财政规制中支出，"糜饷数百万"①。作为宗主国，明朝对附属国朝鲜的战争支援，完全是无偿的。

在历代对外朝贡体系中，中国对外国朝贡者优渥款待，赏赐良多。而这些朝贡者，来自东亚、南亚甚至中东的不同国家与地区，带来的所谓贡品，更多是作为求得明朝中央政府接待的见面礼，仅是"域外方物"而已。作为受贡者的明朝政府，对各国的所谓贡品并没有具体的规定。因此，明朝朝贡体系中的外国"贡品"，是不能与欧洲中世纪以来宗主国与附属国之间定期、定额的"贡赋"混为一谈的。明朝朝贡体系中的"贡品"，随意性、猎奇性的成分居多，缺乏实际经济价值。因此，如果单纯从经济效益衡量，当然是得不偿失。但是这种所谓的经济上的"得不偿失"，实际上被我们近现代时期的许多学者无端夸大了。明朝政府在接待来贡使者时，固然实行"厚往薄来"的原则，但无论是"来"还是"往"，其数量都是比较有限的，是有一定规制的，基本上仅限于礼尚往来的层面。迄今为止，除了郑和下西洋这种大型对外交往行为给国家财政造成一定的压力之外，我们还看不到中国历代正常朝贡往来中的"厚往薄来"对政府的财政产生过不良的影响。即使有，也是相当轻微的，因为所谓"厚往"，仅仅只是礼物和人员接待费用而已。明朝政府对一般来贡国国王的赏赐，基本上是按照本朝"准公侯大臣"的规格施行的。② 如果把这种"得不偿失"与万历年间援朝抗倭战争的军费相比，只能算是九牛一毛！万历年间支援朝鲜的抗倭战争，从根本上说，是为了维护地区的和平与稳定，而不是为了维持朝贡体系。

从更深的层面来思考，我们判断一个国家或一个时期的对外政策是否正确，不能仅仅以经济效益作为衡量得失的主要标准。国与国之间的外交关系和国与国之间的经济贸易关系，固然有必然的联系，但又不完全等同，外交关系与贸易往来必须有所区分，不能混为一谈。在15世纪至16世纪以前欧洲国家所谓的"大航海时代"尚未来临，在世界的东

① 《明史》卷三二二《外国三·日本传》，第8358页。
② 郑一钧：《论郑和下西洋（修订本）》，第13页。

方，明朝可以说是这一广大区域中最大，也是最为核心的国家。作为这一广阔区域中的大国，对维护这一区域的和平稳定是负有国际责任的。假如这样一个核心国家，凭借自身的经济、军事优势，四处滥用武力，使用强权征服其他国家，那么这样的大国是不负责任的，区域的和平与稳定是不可能长久存在的。从这样的国际关系理念出发，明朝历代政府所奉行的安抚周边国家、厚往薄来，以和平共处为核心宗旨的对外朝贡体系，正是体现了明朝作为东方核心大国的责任担当。事实上，纵观世界历史，所有曾经或现在依然是区域核心大国的国家，在与周边弱小国家和平相处的过程中，由于肩负维护区域和平稳定的义务和责任，在经济上必须承担比其他周边弱小国家更多的负担，这几乎是一种必然的现象。换句话说，核心大国所承担的政治经济责任，同样是另外一种"得不偿失"。但是这种"得不偿失"，是作为区域大国承担区域和平稳定责任的重要前提。明朝作为东亚区域最大、最核心的大国，在勇于承担国际义务与责任的同时，被周边国家视为"宗主国"或"中国"，因而自视为"天朝上国"，也是十分顺理成章的事情。如果我们时至今日依然目光短浅地纠缠在所谓"朝贡体系"贸易中"得不偿失"的偏颇命题，那就大大低估了中国历朝历代政府所奉行的和平共处的国际关系准则。这种国际关系准则，虽然带有某些"核心"与"周边"的"华夷之别"的虚幻成分，但对中国的历史延续性及其久远的历史意义，至今依然值得我们欣赏和思考。

我们若明白自秦汉以来中国历代政府所施行的"朝贡体系"，实质上只是一种政治上的外交礼仪，就不难想象中国历史上历代政府所认知的世界，仅局限在亚洲一带，应该是建立在一种和谐相处的氛围之内的。由于中国是这一时期亚洲最大又最有实力的国家，建立以中国为核心的亚洲世界，也就顺理成章地成为政策制定的依据了。

我们再从秦汉以来至明清时期中国海洋政策的纵向面来考察。秦汉以来至隋唐时期，中国与海外各地的经济贸易活动相对稀少，有限的贸易也基本上被局限在"朝贡贸易"的圈子之内。宋代之后，经济层面的活动，包括私人海外贸易活动，才逐渐兴盛起来。因此，宋代是中国历代政府执行对外海洋政策的一个重要转折期。从秦汉以迄隋唐，由于海上私人贸易活动比较罕见，政府制定的对外海洋政策基本着眼于政治与文化外交的层面。与周边许多国家政治与文化体制较为落后的情形相比，中国的政治与文化体制有较为突出的优势。政府把对外海洋政策着眼于政治与文化的层面，并不会对中国的政治与社会统治产生不良后果。因此，在这个时期内，国家政府对政治体制与文化形式的输出，往往采取鼓励的方式。而这种对外海洋政策，在一定程度上促进了隋唐时期中国政治制度向朝鲜、日本、越南等邻近国家的传播。以文化形式向外传播，扩散的范围将更为广阔。因此，我们可以说，宋代以前，中国政府的对外海洋政策与民间的对外联系基本上是吻合的。

但是到了宋代，情况有了很大的改变。随着与周边国家和地区经济交往的增多，沿海一带出现了不少私人海上贸易现象。这种私人海上贸易活动已经超出了"朝贡体系"所能约束的范围，政府自然把这种活动视为"违禁走私"活动，其主要思考点在于确保社会环境和政治统治的稳定。南宋时期著名学者兼名臣真德秀在泉州担任知州时有一项重要事务，就是布置海防，防范海上贸易活动，即所谓"海盗"活动，剿捕流窜于海上的"盗贼"。很显然，从宋代开始，政府的海洋政策出现了两种相互矛盾的走向：一方面继续维持以往的"朝贡体系"，另一方面对民间海上私人贸易活动严加禁止，阻挠打击。

宋朝廷禁止和打击民间私人海上贸易的做法，被后世的统治者们延续下来。特别是到了明代，这种做法对海洋贸易的阻碍作用愈加突显。从明代中叶开始，东南沿海商民从事海上私人贸易已经成为经济发展的趋势。特别是到了 15 世纪之后，世界局势发生了重大变化，处于资本主义原始积累阶段的欧洲人开始向世界的东方进发，"大航海时代"已经到来。这就使得 15 世纪之后的明朝社会，被迫进入一个前所未有的"世界史"的国际格局之中。[①] 从比较世界史的视角来观察，明初中国国力鼎盛的时期，正是欧洲"黑暗"的中世纪。西方出现资本主义的曙光，和明中叶以降中国社会经济与文化思潮新旧交替的冲动几乎同时到来。

总
序

---

① 陈支平：《从世界发展史的视野重新认识明代历史》，《学术月刊》2010 年第 6
期。

随着欧洲资本主义原始积累的步步推进，早期殖民主义者跨越大海，来到亚洲东部的沿海，试图打开中国社会经济的大门，谋取资本原始积累的最大利润。差不多在同一时期，伴随中国明代中期社会经济特别是商品市场经济的发展，中国商人也开始尝试突破传统经济格局和官方朝贡贸易的限制，冒险走出国门，投身海上贸易的浪潮之中。

16世纪初，西方的葡萄牙人、西班牙人相继东航，分别以满剌加、吕宋为根据地，逐渐扩张势力至中国的沿海。这些欧洲人的东来，刺激了东南沿海地区商人的海上贸易活动。嘉靖、万历时期，民间私人海上贸易活动冲破封建政府的重重阻碍，取代朝贡贸易，并迅速兴起。中国海商的足迹几乎遍及东亚、东南亚各国，其中尤以日本、吕宋、暹罗、满剌加等地作为转口贸易的重要据点。他们把内地的各种商品，如生丝、丝织品、瓷器、白糖、果品、鹿皮及各种日用珍玩等，运销海外，换取大量白银及香料等回国出售。由于当时欧洲商人已经到达东南亚各国及我国沿海地区，因此这一时期的海外贸易活动，实际上也是一场东西方争夺东南亚贸易权的竞争。中国沿海商人，以积极应对的姿态，扩展势力至海外各地。研究中国明代后期东南亚海上贸易的学者普遍认为，17世纪前后，中国的商船曾经遍布南海各地，从事各项贸易，执东西洋各国海上贸易的牛耳。

明代中后期不仅是中国商人积极进取，应对"东西方碰撞交融"的时期，而且随着这种碰撞交融的深化，中国的对外移民也成了常态。在唐宋时期，虽说中国的沿海居民中也有迁移海外者，但数量有限且非常态，尚不能在迁移的地方形成具有一定规模的华侨聚居地。而拥有真正意义上的海外移民并且形成华侨群体的年代，应是始于中国明朝时期。这种情况在福建民间的许多族谱中多有反映，譬如泉州安海的《颜氏族谱》记载，该族族人颜嗣祥、颜嗣良、颜森器、颜森礼及颜侃等五人，先后于成化、正德、嘉靖年间到暹罗经商并侨寓其地至死。《陈氏族谱》记载该族族人陈朝汉等人于正德、嘉靖年间到真腊经商且客居未归。再如同安汀溪的黄姓家族，成化年间有人去了南洋，繁衍族人甚众。永春县陈氏家族则有人于嘉靖年间到吕宋经商并定居于当地。类似的例子很多，举不胜举。① 到中国明代后期，福建、广东一带迁移国外的华人，已经逐渐向世界各地拓展。印度尼西亚的巴达维亚城是荷兰东印度公司所在地，1619 年前当地华侨不足四百人。不到十年，即截至 1627 年，该城华侨已达三千五百人，而其中大多数是来自福建漳州、泉州的移民。又据有关记载，从明代中后期始，中国的丝绸、瓷器等商品已由中外商人贩运到墨西哥等拉美地区，一些广东商民甚至在墨西哥的阿卡普尔科等地从事造船业或其他行业的生产经营活动。②

这些移居海外的华人，为侨居地早期的开发与经济繁荣作出了较大的贡献，如福建巡抚徐学聚所说："吕宋本一荒岛，魑魅龙蛇之区，徒以我海邦小民，行货转贩，外通各洋，市易诸夷，十数年来，致成大会。亦由我压冬之民，教其耕艺，治其城舍，遂为隩区，甲诸海国。"③ 对于这一点，即使是西班牙殖民者也不得不承认。如马尼拉总督摩加在 16 世纪末宣称："这个城市如果没有中国人确实不能存在，因为他们经营着所有的贸易、商业和工业。"一位当时的目击者胡安·科博神父（Father Juan Cobo）亦公正地说："来这里贸易的是商人、海员、渔民，他们大多数是劳动者，如果这个岛上没有华人，马尼拉将很悲惨，因为华人为我们的利益工作，他们用石头为我们建造房子，他们勤劳、坚强，在我们之中建起了最高的楼房。"④ 一些菲律宾史学家对此也作出了公正的评价，《菲律宾通史》的作者康塞乔恩（Joan de la Concepcion）在谈到 17 世纪初期的情况时写道："如果没有中国人的商业和贸易，这些领土就不可能存在。"如今仍屹立在马尼拉的许多老教堂、僧院及碉堡，大多是当时移居马尼拉的华人所建。约翰·福尔曼（John Foreman）在《菲律宾群岛》一书中亦谈道："华人给殖民地带来了恩惠，没有他们，生活将极端昂贵，商品及各种劳力将非常缺乏，进出口贸易将非常窘

---

① 王日根、陈支平：《福建商帮》，香港中华书局，1995，第 117—119 页。

② 黄国信、黄启臣、黄海妍：《货殖华洋的粤商》，浙江人民出版社，1997，第 144 页。

③ 徐学聚：《报取回吕宋囚商疏》，载《明经世文编》卷四三三《徐中丞奏疏》。

④ Teresita Ang See, *Chinese in the Philippines*, vol. 1, Manila, 2018, p. 137.

困。真正给当地土著带来贸易、工业和有效劳动等的是中国人，他们教给这些土著许多有用的东西，种植甘蔗、榨糖和炼铁，他们在殖民地建起了第一座糖厂。"①

移居印度尼西亚的华人同样为巴达维亚的发展与繁荣作出贡献。荷兰东印度公司在到来的第一个世纪里，不但使用了华人劳力和华人建筑技术建造巴达维亚的城堡，而且把城里的财政开支都转嫁到华人农民的税收上，凡城市的供应、贸易、房屋建筑，以及巴达维亚城外所有穷乡僻壤的垦荒工作都由华人来承担。② 荷兰东印度公司在 17 世纪下半叶才把糖蔗种植引进爪哇，在欧洲市场上它虽然不能与西印度的蔗糖竞争，但它取得了印度西北部和波斯的大部分市场，并且还出售到日本，而这些新引进的糖蔗的种植工作几乎是由华人承包的。③ 因此，英国学者博克瑟（C. R. Boxer）曾说："假如马尼拉的繁荣应归功于移居那里的华人的优秀品质，那么当时作为荷兰在亚洲总部的巴达维亚的情况亦一样。华人劳工大多数负责兴建这座城市，华人农民则负责清除城市周围的村庄并进行种植，华人店主和小商人与马尼拉的同胞一样，占据零售商的绝大部分。我们实事求是地说，荷兰东印度公司对其首府的迅速兴起应极大地感激这些勤劳、刻苦、守法的中国移民。"④ 到了清代以至民国时期，庞大的华侨华人群体，更是为世界各地的社会经济发展作出了不可磨灭的贡献。

15 世纪至 17 世纪，固然是西方殖民主义者向世界各地扩张的时期，但其时东方的中国社会，中国商人以积极进取的姿态，同样把自己的活动范围向海外延伸。这种双向碰撞交融的历史进程，无疑从另一个源头上促进了"世界史"大概念的形成与发展。因此可以说，15 世纪至 17

① John Foreman, *The Philippine Islands*, London, 1899, p. 118.

② J. C. Van Leur, *Indonesian Trade and Society*, The Hague, 1960, pp. 149, 194.

③ John F. Cady, *Southeast Asia：It's Historical Development*, New York, 1964, p. 225.

④ C. R. Boxer, Notes on Chinese Abroad in the Late Ming and Early Manchu Periods Compiled from Contemporary Sources（1500—1750）, in *Tien Hisa Monthly*, 1939 Dec., vol. 9, no. 5, pp. 460—461.

世纪的中国社会，同样是推进"世界史"格局形成的重要组成部分。

　　明代中后期，也就是16世纪至17世纪，东西方的经济与文化碰撞，中国沿海商民积极应对西方所谓"大航海时代"的来临，这本来是中国海洋发展的绝佳时机。但遗憾的是，中国政府并未像西方政府那样，成为海洋商人寻求拓展海外势力范围的坚强后盾，而是采取了相反的政策措施——禁绝打击。由于受到政府禁海政策的压制，中国明代东南沿海地区的商人不得不采取亦盗亦商的经营行为。从中世纪世界海商发展史的角度来考察，亦商亦盗的武装贸易形式，也是中世纪以至近代西方殖民者海商集团所采取的普遍形式。不同的是，西方殖民者的海盗行径大多得到本国政府的支持。"大航海时代"的葡萄牙人、西班牙人、荷兰人，都以本国政府的支持和强大的武装为后盾，企图打开中国沿海的贸易之门。[①] 而中国海商集团的武装贸易形式，是在政府的压制下不得不采取的一种自我保护措施。在中国政府的压制下，东南海商的武装贸易形式虽然能够在中国明代后期这一特定的历史空间中得以发展，但最终不能长期延续并发展下去。终清之世，中国东南海商再也未能形成一支强大的武装力量。从国际贸易的角度看，这也是中国海商逐渐失去东南海上贸易控制权的重要原因之一。16世纪至19世纪中叶，中国的海商只能在政治与社会的夹缝中艰难行进。

　　中国历代朝贡体系虽然奉行与周边国家地区和平共处的宗旨，但这种仅着眼于政治仪式层面的外交政策，忽略了文化层面的外交交流（这里的文化层面，主要指带有意识形态的宗教、信仰、教育及生活方式等）。而这种带有政治仪式意味的外交政策，将随着政治的变动而变动，缺乏长久的延续性。因此，到17世纪后东亚及中东的政治版图发生变化时，中国对南亚、西亚以至中东的政治影响力迅速衰退。

　　通过对中国历代政府对外海洋政策的分析，我们不难了解到，中国历代政府所制定的对外海洋政策，主要围绕政治稳定展开，海洋经济的发展，基本上不能进入政府决策者的考量之中。虽然说政府也在某些场

① 毛佩琦：《明代海洋观的变迁》，载中国航海日组委会办公室、上海海事大学编《中国航海文化论坛》（第一辑），海洋出版社，2011，第268页。

合、某些时段对民间海上私人贸易设立管理机构并予以课税等，但是这些行为大多是被动的，是为了更有效地管制民间的"违禁"贸易行为。这种"超经济"的对外海洋政策和"朝贡体系"维系了中国与周边地区，也就是亚洲地区近两千年和谐共存的国际关系，使亚洲不曾出现像欧洲中世纪那样国与国之间攻伐不断的混乱局面。而国家政府对民间海上私人贸易活动的禁绝压制，也在一定程度上阻碍了中国海洋文明发展史的顺利前进。

三、宋明以来中国海上丝绸之路发展的两种路径

正如前文所论述的，在中国的海洋文明发展史上，宋代是一个关键的转折期。宋代以前，中国的海洋事务基本上在政府的"朝贡体系"下施行。而宋代以后，特别是明代以来，民间从事海上私人贸易活动的现象日益增加，最终大大超出国家政府"朝贡体系"控制下的经济活动范围。从中国海洋活动的范围看，唐宋时期中国的海洋活动及文化的对外传播，主要局限在亚洲相邻国家以至中东地区，和欧洲等西方国家的联系及对其的影响，是间接的，且相对薄弱。但是到了明代，情况就不一样了。双方不但在贸易经济上产生了直接并带有一定对抗性的交往，而且由于西方大批耶稣会士的东来，双方在文化领域也产生了直接的交往。

明代中叶之后，伴随世界地理大发现和新航路的开通，西方的思想文化及科学技术也日渐向外传播。而明代嘉靖、万历时期社会经济发展，海外贸易引发对传统商品扩大再生产和改革工艺的要求，迫切需要科学技术的创新和总结。欧洲耶稣会士带来的西方科技，如天文、历算、火器铸造、机械制造、水利、建筑、地图测绘等知识，又以其新奇和实际的应用刺激了讲究实学的士大夫的求知欲望。在这双重因素的交互推动下，出现了一股追求科技知识的新潮，产生了一次小型的"科学革命"①。这种思想文化与科学技术的变化，充分地体现了这一时期中国

---

① 杨国桢、陈支平：《明史新编》，傅衣凌主编，人民出版社，1993，第 427—432页。

文化与西方文化直接碰撞和交融的初步成果，同时也折射出当时的中国社会在面对新的世界格局调整时，是以一种包容开放的心态来与西方展开交流的。

正因为如此，尽管当时西方耶稣会士是带着传教目的来的，而且对所谓"异教徒"文化往往怀有某种程度的蔑视心态，但是在较为开放的中国社会与文化面前，这批西方耶稣会士敏锐地意识到中国传统文化的博大精深，所以他们中很少有人用轻视的眼光看待中国文化。由于有了这种较为平等的文化比较心态，明代后期来华的耶稣会士们，在一部分中国上层知识分子的协助下，开始较为系统地从事向欧洲译介中国古代文化经典的工作，竭力把中国的政治、经济、社会的基本状态及文化的基本内涵，介绍到西方各国。在这种较为平等的中西文化交流与文化传播中，中国的文化在西方获得了应有的尊重。

到了清代中期，中国政府采取了较为保守封闭的对外政策，尤其是对思想文化领域的交流，逐渐采取压制的态势。在这种保守封闭的政策之下，中国文化的对外传播受到了一定的阻碍。更为重要的是，随着西方资本主义革命的不断胜利和工业革命的巨大成功，"欧洲中心论"的文化思维已经在西方社会牢固树立。欧洲的政治家和知识分子也逐渐失去了对中华文化的敬畏之心。直至近代，虽然说仍然有一小部分中外学人继续从事翻译介绍中国文化经典的工作，但是在绝大部分西方人士的眼里，所谓中华文化，只是落后民族的低等文化。尽管他们的先哲也许在不同的领域提及并赞美过中国的儒家思想，然而到了这个时候，大概已没有多少人肯承认他们的"高度文明思想"跟远在东方的中国儒家文化有什么瓜葛。时过境迁，18世纪以后，中国以儒家经典为核心的意识形态文化在世界文化整体格局中的影响力大大下降，对外传播的作用日益衰微。

但是我们还必须看到，随着宋元以来民间私人海上经济活动的不断加强，沿海一带的居民也随着这种海上活动的推进，不断地向海外移民。这就促使中国海洋文明发展与海上丝绸之路形成了两种不同的路径，一种是由政府主导的"朝贡体系"和由知识分子主导的以传播儒家经典为核心的意识形态文化，另一种是随沿海商民迁移海外而传播出去

总序

的与一般民众生活方式相关的基层文化。

　　据文献考察，宋明以来，特别是明代以来，中国迁居海外的移民基本上来自明代私人海上贸易最发达的地带，往往是父子、兄弟相互传带的家族式移民。1571 年，西班牙殖民者进抵菲律宾群岛并构建了以马尼拉城为中心的殖民据点，积极开展与东亚各国的贸易往来，采取吸引华商前来贸易的政策，前往菲律宾岛的华商日渐增多，其中不少人定居下来。明代福建官员描述："我民往贩吕宋，中多无赖之徒，因而流落彼地不下万人。"[①] 有的记载则称这些沿海商民"流寓土夷，筑庐舍，操佣贾杂作为生活"，"或娶妇长子孙者有之，人口以数万计"。[②] 到了清代，中国东南沿海人民往海外的迁移活动，基本上呈不断递升的状态。随着国际交往的扩大和资本主义市场的网络化，中国海外移民的数量及所涉及的地域均比以往有所增长。到了近现代，中国东南沿海海外移民的足迹，已经遍布亚洲之外的欧洲和美洲各地，甚至到了非洲。

　　这种家族、乡族成员连带的海外移民方式，必然促使他们在海外新的聚居地较多地保留祖地的生活方式。于是，家族聚居、乡族聚居生活方式的延续，民间宗教信仰的传承，风尚习俗与方言的保存，文化教育与娱乐偏好的追求，都随着一代又一代移民的言传身教，顽强地延续下来。这种由民间传播至海外的一般民众的生活方式，逐渐在海外形成了富有中国特色的文化象征。因此，我们在回顾中国以儒家经典为核心的意识形态文化在明代后期向西方传播的同时，绝不能忽视明代中后期以来一般民众生活方式对外传播的文化作用及意义。当近代以来中国的意识形态文化在西方人眼里日益衰微的时候，以往被人们忽视的由沿海商民迁移海外而传播出去的一般民众的基层文化传播途径，实际上成了 18 世纪以后中华文化向海外传播的主流渠道。

　　虽然说从 16—17 世纪以来，中国东南沿海居民不断地、大批地向世界各地移民，形成华侨群体，并在自己的居住国形成具有中华文化特征

① 张燮：《东西洋考》卷五，谢方点校，中华书局，1981，第 91 页。
② 顾炎武：《天下郡国利病书》卷九三《福建三》，广雅书局光绪二十六年刊本，第 13 册。

的社会文化氛围，但是我们还必须看到，这种由下层民众传播到世界各地的中华文化，无论是宗教信仰、生活习俗，还是文化教育及艺术娱乐，基本上都是在华人的小圈子里打转，极少扩散到华人之外的族群当中去。也就是说，中华文化在海外的这种传播，不太可能对华人之外的群体乃至国家、地区产生重要的影响力。

　　中国历代的对外关系，基本上是遵循两条道路开展的：一是王朝政府的朝贡体系，一是宋代以来民间海外贸易与对外移民的系统。如前所述，王朝的朝贡体系，关注的是政治礼仪外交，宋代以后缺乏带有国家层面的文化输出和传播。而宋明以来的民间海洋活动，关注的是经济问题，民间文化输出的目的在于维系华人小群体和谐相处的稳定局面，极少往政治层面上去思索，因此这种民间文化的输出，影响力极其有限。也就是说，中国海上丝绸之路的发展模式，自宋代以来，严重缺失了国家层面的对外文化传播与输出。反观15世纪以来西方殖民者的东扩，在庞大的商业船队到来的同时，天主教的传教士也不断涌入，想方设法地在东方世界包括中国在内的广大民众之中传播西方的宗教信仰与意识形态。时至今日，西方天主教、基督教对中国社会的渗透，依然十分强大。有些东亚国家，如韩国，其民众对基督教的信仰大大超出了以往对东方佛教的信仰。起源于中东地区的伊斯兰教，同样也是如此。本来，华人移民率先进入东南亚地区，但是后来的伊斯兰教徒，充分利用和扩展与东南亚国家和地区上层阶层的交往，使伊斯兰教在东南亚地区得以迅速传播，如今东南亚地区的许多居民被伊斯兰教同化。伊斯兰教文化在这些地区后来居上，占据了统治地位。虽然有少部分中国学者一厢情愿地认为明代前期郑和下西洋对东南亚地区的伊斯兰教传播起到了重要作用，但是这种论点的历史依据，大多是属于现代的，很难得到东南亚地区伊斯兰教系统文献的印证①，基本上属于自娱自乐、自说自话的

---

① 如孔远志先生是主张郑和下西洋时向东南亚地区传播伊斯兰教的学者，但是他也承认："海外现有的关于郑和在海外传播伊斯兰教的记载，尚缺乏有力的佐证。"参见孔远志：《论郑和与东南亚的伊斯兰教》，载中国航海日组委会办公室、上海海事大学编《中国航海文化论坛》（第一辑），第81页。

范畴。

在中国历代海洋事业及海上丝绸之路的发展历程中，文化传播与输出的缺失，极大地限制了中国对周边国家特别是东南亚国家和地区的整体影响。尽管中国历代政府希望通过朝贡体系谋求与周边国家的和平共处，中国海外移民也对居住国社会经济的发展作出了重大的贡献，但是由于文化上的隔阂，使得无论是中国与周边国家、地区的关系，还是华侨华人与当地族群的关系，都处于比较尴尬的境地。就东南亚地区百余年的发展情况而言，华侨华人在经济上为当地的发展作出了重大的贡献，但是经济上越成功，对当地的贡献越大，往往越难与当地族群形成亲密和谐关系，二者之间的隔阂始终存在。一旦这些国家或地区出现政治上、经济上的波动，当地族群往往把社会、政治及经济上的怨恨发泄到华侨华人群体上。百余年来，东南亚地区是华侨华人人数最多的地区，同样居住在这些地区的其他外来族群，却很少受到血腥的排斥，唯独华侨华人，不时受到当地政府或当地民众的排斥、攻击与屠杀。这里面的原因当然是十分复杂的，但是我们不得不认识到，中国海上丝绸之路在发展历程中忽视了文化的传播与输出，造成不同国家与地区之间文化上的隔阂，无疑是其中一个重要的因素。

中国的海洋文明发展历史及中国海上丝绸之路历史的前进道路，虽然在18世纪之后受到一定的挫折，但是其整体发展趋势并没有发生明显的改变，中国通过海上丝绸之路与世界的联系，始终保持波浪式的前进态势。而随着中国改革开放的大踏步前进，到了21世纪，中国发展包括"海上丝绸之路"在内的"一带一路"重大倡议日益坚定。"建设丝绸之路经济带和21世纪海上丝绸之路的战略构想，兼顾陆地与海洋，是建立在中国既是一个陆地国家，又是一个海洋国家的历史土壤上，统筹陆海大格局、全方位对外开放的大手笔。它秉承和平合作、开放包容、互学互鉴、互利共赢的精神，通过政策沟通、道路联通、贸易畅通、货币流通、民心相通等一系列规划项目和实践，促进共建国家深化合作，建设成一个政治互信、经济融合、文化包容的利益共同体、命运共同体和责任共同体。这个构想本身就是对传统中华文明的传承和弘扬。21世纪海上丝绸之路建设不是简单的经济过程、技术过程，而是文明的进步过程。仅仅靠资金的投入和技术的推广是不够的，需要正确的理论指导和历史经验教训的借鉴。因此，忽视基础研究并不可取，挖掘海洋文明史资源，深化中国海洋文明史研究，推动历史研究与当代研究的互通互补，不仅是提高讲好海洋故事能力的必要条件，更是推进中国文明的现代转型，建设海洋强国的内在诉求。"① 正因为如此，我们今天梳理中国海洋文明发展历史与中国海上丝绸之路历史的前进脉络，其现实意义是不言而喻的。

四、我们撰写"中国海上丝绸之路通史"的基本思路

中国海洋文明的发展及由此形成的中国海上丝绸之路，不仅给中国的社会经济与文化增添了不断奋进的鲜活元素，同时也为世界文明注入了不可或缺的源头活水。自现代以来，中外学界的不少学者都对中国的海洋文明发展史及海上丝绸之路历史文化进行过诸多探讨解析。但是迄今为止，学界对中国海洋文明发展史及海上丝绸之路历史文化的研究，主要侧重中国对外交通史、中国海外贸易史和中外文化交流史等领域。而对中国海洋文明发展史及海上丝绸之路的另外一种发展路径，即上面论及的以往被人们忽视的由沿海商民从事的海洋事业，以及由此迁移海外并传播到世界各地的基层文化的传播途径的研究，是缺失的。中国的海洋文明发展史及海上丝绸之路历史文化，从根本上讲，是由自秦汉以来一代又一代的民众构筑起来的。我们今天探讨和解析中国海洋文明发展史及海上丝绸之路历史文化，理应将较多的关注点放在构筑这一光辉历史与文化的下层民众上。近年来，随着中国海洋意识的提升，学界对中国海洋文明发展史及海上丝绸之路历史文化的讨论和学术研究日益增多，涌现出诸多富有见识的学术论述，其中以杨国桢先生主编的"海洋与中国"丛书、"海洋中国与世界"丛书和"中国海洋文明专题研究"丛书最具规模。这三套丛书用很大篇幅探讨、剖析了海洋文明与海洋文

① 杨国桢、王鹏举：《中国传统海洋文明与海上丝绸之路的内涵》，《厦门大学学报（哲学社会科学版）》2015 年第 4 期。

总序

化中一般民众的生活方式及基层文化，使中国海洋文明发展史和海洋社会经济史的研究更贴近海洋草根文化的本源真实。

近年来，学界还组织出版了一些以"海上丝绸之路"为主题的研究成果，这其中有清华大学出版社出版的《海南与海上丝绸之路》、厦门大学出版社出版的"海上丝绸之路研究丛书"、世界图书出版社出版的"海上丝绸之路断代史研究"丛书和安徽人民出版社出版的"南方丝绸之路研究丛书"。在这几种有关海上丝绸之路研究的图书中，《海南与海上丝绸之路》是地域性研究著作，而厦门大学出版社出版的"海上丝绸之路研究丛书"则是专题性研究成果的汇集。这些专题性研究成果的出版，将进一步推进对海上丝绸之路历史文化的研究，扩展我们对海上丝绸之路的考察视野，具有良好的学术意义。然而，这批著作过于注重专题性的叙述，因此也缺乏对中国海上丝绸之路历史文化的整体把握。世界图书出版社出版的"海上丝绸之路断代史研究"丛书，比较简要地概述了从秦汉至明清时期中国海上丝绸之路的演变历史。但是这一历史叙述基本建立在中国本土立场上展开，对海上丝绸之路涉及的其他区域及华侨华人在世界上的伟大贡献，基本上未涉及，这不得不说是一个很大的遗憾。因为海上丝绸之路是世界性的，我们无法忽视中国海上丝绸之路与沿路各地的相互联系。正是这种联系，使其成了真正意义上的海上丝绸之路。

回顾近 30 年中国学界对中国海洋文明发展史及海上丝绸之路历史文化的研究，不难发现以往对中国海洋文明发展史和海上丝绸之路历史文化的研究，更多是建立在宏观概念的探讨与专题性分析上。需要指出的是，在当前国家提倡"一带一路"重大倡议时，社会上乃至学界的一部分人，蹭着国家重视海洋意识的热度，赶着海上丝绸之路的时髦，提出了一些脱离中国海洋文明发展真实历史的观点。正如杨国桢先生所批评的："现在一些研究成果，对海洋的历史作用的认识存在分歧。一种认为传统中国是一个陆权国家，海洋并不重要，现代国家的发展要重建陆权。一种急于表达中华海洋文明是世界领跑者、优秀角色，提出中国或福建是世界海洋文明发源地，近代以前至少 15 世纪以前是海洋之王……这些现象的出现，是中国海洋史学发展不成熟的表现。一些声音很高的人本身对历史毫无素养，写的书是'非历史的历史研究'，他们看了一些历史论著就随意拔高观点，宏观架构出理论体系，当然会对社会产生误导。比如最近在海峡两岸引起轰动的南岛语族问题，考古学界、人类学界、语言学界的研究成果，把他们的一部分来源追溯到我国东南沿海或台湾地区。于是台湾有人说：'台湾是人类文明发源地。'福建有人说：'福建是世界海洋文明的发源地。'这是真的吗？我认为史学界应该重视，开展讨论，辨明是非。这类问题还有不少，不宜视而不见。"①

从这样的思考出发，我们认为有必要撰写一系列比较全面又清晰体现中国海洋文明发展史及海上丝绸之路历史文化的著作，尤其是能在一定程度上反映历代中国商民从事的海洋事业，以及由此迁移海外而传播到世界各地的一般民众基层文化传播途径。当然，要使我们的这系列著作能够达到这样一个目标，涉及三个方法论的问题，有必要在这里与大家逐一探讨。

首先，作为中国海洋文明发展的全史性著作，叙述书写的边界在哪里？所谓中国海洋文明发展通史，顾名思义，要叙述的是与海洋相关联的社会经济活动。但是我们不能赞同有些学者把中国的海洋文明发展史局限在海洋之中发生的历史事件。在本文的开章伊始，我们对中国的海洋历史形成这样的认识：中国海洋文明存在于"海—陆"一体的结构中。中国既是一个大陆国家，又是一个海洋国家，中华文明具有陆地与海洋的双重性格。中华文明以农业文明为主体，同时包容游牧文明和海洋文明，形成多元一体的文明共同体。中华民族拥有源远流长、辉煌灿烂的海洋文化和勇于探索、崇尚和谐的海洋精神。中国海洋文明发展的这种"海—陆"一体的结构，决定了其与大陆文明的发展，具有天然的、不可分割的联系。从某种意义上讲，中国的陆地文明与海洋文明是相互促进、相互制约、相辅相成的。二者的发展历程，是无法断然割裂的。基于这样的思考，我们对叙述中国海洋文明发展历史边界的整体把握，并不仅限于发生在海洋当中的活动，而是从较为宏观的视野考察中

① 朱勤滨：《海洋史学与"一带一路"——访杨国桢教授》，《中国史研究动态》
2017 年第 3 期。

总序

国历代海洋活动中陆地与海洋的各方关系，从而更加全面地描述中国海洋文明发展的基本概貌。

其次，我们撰写的这部中国海洋文明发展通史，既然是基于中国海洋文明存在于"海—陆"一体结构的观点之上，那么这一极为宏观的审视所牵涉的领域又未免过于空泛和难于把握。为了更集中地体现中国历代海洋活动的主体核心部分，我们认为，在中国海洋文明发展历史的进程中，人的作用始终是第一位，海洋社会的核心是海洋活动中的人。"在海洋发展历史上，不同的海上群体和涉海群体塑造了不同的海洋社会模式，如古代的渔民社会、船员社会、海商社会、海盗社会、渔村社会、贸易口岸社会等等。他们有各自的身份特征、生计模式，通过互动结合，形成不同风格的群体意识和规范。海洋史就是要去研究海洋社会中的结构、经济方式，及其孕育的海洋人文。"① 我们只有更加深入与全面地反映历代人民在中国海洋文明发展进程中所发挥的无与伦比的历史作用，才能更加贴近中国海洋文明发展历史与文化的真实面貌，还原出一个由历代人民艰苦奋斗创造出来的历史本真。当然，要较为全面且如实地描述历代人民在中国海洋文明发展历程中所扮演的角色及其所发挥的作用，就必须深入地剖析历代人民所秉持的生活方式的方方面面，举凡社会、经济、精神、宗教信仰、文化教育、风俗习尚等，都是我们这部著作所要体现的重要内容。

再次，我们这部中国海洋文明发展史，虽然把论述的核心放在海洋活动中的"人"，但是中国自秦汉以来就是一个中央集权制国家，国家制度对政治、社会、经济、文化等各个方面都具有不可替代的强制力，而传承了两千多年的儒家文化等上层意识形态，同样也对中国历代的政治、社会、经济、文化等各个方面的发展起到不可忽视的影响作用。中国的海洋文明发展进程同样也是如此，无论是汉唐时期政府主导的"朝贡体系"，还是宋明以来民间私人海上贸易与海外移民的兴起，无不在相当程度上受到国家政府的制度设计和制度约束，从而在不同程度上影

---

① 朱勤滨：《海洋史学与"一带一路"——访杨国桢教授》，《中国史研究动态》2017 年第 3 期。

响着中国海洋文明发展的历史进程。特别是明清以后，国家政府对民间私人海上贸易活动及海外移民活动基本采取了压制的政策，对中国海洋文明的国际化进程产生了一定的阻碍作用。中国历代政府与中国海洋文明发展的这种复杂又多元的关系，以及中国传统儒家文化、道德观念对中国海洋文明发展历程所产生的影响力，无疑是我们在探讨中国海洋文明发展史及中国海上丝绸之路历史文化时应关注的内容。

最后，关于中国海洋文明发展历史，虽然最初海洋活动的产生是基于海岸线上的生产、生活活动，如捕捞、养殖以及沿着海岸线的短途商业活动等，但随着海洋活动的扩展与进步，中国的海洋活动势必从海岸线走向大海，走向东南亚、南亚、中东及至欧洲、美洲各地。因此，中国海洋文明发展史，无疑是中国海洋活动不断向大海拓展活动空间的历史，而这一历史发展进程，就不单单涉及中国一个国家或地域的问题，而是涉及双向的国际问题。我们现在论述中国海洋文明发展史，总是脱离不了中国海上丝绸之路的话语，这正说明了中国的海洋文明发展史，是与中国海上丝绸之路的发展史紧密联系在一起的。海上丝绸之路是亚洲海洋文明的载体，不是中国一家独有的。从文化视角出发，海上丝绸之路可阐释为"以海洋中国、海洋东南亚、海洋印度、海洋伊斯兰等海洋亚洲国家和地区的互通互补、和谐共赢的海洋经济文化交流体系"。在某种意义上，海上丝绸之路是早于西方资本主义世界体系出现的海洋世界体系。这个世界体系以海洋亚洲各地的海港为节点，自由航海贸易为支柱，经济与文化交往为主流，包容了各地形态各异的海洋文化，形成和平、和谐的海洋秩序。中国利用这条海上大通道联通东西洋，既有主动的，也有被动的成分；沿途国家加入海上丝绸之路的运作，不是中国以武力强势和经济强势胁迫的。从南宋到明初，由于造船、航海技术的发展和创新，中国具有绝对的海上优势，但中国并不利用这种优势追求海洋权力，称霸海洋。所以海上丝绸之路自开辟后一直是沿途国家交往的和平友善之路，直到近代早期欧洲向东扩张，打破了亚洲海洋秩序，才改变了海上丝绸之路的和平性质。海上丝绸之路作为历史的符号，覆盖了西太平洋和印度洋的地理空间，代表传统海洋时代和平、开

放、包容的精神和文化。① 从这样的思路出发，我们对中国海洋文明发展史的认识，应该是具备国际视野的。从某种意义上或许可以说，中国的海洋文明发展史，也是我们海洋先民的足迹不断地向海外跋涉迈进的历史。这一点，同样是我们在这系列专著中力求表达的一个重要部分。

从以上的学术思路出发，我们撰写的"中国海上丝绸之路通史"丛书，应该是一套能充分体现中国历史上海洋事业与海上丝绸之路的纵向发展与横向发展的全方位的史学著作。也就是说，这批著作一方面较详尽地阐述了中国自先秦至民国时期海上事业与海上丝绸之路的发展概貌，另一方面也对各个历史时期中国海洋事业与海上丝绸之路发展阶段的主要特征进行专题性研究。其次，我们必须把研究的视野从中国本土逐渐向世界各地延伸，而不能局限于中国本土，不能仅仅以中国人的眼光来审视这一伟大的历程。我们必须追寻我们先人的足迹，他们不惧汹涌的波涛，走向世界各地，从而为中华文化的对外传播，为世界各地的社会发展作出巨大的贡献，他们与祖籍家乡保持紧密联系、始终与祖籍家乡同呼吸共命运。中国海洋文明发展史与海上丝绸之路历史与文化的世界性，是该系列专著要表达的一项重要内容。其三，以往对中国海洋文明发展史及海上丝绸之路的研究都只关注社会经济活动，而事实上中国海洋事业与海上丝绸之路的发展演变过程除了包含社会经济活动，还包含文化、思想、教育、宗教等方方面面的上层建筑领域的内涵。因此，该系列专著还包括政治制度、文化精神等方面的内容，探索中国海洋社会经济发展的基本历程及其与文化等上层建筑领域的相互关系，寻找中国海上丝绸之路的文化意义及其对世界的重要贡献。

当然，要比较全面而清晰地反映中国海洋文明发展史及海上丝绸之路历史文化，并不是一件简单的事情，没有一定的篇幅，是不足以反映中国海洋文明发展史及海上丝绸之路历史文化的全貌的。因此，我们联络了厦门大学、中国人民大学、闽南师范大学、福建中医药大学、闽江学院等多所高等院校的研究学者，分工合作，组成撰写 20 卷作品的研究

---

① 杨国桢、王鹏举：《中国传统海洋文明与海上丝绸之路的内涵》，《厦门大学学报（哲学社会科学版）》2015 年第 4 期。

队伍。我们从中国海洋文明发展史及海上丝绸之路历史文化的纵向和横向两个方面，进行多视野、多层次的探讨，经过三年多的努力，终于完成了这套数百万字的著作。我们希望这套专著能把两千年来的中国海洋文明发展史及海上丝绸之路历史文化，特别是把从事海洋事业、构筑海上丝绸之路的一般民众艰辛奋斗的历史，以及把中国传统文化传播到世界各地，推动世界文明多元化前进的本真面貌，呈现给广大读者。

我们深切知道，要全面深入地呈现中国海洋文明发展史及海上丝绸之路历史文化，单凭这样一套专著是远远不够的。由于我们的学力有限，这部多人协作完成的专著一定还存在不少缺点和错误。我们希望借这套专著的出版问世之机，向各位方家学者求教，希望得到方家学者的批评指正，以促使我们改进，并与海内外有意于研究中国海洋文明发展史及海上丝绸之路历史文化的同仁们一道探索，一道前进，共同促进中国海洋文明发展史及海上丝绸之路历史文化的学术研究更上一层楼。

陈支平

2022 年 10 月

目 录

绪　论
中国文艺的跨文化传播历史

　　近代，西方"文学（Literature）"概念传入，现代意义上的"中国文学"应运而生。此时，欧洲人已陆续开辟了通往世界各地的航路，掌握了世界地理知识，逐渐形成了世界意识（全球意识）。在这种历史语境中，西方文学界提出了"世界文学"的概念，并开始以西方文学为中心建构"世界文学"体系。西方的世界意识和西方文化陆续传入中国，对中国传统的"天下观"和中国文化造成了强烈的冲击。国人意识到，"中国既不是世界地理的中心，也不是世界文化的中心，只是世界上众多国家中的一国"①，并且在器物、制度乃至思想文化等诸多方面落后于西方。于是，中国人开始顺应潮流，并积极向西方学习，主动融入新的世界格局。文化界和文学界通过新文化运动、新文学运动，提倡学习西方文化和文学，通过对西方现代"文化""文学"和"世界文学"概念等文化元素的接受和运用，构建新的"中国文化""中国文学"，将"中国文化""中国文学"纳入"世界文化""世界文学"的架构中。可以说，近代西方文化及文学观念的跨文化传播，对中国文学产生了巨大的影响，也拉开了中国文学向西方传播的序幕。

　　然而，中国文化、文学跨文化传播的历史并非始自近代，至少可以上溯至秦汉时期。自那时起到现在，大致可以分为三个阶段：第一阶段是先秦至清末；第二阶段是清末至第二次世界大战；第三阶段是第二次世界大战后至今。

---

① 郑大华：《从"天下"走向"世界"——近代中国人世界意识的形成与发展》，《中国文化研究》2020 年第 2 期。

一、中国古典文学与东亚文化圈

虽然近代中国封闭落后、积贫积弱，处于西方所主导的世界秩序的边缘。但在此前很长一段历史时期，中国都是以先进、开放的大国形象与周边国家交往，在以"中国"为中心的国际秩序体系——朝贡体系中掌握着话语权。秦汉统一后，"中国"的范围进一步扩大，成为整个统一国家的称谓。"四夷"则从中原周边各族，扩展到"中国"疆域之外的国家（即"外国"）。西汉时期，张骞通西域开辟了从中国西部通往西亚、南亚、欧洲的陆上丝绸之路。此后，历代先民又陆续开辟了从东南沿海通往东亚、东南亚、非洲的海上丝绸之路，从中国西南通向东南亚、南亚的南方丝绸之路，从西北草原通往欧洲的草原丝绸之路。从汉代到明朝后期，中国历代政府奉行对外开放的政策，以"天下观"、儒家思想、华夷秩序等为思想基础，采用文化（文治教化）[①]、武力（武力征伐）、远交近攻、贸易等手段，逐渐与周边许多国家建立起以宗藩关系、朝贡关系为主的国际秩序——朝贡体系（藩属体系），其影响及于东亚、东北亚、东南亚和中亚地区。

受中国古典文化影响最全面、最深刻的区域是东亚（日本列岛、朝鲜半岛等）和东南亚的部分地区（越南等）。在长期的交往过程中，中国古典文化通过移民、贸易、遣使（如遣隋使、遣唐使）、留学（有留学生、留学僧）等途径，源源不断地向这些国家和地区传播，其影响从物质到精神层层深入：首先，在物质文化层面，稻作文化伴随民族迁徙向这些国家和地区传播；其次，在精神文化层面，以汉字的传播和使用为基础，儒、释、道三家，尤其是儒学和汉传佛教广为传播；最后，在制度文化层面，这些国家积极效仿中国的统治模式，参照中国的政治制

---

① 汉语中"文化"一词原本最主要的意义是"以文教化""文治教化"，与"武力征伐"相对，意为以伦理道德来感化人，是中国传统文化中的重要思想。作为社会科学重要概念的"文化"，其含义即人类在历史发展过程中创造的物质和精神财富的总和，是近代从西方传入，并不断丰富发展起来的。

度、法律制度、官僚体制、教育制度等制定自己的统治制度。

在中国古典文化的传播和影响下，中国与这些国家和地区具有诸多共同的文化要素，渐渐形成了以中国古典文化为核心的文化系统——"东亚文化圈"（又称为"汉字文化圈""儒学文化圈"）。中国古典文学作为中国古典文化的重要组成部分，在"东亚文化圈"中的其他国家广泛传播，并对其文学产生了深刻的影响。首先，汉语、汉字是中国文学的载体，中国文学随着汉语、汉字的传播而传播。中国古代没有纯文学观念，只有杂文学观念，文史哲不分家，文学作品混杂在经、史、子、集等各类文献中。东亚其他国家的学者在学习使用汉语、汉字的过程中，要阅读各类文献、文本，并模仿这些文本学习写作，必然会接触到大量的中国文学作品，获得汉语写作（包括文学写作）的训练。其次，中国的文官制度、科举制度及相应的教育体系在这些地区的传播，促进了中国文学的传播。最后，汉传佛教的传播也促进了中国文学在这些国家的传播。佛教传入中国，翻译佛经、传播教义，结合中国的儒学、道教等文化因素，进行本土化改造。汉传佛教在向"东亚文化圈"其他国家传播的过程中，不但出现了许多精通用汉语吟诗、作文的僧侣，而且中国的佛教文化、文学对当地文化、文学也产生了极大的影响。

在汉字传入之前，这些地区还没有成熟的文字和书面语言，因此也就没有书面文献（包括书面文学）。通过学习汉语、汉字，这些国家的文人学会阅读各类汉语文献，掌握了汉语写作能力，从而开始书写官方文书，编撰历史，著书立说，还进行文学创作，才渐渐有了各种汉语文献（包括书面文学）。首先，这些国家的文人用汉语、汉字效仿中国古典文学进行创作，形成了各自的汉语文学。近代以前，在这些国家和地区，汉文学是其主流文学、官方文学以及文人文学的主体。其次，这些国家的文人用汉字、汉语词汇和语句，借鉴中国文学的内容和形式，记录其口头文学、民间文学，使其书面化。最后，他们从汉字取材创造自己的文字，并用自己的文字进行各种文献的书写（包括文学创作）；这些文献和文学作品的书写和创作往往受到中国文献和文学的影响。可以说，中国文学的传播对当地文学尤其是书面文学的产生、发展有着直接、深刻的影响。

东南亚除了越南深受中国古典文化影响外，其他国家和地区主要受印度文化和伊斯兰文化影响，在认知体系和语言上与中国文化有较大的差异。因此，这些国家和地区虽与中国交往的历史悠久，但以外交及贸易往来（民间贸易为主，部分地区与中国有朝贡关系）为主，文化（精神文化）交流相对较少，主动学习、接受中国文化（精神文化）的现象比较少见。在这些国家和地区当中，泰国政府较早开始主动学习中国文化（精神文化）。

综上所述，可以说自秦汉至近代是中国文学对外传播的第一阶段。这个阶段，中国古典文学在以中国为主导的"国际秩序"体系——朝贡体系框架内，以中国文化为主体的文化系统——"东亚文化圈"形成过程中，深入、持久地向东亚的朝鲜半岛、日本列岛以及东南亚的越南等国家和地区传播，促成了其书面文学的产生和发展，对东亚文化圈的建构起到了推动作用。

二、"西势东渐"与"中学西传"

近代，西方崛起，率先开始了现代化进程，并将这一进程逐步推向全世界，成为影响世界发展的主导力量。西方列强凭借强大的国力向全世界扩张，开始建立新的世界秩序。中国在与西方列强的较量中节节败退，以中国为中心的朝贡体系走向解体。中国由泱泱大国、文化中心沦为世界弱国，不仅在政治、军事、外交、经贸上处于弱势，而且在文化上也逐渐被边缘化。中国文化、文艺对外传播的格局发生了巨大的变化，进入了一个新的阶段。一方面，在西方文化的直接冲击下，中外文化交流，由以输出为主，变为以输入为主，学习西方逐渐成为时代主流；另一方面，由于西方的强势入侵，朝贡体系的解体、中国国势的衰落，中国与周边国家和地区尤其是东亚的朝鲜半岛、日本以及东南亚的越南，在政治上不再是宗藩关系，在文化上中心与边缘的关系也逐渐弱化。在这些国家和地区，中国文化的影响力逐渐减弱，而西方文化的影响力则不断增强，向西方学习也成为其时代的主流。日本率先开始向西方学习，走在了中国的前面，在很多方面成为中国学习的对象。再加上西方现代国家、民族观念的东传，唤起了东方国家民族意识的觉醒。在这种历史背景下，日本、朝鲜、越南等历史上深受中国影响的地区逐步开始使用本民族的文字，发展自己的文化，过去以汉语为媒介接受中国文学的状况发生了改变，翻译逐渐成为中国文学在这些地区传播的重要环节。其文学也逐渐转型，由以汉文学为主体，变为以本民族语言文学为主体；由以古典文学为主体，变为以新兴的现代文学为主体；但在中国古典文化、文学影响下形成的传统犹存，"中华元素"继续影响着其文化、文学的发展。"东亚汉文学虽然从形式上已走向衰落，但其所蕴含的历史文化传统，却得以延续下来，并为东亚现代文学的发展，奠定了思想文化基础。"①

　　近代中国文化、文艺对外传播的一个最重要的变化，就是"中学西传"。自地理大发现打通了东西方之间的航道后，明代中期已有欧洲人从海路来到中国的沿海地区，其后一些传教士被允许进入中国，开始将西方文化传播到中国。他们为了与中国人沟通交往，积极学习汉语和中国文化，并通过翻译和研究将中国文化和文学介绍到西方。到了清朝末期，一方面列强以武力打开中国国门，不但对中国进行军事侵略、政治控制、经济掠夺，还进行文化渗透，西方各国的传教士、外交官、军人、商人、学者、旅行者等大量进入中国，源源不断地将西方文化传播到中国社会。另一方面中国的有识之士为了救亡图存，积极接受、学习西方文化。西方文化因而大规模、全方位地传入中国，对中国的社会、文化产生了深远的影响。随着中西交流、交往进一步扩大，越来越多的西方人来到中国，不断地将中国的文化、文学传播到西方。同时，一些中国人因外交、求学、游历、谋生等各种原因去往西方，也将中国文化、文学传播到西方。除了上述人员的流动，现代印刷技术的发展、现代传媒的出现，也大大促进了中国文艺的对外传播。

　　近代中国文艺在西方的传播与其古代在东亚文化圈的传播不同，表现在两个方面。一方面是文化势差不同。文化势差，简单地说，是指文

———————————
① 蔡美花：《中国古典文化是东亚文明走向未来的基石》，《中国社会科学报》2020年11月13日。

化之间强势与弱势的差异，反映了不同文化在国际政治经济格局中地位的差异。中国古代在与东亚文化圈其他国家的文化交流中，处于强势地位，文化影响力、辐射力、渗透力相对较强；而近代在与西方的文化交流中，则处于弱势地位，文化影响力、辐射力、渗透力相对较弱。

另一方面是文化质差不同。"文化质差，简言之，即不同文化的类别差异"①。中国与东亚文化圈中诸国文化的同质性较为明显，相互之间的文化流动属于同质流动，阻力较小，因此流动效率较高；但与西方的文化异质性较为明显，在认知系统、语言等方面存在较大差异，相互之间的文化流动属于异质流动，阻力较大。由于古代中国在文化上相较于东亚文化圈诸国处于强势地位，文化的流入以"万邦来朝"的方式为主，主要传播物质文化，精神文化的流入及影响有限。文化的输出则以"文治教化"的方式为主，再加上双方之间质差较小，物质文化和精神文化得以全方位地输出到东亚诸国，从而形成以中国文化为主体的文化体系——东亚文化圈，中国文化对这些国家的传统文化和文学的形成和发展产生了深刻的影响。近代中国在文化上相较于西方处于弱势地位，虽然双方差异较大，但是"伴随政治、经济、军事等强力介质的介入"②，西方文化突破重重阻碍全方位输入中国，打破了中国文化的强势地位，推动了中国传统文化的变革和中国文化的现代化。而中国文化的输出对西方文化也产生了一定的影响，但无论规模还是辐射力都有限，并没有给西方文化带来巨大的冲击和改变。而且这种影响主要取决于西方社会自身的需要及其对中国的态度。

近代之前，西方人虽与中国没有直接的接触，但是中国的丝绸、瓷器、茶叶等物质文化成果以及指南针、造纸术、火药、印刷术等先进技术，辗转传播到西方，使西方人对中国充满了神秘的想象和美好的向往。近代，在与中国文化接触的初期，西方尚处于社会转型的开端，中国作为有着高度文明的古国还是他们追赶的目标。许多启蒙思想家积极

① 何一、青萍：《文化势差、质差与文化流动的历史诠释》，《西南民族大学学报（人文社科版）》2003 年第 2 期。

② 同上。

提倡学习中国文化。到了鸦片战争以后，中国不仅在与西方列强的军事较量中落败，而且在经济、文化等方面也落后于西方。西方人对中国文化的态度发生了改变，学习中国文化的热情减退。在中西文化交流中，一种西方文化优于非西方文化的"西方中心主义"思想倾向开始凸显出来。"这时虽然还有一些传教士、外交官和个别学者在从事中学西传的工作，如把中国的一些典籍和名著翻译成西文，著述介绍中国的风俗人情或历史文化，但这些传教士、外交官和学者大多数是以一种玩赏的态度从事中学西传工作的，他们以为中国文化作为一种存放在博物馆里的古董，已失去了生命和价值，除供人们凭吊、欣赏和研究外，没有其他任何意义。因此，他们的翻译和著述不仅问题多多，而且也没有产生多少社会影响。"①

近代中国文化、文学对外传播的另一个变化是传播的地域范围随着中国人向世界各地移民而逐渐扩展。近代，中国出现了以华工为主体的移民浪潮。其主要原因：一方面，西方殖民者因为开发殖民地需要大量劳动力而招募契约华工，开展臭名昭著的苦力贸易（俗称"卖猪仔"）。另一方面，中国国内社会动荡，民生凋敝，迫使一部分中国人离乡背井到海外寻求出路。在这种情况下，中国沿海地区出现了"下南洋"的热潮，大量中国移民涌入东南亚各地，移民规模之大，定居人数之多，前所未有。因为东南亚是海上丝绸之路的重要枢纽和组成部分，中国人"下南洋"的历史悠久，再加上近代"下南洋"的热潮，使东南亚成为华侨最为集中的地区。这些中国移民到了海外，为了能够守望相助，往往集聚而居，慢慢形成了自己的聚落——唐人街，在其中发展起以庙宇、社团会馆、学校以及后来的报刊为支柱的"小社会"。这个"小社会"成了中国文化在东南亚各地传播的据点。有学者将唐人街称为"中国在海外的文化'飞地'"②。中国文化被华侨带到这个"小社会"中，在东南亚扎下了根，逐渐成为当地多元文化的一部分。中国文艺也随之传播到这里，在华侨华人中传承、发展，形成了独具特色的东南亚华文

① 郑大华：《论民国时期的东学西传》，《吉首大学学报》2005 年第 1 期。
② 庄国土：《唐人街：中国在海外的文化"飞地"》，《华声报》2004 年 3 月 15 日。

文学乃至于华语戏曲。世界各地的华侨华人中都有这种情况。除了东南亚，近代中国移民也向世界其他地区扩散。一是为数不少的华工被输送到西方各国在美洲、澳大利亚、非洲等地的殖民地；二是鸦片战争之后，中西交往不断发展，陆续有一些中国人因外交、求学、谋生、游历等原因去往西方；三是第一次世界大战期间，英、法、俄从中国招募大约 30 万劳工，前往欧洲战场。这些中国移民所到之处，渐渐形成了华侨华人社会，将中国文化、文学传播到世界各地。

三、全球化与中国文学走向世界

虽然中国文艺在"东学西渐"和近代中国移民走向世界的过程中开始传播到世界各地，但在大部分地区，其传播及影响主要限于华侨社会当中。中国文艺在世界范围内广泛传播，是从两次世界大战之后才逐步实现，也是从这个时候开始，中国文艺的跨文化传播进入了第三个阶段。在两次世界大战后，全球化发展有了长足的进步。首先是资本主义世界体系的形成，以及世界经济日趋全球化。近代地理大发现打破了各大洲之间相对隔绝的状况，使世界在地理上开始连成一个整体。伴随着新航路的开辟，西方列强四处扩张、瓜分世界、争夺殖民地。他们陆续在亚洲、非洲、美洲、澳大利亚建立了各自的殖民地。西方的殖民扩张使资本主义世界体系逐步建立，表现为：资本主义殖民体系的形成、资本主义制度在世界范围内逐步取得主导地位、资本主义经济体系和世界市场初步建立。到第一次世界大战前后，资本主义世界体系完全形成，世界以资本主义为纽带联系在一起。一战结束后，第一个具有普遍性和综合性的国际组织——国际联盟成立，先后有 63 个国家加入，其职能涉及政治、经济、军事、卫生、知识产权交流、难民及妇女权利等问题，参与当时许多重大的国际事务。国际联盟的成立及活动在一定程度上推动了全球化的发展。到了第二次世界大战之后，随着关贸总协定的签订以及国际货币组织、世界银行的成立，以美国为主导的世界资本主义经济体系形成，世界市场日益成为一个有机的整体，世界经济出现全球化的趋势。经济和市场是世界各国政治、外交、文化等活动的基础。

世界经济的全球化，使得世界各国在经济、政治、文化等方面日益连成一个整体。主要体现在以下几个方面：

第一是由于世界经济全球化的发展，文化产品贸易和服务逐渐国际化，包括国际演出市场、电影市场、艺术品市场、音乐市场、电视市场和图书出版市场等在内的国际文化市场逐步形成和完善。以国际图书出版市场为例，依托世界市场，通过商业运作，借助信息技术，出版业现代化、专业化、国际化的程度不断增强，制度也更加高效、完善。在出版业发达的欧美，19世纪末就开始出现作家经纪人制度。作家经纪人、经纪公司到世界各地物色优秀的作家作品，推介给世界各地的图书出版商以及影视、动漫公司等，推出图书、影视作品、动漫作品等文化产品，在世界范围内广泛传播。如今，作家经纪人、经纪公司在欧美已经成为一个成熟的行业，在世界其他国家和地区也渐渐发展起来，推动了世界范围内文化、文学的传播与交流。

第二是媒体传播逐渐全球化。第一次世界大战前后，报刊、电话、电报、广播、电视等现代传播媒体陆续出现并得到广泛运用，大大提高了文化传播能力，推动跨文化传播的发展。现代通讯、传播技术的发展，多种传播媒体尤其是大众传媒的运用，使世界范围内的文化传播以前所未有的规模和速度发展。

第三是两次世界大战以来，世界格局发生了很大的变化，"西方中心主义"遭到质疑，西方社会开始重视东方文化，包括中国文化。第一次世界大战后，许多西方人对西方文明感到失望，有识之士开始反思其弊端。一些知识分子将目光投向了东方，出现了一股"东方文化救世论"的思潮。在这种背景下，西方社会又掀起了学习中国文化的热潮，中国文化尤其是中国古典文化在西方社会得到了较为广泛的传播。譬如梅兰芳几次访美、日、苏的京剧之行，就在世界范围内掀起热潮，至今为人所津津乐道。西方各国开始成立专门研究、传播中国文化的机构，将大量中国古代文化典籍翻译、介绍到西方社会，主要有儒家、道家等古代文化经典，戏曲、小说、诗歌等古典文学作品，对西方文化、文学产生了积极的影响。除了翻译中国文化经典外，西方对中国文化、文学的研究也有了长足的进步，出版了一大批研究、介绍中国哲学宗教、历

史地理、语言文学以及艺术等领域的著作。随着西方教育和学科体系的完善，以及与中国关系的进一步发展，汉语教学、中国研究逐渐进入西方教育体系当中，许多汉学研究机构、学术刊物也纷纷创立，迅速发展成为传播中国文化、文学的重要力量。中国文化、文学的译介和研究作为汉学研究的主要内容，得到了长足的发展。二战之后，一方面西方殖民体系走向崩溃，西方知识界出现了一波又一波批判现代性、殖民主义的思潮，不但反思西方文化的弊端，而且重视研究东方文化，试图从中找到解决问题的方法。另一方面亚洲崛起的势头迅猛，从日本到中国、印度等，一浪接着一浪，使东方日益成为世界关注的焦点，国际关系的重心逐渐由大西洋向太平洋转移。尤其是中国，自1978年改革开放以来，经济高速增长，综合实力不断提升，已成为当今世界不可忽视的大国。国际社会对中国的关注度越来越高，对中国文化的兴趣也越来越大，出现了"汉语热""京剧热"等现象。

综上所述，两次世界大战以来，随着国际政治、经济、文化格局的变化，汉学、中国文学日益成为一门显学。以俄罗斯汉学、西方汉学、东方汉字文化圈汉学（一说是苏俄、欧美、日韩）三大板块为代表的国际汉学，在中国文学译介和研究上成就显著，尤其是对中国文学的研究在广度和深度上达到了前所未有的程度，表现在以下几个方面：

首先，研究分类、分工日益细化，对于作家、作品、某一朝文学、某种文体、民间文学、官方文学、俗文学、雅文学、书面文学、口头文学等都有专门的研究。

其次，研究方法推陈出新，研究领域不断拓展，将各种文学理论运用到研究当中，如现代主义、形式主义、结构主义、后结构主义、比较文学、现象学、诠释学、接受美学等；还进行跨学科研究，如语言学、人类学、民族学、民俗学、心理学、传播学、社会学等。汉学家们对于中国文学的研究常常有不同于中国学者的视角与见地，甚至开辟出新的研究领域，如中国文学史的书写，日本、英国、俄国等国的学者时常有领先于中国学者的创见和研究；对于一些新的文学理论及其他学科方法的运用往往也先于中国学者。他们的研究成果为中国学者了解自己的文化提供了有益的借鉴。

最后，两次世界大战以来，尤其是第二次世界大战后，中国逐步实现了民族独立，在全球化不断发展的过程中，以独立、自主的姿态融入世界，积极开展各种形式的对外交往，主动向世界各国传播中国文艺。近代，虽然中国被迫加入资本主义世界殖民体系，但客观上也增进了中国与世界，尤其是西方在政治、经济、文化等方面的联系。第一次世界大战后，西方的"中国热"使得一部分中国知识分子增强了文化自信，从而加入向西方传播中国文化的行列当中。第二次世界大战中，中国的抗日战争成为世界反法西斯战争的重要组成部分，中国的国际地位和关注度得到了提升。为了争取外界的支持和同情，中国积极开展对外文化交流，传播抗战文化。中国官方和民间纷纷成立对外文化宣传机构、团体，积极开展对外文化交流活动，文学界通过出版相关刊物、书籍，并与海外友人合作，将中国抗战文学作品翻译介绍到海外，戏剧、音乐界组成演出团到海外演出，在西方反法西斯国家和海外侨胞中引起了热烈的反响。西方反法西斯国家大量翻译出版中国抗战文学作品，当地文化界还开展活动声援中国抗战。海外华侨社会文化界也行动起来，创作中国抗战题材的华文文学作品，演出中国抗战题材的剧目，号召海外侨胞支援祖国抗战。第二次世界大战之后，中国作为战胜国参与国际事务，成为关贸总协定的创始缔约国和联合国五个常任理事国之一，国际地位进一步提升。中华人民共和国的成立实现了中华民族的独立，在和平共处五项原则的基础上，积极开展对外交往。虽然当时由于冷战，世界分为互相对峙的两大阵营，但中国与世界各国在政治、经济、文化等方面依然保持着密切的来往。

在改革开放以及冷战结束后，中国开始更全面地融入国际社会，先后恢复了关贸组织缔约国地位，加入国际货币基金组织、世界银行、世界贸易组织等国际组织。特别是改革开放以来，中国经济取得了举世瞩目的成就，综合国力不断增强。中国的国际地位日益突出，对外交往不断发展，如今已经和世界上大部分国家建立了外交关系①，在政治、经济、文化等方面广泛开展交流与合作。就对外文化交流来说，在经济取

① 据外交部统计，截至 2024 年 12 月中国已经和 183 个国家建立了外交关系。

得巨大成就的基础上，21世纪初中国提出了文化"走出去"战略，将之作为建设文化强国、提高中国文化"软实力"的重要方针和必经之路。2000年10月，党的十五届五中全会第一次明确地提出了文化"走出去"的战略。2006年，《国家"十一五"时期文化发展规划纲要》对文化"走出去"战略进行了明确、具体的界定："抓好文化'走出去'重大工程、项目的实施，充分利用国际国内两个市场、两种资源，主动参与国际合作和竞争，加强对外文化交流，扩大对外文化贸易，拓展文化发展空间，初步改变我国文化产品贸易逆差较大的被动局面，形成以民族文化为主体、吸收外来有益文化、推动中华文化走向世界的文化开放格局。"①

在中国政府的高度重视下，改革开放40多年，尤其是21世纪以来，中国对外文化交流取得了丰硕的成果。据统计，"截至2017年底，我国已与157个国家签署了文化合作协定，累计签署文化交流执行计划近800个，初步形成了覆盖世界主要国家和地区的政府间文化交流与合作网络。"② 中国政府借助文化活动、海外中国文化中心、孔子学院等平台积极向世界推介中国文化。"到2020年，海外中国文化中心总数将达到50个，形成覆盖全球主要国家和地区的中国文化对外传播推广网络……截至2017年12月31日，146个国家（地区）建立525所孔子学院和1113个孔子课堂……"。③ 中国文学的对外传播和交流作为中国文化"走出去"的重要组成部分，在政府的扶持下，依托国家对外文化交流的政策和平台、国际文化市场和文化贸易、各级各类政府和民间组织机构和相关企业，通过各种形式的对外交流渠道和活动，取得了显著的成绩。以中国作家协会为例，自改革开放以来，积极开展了多种方式的对外交流活动：

---

① 《国家"十一五"时期文化发展规划纲要》，中国法制出版社，2006。

② 黄发红、朱玥颖、李欣怡：《改革开放40年：中国对外文化交流取得丰硕成果》，人民网，2018年10月29日，http://travel.people.com.cn/n1/2018/1029/c41570-30367744.html?from=singlemessage&isappinstalled=1，访问日期：2021年9月。

③ 同上。

一是组织作家访问团、戏曲院团到海外交流、访问。据统计，2001年至2006年中国作协共派出81个代表团、406位作家，访问了美国、英国、法国、俄罗斯、德国、日本、加拿大、波兰、越南、古巴、巴基斯坦、印度等30多个国家。[1] 2006年至2011年中国作协共组织142个出访团、700多位作家分批次到40多个国家及地区访问。[2] 中国作协还积极组织作家代表团参加一系列的国际书展，如莫斯科国际书展、布达佩斯国际书展、首尔国际书展、莱比锡书展、法兰克福国际图书博览会、希腊萨洛尼卡国际书展、突尼斯国际书展等；参加一系列国际文化交流活动，如在拉美地区、泰国举办的中国文化年，以及中埃文化年、中俄文化交流年、中法文化交流年、美国爱荷华"国际写作计划"等。为了促进中国戏曲在法国的传播，巴黎中国文化中心特意举办了巴黎中国传统戏曲节。该戏曲节创办于2003年，每两年举办一届，每届历时一周多，至今已经举办了九届。每次节日都会邀请国内各大剧团赴法演出，并举办戏曲讲座，向法国观众普及推广戏曲艺术。迄今为止，共有京剧、评剧、越剧、昆曲、扬剧、河北梆子、粤剧、吉剧、潮剧、婺剧、汉剧、黄梅戏、莆仙戏、闽剧、陇剧等三十余种具有中国地方特色的戏曲登上巴黎舞台。同时，为吸引法国青少年，巴黎中国文化中心与当地剧院还联合举办"戏曲进校园"活动。经过将近20年的文化积淀，法国本土培养了一批忠实的戏迷，如今每次戏曲节举办的前一两个月，戏票往往早已售罄。

二是加强与国外文化、文学机构和团体、企业及高等院校的交流、合作。例如，中国作协与许多外国文学组织机构保持着长期的合作交往关系，包括印度、巴基斯坦、蒙古、日本、越南、约旦、叙利亚、波兰、塞尔维亚、保加利亚、俄罗斯等国的作家协会和文学院。还有一些国际诗歌节活动，如以色列的"尼桑国际诗歌节"、塞尔维亚的"贝尔

① 钟祚文：《社会主义文学与时代同步前进——中国作家协会五年工作综述》，《光明日报》2006年11月7日。
② 武翩翩：《中国作协对外文学交流充满活力——向世界展示中国文学魅力》，《文艺报》2011年11月04日。

格莱德国际作家聚会"、哥伦比亚的"麦德林国际诗歌节"、波黑的"萨拉热窝诗歌节"、波兰的"华沙之秋国际诗歌节"等。① 作为中国戏曲教育的最高学府，中国戏曲学院一直努力加强与海外高校的戏剧交流与合作，积极探索推进中国戏曲在海外传播与交流的创新发展。2007 年，中国戏曲学院成立了国际文化交流中心。2018 年，中国戏曲学院和新加坡传统艺术中心合作建立了第一个海外教学实践基地。迄今为止，中国戏曲学院已经与英国皇家戏剧学院、法国巴黎国立戏剧学院、俄罗斯高等戏剧学院、圣彼得堡国立戏剧学院、美国夏威夷大学、日本早稻田大学等数十所海外高校建立了良好的交流联系。另外，中国戏曲学院还在纽约州立大学建立了以戏曲为特色的孔子学院，相比包饺子、写春联等节令性活动，学习戏曲表演，欣赏中国戏曲，无疑是一种更加全面了解中国文化的途径。

第三是开展优秀中国文学作品对外译介工作。1995 年，国家重大出版工程《大中华文库》（汉英对照）系列正式推出，这是首次系统、全面地向世界推出外语版中国文化典籍。据统计，通过中国作协编辑、资助，在境外翻译出版的《当代中国小说选》迄今已有俄文版、英文版、波兰文版、韩文版、捷克文版、德文版共 15 种。另外，爱沙尼亚文版的《中国儿童文学选集》，有 100 多位中国作家的作品收入其中。为了更好地推动这项工作，中国作协举办了"汉学家文学翻译"国际研讨会，邀请来自 12 个国家的 20 多位中国文学翻译家及研究学者，就当代中国文学对外译介开展深入交流。② 2006 年，中国作协启动"中国当代文学百部精品对外译介工程"，通过联系外国翻译者和出版商，适当资助翻译费、出版费等，推动更多中国优秀作家作品被译介到外国，增强中国作家和作品的国际影响力。③

① 武翩翩：《中国作协对外文学交流充满活力——向世界展示中国文学魅力》，《文艺报》2011 年 11 月 04 日。

② 同上。

③ 中国作协创研部：《关于进行中国作家作品对外译介情况调查暨征集对外翻译著作的启事》，中国作家网，2009 年 8 月 3 日，http://www.chinawriter.com.cn/2009/2009—08—03/75058.html，访问时期：2021 年 9 月。

除了中国作协外，还有许多中央及地方、官方及民间的文学机构、文学团体、文化企业，共同推动中国文学走向世界。以其中一项关键性工作——中国文学的译介为例，"不少中国文学翻译工程或计划正在进行，例如'中国图书对外推广计划'（2004）、'中国当代文学百部精品对外译介工程'（2006）、'经典中国国际出版工程'（2009）、'中国文化著作翻译出版工程'（2009）、'中国文学海外传播工程'（2010）先后设立。这些项目的特点是目的明确、计划具体、资金充足，以制度性的力量来实践中国当代文学的主动'走出去'。其他主动'走出去'的方式还包括：各高校海外中国研究中心的设立及系列工作，政府以基金形式资助海外机构的翻译，国内出版代理人与海外机构的积极合作，民间翻译的跨国合作等。"[①] 此外，"中国京剧百部经典剧目外译工程"丛书于 2011 年 9 月正式启动，至今已出版发行三辑共计 40 余册。

可以说，近年来，中国实行文化"走出去"战略，中国文学的海外推广得到了空前的重视。中国本土的译介活动以及中外文学领域的合作发展，大大推动了中国文学走向世界的进程，不仅在海外侨胞当中获得极大反响，还在各国主流社会引起了一定的关注。中国文学向海外传播在技术、渠道上的障碍越来越小，中国文学对外传播的积极性高涨，但是中国与海外各国在政治、文化、语言上的分歧和差异还制约着中国文学在海外的传播和接受。

---

① 潘莉：《中国当代文学海外传播：走向均衡的文学图景》，《中国社会科学报》2019 年 12 月 19 日。

第一章
中国文学在东北亚

　　处于东北亚的朝鲜半岛和日本列岛，与中国地缘相近。考古发现和古代传说表明，中国境内的古代先民都曾向两地迁移，与两地原住民互相融合，所到之处撒下早期中国文化的种子，为中国与两地的文化添上了一抹相同的底色。

　　中国在商代形成了较为成熟的文字系统，率先进入文明时代。尤其是秦汉大一统后，经过文化整合，以儒家思想为基础的古代国家治理体系以及文化体系基本形成，中国逐渐走向文明和强盛。与中国来往密切的朝鲜半岛和日本列岛国家以及地处东南亚的越南等，感受到了中国治理体系和文化体系的先进性，主动加入以中国为中心的国际体系当中，以官方为主导，全面、深入、持久地向中国学习。

　　大约从汉代开始，这些国家和地区以汉字作为书面语言，与中国一同进入了长达千余年"书同文"的时代。汉字不仅是其政治、外交、司法、教育等书面媒介，也是其思想文化交流及传承的重要载体。中国古典文学随着汉字的应用进入其文人阶层的世俗生活和精神生活当中。对这些文人士子来说，阅读、学习中国古典文学作品从而获得汉文学写作能力，至关重要。一方面，汉诗文写作能力是他们跻身仕途的必备条件和为官生涯的必备技能；另一方面，汉文学的阅读和创作是他们抒发感情、表达志向、日常休闲、交际应酬的重要方式。总之，中国古典文学深深地融入其社会生活及日常生活当中，催生了以汉诗文为主要形式的书面文学，为其民族语言文学的产生和发展奠定了基础。可以说，汉字、汉文化及文学在这些国家的传播与接受是浸润式的，即经过长时间持续不断的影响和主动接受，逐渐渗入其文化的各个层面，从物质层面到精神层面，从语言符号到风俗习惯、伦理道德、宗教信仰、文学艺术、思维方式、世界观、价值观、审美观等等。而且汉字、汉文化及文学在这些国家的传播与接受是塑造式的，即其民族语言、文化、文学在形成发展的过程中一直受中国语言、文化、文学的影响，从借用及效仿中国文化元素、模式开始，逐渐融入本土文化，最终形成较为成熟、稳定的民族文化形式。

到近代，包括中国文化在内的东方文化，在西方文化的强势冲击下，进入了西方化的现代化进程，中国文化、文学在这些国家的传播和接受模式发生了根本性的改变。随着汉字和儒学教育体系为其民族文字和现代学科体系所取代，现代汉学或中国学研究成为中国文学传播的主要平台，翻译和研究成为中国文学传播的主要方式。不过，经过千百年来的传播和交融，中国文化已经渗透到其文化血脉之中，成为这些国家与中国之间在文化上持续交流的基础。

第一节 从"箕子走之朝鲜"到 "鲁迅""琼瑶"热潮

朝鲜半岛北面与中国的东北地区山水相连，自古以来就与中国关系密切，人员来往频繁。考古研究发现，中国古代先民自旧石器时代起就已经迁移到朝鲜半岛，将其文化传播到这里。在朝鲜半岛的石器时代和青铜时代遗址中发现的旱田农耕和稻作文化遗迹，包括谷物遗迹、生产工具、陶器、青铜器、墓葬形制等都与中国的华北、东北地区的农耕文化遗迹相似。根据文献记载，自殷商时期，就不断有中国境内的居民迁移到朝鲜半岛，陆续将中国的蚕桑农耕、文字典籍、法令制度等传播到朝鲜半岛。到了汉代，朝廷在朝鲜半岛北部、中部设立乐浪、玄菟、真番、临屯四个郡，中国文字、文化、文学逐渐在朝鲜半岛扎根，并对其文明进程产生了深刻的影响。

一、"箕子走之朝鲜"与"汉四郡"

从箕子朝鲜到"汉四郡"（前 1120—313），相当于中国的商周到魏晋时期，由于陆续有来自中原的移民，以及汉朝政府设置"四郡"并推行儒学教育，汉字、汉籍开始传播到朝鲜半岛北部，汉字被运用到社会事务中，出现了一些颇有文采的汉诗文作品。

根据文献记载，中国文化早在殷商时期已经传到朝鲜半岛。商朝遗臣箕子远走朝鲜半岛，将中原的礼仪、田蚕织作和法令制度等传入朝鲜半岛北部。秦汉之际，燕人卫满，"聚党千余人"，进入朝鲜半岛，并收服了"真番、朝鲜蛮夷及故燕、齐亡在者"，建立"卫满朝鲜"（约前 194—前 108），将中原的文字、典籍等带到朝鲜半岛北部。

箕子画像及雕塑

到了汉代，汉武帝在朝鲜半岛建立了"四郡"。汉代是中国历史上一个非常强盛的时期。在秦灭六国、初步实现统一的基础上，汉代进一步完善了律令制度，加强中央集权，实现政治统一；同时，推行"独尊儒术"，实现思想统一，奠定了封建国家的统治思想。因此，汉朝时期的中国迅速发展成为一个大一统的强盛国家。汉朝的文学、文化在吸收华夏各地文学、文化的基础上，繁荣发展起来，并且随着"华夷"思想、朝贡制度的初步形成，汉朝开始重视对"四夷"进行"移风易俗"的教化和文化传播。

汉朝的强盛吸引了周边的国家和民族纷纷前来朝贡并积极学习华夏文化。汉朝的文治教化也推行至地处边疆的"四郡"，汉地的文字、儒学、制度等在朝鲜半岛北部进一步传播。汉字开始被作为官方文字，运用于公务、记事、颂神等各种事务之中，留下了一些颇具文采的篇章。20世纪50年代以来，朝鲜陆续对平壤贞柏洞汉墓群的3000多座汉代古墓进行发掘、调查，并在364号墓出土了一批《论语》竹简，总数120多枚。朝鲜社会科学院一直未曾公布全部材料，其中部分照片流传到日本及韩国，引起学界的广泛关注。流传出来的39枚《论语》竹简资料中，有31枚内容属于《论语·先进》，计557字；8枚属于《论语·颜渊》，计144字。

除了儒学的传入之外，汉代乐府的采诗制度似乎也推广到了"四郡"。汉乐府名篇《相和歌辞》中有一首民歌《公无渡河》："公无渡河，公竟渡河！堕河而死，其奈公何！"相传这首歌为乐浪郡朝鲜县的津卒霍里子高之妻所作。这首民歌可能是由当时乐浪的采诗官从民间收集而来。只是不知道津卒霍里子高之妻是汉地移民还是当地居民，她又是用哪种语言吟咏这首诗歌。

二、"儒道释"东传，汉文学始创

朝鲜半岛三国时代到统一新罗时期（313—901），相当于中国的魏晋到隋唐时期。在魏晋及隋唐文化、文学的影响下，朝鲜半岛的书面文学——朝鲜汉文学初步形成。公元313年，高句丽攻陷乐浪郡，结束了汉朝以来对朝鲜半岛北部的直接统治。此前，百济和新罗相继崛起于朝鲜半岛西部和南部。朝鲜半岛进入高句丽、百济、新罗三国并立的时代。

由于三国相继接受中国魏晋、隋唐各朝的册封，积极学习中原文化，引进儒学、佛教、道教以及教育、律令制度等，使得中原的文化、文学从朝鲜半岛的北部渐渐向其西部、南部传播。随着汉字、汉籍的不断传入，朝鲜半岛进入以文字记录历史的时代，出现了不少精通汉文化、善于用汉字写诗作文的贵族文人。公元668年，新罗在唐朝的帮助下，剿灭百济和高句丽，统一朝鲜半岛，并在此后采取积极学习大唐文化的政策。唐代是中国历史上最强盛的朝代之一，与周边国家和民族的

交流频繁，出现了万国来朝的盛景。在大唐灿烂的诗歌文化影响下，朝鲜半岛汉文学萌芽并发展起来。

1. 高句丽汉文学

高句丽（前37—668），发源于今日中国吉林省一带。汉元帝建昭二年（前37），扶余人朱蒙在西汉玄菟郡高句丽县境内建国，故称高句丽。公元313年前后，高句丽趁西晋大乱，攻取乐浪郡、带方郡，占据朝鲜半岛北部。公元5世纪，高句丽达到全盛时期，其疆域横跨今中国东北地区与朝鲜半岛北部。南北朝时期改称"高丽"（即"高氏高丽"）。高句丽发源于中国境内，与中原王朝关系密切。"高句丽建国时，居住在玄菟郡高句丽、西盖马、上殷台各县的汉族人大部分成为高句丽国家的臣民。与当地高句丽人和睦相处，共同生活"。① 高句丽人在与这些汉人共同生活的过程中，必然受到中原文化的影响。据高丽王朝（王氏高丽）时期的政治家、文学家金富轼所撰《三国史记》之《高句丽本纪第一》记载，高句丽第二代王琉璃明王曾娶汉族女子为妻。在这位妻子离开后，他有感而发写下《黄鸟歌》："翩翩黄鸟，雌雄相依。念我之独，谁其与归？"关于这首诗是汉诗还是译诗，中韩学者多有争议。但是这首诗明显受到中国文化、文学的影响，因为黄鸟是《诗经》中常常出现的意象，其诗风也与《诗经》相似。

公元32年，高句丽大武神王（琉璃明王第三子）派遣使节到东汉朝贡，光武帝赐予高句丽王号。高句丽接受汉朝册封，还常常得到汉朝的赏赐。魏晋时期，高句丽接受魏晋中央及地方政权的册封，保持高句丽王号。到了小兽林王时期（东晋后期），高句丽积极学习中原文化，仿照中原封建制度，发展儒学教育，逐渐向封建社会过渡。高句丽在与中国的朝贡往来中，主动接受中国的文治教化，开始将中原的文化、制度，包括官制、教育体制等，引入国家治理当中。佛教也在这个过程中传入高句丽。到了公元7世纪，道教也传入其治域。高句丽不仅官方设立太学、国子学等官学，民间也纷纷设立私学，传授中国典籍，尤其是儒家学说。从高句丽人阅读的书籍、学习的内容来看，汉语典籍，以

---

① 耿铁华：《中国高句丽史》，吉林人民出版社，2002，第163页。

"五经"和史书为主，尤以"诵经习射""读书习射"最为盛行，其实就是对儒家提倡的"五经六艺"教育等的效仿。

当地在学习中国文化的过程中，汉字逐渐被运用于社会生活当中，用于记事、抒情等，出现了记录历史的文章乃至著作，以及抒发感情、表达思想的诗文。例如，《隋书》卷二三中记录了高句丽名将乙支文德的汉诗作品《遗于仲文书》，诗中云："神策究天文，妙算穷地理。战胜功既高，知足愿云止。"《初学记》《渊鉴类函》《古诗记》等书中记载，南朝陈时，入陈求法的高丽僧人定法师所作的汉诗《咏孤石》："迥石直生空，平湖四望通。岩根恒洒浪，树杪镇摇风。偃流还渍影，侵霞更上红。独拔群峰外，孤秀白云中。"这些诗文作品显示了作者具有较为深厚的汉文化、汉文学功底。

2. 百济汉文学

百济（前18—660）和高句丽一样，起源于中国境内的扶余人（一说是由朝鲜半岛马韩部落的一支建立）。百济先人南下朝鲜半岛，于公元前18年建国，逐步占据朝鲜西南部。从372年开始到660年百济灭亡的近300年期间，"百济与中国各王朝之间的交往达120余次，平均2年一次"。[①]

百济不但与中国保持政治交往，而且积极学习、效仿中国的文化和制度。374年，百济设"博士"一职，由通晓儒家经典的人担任。此后，道家学说以及佛教相继传入。《三国史记》载：近仇首王元年（375），百济太子率军在半乞壤大破高句丽军，并乘胜追击。至水谷城西北时，将军莫古解劝谏太子："尝闻道家之言，'知足不辱，知止不殆。'今所得多矣，何必求多。"将军莫古解话中的"知足不辱，知止不殆"，出自老子的《道德经》。可见，在近仇首王元年（375）已有百济人熟读道家经典并能加以运用了。

百济不仅在官方层面上引进、学习中国文化，而且在社会生活许多方面也融入中华文化。《旧唐书》列传第一四九卷中记载：百济"岁时伏腊同于中国，其书籍有《五经》、子、史，又表、疏并依中华之法。"可见，百济在与中国的来往中，不断引入中国的各种文化。在这个过程

① 张日善、姜孟山：《百济与中国的关系》，硕士学位论文，延边大学，2001。

中，汉字被运用于各种事务及教育中，不仅用以撰写历史，还用以日常公务，其"表、疏并依中华之法"；而且"其秀异者，颇解属文"。

值得一提的是，百济不仅深受中国文化的影响，而且将中国文化进一步向日本传播。据记载，儒学、佛教等最初都是由百济传入日本的。日本古籍《古事记》记载，应神天皇十六年（285），百济博士王仁东渡日本传授儒学，带去了《论语》十卷、《千字文》一卷。《日本书纪》记载：552年冬十月，百济圣王（公元523—554年在位）遣使"献释迦佛金铜像一躯、幡盖若干、经论若干卷"，并盛赞佛法"于诸法中，最为殊胜，难解难入，周公、孔子尚不能知。此法能生无量无边福德果报"。钦明天皇命宿祢大臣苏我稻目迎入，并兴隆佛教。此后，百济源源不断地向日本输出儒学、佛教、医学、音乐等方面的人才。近年来的考古发现也证实了文献中关于儒学经百济传入日本的记载。根据学者对中国、朝鲜半岛和日本所发现的竹简、木简等文物的研究，发现"《论语》等儒家典籍从朝鲜半岛的北部陆续传到南部，再传向日本，形成了东亚地区汉文化圈亦即儒家文化圈，对东亚地区产生了深远影响。2003年在韩国南部的金海市凤凰洞和2005年在西部仁川市桂阳山发现的《论语·公冶长》的木觚以及在日本发现的《论语》原文，为上述结论提供了最好的支持"①。

3. 新罗汉文学

新罗（前57—935）相对于高句丽和百济，建国时间稍晚，与中国的交往也比较晚。新罗源于辰韩，其居民中有秦朝时因躲避战乱而来到朝鲜半岛的中国人，因此新罗文化与中国文化有诸多相似之处。中国史书中有不少关于新罗与前秦交往的记载。但是，由于与中国临近的朝鲜半岛的北部和西部被高句丽和百济占据，新罗与中国的交往相对来说阻碍比较多。这可能是新罗通过高句丽和百济与中国交往的一个重要原因。例如，《梁书》卷五四中提到新罗"无文字，刻木为信。语言待百济而后通焉。"有学者认为，这可能是"新罗通过百济与中原人交流而使用中国文字的真实记录"②。

---

① 郝树声：《汉代〈论语〉在边疆的传播》，《光明日报》2016年11月28日。
② 高福顺：《新罗儒家思想文化发展考论》，《关东学刊》2017年第11期。

随着新罗与中国的交往日渐频繁，中国的文字、文化也逐渐传入。新罗不但学习儒、道等文化，将中原的制度、文化运用于国家治理当中，还发展佛教。一些新罗人更是远赴中国学佛。据《续高僧传》卷十三记载，新罗人释圆光到南朝陈学习，是因为仰慕中原博大精深的文化。到南朝之后，他继续学习中原文化，还学习了佛法，并皈依佛教（一说他到南陈求学之前已经皈依佛门）。他因对佛法有独到的见解而驰名南陈，并以此受邀回国，被新罗王金氏"仰若圣人"。高僧圆光进一步将儒、道、佛与新罗传统思想结合，为"人臣"制定了"世俗五戒"，逐渐成为花郎道的核心思想和新罗统治阶级的精神支柱，对新罗统一朝鲜半岛产生了积极影响，还成为朝鲜半岛民族精神的重要组成部分。

公元 668 年，新罗在唐朝的支持下统一了朝鲜半岛。两地文化交流更加频繁，并且随着民间贸易的兴起，交流的方式也更加多样化。新罗积极学习唐朝的文化制度，频繁向唐朝派遣留学生和留学僧。这些留学生（僧）学成后，对新罗原有的语言进行改革，新罗语的大部分固有名词都变成了汉字词。

公元 682 年，新罗仿照唐朝设立国学，759 年将国学改为太学监，以教授儒学为主。788 年，新罗实行"读书三品出身制度"。这项制度选拔官员的标准主要是才学，具体来说就是对汉学典籍尤其是儒家经典的通晓程度，标志着官员选拔制度由重出身向重才学、重武向重文的转变，促进了汉字、汉文化在新罗的传播与发展。

崔致远像

随着新罗教育和取士制度的发展以及对于汉字的学习和使用，新罗出现了一批有"才学"的人，其中有不少人擅长写汉诗文，如强首、帝文、守真、良图等。其中，新罗末期出现的"文章感动中华国"（《三国史记》卷四六）的文学家——崔致远，被誉为"东国儒宗""东国文学之祖"，其汉诗文集《桂苑笔耕》是朝鲜半岛现存最早的文集。

到了新罗末期，出现了一部民间神异故事集《新罗殊异传》。该书现已失传，其中13篇经由后世的一些典籍而流传下来，最有代表性的就是《崔致远》。这些作品受到中国志怪、唐传奇的影响，仿照中国小说的内容和形式，讲述本国故事，开朝鲜半岛文言小说的先河。

三、科举取士，汉诗兴盛

王氏高丽时期（935—1392，相当于中国的唐末到明初），继承新罗的慕华政策，积极学习宋、元文化制度，建立科举制度，使其汉文学尤其是汉诗的发展进入了兴盛时期。新罗末期，同其宗主国唐朝一样，陷入内乱与衰落的窘境，导致其在朝鲜半岛的统治逐步土崩瓦解。公元892年、901年，后百济和泰封国陆续建立，朝鲜半岛进入"后三国"时期。918年，高丽太祖王建推翻泰封国；接着，灭掉后百济和新罗，于公元936年统一朝鲜半岛，建立王氏高丽。中国也在960年，随着宋朝的建立而结束战乱。

宋朝实行"重文抑武"的国策，商贸、科技、文化不断繁荣发展，无论在物质文化、制度文化还是精神文化以及科学技术上，相较于周边国家都处于领先地位。特别是造船术的发展，使中外交通更加便捷；印刷术的进步，使书面文献的传播更为广泛，大大增强了宋代对周边国家的文化辐射力。高丽在开国之后延续新罗积极学习中国文化的路线，与中国保持密切联系。

高丽处于宋、辽、金、元、明的复杂关系当中，采取"事大"外交政策，一方面先后接受这几个政权的册封，另一方面积极引入中国的文化、制度，逐步形成了"重儒崇文"的思想体系，并以此为基础确立了自己的政治制度。随着其儒学教育的发展，以及科举制度、文官制度的建立，朝廷上下、文人士子中出现了学习、创作汉诗文的热潮。他们广泛涉猎自《诗经》以来的中国诗歌，积极吟诗作赋，推动汉诗文创作尤其是汉诗创作走向兴盛。因此，有"高丽文士皆以诗骚为业"的说法。高丽朝文人崔滋在其《补闲集》序中记述了当时的盛况："金石间作，星月交辉，汉文唐诗，于斯为盛"。"在韩国的古典汉诗史中，高丽时代是其汉诗发展的黄金时代，一如唐诗之在中国诗歌史上的地位。"①

数代高丽王都积极鼓励并亲身推动词赋创作。随着高丽私学的发展，这种风气进一步扩大。无论官学、私学皆注重培养学生的汉诗文写作能力。除了官学和私学外，当地还效仿宋朝设立经筵制度，为高丽王及王公大臣们讲授儒学经典，提高其汉文及汉学素养。为了培养汉语人才，高丽还先后设立了通文馆、司译院及汉语都监等机构。

高丽的王室、使臣、留学生、留学僧、到中国游历的文人等，通过与中国文人的唱和酬答、交流诗艺等直接交往，接受中国文学的影响。高丽建国之初，太祖王建即派大臣王儒出使后唐，请求册封。在两国交往中，使臣大多是饱读诗书的文士，诗文唱和是他们之间交流、交往的重要方式，从而形成了颇具特色的"诗赋外交"。宋朝皇帝一方面为了展示大国风范，另一方面也考虑到高丽重视文治教化的风气，往往派学问品德俱佳的大臣前往。

除了人员流动之外，典籍流通也是传播中国文化、文学的重要途径。由于宋代商贸及书业的发达，图书贸易是当时书籍流通的一个重要途径。经过官方来往和书籍贸易，大量的汉文典籍，包括文学典籍传入朝鲜半岛，促进了高丽汉诗的发展。据崔滋《补闲集》（卷中）记载："李学士眉叟曰：'杜门读黄苏两集，然后语遒然，韵铿然，得作诗三昧。'"李学士眉叟，指的是李仁老（1152—1220）。从这一记载中可知，最迟在13世纪，苏轼、黄庭坚的文集已经传播到朝鲜半岛。

四、"斥佛扬儒"与"训民正音"

朝鲜王朝（即李氏朝鲜，简称李朝）时期（1392—1910，相当于中国的明清时期），实行"斥佛扬儒"以及"事大慕华"政策，儒学教育繁荣发展，中朝交往十分频繁，朝鲜半岛汉文学尤其是汉诗的发展，进入鼎盛时期。同时，随着朝鲜民族文字"训民正音"的创设，其民族语言文学也迅速发展起来。

---

① 刘强：《高丽汉诗文学史论》，厦门大学出版社，2008，第4页。

明清时期，虽然是中国封建社会的末期，政治上逐渐趋于封闭、保守，但直到西方人东来之前，仍是天朝大国。特别是明清的盛世时期，城市商品经济勃兴，手工业发达，集大成的科学、文化著作以及大型图书不断推出，在经济、文化上相较于

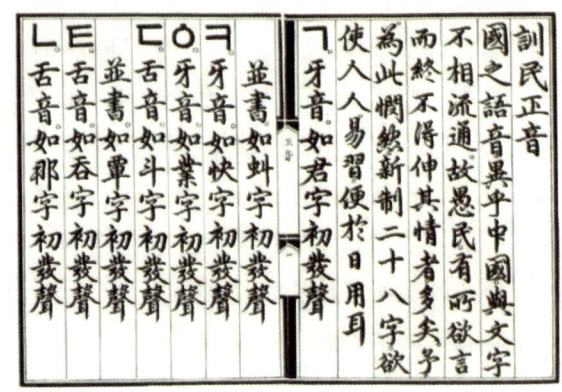

郑麟趾等编《训民正音》（1446）

周边国家处于领先地位。同时，中国声威及于海外，例如明永乐年间郑和下西洋，途经亚非三十余国，大大宣扬了国威。

1392年，李氏朝鲜取代王氏高丽，改国号为朝鲜。朝鲜王朝建立后，在外交上进一步实行"事大慕华"政策，先后与明朝、清朝建立藩属关系。李朝不仅在政治上与中国关系密切，而且在文化上也深受中国影响，大力发展以儒学为核心的思想文化体系。

高丽时期，随着儒学地位的提高，出现了"斥佛扬儒"的呼声。到了李朝，呼声更加强烈，最终确立了儒学在政治、思想上的主导地位。儒学成为治国、治学以及文人士子立身处世的思想基础，广泛地渗透到其社会生活当中，深刻地影响着其社会、文化发展的进程。受此影响，汉文学仍是其文学的主流。汉诗文创作尤其是汉诗创作，无论在数量和质量上都超越了前代，可以说是进入了鼎盛时期，且形式多样、流派众多、风格各异，文论也十分繁荣。其汉文学的繁荣、发展，不仅得益于儒学的发展，而且也与同时期中国文学的影响密不可分。明清时期，中国文学发生了一个重大的变化，就是小说尤其是白话小说迅速发展，并对以诗文为主的旧格局产生了极大的冲击。这一变化波及李朝文学的发展，不仅其汉文小说有了极大的变化，而且由于其民族文字"训民正音"的创立，明清小说通过翻译后广泛传播，对朝鲜语小说以及民间故事的创作也产生了影响。

"训民正音"的创立影响了中国与朝鲜文化、文学关系。朝鲜半岛自"前三国"时期开始积极学习中国文化，有选择地将之融入自身社会文化当中。到了朝鲜王朝，以汉字为载体、儒学为核心的汉文化已成为其主流文化。与此同时，汉文化这一外来文化与本土文化之间的差异一直存在，朝鲜半岛的文人们也一直在寻找调和之道，如新罗时期试图以吏读、乡札等形式解决言文不一的矛盾，高丽时期试图以汉诗的形式记录乡歌等。这些形式都是以汉字为载体，不能从根本上解决言文不一的问题。直到朝鲜世宗颁布"训民正音"，宣告朝鲜民族文字的诞生，才解决了这一问题。"训民正音"的创立，使朝鲜民族文化、文学有了更好的载体，为朝鲜民族文化、文学的发展奠定了基础。"斥佛扬儒"和"训民正音"预示着汉文化由盛而衰，朝鲜民族意识和民族文化逐渐抬头的趋势，而朝鲜王朝末期的西学东渐、清朝的衰落以及日本的崛起等巨变更加速了这一趋势的发展。

五、梁启超、鲁迅与朝鲜进步文学

　　19 世纪末 20 世纪初，朝鲜和中国都面临亡国的危机。两国的有识之士积极探索启蒙民众、反抗殖民侵略和封建礼教、救国救民之道。他们因相似的经历而互相借鉴。梁启超、黄遵宪等中国知识分子关注朝鲜半岛的内政、外交，研究朝鲜亡国的始末，以为借鉴。朝鲜的知识分子也积极学习中国的新思想、新文学。特别是 1910 年日本帝国主义势力侵占朝鲜半岛之后，中国成为朝鲜独立运动的根据地。中国进步思想及进步知识分子的著作，如魏源的《海国图志》、梁启超的《饮冰室文集》、鲁迅的《狂人日记》等被译介到朝鲜，对朝鲜的爱国文化启蒙运动及其进步文学产生了积极的影响。

　　19 世纪末，朝鲜面临日本侵略的民族危机。一些进步知识分子注意到梁启超的"新民思想"及其"亡国史学"著述，并将之译介到朝鲜，在朝鲜引起了很大的反响。其中，他的小说理论、翻译理论及政治小说创作被译介到朝鲜，对朝鲜近代小说及其理论的形成与发展起到了积极作用。1898 年，梁启超在日本创办《清议报》，抨击封建专制和封建伦

理道德，提倡西方资产阶级革命思想，还在该报上专门设置"政治小说"栏目，强调小说在政治中的重要作用，提高了小说的社会地位。《清议报》通过京城、仁川的代售处在朝鲜发售，使更多朝鲜知识分子接触到梁启超的思想和作品。梁启超的《饮冰室文集》等各类专著传入朝鲜后，被争相翻译，原文和译本发表在各种报刊上或以单行本面世，还出现了原文摘选和译述等，朝鲜进步知识分子不但关注其新思想，从中汲取精神养料，还受到其小说理论、翻译理论及其政论文、政治小说创作的影响，掀起了政治小说创作和翻译的浪潮，小说观念和形式为之一新。

1910 年，日本吞并朝鲜半岛后，不但在政治、经济上实行高压政策，而且在文化上实行同化政策。朝鲜半岛的爱国启蒙运动遭受挫折，新小说、政治小说的发展也随之沉寂下来。大批爱国志士流亡海外，继续寻找救国之道。朝鲜爱国志士在探索救国之道的过程中，不仅向中国学习，还积极向苏联和日本学习，包括对这些国家的文学进行翻译和介绍。在近现代朝鲜译介的外国文学作品中，除了苏联外，中国现代文学作品尤其是革命文学作品是最多的，在数量上远远超过了日本文学。

20 世纪初，中国新文学、中国现代文学，尤其是以鲁迅为代表的革命文学陆续被译介到朝鲜。梁白华，原名梁建植，是朝鲜半岛日本殖民时期重要的中国文学翻译者和研究者。他曾说，研究外国文学，大抵目的是把它变为促进本国文学发展的资源，中国文学被引进朝鲜迄今已有3000 多年的历史，影响巨大，根深蒂固。中国文学具有一种特性，于世界文坛大放异彩，中国文学是东方文化的摇篮，思想郁然磅礴，词华灿然焕发。北方的沉郁博茂与南方的横逸幽艳完美融合，构成了雄浑壮大的中国文学，并波及朝鲜，侵渐日本。[1] 他不但翻译、研究中国古典戏剧，也关注中国现代戏剧、现代诗歌和小说作品。

1920 年至 1930 年，在北京、上海、南京、广州等中国大城市，生活着数以千计的朝鲜留学生。在上海，以复旦大学朝鲜留学生为中心成

---

① 李晓虹、梁楠：《梁白华与郭沫若早期作品的韩文译介》，《郭沫若学刊》2010 年第 1 期。

立了来华高丽留学生联谊会，会员多达几百人。其中，李陆史、丁来东、梁白华、崔章学等留学生积极将中国现代文学推介到朝鲜。当时，在中国的东北有许多朝鲜的爱国志士，也积极向朝鲜传播中国现代文学。这些进步的朝鲜知识分子最为关注的是中国革命文学主将鲁迅，对鲁迅及其作品的译介和研究最多。他们中的一些人在中国曾与鲁迅有过交往，《鲁迅日记》《周作人日记》中记载的就有李又观、柳树人、金九经、申彦俊、李陆史、吴空超等人。柳树人原名柳基石，因崇拜鲁迅而改名为柳树人。据统计，在柳树人的译本之后，朝鲜半岛又出版了近20种《狂人日记》的朝鲜文译本。

由于日本殖民政府严格限制革命文学作品的出版和传播，所以当时公开出版的鲁迅作品译本数量不多。但鲁迅的原著却大量被秘密输入朝鲜。当时，朝鲜报刊上发表的专门论述鲁迅及其作品的文章就有20多篇。在朝鲜进步知识分子看来，鲁迅不仅是伟大的文学家，还是卓越的思想家、革命家。朝鲜革命文学的代表人物韩雪野认为："鲁迅作品之所以跟我们有密切的联系，除了它具有强烈的人道主义思想外，还因为他的作品充满着革命精神。"① 除了鲁迅，在朝鲜半岛影响较大的中国现代文学作家还有郭沫若、田汉、蒋光慈、冯乃超、李大钊、丁玲、艾青、徐迟、洪深等。

1945年日本战败，朝鲜半岛宣告解放。1948年，南、北朝鲜分别建立大韩民国及朝鲜民主主义人民共和国。朝鲜文坛发生分裂，以无产阶级作家为核心的左翼文人陆续北上，而以民族主义作家为核心的右翼文人则南下。新中国成立不久，从1957年苏联出版的俄文版《毛泽东诗词18首》开始，社会主义阵营内部以及亚洲许多国家相继用多种文字翻译出版毛泽东诗词。在朝鲜，1960年中朝对照本《毛泽东诗词选》，由朝鲜作家同盟出版社出版，共有译诗19首。

在朝鲜民主主义人民共和国，以鲁迅为代表的中国革命文学，仍然受到重视。1953年，朝鲜国立出版社计划翻译出版五卷本的《鲁迅选

① 崔雄权：《向力与张力之合力：中国革命文学在现代朝鲜》，《延边大学学报（社会科学版）》1991年第3期。

集》。1963 年，朴兴炳、李圭海翻译的《鲁迅作品选》由朝鲜文学艺术总同盟出版社出版发行。1979 年，鲁迅的小说翻译集《祝福》由朝鲜文艺出版社出版。此外，《朝鲜文学》《青年文学》等刊物上也登载了不少鲁迅其他作品的译本。1986 年，文艺出版社出版了《世界文学选集》一百卷，其中第七卷为《鲁迅作品选集》。鲁迅研究在朝鲜也有所发展，除了转载中国学者对鲁迅作品的研究成果，还出现了一些以革命文学的观点和从较为宏观的角度评介鲁迅创作的文章。1956年《朝鲜文学》第十期发表论文《鲁迅和朝鲜文学》，阐述了鲁迅对朝鲜革命和文学的影响。

韩文版《中国鲁迅研究名家精选集》

此外，朝鲜版歌舞剧《红楼梦》的推出是中朝文化交流中的一件盛事。1961 年，金日成访华时观看了越剧《红楼梦》。之后，在金日成的提议和指导下，朝鲜著名剧作家赵灵出、音乐家李冕相和导演金永熙合作，将《红楼梦》改编成了歌舞剧，在平壤市国立民族艺术剧院演出。演出场场满座，引起了轰动，自此该剧成为朝鲜家喻户晓的剧目。《民主朝鲜报》赞扬该剧是珍贵的"朝中友谊的礼物"，"里面融有朝中两国人民共同的感情、共同的语言、共同的音乐、共同的歌声。"歌舞剧《红楼梦》的推出对于中国古典小说《红楼梦》的传播起到了积极的作用。

六、中国现当代文学在韩国的翻译与研究

韩国关于现代中国文学的研究由大学中设立中文系起步，至今已有数十年的历史。韩国的大学从殖民地时期开始设立中文系，主要进行中

国语言、文学的教学。1926 年，京城帝国大学文学部中国文学系，开设了中国文学与中国哲学专业。京城帝国大学是首尔大学（旧称汉城大学）的前身，该校聘请日本著名汉学家鸟献次郎任教。通过官方学校，日本汉学输入朝鲜半岛，中国文化、中国文学作为知识门类被纳入学科体系当中，中国文化、文学研究由以儒学为中心的传统"汉学"向将中国文化视为外来文化和客观研究对象、所谓的"中国学"转型。

朝鲜半岛光复之后，韩国现代汉学及中国文学研究才真正开展起来。1946 年，首尔大学建校后，于文学部设中文系，任教者有毕业于京城帝国大学的李明善、曾留学北京的丁来东、曾在中国居住多年并与鲁迅先生有交往的金九经等。此后将近十年，韩国只有首尔大学设有中文系，形成了以古典文学为中心的教学和研究特色，为韩国汉学及中国文学研究打下了基础。

1950 年，朝鲜战争爆发，首尔大学中文系只留下一位教师，直到战争结束之初，汉学及中国文学研究都十分萧条。当时，韩国学界与中国大陆学界的交流中断，但与台湾学界的交流逐渐开展起来。在这个过程中，贡献最大的是车相辕。他不仅是韩国研究中国文学的权威，还培养出车柱环、张基槿、金学主、金时俊等知名学者。1958 年，他与学生车柱环、张基槿合著出版了《中国文学史》。这本书是较早包括中国古代文学和近代文学在内的通史性著作。其《中国古典文学批评史》是韩国第一部中国文学批评史著作。该书以韩文论述，引用大量中国文学批评资料为佐证，是韩国中国文学批评史经典著作。这一时期在中国文学译介、研究上贡献较大的学者还有尹永春。他出生于中国，先后在中国接受中小学教育。1945 年光复后，他历任韩国东国大学和国学大学讲师、庆喜大学校初级大学和产业大学校长等职。在中国现代文学译介、研究方面，他成就卓著，先后出版了《现代中国诗选》（1947）、《中国现代文学史》（1949）等诸多译著。其中，《中国现代文学史》是韩国第一部中国现代文学史著作。

1954 年，韩国外国语大学开设了中国语系。1955 年，成均馆大学设立中文系。这两所大学和首尔大学的中文系，构成了韩国早期中国语言文学研究与教学的三大基地，培养了一批这一领域的著名专家、学者，

有李庆善、文璇奎、车柱环、张基槿、李元植、金学主、李炳汉、崔完植、金时俊、李锡浩、权德周、许壁、许宇成、郑基烨、许世旭、卢东善、金相根、池荣在、成宣济、朴钟淑等。这些学者中，许多人至今仍活跃在韩国中国文学研究界。

进入 20 世纪 70 年代，韩国的中国语言文学教育进入迅速发展时期。1972 年，高丽大学、檀国大学、淑明大学分别设立中文系。1979 年，中国实行改革开放之后，中韩两国之间的学术交流以及互派留学生、互换教授等交流活动陆续展开。特别是 1992 年中韩建交后，韩国大学设立中文系、中国学系的数量激增。"根据韩国教育部 2008 年的统计，开设中国学或汉学专业的大学有近 150 所，可以培养汉学博士的大学有 11 所，同时还有孔子学院以及数量众多的汉语培训机构。"①

大量的中国文学作品尤其是现代文学作品被译介到韩国，其中小说的译介占据了绝对优势。在小说的译介中值得注意的现象主要有以下两种：一是鲁迅小说不断重复翻译出版的现象。有韩国学者以一首诗中的陀螺形容鲁迅在亚洲的地位："转动的陀螺是东洋整体性的象征，而占据同心圆中心位置的，古代是孔圣人，现代则是鲁迅。"二是琼瑶小说被大量译介的现象。从 20 世纪 80 年代中后期开始，琼瑶的小说每年都有两三部被翻译成韩文，一开始并未在韩国读者中引起大的反响。但在 1992 年，琼瑶的小说《金盏花》被韩国的 SBS 电视台改编成电视剧，并深受韩国观众的喜爱后，琼瑶的小说便开始受到更多读者的欢迎，从而被大量译成韩文，仅在 1992 年就翻译出版了 24 本。截至 21 世纪初，琼瑶的小说约有 75 本被翻译成韩文出版发行。

近年来，中国与韩国的文学交流一直保持着良好的发展势头，两国文化事业的发展，为中韩文学交流提供了源源不断的动力。自 2007 年起，中韩两国文学界高水平、高规格的文学盛会——中韩作家会议，每两年轮流在两国不同城市召开。两国著名的作家、评论家共聚一堂，互相交流。莫言获得诺贝尔文学奖后，其作品被译介到韩国，受到读者的

---

① 马艳荣：《韩国汉学与汉语教学的历史与现状》，《环球市场信息导报》2017 年第 42 期。

欢迎。除了莫言之外，舒婷、苏童、余华、刘震云等作家的作品，也在韩国出版。目前，中国文学在韩国的传播仍在持续发展中。

第二节　汉诗、和歌与中国汉学研究

考古发现表明，中国古代先民早在新石器时期就已经迁移到日本列岛，将其文化，主要是稻作文化及相关的生产工具、农耕技术、葬制乃至思想观念等传播到日本列岛，改变其生活方式和文化习俗。在中国先秦文献中已经出现关于日本列岛原住民，以及他们航行到达中国的记载。《山海经》第十二《海内北经》中记载："盖国在钜燕南，倭北。倭属燕。"这里的"倭"指的也是原日本人。这些早期的人员来往和文化交流，为中国汉字及文化、文学东传打下了基础。

一、"渡来人"与王仁东渡

根据古代文献及考古发现，弥生时代（约前3世纪—3世纪，相当于中国战国至东晋时期），随着"倭奴国"遣使到大汉"奉贡朝贺"以及"渡来人"移居日本列岛，中国文化东传。中国的文字随着器物传入，其中一些器物上铭刻着具有叙事性或带有诗意的语句。

《汉书·地理志》《论衡》等文献中将日本列岛原住民称作"倭"或"倭奴"。《后汉书·东夷列传·倭》记载："建武中元二年（57），倭奴国奉贡朝贺，使人自称大夫，倭国之极南界也。光武赐以印绶。"1784年4月，在日本北九州地区博多湾志贺岛，出土了一枚刻有"汉倭奴国王"字样的金印，与《后汉书》相印证，证实了这一时期汉字随着中国官方赐予的物品传入日本。

"汉倭奴国王"金印

中国汉、魏时期，倭国王帅升到中国朝贡，邪马台国女王卑弥呼多次遣使向中国朝贡。中国文化在相互来往当中渐渐传入日本列岛。据《三国志》记载，魏明帝曾赐予卑弥呼女王铜镜百枚。这一记载为日本出土的古坟时期带有"景初""正始"等魏年号的铜镜所印证。[①]

日本的古坟时期（约4世纪—6世纪中叶），也就是中国西晋时期，中国典籍通过朝鲜半岛传入日本列岛。日本皇室开始招募精通中国语言文化、谙熟儒家经典的人才，来传授中国语言文化、发展儒学教育。汉语、汉字、汉籍开始在皇室贵族中传播。汉字被用于书写表文、奏章等公文和礼器上的铭文，以及记录历史，还用以创作汉诗文。

天皇感受到中国语言文化的好处，多次向百济招募人才，尤其是谙熟儒家经典的五经博士，发展儒学教育。百济五经博士段杨尔、高安茂、王柳贵相继应日本天皇要求，前来传授儒学。古坟时期，大批"归化人"来到日本，他们多是来自朝鲜半岛的中国秦汉时期遗民及其后代，精通中国文化，受到日本朝廷的重用。天皇引进精通中国文化的人才，不仅是为了学习儒学，而且在语言文字、典章制度、天文立法、思

---

① 日本自20世纪初开始陆续出土大量古坟时期铜镜，多达500余面。学界称为三角缘神兽镜，也有学者认为不止三角缘神兽镜一种。民间称为"卑弥呼镜"。关于这些铜镜的来源有"魏镜说"，即魏明帝赐予或魏明帝派工匠前往日本铸镜；还有"吴镜说"，即三国时期东吴的工匠逃亡日本后铸造了这些铜镜。

想学术、生产技术等方面广泛而深入地学习中国文化，使得古坟时期成为日本的第一个文化繁荣期。

二、汉诗与和歌

飞鸟时代（6 世纪末—8 世纪初，相当于中国南北朝后期到唐朝中期）、奈良时代（公元 8 世纪初—公元 8 世纪末，相当于中国唐朝中后期）的统治者大量接受中国的儒学，不但对这一时期日本封建制度的形成和确立起到了积极作用，而且使得汉字的应用更为广泛，取得了不少成果。这一时期不仅出现用汉字书写的日本史书，还出现了许多日本文人创作的汉诗，以及用汉字记录的和歌作品，奠定了日本书面文学的基础。

继体天皇（450—531）时期，日本从百济引进五经博士传授儒家经学。推古天皇十五年（607），圣德太子制定了"十七条宪法"作为施政的基本方针。其中体现出的政治思想深受汉代独尊儒术以来中国政治思想的影响，杂糅道、法、佛诸家的政治思想。此后到 8 世纪前半期，日本学习中国进行全面的政治改革，推行封建新政。

为了更好地向中国学习，"舒明二年（唐贞观四年，630 年），日本第一次派出遣唐使，至奈良朝宽平六年（唐乾宁元年，894 年），共派出遣唐使十九次，成功抵达长安者十五次。"① 一般每一次派出的遣唐使约有 500 人，还有学者、医师、乐师、画师、手艺师等各类专业人士和留学生、学问僧等跟随前往。

留学生中比较著名的有吉备真备、阿倍仲麻吕等。当时，与遣唐留学生一同前往大唐的，还有许多学问僧。他们到大唐后，分别到长安、洛阳、天台山、五台山等地的各大寺院拜师学习，学成后将大唐的各种佛教经典、佛教仪轨以及各个佛教流派等传播到日本。其中，不少人在诗、书、画、儒学等方面具有一定的造诣，其作品成为中国文化、文学东传的重要载体。

---

① 叶渭渠：《日本文化史》，广西师范大学出版社，2010，第 80 页。

此外，前往日本弘法的大唐僧侣在中国文化、文学东传的过程中也发挥了重要的作用，其中最著名的是高僧鉴真（688—763）。律宗大师鉴真应日本佛教界的邀请，率弟子及随从六次东渡，于孝谦天皇天平胜宝六年（唐玄宗天宝十三年，754 年）抵达日本。鉴真携带大量的"物"和"人"。"物"有经卷、佛具、药品以及王羲之、王献之的书法真迹

日本光明皇后临王羲之摹本《乐毅论》①

等。"人"有以他为代表的僧人，以及书师、画师和玉作人、雕刻大工、镂铸写绣师、修文镌碑等巧匠。在文学方面，可以说鉴真及其弟子是中国古典文学传播的使者。以汉字为媒介的佛教经籍是汉语文学的宝库，讲经说法是传播汉字、汉语和佛教文学，以及培养汉文学修养的一个重要方式。因此，佛教的传播，无论是学问僧到大唐取经，还是鉴真等大唐高僧东渡弘法，都在一定程度上推动了中国古典文学的传播及日本汉文学的发展。

由于儒学教育的发展。汉文典籍的传入以及汉语、汉字的广泛使用，日本汉文写作有了长足的发展。汉字不仅用以书写历史、记录传说，还用以创作诗歌、记录民间口头歌谣，形成了"汉诗"与"和歌"两个日本古典文学的主要组成部分。

在日本古代，"诗"指汉诗，"歌"指和歌。《古事记》是由太安万侣奉诏编纂，并于 712 年完成，既是编年体史书，又是文学作品。有学者认为，这是日本第一部（书面）文学作品。这部著作用汉字写成，记述从日本"开天辟地"到"推古天皇"（约 592—628 在位）间的传说与史事。

---

① 欧阳启名：《日本古代木牍中的便体》，《中国书法》2001 年 4 期。光明皇后（701—760），姓藤原氏，日本奈良时代第 45 代天皇圣武天皇的皇后。

《怀风藻》成书于日本天平胜宝三年（751），是日本现存最早的汉诗集。诗集收录了64位作者的120首汉诗，诗作内容多为应诏侍宴诗，其中不少作者有移民和外迁的背景，诗风受到中国六朝及初唐诗歌的影响，反映当时日本宫廷贵族阶层积极学习汉语言文学的风气。

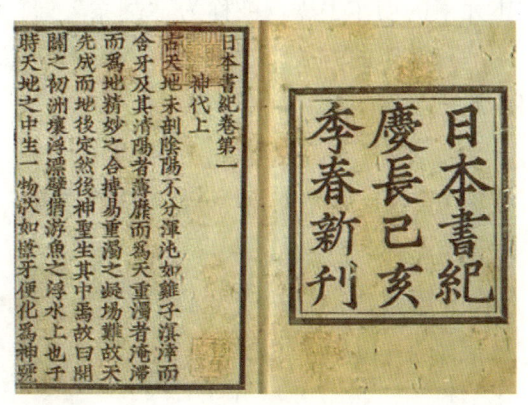

《日本书纪》

《万叶集》是日本最早的诗歌集，收录了从4世纪到8世纪前半叶的杂歌、相闻、挽歌等作品。这些作品都是用日本民族语言创作的古歌谣，是汉诗之外的日本诗歌。因为日本自称为大和民族，早期诗歌常常要吟唱，故而称为和歌，又叫"倭歌"。

《万叶集》在许多方面受到中国文学尤其是六朝诗歌的影响，主要表现在：首先，题材、内容源自中国文学作品，如牛郎织女传说的运用。其次，在形式上，其诗歌分类效仿《文选》的"杂诗""书""挽歌"，分为"杂歌""相闻""挽歌"三类；在诗体上，其中短歌称为绝，长歌称为赋，与中国诗歌类似；格律上，其五七调的形成与中国五言、七言诗有关。《万叶集》的出现标志着和歌地位得到承认，从此登上大雅之堂，也标志着日本本土文化从口传时代进入文字时代，其中汉字、汉文学功不可没。

这一时期还出现了有日本汉文小说鼻祖之称的《浦岛子传》。这部小说是日本现存最早的汉文小说，以《日本书纪》和《万叶集》中所记载的流行于日本民间的"浦岛传说"为原型，融入中国道家文化元素，模仿以刘阮遇仙故事和唐传奇《游仙窟》为代表的"人神恋洞窟型小说"① 创作而成。这种模仿中国小说的题材、情节、构思等，并加入日

① 张杨：《从"浦岛传说"的演变探求中国文化因素》，硕士学位论文，陕西师范大学，2011年5月。

本元素的创作手法，被称为"翻案"。日本小说创作直到江户时期还采用"翻案"的方式。"翻案"对日本小说的形成和发展起到了重要的作用。

三、从"唐风化"到"国风文化"

平安时代前期，在皇室的积极推动下，日本掀起了"唐风化"热潮。嵯峨天皇（809—823年在位）就是其中的代表。他十分推崇唐文化，敕令全面开展"唐风化"运动，大力推广唐朝的典章制度、文化艺术。日本的皇室和知识分子都十分爱好唐诗，因而大量唐代诗人的作品及作品集传入日本。当时的学者藤原佐世编撰的《日本国见在书目录》① 著录汉籍 1579 部 17000 余卷，诗文著作计 3000 卷，占了近两成。其中，诗家部共 15 部

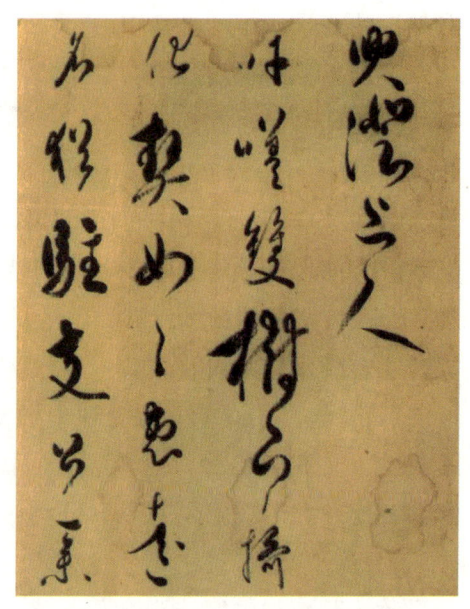

嵯峨天皇：《哭澄上人》

166 卷。② 最受推崇的中国诗人是白居易，嵯峨天皇、醍醐天皇、村上天皇都是白居易诗歌的爱好者。村上天皇命著名诗人大江唯时将白居易

---

① 该书是日本现存最早的一部敕编汉籍目录，收录了流传日本的中国古书，包括唐及唐以前汉魏古籍 1579 部。这些古籍分为：经部，易、书、诗、礼、乐、春秋、孝经、论语、小学等；史部，正史、古史、杂史、霸史、起居注、旧事、职官、仪注、刑法、杂传、土地、谱系、录等；子部，儒、道、法、名、墨、纵横、杂、农、小说、兵、天文、历数、五行、医方等；集部，楚辞、别集、总集等四十类。

② 徐臻：《论唐诗在日本传播的历程及文化意义》，《沈阳大学学报》2012 年第 6 期。

的诗集整理成《白氏文集》，后来又进一步把唐代诗人的佳句整理成《千载佳句》，涉及唐代153位诗人的1083首诗作。其中，白居易的诗作有507首之多。在皇室的大力推动下，白居易的诗作迅速在各个阶层流传开来。

"白居易热"的出现，主要是由于白诗是唐诗中通俗诗歌的代表，具有明白晓畅、朗朗上口、适合入乐歌唱的特点。日本人虽以汉字作为书面语言，但是汉字、汉语对于他们来说始终是外来的语言而非母语。而"虽老妪能解"的白诗相对来说比较容易理解，再加上白诗内涵丰富、真实感人、富有韵味，很有艺术感染力。平安时期的知识分子不仅提倡学习唐诗、创作汉诗，而且还对唐诗、汉诗进行研究，高僧空海所作的《文镜秘府论》就是当时一部重要的诗论著作。

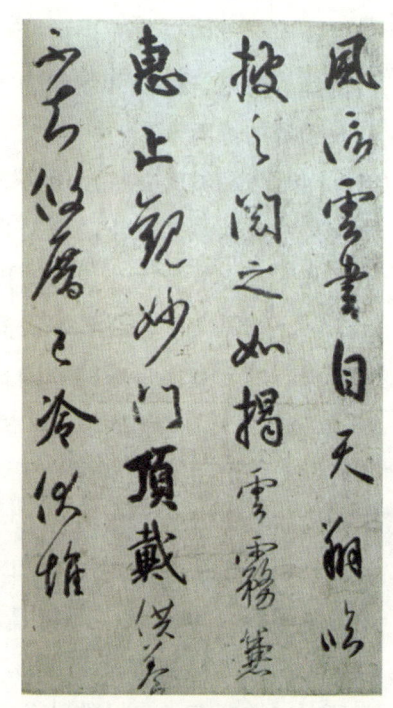

空海《风信帖》

平安时代中后期，唐朝灭亡，日本中央集权瓦解，政权落入贵族手中。"唐风文化"因失去了政治基础而由盛转衰。中日文化交流的重要形式——遣唐使制度被废止。在贵族阶层的大力推动下，独具日本特色的"国风文化"发展起来。

"国风文化"的一个重要表现是平假名和片假名的出现，标志着日本民族文字的产生。片假名和平假名是用于记录读音的两种写法，前者由楷书汉字或楷书的偏旁演化而来，后者则由草书汉字演化而来。因为书写简单，很快就流行起来，对于知识的普及和日本民族文学的发展起到了积极的作用。

"国风文化"在文化、教育上的表现是"和魂汉才"观念的提出，即在坚持日本固有的"和魂"精神的基础上，吸收和利用来自中国的文化"汉才"。"国风文化"在文学上的表现就是假名文字在文学创作当中

的运用、和歌创作和理论实践的发展以及具有民族特色的文体、文风的出现和发展。假名文字诞生后，日本文坛涌现出一批优秀的和歌作家，吟咏和歌逐渐成为一种风尚。《古今和歌集》《后撰和歌集》《拾遗和歌集》合成"三代集"，代表了当时和歌创作的成就，其中不论题材还是意象运用，都明显带有唐诗的痕迹。这使得假名文字作为书面文字的地位得到了认可，也使和歌作为"大和之歌"与汉诗分庭抗礼，成为贵族文人必备的修养。

当时许多贵族女性运用假名文字进行文学创作，出现了女性假名文学，其中成就最为突出的就是日本女作家清少纳言的散文随笔集《枕草子》和紫式部的长篇小说《源氏物语》。《源氏物语》是物语文学的代表作之一。物语文学是在日本民间传说的基础上，受到中国六朝志怪、唐传奇的影响，进而形成的一种日本古典文学体裁。另一物语文学代表作《平家物语》成书于 13 世纪，是一部长篇历史小说。据学者统计，该书共有 108 处引用涉及 25 种先秦至唐代的古籍，分属经、史、子、集。其中，引用最多的为《史记》，共 29 处；其次为白氏文集，共 23 处。[①] 这部作品因其雅俗共赏的风格和对重大历史事件的生动描写而广受欢迎，成为家喻户晓的作品，其在日本社会的影响甚至超越了《源氏物语》。以《平家物语》和《源氏物语》为代表的物语文学的产生与发展，标志着日本文学拥有了自己的特色。

四、五山汉文学

五山时代（12 世纪末—16 世纪，相当于中国宋代至明代），日本"幕藩体制"逐步确立，将军和幕府成为最高的统治者和统治机构，军事统治及采邑封建制代替了文人治国和中央集权制，使得日本列岛进入了和平时代，为文化的发展创造了良好的条件。在以将军为代表的统治阶级积极推动下，宋明"禅宗"和"朱子学"东传，出现了以"五山派"禅宗僧侣为中心的汉文化兴盛时期，形成了独具特色的五山汉文

---

① 申非：《〈平家物语〉与中国文学》，《日语学习与研究》1985 年第 3 期。

学，在汉诗、汉文、语录、日记等创作上取得了极高的成就。

禅宗自中国传入日本后迅速发展壮大，当地流派、寺院众多，遂模仿中国宋朝的五山十刹制度，先后在京都和镰仓各自设立五山十刹。因此，这一时期被称为"五山时代"。当时，禅宗受到以将军为代表的统治阶级的推崇，僧侣的地位很高。

随着禅宗的传播，唐宋诗歌也在日本广为流传。以僧侣们为中心的汉诗、汉文创作非常繁荣，形成了推崇晚唐及宋诗的五山诗风和文风。他们师法的对象，就诗而言，由以往影响广泛的白居易，转向李白、杜甫、苏轼与黄庭坚等；就文而言，由六朝骈俪，转向韩愈、柳宗元所提倡的"古文"。其中，较有代表性的有虎关师炼、雪村有梅、义堂周信、中岩月圆、绝海中津、惟肖得岩、江西龙派、太白真玄、心田清播、瑞溪周凤、横川景三、景徐周麟、彦龙周兴及策彦周良等。他们的创作着眼于世俗生活，重视艺术性，在文学成就上超过了平安时代贵族文人的创作，可以和同时代的中国文人相媲美。五山文学被认为是日本汉文学史上的高峰。

五、江户汉诗与江户读本

江户时代（17世纪—19世纪60年代，相当于中国明清时期），日本进入封建社会末期。在德川幕府的支持下，儒学特别是朱熹的学说（朱学），备受推崇，成为"官学"。民间出现主张恢复古代儒学的古学派、古义派和古文辞学派。

当时，中国明代大儒王阳明的学说也传入日本，产生了阳明学派。与朱学相比，王阳明的学说更加通俗易懂，而且主张"人人皆可为尧舜"，更为亲民，因而受到文化水平不高的新兴武士阶层的欢迎。儒学的兴盛促进了汉文学的发展，形成了汉文学发展的黄金时期，迎来了汉诗创作的"全盛时代"。

这一时期，由于汉籍传入方式的改变及中日刻书业的发展，汉籍尤

其是中国诗文书籍大量传入日本。汉籍传入日本后，在流传的过程中，一开始往往被传抄，形成了抄本；其后，随着中国印刷技术传入，出现了和刻本。这些抄本、和刻本进一步扩大了汉籍传播的广度和深度。在私学兴盛、汉籍大量输入及翻刻的背景下，江户时期汉诗创作十分兴盛。人才辈出、硕果累累，代表人物有石川丈山、元政、荻生徂徕、江村北海、菅茶山等。这时还出现了三部大型汉诗总集：江村北海的《日本诗选》，市河宽斋的《日本诗纪》，友野霞舟的《熙朝诗荟》100卷，被称为日本汉诗之大观。汉诗别集更是多不胜数。

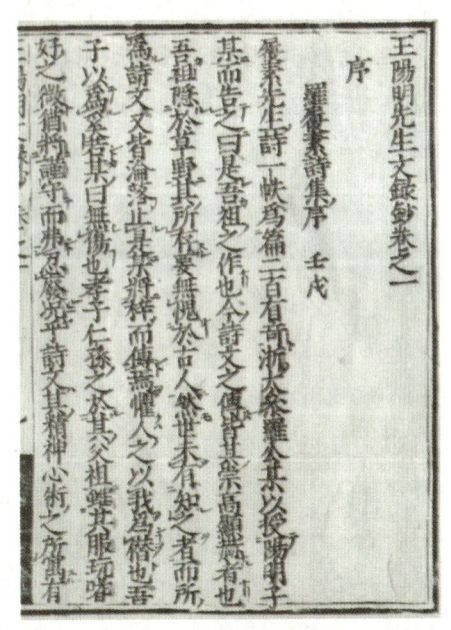

和刻《王阳明先生文录钞》
（承应二年五月伊吹权兵卫刊本，京都大学文学研究科图书馆藏）①

江户时期，明清小说尤其是白话小说大量输入日本，传入之初，仅在一些精通汉语、汉字的文人中流传；后来，通过翻译、改编、翻刻，才在町人、武士等阶层中广泛传播。在明清小说的影响下，一种新的小说形式——读本小说产生，并风靡一时，形成了小说创作的繁荣局面，对日本小说乃至文学的发展产生了深远的影响。

日本学者石崎又造说："近世小说史上所谓读本这一新形式，是由这些中国小说学者的翻译或者翻案创造出来的，因而读本大量地吸取中国特有而我国文学中缺少的奇谈或怪谈之类，中国历史演义小说影响的结果，产生出以史实为主要素材的史无前例的长篇作品。至于他们的文章用语，在自古以来的汉文及佛家语录之外，还输入了许多宋、元、明、清的常用俗语，丰富了日本国语的语汇。在描写法方面，也确立了

---

① 陈广宏、侯荣川：《日本所编明人诗文选集综录》，广西师范大学出版社，2018。

自由简洁的和汉混淆体"。①

由于两国风俗民情、审美趣味的差异，町人对白话小说存在一定的理解和审美障碍，因此出现了对中国小说的改写，进而形成了一种新的小说形式——读本小说。日本文人对中国小说进行改写或"翻案"很早就开始了，自8世纪末第一部小说《浦岛子传》"翻案"自《游仙窟》以来，历代都有以中国小说为"原本"的"翻案小说"，直到江户初期大多还是对中国文言小说进行"翻案"。其后，都贺庭钟以短篇白话小说集"三言"为蓝本，创作了《古今奇谈英草纸》，开创了读本小说的先河。读本是与画本相对的，主要是以文字创作的小说作品。在《古今奇谈英草纸》之后，都贺庭钟又以"三言"为蓝本，创作了《繁野话》。

上田秋成在都贺庭钟读本小说作品的启发下，创作了《雨月物语》，其中大部分是"三言"以及《剪灯新话》的翻案之作。其改编巧妙自然，不拘泥于原作，符合日本风土人情，语言具有"和味"，达到了较高的艺术水平，因而被称为江户初期读本小说的高峰之作。

在翻改白话短篇小说的基础上，一些作家开始以长篇章回体小说名著作为创作蓝本，例如以《水浒传》为蓝本的《忠臣水浒传》《本朝水浒传》《南总里见八犬传》等；以才子佳人小说《平山冷燕》为蓝本的《松浦佐用媛石魂录》等，将这一时期的读本小说创作推向高潮。

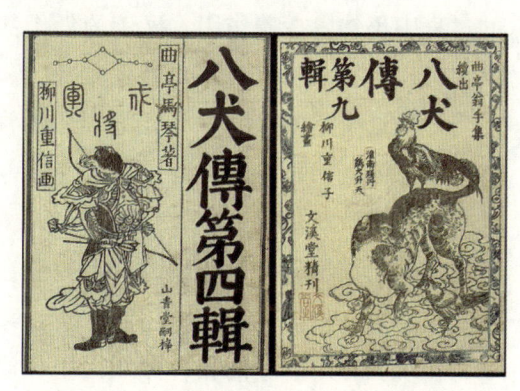

《南总里见八犬传》

江户时期，虽然中国文学、文化对日本仍有着不容忽视的影响，但是日本文学乃至思想文化的个性和自主意识越来越强烈。其实，自中国文化东传之始，日本文化中已经存在"汉""和"两种既对立又统一的

---

① 王晓平：《仿构与翻新——江户时代翻案的话本小说十三篇》，《明清小说研究》1993年第3期。

元素。只不过日本最初接触中国文化的时候，处于文化初创的阶段，对中国先进文化的渴慕占据了上风。随着接触的深入以及本国文化的发展，日本对中国文化开始有选择性地接受，进而将这些"汉"元素融入"和"文化当中，发展出具有民族特色的文化和文学。

六、明治汉诗

在西势东渐的冲击下，自 1868 年起，明治政府实行了一系列资本主义性质的改革，史称"明治维新"。这场改革使得日本国力大增，逐渐跻身于世界强国之列，改变了中日关系的走向，加速了华夷体系的崩溃。

明治时期（19 世纪 60 年代—20 世纪 10 年代初，相当于晚清至民国初期），虽然新文化、新思想的发展势不可挡，猛烈冲击着传统文化，但以儒学为中心的传统教育一息尚存，汉字、汉语在日本接受西方文化的过程中仍然发挥着作用，汉诗的创作甚至出现了繁荣的局面。近代诗人大町桂月（1869—1925）将明治十年（1877）到明治三十年（1897）称为"汉诗全盛时代"，"明治之世，西洋文学、思想排山而至，是未足奇；新体诗勃兴，亦未足奇；吾所奇者，原以为势必衰亡的汉诗却意外的兴旺繁荣。"[1]

明治时期汉诗繁荣的原因：第一是在教育上，新的教育体制虽然迅速建立起来，但以儒学为中心的传统教育并没有完全退出历史舞台，日本将传统教育纳入新的教育体制当中，逐渐摸索出一条"东方道德、西方技艺"的道路，使得汉学人才的培养得以延续。官方重申了汉学在教育领域的作用，民间也涌现出一批汉学私塾。第二是江户汉诗的影响和汉诗诗社的兴起，促进了汉诗的传承与发展。江户后期的汉诗名家梁川星岩、广濑淡窗、广濑旭庄等，在明治初期广收门徒传授诗法，创办诗社与学生和诗友唱和，培养了许多汉诗人才。第三是汉文学出版物大量

---

① 张雨乐、陈玉兰：《王韬与日本明治汉诗研究》，硕士学位论文，浙江师范大学，2018。

出现，为汉诗的普及和发展创造了条件。西方的印刷技术和现代报刊相继传入，促进了文化的传播与普及。第四是中日文人的汉诗交流，促进了日本明治汉诗的繁荣。"这一时期两国文人通过官方和民间两种渠道，以唱酬、诗会、序跋评改、编选诗集和笔谈等五种主要方式进行了广泛深入的汉诗交流。"①

清朝在日本设立领事馆后，以何如璋、黄遵宪、黎庶昌等人为代表的驻日使臣与随行官员成为中日汉诗交流的重要力量。除了官方渠道之外，王韬、王治本、陈鸿浩、叶庆颐、庄介讳等中国文人或应日本友人邀请，或自行前往，赴日游历、任教，期间与日本文人诗文唱和，为明治汉诗的繁荣尽了一己之力。

与此同时，也有不少日本官员、文人、学者到清朝交流、学习，同样有益于汉学、汉诗的发展。清末的文学、经学大师俞樾，文名远播日本、朝鲜。有许多日本文人、学者慕名前来。日本学者岸田国华收集了日本百年来的汉诗集 170 余种，请俞樾甄选、编纂。俞樾从中选出 500位诗人、5200 首诗，编成《东瀛诗选》，计正编 40 卷，补遗 4 卷。这部诗选是近现代以来最早正式出版、规模最大的汉诗总集，不仅选出了许多优秀的诗人诗作，还起到了保存日本汉文学文献的作用，是现今中、日学者研究日本汉文学史及中日文学交流史的必备典籍。

由于以上种种原因，明治时期汉诗创作出现了一番繁荣景象，涌现出许多风格各异的诗人，其中最为活跃的有小野湖山、大沼枕山、森春涛、鲈松塘、森槐南、夏目漱石等。

总之，日本汉诗及汉文学逐渐走向没落，而本民族的语言文学则不断发展。对中国文学的译介、研究、借鉴代替了直接学习汉字、效仿汉文学，成为中国文学传播的主要方式。

① 师洁琼、李志艳：《明治时期中日文人的汉诗交流》，《世界华文文学论坛》2018年第 3 期。

七、中国文学史与汉学学科形成

日本明治维新时期，政府和民间都积极倡导向西方学习，掀起了翻译、介绍西方著作的热潮。"literature"一词被译为"文学"介绍到日本。西方现代纯"文学"概念也随之传入，并被广泛接受。中国文化、中国文学作为知识门类被纳入学科体系当中，日本中国文化研究由以儒学为中心的传统"汉学"向现代"汉学"转变，即将中国文化视为客观研究对象的现代"汉学"转型。日本的汉学学科逐渐形成并确立，使日本成为当时少数以西方理论研究中国文化、文学的国家之一，而且研究的规模、成果领先于其他国家。

末松谦澄（1855—1920）像当时的许多日本文化精英一样，兼具"西学"及"中学"的修养。他一再强调中国文化、文学对日本文化的重要性，认为："中国文学对于东洋文学的重要性，犹如希腊拉丁文学之于西洋文学。如果没有它，不足以推究文化之渊源。"他还以实际行动传播中国文学、文化。他在伦敦以西方史学方法给日本年轻学子讲中国文学，于是就有了《中国古文学史略》，开日本汉学"文学史"书写的先河。

1891年，东京同文社创办了有关中国文学的杂志，是国际上较早以中国文学为研究对象的学术杂志。与此同时，日本现代大学教育体系和学科体系正在逐步确立，促进了西方现代"文学"概念的普及，以及日本汉学学科的建立。伴随着近代日本教育体制的不断完善及高等教育的迅猛发展，日本国立大学的讲座制逐步建立，其中汉学讲座不断发展。

19世纪末，在日本学界撰写文学史的热潮中，不但出现了许多日本文学史著作，还出现了许多中国文学史著作。例如，古城贞吉的《中国文学史》（1897）、笹川种郎《中国历朝文学史》（1898）、藤田丰八《中国文学史》（1895—1898）、高濑武次郎的《中国文学史》（1901）等。在日本人所编写的中国文学史著作中，有不少文体论著，如笹川种郎的《中国小说戏曲小史》，就是最早的中国小说戏曲专门史。它的出现，打破了原先"诗文一统天下"的格局，丰富了日本中国文学史研究的内容，具有很强的研究价值。

日本汉学、中国文学研究的发展，不仅得益于其本国学者的重视和努力，也得益于中日学术交流。19世纪末，由于各大学相继建立人文学科，对人文学科和汉学师资的需求持续增加，文部省不断派遣留学生到中国学习，这些留华学生归国后大多在各帝国大学主持汉学讲座，开展汉学研究，培养汉学人才，成为日本汉学的骨干力量，包括狩野直喜、盐谷温、铃木虎雄、青木正儿等人。

在这种时代背景下，日本汉学学科建立起来，并以京都帝国大学（今京都大学）和东京帝国大学（今东京大学）为代表，逐渐形成了两个风格

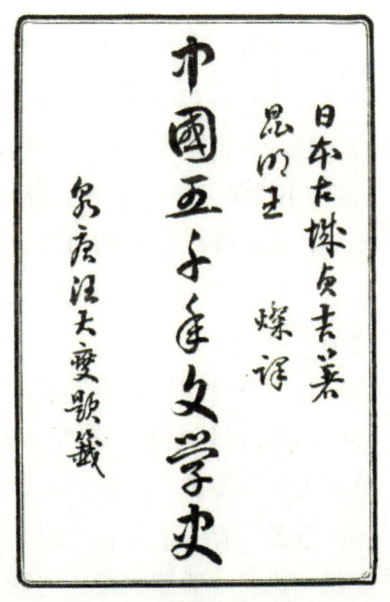

古城贞吉《中国五千年文学史》

不同的流派——京都学派和东京学派。东京学派，战前为东京文献派。东京文献派代表人物为创始人白鸟库吉及其弟子津田左右吉、池内宏、和田清等，其学术思想和方法受到中国清代学者崔述以来的"疑古辨伪"思想和德国实证主义的影响。京都学派代表人物为内藤湖南、狩野直喜、桑原骘藏、富冈谦藏、冈崎文夫等，他们主张中国史、中国文学、中国哲学不应分开来研究，其学术思想和方法受中国传统治学方法影响，主要特征是主张把中国作为整体来看，按照中国历史、文化发展的内在理论来研究中国。这两个学派虽然在学术思想和研究方法上有所不同，但都与国家意识形态相连，服务于政治，对日本侵华政策的制定和执行有一定的影响。

八、青木正儿与中国现代文学

1919 年，中国"五四"新文化运动前后，中国现代文学作家、作品陆续进入一些与中国来往密切的日本学者的视野。1909 年 5 月，日本报纸《日本和日本人》的"文艺杂事"栏目报道了鲁迅和周作人翻译出版《域外小说集》的消息。这是日本最早关于中国现代文学作家的报道。当时，日本学界对鲁迅和郭沫若等少数作家的作品评价较高，但对中国现代文学的整体评价不高。这种情况一直持续到"九·一八"事变之前。

日本著名汉学家青木正儿（1887—1964）是较早关注"五四"新文化运动，且最先发现鲁迅作品价值并将之介绍到日本的学者。青木正儿自小对《西厢记》等中国小说、戏曲感兴趣。之后，他进入东京帝国大学，师从狩野直喜，致力于元杂剧的研究。1925 年，他到中国游学时曾拜访王国维；1930 年，完成《中国近世戏曲史》。青木的研究侧重于中国古典文学，但他也关注中国"五四"时期的文学革命运动及鲁迅等人的文学创作，十分推崇鲁迅，在其著作中多次称赞鲁迅。1920 年，

青木正儿

青木正儿在《中国学》杂志上发表《以胡适为漩涡中心展开的文学革命》，介绍中国"五四"新文化运动及其核心人物胡适。

20 世纪 20 年代末，中国现代文学作品开始被译介到日本。1927 年，日本现代文学中的重要流派——白桦派，创立期刊《大调和》。同年 10 月，鲁迅的《故乡》被翻译发表在该刊上。这也是鲁迅的作品第一次出现在日本国内的刊物上。此后数年，翻译中国现代文学作品的译者及其译作不断增加，陆续发表在日本各类刊物上。

1931 年后，由于日本发动侵略战争，中日之间的文学交流受到了影

响。但日本进步文学界仍在大量译介中国左翼文学理论和作品，尤其是鲁迅的作品。

1936 年，鲁迅逝世，东京改造社召集当时比较有名的鲁迅作品翻译者，包括井上红梅、松枝茂夫、佐藤春夫、山上正义、增田涉、鹿地亘等人，耗时两年完成七卷《大鲁迅全集》的翻译出版，是 20 世纪 30 年代鲁迅著作外文译本中最为详尽的一部。经过佐藤春夫、增田涉、山本实彦等人的努力推介，日本民众开始熟悉鲁迅并喜爱鲁迅的作品。除了鲁迅之外，佐藤春夫、山上正义、井上红梅等译者还翻译了郁达夫、茅盾、郭沫若、叶紫、芦焚、吴组缃、落华生（许地山）、艾芜等作家的作品。抗日战争全面爆发到二战结束，中国现代文学的译介陷入了低谷期。

九、"竹内鲁迅" 与中国学

二战结束后，日本的中国研究逐渐向 "中国学" 转变。不少学者不再以轻蔑的态度对待中国尤其是近代中国，甚至有学者看到了中国近代史、近代文化的价值。特别是新中国成立后，中国革命的胜利，使得日本社会对中国的态度有了极大的改变。日本学者更加重视研究中国文化。尽管其后经历了冷战等特殊环境，但是随着改革开放后，中国突破各种困难和阻碍取得了举世瞩目的成就，日本的中国研究逐渐壮大，中日间的友好交流不断扩大。因此，二战结束后，中国文学，尤其是现当代中国文学在日本的传播与研究在深度与广度上不断发展。许多日本学者率先将现代中国文学作为正式的研究对象。

竹内好（1908 — 1977）是较早开始研究中国现代文学的学者，并从鲁迅研究中获得共鸣，较早开始反思日本侵略战争及其近代化的历史。1934 年，竹内好大学毕业。他与冈崎俊夫、武田泰淳等创办中国文学研究会，编辑出版了杂志《中国文学月报》（后改称《中国文学》）。该学会的宗旨是反对日本化的汉学和中国学，从内部获得学术的自由。当时学界偏重于中国古代典籍的研究，他们却提倡接触现实的、"活"的中国，以鲁迅研究为核心，系统地译介、研究中国现代文学，率先将现代

中国文学作为正式的研究对象。

竹内好对鲁迅的研究并不仅仅停留在文学上，还以鲁迅研究为基础对中国的近代化进行整体性的诠释，并通过比较的视角反思日本的近代化。他最为人熟知的观点就是"回心"和"转向"。他提出："回心源于保持自我，转向始于放弃自我"①，认为日本文化是没有抵抗的"转向"西洋近代化，而以鲁迅等人为代表的中国文化对于西方近代化是在不断抵抗中保持自我，最后建立起不同以往的中国。②

竹内好

竹内好的鲁迅研究被称为"竹内鲁迅"，其中国研究方法被称为"竹内模式"，对战后日本中国学研究的形成和发展产生了极大的影响。竹内好对中国现代文学的研究成就不仅体现在鲁迅研究上，而且在对丁玲、茅盾、郁达夫、林语堂等重要作家的研究在日本学界也有着重要的地位。

战后初期，虽然部分学者对中国的态度发生了改变，但是日本中国学真正起步是在中华人民共和国成立之后。1949年10月，"日本中国学会"宣布成立。该学会是以中国相关学术研究为目的，以从事中国哲学、中国文学、中国语言学研究者为主的全国性综合学会。会员主要来自日本各大学从事古代到当代中国哲学、文学、语言学以及日本汉学等领域研究的教师和硕士生、博士生。1951年5月成立的"现代中国学会"，是以对现代中国的关心作为出发点，以现代中国为研究对象的学会。1992年后，因为国际交流日益频繁，该会改为日本现代中国学会，简称"现中学会"，是有关现代中国研究的各种学会、研究会中规模最

---

① 张小苑：《关于日本战后知识界对"近代化"反思的考察》，《山西师大学报（社会科学版）》2012年第4期。

② 同上。

大，历史最悠久的学术团体之一。

1950—1970 年，日本对中国文学的译介、研究以现代文学作品为主，而且紧跟中国文学的潮流，出现了许多选集、作品集、评论集，以及文学史、书目、年谱等研究性著作，如竹内好等人编译的十五卷本《现代中国文学全集》、三好一等人编译的十五卷本《中国革命文学选》、河出书房出版的十二卷本《现代中国文学》、丸山升等人编译的十三卷本《中国的革命与文学》等等。

中日实现邦交正常化，尤其是中国改革开放以来，日本的中国文学研究尤其是现当代文学的译介、研究出现了繁荣局面。以对鲁迅作品的译介、研究为例，根据日本著名中国文学史、东亚文学史研究专家藤井省三在《鲁迅在日文世界》一文中公布的 1970—1989 年期间的数据，"译本"共计 61 部、"评论传记"共计 64 部、杂志文章共计 298 篇；1990—2010 年期间的数据，"译本"共计 21 部、"评论传记"共计 78 部、"杂志文章"共计 587 篇。① 其中，1984—1986 年学习研究社出版的《鲁迅全集》（全 20 卷），集合了全日本鲁迅研究者的作品，以 1981 年中国人民文学出版社的《鲁迅全集》（全 16 卷）为基础，补充日本方面的资料，并增加大量的注释，可以说是日本鲁迅作品传播、研究集大成之作。在日本有许多鲁迅研究团体，其中规模最大的是"鲁迅之会"。该会于 1979 年由池上正治、高桥碧、永岛廉司、守屋雅代等发起，在日本东京成立。

日本对中国当代文学的译介始于 1978 年，最初是对"伤痕文学"和"反思文学"的翻译。当时，中国当代文学的译介主要以作品集为主，译者主要是中国文学研究者和爱好者；之后，才有学术团体和刊物加入。其中，最主要的有中国现代文学翻译会及其会刊、季刊《中国现代小说》和《中国现代文学》、中国文艺研究会及其会刊《野草》、中国当代文学研究会及其会刊《火锅子》等等。

日本大阪外国语大学青野繁治通过《中国文艺研究会会报》等刊物，对 31 位汉学家进行的问卷调查研究，最受欢迎的作家分别是刘心

---

① 沈俊、林敏洁：《鲁迅在日本的译介传播》，《文学研究》2017 年第 2 期。

武、余华，次之是王蒙、谌容、莫言、张洁、史铁生、王安忆等。在受欢迎的作品中，莫言的《红高粱》高居票数榜首，其次是北岛的《回答》、刘心武的《班主任》等。受欢迎作品最多的作家依次是王蒙、余华、刘心武、谌容、北岛、冯骥才、格非、史铁生、王朔、王安忆、张洁、张贤亮、郑义等。①

21世纪以来，随着两国文学机构，以及作家、批评家、学者之间的交流加深，中国文学在日本的传播，无论在广度还是深度上都较以前有了质的提升，在此基础上产生的翻译成果和研究成果非常丰富，从纯文学到大众文学，从诗歌到散文，再到网络文学等等，可以说文体种类丰富多彩。

---

① 沈俊、林敏洁：《鲁迅在日本的译介传播》，《文学研究》2017年第2期。

第二章
中国文学在东南亚

　　东南亚地区与中国陆海相连，自古以来两地的民族及其文化就有着千丝万缕的联系和极为深厚的历史渊源。早在新石器时代，中国南方的百越民族就由陆海两路向东南亚等地迁移，并随之带去中华文化的因子。位于中南半岛东部的越南，其北部与中国云南、广西接壤，两国边界长约 1300 多千米。从秦朝开始，中国统治越南北部长达千余年，使中华文化、文学深深地植根在这片土地上。越南脱离中国统治之后，在很长一段时期都是中国的藩属国，仍然持续不断地受到中国文化、文学的熏陶。越南和日本列岛、朝鲜半岛一样，曾长期使用汉字，以文言文为书面语，深受中国文化影响，也是汉字文化圈的成员。在东南亚地区，越南是与中国文化渊源最深的国家。

　　东南亚的其他国家大多受到印度、伊斯兰文化的影响，与中国在文化上存在较大的差异。但是东南亚是中国古代海上丝绸之路途经的最主要地区，丝绸之路沿线的东南亚古国与中国互有来往，其中不少曾是中国的藩属国，或多或少受到中国文化、文学的影响。更主要的是历代因为贸易、谋生、战乱、文化交流等原因通过海上丝绸之路来到东南亚各国的中国商人和移民，尤其是定居在当地的华侨、华人，他们将中国文化传播到当地，甚至移植到东南亚的土地上，形成了独具特色的华侨、华人文学和文化。关于华侨华人对中国文化、文学的传播，后面将会专门论述。

第一节　越南的汉文学与喃字文学

根据中越两国史书的记载，越南民族与中国古代的百越族有关。学术界关于越南民族起源的研究一直没有定论。根据考古学、民族学界对越南境内古人类遗骸的研究，越南民族的来源较为复杂，有美拉尼西亚人种、印度尼西亚人种、蒙古人种、南亚种（南方蒙古支）等。其中，不少学者认为越南民族源于中国古代百越族的一支骆越（雒越），以及春秋战国时期的古越国。

不论早期越南民族的来源是否与中国境内的百越族有关，到了秦末南越国时期，越南北部开始与中国有了民族及文化的融合。秦朝南海郡尉赵佗兼并岭南的桂林郡、象郡，于公元前 204 年建立南越国（又称南粤国）。赵佗在秦朝南海郡、桂林郡、象郡的基础上，撤象郡，改设交阯郡和九真郡。交阯郡辖区即今越南北部红河流域一带。南越国全盛时疆域包括今天中国广东、广西的大部分，福建的一小部分，海南、香港、澳门和越南北部、中部的大部分地区。

赵佗建立南越国后实施“和辑百越”的政策，一方面重用当地越人，尊重其风俗习惯；另一方面引入中原先进的文化与农耕技术，推行秦汉政治、军事、文化等制度，统一度量衡、纪年及历法，推广汉文、汉字。他还提倡汉越通婚、民族融合。中原文化逐步传播到包括今天越南北部及中部在内的南越社会。《汉书·高帝纪》记载：“会天下诛秦，南海尉它（佗）居南方长治之，甚有文理，中县人以故不耗减，粤人相攻击之俗益止，俱赖其力。”

一、北属时期

公元前 112 年，汉武帝灭南越国，在其所辖之地设立九个郡县，其中交趾、九真、日南三郡包括今天越南北部和中部的大部分地区。此后的1000多年里，越南北部和中部都处在中国的直接管辖之下，被称为"北属时期"。

1. 中国礼乐文化及儒学教育的推广

汉朝政府对这九个郡县实施直接的行政管理，并积极推行汉代的礼乐文化及儒学教育。自汉代对越南北部和中部实施直接的行政管理后的1000多年时间里，在官方的推行下，中国的语言文字、典章制度、文化艺术、思想学术等源源不断传入该地区。《后汉书·循吏列传》中记载任延、锡光教化交趾百姓，"移变边俗"的事迹。《后汉书·南蛮西南夷列传》记载："凡交趾所统，虽置郡县，而语言各异，重译乃通。人如禽兽，长幼无别，项髻徒跣，以布贯头而著之。后颇徒中国罪人，使杂居期间，乃稍知言语，渐见礼化。光武中兴，锡光为交趾，任延守九真。于是教其耕稼，制为冠履，初设媒聘，始知姻聚。建立学校，导之礼义。"从这段记载中可以看出，中原移民（罪人）将中原的语言、文化传入交趾，锡光任太守后进一步推广中原文化，教导当地百姓耕作，改变其风俗，建立学校传授儒家礼乐文化。经由人员流动（避乱、贬谪）和地方官员推广两种主要途径，汉武帝时期所尊奉的五经及宋代被奉为经典的《论语》等儒学典籍已经传播到越南。东汉王充在《论衡》中记载了日南郡等地从"周时重译"到"今吟《诗》《书》"，说明当时日南郡（今越南中部）已有人掌握了汉语、汉字，能够诵读儒学经典，尤其是中国最早的诗歌集《诗经》和早期的历史散文《尚书》。"最迟在东汉末期，交州、九真和日南的本土儒士不但能说流利的汉语，而且还非常扎实地掌握了汉字并能准确地书写汉字奏折，向朝廷反映他们的诉求。"[1] 三国时期，交趾太守士燮开设学校"教取中夏经传，翻译音义，教本国人，始知习学之业。"士燮以"翻译音义"的方法传播儒学经典，使得以儒学为核心的中国文化的传播更为广泛，真正开始在交趾奠定了根基。后世学者认为士燮的"翻译音义"，使用本地语言释读汉字，是"字喃"的滥觞。15世纪越南史学家吴士连盛赞士燮，认为："我国通诗书，习礼乐，为文献之邦，自士王始，其功德岂特施于当时，而有以远

---

① 梁茂华：《越南文字发展史研究》，博士学位论文，郑州大学，2014年5月。

及于后代，岂不盛矣哉！"①

2. 中国文学的传入

在中国各朝对越南北部及中部实施直接管辖的千余年中，汉语、汉字和以儒学为核心的中国文化在越南社会的传播逐渐深入。在这个过程中，中国历代各种文学样式和作品也通过两地间人员的交流（避乱、科举入仕、贬谪、出使、求学、游历、交流佛法等）传入越南，对其文学的形成和发展产生深远的影响。

《诗经》作为儒学经典很可能于秦汉之际就已传入越南。越南史书《大越史记全书》中记载：南越王赵佗"以诗书而化训国俗，以仁义固结人心"。② 其后，《乐府诗集》也传入越南。唐代设置安南都护府，管辖越南北部及中部地区，并开办儒学，推行科举制度，使得日南、交趾等地士人的儒学修养及汉语、汉字水平大大提高。唐德宗时期，日南人姜公辅进士及第，在唐朝廷官至谏议大夫，具备极高的汉语写作水平。他的《对直言极谏策》《白云春海赋》被收录于《全唐文》。由姜公辅的事例可推测，当时日南等地士人汉语、汉文写作及儒学修为已达到一定的水平，出现了姜公辅这样可与中原士人一较高下的人物。除了姜公辅外，其弟姜公复也考中进士，并入朝为官；交趾的名士廖有方以文笔出名，后来进士及第。柳宗元贬谪岭南期间，廖有方携诗文登门求教。柳氏认为其诗文有"大雅之道"，还写了《送诗人廖有方序》和《答贡士廖有方论文书》两篇文章，予以鼓励和指导。科举制度的实行，为布衣入仕开辟了道路，使安南的官学与私学得到极大的发展，促进了汉语、汉字以及中国文化、文学的广泛传播。

唐代，安南是中外僧侣的中转地。因为安南僧人擅长汉文，又懂得昆仑语、梵语及爪哇语，所以常常承担佛经的翻译工作，许多佛教经典都是在安南翻译完成。许多安南僧人具有极高的汉语创作能力，他们和安南的士人常常与唐朝的僧人和士人来往。唐代诗歌盛行，他们不免受

---

① 刘玉珺：《越南汉籍与中越文学交流研究》，中国社会科学出版社，2019，第 11 页。

② 同上。

到影响，相互间诗文酬答频繁。《全唐诗》中的许多诗作就是唐代诗人与安南僧人、诗人间这种交往的见证，如杨巨源《供奉定法师归安南》、贾岛《送安南惟鉴法师》、张籍《山中赠日南僧》、贾岛《送黄知新归安南》等。两地文人、僧侣之间的交流，促进了唐诗在安南更广泛、更深入的传播。

唐代，安南也是流放之地，被流放至此的人中不乏文人墨客，如唐初四杰之一王勃的父亲王福畴、褚遂良及其子孙、杜审言、沈佺期、刘禹锡、韩偓、李巢、李友益、高俭、韩思彦、裴夷直、刘瞻、窦参、李仁钧、宋之悌、陈蟠叟、杨牧、李爽、严善思、宗晋卿、卢藏用等人。他们都工于诗文，在安南时创作了不少吟咏安南的作品，还与当地僧侣、文人交往，为唐诗的传播贡献了力量。沈佺期被贬谪至日南时所作的《九真山净居寺谒无碍上人》，就是与当地僧人酬答之作。此外，从中原到安南任职的官员中，也有不少擅写诗文者，如静海军节度使安南都护高骈，以诗文著名，镇守安南时作品甚多，有《南海神祠》《叹征人》《赴安南却寄台司》《闺怨》《过天威径》《安南送曹别驾归朝》《南征舒怀》等。

二、越南汉文学

公元 968 年，安南脱离中国独立，先后建立了丁、前黎、李、陈、后黎、阮（改国号为"越南"）等诸多王朝，拥有越南自身民族意识的文化、文学逐步发展起来，"作为独立国家意识形态有机组成部分的文学随即应运而生"①。不过，这些朝代基本上都是中国的藩属国，仍然与"北属时期"一样深受中国文化、制度的影响。在西方殖民者来到越南之前，越南一直仿效中国实行科举制度，使中国文化得以继续传承和广泛传播。因此，越南文学的发展也深受中国文化、文学的影响。10 世纪中叶到 12 世纪末是越南文学的初创时期。这一时期，越南的民族文字还未产生，越南文人用汉字创作，因此汉文学是当时越南文学的唯一形

---

① 林明华：《越南古代文学述略》，《中南半岛》1987 年第 4 期。

式。到 13 世纪喃字文学萌芽，越南文学才出现汉文学和喃字文学并存的局面。越南汉文学是在中国文学滋养下成长起来的，在形式上往往采用中国的诗、词、赋、文等体裁，其中尤以诗歌创作最为纯熟；在思想内容上受到中国儒、道、佛等思想，尤其是儒家"诗以言志""文以载道"思想的影响。不少作品存在借用诗句、题材、典故的痕迹。

1. 越南汉文学的开启（10 世纪中叶—12 世纪末）

10 世纪中叶到 12 世纪末，不仅是越南文学的初创时期，也是越南汉文学的发端。这一时期，由于统治者推崇佛教，形成了一种政教合一的社会政治环境。佛教禅师以"入世"的态度参与社会生活的各方面，如政治、外交、文化、教育等。许多禅师汉学修养深厚，成为这一时期越南汉文诗创作的主力。现存越南最早的汉诗作品是杜法顺禅师的《国祚》，该诗表达了对国家前途的看法。杜法顺禅师开启了越南汉文诗反映现实、以诗言志的

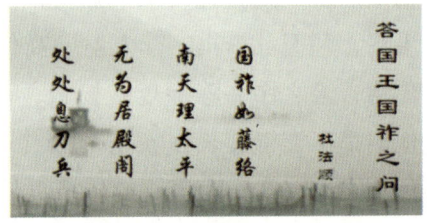

Đáp quốc vương quốc tộ chi vấn

Quốc tộ như đằng lạc,

Nam thiên lý thái bình.

Vô vi cư điện các,

Xứ xứ tức đao binh.

杜法顺禅师：《国祚》

先河。这一时期汉文诗创作较有代表性的诗人还有万行、满觉和杨空路禅师等。除了佛教禅师外，也有帝王和文人创作了一些汉文诗，其中很多是谈论佛理、赞颂禅师的作品，较有代表性的诗人有李太宗、李仁宗、段文钦等。总的来说，这一时期的汉文诗作品不多，体裁多为五绝、七绝、七律等，诗风自然、朴实，不讲究辞藻和声律，但内容蕴含哲理和禅意。除诗歌外，还有词、赋及散体文的创作。

13 至 14 世纪，是越南汉文学的兴盛期。这一时期，以汉文诗为主体的各种体裁创作逐渐走向成熟。汉文诗创作成绩较突出的有陈朝帝王创作的汉文诗，陈太宗、陈圣宗、陈仁宗都喜爱且擅长汉文诗，其中以陈仁宗成就最高。在他们的带动下，汉文诗的创作十分兴盛，出现了许多题材多样、风格各异的汉文诗作品。13 世纪末，陈光朝发起的"碧洞

文缘广结：中国文学艺术的海外传播

诗社"，是越南古代文学史上第一个诗社，成员有阮昶、阮忆等，主张歌咏自然，推崇闲适的格调，对世俗和陋习持批评态度。这一时期的汉文诗以五言四句、八句，七言四句、八句为主，被称为唐律体。

除唐律体外，越南文坛在创作中还出现了一些创新性的诗体，如裴宗璀的七言十句《江村秋望》、范迈的六言诗《闲居题水墨幛子小景》。14世纪，文人盛行作赋，其中代表作家有张汉超、莫挺之、范迈、阮汝弼、阮法、陶师锡、陈公瑾、史希颜、阮伯聪、阮飞卿、段春雷等。13至14世纪，越南汉文学创作中还出现了志怪类作品，以及碑记、史志、檄文等散文作品。

2. 越南汉文学的繁荣期（15世纪初—19世纪中叶）

15世纪初至19世纪中叶，是越南汉文学创作的繁荣期和高峰期，无论在形式和内容上都达到了高峰，还出现了新的发展。这一时期的汉文诗、词、赋创作，题材广泛，风格多样，艺术成就高，其中尤以五言、七言绝句成就最高。这一时期具有代表性的作家、作品有阮廌（又名黎廌）、李子晋、阮梦荀等诗风雄浑的诗作，黎少颖、阮直、朱车美等诗风清新的田园山水诗，武瑾、阮登道、阮庭策、黎希等人记录出使见闻的诗作，邓鸣谦、杜绾、阮德达、"安南四大才子"（阮宗窒、阮卓伦、阮伯麟、吴俊景）、南山主人的咏史诗，黎太祖、黎太宗组织的"骚坛会"所作的"宫廷文学"。"骚坛会"是越南古代文学史上最大的文学组织。在黎圣宗的带领下，申仁忠、杜润等28位文臣名宿与之唱和，创作了大量的汉文诗。16至18世纪，越南社会动荡，出现了一批抨击时弊、反映现实的诗人和诗作，代表性作家有阮秉谦、冯克宽。15至17世纪，其他体裁创作情况如下：汉文赋盛行，代表作家有阮梦珣、李子晋、李子构、阮浮先、阮天纵，出现了一些文言文神怪、传奇类作品、文言历史章回体小说、文言随笔。18至19世纪，越南汉文学创作出现了新进展，一是长篇叙事诗，由邓陈琨的《征妇吟曲》首开先河。这首诗创作于18世纪40年代初，是一首长达477句的汉文乐府长诗，反映了17、18世纪越南封建社会衰落、社会动荡、民不聊生的现实，问世后广受好评。二是"吴家文派"的出现，即以吴时亿、吴时任、吴时俶、吴时智、吴时煌、吴时典为代表，形成学问、文章俱佳的"吴家文派"，

第二章　中国文学在东南亚

体现了越南汉文学的繁盛。三是六八体、双七六八体汉文诗的出现，是汉文诗与当地民歌的混合体，是诗体的创新，代表作有阮辉莹的《奉使燕京总歌》和丁日慎的《秋夜旅怀吟》等。此外，还出现字数不一、句式灵活的杂言诗，如吴时仕的《胡城吊古歌》等。

3. 越南汉文学的衰退期（19 世纪中叶—20 世纪初）

19 世纪中叶到 20 世纪初是越南汉文学的衰退期。这一时期，法国殖民者入侵，许多越南的仁人志士投入抗法斗争中。这一时期的汉文学创作与时代紧紧相连，出现了许多抨击法国侵略者，抒发爱国情怀的汉文诗、词作品，具有代表性的作家有裴有义、阮通、阮绵审，抗法将领胡勋业、阮光碧、潘廷逢，革命家潘佩珠等。此外，这一时期还有汉文赋的创作，代表作家有黄叔抗、潘佩珠；汉语文言文小说，如《皇龙兴越志》、潘佩珠的《后陈逸史》等。20 世纪 20 年代后，随着科举和汉字被废除，拉丁化国语的普及，越南汉文学日渐式微。

三、喃字文学

喃字是越南京族曾经使用过的文字，是越南为书写越南语而借用汉字和汉字的组成部分，通过形声、假借、会意等方式形成的类似汉字的方块字。喃字文学就是用喃字创作的文学作品。

喃字

1. 喃字文学的初创和发展（13 世纪—17 世纪）

喃字文学发端于 13 世纪，据记载，韩诠（阮诠）是第一个用喃字写作诗文的人。其后，阮士固也用喃字创作诗赋。喃字文学诞生之初，具有代表性的作品是韩诠的《披砂集》、阮士固的《国音诗赋》、朱文安的《樵隐国语诗》等，但这些作品只见于记载。到了 14 世纪至 15 世纪初，用喃字创作的人渐渐多起来，具有代表性的作品有陈仁宗的《居尘乐道赋》和《得趣林泉成道歌》、玄光的《咏烟华寺》等。15 世纪，喃字文学开始受到皇帝的重视，如胡朝皇帝胡季犛曾试图以喃字代替汉字，带头创作喃字诗，还用喃字翻译中国《书经》中的《无逸篇》。在他的带动下，文人开始以喃字写作诗、文和赋。到了后黎时期，黎太宗令阮廌收集胡季犛用喃字写作的手诏和诗文。

在文人的创作实践和皇帝的提倡下，喃字诗歌创作有了一些进步。喃字诗最初多采用唐律体，即越南诗人仿照唐诗的五言绝句、律诗及七言绝句、律诗而形成的诗体，分为五言四句、八句和七言四句、八句。15 世纪喃字诗的代表作有阮廌的诗集《国音诗集》、黎圣宗及其文臣所作的诗集《洪德国音诗集》。这两部诗集，题材广泛，涉及时令、花木、禽兽、中国历史人物（苏武、王昭君等）、越南历史人物（梁世荣、阮直等）、河流、名胜（包括中国名胜潇湘八景、桃园八景等，越南名胜白藤江、普赖钟等）、风花雪月等。从中可以看出中国文化、文学的影响，但同时也看到了以越南本地的人物、景物入诗的尝试，为喃字诗的创作积累了经验。

15 世纪末至 16 世纪初，喃字诗的创作进一步发展，出现了一些以喃字和唐律体创作的叙事诗，主要作品有《王蔷传》、《林泉奇遇》（又名《白猿孙铬传》）和《苏公奉使传》，这三部作品的题材都与中国有关，分别源自中国汉朝王昭君的故事、唐代传奇《孙铬传》及苏武出使匈奴的故事。

16 世纪喃字唐律体诗歌日益成熟，代表作品为阮秉谦的《白云国语诗集》，其中诗作将民间俗语运用到创作中，为喃字诗创作做了有益的尝试。16 世纪喃字诗创作中出现采用六八体和双七六八体创作的尝试，代表作家和作品有黎德毛的歌筹《三甲奖赏歌妓唱曲》是较早采用六八体和双七六八体的作品；冯克宽的《林泉挽》、陶维慈的《卧龙岗挽》等诗作中六八体已经基本定型了。

到了 17 世纪，六八体喃字诗已日臻成熟，代表作为丁儒完的《唤醒州民词》、阮友豪的《双星不夜》等。15 至 17 世纪，喃字诗创作中出现了一些带有浓郁越南民间文学色彩的六八体诗作，如《鲇鱼与蛤蟆》《贞鼠》，说明喃字诗歌在民间已经较为普及，还出现了较为成熟的双七六八体诗作，如黄士恺的《四时曲咏》。除了喃字诗以外，还出现了喃字赋、喃字骈体文、喃字传奇小说等。

2. 喃字文学的繁荣和衰落（18 世纪—20 世纪）

18 世纪至 19 世纪喃字文学进入繁荣期，表现在大量喃字长篇叙事诗的出现。这一时期比较有代表性的喃字叙事长诗有段氏点翻译的《征妇吟曲》、阮嘉韶的《宫怨吟曲》等。这些长篇叙事诗中有不少取材或改写自中国文学作品，从中可以看出中国文学的影响，但是在形式上却是完全的越南民族化了。

喃字文学自诞生以来，受到了许多文人士子的轻视，认为其低俗，不能登大雅之堂。但是喃字文学却受到平民百姓的欢迎，在民间广为流传。因此，中国文学的许多故事、题材、典故经喃字文学的借鉴而得到了更为广泛的传播。

18 世纪末，西山王朝的光中帝阮惠钦将喃字定为全国通用文字，对喃字文学的发展起到了一定的推动作用。18 世纪至 19 世纪迎来了喃字文学的繁荣期，大量喃字叙事长诗涌现出来。首创之作是段氏点用喃字将邓陈琨的《征妇吟曲》改编为长篇叙事诗，在民间大受欢迎，比原作流传更广。这一时期喃字长篇叙事诗的代表作是《宫怨吟曲》和《金云翘传》。《宫怨吟曲》是阮嘉韶（1741—1798）创作的双七六八体喃字叙事长诗，全诗长 365 行，叙述了一位才貌俱佳的民间女子在封建宫廷中的悲惨遭遇。《金云翘传》是阮攸（1765—1820）以中国青心才人的小说《金云翘传》为蓝本，创作的长达 3254 行的喃字六八体叙事长诗。《金云翘传》使喃字诗的创作达到了一个高峰。

这一时期的喃字文学其他体裁的创作情况如下：胡春香的喃字诗集《春香诗集》《琉香诗集》，青官县夫人的喃字诗《过横山》，阮伯麟的喃字赋《鹤三岔赋》《佳景兴情赋》，邓陈常喃字赋《韩王孙赋》，阮居桢喃字快板集《僧尼》，黎玉欣的双四六八体喃字长诗《哀思挽》，等等。

19 世纪到 20 世纪初，喃字文学逐渐走向衰落。这一时期有代表性的作家、作品有阮廷炤的六八体长篇叙事诗《蓼云仙传》、阮劝和秀昌的讽刺诗、乔莹懋的长篇叙事诗《琵琶国新音传》。《琵琶国新音传》是以中国元代高明《琵琶记》为蓝本创作的喃字六八体长篇叙事诗。19 世纪 20 年代以后，随着拉丁化国语的普及，越南喃字文学日渐式微。

四、对抗"国语字"

19 世纪中叶，法国开始入侵越南。1885 年，清政府与法国签订《中法新约》（《中法会订越南条约》），宣告中越宗藩关系终结。法国对越南实行殖民统治后，为巩固殖民制度，实行了一系列推广西方文化、消除中国文化影响的举措。其中一项重要举措就是大力提倡拉丁化的拼音文字——"国语字"，以之取代汉字和在汉字基础上形成的喃字。"国语字"是 16 世纪末西方传教士到越南后发明的一种以拉丁语记录越语发音而形成的文字。在 19 世纪中叶之前，"国语字"多在教会内部使用。法国殖民统治建立后，殖民政府强制推行这种新文字，并逐渐取代了汉语和喃字。

另一项举措是改造科举制度，将词赋八股等内容废除，增加国语字、法语、越南史、中国史、算法、律例、西方史、地理等内容，增加法国考官，但遭到越南各地反对，最终于 1919 年完全废除科举制度。

1. 中国现代文学的传入

尽管殖民政府采取了许多措施，试图隔断中越之间的文化联系。但是两国之间深厚的历史、文化积淀，是无法轻易消除的。当时越南仍有许多懂得汉语汉字的知识分子，其中不少曾到中国求学、游历，尤其是遭受殖民侵略的共同经历，使中、越两国进步知识分子之间常常互有来往、互相帮助。

20 世纪初，越南进步知识分子将康有为、徐继畲、谭嗣同、严复、王韬、梁启超等人的著作介绍到越南。这些著作在越南的传播使许多越南知识分子接触到中国的改良思想，对越南的改良维新运动产生了巨大的影响。越南民族解放运动、越南维新会、东游运动、越南光复会的领袖潘佩珠，就是其中一位。

潘佩珠从小跟随父亲学习儒家经典，精通汉文，曾经中过解元。青年时期，他在越南看到梁启超的《戊戌政变记》《中国魂》，以及发表在《新民丛报》上的文章后，非常敬佩梁启超。后来，他到日本时专程拜

访了梁启超，两人展开笔谈。在潘佩珠的倡议下，为了宣传革命、教育国民，1907 年 3 月，梁文玕、陶元普等越南进步知识分子创办了一所免费的新式学校"东京义塾"。义塾建立了收藏中国新书刊的图书馆，购置了许多中国改良派的著作和书籍供借阅，如《日本三十年维新史》《中国魂》《瀛寰志略》《万国史记》等。通过越南进步知识分子的传播，

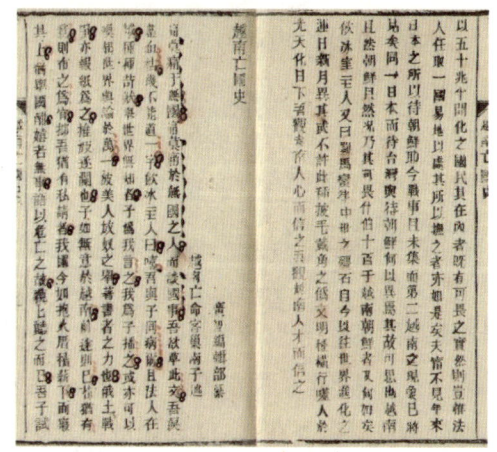

潘佩珠：《越南亡国史》

梁启超等人的改良思想及创作风格对越南青年知识分子的思想和创作产生了一定的影响。

越南的维新运动和东京义塾失败后，法国殖民政府加强了书刊检阅限制，禁止中国进步书刊传入越南，因此，在中国改良派的著作之后，中国"五四"时期的新文学作品没有继续传播到越南。

2. 中国古典小说的译介热潮

20 世纪上半叶，越南出现了一股中国古典小说的翻译热潮。19 世纪末，越南著名学者张永记已经开始尝试用"国语字"翻译中国的蒙学及儒学书籍，出版《三字经国语演歌》《三千字解音》《明心宝鉴》《四书》等，积累了经验。到了 20 世纪初，越来越多的文人、学者、报人参与到以"国语字"翻译中国书籍的队伍中来，他们翻译的基本上都是中国古代文学作品，其中以中国古典小说所占比重最大。

这种现象出现的主要原因在于：一方面，中国古典文学在越南有着长期、深远的影响，尤其是越南的喃字叙事诗和志怪类作品深受中国古典小说影响，在民间广为流传；另一方面，法国殖民政府为了推广国语字，也支持翻译中国古典文学。这一时期对于中国古典文学的翻译，除了少量的中国古代诗歌，如阮克孝等人翻译的《诗经》，吴必素、陈重金各自翻译的《唐诗》，黄范珍翻译的《离骚》等，其他基本都是中国

古典小说。中国古典小说的译本借助当时蓬勃发展的报刊，得以广泛传播，形成了一股翻译、阅读中国古代小说的潮流。其中，最早的一个中国古典小说译本，是 1901 年 1 月 8 日在西贡的《农古民谈报》上刊登的《三国演义》中桃园三结义部分的翻译。很快，越南出现了翻译《三国演义》的热潮，出现了阮安居、潘继柄、阮文咏等数十个译本。随后一系列三国故事书籍陆续翻译、出版，如阮政瑟翻译的《新三国志》（1910 年在西贡出版）、阮安姜翻译的《后三国演义》（1929 年在西贡出版）等。

北京大学颜保教授曾就 1906 年至 1968 年间译成拉丁化越南文的中国小说单行本进行统计，发现译本 316 种，包括《三国演义》《聊斋志异》《东周列国志》《红楼梦》《水浒演义》《镜花缘》《西游记》等。其翻译出版时间大多是在 20 世纪上半叶，只有 23 部译本的翻译或重印是在 1950 年之后。参与翻译者约 150 人，其中阮政瑟、陈丰稿、李玉兴等人竟独立翻译了十几部小说。[1] 20 世纪上半叶，越南的中国古典小说翻译热，不但传播了中国古代文学、文化，还对越南"国语字"的推广、越南民众文学欣赏水平的提高起到积极的作用，对越南国语字小说的产生和发展起到了借鉴和推动作用。

20 世纪 20 年代，中国鸳鸯蝴蝶派代表作家徐枕亚的《雪鸿泪史》《玉梨魂》《多情恨》《蝴蝶花》等作品被译介到越南。他的小说既继承了古代白话小说的传统，又在形式和内容上具有一些现代气息，起到了一定的承前启后的作用。在熟悉中国古代小说的越南知识分子眼中，他的小说无疑是新式的、现代的。

1936 年，"中南半岛平民阵线"成立后，法国殖民当局的书刊检查制度有所松弛，鲁迅等中国现代作家的作品陆续传入越南。邓台梅是越南译介中国现代文学，尤其是翻译、研究鲁迅作品的先行者。1944 年，他出版了著作《鲁迅的生平与文艺》，评述鲁迅的生平事迹、思想历程及作品风貌。1945 年，他出版了《中国现代文学史中的杂文》一书，文中高度肯定了鲁迅的杂文成就。1944 年至 1945 年，他还翻译并发表了

① 夏露：《略论 20 世纪上半叶中国古典小说在越南的翻译热》，《东南亚纵横》2007 年第 5 期。

曹禺的《雷雨》《日出》。

五、修订古典，迎接当代

进入 20 世纪下半叶，尤其是在越南社会主义共和国成立后，由于中越两国之间的传统友谊和相同的意识形态，相互之间的交往、交流更加密切。中国文学在越南的传播继续深入发展，既有对中国古典名著的修订、再版和新译，又有对中国现代文学的翻译和介绍。

这一时期对于中国古典文学的译介包括以下内容：中国古典小说"四大名著"以及《儒林外史》和《聊斋志异》等的翻译、出版；古典诗歌的译介，有著名翻译家南珍等人翻译的《诗经》《楚辞》《唐诗》《宋诗》的译本，李白、杜甫、陆游等诗人的作品译本，宋、元话本和拟话本的译介，以及《中国话本》集。

这一时期对中国现代文学的译介，有以下特点：鲁迅作品的译介是这一时期最有代表性的译介活动，反映了整个时期的译介特征。邓台梅在鲁迅作品的译介工作中，指出"对鲁迅文学的认识体现了一种从'世界文坛上的大文豪'到'中国文化革命的主将'的译介观念转变"。① 这种转变是当时译介观念的反映。

1950 年之后，越南对于中国现代文学的翻译，从之前重视文学艺术本身，变为重视文学是否体现时代精神、革命精神。因此，1950 年之后，对于中国现代文学的译介着重于三类题材：农村题材、战争题材和革命历史题材。农村题材的作品，以赵树理的译介为主。之后，又译介了柳青的《创业史》和周立波的《山乡巨变》。战争题材作品的译介数量很多，主要有刘白羽的《火光在前》、杜鹏程的《保卫延安》、曲波的《林海雪原》、吴强的《红日》等。革命历史题材的译作主要有杨沫的《青春之歌》、欧阳山的《三家巷》、梁斌的《红旗谱》、罗广斌和杨益言的《红岩》。还有一些有关社会主义改造的作品，也进入了越南翻译家

① 阮秋贤：《20 世纪中国文学在越南的译介》，《中国现代文学研究丛刊》2016 年 10 期。

的视野，如周而复的《上海的早晨》。此外，当时在中国文学界较有影响力的作家曹禺、茅盾、郭沫若、老舍、叶圣陶、田汉、巴金等人的代表作，几乎都被译介到越南。

20世纪90年代以后，越南又出现了一股翻译出版中国文学的热潮，表现为：一是中国古典小说的再版和新译，将许多有价值的中国古典小说进行修订、重印。二是鲁迅、巴金、茅盾等中国现代经典作家作品的重印和新译，但译介观念发生了变化，"他们整合、定位的观点是把纯粹体现毛泽东文艺思想的部分文学作品从文学史中一步一步地删除，仅留下了新文学大师的作品。"① 三是译介中国当代作家的作品，张贤亮、王蒙、刘心武、贾平凹、冯骥才、王朔、刘震云、李锐、张洁、余华、马原、残雪、莫言等人都有作品被译介到越南。其中，莫言作品的译介是这一时期具有代表性的。莫言的作品受到了新、老翻译者的青睐，也受到了读者的欢迎，在越南社会获得了持续的关注。

第二节　泰国的"三国""鲁迅"
"金庸"热潮

泰国是中国的近邻，与中国交往的历史悠久。中国古代文献关于泰国最早的记载见于《汉书·地理志》"粤地"条："自日南障塞，徐闻、合浦船行可五月，有都元国；又船行可四月，有邑卢没国；又船行可二十余日，有谌离国……"。据考证，"邑卢没国"位于今天暹罗湾附近湄南河入海处的华富里，"谌离国"即今天泰国的佛统府。可见，泰国自汉代开始已经是海上丝绸之路的途经之地。

之后，中泰交往的记载经常出现在中国古代文献中。《吴历》《吴时外国传》《扶南异国志》《梁书》等历代文献中都有关于泰国的记载。明

① 阮秋贤：《20世纪中国文学在越南的译介》，《中国现代文学研究丛刊》2016年10期。

朝时期，暹罗多次遣使朝贡。据统计，从 1371 年到 1623 年，暹罗共遣使来华 108 次；1370 年到 1482 年，明朝也遣使访问暹罗 27 次。当时，两国之间的贸易规模不断扩大。①

除了朝贡、贸易等来往，暹罗还向明朝廷派出留学生到国子监学习。《续文献通考》卷四十五记载洪武三年（1370）："日本、琉球、暹罗诸国亦皆有官生入监读书，辄加厚赐，并给其从人。"明朝廷设"四夷馆"，内有"回回馆""缅甸馆""暹罗馆"等，聘外国教师教从国子监选出的译字生学习外语。18 世纪，暹罗朝廷招揽中国文人到朝廷为官。陈伦炯的《海国见闻录》中记载暹罗"尊敬中国，用汉人为官属。理国政，掌财赋"。谢清高的《海录》暹罗条记载暹罗"颇知尊中国文字，闻客人有能作诗文者，国王多罗致之。"可见，明朝时期，汉字、汉学很可能已经经过官方途径传播到泰国。

中国的移民也很早就来到泰国。据记载，明朝洪武年间，华侨李清作为通事（1372）、陈子仁作为正史（1381）出现在暹罗派往明朝的使团当中，握文源作为通事被派遣到明朝教授暹罗文。可见，至少在明朝时期，汉字、汉文化很可能已经通过民间渠道传播到泰国，但中国文学真正被广泛译介、传播到泰国是在 19 世纪初。

一、"三国时期"

19 世纪至 20 世纪 30 年代，中国古典小说在泰国的传播是具有代表性的文学接受现象，被称为中国文学在泰国传播的"三国时期"。中国古典小说在泰国流传广泛、持久，深受泰国各个阶层的喜爱，对泰国的语言、文学、戏剧、建筑乃至政治等都产生了不同程度的影响。明朝时期，暹罗派出官员到明朝学习中国语言和文化。这些人学成回国后，可能会将中国的一些书籍带回暹罗，其中很可能包括明朝盛行的小说作品。泰国曼谷（塔瓦苏吉）国家图书馆收藏有一批线装汉文古典，共计

---

① 孝明：《古代中国和泰国历史上的友好关系》，《湖南教育学院学报》1999 年第 1 期。

175 部。其中，有中国古代小说 39 部，成书时间均为明清时期，包括历史小说 26 部、侠义公案小说 4 部、神怪小说 7 部、世情小说 2 部。有些书籍的封面有"购于星洲""购于槟城""购于棉兰""购于宋卡"等字样，说明这些书籍很可能是通过贸易传入泰国的。由此可见，明清时期中国书籍和中国古典小说已经传入泰国。但是这些书籍通常在懂汉语的少部分人中流传。这种情况在中国古典小说泰译本的出现后有所改变。

中国古典小说的译介最早是从暹罗皇室开始的，曼谷王朝的拉玛一世（1782—1809）酷爱文学，曾亲自主持泰族历史的编撰工作，辑录史诗《拉玛坚》。他认为中国小说《三国演义》中的权谋之术，在政治、军事、外交上有借鉴价值，遂命令财政大臣、宫廷作

昭披耶帕康（浑）版《三国演义》

家昭披耶帕康（浑）主持翻译。在他的主持并资助下，这版《三国演义》约于 1806 年完稿。《三国演义》这一版泰文译本，将原书的 120 回，缩减为 87 回，以手抄本形式流传达半个世纪，流传范围较窄。直到 1865 年，95 册的手抄本首次印刷发行，传播的范围才得以扩大。《三国演义》之后，拉玛一世又命令王侄摩帕叻差主持《西汉通俗演义》的翻译，译本于 1806 年完成，名为《西汉》，一开始也以手抄本流传。1874 年，30 册手抄本印刷发行。

其后，拉玛二世也重视中国古典小说的译介，为此专门成立了翻译局，由 12 名中、泰学者组成，翻译《东周列国志》等中国古代历史小说。他认为这些历史小说对国家公务有裨益。《东周列国志》于 1819 年完成泰译本，名为《列国》，以手抄本形式流传，共 153 册。1870 年，《列国》得以印刷发行。拉玛二世时期翻译的中国古代历史小说还有《封神演义》，译本名为《封神》，手抄本 43 册，1876 年印刷出版；《东汉通俗演义》，译本名为《东汉》，手抄本 30 册，1876 年印刷出版。到了 19 世纪下半叶至 20 世纪初，西方入侵暹罗，促使拉玛四世和拉玛五

世实行社会改革。中国古典小说的翻译不再由皇室组织，而由朝中的大臣支持和赞助，翻译的目的由获取政治、军事等知识，变为供朝野娱乐。这一时期翻译的中国古典小说数量最多，其中多为中国古代历史小说，还有少数的公案小说，包括《隋唐演义》《五虎平南演义》《西晋演义》《东晋演义》《南宋演义》《南北宋演义》《五代演义》《万花楼》《五虎平西演义》《说岳》《水浒传》《明朝演义》《薛仁贵征东》《薛仁贵征西》《大红袍》《施公案》《小红袍》《明末清初演义》《罗通扫北》《英烈传》《隋唐演义》《开天辟地》《乾隆游江南》《岭南轶事》《西游记》《包龙图公案》等。

拉玛六世在位期间（1910—1925），西风东渐，许多泰国人赴欧洲留学，将西方的文化、思想带回泰国。译介、阅读西方文学、西方小说逐渐流行起来，中国文学作品的译介则大大减少。这一时期译介中国古典小说的主流是印刷厂老板和报社负责人，译介的目的以商业性为主，绝大部分译作仍然是中国古代历史小说，有《唐朝演义》(译本名《唐朝》)、《元朝演义》（译本名《元朝》)、《武则天》、《五虎平北》等。

到了20世纪20年代，西洋小说的译介开始降温，中国古典小说的译本再次受到暹罗读者的追捧。这一时期译介的主力是各大泰文报刊，译介的作品仍以中国古典历史小说为主。尤其是在1922至1935年，泰文报刊译介中国古典小说风靡一时，主要报刊有《沙炎叻日报》《国柱日报》《曼谷政治报》《诗军日报》等。其中，最受读者欢迎的译作有《元朝》《双太子》《万忠孝》《安邦定国志》《晋皇后》《金瓶梅》《沈碧霞》等。

二、"鲁迅时期"

1940年至1950年，中国现代文学作品被译介到泰国，其中以鲁迅的作品影响最大。鲁迅作品的译介是这一时期最有代表性的文学接受现象，因此学界将这一时期称为中国文学在泰国传播的"鲁迅时期"。

中国现代文学在泰国的传播始于20世纪30年代。最先将中国现代文学介绍到泰国的是华侨知识分子。20世纪20年代末，他们对鲁迅等现代文学作家就已经有所了解。1928 年 3 月，泰国华文文学界的第一个文学组织就叫做"彷徨学社"，由资深作家方修畅、铁马（原名郑开修）、黄病佛、林蝶衣、陈逸民等二十多人创建，提倡新文学，其社刊也叫《彷徨》。1930 年至 1940 年，在中华总商会会长蚁光炎先生的支持下，泰华秋田剧社多次在华侨总商会新建的大礼堂光华堂演出，演出剧目就有由《阿 Q 正传》改编的《阿 Q 飞传》。

1939 年至 1944 年，泰国銮披汶政府实行亲日政策，采取了一系列排华措施，关闭了几乎所有的华文学校和华文报刊。中国现代文学的传播陷入低谷。1944 年 8 月銮披汶下台，1945 年二战胜利，泰国华文学校和报刊才又蓬勃发展起来。

二战后，世界冷战格局形成，泰国文学界也分为两个阵营，一方是有官方背景、代表统治阶级的团体——"文学俱乐部"，其作品多为封建载道文学或唯美主义文学。另一方是深受世界范围内民族、民主运动鼓舞的工农阶层及进步知识分子。后者，以中国为学习对象，陆续将中国进步的文学思想和作品传播到泰国。

1949 年 12 月至 1950 年 2 月，泰国"文艺为人生"诗歌奠基人阿沙尼·蓬占（笔名：乃丕，意为"鬼先生"）将《在延安文艺座谈会上的讲话》翻译成泰文，在《文学信》月刊上连载。《文学信》是当时泰国传播马克思主义的先锋杂志。阿沙尼·蓬占还翻译并发表了关于鲁迅作品的文艺观点。泰国作家乌栋·斯素瓦曾在中国生活并受到"延安精神"的影响，提出"文艺为人生"的口号。在毛泽东、鲁迅文艺思想的影响下，泰国进步作家中形成了一股"文艺为人生"的文学思潮。这些进步作家的创作也深受鲁迅的影响。他们积极译介具有进步性的中国文学作品，引发一股翻译中国现代文学作品的潮流。

20 世纪 40 年代末，中国现代文学作品开始被翻译成泰文。1947 年至 1948 年间，华裔女作家陈燕英（廉·古拉玛罗希）和丈夫素·古拉玛罗希联合翻译了老舍的作品《且说屋里》（泰译名《卖国贼》）和《骆驼祥子》，先后在泰文版《奕甲冲日报》上连载。1952 年，吻察·班差猜将《阿 Q 正传》翻译成泰文出版发行。译作一面世就被抢购一空，之后又数次再版。鲁迅的《狂人日记》《祝福》等作品也被陆续翻译成泰

文在泰国报刊上登载。《祝福》还被改编为泰语话剧在曼谷演出，深受欢迎。此外，阿沙尼·蓬占还将《毛泽东诗词》译介到泰国。

1958年至1961年，銮披汶再度执政，实行反共、反华政策，"文艺为人生"派的思潮被压制，华文学校和报刊以及图书的进口遭到严厉的限制。中国现代文学的传播陷入低谷。直到1975年中国与泰国建交之后，这种情况才慢慢改善。茅盾、巴金、老舍等人的经典作品陆续被译成泰文。在中国现代文学作家中，鲁迅的影响最大，他的《阿Q正传》《狂人日记》《呐喊》等作品多次再版。他的作品和创作理论对泰国"艺术为人生"派文学的创作和批评理论影响深刻。鲁迅在泰国也是被研究最多的一位中国现代文学作家。据学者统计，仅泰国学生撰写的研究鲁迅毕业论文就达到1000多篇。①

这一时期中国当代反映中国改革开放和社会生活状况的文学作品，也引起了泰国文坛的关注。张贤亮的《灵与肉》（泰译名《养马的人》）、高晓声的《陈奂生上城》等小说陆续被翻译成泰文在杂志上连载。

三、"金庸时期"

20世纪50年代末至20世纪70年代初，泰国政府实行反共、反华政策，中国现代文学作品的传播受到极大限制。在这个政治动荡的时期，中国通俗文学作品，特别是港台武侠小说的译介逐渐兴盛起来，其中以金庸作品的影响最大。金庸作品的译介是这一时期最具代表性的传播现象，因此这一时期被学者称作中国文学泰国传播的"金庸时期"。

20世纪50年代，香港、台湾等地陆续出现了一种新派的武侠小说，即去掉旧武侠小说陈腐的思想内容，注入新的思想观念，吸收西方小说的创作手法而形成的一种新型的武侠小说。这些作品一经推出，不仅在港台地区大受欢迎，还陆续传播到邻近的东南亚各地，甚至欧美地区。

中国的武侠小说很早就在泰国的华侨华人中流传了。20世纪30年代，一些武侠小说被翻译成泰文在《国柱日报》上发表。当时，中国上

---

① 徐佩玲：《中国文学在泰国传播与发展概况》，《大众文艺》2012年第1期。

海拍摄的《关东大侠》《火烧红莲寺》等武侠电影也传入泰国，引起了一波"武侠热"。

到了20世纪50年代末，泰国再次出现"武侠热"——即中国港台新派武侠小说的热潮，而且热度更高、持续时间更长。其成因，一方面在于泰国社会中有许多华侨华人，泰国人有阅读中国古典小说的传统和经验，泰国与中国有许多共同的文化传统；

泰文版金庸作品书影

另一方面在于新派武侠小说保留了中国古典小说的韵味，其中包含着中国传统的儒、道、佛思想，容易使泰国读者产生共鸣；在形式上吸收了西方小说的手法，在人物塑造、故事叙事上更引人入胜。1994年，金庸在北大演讲时说："我的小说翻译成东方文字，如朝鲜文、马来文、越南文或泰文都相当受欢迎，但翻译成西方文字就不是很成功，因为西方人不易了解东方人的思想、情感、生活。在目前东西两个文化内容还不是可以完全调和之下，希望我们中国人继承和发展自己的文化艺术传统，同时也不排斥西方文化艺术中的优良部分。"①

1957年，金庸作品《射雕英雄传》由查隆·比斯纳克首次译介到泰国，命名为《玉龙1》，由曼谷班达松出版社出版。此后，他又连续翻译了金庸的《神雕侠侣》和《倚天屠龙记》，分别命名为《玉龙2》《玉龙3》。他的《玉龙》三部曲一经面世就受到了广泛的欢迎，出现读者到书店排队抢购的盛况。《玉龙》三部曲很快就成为与《三国》一样家喻户晓的经典作品。在查隆·比斯纳克之后，又有诺·努帕拉和孔伴拍进入翻译武侠小说的行列。诺·努帕拉曾在中国生活，对中国人的思维方式

① 唐恬影：《一代宗师金庸告别人世但东南亚依旧流传着他的江湖传说》，《中国东盟报道》2018年10月31日。

比较了解，因此他的翻译比较忠于原著，其译作广受欢迎。而孔伴拍曾留学欧美，其译作是由英文版转译，因此受欢迎程度较低。从 1957 年首次翻译，到 1964 年，金庸全部作品都有了泰译本。

由于需求很大，翻译者队伍不断扩大，还出现了专门以翻译武侠小说为职业的译者。其中，最著名的有沃·纳孟龙和努·诺帕叻。中国武侠小说的译介，对于泰国小说创作、中国传统文学和文化的传播都起到了积极的作用。中国武侠小说中的一些名句、谚语、成语已经成为泰语熟语，成了人们耳熟能详的口头禅。近年来，随着武侠小说被改编为影视剧传播后，武侠小说的出版印刷逐渐衰落，但武侠小说仍是泰国最畅销的书籍之一。

四、黄荣光与诗琳通公主

从暹罗朝廷对中国"能作诗文者"的重视，可以想见当时泰国宫廷中曾出现过中国古诗文的身影。泰国邦芭茵夏宫天明殿内的"汉字古诗"石刻是现今所知较古老的中国诗歌译本，诗作主要来自中国帝王、宫廷权贵的作品，1919 年译成泰文后刻在天明殿内的 17 面石牌上。1964 年，这些"汉字古诗"石刻收入《邦芭茵夏宫》一书出版发行，但流传不广。

真正将中国古代诗歌较为广泛、全面地翻译、介绍到泰国社会的是华裔翻译家黄荣光。从 1964 年开始，翻译家黄荣光陆续在《詹达拉卡神牟》杂志上发表一系列翻译、介绍中国历代诗歌的文章。黄荣光一生翻译的 14 种作品结集出版，书名为《中国诗歌发展史》。在他之后，魏治平、陈壮也加入译介中国古典诗歌的队伍中。他们三人对中国古典诗歌的翻译和研究进入泰国中国文学教材中，使得中国古典诗歌的传播得以进一步发展。此后，通塔按·纳占农是新出现的翻译者，他连续出版了 5 部中国古代诗歌的泰译本，主要介绍陶渊明及唐宋两代诗人的作品。虽然他的中国语言和文学的造诣不如黄荣光，但以卓越的翻译技巧而出名。

2000 年以来，中国诗歌在泰国的译介较为受欢迎，译者的身份多样，有教师、专家学者，还有独立翻译者。这一时期颇有影响的译介者是诗琳通公主。她从小学习汉语，对中国语言、历史、文化、文学有着浓厚的兴趣，具有一定造诣。她喜爱中国古典文化，尤其是唐诗宋词，不仅翻译出版了《中国唐诗宋词选集》和《琢玉诗词》，还喜欢写中国古体诗歌。此外，这一时期较有影响的译介作品还有素帕·财瓦塔纳潘的《中国文学史》和维·布亚帕的《唐诗一百首》。

第三节　"下南洋"与新马华文教育

除了越南和泰国外，东南亚的马来西亚、新加坡、印度尼西亚、菲律宾等国（以下简称为南洋诸国），与中国的交往源远流长，最早可追溯至汉代之前。但是在古代，他们与中国的交往以物质文化交流为主，精神文化交流较少。原因在于他们受印度文化、伊斯兰文化的影响较深，在语言、文化上与中国差异较大。泰国虽然也深受印度文化的影响，但是泰国皇室重视学习中国语言、文学等精神文化，因此中国文学尤其是中国古典小说在泰国流传较早。

近代，中国出现移民东南亚的热潮，其中马来西亚、新加坡、印度尼西亚、菲律宾是中国移民最集中的地方。中国移民在此定居下来，成为华侨华人。他们将中国文化、故乡的文化，移植到侨居地，中国文学也随之传入这些地方。但一开始中国文化、文学主要还是在华侨社会中传播，之后随着华侨华人与当地人的交流融合才慢慢进入当地其他民族的视野。

南洋群岛马来人的祖先之一——原始马来人，在四五千年以前迁徙至南洋群岛。有学者认为，这些原始马来人来自中国的东南或西南地区。如果此说成立的话，中国与南洋的文化交流从四五千年前就开始了。据考古发现，印度尼西亚、马来西亚与中国的文化交流始于汉代。在印尼各地发现的中国瓷器，几乎包括了中国每个朝代出产的瓷器，可见中国和印尼之间的来往是持续不断的。

新加坡与中国的来往相对较晚，公元 3 世纪中国文献中才有关于当地的记载。三国时期，东吴的孙权在公元 245 年至 250 年派遣将领康泰出航，到了"蒲罗中"。康泰所著的《吴时外国传》中记载了此事。据学者许云樵考证，"蒲罗中"是新加坡最古老的名称。

马来半岛的狼牙修、丹丹国、马六甲王国、羯荼，婆罗洲的渤泥国，苏门答腊的室利佛逝，菲律宾群岛的苏禄等南洋古国都与中国有官方往来，不仅互派使者，还进行贸易。其中，马六甲王国非常重视与中国明朝的关系。明朝也多次派使臣到马六甲，郑和下西洋曾 5 次到达马六甲。两国不但官方贸易频繁，民间贸易也非常繁荣，促进了两国之间的文化交流。

明朝时期，为了便于与四邻各国沟通，设立了"四夷馆"（清初改名为"四译馆"）培养外语人才，其中设有满剌加语（满剌加是当时对马六甲的称呼）、暹罗语和缅甸语等科目。与之相应的一批词典也相继问世，其中就有历史上最早的一部汉语-马来语词典——《满剌加国译语》。

在马六甲王国时期，由于两国的友好交往及贸易的发展，不少中国商人定居于马六甲。他们受到当地人的尊重，被允许常住并形成自己的聚居区，如"Bukit China（中国山）"。[①] 中国移民与当地人之间互相尊重、和平相处的氛围，使得许多中国移民与当地马来女子通婚，其后裔渐渐形成了一个特殊的族群——"峇峇娘惹"（Baba Nyonya）族群，又称土生华人。他们的文化既保留中国传统观念和习俗，又吸收马来文化成分，是中国文化在南洋传播的一种独特形式。

一、"下南洋"与文学移植

中国人移民南洋的历史久远。学者认为四五千年前已有中国东南或西南地区的移民来到马来半岛。据考古研究，在印度尼西亚许多地方发

---

① 苏莹莹：《中国文化在马来西亚的传播与传承》，《中国高校社会科学》2015 年 6 期。

现了中国汉代的陶器。这些陶器多为明器，考古学家据此认为汉代已经有中国移民来到印度尼西亚群岛。之后，随着中国与南洋诸国之间经济、政治交往的加深，中国历代都有移民来到南洋。但是移民数量少，且一般都分布在贸易港口附近，而且其中定居的人数更少。

到了近代，尤其是鸦片战争之后，西方人为开发殖民地需要大量的劳力，再加上中国国内殖民者入侵，社会动荡，民不聊生。于是，中国南部沿海地区出现了一股移民浪潮。从 1840 年到 1949 年，"在这一百余年中，中国沿海省份劳动人民以及边境地区的贫苦群众，以空前的规模大量涌向国外谋生，在这个时期出国的人数达一千多万"①。其中，大部分移民来到南洋，就是近代历史上的"下南洋"。中国移民到南洋后，慢慢在南洋各地形成了聚居区，将家乡的文化移植到南洋。他们建立寺庙、宗祠，进而形成自己的社团组织。出于传承语言文化的需求，他们建立学校，培养子弟。在这个过程中，中国的文化、文学被传播到南洋。

这一时期最先到南洋的移民大部分是一些文化水平不高的劳动者，多不识字。因此，他们带来的是民俗文化和口头文学，如过番歌，一种用潮汕或闽南等地方语言为载体的说唱诗歌；讲古，一种以方言讲历史故事、人物事迹等语言表演艺术形式。

后来，由于谋生、避难等原因，一些有文化的移民来到南洋，他们将书籍和书面文学带到了南洋，如古诗、词、散文、古典小说等。为了培养子弟，华文教育开始兴起。最初的华文教育形式是传统私塾，主要教授《四书》《五经》等儒学经典，以及传统诗、词、散文等。文人的到来和华文教育的发展使得中国文学在华侨社会中进一步传播，并出现了一批由南洋华人创作的诗、词、散文等传统文学作品。在南洋定居已久的土生华人将中国古典小说大量翻译为马来文版本，使得中国文学从华侨社会传播到当地土生华人族群乃至马来人族群中。

进入民国时期，特别是五四运动之后，南洋华文教育从传统私塾进入到现代教育阶段。各种报刊也迅速发展起来。五四新文学运动所提倡的"新文学"思潮及现代白话文学作品，在南洋华人社会中逐渐传播开

① 郭梁：《近代华侨出国历史概述》，《南洋问题研究》1982 年第 2 期。

来，促使南洋各地华文文学的产生。

二战前，南洋各地的华文文学深受中国文学思潮、文学运动和文学创作的影响，有学者称之为中国现代文学的支流。二战后，南洋诸国纷纷摆脱殖民统治，独立建国。这些国家的华文文学身份也发生了转变，成为当地国家文学的组成部分。但是，南洋诸国的华文文学仍然是中国文学在南洋传播的一个重要桥梁。

冷战时期，中国与南洋许多国家断交，互相之间的文学交流也随之中断。但这些国家与我国香港、台湾的文学交流渠道畅通。港台文学，尤其是港台武侠小说在南洋诸国风靡一时。当时，许多南洋诸国的学子到台湾求学，受到台湾文学的影响，并将台湾文学传播到南洋诸国华人社会当中。二十世纪五六十年代，港台的武侠小说在南洋诸国的华人社会乃至其他族群中十分流行。例如，在印度尼西亚，从 20 世纪 50 年代开始，当地许多报纸杂志纷纷连载印尼文版的《射雕英雄传》《倚天屠龙记》《碧血剑》《飞狐外传》等武侠小说作品，直到 20 世纪 80 年代仍有新的译本出现。1967 年 5 月，金庸与新加坡万金油大王梁润之创办新加坡、马来西亚两地的《新明日报》。他的许多作品在这份报纸上独家连载。2006 年，金庸武侠小说《射雕英雄传》《雪山飞狐》进入新加坡中学和初级学院文学教材当中。

二、二战结束之后

二战后，从 1947 年到 1991 年世界进入冷战时期，中国与南洋许多国家断绝了外交关系，文化交流也被迫中断。但印尼苏加诺政府仍然与中国保持着友好关系。1961 年，中印两国签署了第一个政府间文化合作协定，双方在文化上的交流日益频繁，每年有不少互访活动。仅在 1965 年 9 月，苏加诺就派了 30 多个代表团来中国。在这种背景下，中国当时的文学理论和文学作品在印尼受到了极大关注。[1] 1950 年至 1960 年，中

---

[1] 孙爱玲：《中国当代红色经典在印尼的传播和影响》，《海南师范学院学报（社会科学版）》2006 年第 6 期。

国文学作品和一批中国红色经典、文学理论作品被传播到印尼。当时，印尼重要的报纸《新报》《生活报》《火炬报》《革命日报》等先后刊登了一些中国红色文学作品和理论文章，以及介绍中国红色经典的文章，如《毛主席诗词简注》《〈红岩〉是怎样写成功的》、鲁迅的《一件小事》、《江姐遗书》、阿凝的《江姐的生前事迹》、《伟大的共产主义战士的光辉形象——谈电影〈雷锋〉的艺术处理》等。中国红色经典还通过书店在印尼传播，其中主要的书店有两家：于雅加达快乐世界的南星书店和位于班芝兰的 OK-Sport（欧凯）书店。此外，当时华文学校的图书馆中也收藏不少中国红色经典。

中国当时文学理论及红色文学作品也对印尼文学界产生了影响。印尼著名作家普拉穆迪亚·阿南达·杜尔（Pramoedya Ananta Toer），多次被提名诺贝尔文学奖，被认为是 20 世纪印尼最伟大的作家。他深受鲁迅的影响，也受到新中国文艺思想的影响。1954 年，普拉穆迪亚翻译了中国文艺理论家周扬的文章《社会主义的现实主义——中国文学的前进之路》。1956 年初，普拉穆迪亚从英文版翻译中国作家丁玲的文章《生活与创作》，刊登在文化学报《印度尼西亚》上。他受到周扬和丁玲所提倡的"作家应该到人民中去"，以及用阶级的观点描写现实生活的观点影响，认为茅盾和鲁迅"是中国最优秀和最著名的作家，因为他们属于意识到自身社会责任的新一代"①。他赞赏中国将文学作为政治经济中的一股力量，以及中国作家所拥有的极高的地位。1956 年，他完成了鲁迅小说《狂人日记》的部分翻译工作。同年 10 月，他应中国文联主席郭沫若、中国作协主席茅盾和对外友协负责人楚图南的邀请，首次前往中国，并参加纪念鲁迅逝世 20 周年活动。从中国回到印尼后，他翻译了中国话剧《白毛女》。同时，他思想上有了很大的转变——从共产主义的旁观者，到加入左翼运动。从他的身上，可以看到当时中国文学、文化对印尼文学、文化的积极影响。这一时期，中国现代和古代文学作品也通过华文教育得到了极大的传播。

---

① 刘宏：《论中国对当代印尼文学的影响：以普拉穆迪亚·阿南达·杜尔为例（上）》，《华文文学》2000 年第 1 期。

二战后，印尼华文教育高速发展，1950 年至 1960 年达到了兴盛期。由于当时印中两国关系友好，印尼华文学校中有 60% 以上采用来自中国中华书局和商务印书馆出版的教材，语言、文学科目教材中收入现代作家鲁迅、茅盾、闻一多、叶圣陶、老舍、朱自清、郭沫若、艾青、陶行知、鲁彦等人的作品，古代文学则有李白、杜甫、苏轼、辛弃疾、墨子、司马迁、司马光、屈原、陆游、诸葛亮、关汉卿、韩

1956 年印尼著名作家普拉穆迪亚·阿南达·杜尔在北京纪念鲁迅逝世 20 周年活动上发言

愈等人的作品。苏哈托执政后，于 1967 年与中国断绝外交关系，中印之间的文化、文学交流也陷入了低谷。

1950 年至 1960 年，在华侨华人文教事业发达的新加坡，华文教育有了进一步的发展。在华侨华人的共同努力下，1956 年，由海外华侨华人创办的第一所大学——南洋大学（以下简称"南大"）开学，南大成立之初，设有文学院和理学院。文学院设中国语言文学、现代语言文学、史地、经济政治及教育等五学系。从 1956 年创办到 1980 年，该校培养了许多华语人才，包括尤今等著名的华文文学作家，为中国文学的传播和研究作出了许多贡献。新加坡大学从马来亚大学分离出来后，于 1965 年更名为新加坡国立大学。1980 年，南大并入新加坡国立大学，两校的中文系合并。除了新加坡国立大学外，1981 年成立的南洋理工大学也设有中文系。目前，新加坡只有这两所大学设有中文系，其中新加坡国立大学中文系在历史积淀、办学规模，尤其是师资上，略胜一筹。20世纪 80 年代以来，新加坡国立大学中文系的教师队伍主要来自新加坡与中国（包括大陆、香港和台湾），并且大多有在世界名校受教育的经历。2016 年，新加坡国立大学中文系共有专职教授 15 位，其中有 13 位在欧美顶尖名校取得博士学位，如斯坦福大学、哈佛大学、普林斯顿大学

等。因此，新加坡国立大学的汉学研究成绩显著，研究重点为华侨华人研究，在中国文学研究上也有颇多建树。新加坡国立大学中文系的教学研究分为六个组，分别是东南亚华人研究组、汉语语言学研究组、古典文学与思想研究组、明清研究组、中国宗教研究组、印刷及大众文化研究组。

改革开放后，菲律宾、马来西亚等南洋诸国纷纷与中国建交。中国与南洋诸国官方文化、文学交流逐渐恢复、发展。中国文学的传播出现了官方和民间共同推进的趋势。中国文学通过官方和民间文学交流活动、图书输入等形式，在南洋诸国得到了一定的传播。此外，中国文学也进入南洋诸国的学校教育当中。菲律宾的雅典耀大学设立了孔子学院，教学内容涉及中国古代、现代文学作品。该校还与中国高校共同举办关于中国文学的研讨会。新加坡国立大学设有中文系，培养精通中华文化与语言的人才，并开展汉语语言学、中国文学、中国历史、中国哲学的研究及翻译，成绩斐然。印度尼西亚大学设有汉学系，印度尼西亚帕尔沙达大学设有中文系，虽然都以语言教学为主，但也涉及中国文学的教学。

在华文教育最发达的马来西亚，自建国以来，华文中、小学都开设有华文课，而且近年来华文课程被纳入其国民教育体系，从中小学到大学普遍开设，华文学习逐步扩展到华人圈之外。在 20 世纪末，马来西亚连续创办了许多华文高等教育机构：1990 年南方学院成立，1998 年 2 月新纪元学院成立，2002 年 8 月 13 日拉曼大学成立，均设有中文系，开展中文语言及文学的教学和研究。马来西亚部分高校，如马来亚大学和马来西亚佩特拉大学也开设了中文系，进行中文语言及文学的教学和研究。这些学校的教学、研究，对于中国文学在当地的传播和研究的发展起到了推动作用。

第三章
中国文学在欧洲

　　中国与欧洲虽远隔万水千山，但两地的交往历史悠久。中欧最早的交流可以上溯至纪元前后的几个世纪，在中国的古籍中有不少记载，也留下了一些文物遗迹。

　　中国古代文献中关于欧洲的记载可以追溯至汉代，《史记》《汉书》中所记载的"黎轩"和"黎靬"等，经学者考证指的是古罗马。汉代张骞通西域，开辟了中国通往西方的丝绸之路，也带回了西域及更远西方之国的信息。汉使来往于西域，不但带回了关于古罗马的信息，还带回了"黎轩善眩人"（《史记·大宛列传第六十三》），即古罗马的魔术师等杂耍艺人。东汉以后的史籍《后汉纪》（东晋袁宏著）、《后汉书》中开始以"大秦"代替"黎轩"来称呼古罗马。《后汉书》卷八十八《西域传》中还进一步记载了罗马帝国的物产、民风和政治生活。到了魏晋南北朝时期，有大秦遣使向中国进贡的记载。《晋书·列传第六十七·四夷》记载："大秦国一名犁鞬，在西海之西……武帝太康中，其王遣使贡献。"这一时期的史书还有大秦商人及商品辗转来到中国的记载。到了隋唐时期，史书中除了沿袭"大秦"，又有"拂菻"之称，如《隋书》《旧唐书》《新唐书》等。这些史书中有教皇遣使及大秦人旅居中国等记载。宋代史书和文人创作中沿袭了"拂菻"和"大秦"的称呼。由于海上丝绸之路的繁盛，一些参与海上贸易的宋代文人对于欧洲的了解进一步加深。元朝时期，中西交通前所未有的通畅，欧洲的商人、传教士、旅行者纷纷通过海路和陆路来到中国。

　　欧洲对中国的认识始于古典时期（前5—4世纪中叶）。有学者认为最早记载中国大致方位的是希罗多德的《历史》。西方学者公认对中国最早的记载是公元前 400 年希腊作家克泰夏斯所称的"赛里斯"。在古希腊、罗马的文献中已经出现了关于遥远的产丝之国"赛里斯"和"秦尼扎"的记载。这些记载是通过极其有限的接触而得来的模糊印象，并据此描绘了一个强盛、神奇的理想国度。

元朝时期，横跨欧亚大陆的元帝国的建立，使中西交通更加便捷，欧洲的商人、传教士、旅行者纷纷通过海路和陆路来到中国。元朝通过他们与罗马教廷和一些欧洲国家建立了外交关系，增进了相互间的了解。明中叶以后，地理大发现开辟了通往东方的新航路，欧洲人源源不断地来到东方和中国，东西文化交流日益频繁。特别是清朝末期，包括欧洲及新崛起的美国在内的西方列强，凭借雄厚的经济实力和先进的军事技术打开了中国的大门，形成了"西势东渐"和"西学东渐"的高潮。"西势东渐"打破了以中国为中心的朝贡体系，代之以西方为中心的资本主义世界体系。"西学东渐"则对以儒学为主体的中国传统文化产生了强烈的冲击，引发了政治、文化和文学领域的革命，使向西方学习成为时代的主题。西方文化开始对中国的文明进程产生深刻的影响。

与此同时，西方人东来也开启了"东学西传"的历史进程。西方的传教士、外交官、旅行家、商人以及后来的专业学者等，无论是出于对遥远神秘的东方理想国的好奇、向往，还是出于开展传教、外交、商贸、殖民扩张的需要，或是出于个人爱好及学术研究的兴趣等等，纷纷开始认识、研究中国。随着中西交往日益频繁，这种认识和研究由表及里、由浅入深，形成一门对中国方方面面进行研究的学科——汉学。在这个过程中，中国文学作为中国文化的重要组成部分，被传播到西方，成为西方汉学研究的主要对象，进而在西方社会尤其是学术界、思想界、文学界产生了一定的影响。

西方汉学的发展主要经历了游记汉学、传教士汉学、专业汉学等阶段。游记汉学阶段，大概在 13、14 世纪，少数来华的西方人通过记录旅途中的所见所闻传播中国知识，其中关于中国的描述较为浮泛，传播的知识有限，其主要作用在于激发西方世界认识中国的欲望。

传教士汉学阶段，大概是在 16 世纪下半叶至 19 世纪，大批传教士进入中国传教，他们不但记录见闻、搜集有关中国的信息、书籍等传回

西方。而且为了与信徒交往、传播教义，他们从学习汉语起步，一方面用汉语传教、写作宣传教义的文献、书籍，编撰汉语-西语字典、教程等；另一方面，他们积极学习中国文化、研读汉语文献，将重要的汉文典籍译介到西方，并在翻译的过程中为了让西方读者能够更好地接受这些典籍，而开展相关的研究、撰写注释及研究文章。在传教士译介的汉文典籍中有相当一部分属于文学的范畴。

这些传教士大多在中国生活的时间很长，其中不少人终老于此，对中国社会各个方面有长期、深入的了解，因此他们大多都称得上是中国专家。可以说，这些传教士奠定了西方汉学的基础，也是真正将中国文学介绍到西方的先行者。除了传教士外，还有一些外交官、商人等对中国文化、文学的西传也作出了贡献。19世纪初，法兰西学院设立了西方第一个汉学讲座，标志着西方专业汉学的建立。此后，汉学研究陆续进入西方各国高等教育体系中，使得中国文化、文学的译介和研究有了一个稳定、可持续发展的平台。尤其是西方教会在华大规模的传教活动退出历史舞台后，专业汉学机构、汉学家成为传播、研究中国文化、文学的主要力量。虽然西方专业汉学的发展受到了国际及国内局势、中西关系等影响，并非一帆风顺，但一直在发展，经过多年的积累，在中国文化、文学的译介、研究上成果丰硕。

近代以来，中国文化、文学在西方的传播，与近代之前在日本、韩国、越南的传播不同。如果说中国文化是日本、韩国、越南在文化成长期的老师，那么对于西方国家来说，中国文化是一面镜子或截然对立的他者。西方在其强盛期遇见"垂垂老矣"的中国，将之作为自己的参照，在意气风发时以之反衬自身文化的优越性，在陷入危机时从中反观自身文化的缺陷。无论其态度是褒是贬，中国文化对西方社会都有着不可忽视的影响。而中国文学一直是西方认识中国的一扇窗户，也是西方文化、文学的有益借鉴。

第一节　意大利传教士掀起的"中国热"

前面提到，意大利是最早与中国交往的西方国家。在早期西方认识中国的历程中，意大利人的贡献是最大的。而最早学习中国文化、文学，并将之译介到西方的也是意大利传教士。16 至 18 世纪，以罗明坚、利玛窦、卫匡国、殷铎泽等意大利传教士为代表的耶稣会传教士被派遣到中国传教。为了更好地在中国传教，他们积极学习中国的语言、文化和有关中国的一切知识，不但将基督教经典、西方的科学技术典籍等译介到中国，而且翻译中国文化、文学典籍，写作了不少介绍中国历史、社会和文化的著作。

一、耶稣会传教士掀起的"中国热"

意大利传教士对当时在中国文化中居于主导地位的儒学非常重视，不但刻苦钻研，还将"四书五经"等儒学经典翻译、介绍到欧洲。这些儒学经典同时也是中国古代文学的重要组成部分，因此对这些经典的译介也是中国文学在意大利和欧洲传播的滥觞。1581 年，罗明坚在致耶稣会总会长的信中，不但汇报了传教的情况，而且还附上他用拉丁文翻译的《大学》第一章的译文，首开明代西方传教士译介中国文化、文学典籍的先例。他所翻译的《大学》译文被收入波赛维诺的《历史、科学、救世言百科精选》中，于 1593 年在罗马刊行。他还翻译了《孟子》。1591 年至 1594 年，利玛窦为了向西方神父传授汉语及中国文化，陆续以拉丁文翻译"四书"的部分内容，并加以注释。他在《天主实义》中多次引用"四书"以及《庄子》《左传》《尚书》等经典的内容。1626年，比利时人金尼阁率先将"五经"翻译为拉丁文，并在杭州刊印。1658 年，卫匡国在其拉丁文著作《中国上古史》中介绍了《易经》，并绘制了周易六十四卦图。他还将《大学》的部分章节翻译为拉丁文。

1662 年，意大利籍耶稣会传教士殷铎泽与葡萄牙籍的郭纳爵用拉丁文合译《大学》《论语》。1667 年至 1972 年，以殷铎泽为主要编译者，集合了郭纳爵等 17 位耶稣会士翻译的《中庸》分别在广州、印度果阿、巴黎等地刊行，书末附有法文和拉丁文的《孔子传》。经过这些传教士的译介，孔子及其学说在欧洲掀起了一股"中国热"，而意大利传教士功不可没。

意大利传教士马国贤在北京传教的时候，曾为中国信徒和基督教支持者开设了神学课程。1723 年，他从中国返回意大利，带回了 4 位中国学生，并开始筹办培养华籍传教人才的学校。1732 年，他在那不勒斯开办了"中国书院"，不仅为罗马教廷培养中国传教士，还接收对中国文化感兴趣的欧洲青年前来学习汉语和中国文化，使得那不勒斯成为当时欧洲研究中国文化、文学重镇。

16 世纪末至 18 世纪初，中国文化，尤其是孔子的学说由传教士输入欧洲，在宗教界和思想界引起了极大的关注。但他们在如何对待中国文化这个问题上，存在很大的分歧。这种分歧最突出的表现是罗马教廷内部的"礼仪之争"。礼仪之争的一方是较早进入中国传教、以利玛窦为代表的耶稣会传教士。他们为了让中国人更易

17 世纪版本的《利玛窦中国札记》

于接受，而对天主教进行了一些本土化的改造，其中最成功的就是利玛窦。他最初打扮成佛教僧人模样进入中国，发现这种方式并没给传教带来便利。后来，他发现信奉孔孟之道的士大夫阶层掌握着中国的政权。于是，他潜心学习汉语，钻研儒学。他自称为西儒，广交中国的官员和士大夫，通过"以儒释耶"，即借儒家经义来阐释天主教教义的方式传教。他认为中国传统的"天"和"上帝"与天主教所敬拜的"唯一的真

神"在本质上是相通的。他对中国人的习俗持宽容态度，允许中国教徒祭祖敬孔子。他所采取的传教方式，被随后来到中国的耶稣会传教士沿用，称为"利玛窦规矩"。耶稣会传教士用这种方式在中国传教，取得了极大的成功。但是欧洲天主教的其他教会，如多明我会、方济各会对耶稣会允许教徒祭祖敬孔等做法不满，从而在传教团内部引起了争执。耶稣会内部对这种方式也有分歧，结果愈演愈烈，还扩大为罗马教廷与清政府间的对抗。最后，这场"礼仪之争"以耶稣会落败、罗马教廷与清政府关系恶化告终。

18 世纪末至二战结束前，中国文化、文学的传播和研究在意大利陷入了低谷，原因在于：第一，耶稣会在"礼仪之争"中失去了罗马教廷的信任，并于 1773 年被取缔；第二，教廷与清政府因为"礼仪之争"，关系恶化，最终导致雍正皇帝颁布禁教令；第三，随着地理大发现和通往东方的新航路的开辟，西欧国家代替意大利成为东西贸易的中心，意大利与东方的贸易逐渐衰落。1814 年，耶稣会复会，一些意大利传教士重新进入中国传教。其中，晁德莅、德礼贤两位传教士继承耶稣会前辈们研究、传播中国文化的事业，积极开展中国文学、文化的译介和研究。1848 年，晁德莅到中国上海传教，直至 1902 年逝世。他在中国期间对中国文化、文学的研究表现出极大的热情，由于表现突出被任命为徐汇公学的校长。他亲自任教，还编写了教材——中文和拉丁文对照的《中国文学教程》（五卷）。他编写这部教材的目的是供来华的西方传教士学习中国语言、文化，也为了在徐汇公学教中国学生学习拉丁文。1879年至 1883 年，这部教材在上海出版。该书按程度分为不同的五卷：日常用语、文言研读、经书研读、文章规范和诗文，收录了中国文学的许多知名作品，包括"四书五经"、《三字经》、《百家姓》、《千字文》、《神童诗》以及诗歌、词赋、尺牍、典故、八股文、骈体文、对联、小说、戏剧等。其中，小说、戏剧的选段来自《三国演义》《水浒传》《今古奇观》《西厢记》《玉娇梨》《慎鸾交》《好逑传》《奈何天》《风筝误》《平山冷燕》《潇湘雨》《东堂老》《劝夫杀狗》等。在 20 世纪 50 年代以前，这是收录作品最多的一部西方人编译的中国古典文学选集。德礼贤于 1913 年至 1917 年到上海，曾在徐家汇公学学习中文。1934 年，他回到意大利，

被任命为教会的历史教授和罗马宗座额我略大学的汉学教授，直至去世。他的贡献主要有两个方面：一是翻译和著述，主要是对利玛窦文稿的整理、翻译和宗教史的研究，还有几篇先秦诗歌的翻译作品。二是教学成就，作为当时意大利唯一一位教授汉语的教授，他培养了汉学人

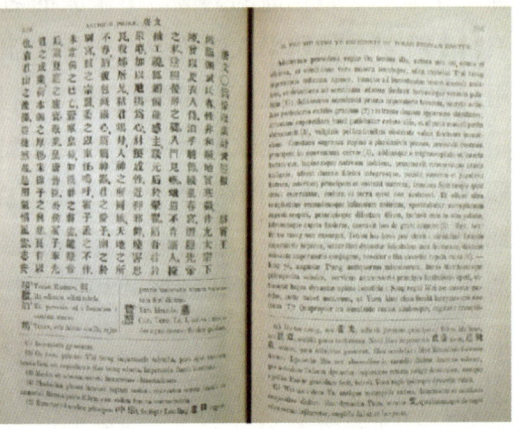

晁德莅编写的《中国文学教程》

才，为意大利汉学研究的发展以及对中国文学的译介和研究的发展打下了基础。

二、那不勒斯"中国书院"与意大利汉学

19世纪至20世纪，随着意大利汉学的建立，中国文学在意大利的传播进入了新的时期。1806年至1815年，那不勒斯被法国控制。当时，法国皇帝拿破仑对教育进行一体化改革，推动教育世俗化。那不勒斯"中国书院"的管辖权由教廷移交给当时政府的公共教育管理处，主要招收意大利贵族青年。拿破仑还专门向该校订购其出版的欧洲第一部《中文拉丁文法文字典》。1861年，意大利王国成立后，该校被收归国有；1868年更名为皇家亚洲学院，之后又更名为皇家东方学院。1888年，该校改名为那不勒斯东方学院，逐渐从服务于教廷、培养传教人才的语言文化机构，转型为以研究东方语言文化为主要特色的现代综合性大学。1869年，在该校任教的湖北人郭栋臣和王佐才，编写出版了《华学进境》（五卷）、《中文文法概述》等意大利语中文学习及阅读教材。其中，《华学进境》（五卷），内容取材自《三字经》《孝经》《朱子》《小学》《论语》《大学》等。该校于1907年创办意大利第一份汉学研究专业期刊《东方研究》，此后在中国古典、现代文化、文学经典的译介和研究领域

作出了杰出的贡献，是西方汉学研究的重要基地之一。这一时期，那不勒斯东方学院、佛罗伦萨皇家高等研究院、罗马大学先后设立了中文讲座教授的职位，中文进入意大利大学的学科体系，意大利的专业汉学由此确立。但由于连续遭遇两次世界大战，意大利汉学一直没有得到发展。直至 20 世纪 70 年代以来，中国与意大利建交、中国改革开放，两国的学术交往日渐密切，意大利的汉学逐渐走向繁荣。从二战之后，只有那不勒斯东方学院和罗马大学两所学校教授中文，到 1967 年威尼斯大学设立汉学专业，再到 20 世纪 90 年代，都灵大学、米兰国立大学、米兰 Bicocca 大学、博洛尼亚大学相继开设中文专业。截至 2009 年，意大利有将近 30 所大学设立了汉语专业，许多大学还设有汉语专业的本科、硕士和博士。

随着高校汉学教学的发展，以及专业汉学研究机构的设立，专门介绍中国语言文化的学术期刊、汉学刊物也繁荣起来，如《东研究杂志》（罗马智慧大学，1907）、《那不勒斯大学东方学院年鉴》（1936）、《威尼斯大学东方年鉴》（1970）、《东方与西方》（意大利远东中东学院，1950），以及《中国文明笔记》（意中文化研究院，1955）、《今日中国》（意中关系发展中心，1957）、汉学专刊《中国》（1956）、《明清研究》（1992）等，都是中国文学译介和研究的重要园地。① 这些专业的汉语教学、研究机构和学术刊物、汉学刊物，大大推动了中国文学在意大利的传播和研究。

中国文学的译介，尤其是中国古典文学的译介成果斐然，主要涉及：一是中国古典诗歌的翻译，有唐代著名诗人杜甫、李白、王维、白居易、元稹、孟浩然、崔护等著名诗人的名作被翻译成意大利文；还有屈原的《离骚》（最早的是 1900 年德桑斯·尼诺的译本，其后有 1973 年瓦莱·贝内代托和 1989 年科斯坦蒂尼·威尔玛的译本）；陶渊明的《拟挽歌辞》（1945 年白佐良译）、《闲情赋》（1956 年圭达奇·马加里塔译）；曹操的《短歌行》（1962 年卡尔卡尼奥·马里亚译）；《木兰辞》（1973 年

---

① 吴菡、吴志杰：《中国文学在"一带一路"沿线国家意大利的翻译、传播与影响》，《外语教学与研究》2018 年 3 月。

瓦莱·贝内代托首译，1991 年布加迪·安娜再译）；韦庄的 9 首词
（1982 年米尔蒂·保拉译）；李清照的 6 首词以及《如梦令》（1985 年、
1996 年布加迪·安娜译）；欧阳修的《丰乐亭游春三首》（1994 年萨凯
蒂·毛里齐亚译）；《诗经》等先秦诗歌（1903 年德古贝尔纳特斯·安杰
洛、宾堤、诺全提尼合译）；德礼贤在《中国文选：从古至今》《诗：国
际特刊》中翻译《诗经》的很多篇章；1949 年，埃兰特·文琴佐、埃米
利亚诺·马里亚诺合作出版《〈奥菲特〉：世界诗歌瑰宝的意文翻译》，包
括《诗经》的部分作品及屈原、陶渊明、杜甫、白居易、元稹等著名诗
人作品的译文；1957 年，兰乔蒂在汉学期刊《中国》上发表《国风》
《小雅》中部分作品的译文。二是中国古典小说和戏剧的译介，如中国
古典小说"四大名著"除了《三国演义》外，均有意大利文译本；《金
瓶梅》有意大利文译本和不少研究文章；《聊斋志异》有不少意大利文
的选译本、全译本和改编本；《唐代传奇》《今古奇观》《醒世恒言》等作
品也被翻译为意大利文；元杂剧《赵氏孤儿》被改编搬上意大利舞台，
剧本还翻译成意大利文出版；1988 年，白佐良等人将中国最早的戏曲理
论著作《闲情偶寄》翻译成意大利文。三是散文的译介，有沈复的《浮
生六记》（分别于 1955 年、1993 年、1995 年被译为意大利文）、欧阳修
的《浮槎山水记》（1994 年译），张岱的《扬州二十四桥风月》（1988 年
译）、《自为墓志铭》（1988 年译）、《湖心亭看雪》（1988 年译），冒襄的
《影梅庵忆语》（1988 年译），陈裴之的《香畹楼忆语》（1988 年译）等。
四是中国古代文论的译介，有刘勰的《文心雕龙》，由罗桑达翻译成意
大利语，并于 1994 年出版，是该书首次被译介到欧洲。此外，《道德经》
《庄子》《列子》等著作也被译介到意大利，其中对《道德经》和《庄子》
的研究最多。

近年来，中国现当代文学的译介和研究也迅速发展起来，现代文学
译介方面有马西翻译的鲁迅的《野草》及冯友兰的《中国哲学史》，皮
苏翻译的多篇毛泽东诗词、文章及老舍短篇小说，布雅蒂翻译的鲁迅诗
歌。在当代文学译介方面以中、青年学者为主力，有威尼斯大学中文系
副教授佩萨罗，米兰比可卡大学中国及东南亚语言文化专业副教授波
齐。除了对文学作品的译介和研究外，意大利学者还在中国文学史研究

方面颇有建树，如二战期间，苏波翻译、出版了《中国文学史纲要》，其中介绍了"四书五经"等中国古典文学作品和梁启超、鲁迅等作家的中国现代文学作品。1959年，白左良撰写的《中国文学》出版，这是意大利学者撰写的第一部中国文学史著作。该著作对中国古典和现代文学做了系统的介绍，在欧洲汉学界影响极大。其后，兰乔蒂也撰写了一部同名且具有较高水平、传播广泛的中国文学史著作。因为他对中国白话小说颇有研究，所以在这部著作中对唐传奇及宋元话本等作了细致、深入的介绍。此外，科拉迪尼·皮耶罗也撰写了一部《中国文学史》，并随之推出了一本《中国文学选集》。

据不完全统计，自1980年到2017年的37年间，在意大利仅以书籍形式出现的中国文学译作近260部，其中1980年至1989年13部，1990年至1999年46部，2000年至2009年109部，2010年至2017年89部。[①]

第二节　以"儒莲奖"为代表的
法兰西汉学研究

16世纪，大批欧洲人通过新航道来到中国。受制于持续30多年的战乱，法国人对东方和中国的认识相对滞后，也没有加入东方探险的热潮中。不过，在意大利文艺复兴思潮的影响下，16世纪法国文艺复兴进入繁荣期，欧洲的新思想、新文化纷纷传入法国，包括时兴的东方游记和有关中国的著作。在这种背景下，东方和中国开始进入法国思想界、文学界的视野当中。历史学家勒罗阿在其通史性著作《论宇宙事物的多样性和变迁》（1575年首版）中，谈到"契丹国"美丽、富庶，有学识、品德出众的官员和大批才华横溢的文人和艺术家，还谈到印刷术可能是从契丹和中国传入欧洲的。文学巨匠拉伯雷的《巨人传》（1532—1564）

---

① 吴薇、吴志杰：《中国文学在"一带一路"沿线国家意大利的翻译、传播与影响》，《外语教学与研究》2018年3月。

深受欧洲人东方游记和关于中国著述的影响，其中写到"印度以北的中国附近，放置着象征智慧最终结晶的神瓶"，主人公不畏艰险前往东方寻找"神瓶"，体现了那个时代欧洲人探索东方世界的精神。思想家、文学家蒙田也受到东方游记和《中华大帝国志》等关于中国著作的影响，在《随笔集》（16 世纪下半叶）中感叹中国文化在某些领域超越了法国、欧洲文化，从而认识到世界的丰富性及文明的多样性。

一、法国传教士与"中国热"

17 世纪，受到欧洲"礼仪之争"的影响，法国思想界对于中国文化及孔子学说产生了分歧。一部分学者推崇孔子的道德学说以及儒家的政治思想，如思想家拉莫特·勒瓦耶的《论异教徒的道德》（1641）中，有专门的章节谈论"孔夫子"（Confucius），并将其与苏格拉底并列。另一部分学者则对耶稣会士在中国的传教方式和中国的文化持批判态度，如哲学家帕斯卡尔在《致外省人书简》和《思想录》中批评耶稣会士在印度和中国允许基督徒公开崇拜偶像和孔夫子。这种分歧和争论，引起了法国思想界对于中国文化和思想的高度关注。"只要进行思考的人，就都无可避免地要想象中国，对中国作出思考。"

17 世纪下半叶，在法王路易十四的统治下，法国国力强盛，文化、科学发展迅速，但在与远东的贸易以及向海外传教方面，落后于西班牙、葡萄牙、意大利等国，一方面法国思想界关注中国，另一方面西班牙、葡萄牙等国从远东和中国运回的商品和艺术品不断输入法国，使得举国上下弥漫着一股"中国热""中国风"的潮流。在这种情况下，1663 年在法王路易十四的支持下，法国创立了第一个专门的神学院，招募、培训有志于远东传教的教士。1685 年，路易十四派遣洪若翰、塔夏尔、白晋、刘应、李明和张诚六位耶稣会传教士"国王数学家"前往中国，其中五位于 1688 年到北京觐见康熙皇帝。这五位传教士以其深厚的学养，得到康熙皇帝的器重。1694 年，白晋奉康熙皇帝之命，回到法国，向路易十四献上康熙皇帝赠送的 49 卷汉籍，并招募新的传教士。1698 年，他带着马若瑟、巴多明等十余位传教士返回中国。到了 18 世纪下半叶，雷孝恩、宋君荣、冯秉正、钱德明、韩国英等学养深厚的法国传教士陆续来华，使得在中国的法国耶稣会传教士的规模不断扩大。

法国耶稣会传教士与之前和同时期其他国家的传教士相比有一个突出的特点，即科学考察的积极性和学术研究能力都很强，与本国的科研机构以及欧洲各国的学者联系密切，著述丰富。因此，他们在研究中国和向欧洲介绍中国方面后来居上，成为主要力量，作出了巨大的贡献。

自 18 世纪初至 19 世纪初，陆续在巴黎出版的《耶稣会士书简集》《中华帝国全志》和《北京耶稣会士中国论集》，被称为欧洲三大汉学巨著，共同构成了 18 世纪欧洲人认识中国的资料库。前两部著作采用书信体和全志式的表现方式，偏重于主观的描写和叙述，生动、具体，引人入胜，因而

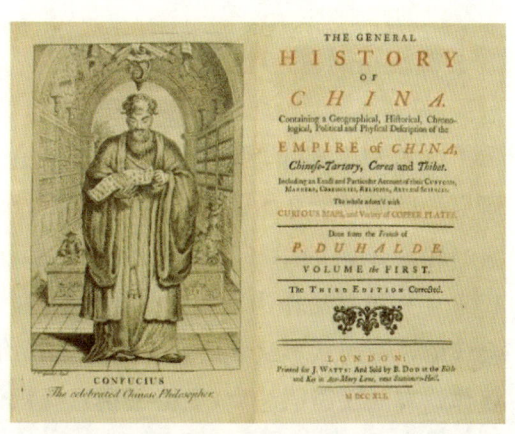

杜赫德主编《中华帝国全志》

在欧洲流传甚广，对于普及中国知识起到了重要的作用。后一部著作采用专题研究的形式，偏重于理性的思考和学术探讨，标志着以研究为主的汉学的产生，被称为"法国古汉学里程碑"。

从 17 世纪下半叶开始，法国传教士在中国研究方面成绩斐然，取代意大利人，成为欧洲汉学研究的领军者。他们继承利玛窦的传教策略，重视学习中国语言、文化，致力于对儒家经典的译介和研究，以及中国历史和思想史的研究。其中重要的著作有柏应理等人的《中国哲学家孔夫子》（1687）、李明的《中国现状新志》、白晋的《中国皇帝历史画像》、马若瑟的《汉语札记》（1728—1831）、冯秉正的《中国通史》（1777—1784）、宋君荣的《成吉思汗和蒙元王朝史》（1739）、《大唐王朝史》及《书经》（1770）、《礼记》、《易经》等。此外，还有韩国英、钱德明收录于《北京耶稣会士中国论集》中的若干作品。其中，《中国哲学家孔夫子》是译介、研究孔子和儒家学说的重要著作，由柏应理、殷铎泽、恩

理格、鲁日满等人合著，内容包括了《孔子传》《大学》《中庸》《论语》译文等。此书问世后，在巴黎出现了库赞、贝尼埃等学者的编译、改作，还出版了英文译本，在欧洲广为流传。他们对孔子学说和儒家经典的译介和研究，在 17 世纪下半叶到 18 世纪上半叶对欧洲启蒙运动和文学产生了极大的影响，从而塑造出一种包括信仰自由、政治开明、道德淳朴等内涵的理想化中国形象。

二、马若瑟与汉学萌芽

18 世纪上半叶，除了传教士之外，一些世俗学者也开始致力于中国研究，世俗汉学开始萌芽。他们是弗雷莱、傅尔蒙和来自中国福建的黄嘉略和傅尔蒙的弟子德经，主要致力于中国语言文字及文学的研究。1706 年，黄嘉略作为传教士梁弘仁的随行人员来到巴黎；1713 年脱离教会还俗，专门从事汉学研究。他于 1716 年病逝，留下了一些未及刊印的著作，有《汉语语法》（主持编撰）、《汉语字典》（独立编撰，未完成）、中国小说《玉娇梨》三回的法译稿等。他的工作创造了多个第一：第一个用法文编写汉语语法的人、第一个编撰法-汉字典的人、第 个用法文翻译中国小说的人等等。黄嘉略经弗雷莱引见，与孟德斯鸠相识。在他留下的日记中，记录了他曾向孟德斯鸠介绍中国历史、社会和文学等情况。孟德斯鸠从与黄嘉略的交谈中获得了关于中国小说的初步印象。弗雷莱从帮助黄嘉略编写汉语辞书开始对中国的研究，研究成果有《论中国人的纪元和最早的文字》《汉语语法》《论中国的诗歌》《论文字特别是汉字的基本原则》等。傅尔蒙与黄嘉略的合作奠定了他的学术研究方向，与黄嘉略、费雷莱一起成为了法国世俗汉学的开拓者。他的研究成果有《论汉语》《论中国文学》《汉语论稿》《中国官话》等。德经是傅尔蒙的学生，致力于中国文字的研究，撰写过相关论文，还主持出版宋君荣翻译的《书经》、钱德明翻译的《中国兵法》等。这些世俗学者的研究，使得法国汉学研究不再是传教士的专利。

18 世纪随着法国汉学的发展，尤其是传教士对中国文化的译介和研究，中国文学作为中国文化的重要组成部分也被译介、传播到法国。

1733 年，法国传教士孙璋开始用拉丁文翻译《诗经》，被西方学者认为是将《诗经》翻译为西方语言的第一人，但是他的译本直到一百年后才得以面世。18 世纪，真正将《诗经》中的部分诗歌译介到法国并产生一定影响的是马若瑟。他将《诗经》中的《敬之》《天作》《皇矣》《大雅·抑》《大雅·瞻卬》《小雅·正月》《大雅·板》《大雅·荡》共 8 首诗翻译成法语，发表在 1736 年出版的杜赫德主编的《中华帝国全志》第二卷上。杜赫德还对《诗经》作了专文介绍。他将《诗经》中的诗歌分为五类：对人的颂歌的诗、反映各种风俗的诗、比兴的诗、颂扬高尚事物的诗和可疑的诗。因为《中华帝国全志》在欧洲影响巨大，传播甚广，所以许多人通过马若瑟和杜赫德的翻译和介绍了解到了《诗经》，其中就有文学巨匠歌德。在 18 世纪，研究、译介《诗经》的法国传教士还有赫苍璧、白晋、宋君荣等。韩国英、钱德明在《北京耶稣会士中国论集》中也有对《诗经》的介绍和部分诗作的法文译注。此外，在《北京耶稣会士中国论集》第 3 卷、《中国名人肖像》第 5 卷中还介绍了陶渊明、李白、杜甫等著名诗人的生平。他们还开创了法国《诗经》研究的先河，如马若瑟的《诗经议论》、白晋的《诗经研究》等。

除了诗歌的译介研究，中国古典小说和戏剧也进入了他们的视野。1731 年，马若瑟节译纪君祥的元杂剧《赵氏孤儿》，不久便在巴黎传开了，之后几次翻译成英文，还数次被改编后搬上舞台，在欧洲文坛风靡一时。殷弘绪将中国小说集《今古奇观》中的《庄子休鼓盆成大道》《吕大郎还金完骨肉》《怀私冤狠仆告主》3 篇作品译成法文，刊登在杜赫德主编的《中华帝国全志》上。这是欧洲对于中国小说最早的译介。伏尔泰的小说《查第格》第二章中"鼻子"的故事，就是根据《庄子休鼓盆成大道》改写而成的。此外，中国古典散文也被译

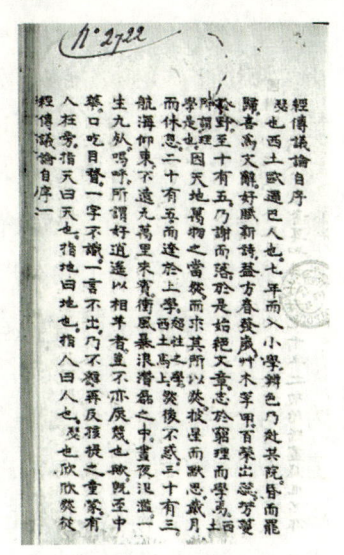

马若瑟：《经传议论·自序》
（法国国家图书馆馆藏抄本）

介到法国，赫苍璧以意译的方式将康熙年间的一部古代散文合集《古文渊鉴》翻译成法文。虽然这些传教士译介中国文学作品，并非单纯出于文学目的，更重要的是他们试图通过文学作品来了解中国传统文化、传统观念尤其是道德观念，但是他们译介的中国文学作品还是对法国文学界产生了一定的影响，推动了中国文学在法国乃至欧洲的传播和接受。

三、雷慕沙、"儒莲奖"与汉学繁荣

18 世纪下半叶，由于"礼仪之争"，耶稣会于 1764 年在法国遭禁，1773 年被罗马教廷取缔，再加上清政府发布禁教令等因素，耶稣会在中国的活动、法国与中国的来往都限于停滞。在这种情况下，19 世纪法国学者对于中国的研究，主要集中于对前期传教士从中国收集的资料及他们的研究和译介进行整理，如傅尔蒙的学生德经对意大利传教士叶尊孝的《汉字西译》（拉丁语-汉语）抄本进行补充并加以法文注释，于 1813 年出版了《汉法拉丁字典》。1814 年，法兰西学院率先设立汉学讲座和汉学教席，使汉学作为一门学科进入西方高校学科体系，标志着西方专业汉学的正式确立。继法国之后，英、德、俄、美等西方国家也先后开设汉学讲座。1815 年第一次开课，由雷慕沙主持。雷慕沙被认为是西方第一位专业汉学家。他少年时期对汉字产生兴趣，靠着傅尔蒙的著作《中国官话》，通过自学掌握了汉语。1808 年，他编写完成了《汉文字典》，此后又发表了《汉文简要》《论汉语单音节的一般性质》等学术论文。他因为在汉学上的突出成就，被选为法兰西学院的首位汉学教授。

他没有到过中国，但是一生发表了 30 余篇（部）汉学著作，涉及中国的语言、文字、宗教、哲学、文学等方面，尤其在汉语和佛教方面最为突出。他为了进行汉语、满语教学，编写了《汉语词典规划》《鞑靼诸语研究——论满人、蒙古人、维吾尔人、藏人口语和书面语的差异》《汉文启蒙》《中文的起源和构成》等教材。其中，《汉文启蒙》一面世就成为欧洲人学习汉语的必备工具书，多次再版。1826 年，为了进行汉语教学，他将中国小说《玉娇梨》（4 卷，译本名为《两位表姐妹》）翻译为法文出版。之后，他还编辑出版了《中国短篇小说》（3 卷）。雷慕沙

还潜心研究、译介中国儒、道、释三家的思想和典籍。之前，耶稣会传教士因为"以儒释耶"的传教策略，比较重视中国儒家学说和经典的研究和译介。雷慕沙则没有受到这种限制，他对于道教和佛教都有许多研究，尤其是佛教。1816 年，他翻译出版了《太上感应篇》，是西方首部道教译作。他还以法文翻译东晋高僧法显的《佛国记》。该书于 1936 年他去世后得以出版，题名为《〈法显传〉译注》，是开欧洲佛教研究先河的译著之一。他还于 1817 年以法文翻译"四书"中的《中庸》。他的研究为欧洲专业汉学的发展打下了坚实的基础，推动欧洲汉学的不断壮大，从而影响到德国、俄国等欧洲国家，以及日本、美国等。

1832 年，雷慕沙去世后，由他的学生儒莲继续主持法兰西学院的汉学讲座。此后的四十年中，儒莲一直是欧洲汉学界的佼佼者，被誉为 19 世纪中叶欧洲汉学界无可争辩的大师。他的成就主要表现在汉语教学，以及中国文学、哲学、宗教的译介和研究上。他在汉语教学中将《三字经》《千字文》等朗朗上口的读物作为文言文教学的基础教材，还编写了《以汉字位置为基础的汉语句法结构新编》。他继承雷慕沙广泛研究中国宗教、哲学文化的路径，积极译介中国儒释道思想和经典，相继翻译了《孟子》《道德经》《大慈恩寺三藏法师传》《大唐西域记》等。其中，后两部被收入《汉文书籍目录译文丛书》出版。该丛书以低成本、小开本的形式发行，深受一般读者欢迎，为儒莲在学术界之外赢得了广泛的关注，也扩大了中国文化在法国乃至欧洲的影响力。

儒莲

儒莲在中国通俗文学的译介和研究方面颇有建树，他认为研究文学作品尤其是通俗文学作品，可以更好地了解一个民族的风俗习惯和性格特征。因此，他翻译了许多中国古代小说和戏剧作品，如小说《白蛇精记》《平山冷燕》《玉娇梨》等，元杂剧《灰阑记》《赵氏孤儿》《西厢记》。他对于元杂剧的认识超越了之前的许多译者。他认为元杂剧中包

括散文和韵文，其中最扣人心弦的段落多用韵文。因此，他在翻译元杂剧时尝试将剧中的诗文完整地翻译过来，是西方译介元杂剧全本的第一人。儒莲的教学成绩也非常突出，培养了巴赞、德理文、毕欧等一批优秀的汉学学者。法兰西学院还以他的名字设立了"儒莲奖"，以资助鼓励在中国文化研究方面贡献突出的学者。

1843 年，在法兰西学院的带动下，巴黎东方语言文化学院也开始进行汉语教学。不过，该校的汉语教学注重实用性，以教授汉语白话和口语为主。此外，该校还开设了中国历史、哲学、地理、美学等相关科目。该校作为汉语和中国文化的教学、研究机构，成为培养与中国交往的实用型人才和汉学家的摇篮。该校的首位汉学教授是儒莲的学生巴赞，他在中国语言、文学的研究上颇有成就。1838 年，他翻译出版了《中国戏剧选集》，其中包括《㑇梅香》《合汉衫》《货郎旦》《窦娥冤》四部元杂剧的摘译、选译本，以及一篇评介性的长篇导言。1841 年，他将《琵琶记》翻译成法文。他在法译本前言中谈到译介这批戏剧的目的不仅是为了向法国读者介绍 14—15 世纪中国戏剧艺术的进展，还因为这部戏剧展示了 15 世纪初中国民情风俗的原貌。为此，他还撰写了研究元代戏剧的专著《元朝一世纪》。除了中国戏剧之外，他还译介了一些通俗小说，如《金瓶梅》《水浒传》《好逑传》中的部分内容。在巴赞之后，哥士耆、冉默德、德韦理亚、微席叶等相继担任汉学教授。他们在中国语言、文学、宗教等方面的研究上均取得了一定的成绩。

1844 年，中法签订《黄埔条约》，法国与中国的来往得以恢复。许多法国外交官、商人、传教士等纷纷来到中国生活、工作，涌现出一批致力于中国研究的汉学家，如外交官戴伯理、于雅尔，传教士顾赛芬、费赖之、戴遂良和夏鸣雷等。其中，顾赛芬的影响较大。顾赛芬的成就主要是在编撰字典和翻译中国"四书五经"方面。他编撰的《汉语古文词典》，用他所创的拉丁化拼音系统注音，是一部优秀的西文汉语古文词汇工具书，多次再版，广受欢迎。19 世纪，随着汉学的发展，法国出现了致力于东方学和汉学的研究机构和学术刊物，如 1822 年在巴黎成立的亚洲学会及其刊物《亚洲学报》、法国汉学家亨利·考狄和荷兰莱顿大学汉学教授施古德创办的国际性汉学杂志《通报》等。

四、沙畹与敬隐渔

　　20 世纪，法国的汉学从世纪初的繁荣到两次世界大战时期的萧条，经历了重重挫折，到了世纪中叶又恢复、发展起来。20 世纪上半叶，法国汉学发展迅猛，主要表现在汉学教研机构进一步完善，除了本土的法兰西学院和巴黎东方语言文化学院，还设立法兰西远东学院。法兰西远东学院建于 20 世纪初，一开始设于越南，1956 年迁回巴黎，在印度、中国台北、日本东京和东南亚设有分部以及特派驻地研究院，出版有《法兰西远东学院学刊》《考古论丛》等学术刊物。汉学家伯希和、马伯乐、戴密微、石泰安、谢和耐等都曾担任该院的研究员。1920 年，在两国政府支持下成立的"法国汉学（中国学）研究所"，以庚子赔款为基金，目的是发展中法关系，主要职能是开展汉学教学、讲座，出版汉学著作等。著名汉学家葛兰言、伯希和、戴何都、韩百诗、吴德明、侯思孟、施舟人、戴仁、魏丕信曾先后负责该所工作。1934 年以来，该所出版的《中国学研究所文库》至今已达 30 多卷，收录了大量法文汉学著作。1966 年，中国台北和法国巴黎共同创立法国"利氏学社"，并互设分社，其中台北分社主要研究语言文字、中国文学、中国哲学宗教等。迄今，利氏学社出版了 40 多种附有注释的中文经典。此外，还有东亚语言研究中心、巴黎第五大学语言学系、巴黎第七大学语言研究系和口头语言文化研究组织及巴黎第三大学东方语言文化学院、巴黎第七大学中文系、第八大学中文系等致力于汉语研究、教学的机构。

　　20 世纪以来，贡献较大的法国汉学家有沙畹及其弟子伯希和、马伯乐和葛兰言，还有戴密微、谢和耐等。沙畹是 20 世纪初较有成就的汉学家，其研究涉及诸多方面，如中国历史、宗教、碑文石刻古迹、唐代中国与中亚等，并将欧洲实证方法用于中国古代文献研究。他的研究起到承上启下的作用。他对于中国文学的译介和研究主要体现在《史记》的译介和《高僧传》的译介。1890 年，他在《北京东方学会》杂志发表《封禅书》法文译本。其后十年间，他将《史记》翻译成法文并加以注

释，并于 1895 年至 1905 年，陆续发表了《史记》前 47 卷译本。1910 年至 1911 年，他还收集、翻译了《选自中国〈大藏经〉的五百寓言故事》（3 卷），将中国佛经故事介绍到欧洲。

伯希和在汉学上的贡献主要体现在他将精心挑选的、最有价值的 6000 余卷敦煌写本，及经卷、文书、佛画等文物带回法国并进行编目和研究，从而引发了中国以及日本、俄国和其他国家对敦煌文献的研究和搜集，开启了"敦煌学"的大门。

葛兰言在汉学研究上的贡献主要体现在以社会学方法解读中国社会，他重视从中国文学尤其是诗歌中分析中国古代社会与文化。1919 年，他出版专著《古代中国的祭日和歌谣》，还著有《中国古代的节庆与歌谣》。

戴密微在汉学研究上的成就主要体现在对中国佛学、敦煌学、中国古诗的研究上。1952 年，他在中国学者王重民的协助下，根据敦煌写本中有关吐蕃禅宗的相关文书，撰写了《拉萨宗教会议——八世纪印度佛教徒与中国佛教徒对寂静主义的

沙畹

争论》。1972 年，他译注了唐末禅宗名师文集《临济录》。他在中国古诗的译介和研究方面也有很多成果。1962 年，他在巴黎出版了《中国古典诗选》，被认为是当时法国国内出版的内容最全的译介中国古典诗歌的著作，其中选译了李白、杜甫、白居易等 40 余位唐代诗人的 106 首诗词作品。该书在法国引起了极大的反响，带动了法国汉学界对唐诗的译介、研究。1971 年，他与饶宗颐合作发表《敦煌曲》和《敦煌白画》。1982 年、1992 年法兰西学院发表其遗作《王梵志诗附太公家教》《王梵志诗研究》和《敦煌变文与胡族习俗》，开创了对敦煌俗文学的研究。

20 世纪，法国文化界开始关注中国现代文学。最早将中国现代文学

译介到法国的是旅居法国的中国人敬隐渔。他将鲁迅的《阿Q正传》译成法文，经罗曼·罗兰的推荐，于1926年5月和6月，分两次发表在《欧罗巴》杂志上。罗曼·罗兰读了他的译稿，给予《阿Q正传》很高的评价，认为《阿Q正传》是高超的艺术作品。他还致力于将更多中国现代作家的作品介绍给法国读者。1929年，他用法语编译出版了《中国当代短篇小说家作品选》，不但收录了《阿Q正传》的法译本，而且还收录了茅盾、郁达夫、冰心、许地山、陈炜谟的作品，总共9篇。自此，以鲁迅为代表的中国现代文学作家的作品陆续被译介到法国。

敬隐渔

关注中国现代文学作品的大多是法国左翼知识分子。自新中国成立至20世纪70年代，这些作品及评论大多登载在倾向左翼的报刊上。尤其是在"文化大革命"期间，法国左翼知识分子大量译介鲁迅的作品。从中国现代文学在法国的传播与接受过程来看，其传播与时代文化、政治环境密切相关，对其接受认知性多于鉴赏性。不过也有一些学者致力于以鲁迅为代表的现代文学作家作品的译介和研究，如汉学家米歇尔·鲁阿夫人和弗朗索瓦·于连。鲁阿夫人是法国较早致力于研究鲁迅作品的学者，她自20世纪70年代开始译介、研究鲁迅，还在巴黎第八大学成立了鲁迅小组，带领学生进行鲁迅作品的研究。她编译了《这样的战士》《女性不公正的生与死》《诗歌》等多部鲁迅作品集。汉学家弗朗索瓦·于连，从研究鲁迅开始接触中国，他不仅将《朝花夕拾》《华盖集》等文集翻译成法文，还出版了博士论文《鲁迅：写作与革命》。在法国，对巴金作品的传播和研究仅次于鲁迅。最早研究巴金作品的是学者白礼哀。其后，1937年至1951年曾在中国生活过的汉学家明兴礼，于1942发表了关于《家》的论文，肯定了这部作品的人道主义精神。之后，他

见过巴金三次，回国后还和巴金保持书信联系。1947年，明兴礼以论文《中国当代文学：见证时代的作家》通过博士答辩，论文附有巴金小说《雾》的法译本。近年来，致力于巴金作品研究的有波尔多第三大学的安必诺和旅法华人学者黄育顺。据这两位学者的研究，在法国，巴金作品的译介仅次于鲁迅，与老舍不相伯仲，远多于茅盾、沈从文、郭沫若等同时代作家。其译本多达50多种，其中《家》最受欢迎，有多个版本。

自中国改革开放以来，法国对中国当代文学的译介不断发展，目前在规模和关注度上都超过了现代文学。据学者统计，"1980年至2009年，法国出版的中国当代文学译本超过三百部，体裁以小说为主，同时也涉及诗歌、戏剧、散文；从地域上看以大陆作家为主，也涉及港台作家和海外华人作家。"① 法国对中国当代文学的译介重点主要集中在改革开放后的新时期文学，体现出对其接受中认知性大于鉴赏性的特点。但也不乏致力于当代文学研究的专业学者，如马塞大学中文系教授杜特莱，从事莫言和韩少功作品的译介研究，尚德兰从事莫言、王蒙、格非和张炜等作家作品，和顾城、北岛、杨炼等诗人作品的译介和研究，巴黎东方语言文化学院的何碧玉致力于余华和池莉作品的译介，安妮·居里安致力于"寻根派"和香港作家作品的研究。近年来，法国对中国当代文学作品的译介还呈现出重视作品商业价值、及时翻译追求"新"和"快"等特点，例如莫言的《红高粱家族》、王安忆的《长恨歌》、余华的《活着》、苏童的《妻妾成群》、李晓的《门规》《霸王别姬》等作品，被张艺谋、陈凯歌、关锦鹏等导演改编成电影后都迅速有了法译本，并且很受欢迎。总之，随着中法关系的发展，中国文学作品在法国的译介和研究仍将是两国文化交流的纽带。

第三节　德语版中国故事和德国汉学

在德国文学中，很早就出现了中国的形象。德国中世纪的骑士文学

---

① 许钧：《我看中国现当代文学在法国的译介》，《中国外语》2013年第5期。

中，如埃申巴赫（约1170—1220）的史诗《巴尔齐法尔》中曾出现被称为"丝人"的中国人。到了15世纪，德国诗人汉斯·罗森施普吕特的《葡萄酒赞歌》中出现了"契丹"可汗。接着，葡萄牙、法国、比利时等国传教士撰写的有关中国的报道陆续传入，德国人对中国有了进一步的认识。

一、汤若望与中国文学初传

17世纪，一些德国人开始近距离观察中国，包括一些到中国的传教士和一些本土的德国学者，或记下自己在中国的所见所闻，译介中国文化经典，或通过各种渠道搜集中国的信息加以研究，使德国成为当时欧洲中国文化研究的重镇。17至18世纪，到中国传教的德国传教士不多，较为著名的有邓玉涵、汤若望、戴进贤、穆天尺、魏继晋等，其中汤若望和魏继晋还成为明朝及清朝皇帝的座上宾，进入朝廷任职。他们对中国文化的西传主要有两方面贡献：一方面是将在中国的所见所闻记录下来，传播到德国乃至欧洲，如汤若望用拉丁文撰写了《汤若望回忆录》（3卷），记录在中国传教的故事和他所见所闻的明清两代宫廷生活。另一方面是编写德-汉词典，如魏继晋在1784至1750年，编写了《德汉词汇表》（5卷），又名《额呼马尼雅话》，但未出版。1936年，德国汉学家福克斯在故宫博物院寿安宫发现了该书手稿，将其整理后并于1937年出版了《首部德华词典》一书。正如书名所说，这是史上第一部德汉词典。

除了传教士外，17至18世纪德国本土学者也积极研究中国文化，其中较有成就的有基歇尔、米勒、门采尔、巴耶尔和莱布尼茨等。他们通过到中国的传教士的信件、中国报道和各种著作了解中国，对中国进行研究。基歇尔在德国和罗马担任过数学和哲学教授，曾是传教士卫匡国的数学教师。他对中国有着浓厚的兴趣。1667年，他根据葡萄牙传教士曾德昭、比利时传教士卜弥格、意大利传教士卫匡国和奥地利传教士白乃心等人的著作，以拉丁文撰写出版了著作《中国图说》。《中国图说》出版后，在欧洲引起极大的反响，不但被学者称为当时关于中国的百科全书，而且深受一般读者的喜爱，引起欧洲对中国的关注。

　　米勒极具语言天赋，他对中国的研究主要表现在汉语、汉籍和中国碑刻的研究等方面。勃兰登堡选帝侯腓特烈·威廉非常欣赏米勒，聘请他为皇家图书馆馆长。他在任上将皇家所藏的中文图书进行分类和编目，其中有《资治通鉴》、"四书"，以及一些《小儿论》《百家姓》等中国童蒙读物。这些中文图书通过购买（主要通过荷兰东印度公司购买）和个人捐献而获得，1701 年达到 400 册。1670 年，米勒编辑出版了《关于契丹国的历史和地理》，1672 年又出版了《中国碑刻》。他的工作引起了莱布尼茨对中国语言的兴趣。门采尔曾跟随柏应理学习汉语。他的主要成就是对传教士梅膺祚的《字汇》和张自烈的《正字通》进行整理和完善。他以《字汇》为基础，将纲目按部首的组合形式编排，并入《正字通》中的汉字和其他重要汉语字典中的新汉字，逐字加上拉丁语注音和释义。巴耶尔很早便开始学习汉语，其成就主要体现在对中国语言的研究上。他曾应俄国彼得堡科学院的邀请，先后担任希腊和罗马古代史院士和东方古籍史院士。1730 年，他根据来华传教士编撰的西语汉字词汇表及手稿、书信等资料，编写出版了汉语研究专著《汉语博览》。该书主要包括序言及两卷内容，其中序言介绍了欧洲汉学尤其是德国汉学的历史，第一卷是以卫匡国和柏应理的汉语语法为基础研究汉语的语法；第二卷收录了殷铎泽翻译的《孔子传》、柏应理的《中国哲学家孔子》，还收录了当时欧洲流传的《大学》和《小儿论》等译本中的短文，并配上相应的汉字。童蒙读物的译介，客观上传播了中国的通俗文学。因为巴耶尔在中国研究上的成就，有学者认为他是欧洲第一个专业汉学家。

柏应理、殷铎泽翻译的"四书"

　　17 世纪，随着传教士、学者对中国的认识和研究的发展，德国文学中的中国形象越来越具体、真实。巴洛克文学代表作家哈佩尔的小说《亚洲的俄诺干布》，其中的"俄诺干布"指的就是顺治皇帝。这部小说中还出现了德国传教士汤若望。18 世纪，在启蒙思想家的推崇下，欧洲出现了中国热，也影响到了德国。在德国作家的创作中，处处可见中国文化、文学的影响，主要表现在两类作品中：一类作品受到儒家思想和体现儒家思想的中国文学作品影响，如德国诗人普费弗尔创作的与中国有关的诗体"道德故事"，其中有一篇《吉翂》取材自清代黄小坪《百孝图记》中的《吉翂叩阙免父罪》，和李之素《孝经内外传》中的《吉翂》，另一篇《母亲与女儿》则改编自《百孝图记》中的《韩伯俞泣笞伤老》和《孝经内外传》中的《韩俞》；一类是带有中国历史文化因素、探讨国家大事的"国事小说"，如哈勒尔的《乌松———一段东方国家的历史》讲述了铁木真的儿子乌松，不仅骁勇善战，而且因为受到中国文化的熏陶而充满智慧，最终成为波斯王国的统治者。但在小说中他也批判了中国文化中的专制主义，认为中国人缺乏自由意识。

二、《亚洲学报》和柏林国立图书馆

19 世纪上半叶，当法国汉学逐步确立的时候，德国对中国的研究因国内政治动荡、政府无暇东顾而陷入低潮。许多对中国感兴趣的德国人，通过自学满文、蒙文和汉文来了解中国文化，或者留学法国和俄国学习中国文化。这种情况到 1871 年德国统一、政局稳定后才有所改变。随着中德官方交往的建立，德国政府鼓励开展汉语教学和汉学研究。19世纪末，德国政府在柏林大学、慕尼黑大学及莱比锡大学的东方学和普通语言学学科中开设中文课程。这些汉学课程的设立为德国汉学的形成奠定了基础，大大推动了中国文化的译介和研究。在这个过程中，中国文学作为中国文化的重要组成部分，也更多、更有意识地被译介到德国。19 世纪上半叶，从事汉学研究的德国学者主要有克拉普洛特和诺伊曼。在巴黎，克拉普洛特与雷慕沙一起创办了"亚洲学会"及其刊物《亚洲学报》。1822 年，克拉普洛特在巴黎出版了《汉满手稿目录》，是柏林皇家图书馆所藏的汉语、满语图书的目录。1828 年，他用法语翻译

了《太上感应篇》，1833 年发表《关于中国道士的宗教》，是德国汉学家当中研究中国道教的第一人。1832 年，他在《亚洲的各种语言》一书中提出汉语、藏语和缅甸语都属于"藏缅语系"的观点。诺伊曼曾到巴黎师从雷慕沙，后到中国进行考察。1831 年，他从中国返回德国时，带回了关于中国语言、历史、哲学、宗教等内容的经典著作和笔记文集、诗、词、曲、小说等古籍 6000 部，如今收藏在柏林国立图书馆和慕尼黑国家图书馆。

值得一提的是，柏林国立图书馆是欧洲收藏中文图书最多、最好的图书馆。其图书收藏，从勃兰登堡弗里德里希·威廉（1620—1688）大选帝时代就开始了。东方学家尤利乌斯·克拉普罗特（1783—1835）为图书馆陆续收集了许多中文图书，如清朝《康熙字典》以及 17 世纪通俗小说《水浒传》《列国志》和《三国志》木刻插图本等。1822 至 1840 年，汉学家威廉·硕特为图书馆收集、整理中国图书作出了贡献。1831 年，诺伊曼为图书馆从中国购买了 236 种、2410 册中文图书。到 1943 年，德国柏林国立图书馆的东方部所藏中文图书总数接近 7 万册（本），是当时欧洲图书馆中拥有中文图书最多、最好的馆。德国和欧洲的其他一些图书馆也或多或少藏有一些中文图书。这些中文图书为中国文化、文学在德国和欧洲的研究和传播提供了重要的文献基础。

19 世纪下半叶，德国许多大学的东方学和普通语言学科纷纷开设了"中国语言文学"讲座，不少德国学者开始致力于中国语言和文学的译介和研究，较著名的有硕特、贾柏莲、顾路柏、库尔茨等。1826 年，硕特首次将《论语》翻译成德文，还用拉丁文撰写了《论中国语言的特点》。1883 年，柏林大学东方学和普通语言学学科开设"中国语言文学"讲座，聘请硕特为编外教授。此后，他在中国语言和文学研究方面颇有建树，如 1854 年撰写的专著《中国文学史述稿》、1857 年编写的教程《汉语教程》等。因为在中国研究方面的成就，他被誉为德国学术性汉学的奠基人。

19 世纪，随着中国文化、文学研究的发展，德国文学界更加关注中国，但是在他们的创作中发生了中国形象由以褒扬为主到以贬低为主的转变。利希腾贝格的作品《关于中国人军事禁食学校及其他一些奇闻》

中对中国人进行嘲讽，塑造了一些幼稚愚笨、缺乏个性的中国人形象。歌德的诗作《情感的胜利》和《罗马的中国人》中也透露出对中国风格和中国趣味的讽刺。根据学者的研究，歌德曾经接触过中国的元曲《老生儿》、木鱼歌唱本《花笺记》、小说《好逑传》的英译本和小说《玉娇梨》的法译本，以及收录《今古奇观》中多篇小说的法文版《中国短篇小说集》。他还将《薛瑶英》《梅妃传》《冯小怜》《开元宫人》四首中国诗歌，从英文版（来自英国托姆斯的《百美新咏》）翻译为德文，以《中国作品》这一题目发表。不过，歌德的翻译不是直译，而是在原著的基础上进行再创作，其实是一种改编。歌德晚年对中国文化兴趣浓厚，他根据中国诗歌英译本的风格创作了由十四首诗组成的长诗《中德岁时诗》。另一位德国文学大师席勒，深受中国哲学思想的影响。1795年、1799年，他创作了两首题为《孔夫子的箴言》的诗。据研究，席勒读过《论语》的译本，还通过德文版《好逑传》附录"中国格言和深刻的道德表述"接触孔子及儒家学说。同一时期的宫廷文人塞肯多夫对中国哲学很感兴趣。1781年，他发表了散文《中国道德家》，介绍中国人的礼貌得体和中国儒家学说所包含的生活智慧。同年，他还发表了小说《命运之轮——一个中国故事》，从"庄生梦蝶"的故事出发，讨论人生哲学。1783年，他将这部小说改编为《命运之轮或庄子的故事》，其中先介绍老子、庄子的生平和学说，然后讨论"我是谁?"这一西方哲学本体论问题，再讲述庄子的成长及冒险故事。

德国浪漫派作家也受到"中国热"的影响，关注中国文化及文学。浪漫主义理论家施莱格尔兄弟在著作中批评中国人崇拜理性、缺乏生机，中国的戏剧发展停滞不前。浪漫主义作家沙米索创作诗歌《尼怨》，还加了一个副标题《德语按中文译》。学者认为其素材来自18世纪传教士带到西方的中国明清时期的小曲《尼姑思凡》。德国文学名家海涅对中国文化持批评态度。他的代表作《哈尔茨山游记》中在谈论各民族丧葬风俗时，描写了中国奢靡的丧葬习俗和滑稽可笑的中国人。

三、德语版"中国故事"

19 世纪末至 20 世纪初，在中国文化和文学的影响下，德国作家创作出许多德语版的"中国故事"。作家海泽对中国文化和文学非常感兴趣。1825 年，他发表的叙事诗《兄弟——一个诗体中国故事》讲述了王子季和文姜的故事，是对《诗经》中卫宣公筑台强占儿媳妇等故事的改编。1856 年，他的诗体小说《国王和僧侣》则取材于《三国演义》中孙策的故事。与海泽同一时代的作家格林，在 1856 年发表的作品《小说集》中有一篇叙事诗《蛇》。据学者研究，题材来源于《白蛇传》。德国 19 世纪杰出的现实主义作家冯塔纳的长篇小说《艾菲·布里斯特》，故事中出现了一个被一名船长带到德国后殉情的中国女人。德国通俗小说家卡尔·迈的不少探险小说作品涉及中国，如 1892 年出版的小说《红蓝色的玛土撒拉》，讲述主人公进行了一场反对龙、蝾螈和中国人的战斗。1897 年出版的小说《黑色野马》则描绘了美国西部筑路华工的悲惨遭遇。德国印象主义作家道滕代的小说创作中涉及中国，如 1909 年的小说集《林加姆》中有两篇小说取材于中国。一篇是《未埋葬的父亲》，讲述了广东一个玉石店老板去世后发生的一系列故事；一篇是《在官员俱乐部》，写的是上海一个官员俱乐部中发生的故事。德国表现主义文学大师德布林的小说创作也受到中国文化的影响。他的小说《王伦三跳》，讲述了的是一个生活在乾隆年代的中国人王伦的故事，展现了当时中国社会各阶层的生活图景，并探讨了"无为"思想在现实生活中是否可行的问题。在这部小说中，他直接照搬或融入了一些中国文学作品，如杜甫《秋兴八首》中的诗句、袁枚的《哭阿良》以及《庄子·渔夫》中的故事。小说的开头原有一篇类似中国话本小说的"入话"故事，后来以《赵老苏受袭》之名单独发表。这篇小说开头的景物描写，取材于《庄子·逍遥游》中鲲鹏图南的寓言。这部小说获得了巨大的成功，德布林因此成名。许多德国人通过这部小说首次了解到中国古代的道家学说。1940 年，德布林还出版了一部英文著作《孔子的生活思想》，包含一篇关于孔子的论文和《大学》《中庸》《论语》《孟子》《孝经》《书经》及

《诗经》的部分内容。中国的道家哲学对这一时期许多德国作家及其创作产生过影响。作家施泰尔于1917年写的长诗《老子的告别之歌》，叙述了老子西出函谷关的故事，表现了老子的哲学思想。作家布莱希特的许多作品中也表现出老子学说的影响，如剧作《密集的城市》、诗作《铁》、长诗《老子西出关著道德经的故事》都表现了"以柔克刚"的思想。

这一时期，中国"褒姒"和"烽火戏诸侯"的故事在德国流传广泛。自德国汉学家阿恩特以德语从《东周列国志》中将"烽火戏诸侯"的故事译介到德国后，出现了许多改编这个故事的作品。1899年，德国作家鲍姆将这个故事改编为长篇小说《鲍家漂亮的姑娘》。这部小说受到读者的欢迎，从而使中国美女褒姒的故事在德国广为流传。1914年，作家格赖纳改编出版的中国小说集《中国之夜》中，有一篇小说《龙种的女儿》改编自褒姒的故事。著名德语作家黑塞1929年发表的《幽王的毁灭》，也改编自"烽火戏诸侯"的故事。

中国故事"江郎才尽"在德国的流传也很广泛。1840年，埃利森的译诗集《茶与水仙》中有一首题为《明笔》的叙事诗，改编自中国"江郎才尽"的故事。另一位作家汉斯·霍普芬也发表过一首同名且故事基本相同的叙事诗。1914年，作家汉斯·封·古姆彭贝格以"江郎才尽"为蓝本创作三幕喜剧《英笔》，并于1917年在魏玛宫廷剧院首次演出。

奥地利作家霍夫曼斯塔尔从中国文化、文学和哲学中汲取营养，创作了不少作品。1897年，他发表了诗歌《中国皇帝说》，以"围墙"的形象，批判了中国的等级秩序。他还写作了一部喜剧《白扇》，故事取材于《今古奇观》中的《庄子休鼓盆成大道》。他还写了一个名为《蜜蜂》的剧本，取材于《聊斋志异》中的《莲花公主》。德国人对于《今古奇观》中作品的了解来自法国传教士编撰的《中华帝国全志》德译本（1747—1749）。1827年，法国汉学家雷米扎主编的《中国小说集》德译本出版，其中收录了《今古奇观》中的几篇作品。1939年，英国人斯洛斯翻译出版了《王娇鸾百年长恨》。德国诗人阿道夫·伯特格尔以这个译本翻译了德文版的《一个少妇的血仇》（1849）。德国学者格里泽巴赫以英文译本将《庄子休鼓盆成大道》翻译为德文版的《中国寡妇》，于

1873 年出版，和译文一起出版的还有他的论文《不忠的寡妇——一部中国小说在世界文学中的演变》。这个译本后来被多次再版。格里泽巴赫编译出版的《今古奇观：中国的一千零一夜中的古今小说》将《今古奇观》与《一千零一夜》相提并论。此后，有多位译者和汉学家陆续翻译过《今古奇观》中的作品，但是其中有 10 多篇一直没有德译本。1984年，勒泽尔翻译的《来自〈今古奇观〉的古代中国小说》由瑞士玛奈塞出版社出版，将没有德译本的 10 多篇作品译成德文，从而使《今古奇观》中的 40 篇作品全部有了德译本。勒泽尔的另一大功绩是将《聊斋志异》全部 500 篇作品译为德文，于 1987 至 1992 年分 5 卷在瑞士出版。勒泽尔不但翻译出版了《今古奇观》和《聊斋志异》，还在译本中附有两部小说集几十种欧洲语言译本的目录，贡献卓著。

这一时期还出现了德国作家改编中国古典诗歌的热潮。1893 年，德国诗人德默尔发表的诗歌《中国饮酒歌》，有一个副标题《根据李太白》。这首诗是由李白的《悲歌行》改写而成，着重表现借酒浇愁的主题。他还改编了李白的《静夜思》。这首诗曾被德国自然主义诗人哈特等改写过，是被改编最多的中国古诗。1906 年，德默尔将李白的 3 首诗歌《悲歌行》《月下独酌》和《春日醉起言志》，分别改写为《遥远的琉特》《同盟中第三者》和《春醉》。诗人和剧作家克拉邦德热衷于研究和改写中国古诗。1915 年，他出版的诗集《紧锣密鼓——中国战争诗》收录了李白、杜甫及《诗经》中反映战争的诗歌。此后，他又出版翻译、改编李白诗歌的诗集《李太白》和介绍、改编中国诗歌的诗集《花船——中国译诗》。他对中国道家哲学也非常感兴趣，曾改编《道德经》，创作了叙事诗《老子》。

奥地利作家埃伦施泰因改编了不少中国古代诗歌。1922 年，他出版了一本书，名为《诗经》，副书名为《由孔子编撰的中国诗歌集》，收录了 100 首按照德语习惯改写的《诗经》中的作品。其后，他根据德译本，改编白居易的诗歌，出版了《白居易》一书。他还改编中国古代小说《水浒传》，为《水浒传》在德国的传播作出了贡献。作家勒克尔对中国文化和中国古诗非常感兴趣。1926 年，他的诗集《最后的一天》中有一首题为《无形的负担——在伟大的中国大师白居易的阴影下》的诗，表达了对白居易的崇敬。他对《诗经》和唐诗都有评论和鉴赏。1936年，他在随笔《驱鬼者》中将中国的"钟馗捉鬼"的故事与欧洲的作品进行比较研究。

四、汉堡殖民学院与德国汉学

20世纪上半叶，以德国汉堡殖民学院将汉学作为一门正式的学科为标志，德国的中国研究进入专业汉学阶段。1909年，德国汉堡殖民学院（今汉堡大学）设立汉学讲座，由福兰阁主持。1912年，柏林大学设立汉学讲座，由荷兰汉学家高延主持。1922年，莱比锡大学设立汉学讲座，由孔好古主持。1924年，法兰克福大学建立中国研究所，由卫礼贤任所长。随着这些汉学讲座的设立，德国汉学研究形成了四大中心，还出现了《中国档案》《中国学报》《东亚杂志》等汉学研究刊物。这一时期，比较著名的汉学家有卫礼贤、福兰阁、佛尔克和孔好古等。

卫礼贤曾到中国青岛传教，他的主要成就表现在：编写德汉教程，译介、研究中国文学作品、儒家经典。他在青岛传教时创办学校，为教授中国学生编写了不少德汉教材。与此同时，他也将中国文学作品译介到德国，如《诗经》节译本（1904）、《三国演义》（1906）、《聊斋志异》（1910）等。1911

卫礼贤

年，他在青岛创办"尊孔文社"，邀请康有为、劳乃宣和恭亲王溥伟等人担任教员。此后，他放弃传教，专事翻译和研究，翻译了许多儒学经典，撰写了不少研究中国社会、文化的著作。

1924年，他回国后被法兰克福大学聘为汉学教授，逐渐转变为专业汉学家。1925年，他在法兰克福大学创办中国研究所，经常举办中国戏剧演出、中国音乐会等有关中国的文化活动，还邀请中国作家、学者胡

适到德国演讲。他也在德国和欧洲举办许多讲座和学术报告会，推广中国文化。他在翻译、研究中国文化、文学方面著作等身，其中译作有《论语》《道德经》《列子》《庄子》《孟子》《易经》《吕氏春秋》《礼记》等，这些译作至今仍不断在西方再版发行；研究著作有《中国的民间童话》《中国人的生活智慧》《孔子——生平与事业》《老子与道教》《中国的精神》《中国文学》《中国文化史》等。

福兰阁曾在北京、天津、上海等地任领事和翻译，并以在中国旅行的见闻创作出版了《东亚旅行记》。1909 年，他被聘为汉堡殖民学院首任汉学教授，1923年又到柏林大学任教。他在这两所学校的汉语教学上，提倡教授现代汉语，先学习常用词汇，再学习中国文学作品等中国文献，改变两校以往只重视文言文教学的状况。他在汉学研究方面的代表作是《中国通史》（5 卷本）。

福兰阁的中国护照

佛尔克曾在柏林东方语言研究所学习汉语，后到北京德国领事馆任翻译。他在中国生活的 13 年间阅读了许多中国古籍。1903 年回国后，他在柏林大学东方语言研究所任教。他的成就体现在对中国哲学的译介和研究上，其中译作有《论衡》（1906）、《墨子》（1921）；专著有《中国人的世界观》（1925）、《中国文化的思想世界观》（1927）及 3 卷本的《中国哲学史》。

除了上述学院派汉学家外，还有一些业余汉学家，在中国文学的译介和研究上有所贡献，其中最著名的有冯·查赫和库恩。冯·查赫的成就主要体现为对中国古诗文的翻译。他先后翻译了李白、杜甫、白居易和李商隐的诗作，还有《昭明文选》的大部分和左思的《三都赋》。库恩的成就主要体现在对 40 余部中国古典和现代小说的翻译上，其译作有《好逑传》《红楼梦》《水浒传》《三国演义》等古典小说和茅盾的《子夜》

等现代小说。可以说，这一时期的德国又成为欧洲汉学的重镇。

20世纪下半叶至今，德国汉学经历二战的破坏后，进入恢复、发展的阶段。许多大学纷纷恢复汉学课程，如汉堡大学、慕尼黑大学、莱比锡大学、洪堡大学、波恩大学和哥根廷大学，许多汉学刊物也开始恢复出版。这一时期，德国汉学逐渐形成了以傅吾康为首的汉堡学派，以海尼士、福赫伯为首的慕尼黑学派，和以艾克斯（何可思）为首的莱比锡学派，三大汉学研究的中心。汉学研究从以语言文学和历史学为主，逐渐转向重视中国社会当下的发展，研究的范围和视野更加开阔。汉堡学派的研究主要是中国明清史和近代史，其代表人物傅吾康在教学中主要讲授先秦历史文选。慕尼黑学派的研究重点是中国古代史，尤其是宋元史和蒙古史。其学派奠基人海尼士开设的课程包括汉语入门课程、汉语简易读物、中国文学作品选读，以及《史记》《通鉴纲目》和《战国策》等中国历史文选。莱比锡学派重视先秦语言及中国宗教和文化的研究，其代表人物艾克斯开设了古汉语入门、中国古文文学、中国经典、中国历史等以中国古代文化为主的课程。

此外，这一时期还涌现出费路、梅爱华、贾腾、蒂洛、穆海南、尹红、顾彬、瓦格纳等汉学家。其中，顾彬一生致力于中国文学的研究和译介，其主要的研究领域为中国古典文学和中国现当代文学。1969年，他以《论杜牧的抒情诗：一种解释的尝试》获得博士学位。1974年，他到北京研修汉语。1981年，他以《空山——中国文人的自然观》获得柏林自由大学东亚学系汉学教授资格，先后在波鸿鲁尔东亚研究所、波恩大学东方语言学院任教。他翻译、研究中国文学的著作有《中国诗歌史》、《二十世纪中国文学史》、《鲁迅选集》（6卷）、《论杜牧的抒情诗》、《红楼梦研究》、《中国诗歌史·从皇朝的开始到结束》等。他还和妻子张穗子一起创办了介绍中国小说、散文和诗歌的德文半年刊《袖珍汉学》（1989）杂志。近年来，随着中德文化交流的发展，中国文学、文化在德国传播方兴未艾。

第四节　英国汉学的"三大星座"

据学者研究，13 世纪叙利亚人曾向英国国王建议，联合对付共同的敌人——蒙古人。当时在蒙古人西征的军队中，有一些英国人担任翻译和信使。英国哲学家罗吉尔·培根大约在 1266 年用拉丁文写的《著作全篇》中，记载了他曾在巴黎与传教士鲁布鲁克谈论东方见闻。鲁布鲁克曾于 1253 年奉罗马教皇之命出使蒙古，到过当时蒙古的首都哈拉和林，并将见闻写成《东方行记》。

一、英国人对中国文化、文学最初的认识

14 世纪，陆续有欧洲一些国家的旅行者、商人和传教士等到达中国，随即涌现出《马黎诺里游记》《马可·波罗行纪》《鄂多立克游记》等一批东方游记。由于当时欧洲通行的书面语言为拉丁语和法语，许多英国人从这些著作中开始进一步认识中国。1357 年，英国作家约翰·曼德维尔的散文体游记《曼德维尔游记》，就是根据鲁布鲁克、马可·波罗、鄂多立克等人的东方游记创作。他在书中将中国塑造为一个富裕、文明的理想国度。这与欧洲文化界对于中国的想象是一致的。这本书一面世，便受到欧洲读者的欢迎，各种抄本和版本多达 300 种，远远超过《马可·波罗行纪》。

16 世纪，葡萄牙、西班牙、意大利等国的传教士相继进入中国传教，开始近距离观察、研究中国，陆续撰写了不少有关中国的报道，并将中国的儒学、文学等中国文化典籍译介到欧洲。1600 年，英国成立了东印度公司，与中国有了间接的贸易往来，但是并未促使英国人直接接触和研究中国，仅停留在翻译欧洲其他国家的中国研究的成果上。其中，1625 年英国修道院院长塞缪尔·帕切斯编译、出版的《帕切斯游记》影响最大。该书收录了如鲁布鲁克的《东方行记》《马可·波罗行

纪》《利玛窦中国札记》等欧洲 17 世纪之前 1300 余位作者关于中国的著作，并按照时间顺序进行分类整理和翻译。书中的许多著作首次被翻译为英文，不但具有很高的史料价值，而且使当时的英国人更加切实、全面地认识了中国。

18 世纪英国打败荷兰，成为最强大的殖民国家。英国政府重视发展同中国的关系。1792 年，英王派出以乔治·马戛尔尼爵士为首的使团前往中国，获得了大量关于中国的知识。在这种情况下，英国对于中国的研究开始发展起来。18 世纪中叶，英国学者詹姆斯·威尔金森，又译魏肯逊，在广州发现了一部 4 卷本的中国作品的译稿，未署名，署有时间 1719 年。译稿的前三卷是英文翻译的《好逑传》及谚语格言等，第四卷是葡萄牙文翻译的中国诗歌。他将这部译稿推荐给英国东方学家托马斯·帕西主教。经过帕西的编译，该译稿于 1761 年在伦敦出版，1774 年再版。该书的书名为《好逑传》或《快乐故事》，从中文译出，附有《中国戏提要》《中文谚语集》《中国诗选》，共四册，有注释。其中，《中国诗选》中有 20 首诗，大多从杜赫德的《中华帝国全志》中转译而来。该书一面世，就在英国引起轰动，还被译为法、德、荷兰等语言译本，风靡整个欧洲。这是英国读者第一次接触到中国的小说。

1762 年，帕西编译的《中国诗文杂著》在伦敦出版，其中包括《中国语言文字论》、译自法国耶稣会传教士巴多明的《一个中国作者的道德箴言》、根据马若瑟《中国通志》中的译本翻译的《赵氏孤儿本事》、根据赫德的《诗歌模仿论》撰写的《中国戏剧论》、钱伯斯所作的《中国的园林艺术》、王致诚所作的《北京附近的皇家园林》等。在《中国语言文字论》中，帕西认为中国应该抛弃中国文字而改用希腊文字，这样中国文学才会有进步。《中国戏剧论》转录自赫德的文章，但帕西加入自己的观点，认为赫德对中国戏剧的评价过高。帕西的观点反映了当时英国人对中国看法的转变。英国东方学家、历史语言学奠基人威廉·琼斯在其 1774 年出版的《东方情诗辑存》中提出，中国古典诗歌的传入对于更新欧洲的诗风有着重要的意义。

这一时期，随着英国人对中国的认识进一步深入，中国文化和文学对英国的文学创作也产生了影响。罗伯特·伯顿在 1621 年出版的著作

《忧郁的解剖》中认为，富庶繁荣、文人治国、政治开明的中国是治疗欧洲社会忧郁症的灵药。英国散文家弗朗西斯·培根在著作《学术的进展》（1605）中，谈到中文等东方象形文字，作为世界通用文字的可能性。他在《新工具》（1620）中论述了印刷术、指南针和火药对欧洲的影响。约翰·韦伯在 1669 年出版的《论中华帝国之语言可能即为初始语言之历史论文》中推断中文是人类的初始语言，还谈到中国道德哲学，称赞中国的孝道。他还赞扬中国的诗人及其作品，将中国诗分为英雄体诗、自然山水诗和爱情诗等类型。威廉·坦普尔爵士在《论英雄的美德》（1657）和《讨论古今的学术》（1692）中赞扬了中国儒者治国的学者政府，认为中国是知识的总汇，将孔子与苏格拉底相提并论。

这一时期，中国题材、中国文学作品进入英国戏剧创作中，并被搬上英国的戏剧舞台。1674 年，第一个采用中国题材的是戏剧作品《中国之征服》。该剧在伦敦上演，由埃尔卡纳·塞特尔创作，参考了卫匡国的《鞑靼战纪》以及门多萨的著作，讲述了清军入关、明朝覆亡的故事。明清易代在欧洲引起了极大的关注，欧洲人对于强大的明朝迅速被清军征服的事实感到困惑。这一事件成为欧洲汉学家和作家经常使用的中国题材。除了《中国之征服》外，英国还有霍华德爵士创作的剧作《鞑靼人征服中国》。

二、传教士、外交官与汉学家

19 世纪上半叶，尽管清政府实行闭关锁国政策，但一些英国传教士、外交官、商人还是来到中国广东。尤其是马礼逊、米怜等传教士在重重限制下开拓传教事业，同时也对中国进行研究，将中国文化介绍到英国。1840 年，英国凭借强大的武力打开了中国的大门。大批的西方外交官、商人、传教士、旅行家涌入中国，其中包括许多英国人。据统计，19 世纪下半叶，在中国的英国传教士有 100 多人、职业外交官 40 多人，推动了中国文化向英国传播。[①] 1854 年，中英建交。英国在中国

---

① 陆昌萍：《国外汉学概论》，安徽师范大学出版社，2017，第 223 页。

各地设立大量的使馆、商会等组织，需要大量汉语人才，推动了英国汉学的发展。在中国的英国传教士和外交官重视中国语言研究，编写了大量的英汉字典和汉语语法著作。他们还重视收集中文图书典籍运回英国各大图书馆，并对这些图书进行分类、编目，并汇编出版。他们所做的这些工作，推动了英国汉学的发展以及中国文化、文学在英国的传播。

1. 传教士和外交官与中国文学的译介和传播

马礼逊为了方便后来的传教士学习汉语，在 1808 至 1823 年编撰出版了 3 卷本的《华英字典》，是世界上第一部英语-汉语对照大字典。1812 年，他翻译的《中国之钟：中国通俗文学选译》在伦敦出版，其中包括《三字经》《大学》《三教源流》《孝经》《太上老君》《戒食牛肉歌》等英文节译。1832 年，在马礼逊的倡议下，英文期刊《中国丛报》出版，他还是该报的主要撰稿者。该报内容广泛，涉及中国的历史、宗教、儒家经典及时事等，对于西方了解中国起到了桥梁作用。

外交官托马斯·斯当东是马戛尔尼使团副使老斯当东的儿子，以马戛尔尼爵士的见习侍童身份随团来华。途中，他向使团从那不勒斯中国学院聘请的中国留学生学习汉语。他在中国工作多年，回国后致力于推动英国的东方学和汉学研究。1821 年，他翻译的图理琛的《异域录》在伦敦出版，书后的附录中收录了《窦娥冤》《刘备招亲》《王月英元夜留鞋记》《望江亭》等中国古代戏剧作品的故事梗概、剧中人物表等。1823 年，他创办了皇家亚洲学会和学术刊物《学报》。他作为马礼逊遗嘱执行人，以捐献马礼逊收藏的 1 万多册汉籍为条件，促使英国伦敦大学学院于 1938 年开设汉学讲座。1846 年，他又推动伦敦大学国王学院开设汉学讲座。斯当东为英国汉学的发展作出了重要的贡献。

1824 年，托马斯翻译的《花笺记》首个英译本在澳门印刷，并在伦敦出版。这个译本还附有一篇序言和《百美新咏》中 4 首美人诗的英译等内容。

外交官威妥玛在收集中国图书资料、推动英国汉学研究方面作出了很大的贡献。1842 年，他来到中国，在中国生活了 43 年，期间冒着危险高价购买收集图书，几乎花光所有积蓄。据后来的研究，他前后一共收集到 883 种，4304 卷满文、汉文图书，包括儒、释、道经典，地理、

字典、小说、戏曲、文集、历史、传记、法规、杂录、宗教、科技、语言等部类。其中，有《东周列国志》、《玉娇梨》、《三国志演义》、《红楼梦》、《英烈传》(《云合奇踪》)、《儒林外史》、《聊斋志异》、《金瓶梅》和《好求传》(《好逑传》)等九部中国古典小说。[①] 1882 年，他结束了在中国 43 年的外交官生涯回到英国，并将这批图书无偿捐献给剑桥大学图书馆。

这一时期，汉籍文献编目研究较有代表性的有传教士伟烈亚力的《汉学文献提要》(1867 年在上海出版、在伦敦发行)。其中，介绍了 2000 余册中国书籍，按经、史、子、集分类著录。该书设有"小说"目，收录了《三国志演义》等十五种中国古典小说，是较早从目录学角度对中国古典小说进行著录的著作。伦敦国王学院第三任汉学教授道格斯的《1877 年版大英博物馆馆藏中文刻本·写本·绘本目录》中，著录了大英博物馆 1877 年以前馆藏的 2 万册中国文献，其中包括中国历代刻本古籍、敦煌写本及绘本等。翟理斯的《剑桥大学图书馆所藏汉文、满文书籍目录》(包括威妥玛捐献的汉籍)。这些汉籍编目研究为英国汉学研究提供了资料指南。这一时期，英国外交官斯坦因四次到中亚考察，从敦煌盗走了包括图书、手卷、写本等近 7000 件珍贵文物，后收藏于大英博物馆图书馆。斯坦因带回的敦煌文献举世瞩目，推动了英国的汉学研究。继 1879 年牛津大学设立汉学讲座，聘请理雅各担任首任教授之后，1888 年剑桥大学也设立了汉学讲座，由威妥玛担任首任教授。1916 年，伦敦大学成立东

威妥玛

方研究院，设立汉学讲座，还创办了汉学刊物《学报》，曾先后请庄士敦任教授、老舍任中文教授。这些专业机构的设立使英国汉学得以确立。

---

① 邹诗洁：《翟理斯编〈剑桥大学图书馆藏威妥玛满汉书目〉研究》，硕士学位论文，上海师范大学，2018。

2. 英国汉学的"三大星座"

这一时期中国文学的译介、研究在英国汉学研究中占据了重要的位置，在这方面最有贡献的汉学家是德庇时、理雅各、翟理斯。他们被称为英国汉学的"三大星座"，又是中国文学在英国传播的主要推动者。德庇时自幼学习汉语，1813 年到广州，在东印度公司任职。1815 年，他将清代文人李渔的小说《三与楼》翻译成英文并出版。到了 1844 年，他担任香港第二任总督并兼任英国驻华公使，直至 1848 年离任返回英国。他热衷于翻译中国的小说、戏曲、诗歌和谚语等古典文学作品，除了上述小说《三与楼》，还有元杂剧《老生儿》(1817)、《中国小说选》(1822，包括李渔的《三与楼》《夺锦楼》和《合影楼》等译作)、《中国格言集》(1828)、元杂剧《汉宫秋》(1829)、小说《好逑传》(1829)、《汉文诗解》(2 卷，1829)、增订版《汉文诗解》(1870)，还著有《中国诗歌评论》(1829)。他在中国戏剧的译介中，在文体、语言及风格上较能忠实于原本，使西方读者能够了解中国戏剧作品本来的风貌。他的这些中国文学译作陆续出版后，引起了欧洲读者和学者对中国文学尤其是李渔作品的兴趣，许多学者纷纷评论和转译，也奠定了德庇时在汉学界的地位。

1839 年，理雅各被英国布道会派往中国传教。他在 1847 年返回香港的途中，开始计划翻译、研究中国文化经典。他以翻译儒家经典闻名，与法国的顾塞芬、德国的卫礼贤并称为汉籍欧译的三位大师。在 1848 至 1972 年，他翻译了以儒家经典为主的大量中国古籍，以《中国经典》的书名出版，原计划是 7 卷，出版了 5 卷。其中包括：第一卷《论语》、《大学》、《中庸》(1861)，第二卷《孟子》(1861)，第三卷《书经》、《竹书纪年》(1865)，第四卷《诗经》(2 册，1871)，第五卷《春秋》、《左传》(1872)。1873 年，他返回英国，1876 年担任牛津大学汉学讲座教授，继续致力于《中国经典》的翻译。他先后翻译了儒学经典《易经》《尚书》《礼记》《孝经》，道家经典《道德经》《太上感应篇》《庄子》，重新编排《诗经》和《书经》的节译，完成了他原定的计划。这些译作被收入英国东方学家麦克思·穆勒主编的《东方圣典丛书》(50 卷)，编为《中国圣典》(28 卷)。他的译作参考了 300 多种中国官方的

文献，采用直译的方式，力求忠实于原著，至今仍被西方汉学界奉为中国古代经典的标准译本。他在翻译过程中得到了中国学者王韬、何善进、罗祥及黄胜等人的帮助，可谓是东西交流的范例。

翟理斯自小受到牧师父亲的熏陶，文学修养极高。1867 年，他担任英国驻北京大使馆的翻译。此后，他先后在宁波、汉口、天津、广州、汕头、福州、上海、厦门等地任职，直至 1893 年回英，在中国生活了近 25 年。1897 年，翟理斯继威妥玛之后，担任剑桥大学汉学教授 35 年，培养了大量的汉学人才，编写了许多汉学著作。他在汉学研究上的贡献表现在以下几个方面：一是编撰汉语教材和字典，制订拼音方案；二是对中国文化典籍和古典文学的翻译，涉及内容非常广

翟理斯

泛，包括《三字经》《千字文》《闺训千字文》《洗冤录》《佛国记》《古文选珍》《诗经》《中国神话故事》《中国笑话选》等；三是撰写中国文学史。1901 年，他出版了自己多年文学研究的集大成之作——《中国文学史》，也是英国第一部中国文学史，对于中国文学在英国乃至欧洲的传播意义重大。

除了上述著名传教士和汉学家对中国文学的译介外，还有其他一些外交官、传教士、汉学家也参与到对中国文学的译介当中。1840 年，英国《亚洲》杂志第 2 期登载高则诚《琵琶记》最早英文选译本——《中国诗作：选自〈琵琶记〉》。1842 年，在宁波出版的《中国话》上登载了英国驻宁波领事馆领事罗伯特·汤姆翻译的《红楼梦》第六回片段的英译本，是《红楼梦》最早的西译本。1849 年，英文杂志《中国丛报》第 18 卷第 3 期发表了元杂剧《合汗衫》的英译本。1852 年，传教士艾约瑟的著作《汉语对话》在上海出版，其中有他翻译的《琵琶记》中《借靴》的英译本。1868 年，波拉将《红楼梦》前 8 回翻译成英文，在上海《中国杂志》上连载。1869 年，亚历山大·罗伯特的《貂蝉：一出中国戏》英译本在伦敦出版。香港《中国评论》第 1 卷 1 至 4 期上连载

的从《水浒传》中节译的鲁智深故事英译本《中国巨人历险记》。1876年，汉学家司登得从《三国演义》中节译的孔明故事英译本《孔明的一生》，在《中国评论》第5至8卷上连载。1879年，帕尔克翻译的《离骚》英译本《别离之忧》在《中国评论》第2卷上发表。1883年，大英博物馆汉文藏书部道格拉斯翻译的《中国故事集》在伦敦出版，包含序言、10篇小说和2首诗，其中有中国小说集"三言二拍"中的4篇作品的英译本。邓罗节译自《三国演义》的两篇英译本《孙策之死》《深谋的计策与爱情的一幕》分别发表在《中国评论》1889年第18卷第3期、1892年第20卷第1期。英国驻澳门副领事裘里将《红楼梦》前56回译为英文，分两册于1892年在香港、1893年在澳门出版。这是第一个《红楼梦》前56回的英译本。塞缪尔·伍德布里奇节译《西游记》第10和11回的英译本《金角龙王——皇帝游地府》于1895年在上海出版。同年，在《十九世纪》上发表了乔治·亚当斯翻译的《中国戏曲》。1899年，威廉·斯坦顿的译著《中国戏剧》在英文期刊《中国评论》上发表，其中包括《柳丝琴》《金叶菊》《何文秀》3出戏及2首诗的英译本。

三、"东方学"与中国社会文化

第一次世界大战前，英国已失去了世界霸主的地位，两次世界大战又使英国遭受极大的损失。英国政府与民间对中国的兴趣减弱，汉学研究陷入了低谷。第二次世界大战结束后，英国政府又开始关注东方和中国。1947年，英国政府启动了对中国学发展情况的调查，由斯卡伯勒爵士负责。调查发现英国汉学已经落后于欧洲其他国家及美国和日本。因此，英国政府加大了对东方学和中国研究的资助，不仅资助本土汉学研究，还派留学生到中国学习，聘请中国学者到英国讲学，如牛津大学曾先后聘请陈寅恪和吴世昌到英国讲学。1961年，为了评估斯卡伯勒报告的实施情况，又启动了海特调查，认为还应该加大对东方研究的支持力度。20世纪60年代至70年代，英国汉学发展进入了一个兴盛的阶段。但20世纪70年代以后，英国政府没有再对汉学研究进行政策支持，中国研究又一次停滞不前。直到1986年的帕克报告后，情况有所改变，特

别是中国改革开放以来，英国政府重视发展同中国的关系，英国的汉学研究开始有了新的发展。目前，英国汉学研究主要集中于十来个研究型大学，如二战前已经开展汉学研究的牛津大学、剑桥大学和伦敦大学等，以及二战后开始设立中文专业和中国研究中心的利兹大学、约克大学、达勒姆大学、爱丁堡大学、诺丁汉大学、纽卡斯尔大学等。这一时期，英国汉学研究的视野更加开阔，不再集中于中国历史、文化和文学的研究，而关注中国社会和文化的各个方面。

1. 阿瑟·韦利和霍克思对中国文学的译介和研究

这一时期，开展中国文学译介和研究最有成就的有阿瑟·韦利和霍克思。阿瑟·韦利，又译魏里，曾在剑桥大学国王学院学习英国古典文学。他于 1913 年到大英博物馆工作，负责馆藏中、日字画的编目工作，并开始学习汉语和日语；1916 年开始翻译和研究中国诗歌；1944 年，到伦敦大学亚非学院任客座讲师，开始进行中、日诗歌的翻译。他先后翻译出版了许多中国古典诗歌译本，其中《汉诗 170 首》非常受欢迎，重印十几次，有多个版本。一些译作还被德国剧作家布莱

阿瑟·韦利

希特改编，并由音乐家谱曲。1920 年，韦利发表的论文《论〈琵琶行〉》中阐述了与翟理斯不同的翻译方法。翟理斯采用韵体意译的方式翻译中国古典诗歌，韦利则采用散体直译的方法。除了诗歌外，他还翻译了中国古典小说和一些中国古代文化典籍，有《老残游记》《西游记》《敦煌变文故事选》《论语》《道德经》《庄子》《孟子》《韩非子》《墨子》等。韦利的翻译在西方享有盛誉。英国《大不列颠百科全书》在"英国"辞条中介绍韦利时，说他是将东方文学译为英文的最杰出的翻译家。由于他的译作，使中国文学更易于为西方读者接受。[①]

1948 年，霍克思发表了《离骚》的英译本，并到北京大学学习中

---

① 陆昌萍：《国外汉学概论》，安徽师范大学出版社，2017，第 223 页。

文。1951 年，他回到英国，在牛津大学继续攻读硕士学位。1952 年，他从牛津大学毕业，次年任该校中文讲师；1955 年，以论文《楚辞创作日期及作者考订》获得哲学博士学位；1959 年到牛津大学中文系任教授。霍克思毕生致力于中国古典文学的译介和研究，在中国古典诗歌的译介和研究方面有许多成果。例如 1959 年，他将《楚辞》的全部篇章都译成英文，以《楚辞：南方之歌》为题，由牛津大学出版社出版。1967 年，他为了帮助不懂中文的读者了解中国古典诗歌，以教材的体例，编译出版了《杜诗初编》。

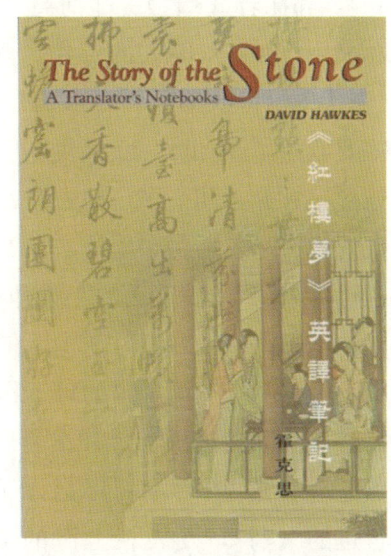

霍克思关于《红楼梦》的英译笔记

除了译介中国古典诗歌，霍克思还花了十年时间翻译中国古典小说的代表作《红楼梦》。1948 年，他在北京留学期间，为了读懂《红楼梦》，专门请了一位中国老先生做家教。1970 年，他开始翻译《红楼梦》，并于次年辞去汉学讲座教授的职务，自此开始潜心研究和翻译《红楼梦》。他花了十年时间译完了前 80 回，后 40 回则是在他的指导下，由其女婿、汉学家闵德福于 1986 年完成。霍克思及闵德福翻译的《红楼梦》英译本，是第一本英文全译本。译本的翻译水平极高，受到海内外红学家和汉学家的普遍好评，已成为经典译本。霍克思还将 4500 册藏书捐给威尔士国家图书馆，其中大部分是中文书籍。

2. 中国现代文学的译介

二战前后，英国在中国现代文学的译介方面有了一定的发展。中国现代诗歌的英译本有阿克顿与陈世骧合译的《中国现代诗选》，于 1936 年在伦敦出版，这是中国现代诗歌第一次被介绍到西方。这部译作中，以诗歌意象的营建为标准，收录了林庚（19 首，入选作品最多）、卞之琳（14 首）、戴望舒（10 首）、徐志摩（10 首）、何其芳（10 首）、陈梦家（7 首）、闻一多（5 首）、鲁迅（4 首）、废名（4 首）、李广田（4

首）、郭沫若（3 首）、邵洵美（2 首）、俞平伯（2 首）、沈从文（1 首）、孙大雨（1 首）等人的诗作。诗人罗伯特·白英于 1947 年编译出版了《当代中国诗歌选》和《白驹——中国古今诗选》。《当代中国诗歌选》主要收录了 20 世纪 30 年代以后的诗作，其导论中谈到中国新诗发展的概况，评介了闻一多、徐志摩、田间、艾青等人的创作。中国现代小说英译本有米尔斯将中国留法学者敬隐渔用法文翻译的《阿 Q 正传》《孔乙己》《故乡》等鲁迅的小说作品，转译成题为《阿 Q 的悲剧及其他当代中国短篇小说》，于 1930 年在伦敦出版。以上 3 篇加上《离婚》，这 4 篇小说作品是英国最早的鲁迅作品译本。1931 年，该书在美国再版，鲁迅逐渐为欧美诸国学界和读者所熟悉。肯尼迪于 1932 年翻译了鲁迅的《药》，发表在上海的英文期刊《中国论坛》第 1 卷第 5 期上。此外，上海的英文刊物《中国呼声》《民众论坛》《大陆周刊》也刊登过鲁迅作品的译作。埃德加·斯诺于 1936 年鲁迅去世后，编译了《活的中国——现代中国短篇小说选》在伦敦出版，其中收录了姚莘农翻译的《一件小事》《孔乙己》《药》《祝福》《离婚》《风筝》等 6 篇鲁迅小说的英译本。他高度评价鲁迅是"当代中国文坛上举世公认的最杰出的作家"，"他的很多作品都是艺术，而且几乎是现代中国所能产生的最伟大的艺术"。[①] 这部译著中收录了包括鲁迅、郭沫若、茅盾、巴金、沈从文、柔石、丁玲、林语堂、张天翼、孙席珍、田军（萧军）、

《活的中国——现代中国短篇小说选》

---

① 葛桂录：《中外文学交流史·中国—英国卷》，山东教育出版社，2015，第 203 页。

失名（杨刚）、沙汀、郁达夫 14 位作家的 17 篇短篇小说作品的英译本，如茅盾的《自杀》《泥泞》，巴金的《狗》，郭沫若的《十字架》，柔石的《为奴隶的母亲》，丁玲的《水》，沈从文的《柏子》，张天翼的《移行》，田军（萧军）的《大连丸上》《第三枝枪》，孙席珍的《阿娥》，林语堂的《忆狗肉将军》，郁达夫的《茑萝行》，失名（杨刚）的《日记拾遗》和沙汀的《法律外的航线》等。诗人、记者白英等人于 1946 年编译的《当代中国短篇小说选》在伦敦出版。在导言中，白英介绍了中国"五四"新文化运动以及胡适提倡白话文学的贡献，还评价鲁迅为"现代中国文学之父"。

总的来说，20 世纪以来英国的中国研究，以中国古典文学和当代中国相关问题研究为主。不过，部分汉学家、作家对中国现代文学和当代文学也有所涉猎。除了鲁迅、茅盾等现代作家作品的译介外，近年来王蒙、刘心武、高晓声、顾城、北岛等作家的作品也陆续被译介到英国。随着中英交流合作的进一步深入，英国对中国文学的译介和传播仍会继续发展。

第五节　苏俄汉学的往昔辉煌[1]

中国与俄罗斯的交往可以追溯至 13 世纪成吉思汗的三次西征。1234年，成吉思汗的孙子拔都建立金帐汗国，成为包括罗斯公国在内的东欧各公国的宗主国。俄罗斯文献中关于中国较早的记录，出现在 1472 年俄罗斯商人阿法纳西·尼基京的游记《三海行记》。

到了 17 世纪，俄国政府多次向中国派出特使，以建立两国的贸易和外交关系。这些特使撰写的关于中国的报告，使俄罗斯人获得了更多关于中国的知识。据研究，最早一个来自俄国的考察团是 1618 年由西伯利

---

[1] 具体可参考北京大学李明滨教授的《俄罗斯汉学史》《中国文学在俄苏》、南开大学阎国栋教授的《俄罗斯汉学三百年》等专著。

亚西部城市托木斯克的地方官派出的，由伊万·佩特林率领的考察团。他们在蒙古使臣的陪同下，经过3个多月的旅行来到北京。虽然没有见到明神宗，但是考察团受他的委托带回了一封国书交给沙皇。伊万·佩特林写了一份记述从西伯利亚经蒙古草原到中国的道路及沿途见闻的报告，连同国书和一份中国地图上交给沙皇。从17世纪中叶开始，俄国开始向中国派出使团，如1654年派出由费奥多尔·伊万诺维奇·巴依科夫任团长的使团。他在华期间收集了大量的中国资料，回国后撰写了《实录》。1675年，俄国派出由外务部翻译尼古拉·加夫利洛维奇·斯帕法里率领的使团。他回国后，向外务部递交了《中国及其省市所在的天下第一洲亚洲记述》《旅途日记》和《1675—1678年斯帕法里访华使团文案实录》。同时，俄国通过军事手段入侵中国东北，最后中俄签订《尼布楚条约》，划定两国东部边界，约定贸易来往的规则。两国的外交、贸易及人员来往日益频繁。17世纪俄国外交使节关于中国的报告，为俄国了解中国，开展中国研究准备了条件。

一、东正教传教使团

18世纪，欧洲出现了一股"中国热"，也波及俄国。沙皇彼得一世多次派特使洛伦兹·郎喀从中国收集字画、书籍运回俄国。叶卡捷琳娜二世钟情于中国文化，在圣彼得堡建博物馆收集中国的瓷器、漆器等物产。而这一时期俄国传教士进入中国，则直接推动了俄国中国研究的发展，以及中国文化、文学向俄国的传播。

1715年，经俄国政府多次要求，康熙皇帝准许俄国东正教第一届使团入驻北京，包括团长在内约10人。期间，因为俄中两国冲突不断，两国来往曾出现中断。1727年，中俄签订《恰克图条约》，规定俄国派传教士、留学生及教习10人入华，由清政府出资建造教堂，并提供日常费用。从1715年到1917年十月革命，俄国共向中国派驻18届传教使团。在1861年俄国驻中国使馆设立之前，传教使团不但是传教机构，还具有外交机构、贸易机构的职能。这些传教士不仅在中国传教，还负责搜集中国社会各种信息、情报及文献和文物传回俄国。

据不完全统计，19 世纪中叶以前，他们曾 8 次大规模地将中国书籍文献运送回俄国。其中，斯卡奇科夫（又名孔气、孔琪庭）一人就将 1435种中国书籍运回俄国，含小说《姑妄言》、脂砚斋本《红楼梦》等中国古籍。

这 18 届传教使团的传教士在中国文化、文学译介和研究上做了如下几项工作：一是汉语、满语的学习和推广。这些传教士在中国生活期间，出现了一批掌握汉语和满语的人才。他们为俄罗斯培养汉语、满语人才作出了极大的贡献。1741 年，彼得堡皇家科学院为培养翻译人才开办了汉语、满语班，第一任汉语、满语教师就是第二届传教使团成员罗索欣，他的继任者是第三届传教使团成员列昂季耶夫。二是译介中国文化典籍，涉及儒学、历史、法律、文学等。三是收集中国文献典籍。俄罗斯政府重视收集中国图书资料，沙皇亚历山大一世曾指示传教使团尽可能将资金用于收集图书资料。因此，许多传教士都有个人图书收藏，如罗索欣个人收藏的中国文献达 100 多种。1795 年，第八届传教使团在北京建立了收藏中国图书及传教使团成员手稿的中外书房。到了 19 世纪下半期，该书房成为俄罗斯收藏中国图书文献最多的图书馆。这一时期，在中国文学、文化译介研究方面最有成就的是罗索欣和列昂季耶夫。

1729 年，罗索欣随第二届东正教传教使团到北京，进入国子监学习汉语、满语；1735 年，被聘为理藩院的翻译；1738 年，任内阁俄罗斯馆的老师；1741 年，到彼得堡皇家科学院从事满汉语教学和翻译工作直至去世。他的成就体现在以下两方面：一是译介中国文化典籍。他在彼得堡皇家科学院任职期间，翻译了 30 多种著作，主要是中国历史、文学、地理著作，如《亲征平定朔漠方略》（1750 年，5 卷本，俄译本名为《准噶尔叛乱平定记》），《资治通鉴纲目》（1756 年，为该书第一个西译本）、《异域录》、《名贤集》、《三字经》、《百家姓》、《八旗通志》（共 16卷，译成 5 卷）。二是汉语教学。他是第一位在俄国从事汉语研究与传播的人。他在汉语教学中将《三字经》《百家姓》等中国蒙学读物译成俄文，作为教材。他指导学生沃尔科夫翻译"四书"，是俄国翻译儒学经典最早的尝试。

1742 年，列昂季耶夫作为第三届东正教传教使团学员到北京学习满汉语言。因为表现出色，他作为罗索欣的继任者进入理藩院，担任满语通译，还担任俄罗斯馆教师。他在中国历史、文学、哲学的译介和研究上颇有建树。1772 年，他撰写出版了著作《中国思想》。1779 年，他翻译了《三字经》《名贤集》等蒙学读物，合编为《三字经名贤集合刊本》出版。1782 年，他开始尝试翻译《易经》，发表俄文译稿《中国典籍〈易经〉中阴阳作用》。1780 年、1784 年，他翻译出版《大学》《中庸》，是最早的俄文全译本正式出版物。他奉叶卡捷琳娜二世之命，于 1781、1782、1783 年分别出版了 3 卷本的《大清会典》。1757 年，他奉命协助罗索欣翻译《八旗通志》。罗索欣译完 5 卷后去世，他继续完成了剩下 11 卷的翻译，还完成了第 17 卷（注释卷），于 1784 年出版。这部译著代表了 19 世纪俄国中国研究的最高成就。

二、汉语学校与俄国汉学

19 世纪初，俄国政府对传教团提出了新的要求，即其主要任务从传教转向对中国经济、文化进行全面的研究，并及时向俄国政府报告中国政治生活中的重大事件。此外，传教团成员构成也发生了变化，派出了更多素质较高的人员，其中多数是大学生，还有一些硕士生，侧重增加医生、学者、天文学家、画师等学有专长的专业人员。在这种情况下，使团成员积极开展中国研究，出现了比丘林、西维洛夫等汉学家。

比丘林被认为是俄国汉学的奠基人。他毕业于喀山神学院，曾留校从事法语教学。1808 年，他以第九届传教团团长的身份到达北京。他积极学习汉、满、蒙、藏语言，潜心编写词典，研究中国历史文化。1826 年，他担任俄国外交部亚洲司译员，翻译了大量与中国边疆民族史有关的著作；1831 年，被选为巴黎亚洲学会会员；1835 年，在恰克图汉语学校任教；1838 年，返回彼得堡，从事中国历史、文化等的译介、研究。他前后发表了 60 余种著作，内容涉及中国汉族及边疆少数民族的历史、文化、文学等。

比丘林的汉学成就表现为：一是编写词典、从事汉语研究和教学。他曾在俄国政府开办的恰克图汉语学校任教，讲授汉语和法语，并编写《汉语语法》《汉文启蒙》，分别于1831年、1838年出版。二是中国边疆史的译介和研究。1828年，他翻译出版《西藏志》（译自《卫藏图识》），是俄国介绍西藏的第一部著作，同年出版了《蒙古纪事》；1829年，出版了《成吉思汗家系前四汗史》，以及《准噶尔和东突厥斯坦志》；1934年，出版了《卡尔梅克人历史概述（15世纪迄今）》；1844至1851年，翻译出版了《古代中亚各民族历史资料》。

比丘林

这些著作和译著为他赢得了极高的学术声誉。三是中国古代文化、文学的译介和研究。1829年，他将《三字经》译介到俄国，引起了极大反响。他的译本以诗体翻译，并加上原文互相对照，还对涉及的人物、典故等作了详尽的注释。之后，他又翻译了《资治通鉴纲目》《儒教及其仪礼》《中国及其居民、风俗、习惯与教育》《四书》及朱熹为"四书"所作的注释等，但只存手稿，并未出版。他的另一个贡献是在中国期间搜集了大量的文献资料带回俄罗斯。这批资料在数量上超过了前八届传教使团带回的资料总和，包括大量汉、蒙、藏文书籍及各类文物，有"四书"、"十三经"、"二十四史"、《大清一统志》、《三字经》等，这些资料对俄国的汉学研究，以及中国文学、文化在俄国的传播，提供了文献基础。

这一时期，除了传教团外，俄国本土的汉、蒙语教学研究机构纷纷建立。1835年，俄国第一所汉语学校——恰克图汉语学校正式成立。比丘林和克雷姆斯基担任汉语教师。该校存在30多年，为俄国培养了不少汉语翻译人才。1837年，喀山大学东方系设立，成立了俄国高校第一个汉语教研室，聘请第十届传教团成员西维洛夫担任汉语教授。1855年，俄国政府将国内所有东方语教学进行合并，成立圣彼得堡大学东方语

系，设有汉语教研室，王西里负责汉语教学。到 19 世纪末，该机构是俄国唯一教授汉语的机构，系统培养研究中国文化、历史的人才。这里的学生毕业后都到各高校从事汉语教学和中国文化研究。1899 年，海参崴东方学院成立，成为培养包括汉语在内的东方语言翻译人才的重要基地。

19 世纪上半叶，俄国汉、蒙语教师基本上都是入华传教士，也是俄罗斯中国研究的主力。19 世纪中叶以后，随着汉学作为高校的一门学科，中国研究的主力变为高校学者，出现了王西里、巴拉弟等专业汉学家。其中，王西里在中国文学的译介和研究方面较有成就。王西里是 19 世纪下半叶俄国的汉学权威。他原名瓦西里·巴普洛维奇·瓦西里耶夫，在北京留学期间取名"王西里"。他先后获得喀山大学语文系东方学科学士和硕士学位。1839 年，他作为第十二届传教使团学员到中国学习汉语、藏语和梵文。他前后在中国生活 10 年，期间涉猎许多中国典籍，并收集大量中国文献。1850 年，他回喀山大学任教，担任东方系汉语教研室主任，除了教授汉、满语言，还开始了中国史地、中国文学等课程教学。1855 年，随着科系合并，他进入圣彼得堡大学，任东方系汉语教研室主任，在中国宗教、语言、文学史等方面取得了傲人的成就。1866 年，因为在汉学、东方学研究上的成就，他当选俄罗斯科学院院士。他在中国文学的研究和传播上最大的成就是编写、教授中国文学史。从 1851 年开始，他先后在喀山大学、圣彼得堡大学教授中国文学史课程，直至 1900 年去世。他的讲稿汇编成了《中国文学史资料》（3 卷本）及《中国文学史纲要》。1800 年，《中国文学史纲要》正式出版。该书是全世界（包括中国在内）第一部公开出版的中国文学史专著。这部著作分为 15 个部分，包含：引论，中国人的语言和文字，中国文字和文献问题，中国儒、道、佛家经典，中国历史、地理、法学、语言学、文人文学、民间文学等文献。他打破了中国以诗文为尊的观念，将民间文学列为专门的一章，还谈及小说和戏剧等等。王西里的汉学教学、研究对于培养汉学人才、推动中国文学在俄罗斯的传播作出了突出的贡献。

三、苏俄汉学与《中国精神文化大典》

20 世纪上半叶，由于俄国国内局势的变化以及两次世界大战，俄国汉学发展几经挫折，到了 1945 年至 1960 年才进入较为繁荣的时期。这个时期中国和苏联结成友好同盟，在各个领域的交往都非常密切。中国学也随之受到重视。苏联政府重视培养汉语、汉学人才，专业教学和研究机构得到了较大的发展。1951 年，莫斯科大学东方语言学院（1972 年改为莫斯科国立大学亚非学院）成立。此外，圣彼得堡大学东方语言学院、远东大学等高校也纷纷扩大汉语、汉学教学、研究规模，招收更多的学生。

由于中苏之间交流、交往密切，许多苏联中国学专家、学者有机会到中国学习、交流，苏联的专业教学、研究机构也有更多机会同中国的相关机构开展交流、合作。苏联的中国学研究队伍很快达到 800 多人，对中国各个方面进行研究，取得了许多成就。在中国文学作品的译介上，从古代至现代、当代的各类作品，纷纷被译介到苏联，且印刷数量很多都达到 5 至 10 万册。《红楼梦》（1958）、《儒林外史》（1959）、《水浒传》（1959）等经典作品陆续推出俄文版。仅苏联东方文献出版社在 1950 年至 1957 年就推出 447 种、2300 多万册有关中国的图书，1958 年至 1959 年又增加 242 种。①

到了 1960 年至 1991 年，中苏关系由于两党在马列主义基本观点上产生分歧而陷入低潮，苏联的中国学研究也受到了极大的影响。部分研究机构和 1950 年代培养的一些学者仍坚持研究并取得了一定的进展，如著名中国学家维亚特金领导苏联科学院东方学研究所的中国学部，从 20 世纪 60 年代开始翻译、注释《史记》。苏联科学院从 20 世纪 70 年代至今一直坚持整理两国关系史档案文献资料，推出 13 卷本的《俄中关系·资料与文献》。1991 年苏联解体，1992 年俄罗斯联邦成立。中俄友好关系不断发展，俄国中国学又恢复、发展起来。这一时期俄国中国学的研

① 陆昌萍：《国外汉学概论》，安徽师范大学出版社，2017，第 288 页。

第三章　中国文学在欧洲

究领域更加开阔，方法更加多样化，形成了莫斯科大学东方语言学院、圣彼得堡大学东方语言学院两个研究重镇。

20 世纪，俄国中国研究领域出现了许多优秀的学者，有阿列克谢耶夫及他的学生齐赫文斯基、费德林、龙果夫、艾德林、李福清等。其中，阿列克谢耶夫、费德林、李福清在中国文学的译介和研究方面成就比较突出。阿列克谢耶夫，中文名阿理克，曾在圣彼得堡大学东方语言系学习，师从王西里；1904 年至 1906 年到欧洲访学，在法国曾师从著名汉学家沙畹；1906 年至 1909 年到中国进修，在三位中国老师的指导下，系统地学习汉语和汉字，阅读了不少汉

阿列克谢耶夫

文原著，如先秦的古文、唐宋的诗文等。期间，他还参加了沙畹的法国考察团，到中国各地参观、考察，并撰写了《1907 年中国纪行》一书。1910 年，他回到圣彼得堡大学，并于 1916 年以《司空图〈诗品〉研究》获得硕士学位，后被聘为教授。他在苏联中国学的学科建设、研究模式等方面都有开创性的贡献。他培养了大批优秀的中国学家，如龙果夫、鄂山荫、施普林钦、鲁多夫、雅洪托夫、杜曼、维亚特金、维尔古斯、李福清等。

阿列克谢耶夫在中国文学译介、研究方面的成就主要有以下几点：一是中国文学理论研究。他在中国诗学理论研究方面颇有成绩。1916 年，他撰写了硕士论文《司空图〈诗品〉研究》。此后，他还研究并撰写了关于曹丕《典论·论文》、陆机《文赋》等论文。《司空图〈诗品〉研究》将近 800 页，是评、注、译结合的著作。这部著作出版后广受好评，使他一举成为苏联最优秀的中国学专家。1978 年，他的学生汇集他在中国文学宏观研究上的心得，出版论文集《中国文学》。他还重视对中国民间文化、文学、艺术，如年画、戏曲、传说、神话、宗教、迷信等方面进行研究。1966 年，他的学生汇集他在这方面的研究，出版了

《中国民间年画——民间绘画中所反映的旧中国的精神生活》。二是中国文学译介。他不仅自己在中国古代文学的翻译上有许多成果，还培养了一批中国文学翻译、研究的人才。1941 年，他翻译出版了《中国古典散文集》和《中国古典诗歌集》，共收录 865 篇中国诗文作品。1910 年至 1937 年，他用 27 年的时间陆续翻译了 150 篇聊斋故事，集结为俄文版的《聊斋志异》出版，并加上颇有学术价值的注释。这部译著自问世以来再版近 20 次，印数多达百万册。他还带动和指导学生进行文学翻译和研究，培养出许多人才，如瓦西里耶夫（中文名王希礼）是俄文版《阿 Q 正传》的首译者，第一个《诗经》全译本的译者什图金，以及克立夫佐夫、费德林、费什曼、艾德林、瓦·彼得罗夫、谢列布里亚科夫、孟列夫、齐别罗维奇等。

费德林于 1933 年在苏联科学院东方研究所学习汉语，师从阿列克谢耶夫，专攻中国古典文学。期间，中国作家萧三曾在该所任汉语教师，费德林曾跟随他学习。1937 年毕业后，费德林到苏联外交部任职直至退休。1939 年，他到中国重庆的苏联驻中国大使馆工作，期间与许多中国作家、学者有来往，如巴金、茅盾、老舍、郭沫若、艾青等。他与郭沫若交往较多，还尊其为老师，在郭沫若的影响和指导下开始研究屈原，从而走上了研究、译介中国文学的道路。他在担任外交官之余，从事中国文

费德林

学研究，共发表中国文学专著 35 部、论文 300 多篇。最初，他主要研究和译介中国现代文学，对鲁迅、老舍、茅盾、郭沫若等现代文学名家的作品进行系统翻译和研究。他主编出版了《（20 世纪）20～30 年代作品选集》《鲁迅文集》《茅盾文集》《郭沫若文集》等，还撰写了《论鲁迅文艺创作的特点》（1946）、《郭沫若》（1952）、《伟大的中国作家鲁迅》（1953）、《论老舍的作品》（1955）、《革命的 10 年（1920～1930 年代）的

中国文学）》（1973）等论文和专著《中国现代文学概论》。除了中国现代文学，他还对中国古典文学进行译介和研究。1943 年，他以论文《屈原的生平与创作》获得语言学博士学位。他还写了《中国古典诗歌（唐朝）》（1956）、《〈诗经〉的风格和中国诗的传统》（1958）、《旧中国文学中的自然哲学思想》（1961）、《伟大的中国剧作家关汉卿》（1958）、《英雄的史诗〈三国演义〉》（1960）、《中国文学史的分期问题》（1962）、《中国神话题材的独特性》（1967）等。他主持并参与编写了 15 卷本的《中国文学百科全书》，是对中国两千多年文学发展的全面系统介绍。

李福清于 1950 年到圣彼得堡大学东方语言系学习汉语，师从阿列克谢耶夫、普罗普和雅洪托夫等良师，受到了中国文化、文学研究的系统训练。他在 1951 年至 1955 年，数次到苏联吉尔吉斯加盟共和国境内的米粮川回族村采风。这里的回族居民大部分从中国陕甘地区移居此地，讲的是陕甘地区的方言，被称为东干人。在这里，他听到了《孟姜女哭长城》《十岁郎》《蓝桥担水》等中国民谣，以及《梁山伯与祝英台》《韩信的传说》等中国民间故事。从此，他对中国民间文学、文化产生了浓厚的兴趣。他的大学毕业论文就是《东干人民歌初探》。1961 年，他以《万里长城传说与中国民间文学体裁问题》获得副博士学位。1970 年，他又以《中国讲史演义与民间文学传统——论三国故事的口头和书面异体》获得博士学位。他多次访问中国，曾得到中国民间文学、民俗学专家段宝林的指导，学习理论和收集资料。他在中国民间文学、神话、年画等民间文化研究方面成果斐然。

除了上述成果外，李福清关于民间文学的研究成果还有《中国民间故事选》（1957）、《从三国故事看中国讲史的发展问题》（1964）、《东干民间故事传说集》（1977）、《三国演义与民间文学传统》（1997，以中文撰写）；神话学研究成果有《苏联对中国古代神话的研究》（1984）、《中国神话故事论集》（1988，以中文撰写）、《神话与鬼话——台湾少数民族神话故事比较研究》（2003）、《国外研究中国各种神话概述——中国各民族神话研究外文论著目录·序》等。此外，他还关注中国古典文学和中国现当代文学的研究和译介，论著有《中国古代文学研究在苏联》（1987）、《中国古典小说与民间年画》（2005）；译作有谌容的中篇小说

《人到中年》的俄译本、冯骥才的短篇小说《高大的女人和她的矮丈夫》的俄译本等。

2006 年至 2010 年，俄罗斯科学院院士米哈伊尔·列昂季耶维奇·季塔连科联合中、俄两国学者，主编出版了六卷本的《中国精神文化大典》，其中包括哲学、宗教、神话、语言、文字、文学、艺术、历史、政治、法律、科学、技术、军事、卫生、教育等中国精神文化各个领域，集中体现了俄国中国学研究的最新成果。

在传统上，人们把汉学分为周边的国际汉学、俄罗斯汉学和西方汉学，这说明苏俄汉学的重要地位。如今中俄政治经济联系日益紧密，俄罗斯青年学习汉语的氛围浓厚，但具有悠久历史和深厚积淀的俄罗斯汉学却日显颓势，甚至有人称《中国精神文化大典》为"立在俄罗斯汉学墓前的一块华丽的墓碑"，可见俄罗斯汉学亟待振兴。

第四章
中国文学在美国

美国是西方列强中的后起之秀，与中国之间的直接交往开始得比较晚，始于其独立战争结束后。1784年，美国商船"中国皇后号"横渡太平洋来到广州。这是第一艘到达中国的美国船只，上面的乘客是最早来到中国的美国人。船上的大副山茂召（又名萧三畏）的航海日志《山茂召日记》（1847）记下了美国人对中国的最初认识。19世纪初，美国开始向外扩张，并效仿法国和英国成立基督教教会，向中国派遣传教士。1844年，《望厦条约》签订后，大批美国传教士来到中国。这些传教士不但将在中国的所见所闻传回美国，而且学习汉语、钻研汉文化，涌现出一些研究中国文化、文学的专家，将中国文化、文学介绍到美国，促进了美国汉学研究的发展。19世纪末，美国有关东方学、中国学的研究机构纷纷成立，标志着美国专业汉学的建立。在这个过程中，美国中国文学研究逐渐建立并发展起来。

第一节　美国传教士的中国文学研究

19世纪上半叶，到中国的美国传教士人数不多，而且受到当时中国闭关锁国政策的影响，传教士只能以从事商贸等为由在澳门、广州等地活动。1830年，裨治文以商人的身份来到广州。1833年，卫三畏以印刷师的身份留居广州。1834年，伯驾（又译帕克）以医生的身份来到中国。因为传教处处受限，他们将大部分精力放在学习汉语、研究中国文化上，慢慢出现了一些研究中国的专家，如上面提到的裨治文和卫三畏。1844 年，《望厦条约》规定美国人可以自由进出中国各通商口岸。19 世纪下半叶，来华传教士越来越多。到了 19 世纪末，居留在中国各地的美国传教士已经达到 1500 人之多。其中，较著名的有卢公明、丁韪良、狄考文、明恩溥、卫斐利（卫三畏之子）等。在这些传教士中，对中国文学的译介、研究和传播比较有贡献的是裨治文、卫三畏和丁韪良。

裨治文是美国基督教新教传教士，也是该会第一位到中国的传教士。他于 1930 年来到广州，因为当时的禁教政策，传教工作难以开展，只能跟随英国传教士马礼逊学习汉语。他学习的主要是粤语，还编撰了《广东方言撮要》(1841)。1844 年，他参与中美《望厦条约》谈判，是美方主要的翻译。但由于他学的是粤语，与中方官员沟通比较吃力。美方也发现了这个问题，于是在

裨治文

《望厦条约》中特别规定准许外国人聘请中文教师、购买中文书籍。1847 年，裨治文到上海从事翻译《圣经》的工作。1848 年，他发起创立了文学与科学会，后改名为皇家亚洲学会华北分会，任会长并负责编辑会刊。裨治文对美国中国研究的最大贡献是主编《中国丛报》。该刊是在马礼逊倡议下，于 1832 年在广州由裨治文和其他一些欧美传教士共同创办的英文月刊。后来，该刊相继迁到澳门、香港，于 1845 年迁回广州；到 1851 年停刊，前后出版了 20 年。该刊每月出 1 期，每期有 500 页。该刊的宗旨是帮助欧美各国了解中国，基本栏目有书评、宗教信息、时事报道、文艺通告、杂记等。裨治文发表了 350 多篇文章，涉及中国的地理、气候、政治、经济、儒家经典、文学作品、宗教及社会生活等。这个刊物对于中国文化、文学在欧美的传播起到了重要的作用。在其出

版的 20 年间，先后刊载了《三国演义》《五虎平南狄青后传》《南宋志传》《大明正德皇帝游江南》等历史演义小说，《聊斋志异》《香山宝卷》《子不语》《历代神仙通鉴》《三教源流搜神大全》等神怪小说，《红楼梦》《王娇鸾百年长恨》《灌园叟晚逢仙女》《谢小娥传》等世情小说，《二十四孝》《醒世宝言》《明心宝鉴》《女学》等其他小说及冯梦龙的智谋故事《智囊补》，共计十几部中国古代小说的选译、节译本。除了小说之外，该刊还刊登了《诗经》（选取《关雎》《卷耳》两首诗，美国传教士娄礼华译）、《百忍歌》（美国传教士鲍留云译）、《春园采茶词三十首》（卫三畏译）、《璇玑图》（卫三畏译）等中国古典诗歌的译本；此外，还有对中国古代戏剧的译介，有美国商人威廉·亨德的文章《中国戏剧评论》，主要介绍了外国人翻译中国戏剧的情况和戏剧舞台、时间、表演形式、服装、音乐等中国戏剧的相关内容，并附有他翻译的中国戏剧《补缸》的译文。卫三畏介绍巴赞著作《元剧选辑》的文章，并附卫三畏翻译的元杂剧《相国寺公孙合汗衫》全译本。《中国丛报》译介中国古代文学作品以小说为主。该刊是来华西方人创办的期刊中最早译介中国古典小说的，推动了中国小说在传教士和西方社会中的传播。

卫三畏是新教传教士，1833 年来到广州，1876 年返美，居留中国 43 年，对中国非常了解。1856 年，他开始从事外交事务；1877 年，被聘为耶鲁大学汉学教授。他在中国研究或者说汉学研究方面的贡献主要表现在：一是创办、编辑报刊。他于 1848 年接替裨治文编辑《中国丛报》，直至 1851 年停刊，期间发表了110 多篇文章。1849 年，他创办中文杂志《英中搜闻》。二是编撰字典和汉语学习教程。他聘请中文老师，购买中文书籍，积极学习汉语，先后编写了不少字典和学习教程，如《拾级大成》(1842)、《英华韵府

卫三畏

历阶》(1844)、《中英官话字汇》等。1863 年开始，他用 11 年时间编写完成了大型字典《汉英韵府》，并于 1874 年在上海出版。这部字典当时在西方影响很大，一度成为来华外国传教士和商人的必备工具书。三是到美国各地演讲介绍中国，撰写了《中国总论》。1845 至 1848 年，他在回国休假期间，到美国多地演讲，介绍中国的地理、历史、文化、政治及社会生活等。1848 年，他将演讲内容编辑成书，出版了《中国总论》（2卷本）。这部著作是一部全面、系统地介绍中国的百科全书式著作，涉及历史、地理、政治、经济、外交、教育、文化、艺术及宗教等。其中，第十至十二章专门介绍了中国的语言文字和文学，收录了他翻译的《聊斋志异》中的单篇故事《种梨》《骂鸭》。

丁韪良，美国基督教长老会传教士，1850 年先到宁波传教，后到北京，曾任京师同文馆和京师大学堂的总教习等职。从 1850年来到中国，直到 1916 年在北京逝世，他在中国生活了 60 多年。他被认为是当时在华外国人中首屈一指的中国通。他精通中国语言和文学，不但能用官话和宁波方言熟练地进行交流，还饱读中国各种典籍，能用中文写作

丁韪良

且达到一定的水平。他是最早向西方尤其是美国译介和传播中国文化、文学的先驱者之一。他刚到中国就积极学习宁波方言和文言文，很快就达到了一定的水平。后来，他在自传性著作《花甲记忆——一个美国传教士眼中的晚清帝国》一书中回忆，他来华三个月便可以听懂老师讲课，头五年就读完了作为中国文学基础的九部著作（包括《诗经》《尚书》《周礼》《易经》《春秋》和诸子著作等）。他热衷于研究中国，并自觉地向西方和美国介绍中国文化、文学。1858 年，他加入了美国东方学会，并在该学会 1861 年在纽约的会议上宣读了关于西安景教碑文的文章。1880年，他关于中国历史文化的第一部英文著作《翰林集》出版。之后，他

对中国的诗歌和神话产生了浓厚的兴趣。他尝试翻译了一些中国古代的诗歌作品和神话故事，如诗歌有《诗经》中的《唐风·蟋蟀》《小雅·斯干》《大雅·抑》，还有班婕妤的《怨歌行》、李白的《长干行》、贾谊的《鹏鸟赋》和一些无名氏作的抒情诗；神话故事有关于尧的传说、尧舜禅让的传说、大禹治水的传说、牛郎织女的故事等。据学者统计，他以英文翻译了中国神话传说和诗歌 50 余篇（首）。[①] 1894 年，他将这些中国神话和诗歌的英文译作和自己创作的一些诗作等，结集为《中国神话传说及杂诗》在上海出版。据研究，他的这部作品最迟在 1911 年就已传入美国。[②] 1912 年，他加入增译和创作的一些诗歌后，又出版了《中国神话传说及抒情诗》。他不仅翻译中国古代诗歌作品，而且还进行了一定的研究。他在著作《汉学菁华》中，不仅收录了自己翻译的《诗经》片段，还对《诗经》进行总体介绍，对《诗经》的"比、兴"等艺术手法也有所认识，还以自己的观点对其中的一些作品进行评论。其实，在丁韪良之前，美国北长老会传教士娄理华曾在《中国丛报》第 16 卷第 9 期上翻译过《诗经·周南》中《关雎》《卷耳》两首诗作，并附有简要的说明。这是美国人最早的《诗经》英译，但影响不大。可以说，丁韪良是中国古代诗歌和神话传说在美国传播和研究的先行者。

第二节　专业汉学的确立与发展

由于美国不断向东方扩张，以及裨治文、卫三畏等传教士的积极介绍，美国本土更加关注东方和中国。1842 年，美国东方学会在波士顿成立。该会的宗旨是用文献学和考古学的方法研究东方，"传播关于东方

---

① 王剑：《"文明等级"的提升——论丁韪良英译中国神话传说和诗歌》，《中国比较文学》2017 年第 2 期。

② 同上。

的知识，促进对东方语言和文学的研究。"① 索尔兹伯里、卫三畏、劳费尔、恒慕义等人先后担任过会长。1843 年，该会创办会刊《美国东方学会会刊》。汉学家费正清认为，美国有组织的汉学研究自东方学会成立开始。但是在其成立后将近一个世纪的时间里，中国研究一直处于次要的地位，其会刊上与中国有关的文章只有几十篇，而且以古代为主，多为语言文字、少数民族、中外关系等方面的研究，很少论及中国文化主体、中国文学等。从此可以看出，当时中国研究、汉学研究处于美国东方学会研究的边缘。

到 19 世纪末 20 世纪上半叶，中国研究、汉学研究处于美国东方学会研究边缘的情况开始有所改变。中国文学的译介和研究也随之有了进一步的发展，不但古典文学的译介和研究有了长足的进步，而且现代文学也进入了美国学术界、文学界的视野。

1877 年，耶鲁大学在美国高校中率先开设汉学讲座，并由卫三畏担任首位中国语言文学教授。耶鲁大学汉学讲座的开设，与一位中国人——容闳的大力推动有关。容闳是近代中国第一批留美学生，毕业于耶鲁大学。他为了推动耶鲁大学的汉学研究，承诺将珍藏的 1237 卷中文典籍捐赠给耶鲁大学图书馆。容闳在 1854 年至 1911 年捐赠给耶鲁大学的中文典籍中，有不少中国古代文化、文学书籍，有《古唐诗合解》《李太白诗集》《三字经》《千字文》《四书》《五经》《山海经》《纲鉴易知录》《三国演义》《明朝纪事本末》《古文渊鉴》等。卫三畏也将自己的一些藏书捐赠给耶鲁大学图书馆，其中与文学有关的有《新镌草本花诗谱》《新镌六言唐诗画谱》《新镌梅兰竹菊四谱》。这些图书以及耶鲁大学图书馆陆续收藏的其他有关中国文化、文学的图书，为中国文化、文学在美国的传播、研究提供了资料支持。在耶鲁大学的带动下，美国的许多高校纷纷设立汉学讲座，有哈佛大学（1896）、加利福尼亚大学（1896）、哥伦比亚大学（1902）、芝加哥大学（1936）、斯坦福大学（1937）。美国许多高校开设汉学讲座，因缺乏汉学教授，于是想方设法地从美国之外聘请汉学名家来美主持汉学讲座。最初，除了卫三畏（耶

① 陆昌萍：《国外汉学概论》，安徽师范大学出版社，2017，第 315 页。

第四章　中国文学在美国

鲁大学）和来自中国的戈鲲化（哈佛大学汉学教授）外，美国高校的汉学教授多来自欧洲，如哥伦比亚大学聘请德国汉学家夏德、伯希和，加利福尼亚大学聘请英国汉学家傅兰雅等。戈鲲化曾在英国驻宁波领事馆担任翻译以及中文教师，1879 年在他的学生杜德维的推荐下，赴哈佛担任汉学教授，直至 1882 年病逝。他在哈佛不仅教授汉语，还开设中国诗文讲座，有时还到教授俱乐部去演讲。他为此专门编写出版了《华质英文》，收录了他创作的 15 首诗作，有中文原诗、英文译文，还有对诗句、典故的英文解释。

19 世纪末 20 世纪初，美国各种东方学、中国学的研究机构也纷纷成立，有美国现代语言学会（1883）、美国亚洲协会（1898）、美国语言学会（1924）、太平洋学会（1925）、哈佛—燕京学社（1928）、远东学会（1948）等。其中，在美国汉学研究及中美学术交流方面贡献较大的是哈佛—燕京学社。哈佛—燕京学社是在哈佛校友查尔斯·马丁·霍尔的捐助下，于 1928 年由哈佛大学和燕京大学合作成立的。该学社的宗旨是促进亚洲的文化研究、教育和出版。本部设于哈佛大学，在燕京大学设北平办公处（1952 年燕京大学并入北京大学后，哈佛—燕京学社北平办公处随之撤销）。哈佛—燕京学社为中美学者搭建了交流与合作的桥梁，在东西方文化交流中作出了重要贡献，如美国学者费正清、顾立雅、毕乃德、卜德、赖肖尔、恒慕义等受资助到中国开展研究；中国学者邓嗣禹、林语堂、陈寅恪、杨连陞、余英时、费孝通等曾到美国留学。该社为了培养汉学人才，还在燕京大学和哈佛大学同时招收研究生，进行合作培养。该社在中国出版了《燕京学报》，又于 1936 年出版了《哈佛亚洲杂志》，是《美国东方学会会刊》之后又一美国汉学研究的重要园地。在《哈佛亚洲杂志》创刊号上，刊载有赵元任的《略论"俩"、"仁"等》、陈寅恪的《韩愈与唐代传奇小说》、汤用彤的《四十二章经的版本》、日本学者服部宇之吉的《孔子的天命观》，以及金守拙的《〈诗经〉中的失律现象》等论文。该社在哈佛大学建立了汉和图书馆，专藏中、日文书籍。到 20 世纪 40 年代末，该馆馆藏达十万册，为汉学研究提供了充足的文献保障。哈佛—燕京学社渐渐成为美国东方学、汉学研究的中心之一。高校、研究机构的参与使得美国汉学研究从以传教士为主的业余汉学，转向以高校、研究机构的学者为主的专业汉学。这些研究机构和学者逐渐成为中国文化、文学传播、研究的主要力量。

这一时期，中国古代小说和戏剧的译介有了进一步的发展。1920年5月，美国《亚洲》杂志第二十期登载了《西厢记：中国8世纪的故事》，是《莺莺传》的第一个英译本，还介绍了《莺莺传》与《西厢记》的关系，并称赞后者可与《天方夜谭》媲美。1929年，卡洛·德·福纳罗的《中国十日谈》在纽约出版，其中收录了他根据莫朗的法译本翻译的《莺莺传》。《亚东杂志》创刊号登载了卜舫济从《三国演义》第二十九、四十一、四十六回节译的《三国选》。1895年，美国传教士伍德布里奇根据《西游记》节译的英文小册子《金角龙王——皇帝游地府》，由上海北华捷报社出版。1929年，王际真根据一百二十回《红楼梦》节译的《红楼梦》在美国问世。1933年，赛珍珠根据金圣叹的版本翻译的《水浒传》七十回英文全译本《四海之内皆兄弟》（2卷本，有删节），在纽约和伦敦同时出版。该译本因为文字流畅、可读性强，是在西方流传最广、影响最大的版本。1946年，美国纽约出版了高克毅主编的《中国智慧与幽默》（又译《中国幽默文选》）一书中，收录了王际真翻译的《西游记》前七回，和根据《儒林外史》中周进和范进的故事片段翻译的《两学士中举》。该书的译文涉及《论语》《孟子》《庄子》《列子》《韩非子》《荀子》《水浒传》《西游记》《金瓶梅》《红楼梦》《镜花缘》《儒林外史》，以及辜鸿铭、鲁迅、林语堂、老舍等作品的片段。1944年，纽约哥伦比亚大学出版社出版了王际真编译的《中国传统故事集》，收录了《醒世恒言》四篇作品的译文《错斩崔宁》《爱花人与花仙》《卖油郎独占花魁》《三兄弟》。

20世纪20至50年代，美国的中国现代文学译介和研究开始起步。1926年，美籍华人梁社乾将鲁迅的小说《阿Q正传》翻译成英文，由上海商务印书馆出版，这是鲁迅小说的首个英译本。1939年，美籍华裔学者高克毅撰写了《论老舍小说》，首次向美国文学界介绍老舍及其小说。这一时期译介中国现代文学成绩最突出的是王际真和金守拙。

王际真，1921年毕业于清华学堂。1922年赴美国，他先后就读于威斯康星大学、哥伦比亚大学，毕业后在美国从事写作。1929年，他节译

143

的《红楼梦》出版，得到各方好评，时任哥伦比亚东亚研究所主任富路特邀请他到哥大任教。1929 年起，他在哥大教授汉语和中国文化，直至 1965 年退休。1939 年，王际真撰写的《鲁迅年谱》出版，这是英语世界第一份鲁迅年谱。1941 年，王际真翻译的《阿 Q 及其他——鲁迅小说选集》英译本，由美国哥伦比亚大学出版社出版，是较早的鲁迅小说英译本专集。其中，收录了鲁迅的 11 篇小说，包括《故乡》《肥皂》《离婚》《在酒楼上》《头发的故事》《风波》《阿 Q 正传》《孤独者》《伤逝》《祝福》《狂人日记》。1944 年，他翻译的另一部小说集——《当代中国小说选》，由哥大出版社出版，收录了鲁迅的另外两篇作品《端午节》《示众》，以及沈从文、老舍、茅盾、凌叔华、叶圣陶、巴金、废名、张天翼、杨振声等作家的作品。此外，他还翻译了鲁迅的《明天》《幸福的家庭》，并在刊物上发表。王际真一共翻译了鲁迅的 15 篇小说，对鲁迅作品在美国的传播作出了极大的贡献。1947 年，哥大还出版了他编选、翻译的《中国战时小说》。以上几部小说集对美国中国现代文学的译介、研究产生了深远的影响。夏志清曾称赞王际真为美国中国现代小说翻译的先驱者。

金守拙，本名乔治·肯尼迪，出生于中国浙江，父母都是西方来华传教士，从小学习汉语。1918 年，他随家人返回美国接受高等教育。1926 年，他回到中国，在上海教授英语和汉语；1932 年，到德国攻读博士学位，毕业后执教于美国耶鲁大学，直至去世。金守拙在 20 世纪 30 年代共翻译了《狂人日记》、《孔乙己》（载《中国论坛》第 1 卷第 14 期，1932 年 5 月）、《药》（载《中国论坛》第 1 卷第 5 期，1932 年 3 月）、《风波》、《故乡》（载美国《远东杂志》第 3 卷 5/6 期合刊，1940 年）、《伤逝》6 篇鲁迅小说。这些译作除了《故乡》外，其余均被收入 1974 年出版的小说翻译集《草鞋脚》。

除了鲁迅外，这一时期译介较多、较受欢迎的还有老舍的作品。王际真翻译的《当代中国小说集》中收录了老舍的 5 篇短篇小说译本：《黑白李》《抱孙》《麻醉师》《眼镜》《柳家大院》。这是老舍的小说作品第一次被译介到美国。此外，1945 年、1948 年，伊文·金先后翻译出版了《骆驼祥子》（译名《洋车夫》）和《离婚》两部小说。1946 年，在时任美国驻华大使馆文化联络员费正清的建议下，美国国务院邀请老舍和曹禺访美。后来，曹禺先行回国，老舍继续留在美国直至 1949 年。在美国期间，老舍一边创作，一边与美籍华人作家、翻译家郭镜秋和美国人甫爱德（美国传教士、作家，出生于中国山东）合作翻译自己的作品。1948 年，两人合译的《离婚》全译本，在美国出版。1952 年，两人合译的《鼓书艺人》也在美国出版。他在美国期间创作了长篇小说《四世同堂》的第三部《饥荒》，并协助甫爱德进行翻译。这部作品的英文节译本《黄色风暴》于 1951 年在美国出版。

1946 年老舍（左）在耶鲁大学演讲后与曹禺合影

第三节 "新诗运动""垮掉的一代"对中国古诗的接受

19 世纪末 20 世纪初，美国出现了一股对以诗人为主的中国古代诗歌译介、接受的热潮，对美国现代主义诗歌的出现、发展产生了一定的影响。19 世纪，由于欧洲的影响、美国与中国交往的增加以及美国淘金热导致大量中国移民来到美国等因素，美国对中国的认识和研究有了进一步的发展。美国文学界对中国的关注随之增加，热衷于阅读欧洲人写的关于中国的书籍。美国诗人保尔·卡鲁斯、理查德·亨利·斯托达德等开始翻译中国诗歌。当时美国文化界对于中国诗歌的认识和译介基本上来自欧洲，因此他们的译介几乎都是对法、德汉学家的译作进行转译，与原作差距较大，其实可以看成是一种再创作。除了翻译之外，一些美国诗人在创作中描写中国或者采用中国题材，比较常见的题材有描写中国移民和

描写想象中、理想化的中国诗作，如当时最受美国读者欢迎的诗人朗费罗创作的一些表现"中国风尚"诗作。他的诗集《各地方的诗》中有一组写中国的诗，其中一首名为《瓷器》的诗提到景德镇，还详细描写了瓷器制造的过程，另一首名为《瓷塔》的诗则描写了南京的一座瓷塔。

19世纪末20世纪初，以庞德、艾略特、洛厄尔为首的一批美国诗人，为建立一种不同于英国的、新的诗风，发起了"新诗运动"，将目光投向了远东的中国和日本。在他们之前，较早重视中国文字和诗歌之美的是东方学家、诗人费诺罗萨。他在著作《汉字作为诗媒》中认为汉字是诗性的文字，还收集了150首中国古代诗歌，并用英语做了详细的注释，但都没来得及发表。1908年，他的遗孀将他的手稿交给诗人庞德。庞德阅读了手稿后深受启发，开始对中国诗歌产生浓厚兴趣，并试图从中国诗歌、哲学中寻找新的诗歌元素。1912年，庞德和几个英美诗人在伦敦发起"意象派运动"。1914年，他出版诗集《意象派诗选》，其中6首诗作有4首取材自中国古典诗歌。他使用的中国古典诗歌，来自翟理斯的《中国文学史》。《访屈原》一诗，取材于《九歌》中的《山鬼》；《刘彻》取材自《落叶哀蝉曲》；《秋扇怨》取材于班婕妤的《怨歌行》等。这些诗作其实是对中国古典诗作的改写和再创作。其中，《刘彻》一诗被誉为美国诗歌史上的杰作，诗中描写落叶的句子被认为是意象叠加法运用的典范。1915年，他出版了由李白、王维等人的18首短诗组成的《神州集》。该诗集是在整理费诺罗萨留下的150首关于中国古诗的笔记基础上，选译、润色和再创作而成的。

庞德

随着新诗运动的发展，20世纪的头30年里，美国文化界出现了一股对中国古典诗歌，尤其是唐诗译介的热潮，陆续有不少译著出版，如意象派领军人物弗莱彻翻译的《中国诗歌精华》（1918）、意象派另一领军人物洛厄尔和艾思柯夫人合译的《松花笺》（1922）、弗伦奇翻译的《荷与菊》（1928）、美国《诗刊》（庞德、弗林特等意象派诗人曾在该刊发表意象派宣言）主编蒂任丝编辑的《东方诗歌》（1928）等。中国古典诗歌在美国的传播，对美国诗歌创作产生了积极的影响。《松花笺》的合译者、诗人洛厄尔，是继庞德之后，美国意象派诗歌运动的领袖人物。她非常喜爱李白的诗歌，还写了一首 80 多行的长诗《李太白》。《群玉山头：唐诗三百首》的合译者、诗人宾纳效仿李白的风格写了《致李白》一诗。他在诗歌创作中，常常化用李白、杜甫、崔护、李商隐、柳永等唐代诗人及宋代词人的诗句和意象。宾纳不仅参与翻译了《唐诗三百首》，而且曾翻译《诗经》和《道德经》，并撰写发表了大量研究中国古诗的论文，还做过多次关于中国古诗的演讲。虽然这些诗人在译介中常常对中国古典诗歌进行简化和改写，如省去其中的典故，但是他们的译介和创作使得中国古典诗歌对美国诗坛、美国思想文化产生了一定的影响，推动了中国古典诗歌在美国的传播和接受。

20 世纪 50 至 60 年代，阿瑟·韦利、加里·斯奈德等人相继将唐代诗僧寒山的诗作译介到美国，掀起了一股"寒山热"。其中，斯奈德的译本得到美国作家、被誉为"垮掉的一代"发言人的凯鲁亚克的推崇。他将斯奈德和寒山尊为"垮掉的一代"的祖师，从而使斯奈德翻译的寒山诗风靡一时，寒山逐渐成为"垮掉的一代"的精神偶像。

斯奈德

第四节 "中国学时代"的文学译介研究

19 世纪末，美国汉学作为一门学科已在美国高校中建立起来，但是一直处于东方学研究的边缘，专业研究者不多。到了 20 世纪下半叶，尤

其是越战结束后，中美关系趋于缓和，美国学界和政府加大了对中国的研究力度。1972年《中美联合公报》发表，1978年中国改革开放后，美国汉学得以壮大和发展，后来居上超越了欧洲。美国许多高校开设汉学、中文课程甚至科系，建立亚洲及中国研究中心，创办研究性刊物，校外的汉学研究机构也有了长足的发展。美国"汉学"进入全面研究中国、重视中国现实问题研究的"中国学时代"，逐渐与重视古典语言文学、历史、思想文化等纯学术研究的欧洲汉学传统分道扬镳。在这种情况下，虽然美国的中国文学尤其是中国古典文学研究逐渐边缘化，但是研究视野更为开阔，角度更加新颖，方法、理论不断推陈出新，专业人才辈出，战果丰硕，具体表现在：

一、中国古典文学译介、研究

20世纪下半叶以来，在美国的中国文学译介、研究中，古典文学仍然是最重要的领域，不仅专家辈出，先后有柳无忌、傅汉思、柯润璞、华兹生、刘若愚、韩南、余国藩、康达维、孙康宜、宇文所安等著名的专家，而且研究内容广泛、成果丰硕，主要有以下五个方面：

第一，先秦文学研究，包括先秦诸子、《诗经》、先秦神话和历史散文《左传》《国语》《战国策》等。在先秦文学研究中，关于《诗经》的论文较多，涉及《诗经》研究的各个方面：艺术形式研究，如斯坦福大学苏源熙教授的《〈诗经〉中的重复、韵律与置换》；艺术特色研究，如耶鲁大学麦克诺顿教授的《〈诗经〉的艺术：复合意象》；表现手法研究，如布朗大学多尔·J·利维的《对〈诗经〉中赋的再审视》；内容解读，如华盛顿大学马克·洛朗·阿瑟林的《通过东汉赋看鲁诗对〈关雎〉的解读》；韩诗外传、三家诗研究，如哈佛大学海陶玮教授的《韩诗外传与三家诗》；跨学科研究，如哈佛大学宇文所安教授的《〈诗经〉中的繁殖与再生》等。对《左传》的研究以加州大学洛杉矶分校史嘉柏教授最具代表性，其博士论文《中国历史学的创立：〈左传〉、〈国语〉》探讨了中国史学的起源，获得了美国中国学研究的最高奖项——列文森大奖。在关于先秦神话的研究中，许多学者借用了人类学、原型批评等其他学

文缘广结：中国文学艺术的海外传播

科的方法，如美国达特默思学院教授艾兰的著作《世袭与禅让：古代中国的王朝更替传说》，用结构主义的方法分析有关尧舜权力转移的古代传说。

第二，汉魏六朝文学，包括六朝文本的整体研究、《史记》研究、汉赋研究、《昭明文选研究》、陶渊明研究、宫体诗研究、《世说新语》研究等。其中，最受关注的是《史记》，有很多单篇论文和著述。例如华兹生的哥伦比亚大学博士论文《司马迁——伟大的中国历史学家》，于1958年由哥伦比亚大学出版社出版，是西方第一本全面系统地介绍司马迁与《史记》的英文著作。这部专著曾荣获哥伦比亚大学的克拉克·费希尔·安斯利奖。汉赋研究较有代表性的是美国人文与科学院院士康达维。他在1976年出版的专著《汉赋：扬雄辞赋研究》中，提出用具有相似文体特征的"rhapsody"作为"赋"的译名，得到西方学界的认可。他在另一篇文章《论赋体的源流》中，对"赋"体的源流做了系统的梳理。他的另一大功绩是首次全文翻译《昭明文选》，已出版了三册：《昭明文选英译第一册：京都之赋》（1982）、《昭明文选英译第二册：祭祀、校猎、行旅、宫殿、江海之赋》（1987）、《昭明文选英译第三册：物色、情志、哀伤、论文、音乐之赋》（1996），包含了《昭明文选》中所有的辞赋，被公认为译文最精当、考据最翔实的英译本。

第三，唐代文学，主要包括唐诗、唐代的词、唐代的散文。其中，以唐诗研究最为突出，涉及唐诗编选和翻译；唐诗的整体和专题研究，如唐诗与道教、唐诗文本的起源和传播等；唐代诗人研究，如李白、杜甫等。唐诗研究最具代表性的学者是宇文所安，他曾师从著名汉学家傅汉思，并获得耶鲁大学东亚系博士学位，留在耶鲁大学任教。他的唐诗研究著作有"唐诗四部曲"，即《初唐诗》《盛唐诗》《中国"中世纪"的终结》《晚唐：九世纪中叶的中国诗歌（827—860）》，串起了整个唐朝诗歌史，并以比较学的方法研究了唐诗的著作《迷楼：诗与欲望的迷宫》。他的译著有6卷本《杜甫全集》，于2016年面世，厚达3000页，是第一部完整的杜甫作品英译本。

第四，宋金元文学，涉及宋词、宋诗、元诗、诸宫调、元杂剧、宋元笔记等。宋词研究较有代表性的有刘若愚的《北宋词大家》，对北宋

欧阳修、柳永、苏轼等六大词家作品的艺术特色、语言特点等进行分析。孙康宜的《词与文类研究》，以文体学方法从文学史角度出发研究宋词。在宋诗研究方面，有刘子健的《欧阳修的生平和文学创作》。元杂剧研究的主要学者有柯润璞。柯润璞的研究著作有《忽必烈时代的中国戏曲》和《元杂剧的戏场艺术》，通过对文本的细读、古代文献的详实分析和文物例证来考察元杂剧的历史演化。他的译作有《王勃院本》《王九思：中山狼》《布袋和尚忍字记》《般涉调·耍孩儿·庄家不识勾栏》《竹叶舟》等。他还培养了奚如谷、章道犁和彭镜禧等中国戏曲研究专家。

第五，明清文学，在美国的中国古典文学研究中占有重要的地位，以明清小说为主，涉及内容非常广泛，包括白话长篇小说和短篇小说、文言小说、话本、戏剧、诗文等，还有关于女性文学、女尼的诗文、传记、叙事文学中的宝卷、说唱文学中的弟子书和弹词等。研究方法也多种多样，除了传统的翻译、考证、分析、综论、专论、生平传记，还采用结构主义、精神分析等方法，结合社会风俗、宗教信仰、政治经济进行理论研究。韩南被誉为欧美中国明清小说研究的第一人。他在伦敦大学以博士论文《金瓶梅》获得博士学位。他先到美国斯坦福大学任教，后又到哈佛大学东亚语言与文明系任教授，曾任哈佛－燕京学社社长。他擅长用传统的考证，结合西方新批评、叙事学等研究方法，研究明清小说，在《金瓶梅》、话本小说、李渔的研究上多有建树。他的著作、译作有《金瓶梅探源》（版本考证著作）、《中国短篇小说研究》（中国话本小说分期研究专著）、《中国短篇白话小说史》（梳理、考证海外话本小说）、《中国近代小说的兴起》（研究19世纪和晚清小说叙事技巧的创新、西方人译介等活动对19世纪白话小说的影响等）、《李渔的创作》、《恨海：世纪之交的中国言情小说》、《百家公案考》、《论肉蒲团的原刊本》、《肉蒲团》译本等。这一时期美国学者对于明清小说的研究成果很多，这里就不再赘述。除了研究外，学者们还译介了不少明清小说作品：芮效卫花费了四十年时间翻译的全本《金瓶梅》、余国藩的英译《西游记》（四册）、伊维德翻译的关于包公故事的八种文本的《包公和法治：从1250年到1450年的八个说唱故事》、杨曙辉教授和杨韵琴夫妇合译的冯梦龙《三言》中的全部120篇故事、罗慕士翻译的《三国演义》新译本、韩南先后翻译了李渔的三部小说（《肉蒲团》《无声戏》《十二楼》的选集）以及扬州小说《风月梦》和《中国明代爱情故事》（选译《醒世恒言》和《石点头》中的7篇故事）、柯若朴翻译的杨尔曾的《韩湘子全传》等。

此外，在古典文论研究上，较有代表性的是华裔学者蔡宗奇。他主编的《中国文心:〈文心雕龙〉中的文化、创造和修辞学》中汇集了多位活跃在美国学界的中国文学研究学者关于《文心雕龙》的研究专论。

二、中国现当代文学译介、研究和中国文学史书写

从二战后到1980年代以前，由于冷战思维的影响，研究中国现代文学的学者比较少。这一时期主要学者有夏志清、夏济安和李欧梵。夏志清是西方汉学界研究中国现代文学的先驱和权威，其英文专著有《中国现代小说史》《中国古典小说》《夏志清论中国文学》。其中，前两部著作奠定了他在中国文学，尤其是中国现代文学研究领域的地位。他的《中国现代小说史》，以深厚的中西学修养为基础，以开阔的学术视野，探讨从新文学革命到抗战前后中国现代小说的发展历程，介绍了鲁迅、叶绍钧、冰心、凌叔华、许地山、郭沫若、郁达夫、茅盾、老舍、张天翼、巴金、吴组缃等中国知名现代文学作家。他以发现和评审优美的作品为出发点，发掘了张爱玲、沈从文、钱锺书、师陀等作家作品的文学价值。夏济安的著作《黑暗的闸门》，以鲁迅、蒋光慈、瞿秋白、丁玲等左翼作家为研究对象，考察20世纪上半叶，从"左联"到中华苏维埃成立时期，中国左翼文学运动的历史轨迹。李欧梵的《中国现代作家的浪漫一代》，以林纾、苏曼殊、郁达夫、徐志摩、郭沫若、蒋光慈、萧军作为一代作家的代表，通过个案探讨时代风气的形成和变化。

20世纪80年代之后，中国现当代文学，尤其是当代文学的研究，渐渐受到学界的关注。一批年轻学者的加入，使研究选题更多样，涉及作家作品研究、文学史研究以及理论研究等;研究的方法更丰富，除了纯文学的探讨，还采用了比较文学以及其他学科的方法。在现代文学研

究中出现了一批以作家为重点的专论，包括了鲁迅、巴金、钱锺书、戴望舒、丁玲、老舍、茅盾、卞之琳、沈从文、萧红、周作人等现代文学名家，还出现了对文学现象、文学运动和不同文类的研究。除了对现代文学的研究和探讨，一些年轻的学者开始研究中国当代作家和作品，如杨小滨的《中国后现代：先锋小说的精神创伤与反讽》采用精神分析学、法兰克福学派和结构主义的理论，选取余华、残雪、莫言、格非等人的小说作为个案，讨论中国当代小说叙事中隐含的对历史创伤的诉说，阐述语言形式革命的政治意义。

在作家、作品研究中，值得注意的是，一些学者从性别研究的角度，对现当代文学进行研究，如冯进的《20世纪早期中国小说中的新女性》，探讨了政治环境与女性文学的写作策略。王玲珍的《个人话语实践：20世纪中国女性自传书写》探讨了从秋瑾到王安忆、陈染和林白等中国女性在一个世纪以来的社会历史变革中，坚持个体话语实践的政治、历史以及文化意义。此外，李欧梵、王德威、周蕾、史书美、唐小兵、张英进等美国华人学者提出"20世纪中国文学研究的整体观"，试图打破近代、现代、当代的历史分期，跨越中国、新马等地的地理限制，从整体上来研究华语语系文学和世界华文文学。

在现当代文学译介方面，诺贝尔文学奖获得者莫言等人的作品被翻译成英文。王安忆、余华、苏童等作家近些年的一些作品也被翻译到北美。美国汉学家、翻译家葛浩文是当今英语世界最重要的中国文学翻译家之一，以翻译中国现当代文学作品著称。他读博士的时候，在美国著名华人学者柳无忌的指导下研究中国古代小说、杂剧，以及鲁迅和左翼作家等现代文学作家的作品。他以研究萧红的论文获得博士学位，并在博士论文的基础上出版了《萧红评传》，奠定了他在汉学界的地位。

葛浩文先后翻译了不少现代文学作家，如巴金、老舍、萧红、端木蕻良、杨绛等人的作品。对当代文学作家作品的翻译也硕果累累，有莫言、苏童、王朔、刘震云、冯骥才、梁晓声、王安忆、贾平凹、雪漠、李锐、张炜、刘恒、张洁、白先勇、毕飞宇、格非、陈村、史铁生、多多、池莉、杨争光、孔捷生、王祥夫、王蒙、曹乃谦、陈染、虹影、老鬼、李昂、松鹰、姜戎、朱天文、朱天心、陈若曦、谢丰丞、施叔青、古华、贝拉、英培安、希尼尔、黄孟文、王祯和、艾蓓、李永平、春树、黄春明等。其中，不仅包括中国大陆、台湾、香港的作品，还有海外华文文学作品，视野非常开阔。他是莫言作品的主要英译者，被认为是莫言获得诺贝尔奖的功臣之一。

在关于中国文学史的研究上，主要的作品有三部：第一部是华兹生著的《中国古代文学》，是研究探讨先秦两汉文学的通论性专著；第二部是美国汉学家孙康宜和宇文所安主持编撰，聚集了美国汉学界十几位著名学者，如柯马丁、康维达、田晓菲、艾朗诺、傅君劢、奚如谷、吕立亭、李惠仪、商伟、伊维德、王德威等共同编著的《剑桥中国文学史》，分上下两卷，涉及从商周时期的甲骨文到1949年中华人民共和国成立的中国文学的发展历程，其编撰体例打破了传统文学史的历史朝代格局，按文学自身发展的线索来著述；第三部是美国汉学家梅维恒主编的《哥伦比亚中国文学史》，分四卷，共计55章，有40多位中国文学专家参与其中，其编纂体例与《剑桥中国文学史》不同，是按照文体和主题划分章节进行著述。随着中美关系的发展，中国学成为美国当代学界的显学，中国文学在美国的译介和传播也将随之不断发展。

第四章　中国文学在美国

第五章
华侨华人与中国文学海外传播

现有的中国文学海外传播研究多关注的是国外学者，而忽视了中国文学海外传播的重要群体——海外华侨华人。"华侨""华人"根据现代国籍法的界定，有联系也有区别，联系在于"华人"是由"华侨"转变而来的，在血缘、历史上和华侨有密切的联系；区别在于二者的国籍不同。但从历史的角度来看，现代"国家"概念产生之前，移居海外的中国人也是"华侨"。中国历代对"华侨"的称呼不定，有汉人、唐人、华人、中华人等。从人种和文化的角度来看，"华人"还泛指"中华民族的子孙"，有着共同的历史和文化记忆。

海外华侨华人源于中国人的移民活动，起源的时间无法确定。但根据考古学、民族学研究，远古时代中国境内的先民已经开始向邻近的东北亚和东南亚地区迁移。从汉代以来，历代都有中国人因贸易、谋生、战乱、文化交流等原因，移居东北亚和东南亚，但人数不多。他们将中国文化带到东北亚和东南亚，其中一些人还参与了这些地区与中国的贸易、文化交流活动。到了近代，尤其是鸦片战争之后，由于中国国内社会动荡、西方列强开发殖民地需要劳动力，形成了中国人移民的高潮，大量移民进入东南亚，还有一些远赴美洲、非洲、澳大利亚和欧洲。其中，绝大多数分布在东南亚，因此近代中国人的这次移民浪潮被称为"下南洋"。随着大量中国移民的到来，在居住国以中华文化为纽带，形成了具有一定社会组织的华侨华人族群和社会，使中华文化在当地扎根生长，并最终成为当地国家多元文化的组成部分。在这个过程中，中国文学也被移植、传播到海外，并成为海外华侨华人文化的重要组成部分。

第一节　传播中国文学的主要途径

在近代中国人"下南洋"之前，华侨便在中国文化、文学向周边地区传播的过程中发挥着不可忽视的作用。他们通过迁移、贸易或文化交流等方式传播中国文学，例如在中国儒学和文学传播到日本的过程中，"渡来人"起到了重要的作用。他们大多是中国秦朝和汉朝的遗民，因战乱和朝代更迭先移居朝鲜半岛，后又到日本。他们将中国文化传播到朝鲜和日本，其中一些人在宫廷和官学中教授王公贵族子弟学习儒学和古诗文。

唐代，日本派遣到唐朝的留学生中有许多是华人（当时被称为"汉人""新汉人"）。他们对唐代制度、文化、文学在日本的传播作出了重要贡献。日本使团到唐朝还招募了不少人才到日本定居，被称为"归化汉人"，对于中国文学在日本的传播起到了重要的作用。在中国与东南亚诸国的朝贡活动和朝贡贸易中，常常会出现华侨的身影，他们作为通事或者使臣来到中国，对中国文化、文学在这些国家的传播起到了积极作用。在中国古典小说传入泰国的过程中，有学者认为最早是华侨通过口头形式将这些小说传入当地，又通过图书贸易进一步传播，并且华侨还参与了泰国皇室对中国古典小说的译介。

一、讲古与书籍贸易

近代，大量中国人"下南洋"，将中国文化、文学传播到亚洲、美洲、非洲和欧洲。最初，大部分中国移民文化水平不高，很多人不识字。因此，他们传播的是民间的俚俗文学，如民间歌谣、民间故事等，而且通常是通过讲古、劝善、吟唱等形式口头传播。

在早期的华工中，流传着一种被称为"过番歌"的民谣，往往用方言吟唱和流传，内容多表现单身男子出洋谋生的艰辛、与家乡亲人离别

的无奈和对家乡的思念等。讲古是早期中国移民非常喜爱的一项民间文艺活动，也是中国文学尤其是俗文学传播的重要途径。以新加坡为例，1819年开埠时，当地吸引了大批华工和渔民前来谋生，讲古等民间文艺形式开始在他们当中流行起来。在20世纪20至30年代，以及二战前后，讲古深受华侨华人的喜爱，还曾通过电台、报纸等方式传播。讲古通常是用方言讲述民间故事、中国古典小说、历史故事及传说、猎奇、人情故事、新闻等，后期还讲港台武侠小说。

20世纪40年代至60年代，讲古通过电台的传播，在新加坡风靡一时。当时讲古师非常多，最著名的是讲古三大天王：用粤语讲古的李大傻、用潮州话讲古的黄正经和用福建话（闽南语）讲古的王道。到了20世纪70年代至80年代，随着电影、电视等新的娱乐方

新加坡讲古师李大傻

式的流行，讲古渐渐走向没落。新加坡华裔馆收藏着一套《珠玑巷丛书》（共9本），其中收录了讲古大师李大傻的许多讲古作品，是那一段历史的见证。

随着华侨社会的形成和华文教育的发展，从中国来的文人、官员或受过教育的华侨等文化修养较高的人越来越多。这些人业余时吟诗作赋，学习、创作诗文，有的还结集成册。他们常常在交际应酬中互相酬唱，甚至结成诗社、诗会交流心得，从而将中国的古诗文等雅文学传播到华侨社会当中。

除了口头传播、人员的流动外，书面文本也流传到华侨华人社会，不仅个人携带，而且通过图书印刷、贸易而进行更为广泛的传播。图书贸易和印刷业发展较早的是华侨华人集中的东南亚地区。新加坡、马六甲、槟榔屿地理位置优越，是海上丝绸之路上的重要港口，与中国贸易往来频繁，许多华侨华人聚居在此。1819年，英国人来到东南亚，最早开发的就是新加坡和槟榔屿。他们积极招揽华侨前来开垦，还依靠华侨

作为中间商进行贸易，将英国商品销售到东南亚，同时将东南亚的土产销往英国。大批的华侨开始汇集到两地，逐渐形成南洋华人的经济、文化要埠。

到了19世纪末20世纪初，新加坡发展成为东南亚中国移民的枢纽站，聚集了众多移民，成为东南亚华侨华人贸易、文化和教育中心。因此，新加坡、马来西亚也是中国书籍在东南亚流通、贸易的集散中心。

素甘亚·苏班塔在《布拉德利医生与泰国报刊业》中说："尤其在佛历2358年（公元1815年）之后的二十年里，新加坡和马六甲等地是东南亚的印书重地……也是刊印和交流汉文书籍和报纸的中心。"泰国曼谷（塔瓦苏吉）国家图书馆收藏有一批明清时期的汉文线装书籍，共计175部，其中有中国古代小说39部，中国古典诗歌典籍34部，成书时间均为明清时期。有些书的封面有"购于星洲""购于槟城"等字样，说明这些书籍通过图书贸易从新加坡等地进入泰国。

近代，随着西方印刷技术传入、中国现代印刷出版业崛起，中国与东南亚的图书贸易进一步发展。新加坡、马来西亚华侨华人的图书贸易、印刷出版业也兴盛起来。近代中国印刷业的翘楚商务印书馆，到东南亚开分社，就选在文化教育发达的新加坡和吉隆坡。大约在1870年，新加坡出现了第一家华人印务馆——古友轩，不但承印当地各种语言的书刊，而且还创办了一份华文报纸《星报》。《星报》不仅刊登新闻，还刊登了不少当地文人创作的汉语古诗文作品，以及汉语古诗文评论等。

1911年搬迁到新加坡水仙门18号的古友轩

到了20世纪30年代，新加坡的华文书业和印刷出版业兴盛，现今新加坡最大的连锁书店——大众书局的前身世界书局就创办于这一时期。1949年之后，受到世界局势和当地政策的影响，世界书局转往中国香港地区出版图书、杂志，销往南洋各地。当时南洋各地的华文图书主

要来自香港地区。

20世纪60年代至80年代，新加坡仍然是东南亚华文出版、华文书业的中心。但是由于政府提倡英文教育，使得华文教育趋于衰落，新加坡的华文书业和出版业也日渐式微。直到中国与东南亚各国恢复友好关系，华文教育才有所恢复，东南亚的华文书业和出版业再次焕发生机。来自中国的华文图书再次通过马来西亚、新加坡，销售到东南亚各地。可以说，华人书业、印刷业是中国文化、文学在东南亚传播的一个重要途径。

华侨华人将中国文学、文化带到当地后，又通过三个主要途径——华文教育、社团会馆和华文报刊，进一步传播、传承，乃至运用和重构，形成了富有特色的华侨华人文化和文学。

二、华文教育

华文教育传授中华语言和文化，是中国文学接受和传播的基础。早期华文教育主要是私塾蒙馆。从17世纪开始，海外华侨已经开始兴办书院、书室、义学、义塾等私塾蒙馆。其中，较早的有1690年荷属东印度尼西亚巴达维亚（今印尼雅加达）华侨创办的"明诚书院"，办学经费由当地华侨的自治组织——"公馆"承担。自此，东南亚各地也相继办起了私塾，以华侨华人较为集中的新马地区为例，19世纪末私塾教育非常盛行。这些私塾蒙馆仿照中国当时的私塾，教学内容以儒学经典为主。这一时期的华文教育中还出现了为应对中国科举考试而设的"文社"，教授科举考试必备的中国文化、文学等。

到了清朝末年，清政府实行"护侨"政策，支持海外华侨兴办教育。康有为、梁启超、孙中山等改良派、革命党人士到海外活动，也鼓励华侨办学。其后，民国政府还专门成立了管理华侨教育的机构。从清末到民国，华侨教育发展迅猛，华侨学校遍及亚洲、北美洲、非洲、大洋洲、中南美洲等地的华侨聚居区。

华侨教育也从旧式私塾到改良学堂，最后逐渐变成了实行西式教育的新式学校。截至二战结束，海外各地华侨学校已经发展到3477所，其中亚洲 3260 所（东南亚地区 2781 所）、美洲 110 所、大洋洲 60 所、非洲 23 所、欧洲 2 所①。20 世纪 20 年代，在民国政府提倡国语教学后，海外华侨学校也逐渐开设国文课教授国语、国文，并用国语教学。到了 20 世纪 30 年代，南洋的国语教学已颇见成效。

民国时期侨民学校初小第一册国语教科书

据 1939 年广东省政府派到南洋宣慰华侨的曾同春观察："南侨各校皆授国语，虽数龄稚童，亦能操极纯正而流利之国语。"② 国语教学的发展，为以国语创作的中国现代文学作品在华侨社会中传播以及华文文学创作的发展奠定了基础。

二战之后，海外华文教育一度有了新的发展，如在华文教育比较发达的马来亚，出现了海外第一所以华文为教学媒介的大学——南洋大学。南洋大学创办之初就设立了中文系，并陆续请来出身于中国名校的著名学者、作家佘雪曼、凌叔华、潘重规、贺师俊、苏雪林、王永祥、韩素音、孟瑶、史次耘、王叔岷、李孝定等人任教，可谓名师云集。中文系成立不久就在中国文学研究会的基础上成立了南大中国语文学会，并先后创办了《中国艺文》《大学青年》《中国语文学报》。从南洋大学创办到 1980 年停办，其中文系为中国文学的传播作出了积极的贡献，培养了不少华文创作人才。

二战结束之初，华文教育曾短暂复兴，但是由于世界进入冷战格局，东南亚各国纷纷独立建国，以及大部分华侨加入当地国籍等各种因素的共同作用下，华文教育渐渐陷入了困境。在华文教育最发达的东南

① 耿红卫：《海外华文教育的历史回顾与梳理》，《东南亚研究》2009 年第 1 期。
② 于锦恩：《民国时期东南亚华校国语课程研究》，《民族教育研究》2018 年第 3 期。

亚地区，多数国家对华文教育实行限制、打击的政策，只有马来西亚和新加坡的华语教育获得了合法地位，尤其以马来西亚的华文教育体系最为完备。

马来西亚的华文课重视中国古典文学教学。在 20 世纪末，马来西亚连续创办了许多华文高等教育机构，如 1990 年南方学院成立，1998 年 2 月新纪元学院成立，2002 年 8 月拉曼大学成立。这些学校均设有中文系，开展中文语言文学的教学和研究。新加坡中小学的语文教材，参考中国的相关教材，重视中国古代文化和文学的教学。20 世纪 90 年代以来，随着中国的崛起，世界范围内掀起了一股"汉语热"。世界各地的华文教育迎来了一次发展的机会。除学校之外，很多地方办起"中文班"，在教授语言的同时，也传播中国文化和文学。

三、社团会馆

社团会馆最初是中国移民为了在异国他乡守望相助、共谋生存而建立的组织机构。后来，传承文化、发展教育也成了社团会馆的一项重要的功能，在中国文学的传播方面起到了积极作用。早期社团会馆的集体活动，如建立会馆和宗祠、举行祭祀、修建庙宇、兴办学校和公共设施等，常常会立碑纪念，碑文是用中国古典散文的体式来撰写，其中有不少是请家乡有名的文人撰写的。这些社团会馆的馆舍、庙宇等经常都会以楹联装饰。后来，社团会馆的集体活动，如周年庆、馆舍落成庆典等盛事，经常会出版纪念刊。这些刊物上经常会登载一些诗文。社团会馆还常常组织一些文化活动，如晚会，其中往往会有一些诗朗诵、说相声等语言类节目，以及举行戏剧表演，演出话剧或地方戏。以上这些，都是对中国文学的传播和运用。

更重要的是，随着文人增多及文学创作的发展，还出现了一些文学社团。最早的华侨华人文学社团是 19 世纪末东南亚华侨社会中出现的一些诗文社。晚清派驻新加坡的第一任领事左秉隆于 1881 年创立了新加坡第一个诗文社——会贤社。该社集合了当地许多文人，他们经常共同切磋诗文技艺。每个月，该社都会拟定诗文题目，由社友们创作。其月课内容主要是儒家教化，以四书文、试帖为主，带有官方色彩。作品经左秉隆评定后会给予相应奖励。获奖的诗文都发表在当时的华文报纸《叻报》上。其后，当地出现了许多诗文社。1889 年，王会仪、童梅生等创立的会吟社，也采用月课形式，主要以嵌字格联诗为题，作品送领事府署评阅；1892 年，左秉隆的继任者、著名诗人黄遵宪创立图南社，提倡诗文创作；1896 年，邱菽园创立丽泽社，次年改名为乐群文社。一时间，南洋各地建立了许多诗文社，其制度多仿照会吟社，联对赋诗，非常热闹，其中主要有新加坡的吟梅社、爱余社，马来亚的槟城南社，缅甸仰光的映碧轩，印尼巨港的崇文社等。

邱菽园

进入 20 世纪，东南亚的华人诗文社进一步发展。1920 年，林彬卿在马来西亚柔佛州的蒜坡市创立天南吟社。20 世纪 40 年代抗日战争期间，来自中国沿海的一批文人学者到菲律宾避难，推动了菲律宾华人诗文社的发展，涌现出天南吟社、蕉阴吟社、南薰吟社、海疆诗社、籁社、山民江诗社、瀛寰诗社、环球词苑等。20 世纪 50 年代至 90 年代，在新、马和泰国都有诗文社成立。例如，20 世纪 50 年代新加坡的新声诗社（1957）、马来西亚的婆罗洲诗坛和诗潮吟社、泰国的南园诗社等；20 世纪 70 年代马来西亚柔佛州的南洲诗社（1974）、马来西亚诗词总会（1975）、泰国的泰华诗学社（1978）；20 世纪 80 年代至 90 年代马来西亚的槟江吟社和鹤山诗社、新加坡狮城诗词学会（1995）等。20 世纪 90 年代，东南亚出现了以联合世界各国诗友为目标的诗文社。例如，1990 年，在泰国曼谷成立的"全球汉诗诗友联盟"，后改名"全球汉诗总会"；1995 年，在新加坡注册成立，会刊为《环球诗声》。这些诗文社的活动，持续不断地推动中国古诗词在东南亚的传播。

除了诗文社外，海外还有许多其他类型的文学社团。1920 年至 1930

年，中国在"五四"新文学运动后，各类文学团体非常活跃。这一风潮也影响到了海外华侨，他们纷纷成立各类文学社团。据统计，仅从 1937 年至 1939 年，泰国就出现了 40 多个由华人组织参与的读书会、研究社、文学社等文学社团，如彷徨学社、椒文学社等。① 在菲律宾，1933 年林健民创立黑影文艺社，1936 年蓝天民创立新生社。此外，还有在美国成立的美洲华侨青年文艺社。这些文学社团一直积极传播"五四"新文学思想和文学作品，开展新文学创作。二战后，冷战格局形成，东南亚国家纷纷独立，一些国家实行反共、反华政策，其中一些国家对华侨华人采取严厉的限制措施，华侨华人文学社团的发展陷入低潮。20 世纪 40 至 60 年代末，虽然有少数文学社团，但活动时间短暂、发展受到许多限制，如新加坡的星华写作人协会（1945）、星华文艺协会（1947），菲律宾的菲华文艺工作者协会，泰国的泰华文艺工作者协会和文艺研究会，印度尼西亚的翡翠文化基金会等。

20 世纪 70 年代末，随着冷战结束，中国改革开放，并与许多国家恢复了友好关系，华侨华人的处境大大改善。在这种形势下，华侨华人的文学社团迎来了发展的良机。此后几十年间，世界各地的华侨华人成立了许多文学社团。其中，新加坡的文学社团有新加坡作家协会、新加坡文艺研究会、五月诗社、锡山文艺中心、琼州会馆文学会、海洋文艺社、写评人协会、阿裕尼文艺创作暨翻译学会等；马来西亚的文学社团有马来西亚华人文化协会、马来西亚华文作家协会、砂崂越华文作家协会、毗叻文艺研究会、南马文艺研究会、中华华文协会等；菲律宾的文学社团有耕园文艺社、辛垦文艺社、菲华文艺协会、菲华青年文艺社、新潮文艺社、征航文艺社、河广诗社、儿童文学研究会、千岛诗社、菲华艺文联合会、晨光文艺社、菲华文艺工作者联合会、现代诗研究会、岷江诗社、瀛寰诗学研究社、亚洲华文作家协会菲华分会等；泰国的文学社团有泰商文友联谊会、泰国华文作家协会、泰中文友福利基金会、泰华文协、泰华诗学社、泰中艺术协会等；美国的文学社团有纽约文艺协会、纽约四海诗社、悬边社、一行诗社、北美台湾文学研究会、北美

---

① 梅显仁：《浅谈海外华人文学社团》，《八桂侨刊》2002 年第 2 期。

中华新文艺学会、新大陆、海外华人女作家联谊会、国际作家写作室等；加拿大的文学社团有枫叶文艺创作社、温哥华白云诗社、加拿大华裔写作人协会等；欧洲的文学社团有欧洲华文作家协会、法国华文作家协会、旅西华人作家协会、英国华文作家协会等。这些文学社团创办文学刊物、举办文学活动，推动了当地华文文学创作，也推动了中国文学在当地的传播。

四、华文报刊

华文报刊最初是传教士为了传教而创办的传播媒体。后来，华侨华人也办了不少华文报刊，且功能和种类不断拓展，除了传递商业信息、开展政治宣传外，还具有文化（包括文学）传播的功能。近代第一份华文报刊产生于马六甲，是 1815 年由英国传教士米怜（William Milne）创办的《察世俗每月统纪传》（*Chinese Monthly Magazine*），创办的目的是向中国人及东南亚华侨传教并传播西方文化和价值观念。这份报刊不仅在广州刊发，还发送到槟榔屿、新加坡、巴达维亚、暹罗等地，对中国和东南亚华文报刊的诞生起到了推动作用。

1854 年，美国基督教会在华工比较集中的旧金山，也创办了一份华文报刊《金山日新录》，其目的是传教，向华人普及美国法律等新知识和新思想。第一份由华侨创办的华文报刊出现在加利福尼亚首府萨克拉门托，这里聚集了大批赴美淘金和修建太平洋铁路的粤籍华工，他们称此地为沙架免度。1856 年，粤籍华侨司徒源在此创办《沙架免度新录》（*Chinese Daily News*），主要刊登与华人社会有关的新闻。

19 世纪末 20 世纪初，随着新加坡经济的发展、大量中国移民的涌入以及华侨经济实力的不断增强，华侨社会的阶层构成更加丰富，除了劳工，还有教师、医生、职员等具有一定文化水平的专业人士，还出现了一批富商。这些都为华文报刊的出现提供了条件。1881 年，新加坡福建籍华商薛有礼出于商业宣传和文化传播的需要创办了《叻报》，聘请有办报经验的叶季允担任主笔。《叻报》从 1881 年创刊到 1932 年停刊，出版时间长达 51 年，对中国文化、文学在新加坡乃至东南亚的传播起到

了重要的作用。

叶季允，原籍安徽，19岁到香港《中外新报》任职，后应薛有礼的邀请任《叻报》主笔41年，被誉为"南洋第一报人"。他在金石诗词方面造诣很深，长期在《叻报》上发表社论，提倡儒学和中国传统的道德观念。他的社论都是文言散文。他还创作了许多诗词，被称为"海国诗宗"。在他的主持下，《叻报》成了古诗文创作的园地。新加坡首任领事左秉隆创立的"会贤社"，其继任者黄遵宪创办的"图南社"的社友所作的诗文佳作，常常发表在《叻报》上。

小说在海外华侨华人知识分子的眼中向来不如诗文重要。但在1902年中国发生"小说界革命"后，他们也开始注意到小说改良世道人心的作用。一些报刊开始刊登中国小说和本地文人的小说作品。《叻报》偶尔会刊登一些华文小说作品。根据学者对1887至1919年《叻报》所登载的小说的研究，这一时期的小说作品主要分为两类：一类是转载小说，一类是原创小说，多为传统小说或对

《叻报》

传统小说有所改良的鸳鸯蝴蝶派小说、通俗小说等。前一类有转载自上海《申报》的鸳鸯蝴蝶派作家瞻庐的作品《铸错记》和《孝女泪》，转载自香港报刊的《翻译侦探小说施乐雄传》等；后一类主要是该报记者冷然和一些无名作者的作品，形式上大多效仿中国传统小说。

《叻报》的小说类型主要有文言笔记小说和短篇小说两大类。笔记小说多采用传奇体，内容既反映中国现实又反映南洋景物和社会状况，语言运用也兼具传统和南洋色彩，常引用古诗词，也采用与南洋有关的新词。此类小说又可以分为：鬼怪类，如《盗为厉鬼》《夜台幽咏》；报

应类，如《贪财巧报》《恶报不爽》；孝道类，如《孝女传》《神示认母》；志异类，如《椰异》《榴莲志异》。《叻报》的短篇小说大多以中国各地为背景，也有部分反映南洋华侨的艰辛生活。此类小说约有128篇，其中35篇转载自中国同一时期的报纸，2篇转载自《南洋华侨杂志》，其余为原创，按内容分为以下几类：纪实小说，如《新官场现形记》《珠江尘影记》；神鬼小说，如《记者遇鬼》《刘海岳》；情爱小说，如《水里月》《恨姻缘》；讽世小说，如《猪龟谈判》《新医法》；翻译小说，如《门提尼高游述》《飞行艇争婚》；侠义小说，如《义丐》《猴子吊颈》；果报小说，如《悍妇食报》《种因果报》。

1909年，新加坡同盟会喉舌《中兴日报》，率先设立了"小说栏目"，刊登文言小说和白话短篇小说。在该报发行期间，共计刊登小说70多篇。该报的编辑注意到小说"奇趣闲雅"的特性和对读者的吸引力，"本报加增译注，小说一门奇趣闲雅，是能助读者诸君清兴，故只及一礼拜，而本坡订购新闻者已渐渐增加。"可以说，这种观念在当时是比较先进的。《叻报》和《中兴日报》等报刊刊载中国小说和当地华文小说，对于改变当时华侨知识分子对于中国小说的看法，起到了一定的作用。

1890年，新加坡古友轩印务馆的东主林衡南创办《星报》，由黄乃裳任主笔。该报设有"诗稿附登""诗章附录""诗章就正"等栏目或直接以诗题为栏目名，刊登旧体诗作。邱菽园创办的诗文社"丽泽社""图南社""会吟社"的月课题目及作品等都在《星报》刊发。该报还设有评论诗歌文章的栏目"簌樊琐语"。《星报》曾刊登邱菽园的《红楼梦杂咏》30首，可见《红楼梦》已在当时的新加坡文人中流传。1898年，邱菽园创办《天南新报》，徐季钧和王会仪任主编，陈德逊任总经理。该报先后有"外人来稿""来稿照登""来稿照刊""来诗类录""外人来诗""杂著附刊""词人妙翰"等栏目刊登诗作。后来，"词人妙翰"成为固定刊登诗作的栏目，"杂著附刊"栏目曾连载邱菽园的笔记《五百石洞天挥麈》。该报还刊登"丽泽社"社员的作品。

从19世纪末开始，由于康有为、梁启超等改良派和孙中山的革命派为宣传维新和革命，在海外积极倡办报刊，海外华文报业的发展逐渐进

入兴盛期。华文报刊遍及世界，新加坡、马来西亚的报刊数量最多，印度尼西亚、泰国、缅甸、菲律宾、美国、法国等地也出现了许多华文报刊。在美国，20世纪初的第一个十年，中国的改良派和革命派通过各自创办的华文报刊展开了论战。1900年，梁启超在檀香山创办《新中国报》，后更名为《新中国日报》。该报与1904年创办的《中国维新报》都支持维新派的主张，宣传保皇思想。1903年，孙中山在檀香山对《檀香山新报》进行改版，作为当地兴中会的机关报，提出反对专制的清政府、恢复中华等革命主张。在华文报刊最为发达的东南亚，来自中国的改良派、革命派人士和当地支持者，纷纷通过华文报刊宣传、发表各自的主张，撰写了许多政论性质的文章。而且革命派和反对派经常在这些报刊上打笔战，形成了一种关注时事政治的氛围，培养了一批华文报刊的读者群体。

随着民国政府提倡国语和"五四"新文学运动的开展，从"五四"到抗战时期，华文报刊也纷纷采用国语，许多报刊还设立副刊刊登中国的新文学作品，成为中国现代文学传播和当地华文文学创作的重要园地。新加坡文学史专家方修曾在谈及英属马来亚时期华文报刊与华文文学的关系时说："各华文报当时都有重视副刊、发展副刊的风气，而当地的印刷条件、出版条例等等，也不利于专书和杂志等出版业的发展，这就使得报章副刊成为战前文坛的砥柱，绝大部分的新文学作品都散落在各报的副刊上面。"① 当时世界各地的华文文学与华文报副刊的关系也大多如此。"北美华文文学从其诞生之日起，就与媒介传播结下了千丝万缕、密不可分的联系。在近现代的北美华人移民群体中，正是因为华文报刊的创办与发行，才最终促使移民中的知识分子敞开心扉，用手中的笔墨把所感所想落诸笔端。其中，一部分人通过华文刊物发表见解、针砭时弊；另一些人则通过华文刊物这一载体，书写心情，表达自己对故乡的思念之情，并且通过阅读这些刊物，逐渐形成了一种对自己华人身份的认同感。也正因为如此，华文刊物不仅仅是相关作家发表作品的

---

① 郭惠芬：《华文报刊、南下文人与东南亚华文文学的嬗变——从五四到抗战》，《厦门大学学报（哲学社会科学版）》2016年第5期。

创作园地，而且还逐步培养了一批读者群体。"① 二战后，随着世界进入冷战格局，许多国家实行反共、反华政策，有些国家甚至曾禁止华文报刊的出版，再加上华文教育的发展陷入困境，华文报刊也日渐式微。

这种情况到了 20 世纪 80 年代，冷战结束，中国崛起，才得以改变。世界各地的华文报刊又恢复发展，而且还出现了世界各华文报刊频繁互动的新局面。华文报及华文报副刊的发展再一次成为推动中国文学海外传播和海外华文文学发展的重要力量。"华人聚居地凡有华文媒体的地方，当华文新文学萌芽时，其主要的，甚至是唯一的园地与载体，就是当地的华文报刊。直到现在，许多海外华文文学作品，最初仍是在华文报刊的副刊或专栏上发稿的。换言之，无论是在海外华文文学滥觞时期，还是在其发展、成熟的过程中，全球各地华文报刊对于海外华文文学的扶植、培养，均成为其生存、发展的基本条件与主要依托之一。"②

第二节 "结社吟诗"与华文旧体诗

中国古典文学很早就传入与中国临近的东南亚和东北亚地区，其中华侨华人起到了重要的作用。近代，中国移民开始遍及世界各地，所到之处纷纷撒下中国古典文学的种子。最开始，一些中国移民将中国古代的小说、诗歌等文学作品通过口头或书面文本传入侨居地。之后，随着私塾、学堂的建立，中国古典文学通过教学传播、传承，聚集、培养了一批具有一定古典文学素养的知识分子群体。随着越来越多的中国文人的到来，他们或在学校传授中国文化、文学知识，或于业余时间从事文学创作与文友交流切磋，有的还成立文学社团，既传播了文学知识，又带动了文学创作。华文报刊则为古典文学的创作提供了园地，还起到了

---

① 张斯琦：《北美华文文学在媒介传播中的嬗变》，《学术交流》2015 年第 9 期。
② 李志：《海外华文报刊对滥觞期海外华文文学建设的贡献》，《学术研究》2002 年第 10 期。

广泛传播和培养读者的作用。除了传授和创作，海外华侨华人知识分子还将中国古典文学翻译为居住国其他民族的语言，进一步拓宽了中国古典文学的传播范围。东南亚华文旧体诗的创作与中国古典文学的传播就有着极为密切的关系。

19 世纪末 20 世纪初，新加坡是东南亚中国移民的枢纽站，也是东南亚华人经济、文化、教育中心，再加上清朝政府开始重视华侨，当时清政府在海外的第一个领事馆就设在新加坡。一时间许多中国官员、文人来到新加坡，从而在当地形成了数量可观的文人群体。在他们当中形成了一股"结社吟诗"的风气，并影响到东南亚各地，创作中文旧体诗（与之后的白话文新诗相对应）在东南亚的文人群体中风靡一时。新加坡富商、著名诗人邱菽园在其著作《挥麈拾遗》（1901 年成书）中谈道："近四五年中，余所识能诗之士，流于星洲中，先后凡数十辈，固南洋荒服历来未有之盛也。"① 在这本书中，他还列出了一批"流于星洲中"擅长作诗的文人，如梁启超、丘逢甲、李季琛、孔经、力铿、王勋、王恩翔、许南英、张骧、郑文治、陈继俨、梁炳光、康祖诒、徐亮诠、黎树勋、叶芾堂、林祉曾、林洪荪、秦鼎彝、邓家骧、陈廷凤等。由此可见，当时新加坡爱好风雅、善吟诗作对的文人不少。

这些文人出于共同的爱好经常交流唱和，渐渐形成了"结社吟诗"的风气。1881 年，清朝派驻新加坡首任领事左秉隆上任后，成立了文社——会贤社，将"结社吟诗"组织化、制度化。当时新加坡爱好诗文的文人，从事各种行业，有从商、从教、从医，还有从政的，虽然因共同的爱好时有聚会，但没有一个可以互相切磋的机制和组织。会贤社成立后，建立了月课制度，每个月出课题，社员按题作诗文，由左秉隆评定名次，给予奖励。这一机制的建立调动了社员作诗的积极性。不过，左秉隆建立文社不纯粹是为了推动旧体诗创作，而主要是为了发展儒学教育，因此会贤社月课的课题主要是四书文和试帖等与儒学和科举有关的内容，带有官方色彩。当时适逢东南亚华文报刊的发展期，会贤社月课的佳作、左秉隆的诗作很多都发表在当时新加坡的第一份华文日报

---

① 赵颖：《新加坡华文旧体诗研究》，博士学位论文，陕西师范大学，2012。

《叻报》上，起到了很好的传播效果。"结社吟诗"的风气，从此开始影响到东南亚各地。1889年，王会仪、童梅生等创立的会吟社，也采用月课形式，但是课题产生的方式不同。他们采用"诗钟"的钟题产生方法，用于拟定月课的课题。诗钟是明清时期流行于福建的一种限时吟诗的文字游戏。诗钟的钟题常由抽字及翻书等方法产生，即从书中选取两种事物，或抽取两个字为钟题，以此来作诗。由此可见，会吟社的月课更专注于作诗本身，注重切磋诗艺。其后，南洋各地建立的文社多采取会吟社的制度。

东南亚近代"结社吟诗"的风气对于中国古典诗歌的传播，以及东南亚华侨华人旧体诗的创作影响深远。直到今天，东南亚各地仍有许多旧体诗的爱好者建立文社互相交流、切磋，共同推动旧体诗的发展。从近代至今的各个时期，在东南亚出现了许多古诗词作者和作品，以不同的心态和方式，在异文化环境中延续着中华传统诗词的生命。有学者将东南亚古诗词作者分为三类：

一类是"过客"，如左秉隆、黄遵宪以及后来的郁达夫等由于公务、经商、避难、游历等各种原因短暂停留或途经东南亚的诗人。左秉隆（1850—1924），清朝驻新加坡首任领事，其任职时间为1881年至1891年和1907年至1910年，期间创作了大量的旧体诗。这些诗作多发表在《叻报》和《星报》上，还收录于其诗集《勤勉堂诗钞》。这部诗集共收录诗作711首，其中有318首是在南洋生活时创作的。这些诗作除了抒发个人情感、表达政治抱负、宴饮酬答之外，还有一些描写新加坡景物的作品。黄遵宪（1848—1905）是左秉隆的继任者，于1891至1894年间任新加坡总领事。期间，他创作了不少旧体诗，收录在《人境庐诗草》中。这些诗作除了少量的抒怀之作外，大部分反映了新加坡的环境和侨民生活，内容涉及新加坡的山水风貌、华侨文化以及社会时事等。他还贯彻自己提出的"我手写我口"的主张，在诗歌语言上务求革新，将新加坡社会生活中的俗语、新名词等用于诗作中。

一类是"流寓者"，如邱菽园、叶季允、檀社诗人、潘受等，出生于中国，长年侨居海外的诗人。邱菽园（1873—1941），生于福建海澄（今厦门海沧新垵村惠佐），新加坡著名诗人、报人，自号"星洲寓公"。

他以在南洋传播中华文化为己任，先后创立文社——丽泽社、乐群社和檀社等，提倡创作旧体诗；创办《天南新报》宣传维新思想，提倡儒学和旧体诗。他与台湾抗日志士丘逢甲因诗文而成为至交，曾在《天南新报》刊载丘逢甲的诗文作品。邱菽园一生创作了许多旧体诗，收入《丘菽园居士诗集》（1045 首）、《啸虹生诗钞》及《庚寅偶存》（340 余首），还有一些诗作散见于《星报》《天南新报》等。他的旧体诗创作从数量和质量来看，在新加坡乃至东南亚都属前列，被称为"南国诗宗"。他的旧体诗中有许多描写新加坡自然、历史和现状的作品，也有不少关注祖国现实、表达思乡之情的作品。其诗歌语言中常常采用当地方言，极具特色。檀社是邱菽园发起组织的以流寓文人为主的文社，有社员 43位，来自新加坡各个行业，有商人、报人、医生、教师、僧人、画师等，多来自福建和潮州。该社 1926 年出版了会员作品集《檀社诗集》，其中有表现思国怀乡之情的诗作，更多的是反映当地的环境和生活的作品。该诗集常常将新名词和新概念融入诗歌语言当中，别具特色。

郁达夫（1896—1945），中国现代著名作家。1938 年，他应新加坡《星洲日报》的邀请，到新加坡担任编辑，并宣传抗战。1945 年 8 月，他在苏门答腊被日军杀害。在此期间，他创作了不少旧体诗，共计 60 余首，多为其旧体诗佳作。其中，除了少数表达个人感情的诗作外，多为关注祖国时局，表达思国怀乡之情的作品，还有一些描写新加坡风貌的作品。

潘受（1911—1999），出生于福建南安，1930 年到新加坡担任《叻报》编辑，先后任教于新加坡华侨中学、道南学校及麻坡中华中学；1940 年至 1950 年返回中国；1953 年再次到新加坡，任南洋大学执行委员；1955 年至 1960 年担任南洋大学秘书长。他一生创作许多旧体诗，收入《海外庐诗》（1937 年至 1967 年诗作 686 首）、《潘受诗集》（1968 年至 1997 年诗作 491 首）等诗集。他在《潘受诗集》中谈到自己因为受到古典诗词音韵之美的吸引而走上了创作旧体诗的道路："本人写诗，开始写的是白话诗。白话诗产生于 1919 年'五四'新文化运动，胡适发表他的《尝试集》那时，本人才八九岁。不久，中国很多青少年跟风写起白话诗。又不久，古典诗词渐渐不见于报刊上了。本人写白话诗也已是十三四岁了。再过三数年，本人终于发觉音乐性是一首好诗不可或缺的要素。所以诗叫诗歌，作诗叫吟诗，于是转而注意起古典诗词。这一转，越转越深入，竟像是被什么东西迷住了，缠住了，想转回头也已是转不出来了。"[1] 他的诗作中一部分关注中国时局，更多的则是描写新加坡风物，反映新加坡时事，并将现代的新词和马来语用于诗歌创作中，具有浓郁的南洋风格。因为诗歌创作成就显著，他被称为新加坡的"国宝诗人"。

《潘受诗集》

还有一类是"土生土长的诗人"，如新加坡新声社成员、菲律宾南赢吟社的成员等。他们出生于东南亚，热爱中华古典诗歌，坚持旧体诗创作的诗人。他们的坚守使海外华文旧体诗在不断被边缘化的处境中顽强生长。

自近代以来，东南亚华侨华人在接受中国古典文学的过程中，形成了"结社吟诗"的传统，一直流传至今。不仅在华侨华人当中养成了一批中国古典诗歌的爱好者，而且他们以中国古典诗歌的形式，抒写南洋生活，是对中国古典诗歌进行创造性发展和重构。

第三节 "五四"新文学运动的海外余波

近代，在西方现代民族国家观念东传，以及西方主导的以民族国家为主体的国际体系建立过程中，海外华侨华人的国家、民族意识和爱国

---

① 赵颖：《新加坡华文旧体诗的作者构成、写作特点及其影响》，《东南亚纵横》2011年第9期。

主义思想逐步产生。清末之前，清政府对定居海外的华侨并不重视，甚至一度视为"海外弃民"。鸦片战争之后，清政府通过效仿、实行一些西方制度试图向现代国家转型，并在国际交往当中从法理上开始关注海外华侨，通过设立公使馆对其进行管理和保护，并制定国籍法，在法律上明确了华侨作为大清国国民的身份。在清政府的积极宣导下，海外华侨的国家意识初步形成，逐渐以中国侨民或华侨的身份自居。他们较早接触到西方思想，从而成为中国维新运动尤其是资产阶级革命的生力军和有力支持者。他们在参与民族革命的过程中，逐渐形成强烈的国家民族意识和爱国主义精神。这种精神在中国抗战时期达到了高潮。海外华侨华人不仅积极支持中国的政治革命，也积极参与中国的文化革命、文学革命。"五四"新文学运动发生后，很快就波及海外华侨社会。海外华文作家们以中国国民的身份和中国现代文学作家一起承担起中国文学、文化现代化的使命，逐渐形成了海外华文（新）文学，并使白话文学成为海外华文写作的主要形式。

与此同时，近代民族国家观念及相应的国际体系的形成，加剧了海外华侨在政治认同、文化认同上的复杂处境。西方殖民者对华侨实行管理，试图争取对华侨社会的领导权，将华侨纳入其国家体系当中，造成了海外华侨华人的双重国籍问题。在这些复杂因素的作用下，海外华侨华人的身份认同日渐复杂化。二战之后，尤其是在东南亚各国独立建国的过程中，华侨的政治认同、双重国籍问题成为影响中国与这些国家的关系及华侨生存发展的突出问题。这个问题在中国政府宣布不承认双重国籍、大多数华侨选择加入当地国籍后，得以解决。海外华侨的身份，由中国侨民变为居住国公民。相应的，海外华文文学也从侨民文学变为在籍国文学的组成部分，走上了独立发展的道路。

一、作为侨民文学的海外华文文学

近代，受到西方文化和中国革命思想的影响，海外华侨尤其是东南亚华侨华人的国家、民族观念意识逐渐形成。"华侨社会的民族主义肇基于清朝末年，其内容主要是对中国社会、文化、政治的全面认同与忠诚，对民族国家的政治认同是其核心。民族主义被普遍接受是华侨投入辛亥革命的思想基础。"① 自维新变法开始，中国的政治思潮都曾得到海外华侨的响应，历次政治革命和社会运动都有华侨的身影。同样，作为近代中国社会革命重要组成部分的文化运动、文化思潮，包括文学运动和文学思潮，也深深影响着海外华侨社会。在这种时代背景之下，中国"五四"新文学运动至二战前的文学思潮、文学运动、文学创作也在海外华侨社会尤其是东南亚华侨社会中获得了传播和响应，催生了海外华文新文学，即海外华文文学。

海外华文文学在产生之初深受中国新文学及新文学思潮的影响。同时，早期海外华文文学开拓者和作者大多来自中国，以侨民自居，其作品的思想意识、题材、主题和语言风格都带着"中国色彩"。尤其是在抗日战争时期，这种"中国色彩"达到了顶峰。因此，有学者将这一时期的海外华文文学称为侨民文学。著名学者周宁在论述中国新文学对马华文学的影响时指出："创始阶段的马华文学，是马来亚华人响应中国'五四'新文化运动精神而开创的一支白话文学，最初的作者，不管是当地的，还是临时南来的，都是华侨，最初的马华文学，是地道的侨民文学，分享着中国现代文学思潮，具有明显的中国现代性意义。科学、民主是西方启蒙大叙事的核心内容，反对封建、侵略（或者说反帝）则是中国现代性叙事的独特内容。"②

1917 年，在胡适提倡白话文学、陈独秀提出文学革命后不久，他们的主张很快就传播到海外，并得到响应。1919 年 7 月 28 日，马来西亚《益群日报》转载了中国新文化刊物《新潮》上刊登的骆启荣新诗《爱情》。该报于 1919 年 8 月特辟"新小说"栏目，并刊登中国五四作家杨振声的小说《一个兵的家》作为白话小说创作的示范。1919 年 10 月，新加坡《新国民日报》创刊，同时推出的副刊《新国民杂志》上开始出现具有新思想、新精神的白话文学作品。中国的"五四"新文化和新文

① 庄国土：《从民族主义到爱国主义：1911 至 1941 年间南洋华侨对中国认同的变化》，《中山大学学报（社会科学版）》2000 年第 4 期。

② 周宁：《重整马华文学独特性》，《华侨华人历史研究》2004 年第 1 期。

学运动中，许多报纸纷纷设立副刊，传播新文化和新文学，尤其是北京《晨报》副刊《晨报副镌》、上海《时事新报》副刊《学灯》、上海《民国日报》副刊《觉悟》和北京《京报》副刊《京报副刊》的影响力极大。当时东南亚、北美等地的华文报刊也纷纷效法，创办副刊传播新思想、新文化和新文学。华文报副刊成为海外华侨华人传播中国现代文学的主要途径之一。

东南亚华文报刊的编辑、记者、撰稿者以及华文学校的教师等多为中国南下文人。从"五四"运动到第二次世界大战，相继有张叔耐、傅无闷、郁达夫、聂绀弩、艾芜、许杰、杨骚等中国文人到东南亚，服务于报界、华文学校。在他们的影响下，东南亚华文报纸副刊大量转载和引介中国现代文学作家如胡适、郭沫若、鲁迅等人的文学作品。这些中国南下文人，不仅是报人，其中很多人还是作家。他们到南洋后创作了不少白话文学作品，还与当地的作者交流创作经验，起到了示范作用。中国南下文人和华文报副刊共同推动了东南亚华文文学的产生和发展。

《新国民日报》的主笔张叔耐（1891—1939），原籍江苏松江（今上海市）人，曾就读于南开大学，先后加入同盟会和国民党。1919 年，《国民日报》改组为《新国民日报》，张叔耐任总编辑。他在《新国民日报》上推行白话文，通过副刊《新国民杂志》宣传革命思想和"五四"新文化，提倡新文学创作。在他的倡导下，《新国民杂志》不但转载了叶绍钧、郭沫若等人的作品，还刊登了许多当地知识分子创作的白话文学作品，有小说、诗歌、论说文、戏剧等，以小说创作最为突出。其中，数量最多、艺术成就最高的是深受"五四"新文学思潮影响的问题小说，如林独步的《珍哥哥想什么?》《笑一笑》《两个青年》《同窗会》等小说作品，反映了当时新加坡青年的生活，表达了对学习、恋爱、婚姻等问题的看法。为了推动白话小说的创作，《新国民杂志》连载了许地山的演讲《怎样做小说》（1925 年 5 月 21 日至 23 日），介绍小说创作的方法，还采取以六人为一组轮流创作白话小说刊出的方法，鼓励更多的人创作白话小说。《新国民杂志》吸引了一大批受到新思想影响的南洋学子和知识分子，在他们当中撒下了新文化、新文学的种子。此外，《新国民日报》的另一个副刊《国民俱乐部》也于 1919 年 6 月 5 日在

"新剧"栏目上开始连载从中国《新青年》杂志转载的胡适的新剧《终身大事》。除了《新国民日报》，新加坡还有《叻报》《南洋商报》《星洲日报》《民国日报》《总汇报》《星中日报》等，都设有各种副刊，刊登不少新文学作品，推动了新加坡、马来西亚华文文学的产生、发展。从1919 年到第二次世界大战之前，新加坡、马来西亚的大部分新文学作者都是从中国南下来的，其作品大多反映中国的社会生活，充满了对祖国、家乡的眷恋。同时，这一时期两地文坛的文学思潮、文学运动基本上紧跟中国文坛。

　　东南亚其他地区的情况跟马来西亚和新加坡差不多，从五四运动到第二次世界大战前后，这些地方的新文学创作和发展都深受中国现代文学的影响。在印度尼西亚，受到中国"五四"新文化运动的影响，20 世纪 20 年代新创刊的巴达维亚（今雅加达）的《新报》《天声日报》和棉兰（苏门答腊首府）的《南洋日报》等 17 种华文报纸都开辟了文艺副刊，转载中国新文学作品，也刊登当地华侨创作的白话文学作品。印尼华文文学由此萌芽。在印尼，最早提倡白话文学的报纸是《新报》（1921年创刊），其社长洪渊源自 1925 年从中国聘请知识分子主编《小新报》等文艺副刊和中国专栏开始，大力提倡中国五四运动以来的新思潮，刊登白话文学作品，其中有不少当地文化人创作的白话文作品。这些白话文学作品深受读者欢迎，使该报销量大增，创刊不久发行量便达到一万份。在泰国，20 世纪 20 年代初，在曼谷《中华民报》的《纪事珠》（后改名为《小说林》）文艺副刊上，转载了许地山的短篇小说《命命鸟》、洪深的话剧《赵阎王》等新文学作品。此后，在泰国华文报副刊上，也开始出现一些本地华侨创作的白话文学作品。这些作品带着中国新文学作品的痕迹，大多反映中国的社会现实，表达客居他乡的苦闷和对祖国和故乡的怀念之情。

　　20 世纪 30 年代初，中国新文学思想、新文学作品传入菲律宾华侨社会。同一时期，《洪涛三日刊》（1933）、《天马月刊》（1934）、《海风旬刊》（1935）等刊物出现了本地华侨创作的带有中国新文学痕迹的文艺作品，菲律宾华文文学由此萌芽。蓝天民在《华侨商报》开设了当地华文报纸的第一个文艺副刊《新潮》，并以此为基础组织了文学社团——

"新生社"。此前，林健民、李法西、林西谷等人组织了菲华第一个文艺团体"黑影文艺社"（1933）。在中国现代文学的影响下，华文教育、华文报刊、文学社团共同推动了菲律宾华文文学的产生和发展。第二次世界大战以前，菲律宾的华文文学与中国现代文学关系密切，从文学思潮、文学运动和创作上都同气连枝、息息相关。

20世纪20年代，中国"五四"新文化、新文学已经影响到了缅华文化界。当时，不少中国进步书刊传入缅甸，而在缅甸华文报纸的文艺副刊上，也经常转载中国报刊上的作品。到了20世纪30年代，受中国左翼文学运动的影响，缅华青年纷纷创建进步文学团体，并在华文报纸上创办新文学副刊，如"椰风社"及其刊物《椰风》（纯文艺）、"励学社"及其刊物《卜间》（推崇杂文）、"晶晶社"及其刊物《野草》（以小品文为主）、"巨轮社"及其刊物《十日谈》等。其中，影响较大的是《仰光日报》的《椰风》周刊。在黄绰卿的带领下，《椰风》响应马华文坛的号召，提倡创作反映"此时此地"的文学作品，倡导建立缅华各界统一战线，推行简体字、大众语文学等。抗战期间，缅华文艺界成立了"缅华文艺界救国后援会"和"缅华文艺界救亡协会"，分别推出会刊《华侨呼声》和《规律》。1941年春，以张华夫（光未然）、杨林（毕朔望）等为代表的一批中国文人到缅甸避难，进一步推动了缅华文学的发展。

在越南，华文文学的发展起步较晚，但是其发生、发展同样与中国南下文人、华侨华人知识分子、华文报刊、华文教育对中国现代文学的传播密切相关。第二次世界大战期间，中国沿海城市（含香港）相继陷落，大批中国知识分子逃亡越南，并在越南兴办华文学校。二战结束后，中国国内经济萧条，一批知识分子到越南谋生，大多在华文学校任教。这些知识分子的到来，培养了大批华文人才，推动了报纸副刊和华文文学创作的产生和发展。越南堤岸的《中国日报》《远东日报》等十多家华文报纸日渐壮大。这些报纸大多设有文艺性或综合性副刊，刊登了许多报人、教授、学生等创作的华文现代文学作品。二战后，一大批南下的中国文人带动越南华文文学进一步发展，如连士升、秦川、莫洛、黎尚桓、金满城、风兮、褚柏思、李雪荔等，一时文人荟萃。叮咛、陈维新、陶亦夫、马禾里等越华作家纷纷在《远东日报》等大报的副刊以及《红豆》《剪影》《人海》等文艺刊物上发表作品，有些长篇连载还出版了单行本，并涌现出一批新的越华作家，如山人（岑可动）、阿三（王松声）、慕水（陈大藩）、若舟（叶向阳）、吕惠红、尤津（刘旋发）、刘十寒、应薇明、林志凤、邝鲁久、复行（何爱名）、符麟书、邝学秦、萧宾、潘垒等。

除了东南亚华文文学外，北美、欧洲、日本、韩国、澳大利亚乃至非洲都有华文文学创作的存在，尤其是北美和欧洲华文文学创作后来居上，成绩斐然。在美国，成就突出的华文文学作家辈出，其中有一些本身就是中国现代有名的作家、学者，如20世纪30年代到美国的有林语堂；1940年代至1950年代到美国的有包柏漪、夏志清、黄运基、陈香梅、谢冰莹、周策纵等。还有一些是来自中国台湾的留学生，在台湾受过完整的中文教育，有些已经以创作成名，如1960年代到美国的白先勇、陈若曦、於梨华、聂华苓、非马、李欧梵、曹又方等等。在欧洲，20世纪下半叶以来涌现出许多优秀的华文文学作家，如法国的吕大明、黄冠杰、施文英，德国的关愚谦、严歌苓，瑞士的赵淑侠、朱文辉（余心乐），英国的虹影、文俊雅，奥地利的俞力工、王若珠，比利时的章平、郭凤西，荷兰的丘彦明、林湄，丹麦的池元莲，西班牙的莫索尔、张琴，捷克的老木，匈牙利的余泽民、阿心等等，大多是来自中国大陆、台湾等地的留学生、学者、作家。东南亚以外的海外华文文学，在发展历程上与东南亚华文文学不尽相同，但是都源自中国，都受到中国文学的影响。海外华文文学的发展使得现代白话文学成为海外华文写作的主要形式，是联系中国现当代文学与世界的一个重要纽带，也是中国现当代文学对外交流和传播的一个重要的渠道。

二、作为在籍国文学的海外华文文学

第二次世界大战后，在华侨最为集中的东南亚地区，民族独立运动风起云涌。走在独立建国道路上的东南亚国家，民族主义思潮高涨，加上西方国家一再渲染"共产中国""红色政权"威胁论，使得这些国家

对于华侨的认同问题、双重国籍问题心怀疑虑，要求华侨明确政治认同和国籍归属的声音甚嚣尘上。印尼率先制定相关法规，其中规定华侨两年之内不声明脱离中国国籍，便自动成为印尼公民。其他新独立的东南亚国家也纷纷效法。在这种情况下，东南亚的华侨不得不在回归中国和留下成为当地公民之间作出抉择。最终，大部分华侨选择加入当地国籍，而东南亚的华文文学也随之逐渐转变为在籍国文学的一个组成部分。

认同是一个复杂的问题，在移民群体中更是如此。中国移民定居海外后，逐渐形成了对家乡和居住地的双重认同。近代，在华侨最集中的东南亚，西方人东来、西方民族国家观念的东传、西方殖民者与中国政府竞相争夺华侨社会的领导权，加剧了当地华侨华人在认同上的复杂处境，既有对中国的认同、对居住地的认同，也有对殖民国的认同等。这种复杂的认同状况也反映在新生的华文文学当中。起步较早的马华文学在其滥觞时期就表现出中国化与本土化两种倾向和思潮。20世纪20年代末，马华文坛开始提倡"南洋色彩"。1927年，《荒岛》主张"把南洋色彩放进文艺里"。1929年，《文艺三日刊》提出"以血和汗铸造南洋文艺铁塔"的口号，并有意识地在创作中融入南洋色彩。这些主张虽然十分模糊、不成系统，但都表现出对"南洋""南洋色彩""南洋文化"的认同。曾圣提、浪花、慧聆、张金燕等人提出"南洋文艺""南洋新兴文学"等概念，以区别于中国化的侨民文学。1934年3月，丘士珍以笔名废名在《狮声》副刊发表《地方作家谈》，提出"马来亚地方文艺"的概念，将他们所认同的"地方"，从"南洋"进一步具体化为"马来亚"，并且将马华文学定位为"本土化"的马来亚地方文学，而非"中国化"的侨民文学。

抗战时期，中华民族处于危难关头，马华文学界将焦点放在救亡图存上，关于马华地方文艺的提倡和思考暂时中止。接着，新、马沦陷，文坛凋零，更没法思考这些问题。二战一结束，马华文学界就展开了一场关于"马华文艺独特性"的论争。争论主要集中在马华文艺是地方的独特的文艺还是作为中国文学一支的侨民文艺？具体来说就是马华文学的服务对象是马来亚还是中国？采用的题材是本地题材还是中国题材？表达的爱国思想应该是爱马来亚还是爱中国？论争双方的主要分歧点在马华文学的社会功能、内容和思想意识上，从根本上来说是政治立场的不同。这种分歧随着马来亚独立建国、大部分马来亚华人选择加入当地国籍，自然而然得以解决。

马华作家和马华文学的政治立场、服务对象明确了，但是马华文学在文学上，尤其是文学形式上的独特性却没有得到关注和解决。在意识形态色彩浓郁的现实主义文学思想作用下，马华文学在身份明确后，主动肩负起为马来亚民族、民主革命服务的使命。现实主义作家们以高度的热情拥抱马来亚民族革命的时代潮流，"目前还有一个更迫切的，关系着华侨本身利益的任务——献身于当地的民族自主运动。而且，由于中国是民族觉醒最早的国家，有丰富的斗争经验，由于中华民族有着五千多年的优秀文化，华人在当地的民族运动中是可以负起领导作用的。"① 但是在民族关系、政治关系复杂的马来亚，马华文学成为在籍国文学组成部分的过程并不顺利。由于马来亚民族主义的高涨、西方国家渲染"共产中国""红色政权"威胁论等原因，马来亚排华声浪高涨。在马来亚联合邦成立过程中，以华人为主体的新加坡被排斥在外，最终马来西亚和新加坡各自建国。马来西亚以马来语为官方语言，对华文教育、华人文化采取严厉的限制政策，而新加坡也以英语作为官方语言，发展英语为主、母语为辅的双语教育，华文、华文教育不断被边缘化。再加上马来西亚、新加坡建立后，致力于现代国家建设，推行西方民主制度，开始民主化转型。新、马华文文学的发展受到种种限制，强调政治功能的现实主义文学在复杂、敏感的政治环境中更是陷入了困境。

当现实主义文学陷入危机之时，适逢二战之后西方现代主义文学崛起，并迅速影响到我国香港、台湾等地。20世纪五六十年代，受中国港、台现代主义文学思潮，尤其是台湾现代派"要横的移植，不要纵的继承"的观点影响，一些马华青年写作者开始提倡现代主义文学、试图借助西方现代主义文学理论和方法，纠正"五四"以来马华现实主义文学重视思想内容、社会作用而忽略形式、技巧的偏向。他们批判马华现实主义作家"把文学当作一种臻达他们的政治企图的宣传工具，把文学

① 李廷辉：《新马华文文学大系》第一集，新加坡教育出版社，1971，第22页。

降格为政治的附庸"①，认为"现代文学作品比现实主义作品更具艺术色彩，内容也大大提高，现代文学作品所作的人类精神、心理上的探讨，是值得鼓舞的……现代文学作品的内容看似荒谬和紊乱，然而，却正是现代人类生活的反映。"② 针对现代派的挑战，现实派批评其移植西方现代派，抛弃民族传统和时代精神、脱离现实等。两派的争论一直持续到20世纪70年代中期，主要集中在创作理论及方法上。这场争论促进了双方在理论和创作上的进步。现实主义作家开始注重技巧的运用，现代主义作家则更加关注社会现实和本民族传统。以温任平为代表的"天狼诗社"诗人，反对台湾现代派"要横的移植，不要纵的继承"的观点，不赞成全盘西化，在接受现代主义文学思想、方法的同时，也从中华传统文化中汲取养料。

20世纪90年代，以黄锦树为代表的新生代作家对马华文学的发展方向又有了新的思考。黄锦树在批评马华文学缺乏主体性、中国性泛滥、经典缺席的基础上，进一步提出了激进的"断奶论"，要与中国文化传统、美学传统切割。他的一系列论述在马华文坛引起了极大的争议，被研究者称为"黄锦树现象"。

黄锦树论述的争议点之一是他对马华现实主义审美规范和创作实践的彻底否定，招致了现实主义支持者的批评。这一争议可以看作是20世纪六七十年代马华文坛现代派与现实派争论的延续。黄锦树的观点虽然比较激进，存在以一种主义反对另一种主义的偏颇，但他强调以"文学"的标准来梳理马华文学史、评判文学作品，对于马华文学的发展具有积极的意义，反映了马华文学内部文学思潮的嬗变。

黄锦树论述的另一个争议点是他对"中国性"的激烈批判，甚至提出要与中国文化传统、美学传统切割的"断奶论"，招致许多反对之声。黄锦树对"中国性"的批判和"断奶论"可以看作是马华文学独特性问

---

① 温任平等：《写在〈大马诗人作品特辑〉前面》，《马华文学》，香港文艺书屋，1974，第6页。

② 庄钟庆等：《东南亚华文文学与中国现代文学》，厦门大学出版社，1991，第108页。

题的延续。批判"中国性"、提倡"断奶论",其实是要提倡马华文学的本土性,建立马华文学的本土传统。这是可以理解的。马华文学已经不再是中国侨民的文学,而是马来西亚公民的文学了,相应的在文学上也要去除"中国性",建立自己的文学特色和传统。因此,马华现实主义作家和理论家提出马华文学独特性、爱国(马来西亚)主义文学等主张,认为马华文学在内容和精神上要与中国文学及其他国家文学有明显的区别。

　　黄锦树更进一步认为,马华文学的独特性不能像现实派主张的那样只停留在思想内容和题材的转变上,而要在整体风貌上,尤其是艺术上、美学上具有自己的特色和传统。他的论述在方向上没有问题,但是提出"断奶论",要与中华文化与美学传统切割,却无益于马华文学的成长。"断奶论"的产生反映了马来西亚华人在认同上的焦虑感。在马来西亚乃至东南亚许多国家独立建国的过程中,不但要求华人在政治上认同于当地,而且要求在文化上也要融入当地主流或官方文化。有些国家甚至采取强制同化的政策,如印度尼西亚。因此,华文教育、华文写作处境艰难,其"中华性"在当地政治、文化生态中十分敏感。不仅如此,受冷战影响,华人社会内部形成了"亲大陆"与"亲台"的政治分野。这种复杂的社会、政治环境导致了马来西亚华人文化认同的复杂化、多元化。例如在文学创作中,马来西亚华人除了用母语写作之外,还用马来文、英文等进行创作。有人还提倡用官方语言马来语写作,以获得"国家文学"的认同。黄锦树及一些马华作家、学者提出"华马文学"概念,即华裔马来西亚文学,试图将华文写作和非华文写作统合在这一概念之下。

　　综上所述,在马来西亚复杂的社会、政治环境中,坚守中华文化、坚持华文写作并非易事。"断奶论"的出现有其历史逻辑和现实逻辑。但在文学层面上,马华作家的华文写作要形成区别于中国及其他国家的"文学传统",不是通过与中华文化与美学传统切割就能实现的,而要靠一系列经典作品来确立,就像美国文学之于英国文学。学者周宁在分析黄锦树对"中国性"的批判和"断奶论"时认为,这些理论混淆了"作为政治实体或主权国家的中国"和"中华文化与美学传统",并精辟地指出:"作为一种文化与美学传统,中华性是所有华人的文化遗产与资

源……中华性作为一种文化或美学传统，不仅寄寓与发扬在中国大陆包括台湾地区，也寄寓发扬在东南亚千万华人社会以及世界所有华人社区。那是所有华人的共同遗产，也是所有华人的共同创造……马华文学需要一种文化自信，自身不仅是中华文化的继承者，而且是中华文化的光大者。中华文化的经典不是种植在土地里，在长江黄河故地；而是生发在思想与创作中，在天涯处处华人的笔下！"[1]

马来西亚作为海外唯一拥有较为完整的华文教育体系的国家，其华文文学的发展尚且面临种种困境和困惑，东南亚其他国家华文文学的发展便更是坎坷重重，在种种现实的困境中坚持前行。

第四节　华侨华人与文学译介

华侨华人生活在多元文化环境中，日常生活中经常会接触到多种语言。久而久之，他们中的许多人便具备了运用多种语言的能力。从很早开始，华侨便开始充当居住国与中国交流的桥梁，如华侨曾作为通事和使臣参与到东南亚诸国与中国的朝贡贸易中。在中国文学向海外传播的过程中，华侨华人也发挥着桥梁作用。他们不但将中国文学移植到居住国，而且还凭借自己的语言能力，将中国文学译介到当地社会，推动了中国文学在海外的进一步传播。

一、"峇峇""娘惹"与古典文学

19世纪末，在英属海峡殖民地（主要包括今新加坡、马六甲和槟城）、荷属东印度（今印度尼西亚）的土生华人当中兴起了一股翻译、阅读中国古典文学，尤其是中国古典小说的热潮。土生华人是早期（有学者认为是从明代开始）中国移民（大多来自福建和广东）与当地马来

---

① 周宁：《重整马华文学独特性》，《华侨华人历史研究》2004年第1期。

女子通婚，其后裔又互相通婚，渐渐形成的一个族群，多分布在马来西亚的马六甲、槟城以及新加坡和印度尼西亚，被称为土生华人、海峡华人（分布在英属海峡殖民地的土生华人多用此称呼）。在马来语中，土生华人男性称为峇峇，女性称为娘惹，所以土生华人又称为峇峇娘惹。他们的文化兼具父系和母系的特点，其生活方式具有马来色彩，但在姓氏、信仰、礼俗等方面保留着中华传统。他们在饮食、衣着上保留许多家乡的习惯。他们的寺庙、宗祠乃至住宅的建筑和里面的摆设常常以中式为主。所用的语言主要是一种混杂了中国南方方言的马来语，略为了解一点中国南方方言。许多土生华人在意识上认同自己是中华子孙，尤其是在近代海外华侨华人民族意识高涨的时期更是如此。1901 年 7 月 31 日，醇亲王载沣经过新加坡时，海峡华人（英属海峡殖民地土生华人）代表林文庆、宋鸿翔、阮添等人的所致颂词中说："中国乃民等祖宗父母之邦，民等时深忠爱，不敢或忘。亦深望朝廷不忘海外华民，因民等祖宗父母，俱系中国之民，前来海外谋生，所有教化、风俗、正朔，咸遵中朝制度。"[1]

19 世纪末，出现土生华人翻译中国古典文学这一现象的原因，有以下几个方面：一是 19 世纪末大量中国移民来到东南亚，中国的文化和文学也随之被带到东南亚各地。中国古典小说以说唱、戏曲等形式在中国移民中广泛传播。当时中国移民多来自中国南方的广东和福建，因此在他们中间流行的说唱和戏曲都是以南方方言为载体的。土生华

在家中读书的土生华人儿童

人的祖先来自福建等中国南方地区，他们略懂南方方言，文化上受到中

---

① 莫嘉丽：《中国传统文学在新马的传播——兼论土生华人的作用》，《华侨华人历史研究》，2001 年第 3 期。

国南方文化影响。因此，中国移民的说唱文学引起了一部分土生华人的注意。法国学者克劳婷·苏梦尔认为，中国古典小说在被土生华人译介成书之前已经广为流传了。有学者认为，土生华人的中国古典小说译本与说唱文学关系密切，在题材、形式上有许多共同点，且许多译本没有注明原著者、翻译者，同一著作的译本名字不统一，存在节译、重译、合并出版和再版的现象。凡此种种都说明土生华人的中国古典小说译本有一部分来自流行于中国移民当中的说唱文学。二是经过几代人的努力，19世纪末土生华人具有了一定的经济实力，在当地社会取得了较高的地位。他们继承了中国人重视教育的传统，富裕的土生华人家庭从中国聘请私塾先生教子女学习"四书五经"等中国传统文化，或是送子女到当地的学堂和西方人办的学校学习。因此，他们受教育的程度较高，许多土生华人具备马来语的读、写能力，部分人掌握两种或多种语言，这为他们阅读和翻译中国古典小说奠定了基础。三是随着西方印刷技术的传入，东南亚的印刷业和出版业发展起来。具备一定经济基础的土生华人，也进入到这些行业，开始出版报纸杂志。在英属海峡殖民地，从1894年开始，土生华人以拉丁化的土生华人马来语为媒介陆续办了七份报纸和四份杂志，其中包括四份双语报刊（三份马来文及英语、一份马来文及中文），如《土生华人报》《马来西亚维护者报》《每日新闻》《土星报》《土挥报》《阳明报》《讲故事报》《土生华人之星》等。从1889年开始，陆续成立了宝华轩出版社、金石斋出版社等出版机构。在荷属东印度，19世纪80年代主要有四家土生华人经营的出版印刷机构，其中三家在雅加达，即钟福隆创办的源登出版社、叶源和创办的印刷厂，以及黄志信的印刷厂，另一家是李金福创办的出版社。这些报刊和印刷出版机构为土生华人翻译作品提供了传播的载体和渠道。

据法国学者苏尔梦考证，在荷属东印度，1859年《薛仁贵征西》被译成爪哇语。19世纪70年代后，出现了《山伯、英台》的爪哇文和巴利文校订本。19世纪下半叶，马来语在荷属东印度成为通行语言，并形成拉丁化的罗马文字，中国古典小说的马来文译本才开始出现，现存最早的译本出现在1882年（讲述清官海瑞的故事）。此后，土生华人基本上用马来文译介中国古典小说。马来文分为"高级马来文"和"低级马来文"，"高级马来文"主要在文人和宫廷中流通，而"低级马来文"则是在市场经济发展中混合了方言而形成的通俗马来语。土生华人的用语就是混合了中国南方方言的"低级马来文"。田三仙是较早开始译介中国古典小说，并将之推向市场的土生华人。他是三宝垄的商人，兼营书店，1886年开始将中国古典小说翻译成马来叙事诗，印刷成册并在自己的书店里售卖，受到当地华人的欢迎。此后直到20世纪20年代，他的这种模式被其他商人效仿，许多出版商和销售商纷纷组织翻译、出版这种叙事诗形式的译本。

19世纪末，中国文学作品的翻译和出版初具规模。译作以长篇历史小说为主，或被出版成书，或在报纸上连载。其中，《三国演义》是经常被翻译的小说之一。最早的一个《三国演义》译本在马来文报《马来亚号角》上连载。1883年至1885年，雅加达的荷兰出版社——樊多东普公司出版了由土生华人翻译的马来文版《三国演义》，全十二卷，共计900页。1886年，又有陈晓赤的《三国演义》译本出版。

这一时期的翻译者，如钟福隆、叶源和、施显龄、李金福既是翻译者，又是商人。其中，成就和影响最大的是李金福（1853—1912），他生于西爪哇，少时曾受过华文私塾教育，还学习巽他语和马来语，后就读于荷兰教会学校、印尼官办学校，还跟随荷兰牧师学习过荷兰语。他通晓三国语言，受到中国文化、西方文化与印尼本土文化的影响，是较早通过翻译改写或再创作的方式，译介中国文学和西方文学的土生华人作家之一。他翻译过不少中国古典文学作品，

李金福

有古典小说《二度梅》《梁天来》《七粒星》《绿牡丹》，及宣扬儒学思想的作品，如《百孝图》《孔夫子传》等。他还创作马来语小说和读物25部，其中1884年出版的《巴达维马来语》是华人写的第一部有关通俗马来语的专著。因此，李金福被誉为"华人马来语之父"。另一位翻译者文信和也翻译了大量中国古典小说作品，有《封神演义》《西游

记》《三国志》《梁山伯与祝英台》《李世民游地府》等。其中，《梁山伯与祝英台》在 1892 年至 1922 年间由他翻译再版四次，成为在印度尼西亚流传最广的中国古典小说之一。

这一时期影响较大的翻译者还有吴炳亮、张振文、赵雨水、施显龄、郑登辉等。这些翻译者的中国古典文学译本有的从中文原本翻译，有的从荷兰文或英文译本翻译或改写。除了中国古典小说外，中国儒家经典也被翻译为马来文译本，如 1897 年至 1899 年，安汶的华人雷珍兰、杨春渊，将《大学》《中庸》和《论语》的荷兰译本转译成马来文。20 世纪初，土生华人翻译的中国古典文学作品越来越多，大部分译本仍为历史题材的演义小说，其中最有名的是由苏门答腊华人作家李云英翻译的《三国演义》译本，厚达 5308 页，共计 65 册，堪称鸿篇巨制。李云英（1880—1941）是李金福的儿子，通晓马来语和华语，一共翻译了 13 部中国古典文学作品。1910 年，他翻译的《三国演义》在《新报》上连载，1912 年以图书形式印制出版。同一时期，1910 年至 1918 年间，钱仁贵也翻译了《三国演义》共 4655 页，附有插图，分 62 次发表。他的译本在诸多《三国演义》译本中最受欢迎，并于 1920 年加了注释和地图，再次出版。这一时期，除了历史小说，还有中国古代武侠小说的译介，主要的译者有王金铁（1893—1964）和陈泽和（1894—1944）。王金铁，报人，出生于印尼西爪哇，通晓中文与印尼文，曾到暨南学堂求学，后在中华会馆任教，较有代表性的译作有《洪秀全演义》与《侠义英雄传》。陈泽和，报人，生于印尼西爪哇，曾到暨南学堂念书，后执教于万隆中华会馆，曾翻译数十部中国小说，较为著名的有《三剑侠》与《大明奇侠》。

19 世纪末，英属海峡殖民地"有许多中国章回小说和历史故事等，被土生华人有计划、有系统地翻译成罗马化的马来文。由 1889 年至 1950 年，前后翻译了不下七八十种书目"。[①] 早期的译本以演义、奇观、志怪等通俗小说为主，包括中国从古代到近代通俗小说的各种类型——

---

① 莫嘉丽：《中国传统文学在新马的传播——兼论土生华人的作用》，《华侨华人历史研究》2001 年第 3 期。

历史演义、公案小说、侠义小说、志怪小说、言情小说。其中，以历史演义为最多，公案、侠义小说次之，志怪、言情小说的比例很小。英属殖民地土生华人翻译者中最著名的是曾锦文（1851—1920），他生于槟城，祖籍福建侯官（今福州市区西部和闽侯县的西北部地区），少时曾到福建船政学堂学习，后留校执教。邓世昌等北洋水师将领曾是他的学生。1872年，曾锦文返回新加坡从商，业余从事中国古典小说翻译。他的翻译生涯由替人翻译《反唐演义》的后五卷（8卷本）开始。此后，他又翻译了《三国演义》（节译本）、《水浒传》、《西游记》等。另一位较有成就的翻译者是作家、出版商袁文成，曾翻译并出版10多种中国小说，包括《东周列国志》《后列国志》《三宝太监》等。

二战后，土生华人译介、阅读中国古典文学的热潮逐渐降温，但是华人译介、阅读中国文学作品的传统在新加坡、马来西亚和印度尼西亚华侨华人当中却延续了下来。尽管受到国际局势、当地政策、华文教育发展的影响，对中国文学的译介时起时伏，但总有华侨华人坚持致力于这一事业。

在马来西亚，一些华人学者继续致力于翻译中国文学作品。吴天才，生于1936年，马华诗人、翻译家，曾任马来亚大学中文系系主任，历任联合国教科文组织亚洲组中文诗翻译员和马来西亚翻译与创作协会主席等职。他用马来文翻译了《论语》和《中国古典诗和现代诗》，还选译了《中国新诗选》《马华新诗选》。叶新田，生于1939年，马华翻译家，笔名雅辛·塔尼（Yassin Tani）。他生于吉隆坡，曾任记者、马来文教师和出版社负责人，译作有马来文版的《孙子兵法》（1986）和《道德经》（1991）等。1986年，吴恒灿等人创立"马来西亚翻译与创作协会"。该会自成立至今，致力于用马来文译介中国文学，先后翻译出版了《撒尼大爹》（收入冰心、丁玲、萧红等20位中国近代著名女作家的短篇小说的马来文译本）、中国四大名著的马来文译本等。

在印度尼西亚，由于政府对华文教育、华文书刊实行严格的限制政策，中国文学作品的译介十分萧条，但中国港台武侠小说的译介却不受影响，还掀起了一股热潮。这一时期以翻译武侠小说著称的华人翻译家有颜国梁、郭贤龙、黄金长、王平安等。颜国梁，1928年生于中国，七

岁随父亲到印度尼西亚，通晓中文与印尼文。他前后翻译了约有 40 余部武侠小说作品。他于 1958 年翻译了梁羽生的《塞外奇侠传》，在以印尼文和华文为主的《新报》上连载。此后，颜国梁又翻译了金庸的《神雕侠侣》《笑傲江湖》《倚天屠龙记》《素心剑》《天龙八部》等，以及古龙的《楚留香》《陆小凤》《浣花洗剑录》和《名剑风流》等。其中，最好的一部作品是《绝代双骄》。黄金长（1903—1995），出生于印尼西爪哇，曾师从翻译家王金铁。他一生翻译了 100 余部作品，以武侠小说最负盛名，作品有《九美图》《射雕英雄传》《萍踪侠影录》《宝剑金钗》《铁骑银瓶》《剑气珠光》《鹤惊昆仑》等。他的译作主要在印尼报刊《竞报》上连载。他的中文功底深厚，在当时翻译武侠小说的华人中，是唯一一个能将小说中的诗词翻译为印尼文的翻译家。

除了武侠小说的译介外，这一时期也有华侨华人从事中国古代诗歌的翻译，主要的译者有陈冬龙、戴俊德和周福源。陈冬龙，祖籍广东台山，1946 年生于印尼苏拉威西。他经营书店多年，热心文学活动，先后担任印华作协理事、印尼文学社理事等职。他创作和翻译了不少诗歌作品，著有小说、印尼文诗集和中华诗歌翻译集等十余部作品，其中有一部中、印尼双语对照的诗歌翻译著作《唐诗》（2001）。戴俊德是雅加达儒雅诗社社长、中华诗词文化研究所研究员。2003 年，他在华文月刊《呼声》上陆续发表了关于唐诗的印尼文译作，涉及李白、杜甫、李商隐、刘禹锡、张籍和贾岛等。周福源，1956 年生于印尼雅加达，幼时就读中文学校。2007 年出版中国诗歌印尼译本《明月出天山》，其中选译从春秋战国至清朝的 560 首中国历代名诗。

二、泰国华侨华人与古典诗歌

中国古典诗歌是中国文学的重要组成部分，具有独特的魅力。中国古典诗歌语言优美精练，具有韵律之美，还有丰富的意象和意境，在进行翻译时存在一定的难度。译者要翻译好中国古典诗歌，必须精通两种语言，对两种语言的诗歌具有一定的造诣。海外华侨华人当中就有不少这样的人才，他们在中国古典诗歌海外译介和传播过程中发挥了重要作用。

在泰国，华人是中国古典诗歌译介的主要力量。早期泰国宫廷曾少量翻译过中国古典诗歌，但真正较为广泛的译介活动直到 20 世纪 60 年代后才开始出现。从 1964 年至 1966 年，以及四年后的 1970 年，泰国华人翻译家黄荣光连续在《詹达拉卡神牟》（*Chandrakasem*）杂志上，发表译介中国古典诗歌的文章，内容涉及《诗经》、《楚辞》、汉诗、三曹（曹操、曹丕、曹植）、李白、杜甫等。此后，一些华人或泰国人教师、汉学家陆续开始译介并发表、出版中国古典诗歌作品。他们的译本主要由中国古典诗歌原作或英文译本翻译而来，前者更能保留中国古典诗歌原有的风貌。泰国的华人翻译家大多根据中国古典诗歌原作进行翻译，因此翻译成就比较高。他们的翻译方法主要有两种：一种是采用自由体来翻译古诗，另一种是采用格律体来翻译古诗，两种方法各有所长。

较早开始翻译中国古典诗歌的泰华翻译家有黄荣光、魏治平和陈壮等。黄荣光（1907—1987），泰文名荣·英卡威（Yong Yingkaweit），祖籍广东揭阳市，出生于曼谷，泰华著名的汉学家、教育家。幼年时，父亲黄传开教他读《千字文》。此后，他一直坚持学习汉语和中国文化，后来还师从泰国著名学者学习泰文和泰文韵体诗写作。1939 年，他进入泰国国立法政大学，毕业后长期任职于泰国教育部。他曾在朱拉隆功大学师范学院任教，在泰国的多所大学讲授中国文学，有多年的泰文和中国文学教学经验。他的中国古典诗词造诣颇深，曾经撰写李白、杜甫、曹操、张衡、司马相如等中国古代名人的小故事，并用泰文翻译从周朝到元代的中国古典诗歌共计 250 首，主要译著有《中国韵文纂译——"诗经"与"楚辞"》，选译《诗经》48 首和屈原《离骚》全篇；《诗——中国的生命之歌》选译 66 首中国诗歌，大部分为唐代著名诗人的代表作。此外，还有《〈诗经〉——中国诗歌史上第一朵花》《〈楚辞〉——中国南方文体》《三曹父子——曹操、曹丕和曹植》等。黄荣光采用格律体翻译中国古典诗歌，能较好地传达其神韵，语言含蓄精练、富有节奏感。他的译作被公认是同类译作中最优秀的，被称为"优雅之作"。他的译介成就得到了泰国学界的认可，被誉为

"诗歌翻译之父"。

魏治平，泰文名韦才·批帕塔纳努几（Vichai Pipattananukid），与黄荣光有着相似的汉语学习经历，精通中国语言和文学。他的译作语言风格华丽生动、高雅讲究，泰文又经过泰国著名语言专家的修改润色，更加优美流畅，被一些学者称为中文诗歌泰译的典范。他的译作主要收入《中国文学史》。该书是他在泰国北大年府的宋卡王子大学汉语专业教学用的教材。其中，选译的都是唐代之前的中国古典诗歌作品，有《诗经》31 首、《楚辞》13 首、汉乐府诗、《古诗十九首》及曹操的《短歌行》1 首。1975 年，泰国高等学校开始设立汉语专业和比较文学专业，大多有"中国文学史"或相关课程，中国古典诗歌是其中一项重要的内容。当时泰国高等教育汉语专业使用的比较好的中国文学史教材，除了黄荣光为诗纳卡林威洛大学教育学院比较文学专业编写的《中国诗歌发展简史》，就是魏治平的《中国文学史》。

陈壮（1934—1990），泰文名张·氏当（Zhang Saedang），祖籍广东，出生于吞武里。他是泰华著名的汉学家、作家、画家，曾写过小说和诗歌。1974 年，他翻译出版了《中国古典诗歌选》一书，是第一部专集形式的中国诗歌泰译本，采用自由体翻译中国古典诗歌，每首诗均加以注释和分析。书中收录了从汉代、魏晋南北朝、唐代、宋代、辽金、元代直到清代的 56 首诗歌，43 首为唐诗。其中，李白有 12 首。他选译中国诗歌的特点，基本体现了华裔学者泰译选诗的普遍特点，反映了泰国译者和读者对唐诗尤其是李白诗歌的喜爱。

在以上三位之后，泰国华人中出现了林运熙、庄明伟等人，继续从事中国古典诗歌的译介和研究。林运熙，1950 年生于泰国素攀府，毕业于诗麟卡琳娜师范大学文学院，获文学硕士学位，曾到广州进修汉语，后任教于素攀府甘素色沙莱学校。他是泰华汉学家、翻译家，致力于研究中国文学和文化，颇有成绩，著有《诗——中国的生命之歌》《中国三大诗人·李白、杜甫、白居易》等专著，及《周易》《孙子》《孔子论语》《儒林外史》《西汉演义》和《中国历代笑话选》等泰译本。其中，1989 年出版的《诗——中国的生命之歌》，选译了从孔子时代至唐代的 54 首诗歌，还述及中国古代诗歌史、诗歌类别及演变、诗歌的格律和内容等，并对每首诗加以注释和分析。他采用格律体翻译中国古典诗歌，保持了原诗的韵律和节奏。庄明伟，曾就读于泰国国立政法大学，精通中文和泰文，爱好中国古典诗歌和泰诗，曾参与泰华诗学社的活动。从20世纪70年代开始，陆续在《星暹日报》的《国风吟苑》、《新中原报》的《艺林版》及《中泰译丛》上，陆续发表以泰文翻译的中国古典诗歌一百余首。2006年，他精选唐诗100首，采用格律体翻译成泰文，并在每首诗后加以注释。

其实，除了泰国外，东南亚很多国家都有华侨华人从事中国古典诗歌的翻译，如马来西亚的吴天才，印度尼西亚的陈冬龙、戴俊德和周福源，菲律宾的林健民和施颖洲等。华侨华人当中的中国文学翻译家和翻译爱好者是中国文学通向当地社会的桥梁，为中国文学在海外的进一步传播起到了积极作用。

三、近代中国留欧学生与中国文学的海外传播

中国在明清之际已有留学生赴欧。当时，以天主教耶稣会传教士为主的西方传教士来华传教，为了拓展传教事业、培养中国神职人员，一方面在中国创办教育机构，另一方面选送中国学生到欧洲深造。礼仪之争后，清政府实行禁教政策，传教士马国贤发现培养中国人传教与西方人直接到中国传教相比，在语言以及社会接受度等方面具有更多优势。因此，他向教廷倡议在意大利那不勒斯创办中国学院，专门培养中国神职人员，吸引更多中国人到欧洲留学。自此，留学成为中国人赴欧的一个主要途径。中国留欧学生不仅在"西学东传"中发挥了重要的作用，而且对欧洲汉学尤其是欧洲的中国语言、文化、文学研究作出了积极的贡献。

明清之际至清中期是中国留学生赴欧的第一个阶段。赴欧的中国留学生在学成后大多回到中国传教，少部分人留在欧洲从事中国语言文化教学或协助西方学者开展汉学研究。在中国语言、文化教学和研究上贡献较为突出的有沈福宗、黄嘉略和郭栋臣。

沈福宗出身于江宁府（今南京）一个信奉基督教的家庭，受过儒学教育，还学会了拉丁文。他在康熙十九年（1680）跟随比利时耶稣会传教士柏应理乘坐荷兰商船到欧洲。当时，法国正盛行"中国热"。据著名汉学家史景迁

沈福宗

研究，沈福宗在法国参与了耶稣会翻译《论语》的工作①。他离开法国后到了英国，将一份《论语》译本的复制版带到英国，捐给了牛津大学图书馆。他还协助牛津大学的海德教授对图书馆的中文图书进行编目、翻译工作；此外还被邀请参加学术圈的活动，讲述中国的情况。

黄嘉略幼年时，即被法国传教士李斐理收为义子。康熙四十一年（1702），黄嘉略随传教士梁弘仁前往欧洲。在欧洲期间，他曾入学读书，后担任梁弘仁的私人秘书。在盛行"中国热"的法国，他的到来受到各方关注。经主管中国事务的海军大臣蓬夏特兰向法王路易十四推荐，他被任命为国王的中文翻译，还受命协助整理王家图书馆收藏的中文书籍。1713 年，他脱离教会还俗，专门从事研究，1716 年病逝。他的工作创造了多个第一：第一个用法文编写汉语语法、第一个编撰法-汉字典、第一个用法文翻译中国小说等等。黄嘉略经

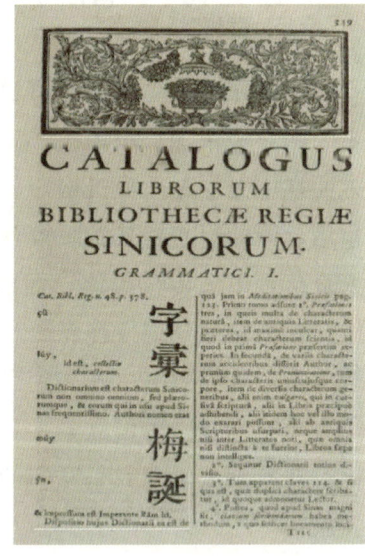

黄嘉略编撰
《（法国）皇家图书馆写本目录》

①史景迁：《沈福宗和他的十七世纪跨文化之梦》，《东方历史评论》2014 年 3 月 4 日。

汉学家弗雷莱引见，与孟德斯鸠相识。在他留下的日记中，记录了他曾向孟德斯鸠介绍中国的历史、社会和文学等情况。弗雷莱从帮助黄嘉略编写汉语辞书开始进行中国语言、文学的研究。汉学家傅尔蒙通过与黄嘉略合作，与黄嘉略、费雷莱一起成为法国世俗汉学的开拓者。

郭栋臣于咸丰十一年（1861）赴那不勒斯中国学院留学，并于1873年毕业后回国传教。光绪十二年（1886），因那不勒斯中国学院汉文师资力量不足，他受邀重返那不勒斯中国学院执教。当时，由于中国禁教导致生源不足，该校招收了不少欧洲和土耳其的学生。为了帮助这些外国学生学习汉语和中国文化，郭栋臣编写了汉语教材《华学进境》，还用意大利语、拉丁语翻译了中国古代启蒙读物《三字经》，并由那不勒斯的出版商出版。《华学进境》中包括了汉字字形表、部首表以及《三字经》、"四书"、韩愈和陶渊明等人的诗文以及《左传》的内容。这部教材受到西方学者的好评，是当时欧洲人学习中国语言文化、文学的一部工具书。

自晚清到民国，随着中国教育现代化进程的启动以及清政府的介入，中国的留学教育制度逐步建立并完善。近代中国留学生赴欧进入第二个阶段。大批中国留学生，或公派或自费，前往欧洲留学，其中不仅有进入欧洲各大学学习的学生，也有学有专长到欧洲访学、讲学的青年学者。有一些留学生开始帮助欧洲的汉学机构、汉学家译介和整理中国文献，协助或指导汉学家开展中国文化、文学研究。另有一些留学生和学者开始进行中国文化、文学的译介和研究，撰写论文，出版专著等。其中，在中国语言文化教学与研究、文学译介等方面贡献较为突出的有留法的敬隐渔，留英的老舍、吴世昌、蒋彝、萧乾、钱锺书，留德的王光祈、季羡林和陈诠，留苏的曹靖华、萧三和胡蛮等。

敬隐渔出身于四川遂宁的一个天主教家庭，他先在教会学校学习，后到上海的中法国立工业专门学校读工科。他爱好文学，于是转而投身于文坛，曾加入郭沫若、成仿吾等创立的创造社，又与周作人、郑振铎等人发起的文学研究会关系密切。1925年，他赴法留学，1928年通过法语水平书面测试，被里昂中法大学正式录取。他是最早将中国现代文学作品介绍到法国的人。在法国期间，他用法语翻译《阿Q正传》，经法

国大文豪罗曼·罗兰推荐发表在法国《欧罗巴》杂志上，还翻译了鲁迅、茅盾、郁达夫、冰心、落华生、陈炜谟等中国现代作家的众多作品，并结集为《中国当代短篇小说家作品选》，在法国出版。

老舍，1922年加入基督教，由此结识了在燕京大学任教的英国传教士伊文思。经伊文思推荐，老舍于1924年至1929年间，赴英国伦敦大学东方学院任讲师，赴英船票由伦敦传教会提供。他在伦敦大学教授中国官话和古典文学。在此期间，他接受了为英国灵格风出版公司灌制汉语有声教材的任务。这一套教材名为《言语声片》，以灌制唱片的办法教授汉语发音和会话，是最早教外国人学汉语的语音教材，当时在英国影响很大。老舍先后灌制了16张唱片，其中有曹雪芹《红楼梦》第二十五回的片段。老舍在伦敦大学东方学院期间，还帮助英国翻译家艾支顿翻译中国古典名著《金瓶梅》。当时，艾支顿为了更好地理解这部小说，求助于老舍。在长达3年的时间里，两人住在一起，共同解决翻译过程中遇到的各种难题，最终完成了《金瓶梅》的英译本，并于1939年出版。这个译本在欧美很受欢迎，传播广泛，曾四次再版。

除了老舍之外，蒋彝、萧乾等人在英国留学期间也曾在伦敦大学东方学院教授汉语。同时，萧乾创作了一系列介绍中国新文学的作品，如《苦难时代的蚀刻》一书，不但分析了中国现代文学的主流和特点，还阐述了中国新文化运动后在小说、诗歌、戏剧、散文、文学翻译五个领域的成就，在英国引起强烈反响。

红学家吴世昌1932年从燕京大学毕业，其后于1948年初赴牛津大学任高级讲师。他在牛津期间用英语讲授中国文学史、中国散文史、中国诗及甲骨文等课，隔年轮流替换。他还在汉学家霍克思翻译中国古典名著《红楼梦》的过程中提供了重要的帮助。

王光祈于1927年进入柏林大学专攻音乐学，1934年以《论中国古典歌剧》一文获波恩大学博士学位。他于1932年开始，担任波恩大学中文讲师。季羡林在1935年清华大学与德国签订交换研究生的协定之后，考取了哥廷根大学的研究生，并于同年9月赴德，主修印度学。在此期间，他结识了该校汉学研究所的哈隆教授，并帮助其整理汉学图书馆的图书。哈隆教授推荐季羡林担任该校汉学讲师，为汉学研究所的德国学生讲授汉语、中国古代文献等，还为一些德国教授讲授汉语语法常识，纠正他们对唐诗的误读。

综上所述，近代中国赴欧留学生通过开展汉语言、文化、文学教学，协助欧洲汉学家进行中文图书、文献的编目及整理，协助欧洲汉学家或本身开展文学作品译介，撰写研究中国文化、文学的著作、论文等方式，推动中国语言、文化、文学在欧洲的传播，为欧洲汉学以及中国文学译介、研究作出了积极贡献。自近代开始的中国留学教育，不但培养了一大批西学人才，在"西学东渐"和中国现代化进程中发挥了重要的作用，而且为"中学西传"开创了一条重要的途径，至今仍在中国文化、文学海外传播中发挥着重要的作用。

四、华人学者在美国的文学译介与研究

美国汉学是海外汉学的后起之秀，发轫于 19 世纪，并于 20 世纪成为汉学研究的重镇，在第二次世界大战之后以其"中国学"研究独步世界，成为海外汉学研究的中心。其发展得到了欧洲汉学的大力支持，也离不开中国留学生和华裔学者的辛勤耕耘。中国留学生和学者通过中国语言文化教学，帮助美国汉学学者和学生提高汉语应用能力，增进对中国文化知识的理解。他们通过协助美国汉学家整理、翻译中文文献、典籍，使其能够顺利开展研究并取得丰硕的成果。美国汉学家还进行中国文化、文学作品的译介工作，或通过撰写论文、专著，开展中国文化、文学研究。尤其是在第二次世界大战之后，在美国汉学由边缘向逐渐受到重视、由传统汉学向中国学转变的过程中，一批赴美的华裔学者在"协力培育美国汉学的基础、矫正美国汉学发展中的流弊、引领美国汉学研究新方向"[①] 等方面，对美国汉学研究不但作出了基础性贡献，而且发挥了极大的推动作用。他们在美国的中国文学译介、研究领域，也发挥着重要的作用。

---

① 吴原元：《略论 20 世纪 40 年代中国赴美学者对美国汉学的影响》，《华南农业大学学报（社会科学版）》2010 年第 1 期。

中国人赴美留学始于 19 世纪中期。容闳是较早赴美留学的中国人之一，也是第一个毕业于耶鲁大学的中国留学生。在他的倡议下，1872 年至 1875 年间，清政府先后派出四批共 120 名学生赴美国留学。他因此被称为"中国留学生之父"。他将珍藏的一大批中文典籍捐赠给母校耶鲁大学，促成了美国第一个汉学讲座的开设，为美国汉学的发展作出了积极的贡献。此后，美国许多大学纷纷设立汉学讲座，外聘中国学者。1879 年，戈鲲化在他的学生、哈佛大学校友杜德维的推荐下，赴哈佛担任汉学教授。他为此专门编写出版了《华质英文》，收录了他创作的 15 首诗作，有中文原诗、英文译文，还有对诗句、典故的英文解释。在戈鲲化去世后，哈佛大学的汉语教学几乎陷于停顿。直到 1921 年赵元任到哈佛大学任哲学和中文讲师时，这种状况才有所改变。赵元任曾先后到康奈尔大学和哈佛大学留学，并曾在康奈尔大学任教。他到哈佛担任中文讲师后，一改以往汉语教学的"翻译－语法教学法"，重视培养学生的听说能力，成效显著。1924 年，梅光迪接替赵元任担任中文讲师。梅光迪在 1911 年通过第三届"庚子赔款"留美生考试赴美，先后在威斯康星大学、芝加哥的西北大学、哈佛大学学习。1924 年至 1927 年，他应邀担任哈佛大学汉文讲师；1929 年至 1936 年，又担任哈佛大学汉文助理教授。

20 世纪初至抗战前，随着中美关系以及中美文化交流的发展，出现了中国人赴美留学的热潮。由美国开始，俄、英、法、荷、比等国先后与中国签署了庚款留学协定，大大促进了中国留学生人数的增长。胡适、赵元任等学者就是考取庚款留学生而赴美留学的。1928 年，哈佛大学和燕京大学合作成立哈佛－燕京学社，为中美学者搭起了一道交流、合作的桥梁。通过哈佛－燕京学社项目的资助，不少中国留学生、学者到美国留学、访学。这一时期，在西方国家中，美国为了在亚洲培植亲美势力，较早开始有意识地吸纳来自中国等亚洲国家的留学生。因此，去往美国的中国留学生人数众多。

不少留学生和学者在美国期间担任教授中国语言文化的老师，帮助汉学机构和汉学家开展整理、翻译中文文献、典籍等基础性工作。他们有的致力于中国文化、文学作品译介、研究的工作，甚至有人在美国汉学、中国文学研究中作出了开创性的贡献。其中，较有代表性的有王际真、高克毅等。

王际真，1922年考取清华学校留美预备名额赴美留学，1922年在威斯康星大学麦迪逊分校攻读经济学，1924年继续在哥伦比亚大学学习。他毕业之后开始进行《红楼梦》的翻译。1929年，他节译的《红楼梦》出版，由著名汉学家阿瑟·韦利作序，得到各方好评。这个译本多次重印，在英语读者中影响广泛。他的译本按照畅销书的要求，根据西方读者的心理，进行了删节，以宝玉和黛玉的爱情故事为主，突出中国风情和传奇色彩，受到读者的欢迎。1958年，他又出版了增译本，不仅增加了一半内容，还重视研究小说的作者及历史背景，如考证了曹家的家谱、康熙、雍正年间的历史背景和高鹗续书的情况。1958年，该译本出版后，引起了美国学者研究《红楼梦》的兴趣，产生了一系列评论和论文。通过王际真的译介和美国学者基于其译本所进行的研究，学界肯定了《红楼梦》世界名著的地位，推动了美国红学的产生和发展。王际真受时任哥伦比亚东亚研究所主任富路特邀请，到哥大任教。1929年起，他在哥大教授汉语和中国文化，直至1965年退休，主持哥大东亚系长达二十年。王际真的另一大贡献是将鲁迅以及中国现代文学介绍到英语世界。1939年，他撰写的《鲁迅年谱》出版，这是英语世界第一份鲁迅年谱。1941年，他翻译的《阿Q及其他——鲁迅小说选集》英译本，是较早的鲁迅小说专集英译本。1944年，他翻译的另一部小说集——《当代中国小说选》，收录了鲁迅以及沈从文、老舍、茅盾、凌叔华、叶圣陶、巴金、废名、张天翼、杨振声等作家的作品。1947年，哥大还出版了他编选、翻译的《中国战时小说》。以上几部小说集对美国中国现代文学译介、研究产生了深远的影响。夏志清曾称赞王际真为中国现代小说翻译的先驱者。

高克毅，笔名乔志高，出生在美国，童年到上海生活，后毕业于燕京大学。20世纪30年代，他留学美国，毕业后长期居住在美国从事新闻和写作。在工作之余，他致力于中国文学及英语文学的翻译。他是将老舍介绍到美国的第一人。1939年，他撰写了《论老舍小说》一文，首次向美国文学界介绍老舍及其小说。1946年，他主编的《中国智慧与幽

默》（又译《中国幽默文选》）一书在纽约出版，其中的译文涉及《论语》《孟子》《庄子》《列子》《韩非子》《荀子》《水浒传》《西游记》《金瓶梅》《红楼梦》《镜花缘》《儒林外史》，以及辜鸿铭、鲁迅、林语堂、老舍等人的作品片段。1972 年，他应香港中文大学之请出任翻译中心客座高级研究员，于 1973 年创办英文翻译专业期刊《译丛》，并担任主编 8 年。该杂志致力于向世界各地英文读者翻译介绍中国古今文学作品，是国际知名的中国文学译介研究的权威学报。该刊的译者和撰稿人，除了高克毅、宋淇外，还有许多中国及海外的汉学家、翻译家，其中包括不少欧美澳汉学家，如闵德福、卜立德、杜博妮、宇文所安、梅布尔·李、葛浩文等。

20 世纪上半期，二战之后的中国以及 20 世纪五六十年代的台湾地区先后出现了两拨赴美留学的热潮。这些留学生和学者去到美国，不但学习西方文化，而且涌现出一批华裔汉学家，大大增强了美国汉学的研究力量。其中，在中国文学译介、研究上，成就突出的学者有柳无忌、罗郁正、周策纵、刘若愚、叶维廉、叶嘉莹、夏志清、李欧梵、吴应熊、余宝琳等。

柳无忌和罗郁正是二战前后较早赴美国留学、讲学，并为美国汉学、中国文学译介、研究作出突出贡献的华人学者。柳无忌是中国现代著名诗人柳亚子的儿子，受父亲影响，他自小爱好文学。1927 年，他从清华高等预科学校毕业后，公费留美。1945 年，他受邀赴美国讲学，从此定居美国。他先后在美国多所大学如耶鲁大学、宾夕法尼亚州匹兹堡大学、劳伦斯大学、印第安纳大学等任教，讲授英文和中国文化。柳无忌一生致力于中西文学研究，著有《西洋文学研究》《中国文学概论》《当代中国文学作品选》《葵晔集》《少年歌德》《曼殊评传》《苏曼殊年谱》《苏曼殊全集》《柳亚子年谱》《柳亚子文集》等。

罗郁正 1947 年赴美留学，在哈佛大学求学，于 1949 年获得英国文学硕士学位。之后，他进入威斯康星大学攻读英国文学及比较文学，于 1953 年获哲学博士学位。他先后任教于阿拉巴马州斯蒂尔曼学院、密歇根州西密歇根大学、爱荷华大学东方研究学院、印第安纳大学东亚语言文学系。1975 年，由他主编的《中国文学翻译》丛书和《中国文学、社会研究》丛书由印第安纳大学出版社出版发行。1979 年，他开始担任《中国文学：随笔、报道、评论》杂志编辑组成员和顾问。1971 年，他的第一本中国古典诗歌研究著作《辛弃疾研究》出版。他与威廉·舒尔茨召集了 39 位北美学者，用 6 年多的时间编译完成了清代词作选集《待麟集》，于 1986 年出版中、英两个版本。该书收录了钱谦益、吴伟业、康有为、王国维等 72 位清代诗人、词人的作品，中文版有 398 首，英文版有翻译的 328 首译作，其中绝大部分译作都是首次出版，深受美国学界和读者的欢迎，好评如潮。

1975 年，柳无忌和罗郁正两位在美国汉学界享有盛誉的华裔学者，合作编译了一部介绍中华民族五千年诗词的译作巨著——《葵晔集》，以中、英两个版本出版。中文版选录了从《诗经》到当代一共 145 位中国诗人的 800 余首诗词，英文版中收录了 50 余位学者翻译的近 700 首诗词作品的译作。该书出版后在美国学界引起轰动，不到半年即印行一万七千册。《纽约时报》等多家权威媒体发表评论文章，给予很高的评价。由于社会影响巨大，该书于 1975 年、1983 年、1990 年、1998 年多次再版，并从 1976 年开始，多家高校将其作为讲授中国文学的教材，进入了美国的课堂。

除了中国古典诗歌的英译和研究，在中国诗学研究领域，华人学者也作出了开创性的贡献。其中，成就最为突出的是因创立比较诗学理论体系而享誉中西学术界的刘若愚。他曾先后任教于香港新亚书院以及美国夏威夷大学、匹兹堡大学、芝加哥大学，自 1967 年起在美国斯坦福大学任教，直至逝世。他学贯中西，主要致力于中西比较文学、比较诗学研究，著有《中国诗艺》《李商隐诗歌》《北宋六人词家》《中国文学理论》《走向中西理论的融合》《中国文学艺术精华》《语际批评家：阐释中国诗歌》《姜夔诗学》《语言·悖论·诗学：一种中国观》等。他在潜心研究中国、西方传统诗论的基础上，开创了融合中西诗学的诗学观念和评论标准。他的比较诗学理论体系对西方汉学界影响深远，在中国传统文学理论的国际化上也做出了有益的尝试。

在中国现代文学研究领域，华人学者是美国的中国现代文学译介、研究的开拓者。20 世纪 30 年代，华人学者王际真率先将中国现代文学

译介到英语世界。在他之后，另一位华人学者夏志清则以开创性的研究，成为西方汉学界研究中国现代文学的先驱和权威。他于 1948 年考取北大文科留美奖学金，赴美在耶鲁大学英文系学习，并于 1952 年获博士学位。1961 年 3 月，他的著作《中国现代小说史》出版。他以发现和评审优美的作品为出发点，发掘了张爱玲、沈从文、钱锺书、师陀等作家作品的文学价值。该书出版后，受到了一些美国汉学家的赞赏，其中就有到耶鲁讲学的王际真。在王际真的推荐下，夏志清于 1962 年受聘为哥伦比亚大学东亚语言文学系副教授，1969 年升任为教授，直至退休。他致力于中国现代及古典文学研究，除了《中国现代小说史》，还著有《中国古典小说》《夏志清论中国文学》，奠定了他在中国现代文学研究领域的地位。此外，他还编辑、出版了其兄长夏济安的英文著作《黑暗的闸门》。该书是当时美国中国现代文学研究领域的又一力作，以鲁迅、蒋光慈、瞿秋白、丁玲等左翼作家为研究对象，考察 20 世纪上半叶，从"左联"到中华苏维埃成立时期，中国左翼文学运动的历史轨迹。夏济安于 1959 年赴美，先后在西雅图华盛顿大学、加州柏克莱大学任教，主要致力于中国共产党党史研究。

在夏志清、夏济安之后，其学生李欧梵在中国现代文学研究领域也颇有建树。他曾任教于普林斯顿大学、印第安纳大学、芝加哥大学、加州大学洛杉矶校区和哈佛大学，著有《中国现代作家的浪漫一代》《铁屋中的呐喊：鲁迅研究》《五四后的喧哗》《苍凉与世故：张爱玲的启示》《西潮的彼岸》《浪漫之余》《中西文学的徊想》《现代性的追求》《上海摩登》《狐狸洞话语》《李欧梵季进对话录》等近二十种中英文著作。

20 世纪 70 年代末开始，随着中国改革开放以及对外关系的发展，中国出现了一波波移民浪潮，尤其是出国留学人员逐年增加。这些中国留学生中有不少进入到欧美大学汉学相关科系学习或访学，一方面促进了中国学界与海外汉学、中国文学研究界的交流，另一方面也为海外汉学、中国文学研究注入了新的活力。

第六章
元杂剧经典的海外传播

关于我国戏曲西传欧洲之研究记载，最早可见于王国维的《宋元戏曲史》："至我国戏曲之译为外国文字也，为时颇早。如《赵氏孤儿》，则法人特赫尔特 Du Halde 实译于一千七百六十二年，至一千八百三十四年，而裴利安 Julian 又重译之。又英人大维斯 Davis，之译《老生儿》在千八百十七年，其译《汉官秋》在千八百二十九年。又裴利安所译，尚有《灰阑记》《连环计》《看钱奴》，均在千八百三四十年间。而拔残Bazin 氏所译尤多，如《金钱记》《鸳鸯被》《赚蒯通》《合汗衫》《来生债》《薛仁贵》《铁拐李》《秋胡戏妻》《倩女离魂》《黄粱梦》《昊天塔》《忍字记》《窦娥冤》《货郎旦》，皆其所译也。此种译书，皆据《元曲选》；而《元曲选》百种中，译成外国文者，已达三十种矣。"①

虽然根据现在学界研究，王国维上述调研颇有错漏，比如《赵氏孤儿》首译者的归属和时间等等。但笔者提及这一点，是想说明早在戏曲学术研究开端时期，戏曲对外传播的课题就受到关注。

第一节　《赵氏孤儿》的"西游记"

元杂剧《赵氏孤儿》取材自《左传》《国语》《新序》《史记》等史书，演绎的是春秋时期晋国上卿赵盾祖孙三代与大夫屠岸贾之间的家族

---

① 王国维：《王国维戏曲论文集》，中国戏剧出版社，1984，第112页。

恩怨，是中国戏曲作品中极少有的具有世界知名度的一部经典巨著。剧中赵氏一门三百余口被屠岸贾陷害灭门，赵氏唯一遗孤赵武被众人所救，由赵家门客程婴抚养长大。当赵武成年得知真相后，亲自灭了屠岸贾一族，报了血海深仇。王国维曾评价此剧"最具悲剧性质""剧中虽有恶人交博其间，而其赴汤蹈火者，仍出于其主人翁之意志，即列之于世界大悲剧中，亦无愧色也。"① 此剧甫一问世，就凭其跌宕起伏的戏剧结构、扣人心弦的矛盾冲突、忠孝节义的道德母题，而受到民众欢迎，沉淀为元杂剧的经典作品，日后又被各大剧种改编名《搜孤救孤》《八义图》《兴赵灭屠》等。

《赵氏孤儿》自18世纪传入欧洲以来，在启蒙运动时期一度掀起了编演热潮，已知的大概有四五种改编的本子，这也是当时欧洲唯一一本被广泛接受的中国戏剧。通过《赵氏孤儿》，中西戏剧文化之间展开了第一次正式的交流。

《赵氏孤儿》传入欧洲并非偶然。在18世纪的欧洲，由于新航路的开辟、中西贸易的繁盛，使得欧洲大陆开始不断引入中国特产，如茶叶、丝绸、瓷器、漆器等，这引起了欧洲人对东方文明的强烈兴趣。与此同时，中国哲学、文艺思潮也给欧洲带来了诸多新鲜气息。比如，法国百科全书派就十分推崇中国的政治制度。一些欧洲剧作家为了迎合取悦当时的东方情调，开始用本民族戏剧形式演绎他们想象中的中国历史文化故事，比如英文剧本《征服中国》《鞑靼人征服中国》，法文剧本《归来的中国人》《中国公主》《中国人》《鞑靼人》《在法国的文明的中国人》《中国和土耳其的芭蕾》《中国妇人》《中国节日》等等。由于中国当时正处于满族统治时期，可以看出当时欧洲人对于汉族被异族入侵之事格外关注。随之，西方传教士开始大量进入中国，为中西文化交流作出重要贡献。他们在学习汉语的同时，也逐渐喜欢上了中国文化，开始自觉或不自觉地在欧洲大陆介绍和传播中国文学。早在1713年，欧洲便已经出现了中国戏曲传播的记载。当时一位法国学者夏尔·里维尔·海弗赖斯尼在《优雅信使报》中撰文《某些中国歌曲的唱词》，其中便收录了

---

① 王国维：《王国维戏曲论文集》，中国戏剧出版社，1984，第85页。

"红线"题材戏曲的唱词片段。① 更重要的是，元朝军队战斗力十分强悍，将疆土往西扩展得极辽远，不少西方人见识过蒙古铁骑的强大，既对其有着浓厚兴趣，又存在一种敬畏心理，由蒙古族所建立的政权下产生的戏剧作品——元杂剧，自然也吸引着他们的目光。而以《赵氏孤儿》为代表的元杂剧作品，便是在此时期进入西方世界，助推了欧洲大陆的中国热。

1731 年，法国耶稣会传教士马若瑟（西名：约瑟夫·普雷马雷）首次翻译法文版《赵氏孤儿》，功不可没。他曾在康熙年间到江西等地传教达 20 余年，直到雍正皇帝下令禁止传教后被驱逐至广州，开始潜心治学，后死于澳门。马若瑟由于在中国长期浸染儒家经典，对四书五经与元杂剧都进行过较多研究，曾被法国汉学家雷慕沙认为是来华传教士中"于中国文学造诣最深者"。而为何要在《元曲百种》中单独挑选《赵氏孤儿》这一出戏，马若瑟在前言中谈及此次翻译，目的是让欧洲人感受中国人的道德观念、精神面貌和文明程度。上海戏剧学院教授宫宝荣指出，这是为了隐晦地宣扬其索隐派神学观点，二是马若瑟认为这出戏更符合法国当时的戏剧思潮和法国同胞对于戏剧的审美要求，在西方人眼中，悲剧向来具有高于喜剧的地位。不过因为受到西方传统戏剧观的影响，他只翻译了宾白，而忽略了西方戏剧中不受重视的唱词，以"他唱"或"她唱"两字代表唱曲内容，元杂剧"曲白相间"结构的艺术体制被无形消解，丧失了戏曲的文体特性和韵味。但由于它的译本将《赵氏孤儿》的剧情大体保留，充分满足了目标语读者的期待视野，所以仍吸引了欧洲读者的兴趣。因此，这种选择性取舍，尽管有"买椟还珠"之嫌，但在传播效果上仍然是成功的。此译本先是被寄送给傅尔蒙，在法国《水星杂志》1734 年 2 月版中披露了译本片段，后辗转至迪·哈尔德神父之手，最后被全文收录到杜赫德主编的《中华帝国全志》。这部著作是当时欧洲人了解中国文明最权威的资料来源之一，包含中国文学、哲学、政治、宗教、地理、历史、经济、教育等多方面内容，风行一时，曾在 1735 年、1755 年在海牙、纽伦堡两度出版。之后出现的英、

① 陈艳霞：《华乐西传法兰西》，耿昇译，商务印书馆，1998，第 10 页。

意、德、俄等欧洲译本，也都以此译本为蓝本。

《中华帝国全志》出版后，在18世纪30年代，约翰·瓦茨和爱德华·凯夫两人争相翻译，分别用英文选译和全译了法文版《赵氏孤儿》。1762年，英国汉学家托马斯·帕西在凯夫的基础上英译《赵氏孤儿》，收录于其主编的《中国诗文杂著》，受到英国读者欢迎，流传较广。

1741年，威廉·哈奇特将《赵氏孤儿》进行英文改编，名为《中国孤儿：历史悲剧》，当年2月《绅士杂志》就在新书报道里提到该剧。为了凸显中国特色，哈奇特将许多中国知名历史人物如老子、萧何、苏三、吴三桂、康熙等"穿越时空"，回到晋国为剧情服务。而且相较马若瑟译本，该剧增添了大量唱段，这点对于欧洲观众理解中国戏曲"曲白相生"的特点十分重要，在他之前和之后的改编翻译者，都未能做到这点。哈奇特改编目的明确，他本人是在野党身份，支持以阿盖尔公爵为首的坎贝尔贵族，此剧便是要反对当时英国掌权的辉格党领袖沃尔波尔，是一部典型的政治讽刺剧。剧作主题为首相陷害大将军，剧中的萧何刚愎自用、横行霸道，宛如沃尔波尔本人，有非常辛辣的讽刺效果。不过由于此剧完成不久，阿盖尔公爵便去世了，而且哈奇特也主要将之视作读物来进行创作，因此此剧并未实际上演，传播范围和效果相对有限。

一、伏尔泰的青睐

1748年，奉奥地利皇后的宫廷娱乐需求，意大利修道院院长、剧作家皮埃特罗·安东尼奥·麦塔斯塔西奥将《赵氏孤儿》改编为歌剧《中国英雄》。因为懿旨规定，要求场上表演时间不能过长、演员不能超过五名、不能有谋杀自尽等残暴和令人不适的情节、最后要是欢乐喜庆的大团圆结局等等。所以，此剧作为命题戏剧，剧情更为简化，共分3幕26场，洋溢着浓郁的诗意。此剧完成后，于1952年春在奥地利维也纳皇宫上演，颇为成功，并直接影响了法国启蒙运动代表、"法兰西思想之王"伏尔泰的改编。

1755年，伏尔泰版的《中国孤儿》（副标题名《五幕孔子之道》）

在巴黎大剧院上演。主演鞑靼王成吉思汗由著名演员亨利·路易·勒凯恩担任。由于出色的剧本和表演，该剧在巴黎掀起了一阵轰动，甚至吸引了皇室亲临现场观看，引发了媒体的广泛报道。这也是迄今为止，在欧洲影响传播最大的一版《赵氏孤儿》改编本。据韩国学者朴

伏尔泰改编的《中国孤儿》书影

永海统计，这出戏在当时演出多达 190 次，深受法国人民的喜爱。1761年，《中国孤儿》还被路德维希·科恩译成德语，在维也纳出版，1763年再版。

18 世纪的法国是哲学的法国。在当时，卢梭认为只有在原始自然状态下，人才能享受自由平等，正是由于科学艺术的发展，导致了道德败坏。伏尔泰显然不认可这类哲学观点，他向来积极歌颂理性和仁爱，因此特意创作此剧予以反驳，将其哲学思想有机融入戏剧中，为其启蒙思想服务。而且当时的法国，由于路易十五发动一系列战争的失败，导致社会矛盾丛生，人民生活水平直线下降。人们掀起了启蒙主义运动，反对封建专制和教会统治，主张社会变革。伏尔泰成长于"中国风尚"盛行的环境之中，因而自小有所熏染，拜读过拉丁文和法文译本的儒家经典，非常仰慕中华传统文化，赞赏仁政、中庸之道等儒家传统伦理道德。他主张欧洲封建专制君主应当效仿中国贤明的君主，奖励农耕，急切希望借助中国礼法来重构欧洲政治秩序。伏尔泰自称"孔子弟子"，家中小礼堂甚至供奉着孔子画像。在他看来，"世界上曾有过的最幸福、最可敬的时代，就是奉行孔子的律法的时代"。① "人类智慧不能想象出

① 伏尔泰：《风俗论》，梁守锵译，商务印书馆，2000，第 221 页。

比中国政治还要优良的组织""应将中国置放于所有民族之上"（早在1687年，柏应理等人用拉丁文翻译的《中国哲学家孔子》已在欧洲传播）因此，该剧的创作意图十分明确。他说："《赵氏孤儿》是让人们更好了解中国精神的一座宝贵的纪念碑。是过去和将来有关这一幅员辽阔的帝国任何一部游记都无法相比拟的。"他希望借用这部戏来为启蒙运动提供思想资源。而此剧的上演，毫无疑义是中国文学乃至于中国儒家思想在西方传播的一座顶峰。[1]

伏尔泰的戏剧创作师法高乃依和拉辛，拘泥于古典主义美学标准和情趣，是法国新古典主义戏剧的代表。他在改编时，认为《赵氏孤儿》"血腥味太浓，缺乏人文关怀，对人性压制表现太过冷酷，毫无温情。"因此，基本剔除原剧的故事情节，将时间线从公元前5世纪挪到了14世纪，按照三一律[2]将故事发生时间从25年压缩到了一天内，场次也改成古典悲剧典型的5幕31场。具体情节如下：第一幕是伊达美告诉女仆阿色丽自己曾拒绝成吉思汗，嫁给宋朝遗臣臧惕的往事。为保皇室血脉，臧惕偷带皇子出宫并交由仆人阿丹带到高丽，他则用自己的儿子代替太子交给蒙古人。第二幕是伊达美为拼命救回即将送命的儿子，将调包之事告知成吉思汗。第三幕是成吉思汗发现伊达美正是自己的初恋，要求臧惕交出真太子。第四幕是成吉思汗再次求爱伊达美而不得，因为皇子逃亡失败，臧惕希冀伊达美能舍生取义，伊达美也暗中鼓励丈夫臧惕反抗。第五幕是伊达美与臧惕本已打算双双殉情，成吉思汗暗中听到两人对话后，被其高尚道德所感化，决定放了两人，再也不滥杀无辜，改邪

---

[1] 北京大学孟华教授赴法留学时，就以《伏尔泰与中国》为题，通过了巴黎索邦大学（巴黎四大）法国文学与比较文学博士学位答辩。多年来，她一直潜心于中法比较文学研究，于此亦多有涉猎，相关成果可以参看。1990年，孟华将伏尔泰改编本《中国孤儿》译为中文，由天津人民艺术剧院和天津市河北梆子剧院演出，并与天津京剧院带来的《赵氏孤儿》在天津戏剧博物馆（原广东会馆）内的戏楼进行同台演出，促成了中西版本的一次直接对话，成为一段佳话。

[2] "三一律"又称作"三整一律"，在文艺复兴时期由意大利剧作家琴提奥提出，经法国新古典主义剧作家确定和推行，成为西方重要的戏剧理论之一。要求戏剧演出的故事时间在一天之内，地点也要固定在一个场景，只允许一条故事线索。

归正。他最后还拜臧惕为官，希望他用汉文化感化蒙古人。在伏尔泰看来，原剧中的血亲无法作为人物身份认同的内在逻辑，因此这一线索被代之以仁爱和理性，以"善"为特色的文明得到最大程度的体现。在演出时，伏尔泰还要求舞台搭建成特定的东方场景，所有角色都要穿上定制的典型中国服装。

剧作主要参照了无名氏《成吉思汗新传》等资料，通过表演鞑靼王成吉思汗和前朝遗臣臧惕和伊达美之间因遗孤而产生的纠葛，认为世界可以被知识和道德所拯救，理性和才能要高于野蛮而盲目的武力，阐明了中国传统文化道德观念可以战胜野蛮的鞑靼统治者的观念。同时，为了吸引天性浪漫的法国观众，该剧还加入了成吉思汗与女主角伊达美的爱情元素。伏尔泰认为："在法国，悲剧通常是一系列的对话，分为五幕，包括一个爱情纠葛。"比较不可思议的是，中国在剧中变成了一个基督教国家。剧作主角成吉思汗的丰功伟绩，对于欧洲人来说并不陌生，这也奠定了剧作群众接受的基础。他的个性品德不像屠岸贾那样始终如一。他一开始对汉人极为残暴，可到后期幡然醒悟，意识到中华传统文明的伟大而甘愿臣服，完成了从野蛮到文明的转变。虽然历史上的确有野蛮民族征服了文明政权后，又被同化的例子，但在戏剧中借助爱情的力量，达到顿悟式的转变，无疑是伏尔泰一厢情愿的理想和憧憬。这种象征和隐喻，在今人看来有时不免失之浅显和勉强，而且原剧悲壮的艺术渲染力也在一定程度上被削弱了。

总而言之，伏尔泰根据自我需求，有选择地认同了中国的某些道德和社会模式，建构了一个理想中的中国形象来表达自己的启蒙思想。中国传统道德文化中的牺牲小我、成全大义的完美道德，替换成为追求自由、平等、理性的启蒙思想。他借剧中人之口反复宣扬和强调人类文明之力量，尽量减弱原剧中"灭门"等过于血腥的表达，崇文黜武，强调人的理性的重要性，希望引导和启迪民众发现自身的价值，积极推动社会变革的发生。而最后的喜剧结尾，实际是传达出伏尔泰对人类文明和启蒙思想的自信心，希望借此加强启蒙思想的感召力。正如梁启超先生所说："伏尔泰以其诚恳之气、清高之思、美妙之文，能运他国文明新

思想，移植于本国，以造福于同胞"。① 伏尔泰跨文化的视野和宽广的胸怀，正是其有别于其他启蒙思想家的独到之处。

二、"复仇" 母题与误读

纪君祥创作《赵氏孤儿》的时代，中国正处于元灭宋、民族压迫极其严重的状态，纪君祥在剧中表达"报仇"的愿望本质，便有隐喻重整山河、恢复中原、反元复宋之意，这与当时广大汉族同胞的希冀不谋而合。整体而言，伏尔泰改编本的主题，从政治性升华为对哲学道德层面的追求，具象化了他对于理想世界与理想道德的要求。而该剧之所以在当时广受赞誉，连卢梭也盛赞它"提升了古老文明的道德"，很大程度也是因为当时欧洲处于天主教会和封建专制的腐朽统治，剧作进步的光芒，引起了法国人民的广泛共鸣，激发了他们对法国社会现状与未来的积极思考。在某种程度上，它间接促进了 30 年后法国大革命的爆发。

在这几部改编作品中，我们不难发现，题目名皆将"赵氏"改作了"中国"。这一方面是为了让观者望题便知讲述的是中国题材故事，迎合当时的中国热，尽量吸引更广大的观众群；另一方面是将氏族矛盾和家族斗争变换成社会文明的冲突，升华了戏剧的核心立意，更具普世意味。

欧洲批评家大多数都对《赵氏孤儿》持肯定意见。例如英国批评家赫尔德在《论诗的模仿》一文中认为，《赵氏孤儿》与古希腊悲剧《厄勒克特拉》从主题、戏剧结构、台词情绪等方面，都有相似之处，进而运用亚里士多德的模仿学说，认为二者都是模仿自然成功的作品，因而都是十分出色的作品。

英国戏剧家阿瑟·莫夫曾发表公开信，提出伏尔泰的改编本有几大不足之处：如为复仇故事硬性添加爱情线，将悲剧转为喜剧，破坏了原剧艺术性；剧情松懈，缺乏激烈的矛盾冲突；孤儿一直是未出场的婴

---

① 梁启超：《论学术之势力左右世界》，《饮冰室合集（第 1 册）》，中华书局，1989，第 115 页。

儿，没有推动情节发展等等。因此，他在伏尔泰改编本的基础上，重新进行了大刀阔斧的改编。相较而言，伏尔泰的改编以《赵氏孤儿》前三折"搜孤""救孤"为基础，莫夫的改编以后二折"除奸""报仇"为基础。莫夫的剧作删除了伏尔泰私藏的哲学观点，的确更为

大卫·加里克主演的《中国孤儿》在
德鲁里巷皇家剧院上演（1759 年）

紧凑热闹，而且更贴近原剧主题，强调侠义精神和孤儿复仇的精神核心。剧作主人公最后悲剧性的惨死，颇有莎士比亚悲剧的味道。另外，莫夫将伏尔泰笔下的孤婴改成了可以自由行动和表达的二十岁青年，是为了遵守"三一律"。（之前也的确有部分批评家如阿尔央斯诟病《赵氏孤儿》原剧不遵守"三一律"）1759 年，莫夫版《中国孤儿》由著名演员大卫·加里克主演，在伦敦的德鲁里巷皇家剧院演出，伦敦《劳埃德晚邮报》等报刊为之撰文宣传，一个月内公演九场，且场场爆满，在之后 60 多年时间内在英国剧坛反复上演，一度风靡全英。当时正值英法七年战争（1756—1763）期间，英国国王乔治三世是个 20 多岁的孤儿，他刚刚继任便接连吃了不少败仗，国内大臣都不将他放在眼里，一味地推诿责任。《中国孤儿》中的孤儿皇子智勇双全，亲刃血仇的英雄之姿，仿佛让民众看到了英国未来之希望。而且剧中汉族人民同仇敌忾、团结一致的景象，像极了英国国内的危急形势，激发了英国人民内心团结御辱的精神。因此，这部戏被普遍解读为对自由、祖国的赞颂，莫夫本人还被冠以"爱国主义大师"的美誉。同年，剧本被两度印刷出版，后来还在 1778 年被搬到美国纽约、费城等地舞台，各大报刊也都竞相报道，传播效果颇为可观。

　　1774 年，迪·哈尔德编著的俄译本《中华帝国全志》出版，其中收有《赵氏孤儿》俄语译文。同年，署名为弗里德里希斯的德国剧作家匿

名发表了剧本《一个中国人或公正的命运》，此剧是专门献给魏玛王子奥古斯特的，目的是展现"东方专制主义习俗"。它采用六音步抑扬格诗句写成，加进了三角爱情因素，基本保留了《赵氏孤儿》原剧的框架，是众多欧洲改编本中较为贴近原版的一个本子。①

1781 年，德国著名思想家、文学家歌德在阅读了《中华帝国全志》中收录的《赵氏孤儿》后，深受启发和感动，因而在两年后创作了《埃尔彭诺》，可惜后续创作计划中断，我们如今只能看到其中两幕。歌德还曾将剧本寄给席勒征求意见，席勒对之评价很高。除此之外，歌德对中国小说《好逑传》也十分喜爱，这两部中国作品都是他常读的案头读物。

另据波兰学者尤德良考证，波兰作家福尔泰勒也曾为太子卡齐米·波尼亚托夫基专门改编了马若瑟译本，这部《中国孤儿》歌剧在上演期间，得到不少赞赏，并最后收录于 *Pasterki Chinskie* 出版。②

长期以来，实际上不少欧洲人都无法理解中国戏曲歌唱与说白共存的表演形式，典型如阿尔更斯侯爵在看完《赵氏孤儿》后曾说："欧洲人有许多戏是唱的；可是那些戏里就完全没有说白；反之，说白戏里就完全没有歌唱。这不是说歌唱并不强列地表达伟大的情感，可是我觉得歌唱和说白不应该这样奇奇怪怪地纠缠在一起。"③ 但在专家学者眼中，他们更能认同和赞赏戏曲曲白相生的特点。1834 年，法国汉学家斯塔尼斯拉斯·朱利安对于马若瑟删除元剧曲辞的肢解译法就十分不满。为了向西方读者呈现一个原汁原味的《赵氏孤儿》版本，使之"以其本来面目流传于西方"，朱利安所译的散文译文版本完全忠实于原著，曲白完备，盛名在外，被英国《皇家亚洲学会杂志》高度评价。此后，可以说欧洲的仿中国热正式退潮，取而代之的是汉学研究。

---

① 卫茂平：《中国对德国文学影响史述》，上海外语教育出版社，1996，第52—56页。

② 尤德良：《中国文学在启蒙时代的波兰》，《人文国际》第8辑，厦门大学出版社，2014，第262页。

③ 范存忠：《中国文化在启蒙时期的英国》，上海外语教育出版社，1991，第114页。

文缘广结：中国文学艺术的海外传播

除了戏剧改编外，1781 年，俄国作家魏兰德还根据马若瑟法译本将《赵氏孤儿》改编为俄文小说。德国小说家克里斯托弗·马丁·维兰德的小说《金镜》（全名：《金镜或谢西安的国王们——一部译自谢西安文的真实历史》）的部分情节，也借鉴了《赵氏孤儿》的结构。

戏曲艺术离开本土之后，难免受到外来文化的影响而产生变异。而《赵氏孤儿》在欧洲的重编排演，便很好地展示了这种生存状态，从剧情内容、剧作主题、再到表演形式等，与传统戏曲相比皆有着巨大的变化，现代不少学者也将这种现象归之为误读或者曲解。但在笔者看来，这是中西文化交融的产物，也是戏曲为适应传播而作出的必要调整，这种为了得到西方民众的认同与理解所付出的代价，必然伴随着诸多争议，我们需要客观理性地看待。综观欧洲改编本，主笔者基本抱着鲜明的政治目的和现实指向性，也就是思想在前、艺术在后。从艺术层面而言，《赵氏孤儿》的杂剧体制，因为不符合欧洲古典主义戏剧的要求而很少得到肯定。换句话说，戏曲作为一种综合性舞台艺术，其独特的唱念做打的表演形式，在欧洲传播的过程中被人为地剔除了，我们在欧洲舞台上看不到戏曲表演上施与的影响，这不得不说是一种遗憾。

《赵氏孤儿》之所以吸引大家反复改编，还是因其剧情内容的吸引力。而改编者对于中国文化的理解实际有隔膜，人物形象有浓厚的欧洲人色彩。虽然改编者笔下的戏剧面貌不同，但《赵氏孤儿》结构最深层次的"复仇"主题皆得以保留，这恰好与西方古老戏剧的内核母题相一致。也就是说，《赵氏孤儿》在复仇主题下呈现的那种激烈的戏剧冲突，十分契合西方古典戏剧的审美要求，这也是该剧得以在西方广泛流传在艺术本质上的真正原因。而从文化研究的视角来看，《赵氏孤儿》的翻演热潮的最终根由，一方面在于满足西方世界对东方文明的一种想象需求，另一方面则是西方社会试图在东方世界中找到医治自我的一剂良方。《赵氏孤儿》之所以在戏曲传播史上如此重要，并非因为众多欧洲改编本有多么高超的文学和艺术成就，而是它对于传播中国文化、美化中国形象具有不可估量的价值和意义。

第二节　《灰阑记》的"西游记"

　　从第一本中国戏曲剧本《赵氏孤儿》进入欧洲开端，再到十九世纪二三十年代，已有三十多部元杂剧被翻译成欧洲文字。比如德国剧作家克莱恩的 13 大卷未完成本《戏剧史》（1866）就选译了《汉宫秋》《灰阑记》和《老生儿》等；1874 年，克莱恩的《中国戏剧》单行本问世，并注明为"基督纪年至十世纪末欧洲和拉丁文以外故事"。另一剧作家戈特沙尔于 1887 年选译出版了部分《元曲选》，名之为《中国戏院与戏剧》。可惜这些译作都没有在文艺界和社会产生特别大的影响。直到元杂剧《灰阑记》的出现，才重新掀起了中国热潮。

一、故事基因的"外异性"

　　《灰阑记》（全称《包待制智勘灰阑记》）是元代李行道所作的一部著名包公断案戏，也是其唯一存留的剧作。剧中张海棠因生计所迫，堕落为妓，后嫁郑州马员外为妾，生一子名寿郎。马妻与其奸夫赵令史下毒害死了马员外，诬告是张海棠所为。为图谋财产，马妻还扬言抢夺寿郎为其亲生。太守苏顺听信赵令史片面之词，张海棠终被屈打成招。包拯审查此案后，觉有不妥，遂复审。他命人画下灰阑，让寿郎站立其间，言谁人将寿郎拉出灰阑谁便是孩子亲生母亲。张海棠怕伤着孩子而不敢用力，马妻则全然不顾，十分使劲。包拯看出其中实情，将寿郎与财产判给张海棠。马妻与奸夫则被处死。

　　自从问世以来，《灰阑记》在中国民间久演不衰，一直享有盛誉。但奇怪的是，元朝之后，《百家公案》《三侠五义》中的包公戏或包公故事，均不见其身影。关于本剧的题材来源，向来众说纷纭，已知的材料来源，分别有四处，三处来自基督教、伊斯兰教和佛教，另外一处出自本土。《旧约全书·列王记》上卷便记载了类似事件：两个妓女到智慧之王所罗门王前争抢孩子，所罗门王说要把孩子劈成两半一人一半后，孩子的亲生母亲为了保全孩子性命，便决定不再争抢。日本汉学家青木正儿在《元人杂剧概说》中提出："《灰阑记》有裘利安的法译本，据说也有德译本……大概因为这种裁判方法在西洋所罗门古旧的传说里也曾有过，所以欧洲人对此剧特别感觉兴味。"① 郑振铎在《佝偻集·民间故事的巧合与转变》以及《插图本中国文学史》"杂剧的鼎盛"第四十六章中亦曾谈到两段故事的异同。阿拉伯文的《古兰经》第四章第三十二节的先知故事《素莱曼大圣的聪敏和智慧》与《圣经》故事几乎完全一致，只是两位先知的音译不同，这两则故事的来源应都是产生于西亚的传说。古印度巴利语的《贤愚因缘经》卷第十一《檀腻鞟品》第四十六中的佛经故事，也有类似记载，"其非母者，于儿无慈，尽力顿牵，不恐伤损。所生母者，于儿慈深，随从爱护，不忍曳挽。王鉴真伪。"② 故事发生时间推测在释迦牟尼在世之时或公元前 565 年以前，其目的在于宣扬佛的慈悲，解救众生。而该故事的本土来源，出自汉代应劭的《风俗通义》，书中记载西汉时，颍川有姒娣二人争子，郡守黄霸让一卒抱着孩子，命令两姒娣去抢夺，谁抢到便归谁。长妇用力拉扯，弟妇恐伤亲儿，任大妇拉去。黄霸遂把儿判给弟妇。此外，藏族经典《巴协》中亦有类似二妇争子的故事。③

佛教早在汉代便已传入中国，大盛于唐，到元代时已经在中国传播一千余年，对中国社会的方方面面影响深远。伊斯兰教则在唐初传入中原。元代以来，由于多民族融合，穆斯林人数大增，广建清真寺，蔚为兴盛。基督教则在唐太宗年间传入中国，曾受玄宗、肃宗、代宗等历代皇帝推崇，在民间也颇为流行。因此，李行道在创作两妇争子的剧作时，到底是受到哪方面的影响是很难说清楚的，最有可能是在熔铸了伊斯兰教、基督教、佛教等多种宗教以及本土故事传说的基础上，博采众长才得以完成。

① 青木正儿：《元人杂剧概说》，隋树森译，中国戏剧出版社，1957，第 70 页。
②《佛经文学故事选》，常任侠选注，上海古籍出版社，1987，第 108 页。
③ 赵景深：《中国小说丛考》，齐鲁书社，1983，第 501—511 页。

　　李行道的《灰阑记》的西传之路，从 1832 年法国汉学家斯达尼斯拉斯·于连（Stanislas Julien，1797—1873）的法译本开始。于连秉承其师雷慕沙"戏曲翻译务必要遵循完整无删减版"的观点，因此将唱词这个前人常常忽略翻译的部分也完整翻译了。为了攻克曲辞难关，他还编了一部小型的中国诗歌词典，将其部分刊行在《灰阑记》的序言部分，约 15 页。出于对中国道德至上的家国想象，他不自觉地将张海棠作为"上厅行首"而从良之事，与基督教文化中妓女受感化而忏悔相联系，把元杂剧中被命运裹挟而毫无招架之力的弱女子，改编为一个有着独立人格、勇敢追求幸福的新时代女性。1876 年，德国学者方塞卡将《灰阑记》由法文转译为德文。前者是散文版，后者是韵文版。1902 年，德国学者格汝伯出版的《中国文学史》中对《灰阑记》有详细述评。此外，《灰阑记》对法国勒伯朗的亚森罗苹小说《鸣钟八下》亦有一定影响。

　　1924 年，德国克拉本德改编的《灰阑记》得以出版。翌年，由著名导演莱因哈特排演并登上了柏林舞台。这个改编本由于作者所写的抒情诗文采斐然，曾经一度盛行欧洲，久演不衰。1953 年，中国代表团赴欧洲参加会议时，波兰首都华沙为了欢迎中国朋友还特意上演过此剧。克拉本德不懂中文，也不曾到访中国，因此总体上的设想与元杂剧相比改动幅度较大，丧失了中国戏味。比如张海棠从妓女成为清白妇人，马员外被其感化。断案的包公变成了正直的王子，他曾夜闯海棠卧室向她表白。王子后来成了皇帝亲自审理争子疑案，也用灰阑巧记破了案。1926 年，德国汉堡大学教授福尔克因对克拉本德改编版不满，认为其不中不西，面目全非，遂重新用德文翻译《灰阑记》（参见陈铨《中德文学研究》）。相较前者，该版本的确更为忠实于元杂剧的原著，保留了戏曲剧本的原貌。1929 年，英国伦敦海尔曼公司出版了詹姆斯·拉弗所译的《灰阑记》杂剧。1933 年，美国纽约阿普尔顿公司出版的《世界戏剧》发表了范德维尔·埃塞尔英译的《灰阑记》。上世纪 50 年代，英国学者 Frances Hume 出版了英译本《灰阑记》。译者删去了宫调、曲调名、题目正名、角色自报家门的宾白，以及一些插科打诨的俚俗语句。这大概是因为我国古代戏曲创作时本无悲剧、喜剧之区分，在译者看来，在一出悲剧中语言应该遵守规范和高雅诗化，掺杂诙谐似乎有些奇怪。

二、布莱希特的四次尝试

德国伟大的戏剧家、诗人贝托尔特·布莱希特（1898—1956）观看了《灰阑记》演出后，对这一故事产生了浓厚兴趣，曾经四次试图以此为题材进行创作。

第一次在创作《人等于人》的幕间短剧《象孩》时，就有套用灰阑断案的情节，剧中杰克·玻尔把脖子上套绳索的养母从灰阑中拉出，暴露了他本人并非亲生的真相。第二次是在流亡丹麦期间试图写作《奥登西灰阑记》，可惜未完成。第三次是旅居瑞典期间，他又写作了短篇小说《奥格斯堡灰阑记》（1940年完稿），这与他第一次接触此剧已经相隔了16年。剧中争子的二人已经变成了主妇与女仆的关系，不过布莱希特似乎对这个故事不是特别满意，

布莱希特

认为它在艺术上尚显拙稚。于是，在1944至1945年流亡美国期间，他又四度提笔，创作了以之为题材的史诗剧《高加索灰阑记》，这也是其在二战中最后创作的一个非常成熟的剧本。《高加索灰阑记》共分五场一楔子，使用"戏中戏"的形式套用李行道剧作的情节，在其楔子《山谷的争执》就点明道，这是一个从中国来的古老传说。其剧情如下：

二战后，在位于乔治亚苏维埃社会主义共和国内的高加索村落中，两个集体农庄争夺一座山谷。最后为了服从国家计划，山谷原属农庄同意迁让山谷给邻庄。邻庄于是演出《灰阑记》来庆贺。《灰阑记》演出的故事是格鲁吉亚发生兵变，总督被杀，骄奢自私的总督夫人弃子逃城。女仆格鲁雪心怀不忍，收养了孩子。叛乱平反后，总督夫人回朝，为了继承家产，想要找回孩子。法官村文书阿兹达克让孩子站到地上画的圈内，谁能将孩子拉出圈谁便胜诉。总督夫人用尽全力拉扯，格鲁雪却心疼孩子不愿用力。村文书最终将孩子判给了格鲁雪。

一方面，从元杂剧对《高加索灰阑记》施加的影响来看：首先，无疑是故事情节的套用，使之增加了一种历史与文化交融的风味。其次，《高加索灰阑记》还运用了杂剧体制中的"楔子"形式，作为正式故事前的铺垫与交代，这相当于过场戏的存在，也使得其剧作结构相较欧洲古典戏剧更为散漫自由。再次，剧本采用了中国戏曲说唱结合的方式，剧中特意设置了"歌手"与"乐队"，主要人物演出时也都有大段唱词，这也是先前西方话剧所没有的。因此，布莱希特充分意识到了中国戏曲的优势，并在艺术手法的表现上积极借鉴，最终打造出这版中西合璧的德版《灰阑记》。

另一方面，《高加索灰阑记》并非简单的模仿或者移植，而是其自称的"寓言剧"。传统的故事成为呈现哲理的表现。中、德两版《灰阑记》里的两个女主人公也就是生母和养母的身份与性格，都做了对称性置换，而且故事结局有着巨大差异。在之前的故事中，无论是所罗门王与素莱曼先知刀劈孩子，还是佛经中的大王和包拯命令二妇争夺孩子，目的都是倒逼出孩子亲生母亲。但是布莱希特的写法，却打破了窠臼。在布莱希特笔下，孩子最终被判给了非亲生母亲。这是因为在作者看来，养育之恩要远大于血缘关系。普通民众大多认为血缘是维系一切关系的基石，母子亲情是人类天生的，充满内聚力。但布莱希特却认为人的感情并不是血液带来的，而是需要养育和陪伴来生成和维系的，只有真正热爱孩子的母亲才是真正的母亲，爱是母亲唯一的标识。布莱希特强调了母爱的社会属性，否定了其生物学意义上的血统伦理，改变和冲击了当时人们的传统观念。孩子的亲生母亲总督夫人之前对小米歇尔漠不关心，而女仆格鲁雪单纯幼稚，有着底层劳动人民的那种善良和同情心，在小米歇尔危难之际收留并养育了他。相较之下，格鲁雪虽然贫穷，却品格高尚，无疑是一位更合格的母亲。因此，格鲁雪的母爱，相较元杂剧中的张海棠而言，更为无私和圣洁。布莱希特试图更新人们僵化的伦理观念：有了爱，没有血缘也能成为母子；没有爱，有血缘也不算是真正的母子。

更进一步来看，剧中的山谷便是双方想要争夺的孩子，两个集体农庄就被比喻成孩子的生母与养母。双方在讨论山谷归属时，也曾围坐一圈，象征原作中的"灰阑"。在布莱希特心中，他希望将元杂剧中的那种母子之爱进行升华扩大，成为那种为了国家的规划大计着想，愿意牺牲自己的家园和利益的对国家之大爱。因此，德版《灰阑记》的社会与国家意义显得更为深广。

除了女主人公外，中版中的包拯与德版中的法官也鲜明体现了作者的异趣。中国戏曲中的公案戏矛盾大多指向的都是社会现实中的种种丑陋黑暗，包拯在公案戏中通常都代表着清正廉明，救民于水火之中。而布莱希特笔下的法官阿兹达克看似荒诞不羁，蔑视法律，实际判案上却公正无比。他代表的是劳动人民，而不是包公背后的封建高层。剧作主要批判的不仅是社会黑暗，更是当时施行的资本主义社会制度，可以说矛盾更尖锐。

而在学者万书元看来，《高加索灰阑记》中甚至包含着《赵氏孤儿》的影子。"冒着生命危险、带着小米歇尔逃难的格鲁雪，在精神上类似于程婴和公孙杵臼；阴险狠毒的胖侯爵卡兹贝基，类似于奸臣屠岸贾；格鲁吉亚总督焦尔吉的悲剧命运类似于赵朔……"①

布莱希特之所以愿意改编《灰阑记》，其实渊源颇深。在他青少年时代，恰逢德国文艺界再度兴起中国热潮。因此，他向来都对中国很感兴趣。布莱希特平日里熟读《墨子》，并写了很多批注。他十分欣赏墨子的平民主义立场，推崇其兼爱、互利、非攻、贵义诸说，甚至连二战流亡期间所作的书也命名为《墨翟·易经》。他的作品里多次提到老子和《道德经》，剧作《大胆妈妈和她的孩子们》还有庄子思想的痕迹。他的挚友汉斯·埃斯勒曾经回忆道："1920 年至 1930 年间，中国哲学作为思想启迪对布莱希特有过重大影响。"埃瑞克·本特雷说："从政治观念上看，布莱希特是一个社会主义者。透过这种社会主义者的表层，我们却可以称他为一个儒家。"在布莱希特晚年，他还对毛泽东思想产生了兴趣。他领导自己的柏林剧团人员与他一起研读毛泽东德译版的《矛盾论》，最后还受此启发写作了《戏剧辩证法》。此外，他还根据德译本

① 万书元：《翻空出奇，混纺出新——从〈高加索灰阑记〉看布莱希特卓越的编剧艺术》，《艺术百家》1995 年第 2 期。

改编过不少中国诗歌，其中因为看中白居易诗歌中的社会批判功能和简洁质朴的艺术特色，所以改编白诗尤其多。

在戏剧创作方面，则更加凸显了布莱希特对于中国戏曲一如既往的热情。他根据张国宾的《合汗衫》杂剧创作了教育剧《例外与常规》（1930），以关汉卿的《救风尘》为蓝本创作了《四川好人》（1940）。他的教育剧《措施》便是以中国革命为背景而创作的。晚年，他还将我国的抗日剧《粮食》改编为《八路军与小白米》，由柏林剧团进行演出。布莱希特的最后一部剧作《图兰朵公主》（1954）写的也是中国题材的故事。最后，他还曾经计划创作《福星旅行记》和儿童剧《孔子的生活》，可惜都未完成。

1935 年，布莱希特在莫斯科观看了梅兰芳的京剧表演后，赞叹不已，相继写作了《评中国的表演艺术》《中国戏剧表演艺术中的陌生化效果》，有意识地汲取了戏曲表演的艺术养分和东方戏剧的美学精华，创造出了"陌生化效果"（又称作"间离效果"）等著名戏剧理论。在他看来，中国戏曲中的象征手法和虚拟程式化动作，便是"陌生化效果"的具体体现。布莱希特有时让戏剧中的表演人物跳出角色限制，与观众直接交流，希望让在场人都能清醒地意识到自己止在看戏这件事实，就像极了戏曲中人物的"自报家门"等形式。又比如中国戏曲中的"打背拱"的表演程式，也就是让演员举一手挡住脸部，向观众说唱其心理活动，也常出现在布莱希特剧中。布莱希特还通过歌手或合唱队对剧中的人物和剧情发表评价、议论。他指出："中国戏曲演员的表演，除了围绕他的三堵墙之外，并不存在第四堵墙。他使人得到的印象是，他的表演在被人观看，这种表演立即背离了欧洲舞台上的一种特定的幻觉。"① 总之，便是演员除了表演之外，经常也会充任旁白者的角色，这一切的目的，都是为了打破"第四堵墙"。可以说，他的叙述体戏剧与戏曲有着千丝万缕的联系。前文所提的《高加索灰阑记》便是公认最成功、最重要的叙述体戏剧的代表作。

---

① 布莱希特：《中国戏剧表演艺术中的陌生化效果》，《布莱希特论戏剧》，中国戏剧出版社，1990，第 192 页。

布莱希特曾解释中国传统戏剧："我们发现这种戏剧尤其珍贵，它对人类激情的自成系统的描绘，它对墨守成规和道德失调社会的看法；乍看来这种高超的艺术似乎对现实主义和改革派戏剧并无适用之地。"他在意识到戏曲局限后，仍旧十分珍视戏曲资源，提倡西方戏剧学习中国戏剧。因此，布莱希特并非不懂他所理解的戏曲其实与真正的戏曲是有差距的，也就是说他在有意地利用这种误读。他并不需要去真正呈现传统戏曲，而仅仅需要一个可以和西方戏剧对话、对抗的"他者"形象，借此来引导西方对传统戏剧出路的思考。这种高明的误读极具创造性，属于深层次的哲理性的理解。

综上所述，布莱希特对于中国戏曲的吸收是全方位的，不仅是素材提取，还是舞台实践方面，都保留了浓厚的中国趣味。布莱希特的夫人海伦·魏格尔甚至说："布莱希特的哲学思想和艺术原则和中国有着密切的关系，布莱希特戏剧里流着中国艺术的血液。"

三、改编剧作的"回流"

更有意思的是，当中国戏曲走出国门影响西方戏剧创作后，由中国戏曲题材改编的西方戏剧又回流至中国上演，形成了一种有益的循环。布莱希特版《灰阑记》便是这样一部典型。布莱希特戏剧体系在全世界拥簇者众，包括中国舞台上也常常会搬演其剧。1985年，北京召开"中国第一届布莱希特周"，《高加索灰阑记》便在中国青年艺术剧院著名导演陈颙的指导下搬上舞台。1986年12月，正值布莱希特逝世30周年，该剧还受到"第七届国际布莱希特研讨会"和香港中华文化促进中心的邀请，到香港参加"国际布莱希特节"。国际布莱希特学会会长安东尼·泰特洛夫高度评价《高加索灰阑记》剧的演出，认为演得"又高雅，又有中国的丰富传统"，并预言其舞台形态和表演艺术，可能是中国戏剧艺术未来发展的"一种路向"。民主德国剧协主席、莱比锡市立剧院院长卡尔·凯撒尔教授一再肯定了青艺舞台立足于民族意识的创作："《高加索灰阑记》剧完全保留了布莱希特原作的精神，而且可贵的是将中华民族戏曲表演艺术的方法合理地注入和糅合在布莱希特戏剧的

演出实践中，使演出那么优美动人。"同年同月，香港女作家西西还写作了《肥土镇灰阑记》，从中也处处能见到李行道和布莱希特的痕迹。

2010年，中德合作版荒诞实验川剧《灰阑记》改编了布莱希特版《高加索灰阑记》，试图将布莱希特的作品中国化、戏曲化，并登上了世博会的舞台。2012年5月19日至25日，重庆市川剧院携该剧远赴德国威斯巴登，参加当地每年一办的"五月国际艺术节"。同年5月4日到5月20日，由男旦赵震宇领衔的粤剧团，在纽约新城市剧艺中心共上演了14场《灰阑记》。该剧的编法奇特，对白用英文，唱词用粤语，获得了相当大的关注。2019年，德国柏林布莱希特剧团首次来华，便是以剧目《高加索灰阑记》来参加乌镇戏剧节。可见在新世纪，《灰阑记》继续以自己独特的魅力，在中西方的舞台上绽放。

后现代视角认为，"改编是一种层次叠加的过程，它不断积累因时间而沉淀下来的东西，由此遮蔽或彰显意义。改编被视为文学的再循环利用或再次语境化过程。"① 在不同的时代背景与作者意图的搅和下，同一部元杂剧可以呈现出完全不同的面貌。元杂剧在欧洲的各类改编，无疑加速了欧洲观众对于中国戏曲的认知，开启了戏剧阐释的无限性。而相较于其他文艺形式，元杂剧更容易被西方世界接受，或许是因为杂剧原本就成长于一个多民族文化融合的帝国时代，拥有诸多世界文学的烙印与脾性。《灰阑记》作为典型剧作，充分展示了它"文化基因的外异性"和"流通方式的世界性"。（张同胜语）

《高加索灰阑记》演出海报

---

① 张冲：《文本与视觉的互动——英美文学电影改编的理论与应用》，复旦大学出版社，2010，第7页。

第三节　《西厢记》的"东游记"

以元杂剧为代表的中国古典戏曲，对日本、朝鲜等东北亚地区的本土音乐与戏剧都有显著影响。比如朝鲜的假面剧"山台剧"（又名"山台都监剧""山台游戏"）融合了宫廷"雅乐"（正乐）、民间"俗乐"（乡乐）和外来"唐乐"，本是朝鲜王朝为迎接中国使臣特设，后传入朝鲜民间，明显受戏曲影响。宋元杂剧则通过僧侣、俘虏、贸易等形式传入日本，对日本国粹能乐的剧目内容、表演程式、演出形式、角色、服装、道具乃至审美风格等都有不同程度的影响。

一、汉语口语教材

《西厢记》杂剧全称《崔莺莺待月西厢记》，由元代王实甫创作，约写于元贞、大德年间（1297—1307）。剧中讲述张生与相国小姐崔莺莺一见钟情，后在女婢红娘的帮助下，二人冲破封建礼教的束缚，终成眷属的爱情故事。作为一部"天下夺魁"的杂剧，盛名不仅在国内，更是远播海外，其最早流传到我国近邻如朝鲜、韩国、日本、越南等地，而后又远渡重洋至英、法、德、美等国，至今已有日、韩、英、德、俄、拉丁语等多语种译本。

众所周知，日本、朝鲜处于东亚儒家文化圈内，长期受到华风吹拂，因此对待汉文文学的态度与中国主流意识形态是相一致的。在儒家正统观念的影响下，大部分日本、朝鲜文人都将诗文视作正统，戏曲则被排斥为鄙俗之技。但在 16 世纪末到 19 世纪这段时间内，日本、朝鲜两国都相继出现了实学思潮，反抗脱离实际生活的道学，市民阶层开始发展壮大，市民文学走向繁盛。因此，如《西厢记》等一批讴歌青年男女爱情的戏剧作品自然能受到日本、朝鲜文人和民众的普遍欢迎。尤其是当时日本还盛行歌舞伎和净琉璃两大剧种，古典戏曲的魅力很快便俘

获了日本、朝鲜两国人民的心。这便是戏曲传入日本、朝鲜文化圈的社会背景。

最晚在16世纪初，朝鲜开始引进《西厢记》《琵琶记》《荆钗记》《娇红记》《五伦全备记》《桃花扇》等中国戏曲作品。① 其中，《西厢记》《五伦全备记》在朝鲜士大夫族群中影响最大。

长期以来，世德堂本《五伦全备记》（收录于《古本戏曲丛刊》）被认为是孤本，直到韩国奎章阁本《新编劝化风俗南北雅曲五伦全备记》《五伦全备谚解》出现，才得以拓宽研究文本的范围。经韩国学者吴秀卿考证，最早传入朝鲜的《五伦全备记》版本不是丘濬生前印行的本子，而是经过青钱父改编的南戏演出本。一般而言，中国戏曲在朝鲜最为普遍的流通方式，便是被缩减译作小说，这在当时甚至形成了一种时代风气。《五伦全备记》就曾被数次转译为汉文和朝鲜小说，如今最早可见的版本是1655年刊印的川上宗家本汉文小说《五伦全传》。又如《荆钗记》在朝鲜之流传，主要是通过朝鲜小说《王十鹏传》和汉文小说《王十鹏奇遇记》（收录于《慎独斋手泽本传奇集》）。

在国内，《五伦全备记》因其过于注重有补于世的道德说教，饱受士大夫的诟病。如徐复祚的《曲论》评"《五伦全备》纯是措大书袋子语，陈腐臭烂，令人呕秽。"② 但在嘉靖初年《五伦全备记》传入朝鲜后，士大夫们因为剧作鲜明地推崇三纲五常、仁义礼智信等儒家传统道德，对之青睐有加。两国之间的差异接受，形成了鲜明对比。虽然此剧无法往舞台搬演，但是它仍被作为案头读物而广为流传，从它被改编成小说以及成为汉语入门教材这两点便可见其通俗流行程度。

《新编劝化风俗南北雅曲五伦全备记》原书四卷，现仅存"元""亨"两卷，是朝鲜官方汉语教科书，常被指定为培养翻译官的必读书。因此，《五伦全备记》也成为唯一一部被朝鲜官方刊刻的中国戏曲文本，

① 成日天庆：《韩国文学接受中国戏曲研究》，《中国戏曲》第9辑，2004，第148—149页。

② 徐复祚：《曲论》，《中国古典戏曲论著集成》（四），中国戏剧出版社，1959，第236页。

地位十分特殊。朝鲜王朝选择它作为教材，主要便是着眼于其思想上的教化意义，这与当时程朱理学被视作官方统治意识形态的现实环境息息相关。为方便教学使用，它将唱词刻为小字，宾白刻为大字。《五伦全备谚解》则是为讲解教科书的需求所写作的。所谓谚解，即对汉语进行谚文注音、注释并翻译。该书采用汉-朝鲜对译，汉文词汇后紧跟谚解的形式，并非完整戏曲剧本，仅是保持戏曲情节内容。这两个版本因为保存着早期民间南戏演出本的诸多特征，因而别有价值。在古代朝鲜，这两本书为朝鲜完成了官方赋予的教学任务；在现代，这两本书为戏曲研究学者提供了珍贵的域外文献资料。

有意思的是，数百年后，元杂剧经典剧本《西厢记》也曾被改编成以清末北京通行的官话写作的《践约传》（出自英国人威妥玛编写的《语言自迩集》第2版第6章），成为清末西方人学习汉语口语的教材。

《西厢记》是朝鲜流传最为广泛的戏曲剧本，最早记载是朝鲜国王燕山君酷爱文学，命谢恩使购买并印行《西厢记》等一批戏曲作品（见于《燕山君日记》1505年）。16世纪至17世纪不少朝鲜文人在各类文集笔记中都屡有提及。朝鲜当时的文化界领袖金正喜在1811年首次将之翻译成朝鲜语版小说，名为《院堂金正喜谚解本》，虽说翻译上存在诸多问题，比如没有目录、题目和金圣叹的序和读法，不分卷，曲版也被删掉。但此本毕竟让那些不懂汉文的普罗大众得以欣赏、阅读戏曲剧目，对传播而言，显然是功大于过。此后，《西厢记》真正从贵族阶层走向普通市民，一时间翻刻版本众多，已知的有《后叹先生订正注解西厢记》《待月西厢记》《悬吐注解西厢记》《鲜汉双文版西厢记》《西厢记谚解》《注解西厢记》等十几个朝鲜文译本，说明了《西厢记》广受欢迎的程度，许多青年男女都以读《西厢》为乐。它的译本出现和流行时间大概在17世纪以后，稍晚于《五伦全备记》。1919年，白头镛的《注解语录总览》还收录了500多个《西厢记》中的词汇。

二、误作小说的混同

总体而言，朝鲜文人对《西厢记》的评价褒贬不一、毁誉参半。既

有如李遇骏、南公辙等为之黯然销魂者，也有如李德懋、李相璜等人斥之为灾书的。虽然《西厢记》的剧作主题和思想，远不如《五伦全备记》那样受到士大夫的追捧，但无法否认的是，从艺术价值上而言，文人对《西厢记》多是持肯定态度的。其高超的文学技法、精巧的戏剧结构、优美的文学风格，广受赞誉，甚至直接影响当时朝鲜文人的文风，对朝鲜文学创作影响深远。比如李屐秀的《林下笔记》中便记载李晚秀读了金圣叹批《西厢记》《水浒传》后，兴奋不已，从此"文体大变"。在戏剧创作方面，当时汶阳散文李玉有意模仿《西厢记》，创作了一部四折杂剧《东厢记》，其本是出自笔记小说《金申夫妇传》。由于这是朝鲜国内第一部明确的戏剧体裁作品，不仅在内容上的艺术价值不高，而且在形式上诸如科白、唱词模仿上仍有诸多缺陷，并且无法进行舞台表演。不过，后世朝鲜戏剧的创作，某种程度上都是在沿着《东厢记》的路子进行创作，如《广寒楼乐府》《满江红》《汉文演本春香传》《东厢记纂》《春梦缘》等多可见之影响。

在小说创作方面，《西厢记》在最开始便是被当作与《剪灯新话》《三国演义》《水浒传》一样的小说传入朝鲜。《西厢记》还对朝鲜三大古典名著之一的汉文小说《春香传》的创作有启发意义。小说《广寒楼记》是按照《西厢记》模式对《春香传》进行修改的一部作品，从小说的结构布局、手法和语言风格上都明显有西厢风格。《西厢记》中积极打破封建束缚、勇敢追爱的自由精神，也在朝鲜小说中得到回应。《广寒楼记》讲述了妓女与贵公子超越身份藩篱的爱情故事。《折花奇谈》写的是一对已婚男女违背社会伦理的婚外恋情。二者对人间挚爱的热情歌颂与赞扬，与西厢故事都具有情感上的共通性。另外，由于《西厢记》传入朝鲜的版本是金圣叹的评点本，一方面甚至导致了不少朝鲜人误认为金圣叹为《西厢记》作者；另一方面，《西厢记》对朝鲜小说评点也产生不少影响。比如现存朝鲜第一部评点本汉文小说的《折花奇谈》（创作于1809年）便多次提及《西厢记》。朝鲜最具代表性的评点本汉文小说《广寒楼记》（创作于1850年）采用了金圣叹首创的《读法》体例，并在评点中多次与《西厢记》进行比较。

比较遗憾的是，由于当时朝鲜文人很少有机会能真实观看戏曲舞台表演，只能从案头读物角度来欣赏戏曲剧本。因此，他们大多数纯粹将中国戏曲剧本当作是小说来看，并没有将之视作是戏剧这一特殊的文学体裁。尤其是各式各样弱化曲辞、突出宾白，甚至是直接将戏曲改作小说等改编异化的行为，都弱化了中国戏曲的文体特性和诗性魅力。这不仅导致了他们对于戏曲尤其是杂剧形式上的理解，多存在稍许误解和偏差。比如对科白没有感性认识，将元杂剧的曲调认定为朝鲜唱曲，甚至是以傀儡戏的目光来看待戏曲等等。而且我们在朝鲜各式文人笔记和目录书志中也不难发现，他们常将戏曲与小说文本混同。即便是在现代韩国编纂的古书目录中，戏曲也多被列在小说条目下。"这是朝鲜文人对中国戏曲的认知和理解在现代的延续，显示了中韩两国对于中国戏曲认知的差异性，即视戏曲为小说、叙事文学，是'戏'而不是'曲'，是故事，是小说，是通俗读物，唯独不是可以粉墨登场、可以清唱的戏曲。"

1602 年，日本建立御文库，开始收集关于中国戏曲的书籍。日本东北大学图书馆所藏《御文库目录》中记载了《西厢记》，说明至少在宽永十六年（1639）以前《西厢记》就已传入日本。1785 年，日本刊行的《小说字汇》也有《西厢记》剧名。同治七年（1868）前，中国古典名剧《西厢记》《琵琶记》的日译手抄本流传至日本（1977 年，日本汲古阁书院影印出版这两版手抄本）。18 世纪末期以来，冈岛咏舟、田中参训、中村碧湖、坂本信次郎、岸春风楼、宫原平民和金井保三、冈岛献太郎、宫崎繁吉、深泽暹、盐谷温、田中谦二等先后将《西厢记》译成日文。其他重要的校注、评点本有远山圭一的《北西厢记》注释本、远山荷塘训的《谚解校注古本西厢记五卷》、田中参训的《西厢记讲义》、鹿岛修正的《西厢记评释》等。日本国内还保存了大量罕见的《西厢记》木刻本，如明代熊龙峰刊本、秣陵继志斋陈邦泰刊本等。

光绪二十年，冈岛太郎翻译的《西厢记》日文版在东京出版；民国三年（1914），宫原平民和金井保三译的《西厢歌剧》在东京出版；1916年，日本东京文教出版了岸春风楼译本《西厢记》；1920 年，日本东京国民文库刊行会出版了《国译汉文大成·文学部》第 9 卷，收录了宫原平民译注的《西厢记》；1934 年，日本东京秋丰园出版社出版了深泽暹

译《西厢记》；1948 年，日本大阪出版了尾上柴舟译（后）《西厢记》。

三、日本、朝鲜受众群的差异

相比于朝鲜本土对于《西厢记》全民性的接受与痴迷，《西厢记》在日本的流播主要在文人群体中。这也造成了日本、朝鲜两国对于《西厢记》关注和研究点的不同。日本文人因为相对较少受到朱子理学的影响，既没有像朝鲜文人那样认为《西厢记》突破藩篱，是才子佳人题材的冠冕，也没有像道学家那样认为其是"淫声靡调"。他们更在乎的是《西厢记》斐然的文采与巧妙的关目。他们多认为张生与莺莺的爱情故事十分普通单纯，对之兴趣不大。典型如青木正儿认为《西厢记》"内容虽然不过是描写单纯的才子佳人的恋爱，但其曲辞之典丽，能使读者心醉；并且结构波澜起伏，关目之佳者甚多。"

此外，由于日本文人受到传统武士道精神的影响，多认为《西厢记》中的张生缺乏仁、礼、勇等品质，偏离武士道精神，因此对之评价极低。（不过在今人看来，这一评价自然是有失公允的）

日本、朝鲜两国的民族性格也是造成《西厢记》传播阶层差异的重要因素。朝鲜族多能歌善舞，受到儒家"乐天知命"和佛教"乐善好施"等文化影响，民众大多乐观善良，讲求实际生活，因此其文学戏剧作品如《春香传》《沈清传》与大多数中国作品一样，热衷于大团圆式的喜剧。因此，被视作喜剧的《西厢记》自然被广泛接受。而日本作为岛国的天然地理限制，使得日本人心里有一种与生俱来的孤独感，他们接受了佛教文化中的"诸行无常，是生灭法"等观念，形成了"物哀""幽玄""侘寂"等审美意识，更喜欢不圆满的残缺的悲剧美。因此，洋溢着乐观情调的《西厢记》与大和民族的性格便无法很好地契合。《西厢记》之美，只有那些精通汉学的日本高级知识分子才可以体悟。①

此外，日本江户时期（1603—1868）的《大冈政谈》中，受到"黄

① 郭燕：《论〈西厢记〉在朝鲜半岛和日本的流传与接受》，《戏剧（中央戏剧学院学报）》2010 年第 1 期。

文缘广结：中国文学艺术的海外传播

霸判子"和杂剧《灰阑记》的影响，也有类似二妇争女的故事（大冈即大冈忠相，是日本民众心中的清官代表，相当于中国的包青天）。剧中讲述男主人公的前妻与现妻要争夺他女儿的抚养权，大冈让女儿站中间，让两个妻子分别拉孩子双手，谁拉到便判给谁。最后那个不顾孩子疼痛拉孩子的妻子输了，孩子被判给那个心疼孩子而不敢大力拉的妻子。宋代桂万荣辑录的经典诉讼案例《棠阴比事》收录了《风俗通义》中的"黄霸判子"，这部书在 17 世纪 20 年代至 60 年代期间经朝鲜文转译为日文，传入日本。《灰阑记》大概也在此时传入。

第七章
世界的梅兰芳

　　提及梅兰芳，想必世人都会将之视为中国戏曲艺术的典型代表。而使之坐上戏曲王冠宝座的，依靠的绝不仅仅是国内媒体几次名伶推选活动。梅兰芳一生中几次出洋表演活动，也为奠定他的艺术地位作出了不可磨灭的贡献。尤其是在国际戏剧的舞台上，梅兰芳的世界声誉，为我国戏曲艺术占据世界戏剧之林的重要一角，打下了最为牢靠的基石。可以说，梅兰芳在世界戏剧舞台上的影响力，在国人眼中是无与伦比的。因此，时至今日，提及中国戏曲的对外传播，我们仍得溯源至百年前那绰约曼妙的身影、宛转悠扬的歌喉。常被誉为"中西文化交流的民间使者""以戏剧艺术进行人民外交的使节"等称号的梅兰芳，必定是绕不过去，且需要浓墨重彩介绍的一笔。

　　虽然中国戏曲的海外传播历程并非始自梅兰芳，但直到梅兰芳多次的海外演出，才使得西方观众开始真正认真对待，并以一种纯粹艺术的眼光，来审视和欣赏中国戏曲艺术。梅兰芳的一生，曾经三次访日，一次访美，四次访苏，推动了中国戏曲艺术的舞台传播，打响了中国戏曲艺术在国际舞台上的知名度，提高了中国戏曲艺术的世界地位。如今，在西方学界出版的各类世界戏剧史教科书中，梅兰芳也是一名必须提及的戏剧表演大师。

第一节　东瀛岛上的传说

一、大仓喜八郎的邀请

　　在正式介绍梅兰芳海外演出的具体事件之前，我们有必要了解梅兰芳在国内戏曲舞台上之实际地位和相关情况。梅兰芳 8 岁学戏，10 岁登台，20 岁借《穆柯寨》在上海一举成名，成为艺术新星。1918 年，梅兰芳被《顺天事报》评价为"剧界大王"。在国内，不仅普通民众与王公贵族为之倾倒，就连不少外国大使、友人也深深为梅戏着迷。促成梅兰芳第一次访日的日本文学家龙居松之助，便是其中一员。1916 年，他曾在北京多次观赏梅剧，对梅兰芳及京剧艺术兴趣浓厚，回国后便极力倡议东京帝国剧场董事长大仓喜八郎，邀请梅兰芳赴日公演。1919 年初，大仓喜八郎亲赴北京观看梅兰芳演出后，与龙居松之助一同登门拜访梅兰芳，才终于引梅东渡。要知道，当时 25 岁的梅兰芳早已名扬海内外，不少西方国家已盛情邀请他出访海外。或许是被二人的诚意所打动，再三斟酌之下，他最终选择了日本作为传播戏曲艺术的海外第一站。

　　首先，我们需要了解的是，梅兰芳出访日本的真实原因在哪？梅兰芳曾在《东游记》里提及这段经历："回想第一次我们到日本演出时，经费是完全由我个人筹集的，当时剧团的规模比较小，开支比较紧，如果演出不能卖座，是要赔本的。因此，多少带有一些尝试性质。总而言之，第一次访日的目的，主要并不是从经济观点着眼的，这仅仅是我企图传播中国古典艺术的第一炮。由于剧团同志们的共同努力，居然得到了日本人民的欢迎，因此我才有信心进一步再往欧美各国旅行演出。"可知，梅兰芳访日的初心十分纯粹，便是从艺术角度出发，向世界传播中国戏曲。因此，我们同样也就不难理解，为什么在正值五四运动情况下，不少在日本的中国留学生也与国内运动相呼应而进行游行示威，甚至给梅兰芳寄恐吓信，梅兰芳仍能镇定自若地进行演出。因为不论是经

济，还是政治因素，原本就不在这次出访的考虑范围之内。

其次，梅兰芳选择此时出访海外，也有更宽宏的戏曲视野和使命，那便是在国内反封建的浪潮和各类西学东渐之风的影响之下，传统戏曲的合法性日益受到冲击，因此将古典戏曲放置于世界戏剧图景之中进行审视，无疑是给戏曲工作者及其支持者讨一颗定心丸。

最后，中日两国一衣带水，自古以来交往频繁，不仅地缘相近，而且在整个传统文化以及古典戏剧美学上都具有西方世界难以比拟的共通之处，例如日本歌舞伎形式和京剧男旦艺术便有共同的心理和艺术基点。因此，同处东亚文化圈的日本民众，相对来说应该更容易接受中国戏曲。同时，梅兰芳也想借此机会研究和借鉴日本歌舞伎和谣曲表演。首站出访日本无疑是经过缜密考量后最为稳妥的决定。

1919 年 4 月至 5 月，梅兰芳携带共 30 人的剧团正式踏上了东瀛岛国。5 月 1 日，梅兰芳在东京帝国剧场开始首场公演，原本只打算演出 10 天。后因盛情难却，加演 2 天，直到 5 月 12 日，正式结束了第一阶段的演出。当时最高的特等票价甚至被炒到了 10 日元，被时人称为"戏剧界有史以来的天价"。为了迁就日本演剧不会每日更换的习惯，12 场演出只呈现了 5 出剧目，分别是《天女散花》《御碑亭》《黛玉葬花》《虹霓关》《贵妃醉酒》。演出方式是与日本著名歌舞伎剧目穿插表演。至于这几出戏的选择，也是经过齐如山和日方等组织者的审慎考量的，日方极力推崇极具舞蹈美和唱腔美的《天女散花》，而齐如山主力演出《御碑亭》。两出戏皆收获了如潮好评。至于其因，大概除了众所周知的梅兰芳表演艺术之精湛外，也有其深层次的文化心理。佛教在日本极为普及，民众对其思想并不陌生，而且当时刚刚经历一战，兵连祸结，满目疮痍，人们向往和平。大仓男爵意图借《天女散花》将爱与希望洒满人间，给人以慰藉。而《御碑亭》猛烈抨击了封建时代男权社会的意识形态，对女性悲惨命运有极大的悲悯和同情，最后夫妻二人能够不计前嫌重修旧好的平等关系，都深刻触及妇女和家庭问题，迎合了正值思想解放、民主气息浓厚的日本市民情趣，因此也深得喜爱。

5 月 19 日至 20 日，结束东京演出后，梅兰芳剧团在大阪中央公会堂演出了两天，演出剧目有《思凡》《御碑亭》《玉簪记·琴挑》《天女散花》等。大阪观众中有一群人值得特别关注，那就是中国学京都学派。他们是京都帝国大学以研究中国学为主的教授及其学生、友人。在观赏完梅剧后，每人都写了一篇小文，共14篇，最后由汇文堂书店主人大岛友直编辑成册，取名《品梅记》。他们在文

梅兰芳（一排右二）在东京帝国剧场

中大多赞扬梅兰芳及其代表的京剧艺术。这本书曾被誉为"日本学者谈中国戏曲的第一部学术意义上的论文集"，2015年被全本译为中文，由文化艺术出版社出版，是研究梅兰芳访日接受史极为珍贵的一手史料。实际上，历史上日本学者对中国的研究一直如火如荼，就拿戏曲研究领域而言，就有明治时期的森槐南、幸田伴露、笹川临风，以及后来的狩野直喜、铃木虎雄、西村天囚、宫原民平、盐谷温等诸多著名学者。不同于正统汉学家，日本也有不少"中国通""京剧通"，他们常年久居北京，爱听戏品戏。譬如村田乌江不仅担任梅兰芳首次访日公演的全程向导，且于是年5月1日适时在日本发行了他撰写的"向日本观众介绍京剧和梅兰芳的专集"——《中国剧和梅兰芳》。这些日本学者、艺术家对于戏曲艺术乃至中国传统文化的理解与洞察，远非常人可比。因此，他们对于梅兰芳之赞誉和评价并未停留在表面，有时甚至是批评，都可见其思想与功力的深厚。

　　5月23日至25日，梅兰芳加演了由当地华侨主办的两场演出，此行目的是帮神户的中华学校基金募集资金。5月26日，梅兰芳一行从神户启程归国，首次访日演出，便在这一片赞誉声中落下了帷幕。回国之后，《申报》即有评论称"梅兰芳自扶桑归来后，声誉益盛，各地报纸复争载其艳迹，以相传播。举国上下，几于无一不知剧界中有梅兰芳其人者"。[1]

---

① 柳遗：《东篱轩杂缀》，《申报》1919年7月22日第14版。

1923 年 9 月，日本关东地区发生 7.9 级大地震，梅兰芳得知消息后，第一时间以个人名义向日本大使馆捐赠 500 元大洋，还于 10 月 2 日至 3 日在北京第一舞台进行赈灾义演，所得 4095.3 元演出收入尽数捐赠。由此可见，梅兰芳心中装的不仅是艺术之心和家国情怀，亦有一颗善良悲悯之心。梅兰芳本人对日本的特殊感情，或许不仅仅是由于首次访日演出的成功带来的自豪感。更重要的是，在回国后，一批热爱京剧艺术的知识分子，如新闻记者、汉学家波多野乾一、地质学者福地信世、中国文学研究者青木正儿、新闻记者辻听花、文学家芥川龙之介等人，经常与之交流切磋，使之切实感受到普通日本民众对于戏曲艺术的兴趣与善意。1924 年 10 月，当大仓喜八郎再度邀约梅兰芳访日演出，以此庆祝在地震中受损的帝国剧场修复开业，以及他本人的 88 岁寿诞双重喜事时，梅兰芳答应得很干脆。在他看来，二次东渡东瀛，同时进行慈善演出，为日本大地震灾民义演募捐，本身便是一种使命和义务。

从 10 月 20 日至 11 月 4 日，梅剧团驻扎在东京帝国剧场，创下了票房奇迹。相较于第一次访日，这次每日上演的剧目都不相同，经过福地信世、波多野乾一等日本"京剧通"的协商，剧目数量大为丰富，包括《麻姑献寿》《廉锦枫》《红线传》《贵妃醉酒》《奇双会》《虹霓关头本》《审头刺汤》《御碑亭》《黛玉葬花》等剧目。其中，由缀玉轩同人李释戡、齐如山等人编写的古装新戏，在演出场次上胜过了传统戏。这些经过精心挑选的剧目大部分都不曾在首次访日演出中演过，其中所涉及行当包括梅兰芳所擅长的青衣，还有花旦、刀马旦、花衫等行当，无论是剧目内容还是表演形式，都力求最大程度体现中国传统戏曲的艺术特色和魅力。

11 月 7 日起，梅兰芳率团转战关西，在宝冢大剧场演出了《战太平》《定计化缘》《红线传》《辕门射戟》《风云会》《定军山》等剧目。演出虽然仅持续数天，但每日剧目至少有三出以上。而且，所演剧目并非全是以梅兰芳为主的旦角戏，还有老生文戏、武生戏等不同风格的京剧表演。11 月 13 日，在京都冈崎公会堂公演的剧目有《连升三级》《空城计》《风云会》和《红线传》等。11 月 22 日，这场同样持续了一个月的公演，终于在一片欢呼声和掌声中结束。

二、"万人空巷，争看梅郎"

在日期间，《东京日日新闻》《都新闻》《万朝报》《国民新闻》《读卖新闻》《东京朝日新闻》《中央公论》等多家报刊和杂志，纷纷报道了当时梅兰芳演出的盛况，在媒体和文艺界掀起了"梅兰芳热"，谷崎润一郎、与谢野晶子、永井荷风、久保天随等文人都曾观赏梅剧，并撰文表示赞赏。所过之处出现"万人空巷，争看梅郎"的盛景，梅兰芳也顺理成章地成为大正时期日本民众最为家喻户晓的外国明星。日本出版的有关京剧的书籍、文章也呈现直线上升的趋势，而且多与梅兰芳直接相关。比如 1919 年村田乌江出版的《中国剧与梅兰芳》，诗人与谢野晶子在日本杂志《妇人之友》7 月号刊登《献给梅兰芳的歌》等等。

不仅如此，"梅兰芳热"还衍生至日本剧坛的实践上，日本戏剧和电影出现了许多演中国故事的剧目，不少还是直接改编、移植自梅兰芳的演出剧目。譬如《贵妃醉酒》《法场换子》《空城计》《思凡》《斩貂》等剧目都曾被移植。歌舞伎演员中村歌右卫门（五世）在梅剧团离开后，马上改排《天女散花》。《天女散花》的音乐被日本各剧团引进，在演神话戏时普遍使用。大正昭和年间的新舞蹈运动甚至也不免受梅剧之影响。新舞蹈运动领袖福地信世受到梅剧之启发，创作了《思凡》《斩貂》等剧本；新舞蹈运动代表人物藤间静枝所演出的翻案剧《思凡》，多次公演，影响也很大。

另外值得一提的是，日本唱片和电影业的发展，为梅剧团在日留存戏曲艺术提供了当时最为先进的技术支持。日本蓄音器商会（今之日本哥伦比亚）为梅兰芳录制了多张唱片（《御碑亭》一面、《红线盗盒》一面、《六月雪》两面、《西施》两面、《廉锦枫》一面、《天女散花》一面、《醉酒》两面）在日本出售，同年 1 月 27 日的《都新闻》还曾刊出广告。北京大学吴小如教授至今珍藏。大阪市小坂电影制片厂则拍摄了梅兰芳主演的《红线盗盒》《廉锦枫》和《虹霓关》三剧的片段。唱片和电影的出现，使得尚未接触中国戏曲艺术的日本观众，能够间接地了解到梅兰芳的艺术魅力；而那些已经多次观赏过梅兰芳舞台的大众，则可以借

助影像，回味与巩固对中国戏曲的那份痴迷。

仔细思索这两次梅剧团访日的巨大成功原因，除了梅兰芳本人及其策划团队付出的巨大努力之外，我们还需回到日本当时的时代语境之中进行考察。日本经过明治维新的发展以及一战的刺激，经济持续上行，当时文娱和剧场业得到大力发展。普通民众的娱乐消费需求也逐渐旺盛起来。更关键的是，大正时期，日本盛行一种"中国趣味"，而梅兰芳也恰好踩上了这一时间节点。究其原因，大致可从三方面进行考虑。第一，历史上日本文人对中华文化浓厚兴趣的惯性使然。第二，由于经济发展，膨胀的日本甚至开始喊出"脱亚入欧"的口号，日本人对于中国之优越感倍增，开始热衷以一种类似西方之眼注视东方的陌生化效果审视中国，并借追慕所谓的异国情调，来体现自己的高雅品调。第三，一些日本民主主义和西化倾向的产生，导致部分日本人对于全然西化十分抵触，他们希望通过梅兰芳代表的中国传统戏曲，重燃日本人民对于本国传统艺术如歌舞伎的兴趣，以此抵制西化现象。

需要说明的是，梅兰芳这两次访日演出并非全然一帆风顺。比如初次访日期间，便有不少人唱衰东渡之举。而且新文化左翼人士向梅兰芳发起猛烈批评的点，也多聚焦在梅兰芳访外这段时间。即便是在国外，梅兰芳收获的也并非全是赞誉之声，比如在前文所提的《品梅记》中，狩野直喜、青木正儿、内藤湖南等人，便认为梅兰芳的新编京剧脱离了昆曲这一戏曲典范传统，有技无艺。海上名旦"绿牡丹"访日公演造成"梅绿争胜"的热潮，出现不少绿牡丹是"京中独步""第一名伶"，要"胜过梅兰芳"，梅兰芳"太过美艳""有些过火""缺乏雅味"等评论。但面对这一切，梅兰芳并未理会，仍是按照自己的既定想法，顶住了压力。

此外，1930年梅兰芳在访美期间经过日本，停留不到四天，当时日本放送协会（NHK）播送了《牡丹亭》中的一折，梅兰芳在放送局清唱《太真外传》，并无演出。但是此次访日仍旧有庞大的欢迎和欢送团队，梅兰芳会见了诸多旧雨新知，并且观看了日本戏剧，谈论了关于东方戏剧的文化自信，要让东方艺术在西方发扬光大等论题。梅兰芳游历欧洲的想法也于此萌生。这段往事在傅谨主编的《梅兰芳全集》第七卷中所收李斐叔笔记《梅兰芳游美日记》原始稿中，有详细记录。

三、新中国成立后的"破冰"

自新中国成立以来，由于抗日战争等种种因素，中日两国的官方关系坚冰重重，但民间交往却在周恩来总理组织下，成立了以廖承志为首的中日民间外交工作班子，交流日渐频繁。1955 年 9 月，第二代市川猿之助率领歌舞伎座访华演出，受到热烈欢迎。在周恩来的支持下，应日本朝日新闻社邀请，梅兰芳率领中国京剧团于 1956 年访日演出，可谓重启中日戏剧交流之路。

此次访日出行，代表团以梅兰芳为团长，欧阳予倩为第一副团长兼总导演，马少波任副团长兼秘书长，刘佳、孙平化任副团长，欧阳山尊任副秘书长。除了梅兰芳以外，还有姜妙香、李少春、袁世海等名角，连同音乐、舞美、工作人员共 86 人。演出剧目有《贵妃醉酒》《霸王别姬》《奇双会》《白蛇传》

1956 年梅兰芳访日，
与歌舞伎艺术家合影

《三岔口》共 25 出。这些剧目都经过周总理亲自审看，并一一提出加工意见。演出阵容之强大，剧目之多彩，前所未有。日本方面也为之做了诸多准备。1956 年初，成立于 20 世纪 20 年代的上海，曾致力于中日文化交流的"中国剧研究会"复会，文艺刊物《中国剧研究》复刊。同年 3 月，获得 350 多位各界知名人士支持的"日本中国文化交流协会"成立。两大组织成立的首要目的和任务，便是为了迎接梅兰芳三度访日。此次出访虽以民间形式，但实际上由国家派遣。某种程度上，梅兰芳一行人无疑背负着巨大的政治使命。

中国京剧代表团乘坐加拿大太平洋航空公司飞机，5月20日从北京出发，经香港并于26日飞抵日本东京。5月30日晚，京剧代表团在东京歌舞伎座，拉开了第三次访日的公演序

梅兰芳（一排右二）与日本演员村田嘉久子等合影

幕。上演剧目有《将相和》（袁世海、李和曾）、《拾玉镯》（江新荣、江世玉）、《三岔口》（李少春、谷春章）、《贵妃醉酒》（梅兰芳），一举成功。梅兰芳的演出不仅吸引了东京市民，还吸引了日本天皇弟弟三笠宫和王妃亲临现场，乃至于东京附近城市乡镇，甚至中国港澳台、新加坡等地区民众包机前来观赏，足见梅兰芳的艺术魅力之大。

和前两次访日演出一样，日本各类报纸传媒都在积极宣传造势，譬如《朝日新闻》从5月31日到6月6日连续刊发了记者冈崎俊夫所写的一组文章《京剧的魅力》。他曾撰文写道："京剧在各地的声望比预想的要高。在福冈的大博剧场四天演出五场，观众约8000人；在八幡，宽敞的体育馆被挤满，一次就容纳了大约5000人；在名古屋鹤舞公园的市公会堂，三天三场观众6500人；在京都南座，两天三场观众5000人；在大阪的歌舞伎座，四天六场16000人；各地几乎都出现因满座而停止售票的盛况。"早稻田大学邀请梅兰芳一行到该校访问，邀请代表团副团长欧阳予倩回到阔别30年的母校，以《中国和戏剧文化》为题进行讲演。6月4日，梅兰芳等人还参加了由参众两院举办的中国京剧欢迎会。正如1919年梅兰芳首次访日演出时内阁总理出席酒会一样，1956年日本把外国艺术家邀请到国会，也是前所未有的事情。

另外，梅兰芳前两次到访日本演出时，日本的剧场实况转播尚不流行，但第三次演出因电视机的流行，那些没买到票的观众也可以坐在家中观赏京剧。一位日本通讯社的朋友曾和梅兰芳打趣道："如今东京有电视机的大旅馆、饭厅等公众场所和许多家庭，都变成了歌舞伎座。"单是6月1日这晚，通过电视机收看京剧的日本观众估计不下300万，足足比往常多出两倍。

自 1956 年 5 月 26 日至 7 月 17 日近两个月时间，中国京剧代表团遍访了东京、大阪、奈良、京都、神户、冈山、广岛、福冈、八幡、爱知、岐阜、名古屋等十多个城市，算上两场加演的义演，共进行了 32 场演出，观众达到 7 万人。日本全国通过电视观赏京剧演出的人数，达到近 1000 万人。

尤值得一提的是，7 月 12 日所举行的两场义演都在日本最大剧场国际剧场上演，其目的是救济日本广岛原子弹受难者及战争中的孤儿。其中，日场演出《闹天宫》《秋江》《霸王别姬》，夜场演出《除三害》《三岔口》《拾玉镯》《雁荡山》《贵妃醉酒》。日夜两场观众共 11000 多人，因剧场只有 4000 多个座位，每场都有 1000 多人买站票，影响很大，且颇具意义。

毫不夸张地说，梅剧团所到之处，无不洋溢着友好呼声，山欢水笑，流传着许多动人的友好佳话。京剧热潮、梅兰芳热再次席卷日本，日本国内也趁势出版了诸多介绍京剧的图书，如《京剧读本》《京剧》《京剧之话》《京剧手帖》等等。梅兰芳回国后，当时在《新观察》上连载的访日游记集结为《东游记》，在日出版。

另需说明的是，由于当时两岸处于敌对态势，台湾当局曾为梅兰芳此次访日做了不少破坏，包括定时炸弹、发放反动传单、暗杀、绑架等策划，但在党和政府以及一些友好的日本知识分子的密切保护下，所幸最终有惊无险，化险为夷。在下榻帝国饭店的当晚，京剧团一行便召开中外记者会，梅兰芳在会上义正词严地声明立场："世界上只有一个中国，就是中华人民共和国。我梅兰芳是新中国的艺术家，此次访日演出，是为了增进中日人民友好和文化交流，只谈艺术，不谈政治，任何政治阴谋，是绝不可能得逞的！"

总的来说，梅兰芳的第三次访日，为日本培养了新一批喜欢戏曲的观众，为战后京剧在日本的传播推波助澜。东京也开始出现京剧"票房"、京剧研究会、学习京剧打击乐的"锣鼓教室"等团体，凝聚起一大批日本戏曲爱好者。日本歌舞伎国宝级演员坂东玉三郎，如今被誉为"日本梅兰芳"。他的家族历来与戏曲结缘，十三世守田勘弥就与访日的

中国京剧大师梅兰芳同台演出。当他还是少年时，便热衷阅读观赏各类梅兰芳的演出资料，从精神上受到梅兰芳之影响。此后，他还专门拜访梅兰芳之子梅葆玖学习京剧，请教张继青学习昆曲。2008 年，在中日缔结和平友好条约的第三十个春天，由坂东玉三郎主演的中日版《牡丹亭》在日本京都南座剧场公演 20 场，场场爆满，获得巨大成功。

2014 年是梅兰芳诞辰 120 周年，国家京剧院在日本举行了为期两个月的"《梅兰芳》艺术特选"演出活动，上演了梅派代表剧目《霸王别姬》《凤还巢》等。同年，东京民音博物馆举行了一场"世纪的名优——梅兰芳与日中友好展"主题展览。

2019 年，上海戏曲艺术中心与东京早稻田大学演剧博物馆共同举办了"梅兰芳访日演出 100 周年论坛"，著名京剧表演艺术家尚长荣、著名昆剧表演艺术家张洵澎、上海戏曲艺术中心总裁谷好好与日本早稻田大学演剧博物馆资深学者、日本舞俑表演艺术家三代目花柳寿美等，围绕关于中日两国梅派艺术的传承传播展开交流。同时，上海戏曲艺术中心受到日本木兰创意文化发展株式会社与东京早稻田大学的邀请，携上海京剧院、上海昆剧团在东京国立剧场奉上三场演出，而所挑选的六部剧目如《霸王别姬》《贵妃醉酒》《天女散花》和昆剧《琴挑》《秋江》《游园惊梦》，都是梅兰芳三赴日本演出的剧目。

这些活动的举办，让日本民众回顾和重新认识梅兰芳、京剧与日本之缘。而以上种种，都体现了梅兰芳访日戏曲演出的深远影响。

第二节　访美传奇

谈起梅兰芳最初与美国人的接触，就不得不回到 1915 年的秋天。当时梅兰芳应美国在华几所学校俱乐部委员会的邀约，在外交部宴会上举行了一场京剧表演，引得包括美国驻华大使保罗·芮恩施（Paul Reinsch）在内的 300 多位美籍友人的啧啧称赞，惊为天人。而且由于两次访日的巨大成功，梅兰芳之名早已远播海内外，梅宅常年需要接待外国来访者，比如瑞典王储古斯塔夫六世偕夫人（后来的瑞典国王与王后），意大利、美国、英国、西班牙、瑞典等国公使参赞及夫人子女等，都曾是梅家座上宾。曾有人统计，梅兰芳在那个时期的十几年中，共举行过 80 余次这类家庭茶会，接待近 7000 人。据说，当时来华的外国人士除了看长城以外，最重要的便是欣赏梅剧，不仅体现出梅兰芳纯粹而伟大的个人魅力，更说明了戏曲对于外国人的吸引力。

一、心愿与准备

梅兰芳访美的提议，始于美国驻华公使芮恩施。他曾在中国生活了七年，是梅兰芳的忠实戏迷。在其 1919 年举办的卸职晚会上，他说："若欲中美国民感情益加亲善，最好是请梅兰芳往美国去一次，并且表演他的艺术，让美国人看看，必得良好的结果。"这与梅兰芳将京剧艺术带向国际舞台的想法不谋而合。要知道，梅兰芳曾在私下与人交流中透露心愿："就是破了产，我也要到欧美一游。"可见，梅兰芳访美并非一时兴起，而是深谋远虑下的产物，这便不得不提到当时的国内环境。"五四"新文化运动掀起了对中国传统戏曲的激烈批判，甚至走向彻底否定传统戏曲的极端。面对西方戏剧的剧烈冲击，戏曲亟须外来文化确证其存在之合理性乃至优越性，借此纾解合法性危机。当然，否定的本身不仅是危机，也是契机。梅兰芳访美之行便是典型变危机为契机的天才尝试，传统戏曲的价值被他者重新反思重估后，得以傲然屹立于世界戏剧之林，成功扭转了大部分欧美人对戏曲的误读偏见，昂扬了萎靡已久的民族文化自信。

为了保证访美一行的万无一失，梅兰芳团队进行了将近八年的精心准备。因为这次访美，纯粹是私人行程，没有政府支持，所以需要十多万的出访费用，这是首先必须解决的第一道难关。前期的各类准备，如置办行头箱笼、联络相关人士、广告宣传等，已经耗去了梅家四五万元的垫款，齐如山私人也垫进去近五千元，二人的经济状况都已经陷入窘境。原定司徒雷登和梨园同人的筹款也相继失败，二人只得找上国民政府教育部次长李石曾帮忙。李石曾因与齐家交好，为之想出一条妙计，

他请了一批北平银行界的朋友来观赏齐如山为访美专门绘制的宣传画，众人皆对梅兰芳访美出行颇为敬佩，决意座中每人各出 5000 元入股，若演出盈利则还款，赔钱就不用还。结果当场便筹得 5 万元。其余 5 万元，由钱新之、冯耿光等在上海代筹。1929 年 12 月，梅兰芳一行 21 人离开北平南下，刚到上海预乘海轮赴美时，才得到消息，由于美国发生金融危机，美元比价升高，原筹款项不足，仍需再添一笔数万元钱款。此时，冯耿光再度出手，在上海银行界又为之临时筹措，填补资金漏洞。一个多月后，梅兰芳才终于登上加拿大皇后号巨轮，圆了访美之梦。

齐如山编纂出版了一系列介绍京剧和梅兰芳的书籍，比如《中国剧之组织》主要介绍念白、动作、衣帽、脸谱、音乐等等；《梅兰芳的历史》主要介绍梅兰芳家族、艺术创造、艺术贡献；《梅兰芳访美京剧图谱》中有 2000 多幅手绘"剧场""舞谱""脸谱""扮相""乐器"等图，每页配有中、英文说明，舞谱中还有名称及对应唱词。徐兰沅、马宝明把梅派剧的唱腔谱出工尺字，后由北大教授刘天华变换成五线谱，编纂成《梅兰芳歌曲谱》。他们还准备了送给外国友人和政要的各种中国风礼品，包括梅兰芳亲自画的扇子、舞台剧照、瓷器、绣品等等。

齐如山还定期给各国使节、社会名流、留学生寄送关于梅兰芳的宣传资料，包括一些文字介绍、演出剧照、剧目简介等内容，希望他们能提前了解梅兰芳，甚至在美国报纸上撰文宣传梅兰芳。后期，他甚至专门高薪聘请美国写手，代为联络美国各大报社和杂志社。据统计，曾介绍过梅兰芳的美国报纸杂志多达几十种，而以个人名义索要梅兰芳照片的信件则有几百封。可见，梅兰芳尚未成行，其名字就早已走进美国社会。一开始愿意买票入场的美国观众，大多是被这些宣传报道所吸引、慕名而来的戏剧爱好者。他们一边观赏演出，一边玩味那份已被琢磨了无数遍的梅兰芳演出说明介绍，感到心满意足，分外舒畅。

在具体演出中，齐如山还从中国戏剧音乐、舞台演出习惯、演职人员的礼仪等方面入手，做了细致调整，改正戏曲演出中的一些"陋习"，如台上饮茶、跪拜扔垫子、监场人在场上停留过久等。同时，他以不菲的薪酬聘请美国经纪人负责演出事宜。

在服装、乐器的制作、舞台样式的设计和剧场布置上，梅兰芳都力求体现中国气派。演出服装的面料全部采用丝绸、锦缎，并饰以中国旧式的手工绣花；乐器（如堂鼓、小鼓、唢呐、胡琴等）采用仿古形式，全部都以象牙、牛角、黄杨、紫檀等为材料，还请人特别制作大小忽雷、琵琶、阮等乐器。乐器盒借用楠木做成中国式囊盒，配上红色锦缎里子；行头、盔头的箱子，用榆木板片和牛皮包裹，朱红描金，光彩夺目。

舞台样式仿照故宫戏台，台前设两根圆柱，上挂对联，舞台两边装饰龙头挂穗，富丽堂皇。由于美国剧场舞台宽大，所以特制台上桌椅，可以根据不同的需要任意放大或者缩小。舞台第一层保留剧场原有旧幕，第二层是中国红缎幕布，第三层是中国戏台式外檐、龙柱，第四层是天花板式垂檐，第五层是中国古典式四对宫灯，第六层是中国传统的戏台，包括隔扇、门帘、台帐，两旁的隔扇镂刻窗眼，覆以薄纱。

乐队位于隔扇之后，后台光线很暗，乐师对台上演员的一切举动都看得十分清楚，而台下观众却看不到乐队。剧场门口和剧场内都悬挂绣有人物花卉图案的红色灯笼、几十幅介绍中国戏剧的图画、各种旗帜，一切都采用中国样式。乐队人员、剧场服务人员都佩戴统一的梅兰芳剧团团徽，一律身着中式服装。

张彭春凭借自己对于美国文化的了解以及对戏曲的行家眼光，为中美文化搭建了一座十分重要的桥梁。一方面他每次开场前都用英文简要介绍京剧组织、特点和风格等情况，还专门组织专人用英文说明剧目情节、背景、动作；另一方面也根据西方审美，提出一系列演出建议，如废除剧场陋规，开打要紧扣剧情需要，剧本要精炼，控制每出戏的具体演出时间，减少交代性场次等等。1930 年 3 月 29 日，《申报》对梅兰芳在纽约的演出进行长篇报道，对张彭春的贡献做了高度评价："此次登台，戏目均由张彭春先生排定，张君对于戏剧学确有深切研究，尤能了解观众心理。每晚准九点开演，至十一点钟止。张彭春先生司幕，时刻之准，为美国剧院所不常见……所演各剧，均注重表情，经张先生导演多次，并担任舞台指挥如意，热情可佩。"

梅兰芳还与齐如山、张彭春一同反复商定演出剧目，最终确定包括

《霸王别姬》《贵妃醉酒》《游园惊梦》《汾河湾》《青石山》《刺虎》《芦花荡》《打渔杀家》等二十几个戏目。梅兰芳虽是京剧名家，但其访外演出，除了演唱京剧外，经常也会穿插一些昆曲。比如《游园惊梦》《春香闹学》《刺虎》《思凡》《琴挑》等，也都是常演剧目。这主要是考虑到昆剧比京剧更具舞蹈性与音乐性，可能更为西方人所欣赏。在《品梅记》中，一些日本学者如狩野直喜、青木正儿、内藤湖南等一批站在日本新兴近代"中国学"研究立场的京都学者，曾经集中批判梅兰芳的新编京剧，而大加推崇其昆曲演出，或许也在侧面印证这种选剧策略的正确性。

二、掀起"东方热"

1930 年 2 月，梅兰芳一行抵达美国纽约，美方两派不同人士举行了欢迎茶会（一方是学者、批评家、新闻记者和资本家；一方是戏剧界、美术界人士），梅兰芳盛情难却，只好轮流到场，一再表示感谢。正式演出后，梅兰芳果然在美国一炮而红，轰动全美。原计划在纽约演出两周，戏票预售一空，后来不得不在国家剧院加演三场，才得以满足需求。虽然美国正值经济危机，市场不景气，但梅兰芳在纽约百老汇 49 街剧院的演出却似乎丝毫未受影响，最高票价 6 美元，黑市价甚至达到 16 美元。离开纽约后，梅兰芳一行又赴芝加哥、旧金山、洛杉矶、夏威夷、华盛顿、西雅图、圣地亚哥、檀香山等美国主要城市，总共用了半年的时间，演出长达 72 天。

每到一处，梅兰芳便受到各个城市以市长为首的各界知名人士和市民、侨胞的盛情接待和倾力支持，他们不仅亲临机场、车站迎接，还举办各种茶话会、酒会接风、饯别。梅兰芳尤其感谢旅美华侨的深情厚谊，他们在各类报刊发表剧评盛赞梅剧，还邀请剧团人员游览名胜古迹、学校、工厂等。演出期间，华侨朋友帮忙协调联络各类琐碎事务，甚至充当义务翻译；演出结束后，有的还帮忙整理箱件，安排沿途交通等，异常热情。在那遥远的异国他乡，梅兰芳的到来唤起了一股浓浓的乡愁，二簧、锣鼓、脸谱、水袖……好像把华侨们重新拉回了故土，将他们紧密地凝聚到了一起。其中，尤值得一提的是，华美协进社的留学生群体也发挥了巨大的作用。他们早在 1928 年 1 月，便开始和梅兰芳商讨访美演出事宜，当时会长孟治博士特意前去拜访梅兰芳、齐如山和张彭春。华美协进社在梅兰芳抵达美国前，就组织了全国性赞助会。在旧金山市，美国在华外籍记者协会主席、华美协进社书记欧内斯特·K·莫编纂发行了专集《梅兰芳太平洋沿岸演出》(*The Pacific Coast Tour of Mei Lan-fang*)，流传广泛，为梅剧团演出积极造势。

美国普通民众的狂热，也让梅兰芳印象深刻。一些沿街商铺开始摆放各式灿烂夺目的京剧行头，借此招徕顾客；纽约鲜花展销会上，出现了一种名为"梅兰芳"的花卉；纽约著名富翁奥弗兰三周内追着梅兰芳看了 16 场演出，最后还邀请梅兰芳前往家中做客，并请梅君亲自种下 36 株梅树（时年梅兰芳 36 岁），名之为"梅兰芳花园"……

实际上，在当时，美国普通民众所能接触到的中国戏曲，大多是唐人街上的粤剧表演。而由于排华法案的发布，华人在美国社会和政治上的地位很低，由此使得美国精英和民众对于唐人街有一种天然的排斥心态，更别说华人热衷追捧的华埠剧团和粤剧演出。但在这种严峻的政治气候之下，梅兰芳能够有意识地扩展自己的人脉，积极利用留学生网络，遵循西方的规则，突破美国人对华埠剧团的想象，不仅让普通民众为之痴迷如醉，更带领东方戏曲艺术，进入西方的文明秩序，得到了美国主流社会的承认与追捧，尤显难能可贵。梅兰芳以中国戏剧为代表，使得东方文明得以与西方文明进行友好交流，某种意义上便是在不自觉地追寻一种世界艺术体系新秩序。

《纽约时报》《纽约先驱论坛报》《纽约世界报》《洛杉矶时报》《太阳报》《北美评论》等知名媒体在梅兰芳演出期间，一直坚持跟踪报道。在梅兰芳获得洛杉矶波摩那学院、南加州大学"荣誉文学博士学位"后，各大主流媒体均在头版头条宣传报道了这条新闻，并全文刊登了他的演讲词。哥伦比亚大学、芝加哥大学、旧金山大学还先后举行座谈会，邀请梅兰芳前去讲演。在华盛顿演出时，美国总统胡佛恰好因事不在当地，听闻盛况十分遗憾，力邀梅兰芳再赴华盛顿演出。可惜梅剧团已经和旧金山方面签订演出合同，不能赴约。梅兰芳还为此情真意切地

写了一封亲笔信表达歉意。

在好莱坞演出时，梅兰芳受 14 家电影公司邀请，得以参观拍摄基地。许多好莱坞演员都特意赶来观赏梅剧。意犹未尽之处，他们还常跑到宾馆与梅兰芳促膝长谈。交谈中，他们曾说道，有声电影的趋势，像极了中国剧。从说白、表情再到动情处的唱功，这种电影最为客观也最受欢迎。梅剧表演对有声电影的制作、发展和成熟，有着一定程度上的参考和借鉴价值。

除了电影表演，梅剧更直接地影响启发了当时美国流行的工人活报剧——一种以讽刺表演形式改编时事新闻的话剧，就如同"活的报纸"，广受欢迎。这些演员在表演时学习戏曲的表意手法，常常以象征性表演手法取代实景布置，更为灵便。可惜美国国会认为这是一种共产主义威胁，从而在 1939 年 6 月通过法案将之扼杀。美国著名剧作家桑顿·怀尔德后期写作的成熟剧作如名剧《小城风光》（*Our Town*，1938）采取了京剧手法，台上无布景，演员用虚拟手势表达。美国当代剧作家阿瑟·密勒在《美国时钟》等戏中的人物出场都"自报家门"。20 世纪 30 年代，美国百老汇舞台开始出现许多中国京剧故事改编的剧目。一些美国大学戏剧系师生排练《王宝钏》《凤还巢》等梅派经典。这些先锋艺术家的作品中，都开始出现大量反抗、突破传统模仿的戏剧表现手法和现代戏剧流派，这都清晰可见梅兰芳之深远影响。

三、两种"文化乡愁"

古老的拉丁谚语说："光来自东方，法则来自西方。"冥冥之中点化了西方历史文化发展的灵感，常常来自彼岸的东方世界。因此，对京剧艺术的欣赏，实则来源于深远的西方对东方的欣赏传统。例如早在 16 世纪，欧洲宫廷和贵族家庭的室内装修摆设，就尤其钟爱中国风的图案花纹和艺术品。比如一些瓷器上便很热衷于描绘《西厢记》等经典戏曲场面。上层社会的欧洲人也开始学习饮茶，穿丝绸。中国器物早已不单纯是物质本身，更成为身份地位的象征。18 世纪，美国人从欧洲祖辈那里继承了这种喜爱中国器物的风潮。而且这一传统被进一步扩大化，也就是说，对中国器物的欣赏和迷恋不再是贵族阶层的特权，而成为大众的一种流行风气。当拥有那些精致、另类的中国器物时，满足的不仅是西方人的物质欲望，也是西方人对东方的想象。在这样的思维影响下，我们也就不难理解当时对梅兰芳的评论，为什么会出现诸如"美得如同一个中国古代花瓶或毛毯""如同中国古代绘画中精美的线条"的话语。大部分西方人虽然可能难以跨越文化鸿沟，真正深入理解梅剧的韵味，但这并不妨碍他们对梅兰芳的欣赏和赞叹。而且，20世纪上半叶也是中美关系的"蜜月期"，早在梅兰芳访美前，百老汇就曾上演过以中国趣味为主的《黄马褂》（*The Yellow Jacket*），剧作的两位编剧从未到过中国，全靠自己对中国的想象得以完成剧本。剧作的导演与演员也皆由美国人担任。但是上演效果却非常好，曾在1912年、1916年、1921年、1926年、1928年、1934年、1941年多次复排重演，甚至还曾到英国、俄国、西班牙等国演出。这都足见美国人对中国人的好奇和兴趣。

梅兰芳的访美演出，也激发了美国戏剧的内在艺术创造力，启发他们的多元化舞台表演理论和实践创作。戏曲除了直接在实践上影响西方舞台，西方学术界中也开始大量涌现关于东方戏曲的评论。戏曲成为一个被观察的新兴对象，激发起剧评家强烈的学术兴趣，由此，戏曲的话语形态也开始逐渐参与到构建西方戏剧体系的过程中。而在国内，20世纪30年代，也正是中国戏曲专业期刊、研究团体发展最为蓬勃的时期。这在某种层面上，是与当时国际舞台上对于戏曲艺术的推崇和精英化分不开的。

剧评家和演艺界更多地从西方表演艺术传统与梅剧团演出的横向比较和对西方戏剧表演的反思中，肯定梅兰芳的表演艺术成就。甚至有学者认为，至少七百年都不曾中断的中国戏剧传统十分伟大，而不像美国戏剧那样根基薄弱。美国当代重要剧评家和戏剧家斯达克·杨在《戏剧艺术月刊》上发表长篇专论，高度评价梅兰芳的表演艺术，并且将中国戏曲和希腊古典戏剧、英国莎士比亚时代戏剧作了深刻对比。[1] 当然也

① 斯达克·杨：《梅兰芳》，梅绍武译，《戏曲研究》1984年第11辑，第240—255页。

第七章　世界的梅兰芳

有学者认为，当时评论家之所以如此认可梅兰芳、认可京剧、认可戏曲，是因为他们从中联想到了西方古老的戏剧传统，梅兰芳被赋予文化他者的意义，激发了观者的文化认同和文化"乡愁"。这种怀旧情结的产生，和时代语境息息相关。因资本主义工业化而泛滥的物质主义、惨绝人寰的第一次世界大战，都导致西方精英们开始质疑和批判资产阶级核心价值观，并以"反现代主义的现代性"对抗社会现代性。也就是说，他们试图寻找一个脱离现代社会的世界，寄托自己的理想。而梅兰芳带来的东方传统艺术世界，正好提供了这样的参照，他们借用东方戏曲来激情否定和自我批判。可以说，梅兰芳掀起的"东方热"，联结了西方的现代性困境。

其实，这次访美演出。从一开始就注定不是一场纯粹的商业演出。正如傅谨所言，"在这个世界各国的艺术文化交流频繁的时代，西方艺术文化的影响正日益增大，而必将日益挤压着东方艺术的生存发展空间，进而威胁到东方人对于自身拥有的传统艺术的价值认同，东方传统艺术的身份认同的危机正在凸显并且将越来越清晰地凸显在我们面前。"① 齐如山认为，梅兰芳有责任和义务去美国访问演出。这次访美更像是一场沟通中西文化的公益活动，所以除了表面的艺术传播外，更有价值求证的深层动机。当时国内盛行民族文化虚无主义，梅兰芳甚至受到了偏激人士的批判，因此即使在主观意识上京剧可能代表着一种高级的东方文明，但在客观上却无法摆脱弱势文化的标签。梅兰芳对于访美虽然做好了十足的准备，却并无十足的把握，乃至有做好破产的心理准备，夹杂着不安和焦虑等多重矛盾心理。所幸的是，在这场中西文化交流碰撞的盛宴中，梅兰芳充分释放了自己的生命能量，进一步拓展了西方对于东方世界的文化想象空间，将长期处于文化边缘地带的戏曲艺术带到了世界文化的中心地带，成为中国传统艺术征服西方世界的一次典范传播活动。

当然，访美一行也存在诸多争议和遗憾。比如有学者指斥梅兰芳的

---

① 傅谨：《东方艺术的身份确认——梅兰芳1930年访美的文化阐释》，《中国京剧》2007年第10期，第24—26页。

演出准备多从扮相、服饰等外在造型出发，强调做工表演，情节紧凑紧张，剧目多以动作、歌舞甚至特技为主，但对京剧极为重要的唱功却不免有所忽视，因此丧失了国粹真正的核心技艺和神韵。从某种程度上说，这是在诌媚、取悦和迎合西方猎奇的审美，是被文化奴役下自卑心态的自轻自贱，引起的轰动也仅是表面上的某种浮夸。这在梅兰芳访美后，美国戏剧市场并未因此而改变这一现象得到证明。其后很长一段时间内，美国报刊上都难觅中国戏剧的演出广告，即使有也多来自当地华人华侨。直到 20 世纪 60 年代，港台京剧演出团队的到来，才使得中国戏曲传播的链条再次联结。而大规模的开拓美国戏曲市场，要等到 20 世纪 80 年代改革开放后才真正开始。

第三节　轰动苏联

自梅兰芳访美享誉归来后，他信心大增，决意奔赴欧洲巡回演出。实际上，在其仍未赴欧之前，其大名便已在欧洲各国名流之间传颂，英、法、德、比、意……几乎所有驻北平的欧洲公使都曾观赏过梅剧，并邀约梅兰芳赴欧演出。可惜时年九一八事变爆发后，国内形势不容乐观，赴欧之行只得暂缓。但当他读了程砚秋的《赴欧考察戏曲音乐工作报告书》后，赴欧演出的火苗又重新燃烧了起来。

一、中苏双赢的选择

1934 年 3 月，苏联对外文化协会艺术部主任齐尔略夫斯基在与中国驻苏大使馆代办吴南如商谈在苏举办中国画展时，得知梅兰芳有赴欧巡回演出的打算，并且有可能经过苏联莫斯科。久闻梅君大名的齐尔略夫斯基当即表示真诚邀请梅兰芳到苏联演出。继而，苏联外交人民委员会东方司帮办鲍乐卫也随声附和。于是，在国内的梅兰芳很快便收到了国民政府驻俄使馆致南京外交部的电函："苏俄对外文艺协会，闻梅兰芳

赴欧表演消息，迭向本馆表示欢迎，极盼顺道过俄，一现色相。并称前年日本艺术家来俄登台，颇受欢迎，此次梅君若来，定更多成功等语。查文化提携于增进邦交原有关系，俄方对于梅君在俄境内一切食宿招待，均可担任，惟若欲外币报酬较为困难。除电北平档案保管处就近以私人资格向梅君接洽外，谨闻。驻俄使馆。"

更巧合的是，当时中国著名新闻记者戈公振正在苏联访问，同时在筹备徐悲鸿赴莫斯科举办"中国绘画展览"事宜。苏方知其素与梅兰芳交好，便又托其代为联系梅兰芳。戈公振旋即以私人名义发电报给梅兰芳——"苏俄热烈欢迎梅兰芳，请将表演节目酬劳及其他一切条件详细函示。"梅兰芳虽然私人复电道："苏维埃文化艺术久所佩羡，兰芳欧洲之游如能成行，定必前往，请先代谢文化社诸君厚意，并盼先生赐教。"可仔细思忖下，梅兰芳仍有些犹豫。他随即联系正在上海的苏联驻华大使鲍格莫洛夫了解情况，又赶往青岛与国民政府驻苏大使颜惠庆商谈，最后还请教熟悉国际情势的外交家陈任先、顾维钧等人。在明确得知此次出行主要目的是为了加强艺术交流后，才放宽心，让外交部代为回复苏方一封礼节性的电报。在正式出访前，梅兰芳一方还专门请教过胡适、张伯苓、顾维钧、陈任光、孔庸之、宋子文、唐有壬、宋春舫、徐悲鸿、李石曾、周作民等一大批知名社会人士，足见梅兰芳的重视程度。

实际上，梅兰芳的访苏演出原本只是欧洲演出计划中的一部分，可惜后来因筹备中经济等各方面因素，变成了专程前往苏联演出。1935年1月，梅兰芳收到苏联对外文化协会发出的正式邀请函。而为了促成这次访苏演出，中苏两国政府都花费了不少心思。究其缘由，则不得不从九一八事变谈起，当时日本事实上控制了整个东北，苏日双方常在东北问题上发生摩擦，苏方想与日方谈判转让中东路，而国民政府坚决反对。苏方想借梅兰芳访苏来缓和与国民政府的关系，顺利展开苏日谈判。而蒋介石政府则对西方世界漠视日本侵略这一事实十分失望，但又束手无策，中苏两国都面临日方的威胁。因此，对于中苏两国而言，加强双边联系成为一种双赢的必然选择。而且，梅兰芳访苏前与莫斯科往来的电报，基本都是由外交部发出。因而，梅兰芳访苏相较于前文的访日、访美而言，并不仅仅是单纯的文化交流活动，在客观上也服务于中苏两国国家安全核心利益，中苏两国政府都为之大力支持和推动，具有相当浓烈的政治意义。

在苏联方面，他们特别为此组织了苏联国家乐剧会，一个专门管理部分戏剧的机关，办理梅兰芳率团访苏的演出事宜。委员会以苏联对外文化协会会长阿罗塞夫、第一艺术戏院主任斯坦尼斯拉夫斯基、梅欧荷戏院主任梅欧荷卡茂来、苏联外交委员会东方司司长巴罗夫等为委员，并邀请中国驻苏大使馆代办吴南如参加。苏联还专门派"北方号"轮船来接梅兰芳一行人，直驶符拉迪沃斯托克（海参崴），到达后再换乘西伯利亚特别快车，前往莫斯科。

在中国方面，颜惠庆帮助梅兰芳向国民政府申请资助，"行政院"195次会议当即决议通过，训令"财政部"拨发5万元，由其转交戏剧协进社给梅兰芳，解决了资金上的燃眉之急。国民政府还禁止报刊发表任何对梅兰芳访苏不利的公开言论。

二、18次"叫帘"

本次访苏团团长仍是由梅兰芳担任，总指导张彭春，副指导余上沅。演出人员多为1930年赴美演出的原班人马，如姚玉芙、朱桂芳、王少亭、刘连荣、吴玉玲等人，另增加了武生杨盛春、旦角郭建英、乐队吹笙伴奏员崔永奎和翻译翟关亮、吴邦本，秘书李斐叔及其他随团人员，共19人。

这次访苏剧目的选择，以赴美演出剧目为基础，梅兰芳又特地请教张彭春、余上沅、欧阳予倩、谢寿康、徐悲鸿等专家意见，考虑当时苏联与其他欧美国家在意识形态上的不同，作了部分调整，最后确定的剧目为正剧《汾河湾》《刺虎》《打渔杀家》《宇宙锋》《虹霓关》《贵妃醉酒》。副剧：《红线盗盒》（剑舞）、《西施》（羽舞）、《麻姑献寿》（袖舞）、《木兰从军》（戟舞）、《思凡》（拂舞）、《抗金兵》（戎装舞）、《青石山》（武术剧）、《盗丹》（武术剧）、《盗仙草》（武术剧）、《夜奔》（姿态剧）、《嫁妹》（姿态剧）。（选自《梅兰芳游俄记》）

作为一名责任感极强的传统文化传承者，梅兰芳在剧目选择上抱持的心态，仍然是弘扬中华民族优秀文化和古典道德。"但是在中国现代戏剧尚未见萌芽的时候，所能代表中国戏剧的恐怕只有以忠孝节义为中心的旧剧了。忠孝节义、礼义廉耻，本是我中华民族历史上遗留的美德，为什么不能宣扬到国外去呢？所以我这次剧本的选择，仍以旧剧为主目标，其中偶有离时代较远的，或者在昔曾为一己之宣传品的，则一概删去，这样或不致贻人以落伍之讥。"① 不过令人遗憾的是，在苏方各类盛赞的话语中，我们很难翻阅到他们对于剧目内容的评价，这种忽视或许是因为他们在短时间内难以找到某种道德共鸣和兴趣。在更多的苏联人看来，中国戏曲独特的表演形式，才是让他们感到惊艳、想要关注的部分。

每次演出时，梅兰芳都会将正剧搭配若干副剧演出。正剧与副剧相比，情节更为完整，主要展示梅兰芳扮演各类女性角色的本领。副剧主要是京昆中的经典舞蹈、武打片段，体现的是戏曲的独门技艺。在随团演员中，杨盛春、朱贵方都深具武技功底。

有了之前访美演出成功的宣传经验，这次齐如山同样早在梅兰芳访苏之前，就向苏方寄送了许多译成英文的剧目说明以及梅兰芳的戏妆相片，苏方再将之译为俄文，广作宣传。齐如山还在国内为梅兰芳撰写了一本《梅兰芳艺术一斑》。该书"序"中说："缀玉（即指梅兰芳）将有俄罗斯之行，如山谋所以沟通东、西洋之乐艺，遂撰述缀玉之技事，成为兹编。"② 显然，该书是为了访苏而创作的介绍京剧艺术与梅兰芳的作品。齐如山还编印赠送了《梅兰芳与中国戏剧》《梅兰芳在苏联所表演之六种戏及六处舞之说明》《梅兰芳在美国所得之评论集》三种英文书籍，苏方将前两种编译成俄文版在剧院发售。苏联对外文化协会会长阿洛金夫在《梅兰芳和中国戏剧》一书的"前言"中写道："伟大的中国

① 梅兰芳、李斐叔、许姬传三人合写，李斐叔执笔《梅兰芳游俄记》，傅谨主编《梅兰芳全集》第七卷，北京出版社、中国戏剧出版社，2016，第24页。

② 赵尊岳：《梅兰芳艺术一斑·序》，《齐如山全集》第2卷，台湾联经出版公司，1979，第940页。

艺术家梅兰芳的戏剧来到我国，这是苏中两国文化交流史上的一件大事。中国的古典戏剧，由于梅兰芳把它的艺术提高到那样令人惊异的程度，无疑会引起苏联艺术家和广大戏剧观众极大的兴趣。"

总之，从演员挑选、剧目选择、演出时间、舞台布景、服装道具再到前期宣传，梅兰芳剧团都经过极为精心的准备。梅兰芳一行于1935年3月12日抵达莫斯科。当时同行的，还有参加国际电影节以上海明星影片公司经理周剑云、电影明星蝴蝶为首的中国电影代表团。

14日，苏联对外文化协会设宴欢迎梅兰芳一行，协会主席亚洛希夫致辞表达对梅剧团的热诚欢迎，并希望借两国在文化交流上的迅猛之势，加强两国在经济及政治上的合作。梅兰芳随后盛赞苏联的艺术成就，并希望苏联艺术家访问中国。19日，中国驻苏大使馆举办茶会，共计250多人出席茶会，包括苏联外交人民委员会委员长李维诺夫及众多苏联艺术家。21日，苏联驻华大使鲍格莫洛夫在外交部大楼设宴欢迎梅兰芳。他说："中国戏剧艺术成就之高，为苏联人士始料所不及"，"希望梅氏之来俄，得借两国文化携手之共兴，进而树立世界大同和平之基石。"

梅兰芳在莫斯科总共演出了5场，随后又在4月1日抵达列宁格勒后演出3场。梅兰芳凭其无与伦比的惊艳表演一炮而红，轰动了整个苏联。每次开演前，舞台上便会出现一幅黄缎幕，上绣梅花和兰花以及"梅兰芳"三字，极为醒目。精彩绝伦的演出让观众陷入痴狂状态，舞台上飞起漫天的花束，掌声经久不息。苏联党政领导人斯大林、莫洛托夫、李维诺夫、伏洛希罗夫等，以及导演戈登·格雷、戏剧家布莱希特、皮斯卡托，作家高尔基、托尔斯泰等文艺界名流均前往观看。每次演出结束，都有无数民众聚集在剧院门口，想要一睹梅郎芳容，苏方不得不派出警队来维持秩序。为了满足观众的热情要求和苏方的一再挽留，梅剧团最后在莫斯科和列宁格勒两地加演至6场和8场。值得一提的是，临别演出的地点被选在莫斯科大剧院，按照苏方规定，该剧院原本只能上演歌剧和芭蕾，此次却专为梅兰芳的京剧演出破例。梅兰芳表演最受欢迎的《打渔杀家》《虹霓关》等剧目，观众竟然"叫帘"（演员返场、谢幕）达18次之多，整场演出从晚上十一点持续到早上三点半才结束。

梅兰芳在苏联演出期间，当地的权威媒体如《真理报》、《消息报》、《莫斯科日报》（英、法文版）、《共青团真理报》、《莫斯科晚报》、《为工业化报》、《戏剧旬报》、《苏联艺术报》、《列宁格勒真理报》、《接班人报》、《红色报纸》、《工人与戏剧》、《苏联戏剧》、《红色新闻》、《星》等，皆时刻关注梅兰芳的演出信息，不断登载梅君的剧照与消息，为国民普及中国戏曲文化知识，包括戏曲艺术的起源、发展、特征、剧场演出形式和国人的赏剧习惯等等。当时苏联媒体上用的剧名采取意译的方式。例如，《汾河湾》译成《女英雄》，《刺虎》译成《费贞娥与虎将军》，《打渔杀家》译成《被压迫者的复仇》，《宇宙锋》译成《装疯》，《贵妃醉酒》译成《醉酒的美女（杨贵妃醉酒）》，《思凡》译成《尼姑的恋爱》，《抗金兵》译成《梁红玉战胜侵略者》等。① 各类报纸杂志上还开始出现大量评论梅兰芳及京剧艺术的文章。例如，仅苏联著名剧作家特列季亚科夫一人就发表十来篇剧评。《消息报》馆屋顶上的流通电灯新闻，甚至逐日播放梅兰芳的新闻。由于出色的宣传效果，梅兰芳在莫斯科和列宁格勒迅速蹿红，成为家喻户晓的明星，街上的人们甚至以哼几句京剧为潮流，甚至影星蝴蝶走在路上还被人认作是梅兰芳。这在当年《国闻周报》刊登的戈公振、戈宝权叔侄合写的《梅兰芳在苏联》文中可略知一二。

三、邂逅西方戏剧改革浪潮

此次访苏演出后，莫斯科专门举行了一次有关中国京剧和梅兰芳表演艺术的研讨会。聂米罗维奇·丹钦柯曾在会上说："对于我们来说，最珍贵的是看到了中国舞台艺术最鲜明、最理想的体现，也就是中国文化贡献给全人类文化的最精美、最完善的东西。中国戏剧以一种完美的、在精确性和鲜明性方面无与伦比的形式，体现了自己民族的艺术。我国戏剧的代表，自然会从中得到很多有价值的东西。我从未想到过，

① O·H·库普佐娃：《梅兰芳在苏联：1935 年的巡演及其在苏联媒体上的反响》，周丽娟译，《戏曲艺术》2017 年第 3 期。

舞台艺术可以运用这样杰出的技巧，可以把深刻的含意和精练的表现手段结合在一起。"实际上，在梅兰芳访苏之前，苏联民众与美国人民一样，对中国戏曲知之甚少，甚至怀有一种鄙夷的态度。但梅兰芳的到来，使得一切都发生了惊天逆转。中国戏剧艺术被认为是崇高的、精美的东方文化代表，在与西方戏剧的比较中确立了自己独一无二的国际地位。

在苏联期间，除了演出外，梅兰芳在一些艺术家俱乐部进行的学术演讲，同样也吸引了众多著名戏剧界人士前来观摩。相较而言，苏方为梅兰芳特意举办的会议规模、参加人员的阵容乃至他们表现出来的艺术水准，都要远远超过当时赴美的情形，体现了苏方艺术界对之无与伦比的重视。这或许与赴美后梅兰芳已然成为国际名人有相当大的关系。赴美时，美国民众和专业人士或许还仅仅是抱着一种猎奇、欣赏的态度。赴苏时，苏方已经少了那种好奇心态，而是直接将之视作为戏剧的一种典范样本进行观摩、学习和研究。费·梅耶霍德曾说过："我们确信，甚至当梅兰芳已经不在我们国家的时候，我们依然会感到他的特殊影响的存在。"[①] 1935 年 4 月 15 日，梅兰芳离开莫斯科，结束了苏联巡演。虽然这次演出不过短短一月，但其对苏联文艺后续发展的深远影响，却是不可否认的。

苏联著名导演、提出蒙太奇理论的爱森斯坦曾在欢迎会致辞上说："以梅兰芳为代表的中国戏剧艺术，可供苏联电影界借鉴；更希望彼此为戏剧和电影的质量而奋斗……苏联的电影将采用京剧的方式来丰富表演。"在他看来，优秀的戏曲演员并非单纯地展示技术，而是把个人对角色的情感体验融入作品。在他赠送给梅兰芳的书籍的扉页上，还亲书梅兰芳为"最伟大的造型大师"。爱森斯坦有意想要将中国戏曲技艺融入苏联电影创作中去。为此，他还为专门拍摄了梅兰芳《虹霓关》中的对枪戏片段，制成电影后惠及苏联群众。1962 年，阿英为中央新闻纪录片厂拍摄《梅兰芳》传记片时，便曾向苏联电影局借用过此部老电影的

---

① 邢秉顺：《1935 年 3 月苏联戏剧界人士为梅兰芳访苏演出举行的座谈会发言纪要》，《中外文化交流》1993 年第 1 期，第 24 页。

片段。另一方面，中国演员在莫斯科也相继观看了不少大剧院如莫斯科卡美尼剧院、尤利·扎瓦茨基剧院、莫斯科艺术剧院、梅耶荷德剧院的演出等，希望借鉴苏方戏剧手法。

1934 年，尽管在苏联召开的第一届作家代表大会上，"社会主义现实主义"成为苏联唯一正确的文艺创作方法，苏联文艺日趋意识形态化后，梅耶荷德等先锋派戏剧家仍坚持现代主义探索。他在看到梅兰芳代表的戏曲艺术后激动不已，认为如今的苏联戏剧受到了西方自然

梅兰芳（前排右二）与苏联戏剧家梅耶荷德等人交流

主义的影响与束缚。当时的西方戏剧陷入一味描摹生活，讲究所有布景与真实世界一模一样的呆板、无趣和无规律性的境地，让人感到懊恼。而戏曲中能够运用高度技巧化动作来塑造人物的能力，运用有形的身体表现无形，乃至数十年如一日对于演员身体的训练，都是当时苏联戏剧中难以达到的高度。梅耶荷德认为在中国戏曲中找到了医治西方戏剧弊病（包括训练方法和表演方法上）的良药。

德国戏剧家布莱希特在苏联观赏梅兰芳的演出后，受到启发，写作了《中国戏剧表演艺术中的陌生化效果》《论中国人的传统戏剧》《古老戏剧中的间离效果》等系列论文。在文中，他十分认可中国戏曲迥然有别于西方戏剧的表演方式，并承认梅兰芳的表演艺术对于他的戏剧理论与实践提供了极大的借鉴作用。他说："多年来所朦胧追求而尚未达到的，在梅兰芳却已经发展到极高的艺术水平。"布莱希特随后提出的著名的"陌生化效果"（又称"间离效果"），就是其吸收戏曲艺术表演方法的间接产物。他一度要破除西方写实主义戏剧所追求的那种死板的真实性，而希望观众与表演者能够清楚地意识到自己正在观赏和表演，不要过度陷入剧情，观众要理性批判舞台上的表演，进一步剥离幻觉，去

人为有意识地制造间离效果。布莱希特尤其欣赏梅君所演的《打渔杀家》。他认为京剧表演身段的抽象性和简单道具，远远要比西方戏剧采用逼真的船具和水要来得高明。在其代表作《高加索灰阑记》《四川好人》中，都明显体现了他对这些戏剧理论的实践运用。

当时在莫斯科工作的英国象征主义流派导演戈登·格雷在观赏梅剧后，也受到戏曲舞台艺术的启发。他认为中国戏曲为当时陷入困境的舞美设计指出了一条明路。他在设置舞台背景时，放弃模拟现实的主张，尽量简化道具，运用灯光投影的变化来呈现主观想象的空间，有时也会加上一些自由活动的平台和阶梯。[①]

在当时的时代境遇下，长期以来中苏文化交流的过程中，多是苏方对中方的单向影响。但此次梅兰芳访苏以及徐悲鸿1934年在苏举办画展等系列交流盛事，都使得中国开始积极主动地向外传播本国文艺，交流的不对等性得到了改变。由于对日本侵略者共同的敌视态度，中苏双方都以各种文艺形式痛斥日本侵略者，苏方还常热情讴歌中国在抵抗日本方面所作的行为。这些活动都促进了两国政府和民间的交流理解，使得中苏双边关系迅速升温。

此后，1952年，梅兰芳为了前往维也纳参加保卫世界和平大会，第二次去了莫斯科和列宁格勒，仅在莫斯科的演员之家舞台专门为艺术工作者演出了《贵妃醉酒》片段，这次舞台表演并不公开。1957年12月，梅兰芳到莫斯科时没有演出，只有一次在和列宁格勒观众见面时唱了《贵妃醉酒》的一段咏叹调。这两次演出的影响虽然远远没有第一次大，但同样也受到了苏联文艺界和民众的热烈欢迎和追捧。

丹麦奥斯胡大学李湛教授的英文专著《梅兰芳效应》（*The Mei Lan-fang Effect*），专门探讨了1935年梅兰芳访苏事件，可资参考。也有学者指出，梅兰芳在1935年访苏后的书面评论受到世界政治形势和中苏审查制度的影响，许多地方都遭到扭曲。因此在使用资料时，必须始终保持警惕，做好辨正清源工作。

① 菲利斯·哈特诺尔：《简明世界戏剧史》，李松林译，中国戏剧出版社，1986，第143页。

　　总之，梅兰芳在 20 世纪 30 年代的两次访苏赴美，与时代的戏剧改革浪潮不期而遇，欧美现代戏剧家多多少少或直接或间接受到了戏曲艺术的影响。他们更多以东方戏剧为参照借鉴，反叛长期以来被视作正宗的现实主义戏剧传统，力图打破第四堵墙，在欧美舞台上掀起了现代主义戏剧浪潮。

　　100 多年过去了，梅兰芳访外演出的足迹依然清晰可睹。有人说，他的表演是一种艺术，他的传播手段则是一种科学。梅兰芳为中国戏曲打开了国际知名度，真正使得中国戏曲艺术的海外传播，不再简单停留在文本层面，让更多外国友人更为直观地感受到那蕴含着无限东方哲学与韵味的古典戏曲艺术。这是一场文艺展示，也是一种文化征服。

第八章
华侨华人与戏曲海外传播

　　华侨华人虽然散居在世界五大洲，但在侨居国和其他民族共同生活过程中，仍然保留着中华民族的传统风俗习惯和嗜好。无论何时何地，只要听到家乡戏曲，都能勾起华人们浓浓的思乡情绪。因此，世界各地凡是有华侨华人的地方，几乎都会留下戏曲演出的痕迹。

　　在海外华侨华人的谱系中，来自两广、福建、海南一带占了很大比例。这是因为在古代社会，这些地方的生活环境并不佳，人稠地狭、资源短缺，迫于谋生压力，长期存在着移民风气。[①] 因此，那些由当地方言演唱的各类地方戏如粤剧、潮剧、汉剧、琼剧和闽剧等剧种，在海外华侨聚集区就较为流行，特别是在东南亚国家，还成为当地多元文化的有机组成部分。可以说，华人走到哪里，戏曲艺术的种子就播撒到哪里。

　　戏曲艺术，作为世俗镜像，内含着中华民族最为民间的原始记忆，体现着日常伦理道德和现实价值评判标准，能够唤起海外华人特有的生活经验和情感体验，发挥着它们独特的社会功能。更进一步说，观赏原汁原味的中国戏曲，对于海外华人来说，不单纯是一种娱乐方式，更是在异国他乡获得的一种精神支柱。这是强烈的民族文化认同感使然，他们试图以此加强与中华文化的联系。在当地多元种族和多元文化中，戏曲也是华侨华人与当地其他民族区分的一种象征符号。对戏曲演出的坚守，也是其族群保有中华民族性格的一种重要方式。华侨华人为所在国带来了戏曲艺术，戏曲艺术也在无形中塑造着、丰富着所在国的娱乐文化事业。

---

① 陈翰笙主编的《华工出国史料汇编》中存留有大量记载，可资参看。

第一节　"慰我侨胞不忘国粹之心"

华侨华人本着中华民族勤劳、智慧、乐于奋斗、富有创造力的民族性格和能力，往往为所在地的国家和地区发展作出了巨大贡献。在这一过程中，不少华人家族也彻底改变了自己的命运，数以千计的华人百万、千万富豪开始出现。随着华人生活的逐渐富足，追求娱乐生活，观赏戏曲表演，也成为一种自然而然的生活方式的选择。

华人社会是海外戏曲演出最为重要的支持。早期海外戏曲的演出，主要由两大群体完成，一是专业剧团，二是业余戏班，二者是密不可分的，共同形成海外演剧生态。其中，专业剧团大部分都是中国大陆地区的戏班，而业余戏班则多是由当地华侨华人自由组建。海外进行戏曲演出，一开始大多是当地华侨们为了举行民俗节庆所做的祭祀仪式而酬神唱戏。美国远征探险队司令威尔基斯舰长的《航海日志》，就记载 1842年 1 月 19 日他们在新加坡登岸时，看到华人正在演戏酬神。直到后期才开始慢慢出现纯粹性的娱乐性演剧，尤其是在电影电视并不发达的年代里，戏曲更是华侨华人最为大众的娱乐形式。戏曲演出地点也由迎神赛会的街头、戏棚、善堂、庙宇、茶楼、酒馆、码头等扩大到当地专门修建的戏院、游乐园。

一、"下南洋"与"游埠"

在地理上，东南亚与中国接壤；在历史上，东南亚长期与中国互动频繁，往来密切；在文化上，东南亚多属于儒家文化圈，深受华夏文明的影响。因此，从地缘、史缘、文缘等多方面考虑，在全世界范围内，经过一代又一代移民活动，东南亚地区无疑是现阶段华侨华人群居最为密集的地区。如今，新加坡是全球海外华侨华人人口比例最高的国家，其次是马来西亚。

中国人向南洋地区的迁徙和经商，有一个专有名词，叫"下南洋"。"下南洋"在福建、广东也称"过番"，与"走西口""闯关东"并称为中国移民史上的三大壮举。但不同的是，"下南洋"是迁移出中华本土领域，属于境外迁徙。据史料记载，早在宋元时代，尤其是明代中后期，闽南籍商人、水手和破产手工业者、农民便开始大量流入东南亚各地谋生。据统计，近代以来共有 3600 多万海外华人，其中在东南亚居住的便有 2500 万，闽南籍华侨足有 2000 万之多，现今绝大多数都成为所在国公民。

《福建省志·华侨志》记载："到鸦片战争爆发前夕，整个东南亚地区华侨总数已达 100 万人以上，除暹罗、真腊、安南外，以祖籍福建的华侨占多数。"① 在 19 世纪中叶到 20 世纪初期，东南亚华侨剧增的最大原因，并非海洋经商，而是因为资本家需要挖锡矿和发展橡胶业，亟须大量劳力。而在各类移民和劳工中，职业戏班和民间艺人也掺杂其中。因此，中国各类地方戏曲在东南亚当地也产生了较大的社会反响。

谁也无法否认，中华民族向来是个爱看戏的民族。数以千万计的华侨，自然催生出海外巨大的戏曲演出市场。法国学者克洛迪娜·苏尔梦在《华人对东南亚发展的贡献——新的评价》中谈到海外华人的文化生活时说道："移民似乎很喜欢戏剧，并且很早就传进中国戏剧。"侨民们在生活相对稳定富足之后，开始逐渐在侨居国建立戏院，请戏班、订台期、做宣传，形成正规的戏曲演出市场。因此，凡是侨民数量多的国家和地区，均成为海外重要的戏曲演出基地和市场。

据明姚旅的《露书》卷九《风篇》中记载，早在明万历年间，福建戏班就曾到琉球国王宫演出《姜诗》《王祥》《荆钗记》等剧目。另明永历二年（1648），国舅王维恭曾带苏州昆戏班到缅甸演出。周宁的《东南亚华语戏剧史》记载："在爪哇，从 1603 年至 1783 年，华商酬神作戏的活动从未间断过，而且当地的华人富豪或赌场大亨还延聘漳、泉两州乐工、

——————
① 福建省地方志编纂委员会编《福建省志·华侨志》，福建人民出版社，1992，第13页。

优人，教导自己蓄养的婢女（爪哇人）歌舞，日日演戏以娱嘉宾。"①

在东南亚地区，流行的戏曲剧种主要是以闽、广、琼、赣方言为基础的地方戏曲，包括潮剧、粤剧、汉剧、闽剧、高甲戏、歌仔戏、莆仙戏、琼剧、广西彩调等。不同国家之间因侨民数量和文化的差异，流行的地方戏曲也略有不同，各剧种演出自然而然就特别受各方言帮群的青睐。如泰国潮汕移民多，戏曲就以潮剧为主；菲律宾闽南移民多，戏曲则以高甲戏为主。一般而言，讲粤语的侨胞看粤剧，潮汕侨胞看潮剧，海南侨胞看琼剧，闽南侨胞看高甲戏、歌仔戏、梨园戏，莆仙侨胞看莆仙戏，福州侨胞看闽剧，各大地方剧种都有其精准的华侨观众群。不过有时在频繁的文化交流过程中，也不排除有些语言天才同时掌握几种方言，因此也会出现广东人看福建戏，福建人看广府戏的现象。

戏曲演出主要兴盛于新加坡、马来西亚、泰国、印度尼西亚、菲律宾五国，其他如越南、缅甸、柬埔寨、老挝、文莱演出记载则相对较少。而且对后者来说，其零星记载的戏曲演出，也大多是中国大陆戏班的演出，很少组织本土华人戏曲社团。马来西亚华语戏曲剧种主要来自广东、福建，当地华人习惯称之为广府戏和福建戏。广府戏指粤剧、潮剧、琼剧、广东汉剧等。福建戏指高甲戏、莆仙戏、闽剧、歌仔戏、梨园戏、闽西汉剧等。新加坡的戏曲市场，主要为闽广地方戏垄断，但是京剧也得到部分市民的捧场。

中国大陆戏班在东南亚各国之间的巡回演出（一般都从泰国出发，路演经由马来西亚、爪哇、苏门答腊、加里曼丹、菲律宾、越南、柬埔寨、缅甸等地），在当地华人口中被称作"游埠"。

戏曲外交式的演出方式值得关注。英国人赛布尔著的《东南亚的中国人》卷三"在暹罗的中国人"中记载，清康熙二十四年至二十七年（1685—1688），福建戏班又到泰国大城演出，并被邀请到皇宫为法王路易十四派往泰国的大使举行庆宴演出。1685 年 11 月 1 日，暹罗大臣华尔康为葡萄牙国王彼得二世（1668—1706）登基日举行盛大的纪念宴会，邀请葡萄牙及法国使团共襄盛举。舒瓦西在其日记中记录了宴会过程中

① 周宁：《东南亚华语戏剧史》，厦门大学出版社，2007，第 804 页。

中国戏班表演的情况，从中可证实广东戏班早在清初就已在暹罗地区上演："第一个节目为中国戏，演员衣裳绮丽，仪态可掬，动作也敏捷，惟其管弦，喧闹可厌，无异于依拍子敲锅；第二个节目为暹罗歌剧，其歌唱比中国剧稍好，白古人亦表演一场轻快的歌舞，祝宴以一场中国悲剧结束，盖因此地有广东戏班，也有漳州戏班，后者较为华美且壮丽。"① 因此，在泰国当地，闽广两地的地方戏曲不仅常受邀到皇宫演出，而且在民间也很常见，尤其是逢年过节在华人庙宇前，都会请戏班来唱戏，以此酬神娱人。

潮剧，又名潮调、潮州戏、潮音戏、白字戏等，是潮汕地区用潮汕方言演唱的代表性剧种。早在 17 世纪下半叶（清朝初年），潮剧就随着潮汕移民在泰国演出，开始了海外传播历程，当时颇为兴盛，泰国也因此被誉为潮剧的第二故乡。歌仔戏是中国现存戏曲剧种中，唯一兴起于台湾岛内的。它以闽南方言中的闽南歌仔为基础，吸收梨园戏、北管戏、高甲戏、潮剧、京剧等剧种的营养。它自形成以后，便广受欢迎，迅速流播到东南亚地区的闽南华侨聚集区。

粤剧演出以新加坡为中心，辐射到马来西亚、泰国、越南、印尼、柬埔寨、缅甸、印度、菲律宾等地，在南洋演出的粤剧艺人大概有千余人。光绪十三年（1887），派驻新加坡的清朝官员李钟玉曾在《新加坡风土记》中记述："戏园有男班、女班。大坡共四五处，小坡一二处，皆演粤剧。间有演闽剧、潮剧者，惟彼乡人往观之。"

琼剧和粤剧、潮剧、汉剧一起又被称为"岭南四大剧"，一些华侨又称之为"琼州戏""琼音"。道光十五年（1835），海南琼城梨园班（其前身是天启至崇祯年间入琼的福建漳州"老三春班"）应越南琼籍华侨王家壁先生的邀请，带了一批演员如白玉娃、金公仔、吴福光、林童、梁振玉等一百多人，在西贡演出了《琵琶记》《白兔记》《金印记》《方世玉打擂》等经典剧目，广受欢迎。当时观众也主要是海南籍华侨，是现

① L'Abbe de Choisy, A Journal du Voyage de Siam，转引自陈荆和《十七世纪之暹罗对外贸易与华侨》，《中泰文化论集》，台北"中国文化出版事业委员会"，1958，第 377、378 页。

今已知最早的琼剧海外演出记录。琼剧在东南亚的传播轨迹，也和海南人南渡的时间路线相吻合，在新加坡、泰国、马来西亚、印度尼西亚、柬埔寨、菲律宾、文莱、越南等地都有其身影。

在 20 世纪 20 年代到抗战前夕，中国陷入频频战乱，内忧外患，民不聊生，闽广人民大规模下南洋，使东南亚华侨数量大大增加，而东南亚地区民族团结，社会稳定，经济平稳发展，因此当时戏曲演出市场相当繁荣，进入了黄金时代。据粗略统计，20 世纪二三十年代，在东南亚进行演出的戏曲艺人至少有 2000 人。当地新戏班在华侨的倡议下不断组建，华人还热衷于聘请中国大陆优秀的戏班来演出，名伶荟萃，剧种多元，演出剧种数量不下数十种，业余的和专业的一齐绽放，剧团林立，市场火爆，演出氛围活跃，更有甚者前往印度开辟海外市场。比较典型的地区，如在潮汕移民集中的泰国、新加坡等地，有时甚至出现数十个潮剧班社同时竞演的盛况，演剧最鼎盛期长达近十年，泰国一跃成为世界潮剧的演出中心。

二、"走金山"抚慰"唐人街"

美洲早期的华侨华人，主要是由当时的淘金热所带来的。19 世纪中叶，在美国加利福尼亚州发现金矿后，大批广东、福建地区的华工被招募前往挖矿。此后，又因为修建中太平洋铁路，总数不下十几万的华工被招募到北美地区。（具体参见美国陈依范著《美国华人史》）虽说是招募，实际上大多数都是被诱骗拐卖，他们在出国途中常常遭受惨无人道的虐待，做苦工时又饱受折磨和迫害，在当时被侮辱性地称作是"猪仔贩运"。虽然清政府曾多次下令严禁这类人口贩卖，但政府一方面本身管辖无力，一方面又略带歧视地认为华侨是"自弃王化"，所受苦难是咎由自取。因此，华侨背后无人为其撑腰。据《华工出国史料汇编》记载，在这一大批被半骗半卖的华工中，一些地方戏曲艺人因为常处于社会底层，也难逃厄运，也有些苦工正是被以"看戏"为由头诱骗的。1860 年，英国《威斯敏斯特评论》刊载文章说，这些华工一旦远渡海外后，所受待遇甚至比黑人奴隶更差。

身处异国他乡，众多被骗来的华工本身文化素质并不高，没有能力用其他方式宣泄自己的情绪，工作繁重下也没有太多娱乐休闲时间和方式。面对语言不通、精神空虚的无聊生活，众多海外游子对未来充满迷茫与彷徨。因此，广东、福建传来的家乡戏成为他们唯一能欣赏的文艺形式，寄托着他们对故土深深的眷恋和离乡的哀愁。每当想起那或宛转悠扬或高亢激昂的土音土戏，华人的思恋与痛苦，便可以得到短暂的纾解和安抚。有材料记载，当年有一位潮州侨民在出洋期间，一直带着演唱潮剧使用的椰胡，直到做工的地方，足见戏曲成为为数不少的中国劳工的精神寄托所在。A. E. Zucker 在《中国戏剧》（1925）中曾说，旧金山的淘金热带来了当地中国戏曲演出的黄金时代，两家演出公司（The Jackson Street Company 和 The Washington Street Company）因此而赚得盆满钵满。《晚清文学丛钞·小说戏曲研究卷》中载，1903 年，美国旧金山《文兴报》载无涯生《观戏记》中便有记载当时粤剧在美演出的盛况："广东之人爱其国风，所至莫不携之，故有广东人足迹，即有广东人戏班，海外万埠，相隔万里，亦如在广东之祖家焉。"

大批华工到达美国后，形成了颇具规模的群落，大约在 1850 年建立起唐人街。美洲早期戏曲演出以粤剧为主，演出范围以旧金山和纽约为中心，辐射加拿大、墨西哥、古巴等地，从业者有数百人。北美最早期的粤剧演出，就是由这些华工中的粤剧艺人组织开展的。这段时期，前来北美应聘演出的戏班质量堪忧，无论是行头、道具还是艺人演出质量都算不上上乘，戏曲演出场所极不固定，艺人生活困苦，基本上华侨走到哪，戏班便跟到哪。当时粤剧的海外演出，通常被称作"走州府""走金山"。

1852 年 10 月 18 日，由 123 人组成的鸿福堂戏班首次在位于旧金山（三藩市）三桑街（Sansome Street）的美国大剧院（American Theatre）登场演出，演出剧目有《八仙贺寿》《六国大封相》《关公送嫂》等，获得空前成功，使华人看到了海外戏曲演出的巨大市场（可见于 1852 年 10 月 28 日《阿尔塔加利福尼亚日报》）。于是，当年在旧金山唐人街兴建了由台山华侨投资的第一家粤剧戏院。该剧团便驻扎在此演出，每周七天，昼夜不息。此后鸿福堂戏班还在 1853 年 3 月抵达纽约、新泽西等

美国东部城市展开巡演，历时 5 个多月。1860 年，中国戏曲剧团还到过法国巴黎为拿破仑三世演出，归国时途经旧金山等地。

1868 年 1 月，积臣大街上建成一间名为"庆春园"的戏院，标志着由华人集资兴建的专供中国戏班演出的永久性场所的出现。1870 年，由121 人组成的黄龙粤剧团前往加拿大演出。自 1877 年以来，旧金山常年建有三四间戏院，以此满足当地华侨的观戏需求。1925 年，在旧金山唐人街先后又建成两间专门上演粤剧的戏院，分别是都板街 1201 号的大舞台戏院和积臣街 636 号的大中华戏院。这一系列专门戏院的兴建，使得戏班的海外演出拥有了固定的演出场所，摆脱了之前艺人居无定所的状态。粤剧演员的行会组织——八和会馆也在美国出现，使得戏曲海外演出逐渐走向规范。

旧金山和纽约逐渐成为粤剧北美演出的大本营。粤剧还曾在墨西哥、古巴、秘鲁等国演出。著名粤剧艺人如李雪芳、靓荣、金山炳、周瑜利、马师曾、白驹荣、廖侠怀等都曾赴美演出。

1925 年，纽约规格最高、历史最古老的萨莱亚剧院上演了中国戏曲，一定程度上反映了当时美国戏剧界对中国戏曲的重视。

1926 年，大观戏院聘名伶正新北来美演出《龙虎斗》，侨胞大为欣赏，登报以贺。1926 年，粤剧名角白驹荣、武生新珠和丑生子喉七等应旧金山市大中华戏院邀请，赴美演出。白驹荣工小生，代表剧有《金生挑盒》《风流天子》《再生缘》等，名满省港。他们一行在旧金山的演出长达两年。

不仅如此，上演独特粤剧的华人剧院，也吸引了不少外国人。查尔斯·诺德豪夫在 1872 年的一篇文章中指出，不少去旧金山的旅游者，都将观演中国戏曲当成必要的旅游项目。实际上，在 20 世纪 30 年代梅兰芳访美之前，大部分美国人对中国戏曲的印象，就来自于唐人街的粤剧演出。《晚清华洋录》曾记载著名作家马克·吐温于 1877 年在旧金山观看粤剧时的感受："那本来是在唐人区的戏院上演的，但戏院已在暴乱中被火烧毁了。现在便改到三新街的亚美利坚戏院上演。演戏的剧团是从广州来的，有六十二个团员，包括演员、乐师和其他工作人员。他们这次来美国，预定会到西岸五个城市，演出三十场……很像意大利歌剧加上马戏班的杂耍，中国功夫、奇特的服装和狂野的外来音乐。我以后一定还要看。"① 虽然马克·吐温对于戏曲的理解并不十分准确，但那种独特的异域风情无疑吸引住了他的目光。

此后在 1903 年，亨利·蒂瑞尔曾在《戏剧杂志》上撰写中国戏曲的相关剧评。1921 年，威尔·欧文曾撰写《唐人街的戏剧》。在这类文章中，主要记录的都是美国人对戏曲的惊叹和新奇。

1930 年 1 月至 8 月，梅兰芳率 24 人剧团访美，共演出 72 场，时间长达半年，受到了当地热烈欢迎。梅兰芳的访美演出，背后也有众多华侨华人的功劳。梅兰芳每到一处，都会受到当地华侨华人的热情接待；每一次演出，华侨华人都会在报刊上积极介绍、撰写剧评热捧梅兰芳的表演。吴戈在《中美戏剧交流史》中便对梅兰芳的赴美演出有详细介绍。实际上，相较于梅兰芳访美所带来的中国热潮而言，美国上流社会大多对唐人街的戏曲演出，呈现一种熟视无睹的状态。

受到梅兰芳带来的京剧热潮的影响，美国一些大中城市在 20 世纪 30 年代开始出现京剧票社，比如纽约就有"旅美""中国""雅集""业余"四大京剧社。它们都曾进行售票公演，且业绩不俗。耶鲁大学昆曲研究社社长张充和与北京昆曲研究社社长张允和是亲姐妹，两人颇为精通表演。这些华人戏曲社团都对打开美国市场有非常大的积极作用和贡献。

远在南半球的澳大利亚，同样因为淘金热而吸引来大量华工。1853 年，澳大利亚墨尔本附近发现金矿，澳大利亚资本家招募大量粤籍矿工。1901 年，澳大利亚联邦政府成立，

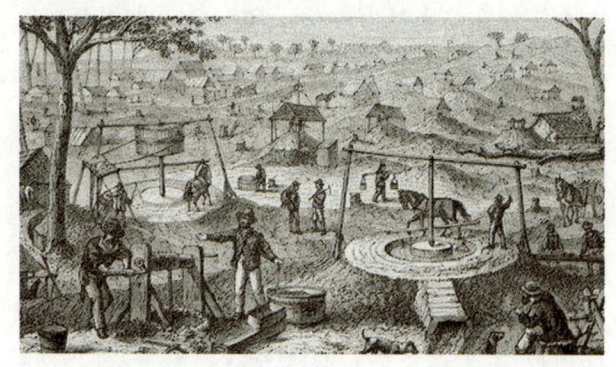

澳大利亚淘金热

① 多米尼克·士风·李：《晚清华洋录》，李士风译，上海人民出版社，2004，第 122—123 页。

第八章　华侨华人与戏曲海外传播

联邦会议通过《移民限制条例》，严格限制了华人移民。因此，新移民华人数量大为减少，戏曲传播产生一定障碍。但1982年，考古学家在澳大利亚英格兰的戈亨地区进行了考古挖掘，出土的中国文物中有不少粤剧舞台道具，证明当时的确仍存在着一定范围内的粤剧演出。1960年，一些粤剧爱好者在墨尔本组建了广州粤剧社团。1962年，广州粤剧团在墨尔本上演粤剧《胡不归》，大批华侨前来捧场。

虽然相较而言，欧洲地区的广东华侨较少，粤剧戏班的商机不多。但也有记载显示，英国、德国以及荷兰等粤籍华侨较多的国家，都有港澳及新加坡粤剧团演出的痕迹。而在美国、法国、澳大利亚等有潮汕移民聚集的地区，也长期活跃着不少潮剧业余表演团体。

第二节　华侨华人观众群

第一代华侨华人大多酷爱戏曲艺术，而且常常力邀家乡戏团出国演出。除了满足自身的欣赏需求外，他们还有一个朴素的愿望，便是希望自己的后代不要疏远自己本民族的文化传统和故乡艺术。可见华人一直有意识地在华人社群中传承和发扬戏曲艺术。

一、"侨胞喜讯"

每当有中国大陆戏班要来演出，东南亚当地的报纸如《叻报》《星洲日报》《南洋商报》等一般都会大幅刊登广告，吸引华侨前来观赏，其宣传标语也很直接。例如"闽南侨胞喜讯""听自己的方言，看故乡的风趣""听家乡话，看家乡戏，倍感亲切有味""福建侨胞不可错过""福建侨胞看过来"等等。

每当在欣赏精彩的戏曲演出后，华侨华人都会毫不吝啬赞美之情，经常赠送匾幅，以示喜爱。咸丰二年（1852），琼剧琼顺班到东南亚演出。著名武生卢彩文演出的武戏《方世玉打擂》《武松杀嫂》《秋香过岭》

等戏，都充分展现其过硬的武艺，广受追捧。新加坡华侨欣然赠匾，书"武甲五洲"。

1906年，谭永儒、符梅文带着海南琼剧联珠公司班到马来亚、吕宋（菲律宾）演出。演出剧目有《琵琶记》《唐人馆》《华容道》等。名净李光斗在《孟德赋诗》剧中饰演曹孟德，演技精湛，深俘众心，获得菲律宾闽籍华侨赠送的锦旗，上书"美哉！孟德，活孟德！"

1920年前后，粤剧名小生靓元亨在新加坡组建永寿年班，长期在东南亚演出。他的拿手戏有《海盗名流》《龟山起祸》等。同年，闽西汉剧外江新舞台在新加坡、泰国等地演出；琼剧琼汉班赴东南亚演出，著名老生梁銮麒在越南西宫扮演《历城除暴》中的海瑞，赢得观众阵阵惊呼："海公！海公！万世流芳！"他扮演的《杨令公死节》中的杨继业，倡导"君为一代名将，竟成异国孤魂。你有灵，应助我回家邦。罢！罢！罢！我乃一世功臣，也为他乡冤魂。"华侨们于此心有戚戚，全场皆男默女泪。

光绪年间，琼剧庆寿堂班名伶卢彩文在新加坡演出《秋香过岭》，剧中特技频繁，极为卖座。不仅诸多华侨社团送去赞誉锦旗，在新加坡演出的粤剧同行也送去"真喺好野"的条幅。光绪末年，琼剧文香班在新加坡演出《长坂坡赵子龙救主》时，扮演赵子龙的演员陈长生下台救了一个突然发病的孩子。第二天，有人请戏班全体到琼州会馆吃早茶，才知道所救孩子是琼州会馆董事长之子。新加坡"赵子龙"救主之事便从此流传开来。

1924年，琼剧名净蒙福强在越南西贡演出《铡美案》，观众盛赞其表演，赠"琼州包公""龙图百世留忠誉，福强千载有艺芳"的彩幅彩联。

1926年，琼剧名伶成安香与其丈夫名小生符梅文在新加坡合作演出《游春》《三难新郎》等剧，观众誉为"好夫配好妻，名生搭名旦"，赠"玉马金鞍"彩幅。

1927年至1928年，琼剧著名男旦梁凤蛟搭十四公司班在新加坡演出《紫红楼》《天波楼》等，华侨赠其"严慈佘太君"彩幅。

戏曲演员在异国他乡为华侨们送来了阵阵温暖，而华侨们对戏曲演

员的热情赞美和歌颂，无疑也温暖了艺人的心窝，激发了艺人奋发进取的精神。

二、在地戏班与"中国戏院"

20世纪30年代末期，北美的第二、三代华人开始崛起，随着华人群体经济实力的增强，戏曲市场也进一步扩大。每年从广东、香港等地聘请到北美进行粤剧演出的戏班就多达数十个。由于华侨华人的戏曲需求市场过大，完全依靠中国大陆专业戏班的演出不能完全满足。因此，有时业余戏班也会前往海外演出。例如1932年，琼剧票友班桂锦昌班到东南亚旅演，上演了《姐妹充军》《坡仔铺》《西施人吴》等剧目。但是全凭祖国戏班前去旅演并不实际。于是，为了满足当地演出市场的需求，华侨华人开始组建当地的华侨戏班、业余剧社，甚至出现了专门经营戏曲演出的公司和剧院。

1890年以后，新加坡著名戏班有普长春、永寿年、新佳祥等。1900年，在新加坡的华如街、马真街、牛车水戏院等处，建立了普长春、庆新平、怡园、梨春园等四间戏院，主要演出粤剧。1927年，新加坡还建立了"天然大舞台"等作为演出粤剧的场所。

1910年，新加坡建成庆生平戏院，邀请福州新祥和班前来演出京剧。班主陈新官带着八十多人奔赴新加坡。因为当地华侨多不懂普通话，演出剧目以《水帘洞》《金刀阵》《金钱豹》《花蝴蝶》等做功戏和武打戏为主。前班主去世后，雷文光接班并易戏院名为庆生平新舞台，重新组建了新春台班，从厦门聘请一批新演员，戏路不再局限于京剧，还演梆子戏，广受欢迎。

1930年，京剧票友李春荣在新加坡建立新洲大世界游艺场，其中有专门的粤剧舞台，陈飞农剧团驻扎此处演出。1931年，当地又建立了京剧舞台，俗称大舞台。陈桂林、刘长松、曹艳芬、张鹤春、张兰春、金海棠等一大批京剧演员都曾在此处演出。演出剧目大多为海派戏，如《目连救母》《粉妆楼》等，以及时装戏。

在越南，20世纪初期，仅堤岸就有大同戏院、同庆戏院、南戏院三个专门演出粤剧的戏院，足见当时粤剧市场的旺盛需求。越南西贡早期开设有两个大戏院，永兴戏院为越南人茶台荣和华侨合营，中国戏院为广东帮侨领经营，二者明争暗斗异常激烈。海防附近的六个省约有七八个戏院，都是由当地甲必丹作班主，聘请戏班中有名的艺人当"大旗手"，负责"订人"点戏、演出等业务，甲必丹派人主管账目，艺人是没有经济发言权的。因收入低廉，艺人在这些戏院都是流动演出。

1931年前后，受柬埔寨华侨邀请，以琼剧名角郑长和为首的长和班到金边演出。当时，金边尚无剧院，华侨们在当地临时搭建了草棚戏院。郑长和上演了《广东开科》《嵇文龙》等剧，深受华侨欢迎。后来，华侨们在此集资建造长和戏院，盼望日后祖国剧团再来演出。

华侨华人身处异质文化的客观环境中，由于有共同的文化背景和民族认同，更容易形成凝聚力，团结互助，共渡难关。在此主客观需求下，各类社团应运而生，有以血缘为纽带的宗亲会，有以地缘为纽带的同乡会，还有同行业的同业会，同学关系的同学会等等。在这类社团组织里，常常会有爱好戏曲艺术的人士，组建一些业余剧团，每当有宴会雅集，便会组织表演活动，既是娱乐大众，也在无形中促进了民族感情的升温。

20世纪二三十年代，马来亚的海南侨民为了联络感情，在全国共13个州皆成立了海南会馆，而规模较大的会馆中，都组建了本地的琼剧团，并且经常上演琼剧。其中，较为活跃的有著名艺人郑长和与符致明各自的班底，他们经常在各埠走点演出。南洋的琼剧优伶组建了艺人们的行会组织——"琼州优伶联谊会"。咸丰七年（1857），长期在东南亚演出的广府班在新加坡成立了粤剧戏班的行会组织——"梨园堂"，堂址设在豆腐街，杨穆任首任总理事，大福协理。1875年，"梨园堂"向当地政府注册备案，改名为"八和会馆"。

各类行业会馆和剧院的建立，标志着当地戏曲演出走上了正规化、模式化的道路，告别了以往打游击式的表演。而且在当时的条件下，大部分海外演出戏班都是由华侨掌班。如下：

道光二十年至二十三年（1840—1843），华侨洪天赐、洪慈苗、洪皂带

领高甲戏三合兴班在新加坡、马来亚、缅甸演出《三气周瑜》等剧。

1919 年前后，丑生豆皮元应堤岸竞南戏院之聘，到越南演出三年之久。与此同时，广西的军民乐粤剧戏班由跛脚桂率领经龙州进入越南演出。该戏班是广西军阀陆庭荣的妻子为感谢救命恩人粤剧艺人跛脚桂而成立的，随班前往的有陆庭荣妻子的两个学艺婢女。该班于 1928 年解散后，由广东东莞籍侨商何权接手经营，改名为"岭南乐"男女班，直至 1938 年才散班。

1921 年至 1923 年，高甲戏吕宋班在菲律宾马尼拉笼什福华大舞台演出，班主为华侨社团丝竹尚义社的吴仔居、吴芊稞。

1923 年至 1924 年，高甲戏吕宋班在菲律宾马尼拉福升大舞台演出《孟丽君》等 100 多出戏，领班人是华侨社团丝竹社李仔昌。

1925 年至 1928 年，高甲戏成兴班在新加坡、马来亚、印度尼西亚等地演出《哪吒闹海》《收水母》《大闹天宫》《黄飞虎反五关》《上海案》《两国王》等，班主洪鸭乙、洪经纶都为华侨。

1936 年至 1937 年，高甲戏旧大福班在菲律宾马尼拉演出《关羽之死》《雪梅教子》等，领班人为华侨社团尚义社庄仔锡。

高甲戏《连升三级》

1935 年至 1937 年，高甲戏福庆成班在菲律宾马尼拉阿实乾拉驾戏院、怡郎演出，领班人为华侨社团桑林阳春社吴文忠。

更重要的是，一些有使命感的艺人自觉在华侨中选拔有潜力的人才，作为戏曲传人培养，为日后组建当地戏曲剧团奠定人才基础。咸丰九年（1859），琼剧庆寿班奔赴暹罗、新加坡演出。班内主演庆寿兰还在新加坡创办了星洲剧社，为培养新加坡当地的琼剧人才发挥了极大作用。1925 年，姚赛蛟等人在南洋组建琼剧共和乐班。1939 年，琼剧演员郭远志在马来西亚创办巴生乐群剧社,招收当地琼剧爱好者,研习琼剧。

三、演出本土化

早期海外华侨的经济水平处于社会底层,华侨经商的不多,观众大多是下层华工,演出收费低廉,适合低收入阶层的普通群众欣赏,演出时为了引人发笑常带低级趣味的笑料。

但到了后期,随着华人经济生活水平的提高,整体演出剧目的内容和水准都得到了极大提升。大多数演出剧目既有鲜明的中华传统文化根源性;同时,为了符合华侨的审美趣味,又有当地突出的本土化色彩改良,在内容上会反映当地社会现状。戏曲本土化,指的是用当地语言改编或者翻唱中国戏曲剧目。在东南亚地区,新加坡和马来西亚的戏曲本土化实验做的最为成功。这也在某种程度上体现出戏曲演出极强的可塑性。某种程度上,戏曲演出的本土化,助推了戏曲艺术的世界化进程。

例如,"泰语潮剧"现象,是戏曲本土化最为关键的一步。这类剧在唱腔、表演程式、剧目上都有明显的潮剧传统,最大不同在于用泰语演唱。又如《王昭君和番》《白蛇传》《薛仁贵》《梁山伯与祝英台》等被编成马来语剧演出。印度尼西亚当地用印尼语翻唱京剧,《薛仁贵》被改编成印尼地方戏克托伯拉戏,薛仁贵易名为"苏迪罗普罗诺"。统一粤剧团根据越南民间故事编写《苏映月》《玻璃鞋》《马鞍题诗》《榴姑传》等粤语长剧在越南演出。这类演出对于传统戏曲观念和形式无疑是一个巨大的挑战,戏曲不再由华语演唱后,挣脱了语言束缚,其受众面成倍扩大,当地非华侨人士也容易看懂戏曲。

在剧目内容"南洋化"的过程中,剧目表现华侨生活的剧作,尤其值得关注。光绪二十年(1894),琼剧琼瑞兰班男旦黄瑞兰在新加坡义演集资时,因支援香港工人罢工,遭到迫害,被迫逃亡泰国。回国后,他组建万年春班,编演《唐人馆》《卖新客》等剧,揭露资本家压榨华侨华工和马来亚人民的恶行,在东南亚上演期间,广受赞誉,盛演不衰。

当时"走州府""走金山"到海外演出的粤剧艺人,也同华工一样,

常常遭受到无理压迫和虐待。例如每次出国，常会遭遇多次名为安检实则骚扰、索贿、人格侮辱乃至盘诘之事。相同的境遇，激发了艺人与华侨们同仇敌忾的同理心，他们创作了一批表现反对美国华工禁约的作品，受到华人的热烈追捧。例如南荃居士所著的《海侨春传奇》，作品反映了美国现实生活中的斗争，叙述了 1905 年反美华工禁约运动的主要情况，展现了华侨华人在美国遭受的种种悲惨遭遇，尖锐批判了美国政府和国内奸商，主张实业救国，颇有活报剧的风格。

华侨华人虽在国外，但也很关心国内的民生问题。例如 1919 年，华北发生水灾后，越南堤岸华侨主动提出，希望在当地竞南戏院演出的粤剧团，组织义演筹募善款。于是，由花旦西施玲、小生新北、小武启明、武生声架罗、丑生豆皮元等领衔举行七日义演，共筹贩济款约一万五千元。再如，为了华人教育而义演募捐。雪兰莪琼州会馆琼联剧社的巡回义演，为马来西亚琼州会馆联合会筹募大学奖基金。1939 年，琼剧名伶陈烈三在新加坡新世界戏院演出拿手戏《大义灭亲》，目的是为华侨筹建育英学校。

四、"州府班"的锻炼

早年间，那些已经在国内稍有知名度的粤剧名伶（俗称"大佬倌"）大多不愿出海，帮忙给国外订戏的班主只能找那些时组时散的半班。代理当地戏班到国内"订人""订班"的捐客，一般多由艺人或班主等人兼任，他们回广州订好戏班后再前往海外演出。

可到了后期，由于华侨华人的慷慨，海外市场的丰厚利润富有吸引力，同时也有利于塑造名伶。"粤剧伶人，不论男女，历向以过埠演剧为掘金机会……稍有名气的伶人，没有一个不想去金山及南洋各埠，希望满载而归。又说南洋，虽不及金山掘金的好听，实际收入，可能更可观，因为州府地区辽阔，粤人观众多。"[1] 不少演员回国后在报纸上打广

---

① 新珠、庞顺尧、叶弗弱、新雪梅：《粤剧艺人在南洋及美洲的情况》，《广东文史资料》第 21 辑，广东人民出版社，1965，第 284—285 页。

告标明"从南洋回"等字样，名气大增，身价大涨，观众乐于捧场，戏班老板也高看一眼。因此，不少艺人都把到南洋"过州府"当成名利双收的捷径。当名伶看到海外市场的丰厚利润时，他们也多愿意前往，比如粤剧名伶薛觉先、马师曾、千里驹等人都曾赴越南演出，在当地华侨中引起不小的轰动。1936年，马师曾班子又应各地华侨邀请，到安南六省巡回演出，深受戏迷追捧。当时西贡一带，一些周边产品如"马师曾头水""马师曾通帽"等饰物一度走俏。1938年，潮剧名伶陈秀廷带着老赛宝班到暹罗演出。

也有不少名伶在海外成名。光绪八年（1882），琼剧嘉乐班在东南亚旅演，剧目有《蟠桃宴》《浣纱记》《古城会》《张文秀》《狸猫换太子》《十四子令》。为庆祝组班20周年，剧组还在泰国设宴、免费公演庆祝，被琼籍华侨誉为"梨园第一兄弟班"。光绪十五年（1889），琼剧名伶姚赛蛟在马来亚首演《昭君出塞》，轰动全马，被誉为"倾国旦"。1938年，琼剧九老爹班赴新加坡、泰国、越南演出。小生王正堂以《嵇文龙》《广东开科》《狗咬血子》享誉东南亚。同年，琼剧五组考班赴东南亚演出，花旦燕丽萍当时初露头角，擅演《张文秀》王三姐、《西厢记》红娘、《啼笑因缘》沈凤喜、《杜十娘沉宝》杜十娘、《陈三五娘》中的五娘，享誉东南亚。有的名伶甚至客死海外。宣统元年（1909），琼剧名伶罗凤兰在越南西贡病逝。她生前擅演悲剧，如袭人、李三娘、赵五娘、窦娥、秦香莲等角色都在海内外观众中享有盛誉。1936年，"琼岛皇后旦"、琼剧著名男旦陈成桂在新加坡抱病演出后即身亡，年仅41岁，客死他乡。

华侨华人中的戏迷观众，非常熟悉舞台表演，对于演戏有其精到的审美和严格的要求，欣赏水平很高。这在一定程度上保证了戏曲在海外演出的质量。真正能在海外立足的演员，无疑都是有过硬本领的。粤剧艺人因为"过州府"而在海外崭露头角，墙内开花墙外香的现象十分普遍。前期的代表人物有靓荣、金山炳、周瑜利、靓元亨、兰花米、蛇仔利、扎脚胜、余秋耀等，中期的代表人物有薛觉先、马师曾、白驹荣、陈非侬、新珠等，后期的代表人物有靓少佳、罗品超、文觉非等。这些演员之所以艺有所成，名扬粤剧剧坛，某种程度上，正是由华侨观众培

育出来的。

清末民初，南洋演出多为日夜两场，日场武戏，夜场文戏。"过埠"的老馆为了应付无休止的演出任务，经常需要演出连台本戏、提纲戏。要胜任演出市场要求，满足华侨的听戏口味，戏曲演员不仅需要熟悉大量的传统剧目内容，还要练就扎实的基本功，拥有创造人物形象的基本技能，甚至要有特殊的专门技巧和本领来吸引观众。这一切，都需要艺人们勤学苦练，无形中促进了戏曲艺术人才的培养。例如，在 20 世纪 40 年代被推崇为粤

花旦王上海妹

剧"四大花旦王"之首的上海妹，就和她从小跟着父亲在南洋演出，耳濡目染之下，打下扎实的基础功分不开。上海妹以独树一帜的"妹腔"享誉剧坛，能演男女老少各种角色，堪称全能。由于在州府戏班里学习，有机会向各类名师求教，"江湖十八本"之类的传统剧目都可以拿下，小小年纪便演红于南洋各大州府，登上了艺术高峰。同理，后期也被冠以"花旦王"的粤剧名伶陈非侬的成名，也是得利于在州府班的苦练和名师教诲。有人说，"州府"是粤剧艺人学习传统艺术的大课堂，"走埠"是对粤剧演员的严格考试。

光绪二年（1876），福堂班开始到东南亚地区演出琼剧，剧目有《林攀桂与杨桂英》《上帝下凡》《方世玉打擂》《古城会》《罗通扫北》《武松杀嫂》《单刀会》《水淹七军》等。剧团班主为琼剧著名武生吴福光，他曾受泰国暹罗王的邀请入宫演出，博得一片赞誉。吴福光少年学过少林功夫，精通武术，后改学戏，先后在福堂班、福光班、桂生班掌武生正印。他一生大多在东南亚漂泊演出，可以说武艺光耀东南亚，光绪二十年（1894）在暹罗（一说爪哇）逝世。光绪三十年（1904）左右，海南梨园班名角张禄全、陈俊彩等人在马来亚吉隆坡演出。民国元年（1912），

琼剧色秀班到新加坡演出，在永乐、同乐戏院上演时，班主姚赛蛟、小生陈雪梨等演出的剧都上座率极高，场场爆满。20 世纪 20 年代末，著名粤剧男花旦千里驹，应邀到越南演出三个月，大受追捧。20 世纪 30 年代初，名小武新靓就隶属于大罗天班，曾在越南演出三四年，声誉甚佳，博得好评。这些愿意主动出访海外的名伶，无疑提高了戏曲海外演出的质量水准。

不同方言地区的华侨华人共居异地，各种不同方言剧种荟萃一堂，也在客观上促进了不同剧种之间的观摩、交流和学习，为各自剧种的艺术发展注入了新的生命力。

著名粤剧演员陈非侬早年在新加坡永寿年班担任正印花旦时，就曾向也在那里演出的京剧女演员十三旦学艺，并因此练就了表演上的独门绝招。被粤剧界公推为"小武王"的著名演员靓少佳，早年在新加坡从艺时，也非常喜欢观摩在那里演出的京剧、潮剧、福建戏等兄弟剧种的表演。

曾被誉为"生关公"的粤剧演员新珠在新加坡永维新班当正印武生时，结识了曾搭京剧红生前辈老三麻子的戏班演出并学会老三麻子全套关公戏的京剧武生李荣芳，向他学习了一系列京剧关公戏。他请戏班里的开戏师爷指导，在保留粤剧传统的基础上，积极吸收京剧关羽戏的武打、扮相、服饰、道具的长处，大受欢迎。抗战期间，香港沦陷前，新珠第二次到美国纽约、波士顿、旧金山等地巡回演出。此时，他同花旦周玲坤合演的《关公送嫂》《关公月下释貂蝉》已经拍成电影，扩大了粤剧关公戏在华侨华人中的影响力。

东南亚风气更为开化，热情欢迎女班演戏。在越南，与同一阶段国内严禁男女同班演戏不同的是，各埠原属法国殖民地，受西方人文思潮的影响，已经打破了男女授受不亲的封建思想，戏班组织多是男女合演。旦角都由女性扮演，广府戏班的男旦角到南洋演出很少受欢迎。马师曾到越南演出，也在无意中促成了粤剧历史的改革：因他的离开，迫使香港太平剧团班主源杏翘聘请上海妹、谭兰卿、麦颦卿三位女伶为花旦，让观众耳目一新，大受欢迎。于是，其他粤班争相效仿聘请女花旦，渐渐淘汰了男花旦，这是粤剧演出史上的大变革之一。

1922 年，新加坡庆生平戏院老板从中国大陆邀请了一批京剧坤班伶人，有老生小桂芬、花旦十三旦、武旦周月英等。这些女伶不久又到爪哇（印度尼西亚）演出，这是京剧第一次到爪哇群岛。此后，雷文光又从厦门聘请了一批女伶如筱美英、周玉英、周凤英、小喜翠等补充演出力量。雷文光病故后，其子雷江岩接管，从上海聘请了一批优秀演员，其中有丑角第一怪蒋月英、王宝莲等。演出采用新式布景，让观众耳目一新。1927 年 6 月，闽剧群芳女班在新加坡演出《五子哭坟》《燕梦兰》《灵芝草》《金指甲》等剧。

第三节　政治影响下的非传统演出

文艺与政治有着密切的联系，戏曲艺术自然也不例外。日常生活中，戏曲被视作是祭祀典礼的必要组成部分和休闲娱乐方式。华侨华人一度将戏曲视作是宣传先进思想的工具。尤其是近代时，国内一浪接着一浪的革命热潮，也影响着戏曲舞台。华侨华人中的爱国志士，通过戏曲深度参与和支持革命：首先，他们积极鼓励和赞助编演新剧的剧团，让艺人在舞台上宣传民主革命；其次，每逢戏曲义演时，常常慷慨解囊为革命筹措经费；最后，当剧团演出遭到保皇党势力破坏时，他们还会在报刊上发起舆论反击，深入宣传革命精神。

一、辛亥梨园的"海外启蒙"

戏曲艺人因长期处于社会底层，能真切感知底层生活，而且一般受教育水平不高，因此在思想上较少受到束缚，比普通百姓更具有革命精神。清咸丰四年（1854），粤剧艺人李文茂曾响应太平天国运动，在广西建立大成国。咸丰十一年（1861）起义失败后，曾跟随他的众多粤剧艺人逃亡到南洋各地避难，尤以新加坡、马来亚为多，后多以演剧为生。

由于华人在所在国大多属于少数族裔，且偏向沉稳的行事风格，常常无辜遭受本地民族和殖民者的歧视、压迫和屠杀。尤其是美国，早期排华法案与暴行层出不穷。但是清政府无力且无心支持华侨在海外的权益。因此，广大华人群体都无比希望祖国富强，政府革新。国内政府可以为之做强大的后盾，让自己在国外的生存能更有底气。华侨华人的爱国热情空前高涨，在民族意识和革命思想方面，也极为强烈，都在当地的戏曲演出中得到呈现。

因此，戏曲艺人与华侨华人都具有相同的革命诉求，二者一拍即合，共同促进了各类革命新戏的发展。海外戏班经常搬演《说岳全传》《三国演义》《隋唐演义》等七八十本的连台本戏，那些阐扬精忠报国、宣扬民族正气的首本、出头，如武生戏《岳武穆》《高平关取级》等，小武戏《赵子龙》《西河会》等，刀马旦戏《穆桂英》《英娥杀嫂》等，最受华侨之欢迎，由此可见他们强烈的民族意识和爱国思想。

戏曲艺人们也根据市场需求，开始摆脱传统剧目的束缚，针对社会现状，编排了大量针砭时弊、反映国内革命事件的新编历史故事戏，如《粉碎姑苏台》《肉搏黑龙江》《血染热河》等。

箸夫作于 1905 年《芝系报》第七期的《论开智普及之法首以改良戏本为先》："中国文字繁难，学界不兴，下流社会，能识字阅报者，千不获一，故欲风气之广开，教育之普及，非改良戏本不可。"其中，便提到了戏曲在宣传思想、普及教育、广开风气等方面的重要作用。廖仲恺曾明确教育靓雪秋演戏不能徒歌徒舞而无裨于人群，应把它看作为革命宣传。

作为革命领袖的孙中山，在革命进程中也充分认识和利用华侨华人和戏曲艺术这两把利刃，划开昏沉沉的封建天空，为人民带来了日光。

1894 年，孙中山在美国檀香山创立了兴中会，首次提出推翻清朝封建君主专制政府、建立民主共和国的革命纲领。1905 年，他在东京联合兴中会、光复会和华兴会，成立了中国同盟会。当时百分之七八十的美洲华侨都参加了当地的洪门组织。孙中山为了争取洪门组织为革命效力，在 1906 年访美时，加入了洪门，并将之改名为致公堂，亲自参与拟定新章程。

清宣统二年（1910），广州新军起义失败后，孙中山从加拿大到美国

筹措革命经费，要求中国同盟会成员悉数参加当地洪门组织。1911 年，孙中山为了筹集黄花岗起义经费，在加拿大温哥华的华人大戏院连续演讲 4 天，盛况空前，在场的粤剧艺人和华侨华人都深受激励。旧金山同盟会会长李是男为了完成孙中山交代的任务，在当地组织新舞台粤剧团，经常彩扮小生，上演《唤国魂》等反清主题的新剧，为广州起义募集军费。冯自由在《革命逸史》第二集《新小生李是男》中对此记述道："是男为筹款计，组织一新剧团，亲自粉墨登场，饰小生一角。居恒精于音律，至是高歌一曲，响遏行云，金门士女咸大为倾倒。每来往唐人街中，妇女界多称之新小生。归寓则电话纷来，馈品杂至，几有掷果盈车之誉。"

为了赢得海外侨胞的广泛支持，孙中山曾经说过要充分发挥粤剧"高台教化"、宣传鼓动革命情绪之作用。利用粤剧宣传革命，果然收到了奇效，同盟会和反清革命在北美华侨心中的影响力大大增强，促使革命党人募集经费能力大为增强，仅仅是支持黄花岗起义，旧金山一地就筹得了 10000 元。南海籍华侨李卓峰早年随父赴越南经商，为支持孙中山领导的反清革命，他慷慨解囊，前后捐款达 50 多万元。

当然各地华侨华人除了捐资外，也投身起义军，就如广州起义，单是从新加坡、槟榔屿回国的青年，便有约 500 人。在黄兴指挥的敢死队中，大多数都是南洋华侨和留日学生。

粤剧编排宣传革命思想的新戏，在新马地区演出，一度达到鼎盛状态，当地戏班就有 20 余个，从业演员有近两千人。经常在南洋一带演出的粤剧名伶京仔恩编演的《徐锡麟刺恩铭》《蔡锷云南起义师》，公爷忠演出的《安重根行刺伊藤侯》《温生才打孚琦》等剧目故事大多来自国内反清的英雄事迹，在东南亚一带演出后受到热烈欢迎，让海外侨胞们能切身感受到国内如火如荼的革命斗争。更有甚者，面对清朝摇摇欲坠的封建统治，身处"天高皇帝远"的异国，艺人会在演出时直接倾吐对清朝的不满情绪。例如蛇仔秋在南洋演出《正德皇帝下江南》一剧时，两人对白："正德：'我是皇帝，历来天子无戏言，汝知道吗？'凤姐：'汝是皇帝吗？皇帝就更加不可相信！'正德：'这就奇了，皇帝如何不可相信？'凤姐：'汝看清朝的皇帝哪位不骗人害人的。即如现在的皇帝，要把商办铁路收为国有，发行的公债一概不还本，糊里糊涂，这不是皇帝们大棍骗吗？'"虽属脱离剧情的插科打诨，但也是直抒胸臆。

又如《卖狗养亲》虽然描述的是明嘉靖年间苏州丝织业的故事，但其实是影射清政府对广东顺德民族丝绸工业的剥削与摧残。大受欢迎的粤剧《大反鸡林国》是一出典型反抗外国侵略的戏码，其中杀死"番鬼"等异族侵略者的武打场景，对于长期遭受到压迫的华侨来说，具有强烈吸引力，使人能吐一口胸中恶气。又如描写岳飞精忠报国的《岳武穆班师》《岳飞报国仇》等戏也常盛演不衰。海外戏曲演出的剧目内容，与华侨华人的诉求息息呼应。粤剧艺人心怀天下、积极参与革命的热情，真切感染了华侨华人。戏曲艺术在海外宣传革命功绩，可见一斑。

孙中山曾在《1916年致海外革命同志书》中写道："此次推翻帝制，各埠华侨既捐巨资以为军费，而回国效命决死，以为党军模范者复踵相接。"董必武在辛亥革命五十周年纪念大会上也说："海外华侨是辛亥革命强有力的支持者。"华侨同胞身处海外，却心系海内，积极参与辛亥革命的武装斗争。例如，华人温生才在1901年被卖到东南亚霹雳埠当矿工。孙中山在当地宣传革命时，他受到了真切的教诲。于是，他在听闻广州新军起义失败后，毅然回国从事革命刺杀活动，后不幸被捕英勇就义。海外众多报刊介绍了温生才的英雄事迹，粤剧艺人将之编演成《温生才打孚琦》一剧，搬演南洋一带时，鼓舞了华侨的革命热情，颇受欢迎。华侨华人观赏革命戏曲，进而成为新戏中人物，对于宣传革命传统而言，形成了良性循环。

在辛亥革命时期，海南本土也开始涌现不少编演新戏的琼剧团，比如华南、明新、二南等团，演出了《社会钟声》《省港大罢工》《爱国运动》《新旧婚姻》等一批文明戏。1925年至1928年，应侨商邀请，海南文昌中学组成的华南剧团远赴泰国、新加坡演出。演出剧目多为文明新戏，内容新鲜。演出观众大多对家乡戏琼剧十分熟悉，倍感亲切，座无虚席。1926年，吴发凤的实事新戏《林格兰就义》由华南剧团首演后，轰动文昌和海府。泰国琼籍华侨听闻后，力邀剧团前往泰国演出。在曼谷首演时，座无虚席，在场的华侨华人无不为之感动落泪。演出结束后，观众集体起立为之默哀。次日，不少华侨还特意买来花圈围置剧

场，并带着剧团人员前往参观林格兰在泰旧居。华侨还特意募捐善款给琼剧团，希望他们能多排演反映辛亥革命的时装新戏，鼓舞群众斗志。

辛亥革命期间，许多东南亚戏曲艺人投身于扮演革命新戏的浪潮。尤其是粤剧艺人，他们通过演新戏来积极宣传革命思想，营造革命声势，鼓舞当地的华侨华人为孙中山领导的革命运动捐物捐钱。例如在光绪三十四年（1908），光绪帝和西太后相继去世，清朝举行国丧，全国宣布禁戏。粤剧志士班、振天声剧社本就长期以"民族革命理想"为目的，经常演出一些思想进步的剧作，如《熊飞起义》《情浪沙杰秦》《剃头痛》等。于是，他们当即决定到南洋巡回游历演出，"名为劝人禁烟禁赌，实则暗中宣传革命"。经过同盟会负责人陈少白从中斡旋，说是要替香港八邑水灾公所筹款赈灾。该公所才同意派出黄咏台带领的振天声剧团赴南洋各地演出。刚到南洋之时，剧团演出虽常常遭到保皇党的造谣破坏，但他们带来革命剧目的新鲜气息，无疑启迪了华侨的民智，加深了他们对于革命的认识，扩大了革命的积

琼剧剧照

极影响。当振天声班在新加坡晚晴园演出时，孙中山正在新加坡宣传革命活动。他特意在其寓所接见了剧团人员，还允许剧团中未参加同盟会的艺人入盟。孙中山在给缅甸仰光同盟会分会长庄银安的信中，高度赞扬了粤剧团的演出盛况，称："同志大为欢迎，其所演之戏本亦为见所未见。故各埠从此争相欢迎，留演至今……顺此通告，稗知吾党同人所在无往不利……"此时，马来亚等国也新成立了许多当地华侨组建的业余粤剧戏班。成立于1908年并在马来亚槟城注册的非职业粤剧社团——广福居俱乐部剧团乐公社，其上演的第一部粤剧剧目为《周瑜归天》，也意在讽喻时政。清宣统三年（1911），长期在东南亚演出的琼剧艺人吴长生、郭庆生、孙茂运、田巨昌、姚赛蛟等倡议组织"南洋琼崖

伶人联谊社",为辛亥革命义演捐款。马来亚槟城的真相剧社主要出演粤剧,其成立于 1919 年之前。早期为宣传国内民主革命以及为受灾民众筹募赈款,而编演粤剧革命故事,演员穿着民国初年的军装演出,亦曾受到孙中山之赞扬。

二、海外抗日战线中的"乡音"

总体而言,从二战爆发到新中国成立的一段时间,国际局势发生了多次巨变,华侨华人的生计也变得艰难。除了少数地区,整个东南亚戏曲市场陷入萎靡状态。但另一方面,抗日战争激发了全体海外华侨华人的国家民族意识,戏曲演出点燃了高昂的民族热情,民族情感与民族诉求在戏曲中得以表达和释放。例如,日寇侵入海南后,海南本土戏班大多解散,存留在农村的戏班也很零星,戏曲演出不成气候。不少琼剧艺人此时纷纷出走南洋,另谋生路,客观上也推动了琼剧在海外市场的开拓。

抗战爆发时,潮州外江戏班老三多班正在新加坡演出,班主李四舍于是将所有行头箱囊抵押给张姓华侨,得钱后将艺人悉数送回国内,戏班解散。1938 年,琼剧南星剧团在新加坡演出新戏《还我河山》,为华侨募捐抗日基金举行义演。1942 年 7 月,琼剧著名小生李积锦和妻子武旦新州妹,及其养女花旦燕丽屏和丈夫在新加坡演出,不料晚餐时因日本空袭被炸死。新加坡琼籍华侨和琼剧艺人连日集会示威,声讨日寇罪行。9 月,日军在新加坡小坡区围捕琼剧艺人,不少人被当场打死。此后,又现多起日军围捕行动,琼剧艺人被迫逃离新加坡。直到抗战胜利后,东南亚京剧艺人共 80 余人齐聚狮城,组成了东方大京班,在大世界内的重庆戏院演出。

1927 年 11 月,一个粤剧团在美国旧金山大舞台演出后,艺人豆皮元在戏班内发起抗日自治会,自愿开展支援国内反日运动募捐,并约定会员之间不用日本货。自治会成立时,还有四五百位华侨参与,之后还在唐人街举行巡回游行,华侨之间自此弥漫强烈的爱国热情,无形之中消弭了华侨之间不同政治势力的隔膜。

　　在抗战期间，南洋各地海南华人社区都纷纷成立琼剧团，如新加坡琼州会馆有琼南剧社、琼联声剧社、琼联友剧社，泰国则有繁华琼剧团、南艺琼剧团、二南琼剧团等等。他们相继演出《大义灭亲》《灭种婚姻》《蔡锷出京》等剧目，大力抨击卖国丑行，积极传播革命星火，为抗日宣传作出不可磨灭的贡献。1927年，海南明新文明戏剧团奔赴东南亚演出，该团大部分演员仍是青年学生，由琼剧名角赛禄金、林桂鸾、姚赛蛟随班教学，演出《伤谷财》《蔡锷出京》《深夜哀声》《社会钟声》《秋瑾殉国》等时事新戏，深受华侨喜爱。1933年、1935年，琼剧二南剧团两度到泰国、新加坡演出，剧目有《秋瑾殉国》《林格兰就义》《糟糠之妻》等。1933年至1935年，潮剧名丑蔡汉龙随老怡梨班在安南、暹罗演出。其中，文明新戏《人道》在安南连演三月，极受欢迎。

　　日本侵略越南后，越南华侨生活在日寇的铁蹄之下，饱受歧视与欺凌，"民众已经没有闲情雅致去欣赏那些歌舞升平的陈词旧调，他们很想从戏中听到有理想、有志气的鼓动性的激烈语言。他们也在寻找挽救国家、民族并能为自己找到出路的办法。"因此，粤剧戏班上演的抗击外国人入侵的爱国题材的剧作，在越南很受观众欢迎。例如《大反鸡林国》《岳武穆班师》《岳飞报国仇》等剧，歌颂保家卫国的民族英雄，剧中抗击"番鬼"的表演，激起观众的强烈共鸣，每次演出座无虚席。抗战胜利后，文武生陈啸风应堤岸中华戏院之请前往登台。他与花旦梁雪珍合演《姑嫂坟》《万里长城》等剧，两剧的题材和思想内容，切合经过抗日战争离乱之后的人民的思想感情，很受当地观众的欢迎。《万里长城》在当地连演了二十多天，场场满座，打破了赴越南演出的粤剧戏班的上演记录，陈啸风也被誉为最优秀的粤剧演员之一。

　　1942年，日军占领南洋诸岛，华人由此陷入战争的深渊，戏曲演出也遭到严重打击。戏曲艺人在海外演出遭到日寇的严密监视，随时可能遭受清查而丧命。上演的剧目内容、时间、地点也必须经过日方审查同意，艺人的文艺自主性被完全剥夺。为了粉饰太平，一些琼剧艺人甚至被逼着演出一些美化日军侵略的剧目。直到日军承认在二战中战败，这段灰暗的日本殖民统治时代才得以结束。虽然表面上看，戏曲艺术仍在东南亚地区进行展演，但实际上这种演出是艺人在屠刀之下的血泪歌舞，它们早已沦为变相的反动政治工具，应急而作，艺术潦草。

更为遗憾的是，二战之后国际形势发生剧变，世界经济严重挫伤，东南亚也不例外。各地华侨华人的生活负担加重，无心再去欣赏戏曲艺术，中国本土剧团很少前往东南亚地区演出，不少戏班相继解散。当地戏曲演出，基本上都是由当地华侨华人所组织，只剩下少数几个当地华人组建的戏班勉强为生，如吡叻琼声社、巴生乐群社等。

演出剧种并未发生大的改变。相对而言，粤剧最为流行，仅新加坡就有 3 个粤剧团，马来亚有 7 个粤剧团，同乡会、宗亲会之间还成立了许多业余粤剧团。

总之，早期中国戏曲的海外演出，与华侨华人的生活有密不可分的联系。戏曲艺术在异国土壤上，仍能绽放勃勃生机，体现出海外华侨华人对种族身份的认同，与对本国传统文化的坚守。1931 年，以粤剧名角马师曾为首的大罗天戏班应旧金山大舞台邀请，赴美演出，同行的还有粤剧名伶上海妹、半日安等。马师曾在《我游美演剧之宗旨》中谈起起因说："我去过数千万里，侨居异域之同胞，以常受国外之感触，其爱国之心，比身居祖国者而尤热，则其不忘国有道德文化之念，当为挚也。""以与我侨胞相见于公余之暇，稍慰我侨胞不忘国粹之心。"

马师曾

以卖艺为商，是早期戏曲海外演出最为主要的途径。而华侨华人的演出需求，是推动海外戏曲演出最核心的动力。华侨华人的庞大数量，是戏曲海外演出得以规模化、市场化的前提因素。华侨华人是早期戏曲海外演出最忠实和核心的观众群体。华侨华人的支持和培育，是中国戏曲得以海外传播的必然条件。华侨华人的存在，促进了戏曲艺术更新剧目内容，扩大了戏曲所能反映的社会面貌，并通过"西学东渐"的方式丰富了戏曲的表现方式，使得传统艺术进一步发展。在特殊的历史时

期，海外戏曲演出将华侨华人与中国本土紧密团结在一起，华侨华人为中国社会进步贡献了巨大的力量。孙中山先生曾说"华侨是革命之母"，而戏曲的海外宣传作用自然功不可没。

第四节　当代华侨华人组建的海外戏曲社团

当代海外华侨中的戏迷群体，以自娱自乐为目的所自发创办的各类京剧社、昆曲社、粤剧社、越剧社等艺术团体为主，不仅仅慰藉了远在异国他乡的华人群体，而且也在无形中为戏曲艺术的海外传播开辟了崭新的征途。与国内职业性的演出团体不同，相较而言，海外戏曲社团的商业性总体较淡，主要以兴趣、公益性为导向。尤其是每逢传统佳节，戏曲节目往往是海外华人娱乐环节中不可缺少的组成部分。他们日常性的运营、演出、推广与国内戏曲社团的访外演出，共同构成了戏曲传播的光谱。从他们积极融入当地主流社会，向西方观众展演的行为来看，他们的存在，更带有一种宣扬中国文化和戏曲艺术的责任感和使命感。

一、北美京剧社团中的"海外第一票房"

京剧作为中国第一大剧种，其海外社团自然也是最为壮大的。甚至有一种说法，但凡有华人聚集的地方，都会存在着京剧社团。在美国，单是纽约地区，据不完全统计，就有如纽约雅集国剧社、纽约梨园社等十余个京剧社团。

其中，业余国剧研究社，"历史久、演出多、有计划、具规模"，是其中影响力较为显著者。剧团中有曾在天津京剧团工作的专业琴师魏国勇，有曾任台湾陆光剧校专业教师的张义达等不少专业人士。剧团原本仅为华人社区所服务，后来通过华裔教授的引荐，也常到大学校园演出，打响了名气。美国东北部不少演出单位乃至于专业戏剧团体，都常邀请其前去商演或是艺术交流。剧团还特意为每出剧目配上英文字幕以及各类入门讲解，方便美国观众理解。

在旧金山地区，成立于 1975 年的海韵剧艺研究会则是戏曲社团中的佼佼者。名伶金素琴、李金索、张文娟、丁家麟、王洁西等都曾指导过剧团的演出。大概同时成立的华盛顿汉声国剧社，则于每年春秋两季开展常规演出。

著名京剧演员齐淑芳于 1988 年 5 月定居美国，在纽约创建了齐淑芳京剧团，在美国传播京剧。齐淑芳自幼受其嫂"中国第一女武旦"张美娟的培养，并曾受到杜近芳、张君秋、陈效琴、赵燕侠以及汉剧艺人陈伯华的传授，文武俱佳，表演细腻。京剧大师梅兰芳曾握着她的手连声称赞她为"后起之秀"。后来，更是因为出演《智取威虎山》中的"小常宝"而家喻户晓，声名大噪。她在赴美前，作为青年京剧团及上海京剧院的主要演员，便有多次赴日、西欧各国等海外演出的经历。

美国政府十分看重齐淑芳京剧团的文化魅力，给予其免税待遇。该团也一直不遗余力地在美国宣扬京剧文化，每年定期在纽约等城市的许多剧场举办大型演出，其曾连续多年应邀参加林肯中心户外艺术节，并参加过在康涅狄格州、得克萨斯州、俄亥俄州举办的世界性艺术节。此外，京剧团还常奔赴海外参加艺术节，如 2000 年参加波兰国际艺术节，2007 年参加加拿大国际艺术节。2001 年，齐淑芳获美国最高传统艺术奖，并收到美国总统的祝贺信，这是华裔艺术家的首次获奖。齐淑芳本人接受《纽约时报》的采访，同年还拍摄了《京剧大师齐淑芳和美猴王》大型艺术片。同年，齐淑芳京剧团主办了"美国首届中国京剧艺术节"。这一艺术节已经连续举办了 18 届，在美国当地仍颇有名气。在美国 Artspower 艺术公司的代理下，齐淑芳京剧团还长期在各州大中小学进行宣讲演出，力图在美国青年人中推广京剧。

杨淑蕊，曾师从京剧大师张君秋，原北京京剧院当家青衣，文武兼备，曾获戏剧"梅花奖"，并被誉为京剧新八大名旦之一。受张君秋先生引荐，她结识了当时正筹办"加州中国表演艺术学院"的华侨赵培忠与徐文缃夫妇。后来，她在 1994 年受到该学院聘请，担任副院长，开始长期驻扎美国，致力于教授传播京剧艺术。1993 年，杨淑蕊获美国纽约林肯中心颁发的"杰出亚洲艺人奖"。

由于地缘相近，加拿大和美国票友之间来往密切。加拿大多伦多也是海外华裔聚集区，华裔占总人口近六分之一，有数十条唐人街。多伦多国剧社是其中最具影响力的戏曲社团，成立于 1976 年，核心人物是柯亭、张俊豪、史仁隽、黄健、马代鸿等。该团戏箱充足，行头齐备，文武道具，诸色齐备，实力强劲。林乾良先生甚至赞誉其为"海外第一票房"。每年，该剧团都会坚持公演一至两次，举办"新年京剧音乐会"，对于业余票友社团而言，已是非常不易。随着华裔移民的增加，不少国内专业演员纷纷加入这一剧团，如中国戏曲学院表演系教师张莉莉、北京京剧团的张燕燕、上海戏校的许凤泽、湖北京剧团的李世恩和刘汉一、沈阳京剧团的盛莉等人，亦成为骨干力量。多伦多国剧社现有两个票房：士嘉堡票房（St. Paul's L'Amoreaux Centre，3333 Finch Avenue East. Scarborough）、密沙加票房（Cawthra Community Center，1389 Cawthra Rd. Mississauga），分别在周二、周四下午活动。为了弘扬国粹，该剧团还常年在多伦多大学、京士顿大学等高校讲授京剧课，并坚持了数十年之久。

2002 年，王羽侯、严庆蘋、应志洪和张兵等京剧爱好者一起创办了埃德蒙顿爱城京剧研习社。这个京剧社团几乎是纯公益性的，每个会员只要第一年交 50 元，以后每年交 10 元，就可以成为会员，品茶看戏，或登台过把戏瘾。至今，爱城京剧社是当地唯一的京剧团体。当年，他们首办"戏曲之夜"晚会时，全场只能演一半京剧，其余是粤剧和黄梅调；到 2004 年，再办"戏曲之夜"时，已经可以全场都是京剧了。晚会阵容强大，有中国江苏淮阴宋长荣京剧团的著名荀派传人宋长荣先生，余派文武老生姚中文先生，现居温哥华、前中国陕西省京剧团著名青衣刀马旦演员李晓芙女士，老旦演员杨宝珠女士，花脸演员杨永才先生，现居多伦多、前为沈阳京剧院花旦演员盛莉小姐，现为多伦多小梨园创办人、曾受教于宋长荣先生和沈小梅女士的刘伟亮先生，等等。在严庆蘋的积极联系之下，梅葆玖先生率领北京京剧院梅兰芳剧团一行人，曾在 2007 年 3 月、2010 年 9 月两度奔赴埃德蒙顿演出，当地的中英文媒体都争相转播和报道，其他城市也竞相邀请剧团巡演。随后，严庆蘋成功拜梅先生为师，成为其第 19 位入室弟子，是梅先生第一位海外票友弟子。2016 年，梅葆玖先生去世，则改换由梅派三代乾旦胡文阁挂帅亲征，赴埃城演出。

二、近百个业余粤剧团

据沈有珠调研，在美国，业余粤剧团体有近百个，遍布纽约、旧金山、洛杉矶、芝加哥、檀香山（火奴鲁鲁）、西雅图、波士顿、凤凰城等多个城市。其中，旧金山有南中国乐社、南国戏曲研究中心、新韵曲艺中心、红豆戏曲社、旧金山中华国乐社、海风音乐社、侨志乐社、实验音乐曲艺团等；纽约有纽约粤剧学院、中国音乐剧社、富贵粤剧学院、萧玲玲粤剧团、心声粤乐研究社、广东曲艺研究会、戏曲艺术协会等；波士顿有侨声音乐剧社、纽英仑华人福利会曲艺团、广东音艺研究社、波士顿艺青音乐社、中国音乐社等；洛杉矶有惠天声粤剧团、粤升音乐社、凯旋音乐社、陶然音乐社、拔萃乐苑等。其他城市还有加州的砵仑粤声音乐社，华盛顿的升平音乐社，芝加哥的洪门音乐社，夏威夷的檀香山华夏戏剧音乐研究会、夏威夷和乐社等。它们常年活跃在各埠唐人街。加拿大仅温哥华就有 30 多个粤剧团体。①

20 世纪八九十年代，越南、柬埔寨、老挝的老华侨们在美国自发成立美国东方文化联谊会，联谊会中的潮剧团发挥了重要的纽带作用。2019 年，林淦花会长还带着美国潮剧团参加了第 5 届汕头潮剧节，演出《五洲同歌》《别窑》《三辩本》三出潮剧折子戏。

黄梅戏在美国传播的代表人物有两位，一位是资深票友谈成林，一位曾是专业黄梅戏演员陈小芳。美籍华人谈成林生于合肥，后立足于美国医学界。她自小痴迷黄梅戏艺术，经常利用假期回到安徽拜师学艺，先后拜董学勤、丁同、余德雨、龙宝玲等人为师。2007 年，她与好友共同推动成立美国黄梅戏协会。该协会不仅在美国境内积极组织演出，而且还常邀请国内戏团赴美献艺。著名黄梅戏演员、享有"小严凤英"称

① 沈有珠：《当代粤剧海外传播的新变》，《戏剧（中央戏剧学院学报）》，2015 年第 4 期。

号的陈小芳于 20 世纪 90 年代淡出舞台，移民美国。旅美期间，担任华夏中文学校教授的陈小芳放不下黄梅戏艺术，不仅开办了黄梅歌舞班，还参加了不少黄梅戏演出，并收到当地市长的表扬信及授予的社区贡献奖等。她于 2015 年在北美新泽西州创立北美小芳黄梅戏艺术团，开始正式全身心投入黄梅戏艺术宣传中去。该团以"宣传中国文化，推广黄梅戏艺术"为宗旨，积极吸纳非华裔演员的加入，至今已开展至少 50 余场黄梅戏义务演出，参加不少当地艺术节活动。

王建华，是徐玉兰的入室弟子，也是美国洛杉矶越剧团的发起人和现任团长。从 2006 年起，洛杉矶越剧团就致力于挖掘和培养美国当地演出人才，独立举办大型越剧专场，得到洛杉矶当地媒体的关注。上海电视台纪实频道还曾为其拍摄纪录片《美国有个越剧团》。在 2013 年中央电视台拍摄的《天下唐人街》3D 纪实片中，也有重要篇幅介绍。沈蕊曾是福建芳华越剧团尹派小生，师承尹桂芳大师。1995 年，她在移居加拿大后，便创办了加拿大多伦多芳华越剧团，在北美地区从事越剧教学事业，促进越剧传播。著名越剧尹派女小生孟伟从小师承名家丁苗芬和金玉麟等，赴加拿大定居后，在渥太华创办了孟伟越剧社。2019 年，她与加拿大著名京剧男旦刘伟亮、Laura Astwood 一同排演了京越剧合作的中英双语剧目《拾玉镯》，颇受关注。2020 年 12 月，为庆贺著名越剧表演艺术家尹小芳先生 90 华诞，加拿大孟伟越剧社和京剧魁北克艺术中心联合主办海外越剧专场，通过网络直播的方式与海内外观众见面。

三、中英戏曲协会

英籍华人邱增慧 12 岁就在天津戏曲学院学京剧，随后进入北京京剧团，为梅葆玖等众多京剧表演艺术家伴奏多年。1999 年，伦敦大学亚非学院邀请她前去授课。此后，她旅英 20 余年，一直向当地英国民众积极推广中国戏曲文化。2015 年，她在大英博物馆正式成立了中英戏曲协会。每到节日，邱增慧都会邀请中外戏迷和票友们举办京剧清唱会。如今，协会每年举办以京剧为主的戏曲培训、展示、演出、工作坊、研讨交流活动数十场，并且参加伦敦各种音乐节，力图在莎士比亚的故乡培养一批金发碧眼的票友。

　　20 世纪 80 年代，香港戏迷李惠馨分别拜梅派名家包幼蝶先生和前上海昆剧院演员乐漪萍为师，学了九年京剧、五年的昆曲，打下了扎实的基础。后来跟着英国丈夫定居伦敦后，她难以割舍心中所爱，与几个京剧戏迷合力创立了伦敦京昆研习社，既传授京昆，也组织演出，致力于在英国发扬京昆艺术。近年来，他们曾多次受邀参与当地与中国相关的主题活动，如大英博物馆举办的中国主题展览等等。随着英国政府对多元文化的支持和重视，伦敦京昆研习社也曾多次得到地方政府和英国艺术局的赞助。比如 2008 年由于北京奥运，他们得到了"CHINA NOW"项目资助，曾奔赴英国 29 个中小学，创办京剧工作坊，普及京剧艺术。

　　在欧洲，还有伦敦越迷协会、奥地利华星越剧团、西班牙长青越剧团为代表的非职业越剧团。2017 年，由华星艺术团团长谢飞如策划、欧洲华人越剧联盟主办的"首届欧洲华人越剧专场"在奥地利首都维也纳举办，法国、德国、意大利、西班牙、荷兰等国越剧票友积极响应。海外越剧票友们为了锻炼自己的戏曲技艺，不仅在海外演出，也常会来到国内交流。如今全国社区及海外友人越剧交流演出至今已经举办了六届。

四、欧洲粤剧大汇演

　　1986 年，法国潮州会馆成立，会馆里的越南、柬埔寨等地潮剧票友组创了潮剧组，分设潮乐组、锣鼓组、戏曲组三大机构。潮剧组每周都定时举办活动，同时为会馆会庆、中国传统佳节和其他活动提供助兴节目。

　　如今执掌欧洲粤剧研究会联合总会的彭溢威，是欧洲组织粤剧艺术活动的关键性人物。他祖籍南海九江，自 1978 年到巴黎发展后，发现当地粤籍华人众多，却缺少娱乐活动。于是，他率先成立了法国广东粤剧社，社团之火就此点燃。在他的帮助和影响下，比利时粤剧社、荷兰粤剧社、比荷音乐社、丹麦粤剧社、瑞士粤剧社、英国侨声音乐社、英国

华人粤剧曲艺研究会、德国粤剧社等社团纷纷成立。随着华人粤剧社团的壮大，欧洲粤剧研究会、欧洲粤剧研究会联合总会相继在 1994 年成立。该社团由法国、英国、荷兰、比利时、瑞士、德国六国的华人粤剧粤曲团体组成。该会每年 10 月或 11 月都要举办一次欧洲粤剧大汇演，由六个成员国轮流主办，至今已举办十届欧洲粤剧大汇演。1999 年，法国举办了首届国际粤剧艺术节，美国、加拿大、澳大利亚、新加坡以及中国港澳台等地的粤剧团体和个人参加了演出，这个国际粤剧艺术节直到 2008 年才移师中国。此后，每当国内有类似国际粤剧艺术节时，欧洲粤剧团一直都是其中的活跃分子。据沈有珠调研，目前欧洲共有 30 多个粤剧曲艺社团，主要分布在英国、法国、德国、比利时、荷兰、瑞士、丹麦等西欧、北欧国家。欧洲粤剧活动最为活跃的当数英国，伦敦、曼彻斯特、利物浦、伯明翰、爱丁堡等市镇共成立有 20 多个粤剧（曲）社团。

五、吴汝俊的"新京剧"

著名旅日京剧艺术家、现日本京剧院院长吴汝俊，自小生活于梨园世家之中。其父是著名作曲家、安徽省京剧院京胡演奏家吴乐常，母亲则是京剧名老生吴凤楼。因此，他四岁学戏，九岁学琴，天赋极高，又极其刻苦，被人们誉为"京胡奇才"。20 世纪 80 年代改革开放初期，流行文化极大冲击了传统曲艺。于是，吴汝俊便开始不断探索京剧与流行音乐的结合之处，将京胡与国外电声器乐结合，甚至加入伦巴、迪斯科、探戈等元素，试图打开青年人的市场。

1988 年，25 岁的吴汝俊决心随着妻子陶山昭子去日本发展。他在日本原创的京胡轻音乐金碟收录了 100 多首曲目，都广受日本群众欢迎，经常登上权威性杂志的封面，据说其知名度不亚于滨崎步、安室奈美惠这样的流行明星。此后，这位曾被京剧大师张君秋夸为"小梅兰芳"的梅派青衣，又割舍不下心中的京剧情缘，开始大刀阔斧地改革京剧。在他的"吴氏新京剧"体系中，不仅融入了昆曲、评剧、越剧、川剧、黄梅戏等各大戏曲剧种元素，还有魔术、京剧武打、川剧变脸、杂技等技艺表演，乃至日本歌舞伎、能乐，以及歌剧、交响乐、西洋乐、芭蕾舞等多种艺术基因，借鉴国际流行文化，辅以现代化声光电画舞台，最后独创"吴氏青衣"唱法，一时掀起巨大浪潮。

这些年，他一直在努力用日语介绍京剧，并且研究日本传统，观看"四季""新感线"等剧团的音乐剧，激发内心的创作欲望。吴汝俊编创主演的新京剧《贵妃东渡》在日本演出了50多场，场场爆满，创下了纪录，并荣获"第17届日本金唱片大奖——中日邦交正常化30周年特别奖"。在此之后，吴汝俊又排演了《武则天》《四美图》《七夕情缘》《宋氏三姐妹》《新红云港》《孟母三迁》《孔圣母》等多部新京剧。他彻底颠覆了观众对于京剧的惯有思维。这些年，吴汝俊的"新京剧"在日本广受欢迎，尤其是大学生和年轻人，更是吴汝俊的忠实拥趸，培养了一批忠实戏迷。每次他到海外演出时，都会有几百个日本友人包机飞来捧场，在剧场里手持日本扇子不停挥舞喝彩，为之助阵，相当痴狂。吴汝俊在日本被誉为"亚洲第一男旦""梅兰芳再世"，影响力超出演艺界。

六、新加坡的多维戏曲文化

新加坡因为在东南亚地区华人占比最高，所以也是戏曲活动最为丰富和活跃的国家。根据新加坡戏曲学院官网较为全面的统计，新加坡粤剧团有林锦屏粤剧艺术研究社、艺声粤剧团、粤曲研艺班、波纳维斯达民众俱乐部粤剧团、徐家班戏曲艺术团、剧艺之家、新加坡华族戏曲研究会、敦煌剧坊、东安戏曲团、友诺士民众俱乐部属下回声戏曲团、哥南亚逸民众俱乐部华族文化组、牛车水民众俱乐部粤剧团、冈州会馆粤剧团、马林百列广东戏曲团、鸣菊坊粤剧团、南洋粤剧团、新艺剧坊、谱福会馆、八和会馆、荣艺粤乐团、新明星粤剧中心、新域民众俱乐部管委会及乐龄执委会粤剧组、丹戎巴葛民众俱乐部粤剧团、欣福粤剧团、毅鸣粤剧团、悦韵轩等；福建戏剧团有延戏福建歌仔戏团、爱心歌仔戏剧团、双飞燕闽剧团、新加坡城隍艺术学院、四季春闽剧团、双明凤歌仔戏、沈秀珍芗剧团、新燕玲歌剧团、小洞天歌仔戏班、筱玉隆闽剧团、秀玉剧团、筱麒麟闽剧团等；潮剧团有聚艺文化艺术中心、馀娱儒乐社、如切潮剧团、老赛桃源潮剧团、南华儒剧社、培红戏曲艺术

院、新加坡传统艺术中心、德义联络所属下潮剧团、陶融儒乐社、大巴窑南民众俱乐部潮剧团、咚咚锵、新加坡潮剧联谊社、吴应河潮剧潮曲歌唱班、新新荣和潮剧团等；琼剧团有缘点表演艺术中心、琼联声剧社、新加坡琼剧团、新加坡海南协会戏剧团、新兴港琼南剧社等；京剧团有乐龄京剧团、新加坡平社、天韵京剧社等；越剧社团有勿洛联络所越剧小组、马林百列民众俱乐部上海越剧欣赏学会、热心越剧团、新越戏曲学会、新越韵越剧团、欣越苑、三江会馆梨园社等；其他戏曲社团有南音类的湘灵音乐社、新加坡传统南音社；偶戏类的有新和平加礼戏班；兼容各类戏曲剧种的东方艺术中心、锦绣艺术中心、新加坡华族戏曲博物馆、新加坡艺术之家、艺煊音乐制作、星语艺术中心等。

从 2014 年春节开始，新加坡戏曲团体几乎都会联合举办新春联欢会。新加坡首届国际戏曲节于 2014 年 10 月举办，由新加坡华族戏曲协会主办，遍邀中国及东南亚艺术家参加，汇集了京剧、潮剧、芗剧、琼剧、越剧、粤剧和昆曲等七大剧种，戏曲名家和爱好者将通过舞台演出、演唱比赛、座谈会、学习班和联谊会等形式进行交流切磋。此后，该戏曲节两年举办一次，先后在 2016 年、2018 年、2020 年、2022 年举办了第二届、第三届、第四届和第五届。

新加坡传统艺术中心自 2013 年起，每隔两年都会举办一次狮城国际戏曲学术研讨会，至今已举办到第四次。更值得关注的是，新加坡政府本身也十分重视戏曲艺术的传承工作。据统计，新加坡国家艺术理事会仅仅在 2007 年至 2012 年间，为本地艺术团体提供了 1.8 亿新元的资金支持。"狮城青少年戏曲汇演"也是新加坡当地举办的中国传统戏曲汇演，自 2013 年首办以来，已成功举办 7 届，汇演的戏曲剧种丰富，在当地具有一定影响力。

新加坡戏曲学院成立于 1995 年 6 月，为非营利性专业华人戏曲团体，并获得国家艺术理事会支持。戏曲学院如今不仅在 100 多所中小学开设戏曲课程，而且定期举办讲座，举行大型公演，力图在新加坡当地传播中华传统戏曲文化。学院主办的课程包括歌仔戏、黄梅戏、潮剧、粤剧、琼剧、京剧等多个剧种，以及戏曲身段、毯子功、把子、音乐、锣鼓等课程。学院于 2013 年主办新加坡草根福建戏曲百年大汇演，并受邀前往泰国、印度、意大利等地交流演出。1998
年，学院创立少儿戏曲班，先后
参加在俄罗斯、芬兰、德国、日
本、印度等国举办的国际儿童戏
剧节。新加坡戏曲学院于 2015
年正式创立了新加坡戏曲"胡姬
花奖"，包括优秀演员奖、特出
组织奖、卓越贡献奖三个奖项，
以表彰和鼓励新加坡本地戏曲团
体及工作者。

2019 年新加坡戏曲"胡姬花奖"
颁奖典礼活动海报

　　新加坡华族戏曲研究会成立
于 1992 年，以研究和向青年推
广戏曲艺术为宗旨，常年主办讲
座和示范表演，着重到学校去参
与艺术教育计划。自成立以来，
该会曾通过多种方式向青年介绍
粤剧、潮剧、京剧、川剧、河北
梆子等中国戏曲剧种。

　　在马来西亚吉隆坡的益生业余音乐社也是知名粤剧粤曲社团。马来
西亚吉隆坡的人镜慈善剧社则经常到怡保、槟城和新加坡等地为当地慈
善机构筹款义演粤剧。马来西亚八和会馆每逢馆庆和华光先师神诞、公
益慈善筹款等活动，均举行粤剧、粤曲演出晚会。同时，为了培养后继
人才，该会馆时有举办粤剧、粤曲训练班。马来西亚吉隆坡南海会馆粤
剧曲艺部成立于 1953 年，多次被邀请到马来西亚广播电台和丽的呼声电
台灌录粤剧、粤曲唱片在全国播放。

　　在泰国地区，潮剧是最受欢迎的地方戏，如今尚存有数十个剧团，
甚至发展出泰语潮剧这一特别现象，在本书中另有详述。其实，不仅是
泰国，整个东南亚地区本土戏曲的发展，不论是演唱，还是剧目排演、
舞台设计都因为与当地文化的交融，而带有明显的南洋色彩。除了传统
节日的庆典演出之外，东南亚地区由于闽粤籍同胞众多，尤其重视酬神

演剧，宫庙演出是当地戏曲最为重要的戏曲市场。

不过令人担忧的是，东南亚不少国家都存在诸多族群，不可避免会发生文化之间的冲突。由于戏曲属于中华民族特有的文化表达方式，一些东南亚国家如印度尼西亚曾经出台过不少排斥中华文化的政策，甚至包括禁戏等举措。这使得当地诸多华人的汉语言表达能力大大减弱，西化倾向明显，对戏曲兴趣索然，当地戏曲传承也出现危机，戏曲演出盛况难以再现。而且实际上，东南亚地区诸多戏曲社团都是以商业性为主，剧团演员以唱戏为生，应该看作是专业剧团，而不能等同于票友身份。不过也有不少票友出于自身的热爱，常常会"下海"，也就是加入当地专业剧团，成为职业演员。这种演员职业身份的转换，也带来了传播效果的区别。

七、澳大利亚最早票房"清音雅集"

在澳大利亚，最早的票房"清音雅集"成立于 1980 年。随后，在虞达、舒侃、蔡丽娜等人带领下，又成立了"雪梨国剧社"（雪梨即为悉尼）、"侨声国剧社"等社团。如今，随着侨胞移民数量的增加，戏曲社团也大量出现，现已知的京剧社团就有澳大利亚京剧院、澳大利亚京昆研习所、悉尼澳华京剧社、悉尼侨青社京剧团等等。

2010 年，澳大利亚中国京剧艺术院注册成立，弘妃担任艺术院院长。她曾受梅葆玖、刘曾伏等京剧艺术大师的亲身指导，并于 2004 年考入上海戏剧学院，成为梅派名家陆义萍的入室弟子。弘妃说，她最大的愿望就是用英文演绎京剧，让中国的国粹在澳大利亚发扬光大。

悉尼国剧社于 2015 年组建，王云、程杰、丁振江担任社长。剧团中不少演员都曾是专业院团出身，功底扎实。例如吴燕毕业于中国戏曲学院，原是北京京剧院青衣演员；王杰原是山东潍坊京剧院的专业演员等等。

声宝粤剧团是悉尼当地一个较为著名的粤剧团。该团的当家花旦及台柱是黄嘉宝。黄嘉宝的两位姐姐都是香港 20 世纪五六十年代红极一时的粤剧名伶黄嘉华、黄嘉凤。她们俩作为凤华粤剧团的台柱，曾多次前往世界各地演出。黄嘉宝随后在 20 世纪 70 年代选择定居悉尼，常年以教曲演戏为业。此外，20 世纪五六十年代的红伶、文武小生李凤声也长期在声宝粤剧团搭档演出。澳大利亚丽声粤剧社创办于 20 世纪 90 年代，主办者曾是广东粤剧学校的教师。澳大利亚墨尔本的庆凤祥乐社的规模中等，社员每星期都会聚会唱粤曲。冈卅乐社是墨尔本成员最多、演出频密、规模最大的粤曲乐社，成员不仅有中国的，还有越南、马来西亚等国家的华侨，成员中各年龄段俱全。南陬乐社社长刘妙玲来自中国香港，主唱平喉。

八、"澳大利亚越剧团阵容最为强大"

悉尼越剧团成立于 2003 年 9 月，当时越剧表演艺术家徐玉兰与金采风曾专程远渡重洋参加"首届澳大利亚越剧周"并剪彩祝贺，是海外成立最早的越剧票房。该剧团主要活动地点在被誉为"小上海"的艾什菲（ASHFIELD）区，因为当地上海移民较多，具有一定群众基础。该区政府不仅免费为越剧团提供排练的场所，还与退伍军人俱乐部、宝活区（BURWOOD）市政府为越剧团提供经费，十分支持越剧团的日常运作。2005 年以来，剧团每场专场演出都配备中、英文双语字幕，中国驻悉尼总领馆、商界都对剧团演出关注有加，在当地具有一定名气。此外，越剧团还经常参加清华大学校友会、东帝汶华人社团和杭州同乡会等各兄弟社团的联欢会。越剧团首任团长陈中和原是资深外交官，曾是周恩来的英文翻译。他发挥自己的英语优势，把演员们带进澳大利亚的主流社会。常务副团长张景先生，是悉尼《新时代报》总编，负责宣传。另外两位副团长秦梦、吴美琪则曾分别拜师著名越剧艺术大师徐玉兰、金采风。在收集全世界华人业余越剧演员活动的信息中，原上海越剧院院长尤伯鑫曾感叹说："澳大利亚越剧团的阵容最为强大。"新西兰当地越剧爱好者在 2015 年自发成立了新西兰越剧团，新西兰绍兴会馆馆长曾险担任越剧团团长，赵采君担任业务团长。

实际上，在调查众多海外戏曲社团的过程中，我们不难发现，社团中的中坚力量，大部分都曾经是中国国内专业的剧团演员。他们在 20 世

第八章　华侨华人与戏曲海外传播

纪八九十年代的出国风潮中，因为各种原因奔赴海外谋生。虽然这对国内戏曲土壤来说，属于艺术人才的流失，但是他们在海外的戏曲活动，也的确是为海外戏曲人才池汇入了重要源泉。

海外戏曲的在地传播中出现的困难，其实与国内的问题也比较类似，那就是流行文化娱乐的冲击，使得大部分年轻人对戏曲并不感兴趣。对于海外青少年来说，西方文化的冲击尤甚，何况他们中的许多人连汉语表达都有诸多缺陷，更不用说那些与日常用语还有一定差距的戏词，如何激发年轻人对于戏曲艺术的热爱，一直是一个难题。

华侨华人是海外戏曲传播的中坚力量。他们的存在，为戏曲在海外的生存发展奠定了最为原始的生存动力。地方戏曲成为构建华人族群的重要润滑剂，是他们赋予自我身份确认的一种方式。海外戏曲社团的当地活动，不仅能团结华裔族群，也成为当地文化生态系统的重要组成部分。尤其是东南亚地区的华语戏曲发展，已经开拓出自己独特的生存之道，他们的剧目编演都带有不少南洋色彩，与其他几大洲的票友玩票性质的自娱自乐，基本只唱一些传统戏曲明显不同。而且，南洋的戏曲社团大多坚持在走商业化道路，不仅在当地，还经常奔赴他国进行商业演出，也形成了一股主动向外传播中华戏曲的不容忽视的有生力量。

第九章
故事·语言·演员：中国戏曲
国际传播的三种新表征

近年来，在充分实现中国戏曲的国际化之路上，戏曲传播出现了"中西合璧"的三大新变。第一大新变，是剧目内容上，戏曲剧种开始主动改编外国经典，用中国戏曲语言讲述西方故事，以西方人喜闻乐见的故事和文化出发，从内容下手，再引导他们感受戏曲表演的博大精深之处。第二大新变，是从剧目语言上入手，众所周知，语言向来是戏曲演出最大的障碍之一，如何让听不懂中文的外国观众欣赏到戏曲内涵？因地制宜的外语，可以最大程度上普及戏曲表演。第三大新变，是大量洋票友、洋演员的出现，说明戏曲传播的主体开始从单纯的中国人过渡到外籍友人，极大拓展了戏曲跨族群传播的深度与广度。

第一节　表演剧目：西戏中演

对于海外观众而言，相较中国传统故事，他们无疑更熟悉西方经典。因此，用戏曲演绎西方故事，可以使西方民众在感到亲切的同时，又产生陌生化效果，成为一种独特的戏曲传播方式。而无数事实证明，这是十分切实可行的。京剧《李尔王》《王子复仇记》《王者俄狄》《浮士德》，昆剧《血手记》，越剧《第十二夜》，粤剧《夫人计》，川剧《欲海狂潮》，曲剧《榆树古宅》，河北梆子《美狄亚》等几乎所有改编自西方经典的戏曲剧目，都曾到欧美地区参加各类国际戏剧节并进行巡演，这些改编剧大多取得不俗的口碑和令人惊喜的票房成绩。戏曲改编西方故

事，大多可以分为两类，一类是充分"本土化"，就是将西方故事改编为中国传统故事，以中国式逻辑和审美习惯处理脉络走向，迎合传统戏曲的价值和伦理；一类是部分"本土化"，在灵活地使用戏曲独特的技艺形式基础上，努力保持西方戏剧的审美风格和艺术感受。而放置在世界舞台的背景中看，西戏中演也是"跨文化戏剧"（intercultural theater）在中国的重要实践成果。国内外学术界乃至市场，都对之给出了十分积极的评价。

一、古希腊悲剧

中国戏曲改编古希腊戏剧，最初主要是为国外的戏剧节量身定做的。河北梆子《美狄亚》《忒拜城》是为了参加国际古希腊戏剧节而排演，《王者俄狄》的完整首演是在西班牙巴塞罗那的国际戏剧学院戏剧节，《城邦恩仇》是为了参加希腊埃斯库罗斯艺术节而创排。这些都凸显出中国戏曲希望借助西方故事走出中国国门的努力，国外观众在欣赏负载熟悉内容的新舞台形式时，会产生一种既熟悉又陌生的观戏体验。

河北梆子《美狄亚》一剧，由姬君超改编和作曲，罗锦鳞执导，自1989年被成功改编搬上舞台，迄今先后奔赴希腊、法国、意大利、西班牙、圣马力诺、哥伦比亚，以及中国港台地区，常演不衰，至今已上演超过两百五十场。哥伦比亚甚至出现此戏戏迷。《美狄亚》沿袭古希腊悲剧的歌队形式，并加以缩减，改成6位女歌手的小型合唱队，包括"取宝""煮羊""离家""情变""杀子"五场戏。在悲剧的诞生地——希腊更是屡获殊荣，甚至被冠之为"中国第一歌剧"的美誉。《忒拜城》的创作机缘，则是因为罗锦鳞在2001年受邀参加国际古希腊戏剧节。于是，他邀请郭启宏执笔，根据《七雄攻忒拜》和《安提戈涅》改编所作。《忒拜城》的时代背景被改为春秋战国时代，布景、服装、道具也都完全本土化。该剧从2002年首演至今，常演不衰，至今在各类国际戏剧节上演了十九轮三十余场。值得一提的是，罗锦鳞是著名古希腊戏剧学者罗念生之子，家学深厚，早在1986年便在中国首次执导古希腊戏剧《俄狄浦斯王》。同时，中戏出身的他又有戏曲修养，曾在北京青年河北梆子剧团做了两年见习导演。

2015 年 7 月，著名导演罗锦鳞执导、郭启宏编剧、中国评剧院表演的大型评剧《城邦恩仇》，奔赴希腊参加埃莱夫西纳戏剧节，收获如潮好评。人们既折服于剧种深刻的西方哲理，又陶醉在戏曲的形式之美中。该剧根据古希腊悲剧之父埃斯库罗斯的《俄瑞斯忒亚》三联剧《阿伽门农》《奠酒人》《报仇神》改编成五场戏，由宋丽、高闯、韩剑光、孙路阳、王平等评剧表演艺术家主演，演员们穿上古希腊服装演出，故事分为"杀父""杀母""审判"三大情节，讲述了古希腊迈锡尼城邦国王阿伽王率领大军利用木马计攻打特洛伊之后引发的系列故事，演出近两个小时。这也是中国评剧院成立 60 年来首次赴海外演出，原本计划历时 20 多天的巡演，却因当年希腊经济危机而作罢。希腊著名戏剧评论家 K.耶奥勒古索布洛斯在希腊最大的主流报纸《新闻报》上发表了评论文章。关于本次演出，其中亦有一层巧妙的缘分，那就是罗锦鳞的父亲曾为 20 世纪 30 年代中国第一批到希腊留学的学生，并曾经翻译过索福克勒斯、埃斯库罗斯的多部戏剧著作。在罗锦鳞看来，古希腊戏剧和中国戏剧都讲人性、讲真善美，在脸谱、服装、舞台安排方面有很多相通之处。

浙江省京剧团创排的实验京剧《王者俄狄》以古希腊悲剧《俄狄浦斯王》为蓝本，由孙惠柱、于东田改编，卢昂、"梅花奖"得主翁国生导演，翁国生主演。该剧先后参演多个国际艺术节，如第 20 届"中韩日戏剧节"、2011 年在古希腊露天剧场举办的第十五届希腊戏剧节等。在国内，以及纽约、华盛顿等地连续上演过 100 多场，引起不少西方艺术界的共鸣，也促进了东西方戏剧一次极富历史意义的有效融合。新西兰国家戏剧学院院长安妮·卢斯在西班牙和上海连看 3 遍，说没想到会被这个老故事感动得流泪，京剧的演绎胜过了西方的话剧。国际戏剧协会塞浦路斯中心主席乔治·乌先生在观感中谈道："我们常常在一些古希腊戏剧表演中看到技巧，看不到激情，或者只看到激情，看不到技巧。在这些中国艺术家身上，我却看到了精致的京剧表演和充满激情的古希腊悲剧人物的心灵震荡共存一体，太震撼了。"

二、莎剧

莎士比亚戏剧一直是西方戏剧乃至世界戏剧舞台上最为夺目的明珠。据不完全统计，自民国以来，共有 21 个戏曲剧种改编 17 部莎剧，产生了 60 多部莎戏曲（Shake -xiqu），其中不少戏曲莎剧奔赴海外演出，为世界莎剧舞台增添了戏曲的光彩。

2005 年，上海京剧院应丹麦"哈姆雷特之夏"戏剧艺术节之邀，要创作一台京剧版的《哈姆雷特》赴克隆堡演出，这便是编排《王子复仇记》的由来。虽然在国内舞台上演后，仍存争议，但是在丹麦的演出却获得了戏剧节 32 家媒体给予的五星最高评价，瞬间打响了名声，观众赞誉《哈姆雷特》以中国京剧的"形"深刻表现出莎士比亚剧作的"魂"，是东西方文化交融的经典之作。此后，上海京剧院受到演出商的邀请，在荷兰、德国、法国、西班牙、英国、墨西哥、秘鲁、智利、厄瓜多尔、哥伦比亚、加拿大、美国等十几个国家的 30 余座城市演出该剧。可以说，这是上海京剧院编排剧目中出国最频繁的一部大戏。上海京剧院院长单跃进介绍："它的成功，让我们看到了文化交流的最好状态：在人类理解共通的基础上，不失去对民族艺术形式的自信。"虽然演出班底经常调整，但一直由青年文武老生演员傅希如扮演王子。傅希如对这部戏特别有感情，他说："这部戏赋予了我一种使命感，这不是空话。每次有人说起戏曲艺术在当代的没落，我就想起在国外演出时那些疯狂的掌声与口哨。'王子'每走一步，世界上就多了一些人知道了什么叫作京剧。"2018 年，在中丹建立全面战略伙伴关系十周年之际，京剧《哈姆雷特》再次重返丹麦亮相"莎士比亚艺术节"，并为之拉开序幕。该剧在克隆堡露天剧场演出 5 场，具有别样意义。因为克隆堡正是传说中丹麦王子哈姆雷特居住的城堡，还在 2000 年入选世界文化遗产。

台湾演员吴兴国创办的"当代传奇剧场"，一直是台湾最卖座的剧团之一。近年来，他一直致力于将莎士比亚戏剧改编为京剧，如今已正式创作并在欧洲各地公演引起轰动的有《哈姆雷特》《李尔在此》《麦克白》《暴风雨》等。吴兴国说，欧洲人虽然对莎士比亚戏剧很熟悉，但是看到带着京剧脸谱的"李尔王"，会"唱念做打"的"哈姆雷特"，自然也是诧异不已，十分好奇。

1999 年，受川剧演员田曼莎委托，著名剧作家徐棻同样根据莎剧《麦克白》，改编创作川剧《马克白夫人》。随后，该剧在 2001 年奔赴德国布莱梅"莎士比亚艺术节"上演出，大放异彩，并多次访外演出。美国华裔学者 Linan Chen 还将之翻译为英文剧本。

深圳宝安粤剧粤曲协会全新演绎的《夫人计》，改编自莎士比亚《麦克白》。该剧尽量保留莎士比亚原剧的精粹和主要情节，并进行戏曲化改造，展示了船舞、手舞、踢枪、下场花、走边、起霸、大架等丰富程式。剧中主角麦克白夫人，由中国戏剧"梅花奖"和"文华奖"得主卓佩丽饰演。卓佩丽文武兼备的精湛演技，将麦克白夫人性格中的复杂展现得淋漓尽致。2017 年，剧团奔赴英国参加拥有 70 年历史的爱丁堡国际艺穗节。该戏在爱丁堡新城剧场上演两场后，卓佩丽又举行了"粤聚中英"粤剧戏迷分享会。英国演毕后，剧作人员再度对剧作进行深度修改与排练。2018 年，该戏受法国阿维尼翁市政府邀请，又奔赴世界三大戏剧节之一的法国阿维尼翁戏剧节进行八场展演，颇受欢迎。

2016 年 8 月，杭州越剧院在古希腊"悲剧之父"埃斯库罗斯的故乡埃莱夫西纳市，上演了越剧《忠言》。《忠言》由孙惠柱、费春放改编自莎剧《李尔王》。据院长侯军说，当年是莎士比亚逝世 400 周年，剧院为赴希腊演出特意赶排了这部戏，参加埃斯库罗斯国际戏剧节。2017 年，该剧又参加了第五届中国-东盟（南宁）戏剧周，让越南、缅甸、菲律宾等十个东盟国家领略了戏曲莎剧的魅力。

越剧《寇流兰与杜丽娘》的全球首演就在英国伦敦西区的主流剧场——孔雀剧院，随后开启了英、法、德、奥欧洲四国为期 22 天的巡演。英国《卫报》、《泰晤士报》、《舞台报》、BBC 等主流媒体都对演出进行了报道，并给予赞赏性评价。茅威涛在剧中一人分饰两角，同时扮演悲剧英雄寇流兰和文弱书生柳梦梅。该剧总导演郭小男一直想让越剧跳出才子佳人的定位，试图为地方剧种走向世界舞台努力。他说："这次演出不同于以往把现成的中国戏剧搬到外国，让外国观众欣赏，或者我们去国外演出人家的经典。我们把莎士比亚最好的戏剧《大将军寇流

兰》和中国最好的戏剧《牡丹亭》结合在一起。让西方观众在欣赏我们传统戏剧的同时，也可以通过我们的演绎，重新认识他们的经典。"① 此外，武汉大学的熊杰平博士，曾将《李尔王》《驯悍记》《理查三世》改编为湖北汉剧、楚剧，并应邀分别赴英、美等国交流演出，收获赞誉。

三、日、韩、印等东方故事

20世纪80年代，日本同志社大学文学部主任、中国武汉大学外籍教授向井芳树先生与时任武汉汉剧院青年实验团团长、汉剧剧作家方月仿结缘，两人决定合作改编日本著名戏剧家近松门左卫门的力作《曾根崎心中》。《曾根崎心中》类似于中国的梁祝，在日本家喻户晓。1988年11月，应日本演剧学会及株式会社西武百货店等单位的盛情邀请，由平均年龄仅20岁的青年演员组成的汉剧青年实验团在日本大阪、尼崎公演数日，一举轰动全岛。日本观众对演员如何表现"殉情"一段最为关注。当初娘与德兵卫殉情自尽双双"僵尸"倒地时，观众被剧情所感染，台下响起长时间的掌声和哭泣声。《每日新闻》《朝日新闻》《读卖新闻》等大报争相报道，日本电视台、关西电视台还在黄金时段播报演出实况。日本同志社大学文学系的学生们还将近松原著与中国汉剧文学进行比较研究。日本戏剧界的学术讨论会上，也对该剧作了充分肯定。此后，方月仿本想改编创作向井方树的《绘姿女房》，并打算与《曾》剧一同赴日演出，后因日本阪神大地震被迫中止。

作为原浙江小百花越剧团团长，茅威涛在20世纪90年代就开始思考如何向世界推广越剧艺术。因此，在她带领下的越剧团，一直以来都对改编域外题材并不陌生。从由韩国名作改编的《春香传》，日本题材的《春琴传》，再到移植布莱希特《四川好人》而来的《江南好人》，以及杂糅莎剧故事和《牡丹亭》传奇的《寇流兰与杜丽娘》……几乎推出的每部戏都在海内外引起良好的反响。茅威涛认为："借助域外观众已

---

① 郭超：《越剧〈寇流兰与杜丽娘〉：向世界讲述中国故事》，《光明日报》2016年9月1日。

经熟悉的故事，可以缩短中外观众的审美差异，使得中国越剧以崭新的风貌在更为广阔的层面上赢得认知度。"

韩国古典名著《春香传》和中国的《红楼梦》、日本的《源氏物语》并称为亚洲三大经典文学。越剧《春香传》最早在1954年由华东越剧实验剧团二团首演于长江剧场，演出近百场，观众近10万人次，轰动一时，成为越剧的经典保留剧目。1961年，上海越剧院携该剧赴朝鲜民主主义人民共和国访问演出。2000年，浙江小百花越剧团赴韩国参加第七届Be Se To国际戏剧节（"Be Se To"的名字取自北京、首尔、东京3个城市英文单词的前两个字母，是亚洲相当权威的戏剧盛会），与日本歌舞伎剧团、韩国唱剧团同台演出《春香传》，被当地媒体盛赞"越剧拥有柳枝般的美丽"。2012年4月3日，为庆祝中韩建交20周年，由中华人民共和国文化部、中华人民共和国外交部、驻韩中国大使馆共同主办的中韩友好交流年开幕式演出，浙江小百花越剧团、上海评弹团、韩国首尔剧团三个剧种的艺术家，在韩国首尔国立中央博物馆龙剧场共同演绎《春香传》，演出由中国越剧、评弹和韩国的说唱艺术板索里三种艺术形式构成。郭小男执导重新复排，茅威涛、陈辉玲饰演李梦龙、成春香。郭小男说："通过这次演出，我希望韩国观众能够看到越剧的时代气息，看到中国戏曲已经进入21世纪。同时，通过运用长鼓、舞蹈等韩国元素，我也希望能让韩国观众觉得很地道。"① 2006年，改编自谷崎润一郎的代表作《春琴抄》的越剧《春琴传》上演，并到日本、韩国、新加坡等地巡演。

2006年，受到日本文化厅舞台艺术国际执行委员会的邀请，四川省川剧院和日本剧团协议会社在日本东京"新国立剧场"正式连演6场日本歌舞剧《血的起源》，5000多个座位的剧场座无虚席，场场爆满。该剧演出在日本歌舞当中，有机融入了中国民间歌舞、川剧特技变脸、杂技等绝活，令人耳目一新。

2014年8月，改编自印度长篇史诗的婺剧《宝弓奇缘》亮相韩国国

① 宋佳烜：《两国非遗一台戏——记"中韩友好交流年"开幕式演出〈春香传〉》，《中国文化报》2012年4月9日。

第九章 故事·语言·演员：中国戏曲国际传播的三种新表征

际艺术节，建德婺剧团的演出令韩国观众痴迷不已，单是谢幕就持续了半个小时之久。实际上，这部剧作出自著名戏剧戏曲表演家、新加坡戏剧学者蔡曙鹏。早在 1991 年，他首先为潮剧所创作，如今国内外有不少专业戏曲团体，比如新加坡陶融儒乐社等都在上演。《宝弓奇缘》的原型《罗摩衍那》不仅是印度文化的代表，而且对东南亚艺术也有较大影响，缅甸、泰国、柬埔寨、老挝、印尼、马来西亚、菲律宾等国都有源于《罗摩衍那》的舞剧或戏曲。

新加坡戏曲界剧作家创作时，一直非常有意识地加入新加坡本地民间传说、历史人物、集体题材，或者编创华族之外的第三国童话、史诗或故事题材，甚至常常融入印度舞、西方交响乐等，充满异域风情。新加坡戏曲学院院长蔡曙鹏曾将印度两大史诗《罗摩衍那》《摩诃婆罗多》改编为戏曲剧目《放山劫》《手足情深》，广受新加坡群众欢迎。潮剧《放山劫》还曾代表新加坡参加 1995 年泰国曼谷举行的"《罗摩衍那》艺术节"；1999 年又被移植为黄梅戏，首演于泰国国家剧院。翌年，该剧又受印度邀请，在新德里等四城巡回演出，颇为轰动。又比如改编自童话的黄梅戏《夜莺》《灰姑娘》，浅显易懂，篇幅适中，尤其受到新加坡青少年的喜爱。《夜莺》是丹麦作家安徒生唯一一篇以中国为背景的童话故事，《灰姑娘》则是格林童话中最为经典的篇章之一。

20 世纪 90 年代初期，在日本新制作座著名戏剧家真山美保的建议下，中国京剧院商定，由剧作家吕瑞明将真山美保之父、日本著名已故剧作家真山青果的话剧名作《坂本龙马》，改编为京剧。剧中经费由日本新制作座全权赞助，所有服装、道具和布景均由日方精心制作。1992年，为庆祝中日邦交正常化 20 周年，中国京剧院于年初在京公演。真山美保女士任总导演，著名京剧演员李光任中方导演，李光、吴钰璋、李欣、沈健瑾、徐美玲等联袂演出。这部剧中虽以京剧音乐为主体，同时又吸收融化了日本音乐，别具一格。中国京剧院曾在当年出版剧本和剧照画册，书中还附有相关剧评。

四、现代西方作家

美国剧作家、诺贝尔文学奖获得者尤金·奥尼尔的《榆树下的欲望》则被改编为川剧《欲海狂潮》、曲剧《榆树古宅》。川剧高腔《欲海狂潮》由著名编剧徐棻改编，巧妙融合了川剧变脸绝技，自 1989 年首演以来，几乎囊括国内所有戏剧大奖，海外演出十余场。2010 年，该剧曾参加在日本东京举办的第 17 届中日韩 Be Se To 戏剧节，演出两场。2014年，成都市川剧研究院还带着此剧到美国华盛顿、纽约、斯克兰顿、亚特兰大等城市巡演 5 场，首次亮相北美，就得到美国主流媒体和华人媒体的关注和追踪报道。尤金·奥尼尔的曾孙还代表其家族，前来捧场观看。河南主流地方戏之一——曲剧《榆树古宅》（又名《榆树孤宅》）由河南剧作家孟华改编，首演于 2000 年。2002 年，河南曲剧团曾受邀赴美西海岸和中西部五个州进行访问演出。

1993 年，被誉为"巴蜀鬼才"的著名剧作家魏明伦在多方版本比较后，选择将伟大的歌剧作曲家普契尼的代表作《图兰朵》改编为川剧《中国公主杜兰朵》，将西方人臆想呈现的中国公主修改得更"中国"、更"戏曲"。剧中特意加入了意大利歌剧《今夜无人入眠》和江南小调《茉莉花》，也巧妙融合了变脸、喷火等川剧绝活，看点颇多。1998 年是普契尼诞辰 140 周年。四川省自贡市川剧团带着该剧进京演出，恰好遇到张艺谋版本的太庙歌剧《图兰朵》，双方交锋亦丝毫不落下风。当时，年纪最轻的梅花奖得主、京剧名家邓敏恰好在现场观赏了川剧版的《中国公主杜兰朵》，她深深为魏明伦版本的图兰朵所折服，一心想促成京剧版《图兰朵》的诞生。终于在其不懈努力之下，京剧《图兰朵》在 2004 年得以出炉。此后，魏明伦应台湾豫剧团之邀，为他们创作了豫剧版《图兰朵》，也广受欢迎。

德国著名戏剧家贝尔托特·布莱希特的名作《四川好人》，曾被改编为川剧《四川好人》（又名《好女人坏女人》）、越剧《江南好人》。1987 年，魏明伦首度将之改编，由成都川剧院二团首演。1994 年，该剧曾奔赴德国希尔德斯海姆、明登、科隆、阿伦、马尔、特罗依斯拉夫等

8 个城市，巡回演出共计 11 场，收获如潮好评。越剧《江南好人》历经六年才得以定稿。2014 年，该剧首度登录海外演出，在新加坡滨海艺术中心举行的华艺节上俘获了大批粉丝，1990 个座位座无虚席。观众黄淑钦说："1986 年，茅威涛第一次来新加坡演出，让看惯广东戏、潮州戏的新加坡人'惊为天人'，从此在新加坡形成了第一批越剧戏迷。"

杭州越剧院曾将挪威文豪、"现代戏剧之父"易卜生的名剧《海达·高布乐》改编为《心比天高》。2006 年，为庆祝易卜生 100 周年诞辰，该剧在挪威首演，后又先后赴法国、德国、印度、罗马尼亚、美国、韩国等地演出，荣获法国巴黎中国戏曲节最具创新剧目奖、最佳青年演员奖，德国罗拉赫市国际艺术节最佳女演员奖、最佳音乐团体奖，印度新德里易卜生国际戏剧节特别荣誉大奖等，还在第十七届罗马尼亚锡比乌国际戏剧节的闭幕式上作闭幕演出。其主要演员曾获挪威国王及王后接见，被易卜生后人称为"四十年来最像海达的演员"。挪威易卜生国际艺术中心看到此剧在国际演出市场的成功，特地找到该剧主创，委约制作又一部越剧版的易卜生作品——《海上夫人》。2014 年 2 月 24日至 3 月 9 日，杭州越剧院受文化部外联局组派，应美方邀请，携越剧《心比天高》《海上夫人》赴美演出。这是《心比天高》一剧第七次登上国际舞台，《海上夫人》是首次登上国际舞台。剧组包括三朵梅花谢群英、陈雪萍、徐铭在内，共 32 名演职人员。在 14 天内，杭州越剧院先后至纽约大学、普林斯顿大学、加利福尼亚大学洛杉矶分校 3 所名校及一所艺术学校，演出 6 场，场场爆满。演出期间，洛杉矶艺术学校和孔子学院联合邀请杭越和艺校在校师生艺术交流，杭越表演了传统剧《梁祝·十八相送》和《新狮吼记·跪池》等选段。普林斯顿大学一位易卜生协会会员说："看了几十个海达，杭州的海达最有特色。"

京剧《夜莺》取材于丹麦安徒生的同名童话故事，是德国人卡斯腾·贡德曼于 1992 至 1993 年在中国戏曲学院留学时创作的，中国戏曲学院教授奎生、刘福生老师担任导演，学院师生主演，原中国文化部副部长高占祥曾给予高度评价。该剧曾在 2000 年 2 月 22 日在德国布莱梅艺术节展演，有纪录片《〈夜莺〉在德国》可资参考。当时 28 岁的卡斯腾·贡德曼，也成为有史以来第一位从事京剧创作的外国人。此后，该剧曾四次奔赴欧洲演出，皆收获不同凡响。2012年，贡德曼再度联手奎生，改编德国剧作家克里斯托夫·维利巴·格鲁克的《中国女人》，创造出一出全新的融合京剧、昆曲、歌剧的混搭舞台剧——《界碑亭》。国家京剧院的李阳鸣、刘鹏飞与四位德国歌剧演员共同主演。该剧讲述了中国人丁含香、杨增寿和四位欧洲人在"界碑亭"邂逅，闲话情趣，施展才艺，互相吸引的故事。演出的整体形式是西方早期歌剧的样式，带有鲜明的巴洛克风格，但其中又穿插着非常地道的《林冲夜奔》《天女散花》两出折子戏，二者又能相携融入，创造出一种悲壮的气氛，令人耳目一新。该剧完成后，曾奔赴德国波茨坦艺术节以及勒沃库森等地演出。杨增寿扮关羽骑马舞刀的京剧程式表演，是戏剧的高潮部分，一出场便赢得了德国观众的阵阵掌声。

上海戏剧学院京剧版《朱丽小姐》改编自瑞典戏剧家、"自然主义戏剧大师"斯特林堡的同名剧作，编剧为孙惠柱、费春放，导演为赵群。该剧曾在2011年华沙举行的国际戏剧学院戏剧节上，得到戏剧节最高奖——"观众最受欢迎演出荣誉奖"。华沙国际艺术院校戏剧节是由波兰国家领导人倡议、国家文化和遗产部及华沙市主办的戏剧节，每两年一届，是目前世界上较有影响力的戏剧节之一。2012年，京剧《朱丽小姐》代表团一行13人，先后赴英国、爱尔兰、瑞典、意大利等国，参加为纪念斯特林堡逝世一百周年而举行的演出活动，在欧洲戏剧舞台刮起了强劲的中国风。卡尔斯克鲁那的首演结束后，第二天当地报纸便刊登了《朱丽小姐》的巨幅新闻。剧院演出项目负责人表示："京剧《朱丽小姐》以新的视角解读斯特林堡的剧作，让意大利观众有机会感受中国京剧无穷的魅力。"

京剧《浮士德》改编自德国文学家歌德的《浮士德》之《悲剧第一部》。2014年，德国导演安娜·帕史克首创构思，随后由中意双方导演Anna Peschke、徐孟珂联合导演，中国国家京剧院和意大利艾米利亚罗马涅剧院基金会把《浮士德》做成实验京剧的典范。剧中编排融入《三岔口》《拾玉镯》《失子惊疯》等经典选段。担任丑角的魔鬼在剧中插科打诨，不时引入一两句意大利语，十分逗乐。戏服上则引入西方现代舞台表演服装，面料更薄，从而更容易展现肢体动作。双方共同作曲，打

破了传统京剧乐队编制，融入西洋乐器。2015 年，该剧登陆意大利 VIE 艺术节，并在摩德纳、博洛尼亚、米兰等城市巡演数十场，俘获了一众外国粉丝。2017 年 3 月 12 日，该剧曾在罗马阿根廷剧院上演。2017 年 5 月 15 日到 25 日，作为中国在德国举办的庆祝两国建交 45 周年系列文化活动的重要内容，京剧《浮士德》在德国威斯巴登国家剧院、杜伊斯堡剧场、卡塞尔国家剧院、萨尔路易斯环形剧院四所著名剧院演出了 7 场巡演。此外，著名秦腔小生、"梅花奖"得主李小锋也曾在 2004 年创作并搬演过秦腔《浮士德》，剧中表演浮士德与魔鬼的对话时，则巧妙穿插了秦腔"吐火"特技，令德国观众大为新奇和震惊。2018 年，改编自美国作家玛格丽特·米切尔名著《飘》的京剧《乱世佳人》在美国纽约上演。

吴琼、黄德新的黄梅音乐剧《贵妇还乡》，改编自瑞士德语作家迪伦马特的经典话剧《老妇还乡》。自 2012 年上演后颇受好评，美国演出商积极联系邀请赴美演出。该剧由北京京剧院、国家一级编剧王新纪操刀创作，采用"悲喜剧"手法，既具有"本土化的幽默"，也符合迪伦马特的原著精神。

总之，改编异域故事的戏曲演出，将原本属于故事层面的文本性互文，转变成为东西文明之间的文化性互文，其中牵涉的层面更为复杂多变，体现了不同艺术样式交流的映显与转换，互相指涉的程度也进一步加深。而戏曲独特的改编方式，可以赋予外国经典新的理解维度和新的舞台经验，让外国观众在收获崭新的审美体验的同时，深刻领略到中国戏曲的艺术魅力。在如此频繁的访外演出之下，也让西方艺术界看到中国戏曲中存在着丰富多彩的戏剧传统以及充满创新意识的生命力，而不仅仅将戏曲归纳为《牡丹亭》、猴戏一类的简单的能指。这种更具深度、更加融通的展示方式，打破了以往将脸谱、戏服作为浓缩性符号的粗暴迅捷的展示，可以使中西戏剧间的交流产生真正的共鸣共振。

第二节　表演形式：外语戏曲

前文提到的是用中文（或者地方方言）演出外国戏剧，本节讲述的，则是用外语演绎中国戏曲，二者都是戏曲演出中的一种变体，可参照而观。其实，最早使用外语演出中国戏曲的演出记录，可追溯到 18 世纪欧洲作家们对于元杂剧《赵氏孤儿》的演出和改编。但那时基本是话剧式改编，仅是采撷故事内容，与今文所讨论的外语戏曲采用戏曲音乐等形式，尚有较大区别。这种积极融入当地地域文化的外语戏曲，打破了民族界限，无疑促进了戏曲艺术的多元化，证明了戏曲艺术广博的包容力。

在所有外语中，英语是全世界最为通行的语言，因此也是戏曲语言变种中最为常见的，比如英语京剧、英语粤剧、英语越剧、英语豫剧、英语黄梅戏等等。此外，在东南亚地区出现的泰语潮剧、马来语、印尼语等戏曲，用当地语言表演戏曲，对当地民众也极具亲和力。

一、英语京剧

《申报》于 1935 年 10 月 23 日刊登消息：上海的名门闺秀唐瑛与当时上海滩红人——沪江大学校长凌宪扬一起，于前一天晚上在卡俄等剧院用英语演出京剧《王宝钏》。这是有史以来用英语演唱京剧的先河。当时一些京剧爱好者在报上撰文对此事展开评论，或褒或贬，各说一词。但对唐瑛在戏中的扮相、唱功和一口地道纯正的牛津英语，却给予了一致好评。1991 年，春晚上就曾出现由侯丹梅、张艺能、郭欣荣、陈少云四位演员演绎的英语京剧《打瓜缘》，其新鲜的形式，博得台下一片笑声。

新加坡原是英国殖民地，英语是当地最为通行的一种语言，也曾出现英语京剧的身影。如在 1995 年，新加坡国立大学教授沈广仁导演英语

京剧《救风尘》。

而英语京剧最为风行之处，则在外人很难想象到的美国夏威夷。夏威夷处于中美航路的中端，且亚洲裔移民比重极高，占据三分之二到四分之三，因此早在 20 世纪二三十年代，便已经出现亚洲戏剧的演出。夏威夷大学彩虹昆曲社和夏威夷国剧（京剧）社相继成立，使得夏威夷大学成为夏威夷当地京剧艺术最重要的传播基地。

不过提及戏曲传播，该校的戏剧舞蹈系教授、亚洲戏曲部主任、美国学者魏莉莎（Elizabeth Wichmann-Walczak），则是其中最为关键的人物。魏莉莎于 1979 年至 1981 年在南京大学留学。时任校长匡亚明建议她研学中国京剧，并向其推荐梅兰芳的嫡传弟子、省京剧院的沈小梅。此后，她便拜沈小梅为师，开始专攻京剧艺术。回国后 40 多年来，她一直致力于中国京剧的研究、翻译、表演和教学。她将京剧作为教学计划，江苏省文化和旅游厅和京剧院与夏威夷大学也签订了交流协议，每三到四年江苏便会派三位京剧艺术家到夏威夷大学进行大约六个月的集中训练，并排演一出京剧大戏。多年来，夏威夷大学的学生剧团先后把《凤还巢》（1984—1985）、《玉堂春》（1989—1990）、《沙家浜》（1993—1994）、《四郎探母》（1997—1998）、《秦香莲》（又名《铡美案》）（2001—2002）、《杨门女将》（2005—2006）、《白蛇传》（2009—2010）、《穆桂英挂帅》（2013—2014）等京剧剧本翻译成英语，组织学生排演，成功将英语京剧搬上舞台。其中，《凤还巢》《玉堂春》《秦香莲》等剧目还曾受邀到中国上海、南京、无锡等地巡演而多次复排，引发强烈反响。2019 年，戏曲演出突破常规，第一次选取川剧，并选用折子戏的形式。这三出戏分别是川剧《皮金滚灯》和京剧《柜中缘》《三岔口》。其中，川剧作品的翻译由马克·博伦纳（Mark Branner）完成，他是青年观众剧院的教授，并在成都学过多年的川剧表演。负责教授川剧的则是马克的老师——许明耻先生。每次演出，"全军"包括乐队都是夏威夷大学的师生，并无所谓专业外援，更显得难能可贵。著名票友张申兰说，这些毫无幼功的洋学生虽然唱做水平与国内专业演员相比仍有较大差距，但考虑实际教学情况，已经实属不易。

在魏莉莎之前，夏威夷大学戏剧系师生只学日本戏剧。在魏莉莎的倡议之下，学生们开始都改学京剧。如今每隔四年，夏威夷大学就会请国内专业京剧教师前往开展教学工作，主要安排为两部分，第一部分是给夏威夷的学生和教师上京剧的基础课，由唱念、表演、器乐三大课组成，第二部分就是创排编演京剧用语。类似能提供给外国学生如此优越的全方位接触中国戏曲的海外高校，全球几乎仅此一家，其他高校都很难复制。

曾在《杨门女将》中饰演王文的 Nicolas 曾在 2000 年至 2001 年在中国戏曲学院学习过，后来进了夏威夷大学。他感慨地说："我认为京剧比任何戏剧都棒。尤其是形体表演，太丰富太精彩，这是美国演员最缺乏的。京剧有一种特别的力量，紧紧地把我抓住。我看过一场《闹龙宫》，一看就想学。京剧是看多少次都不会腻的。我知道，很多中国学生不爱看京剧，哎呀，太可惜了，一定要珍惜机会，一定要看啊！我觉得任何国家的戏剧都比不上京剧。"1993 年起，沈小梅和魏莉莎便邀请陆根章前去夏威夷大学教学，至今他已七赴夏大，每次都在半年左右。2002 年，南京大学百年校庆之际，陆根章的洋学生们来到南京，演出英语版《秦香莲》为校庆献礼。2010 年，夏威夷大学版本的《白蛇传》在夏威夷剧场上演。为了迎合当地观众，京剧中还特意穿插了不少美式动作与幽默，收获了较好的演出效果。

二、英语粤剧

2009 年，粤剧被列入联合国教科文组织"人类非物质文化遗产代表作名录"。这是继昆曲之后申遗成功的第二个中国剧种。最早可知的英语粤剧，创始于一位在香港传教的英籍传教士——谭寿天神父（Father Shendan）。他是一位地道的粤剧戏迷，因而十分想将粤剧之美分享给西方观众。由此，他萌生创作英语粤剧的奇思。因为粤曲翻译的困难，他只得舍曲存词，从翻译独白，演绎话剧式英语粤剧出发。1936 年至 1937 年，谭神父在他所任教的香港华仁书院组织学生创办"英语戏服话剧"，学生穿着粤剧戏服演出《驯悍记》，广受洋人好评。随后，他又趁热打铁推出英语粤剧《双城记》。1941 年，著名粤剧艺人马师曾的幼弟马师

苟自编自导自演了一部英语粤剧《良心与忠厚》。他有一定的英语基础，撰写了部分的英文曲词，后交由全才编剧家麦啸霞参订。1947 年，华仁书院毕业生谭神父与黄展华联合原班学生成员，成立"华仁戏剧社"（Wah Yan Dramatic Society），力图专门推广英语粤剧。剧社的成立得到了粤剧名宿肖兰芳、罗品超、陈非侬等人的辅导，演员的演出技艺得到了飞速提高。此后，一般由黄展华和谭神父负责编剧，黄展华撰英语曲词，谭神父编写独白，剧社推出了《一女配三夫》《刁蛮公主憨驸马》《王昭君》《花木兰》《钟无艳》《杨贵妃》《多情种子》《金雀缘》《孟丽君》《金钗缘》《醉打金枝》《鸦雀如何作凤凰》《鹦鹉头不敢言》《佳偶兵戎》等系列英语粤剧。这时期的英语粤剧，仅是唱词、念白用英语翻译，而其他的曲牌、音乐、程式、布景、服装等俱与时下的粤剧无异，扮演生、旦的黄展华和郑碧影二人英文尤佳，且嗓音独具特色，一炮而红。黄展华还曾带着剧社，多次受邀到温哥华和多伦多演出，得到当地外国友人的欢迎，多伦多女市长还亲自穿起戏服学表演。

1956 年，由香港名流太太组成的"闺秀剧团"为福利事业筹款演出，尝试合演半英语半粤语的粤剧《新昭君出塞》，也曾轰动一时，各大报刊纷纷报道。

20 世纪 90 年代，香港特区政府高级官员曾荫权、唐英连、孙明扬、陈祖泽，以及一些英籍官员受到黄展华的鼓励，加入英语粤剧的演出行列，香港地区不少电视节目和晚会上都出现不少英语粤剧节目，引起广泛关注。

直至今日，华仁戏剧社仍然在演出英语粤剧。同时，香港的儿童"查笃撑粤剧团"，也表演了英语粤剧《贺寿》《醉打金枝》，同样收获不少赞誉。

此后，英语粤剧的主要舞台转移到了新加坡。因为新加坡作为一个移民国家，英语是其主要语言，表演英语粤剧，可以更好地吸引年轻的华裔观众和西方观众。从事粤剧表演艺术逾 60 年的胡桂馨女士，出身英校，先后在新加坡大学、南洋大学、新加坡国立大学担任校领导职务，长期担任新加坡八和会馆主席。她注意到新加坡年轻人懂得粤语的不多，因此想借用英语形式进行粤剧推广。2000 年 3 月，胡桂馨夫婿黄仕英编写的英语折子戏《白蛇传》在牛车水人民剧场演出，获得不少欧美人士的热烈反应和鼓励。后来，在比利时、德、法、美等国巡回演出，此剧获得了海外观众的赞赏，增强了胡桂馨创排英语粤剧的信心。

2002 年，新加坡声名卓著的敦煌剧坊在当地首度演出英语粤剧《清宫遗恨》（Intrigues in the Qing Imperial Court），又名《清室夕阳红》。该剧由黄仕英历时一年编写，以清末"戊戌变法"为主题，以清帝光绪与珍妃的爱情故事为架构，演唱、对白皆为英语。该剧引用了经典西方乐曲《梦幻曲》（Traumerie）、《天鹅》（Le Cygne）以及《沉思》（Meditation）的片段为剧作的某些情节配乐，也从中国邀请资深粤剧小提琴家卜灿荣负责音乐设计和乐队领奏。随后，胡桂馨（剧中饰演慈禧太后）带队曾于 2003 年、2004 年、2016 年奔赴国内参与各大粤剧节演出，广受媒体好评。2003 年，佛山博物馆还专门举办了"英语粤剧研讨会"。该剧团在美国、韩国做过片段演出，然后于 2004 年在广东羊城国际粤剧节作亚洲首演，于 2005 年在爱尔兰作欧洲首演。

胡桂馨曾演出英语粤剧《胡不归》《天仙配》《洛神》《白蛇传》《秦香莲》等，并到世界 29 个国家推广粤剧。2000 年 8 月至 9 月，敦煌剧坊先后参加在巴西比鲁阿里藏地举行的国际子剧节、德国汉堡举行的世界博览会、比利时布鲁塞尔举行的欧洲国际粤剧节、美国纽约中华公所庆典，演出英语粤剧《白蛇新传》等剧以及其他粤剧折子戏。胡桂馨的弟子、新加坡敦煌剧坊副主席、获"世界十大杰出青年"称号的司徒海嫦表示，英语发音的音节较短，对于需要拉腔的字眼也有点难度，或多或少地损失了粤剧原有的韵味。

在粤剧的发展史上，最早是由戏棚官话演唱，随后发展到官话与白话并存，再发展到只用白话，现在使用英语演出，无疑也是为了适应演出环境而发生的一种语言的自然变革。因此，英语粤剧也应该被视作是粤剧的一大细分品种。英语粤剧的出现，无疑扩大了粤剧的演出市场，甚至吸引了不少洋弟子学习粤剧。比如，在《清宫遗恨》中饰演德国公爵瓦德西的，就是定居新加坡的德国人 Peer Metze。他是一位有十多年教龄的德文、英文老师，也兼职演电视、电影、戏曲。戏中的外国联军代表一角则由英国人布莱因哈申扮演。

除了英语之外，各地还出现了用法语、德语、印度语、越南语、马来西亚语及广西壮语等演粤剧、唱粤曲的现象。比如敦煌剧坊也曾在广东佛山以马来语演出《白蛇新传》之《救青》和《拾玉镯》两部粤剧折子戏，还特地邀请一个马来族演员扮演男主角。粤剧专家陈超平对此种外语粤剧的未来发展，还抱有相当大的期待："粤剧将来还有可能发展成为一个世界性的剧种。"

杭州远东外国语学校少儿艺术团编排的少儿英语越剧《红楼梦》，曾获得 2003 年全国首届大都市英语表演最高奖——特别金奖，并于 2004 年奔赴土耳其参加每两年一届的国际儿童艺术节。著名梅花奖演员得主王志萍也曾在电视节目中使用中英日三种语言演唱越剧《打金枝》。著名滑稽戏演员童双春、李青的代表作中，有一部独角戏名为《日本越剧》，演出时用夹杂日语的方式唱经典越剧选段《问紫鹃》，笑料颇足。

三、泰语潮剧：泰声华魂

泰国是"潮剧的第二故乡"，在 20 世纪二三十年代，还曾经是世界潮剧的中心。在潮剧兴盛的 20 世纪 40 年代，泰国全国各地潮剧走唱址有 100 多个。自 20 世纪七八十年代，出于商业化运作的需求，泰国潮剧不断本土化，泰语潮剧也应运而生。最开始，潮剧班中出现泰国演员，是因为戏班迫于经济压力，无力雇用专业潮剧演员，因此戏班中许多次要角色皆由泰国东北籍乡下人担任。同时，由于当时影视娱乐、流行歌曲的风靡，潮剧观众群中大批年轻人流失。为了吸引当地观众，潮剧民间戏班演出时开始努力本土化，比如在演出之前，用泰语讲解故事剧情，演出时同声翻译等等。

泰籍华人庄美隆（泰文名：蒙·波巴）祖籍普宁，曾奔赴中国，在卢明先生的指导下，专业学习潮剧。回到泰国后，他一直致力于潮剧在泰国的传播。他是泰国家喻户晓的影视明星，现任泰国中央电视台艺术总监。1980 年，他组织成立泰中戏剧艺术学会，推广泰语版的中国戏。1982 年，庄美隆筹资成立了泰中潮剧团，尝试运用泰语音韵谱写全新曲调和唱念台词，力图中为泰用，创排泰语潮剧，使得潮剧泰国化发生本质性改变。适逢泰国中华总商会联合泰华侨团举办曼谷建都庆典，泰中潮剧团受邀演出。庄美隆选定了《杨家将》《包公铡侄》两部著名戏剧，利用短短一个月时间翻译、编曲、排练。当时的演出轰动全场，参加庆典的泰国诗琳通公主看完演出并非常肯定，表明泰国政治层面的文化认可。此后，泰语潮剧开始走红，各个媒体争相报道，还吸引了不少年轻粉丝。泰国电视台还将《包公铡侄》搬上银屏，投资拍成电视剧。泰国第九频道电视台也曾连续三年播出《包公斩陈世美》《包公会李后》《乌盆案》等泰化潮剧，亦引起不凡反响，泰国观众称之为"优泰剧"。

编译泰语潮剧时，剧团常会邀请泰国大学专业学者进行把关。当然除了演唱语言的改变，泰语潮剧的音乐也发生了不少改变。比如，潮乐中最具特色的大锣鼓和高音头弦，只保留前者而舍弃了后者，因为高音头弦过于聒噪，无法融入其他乐器。一些泰国传统乐器如木琴则加入了进来。不过，泰语潮剧的出现并非一帆风顺，它也曾经遭受到不少质疑，比如陈新华就认为潮剧在泰国必然没落。张伯杰则认为潮剧唱腔专门为潮地方言所设计，与泰语之间无法完美匹配。"把潮剧整得不伦不类、四不像""这样的改造对传承潮剧毫无益处"……保守派人士的声音一直不绝于耳。但是，泰语潮剧并没有过多理会非议，而是一直在努力向前发展，力图发展出自己独特的戏曲品位。

2000 年，庄美隆成立"泰中文化艺术中心""蒙波巴艺术团"，演职人员有 50 多名。其在训练演员基本功时，都要求专业潮剧演员学习泰语，泰国演员学习潮剧，演出节目以《包公铡侄》《八仙贺寿》《赵子龙救阿斗》等泰语潮剧为主。如今，庄美隆已在泰国成立了"中国戏曲艺术传承发展中心"，培养戏曲艺术人才。经过多年发展，泰语潮剧已经深入泰国高校，泰国年轻人开始重新认识潮剧，爱上潮剧。比如在 2006年，朱拉隆功大学的大学生们自编自导自演讽刺泰国总理的泰语潮剧《包公审案》，就说明当地精英知识分子对于泰语潮剧的接受程度。随着泰语潮剧的不断发展，潮剧在泰国的发展迎来了新的天地。一方面，潮剧戏班中的演员资源问题得到顺利解决；另一方面，潮剧观众群也从华裔华人扩展到本土泰国人。

2006 年，泰中友好协会、泰中戏剧艺术协会、泰中文化艺术中心联

合组成泰国潮剧代表团，奔赴广州参加"潮剧国际文化节"，专场演出了泰语潮剧《包公铡侄》选段《包公会李后》和传统潮剧《萧端蒙一板打死江西王》选段，这是泰语潮剧首次在国内演出，在当地产生了不小影响。近些年，《华人江湖》栏目组曾专门拍摄泰语潮剧创始人庄美隆及其传承人张子润。

相对于国内戏曲剧团境外演出时强烈的政治文化寓意，海外自然生发的外语戏曲大多出自全天然的商业操作，有鲜明的市场经济色彩。外语戏曲借助语言的外衣，想要传播实现的却是中国传统文化，这对大多不会中国方言的华裔新生代和海外观众，无疑是更有效、更友好的一种接受方式。

外语戏曲的出现，说明戏曲并非陈腐板旧的，它的艺术形式仍然在不断发展变化。这种创造性转化和创新性发展跨越了国界，跨越了中华文化，所成就的是一种世界性艺术的审美和欣赏方式。尽管外语戏曲仍然处于探索阶段，面临诸多困难，尚未完全成熟，但是它们在异域他乡积极衍生和创新，也体现了戏曲艺术的生命力，值得国人的关注与支持。

第三节　表演演员：洋票友

对于戏曲艺术而言，人是最为本质的传播主体，脱离了演员的表演，戏曲艺术的舞台演出将不复存在，戏曲作为表演一面的魅力也将大打折扣。"洋票友"的诞生，充分说明了戏曲艺术的魅力，跨越了民族和文化的界限，能同样为异域文化中所成长起来的人所接受。让外国友人亲身体验戏曲的魅力，远比其作为观众更能吸引其欣赏戏曲之美和中华文明之美。传播主体的变化，说明戏曲传播的深度和广度得到了新的拓展。

一、民国时期的"洋票友"

如今最早可见于记载的"洋票友",大概是清末民初时期的法国籍票友华静山。华静山,名仁寿,在北京出生长大,与前清外交官那桐(那相琴轩)交好,大概率是受法国政府或教会委派的官员或传教士的后人。华静山"于中国之风俗习惯,靡不了然于心,语言动作,几同化于中国人"。他不仅是个中国通,也是个京剧迷,"居恒专与伶界最有声望者相往来,如杨小楼、谭鑫培、龚云甫辈,俱其旧识","暇则就诸名伶研究音律",于声腔鉴别极严。他不仅鉴赏,而且学唱,"耳聪极佳,凡听某伶声调,仅需一二次,即可摹仿",曾自起艺名"海外散人",登台客串,"声容台步,斐然可观"。冯叔鸾曾观看华静山在上海上演的《十八扯》《溪皇庄》两出戏。他在剧评里评论道:"华静山其人也,体量颇高,头脸稍嫌小,凹目高鼻,不脱欧产本色,然其跑马姿势步伐,则绝肖华伶,不现崛强之状。"一位扮演华静山驾车车夫的黑皮肤侨民演员,也能唱《独木关》一段,"亦颇婉转可听,惟声浪亦略似抖动,不知何故",颇为别开生面。1914年,德法开战之际,华静山回国参军,自此绝迹于中国戏台。关于他的事迹,在《小说新报》1915年4月出版的第2期《脉脉谈剧》栏目,以及冯叔鸾(笔名马二先生)的《啸虹轩剧谈·记法兰西人客串》(上海中华图书馆1914年4月发行)等文章中皆有著录。此后,在《鞠部丛刊》里曾登录了一张摄于20世纪20年代英国票友柯樊士的古装剧照,惜难考察其生平经历。

20世纪30年代初期,一位名为雍竹君的中德混血后裔,在北京、天津两地的戏台上颇为活跃。她自小向名票友关广智学唱梅派青衣的戏路。据说陈德霖、律佩芳、吴富琴也曾教戏于她。雍竹君因为拥有好嗓子而唱念均佳,唯独因缺乏基本功训练,在身段上较为生硬。她的戏路不广,大概拿得出四五十出,如《女起解》《玉堂春》《六月雪》《汾河湾》《武家坡》《贺后骂殿》等等。萧长华、姜妙香及张春彦等人都曾与之配戏。1931年,她与侯喜瑞在天津春和戏院合演《法门寺》,一炮打响其"洋票友"的名号;后常与杨宝忠合演《四郎探母》《汾河湾》等

戏。1934年夏季，雍竹君与杨宝忠、卧云居士、吴彦衡等赴汉口演出十一日，一举轰动当地，又加演四天。当地媒体形容其"愈唱愈亮，婉转动听，扮相秀丽，表情不瘟不火"。不过，她从不演商业戏，而是多作为票友义务演出，不取酬劳，即"搭桌戏"。抗战爆发后，便不见其踪迹。

蒋经国的夫人蒋方良是俄罗斯人，原名芬娜·伊巴提娃·瓦哈瑞娃，也是一个地道的戏迷。她不仅常常给客居台海的名旦顾正秋捧戏场，还曾经请上海的京剧名伶"美艳亲王"焦鸿英到家里，专门教她唱戏。1939年，蒋方良追随丈夫到赣南。她在赣南办孤儿院，组建抗日妇女救国会。为了帮助难民募捐，她主动向当时正在赣州的京剧名旦童秋芳和当红青衣坤角盛叶苹学唱京剧，借以吸引观众。她表演的《苏三起解》，虽台词不太流利，唱腔也不够地道，但一时间，洋夫人的《苏三起解》轰动赣州城，现场座无虚席，募集了大量善款。民国时期，其余较为有名的外籍票友还有班美立、刘兆慧等。

二、改革开放后涌现的"洋票友"

海外大部分戏曲社团的重要组成成员往往是华人票友，但是其中也不乏一些曾经的专业人员是外国友人。他们都曾专门到中国拜师习艺，比较系统地学过京剧，是人们口中的"角儿"。早在1993年，被称作是第一代京剧"洋角儿"曾在北京吉祥戏院演出。他们都是在北京市戏曲学校里正式上课学艺的留学生。美国加利福尼亚大学的梅恩带来了京剧做工戏《拾玉镯》，专攻武丑的日籍友人早野嘉秀则带来了《闹天宫》和《三岔口》，同样学习丑角艺术的以色列裔英籍留学生笑狮则演出了《下山》，英国玛雅女士则一举挑战了梅派青衣戏《天女散花》、尚派刀马旦戏《战金山》和宋派武旦戏《扈家庄》，上座率颇为可观。同年，在北京举行的首届国际京剧票友电视大赛中，涌现出不少洋票友的身影，如牙买加的卡米尔小姐在《芦花荡》中扮演的张飞，便一鸣惊人。

从1994年起，天津艺术学校京剧教师、国家一级演员、著名老生演员李新庚受聘于南开大学，开始教授外国留学生学习京剧，包括美国、日本、俄罗斯、德国、澳大利亚、意大利、加拿大等十几个国家的学生累计达 700 多人都曾受其指导。1995 年，他还接受邀请，带领十几个国家的洋票友，参加首届中国京剧艺术节开幕式演出。

中国人民大学英籍留学生吴莎娜对京剧《玉堂春》情有独钟，在京留学期间，几乎看遍了所有版本的《玉堂春》演出并以之为题撰写毕业论文。回国后，她翻译了全本《玉堂春》，并积极组织剧团，自己导演，真正把《玉堂春》搬上了英国舞台。法国姑娘康朗玉曾在台湾戏校学戏，并拜师台湾名旦郭小庄。韩国小伙李承炫自从于 1996 年随父亲在北京看了一次京剧，后来就放弃工作到中国戏曲学院专门学习京剧。斯里兰卡的阿努拉在中国攻读经济管理研究生的同时也迷上了京剧猴戏，后来亦专门学习。

芬兰票友安蒂原本是一名演员，非常痴爱成龙电影和中国文化，于是萌生了学习京剧的想法。2005 年，他第一次来北京，开始正式跟着中国戏曲学院教授、著名武生演员吕锁森学京剧武生。如今，安蒂已经在芬兰成立一个以武生为主的京剧剧团，除了继续在北京学戏外，还在剧团教了二十多个"洋徒弟"。剧团可以在芬兰表演一个多小时的大戏，并且场场一票难求。

除了吸引外籍友人主动来中国学唱戏曲，中国政府也积极在国外开设教学点，让那些对戏曲感兴趣的外国票友能够有机会真正学习戏曲。2009 年，美国纽约州立宾汉顿大学和中国戏曲学院共同建立了纽约州立宾汉顿大学戏曲孔子学院。作为特色孔子学院，致力于推广中国戏曲和音乐，至今已经开设 12 门京剧与中国音乐课程，完成 51 个班级授课，培养了不少能说会演的京剧票友。不仅如此，戏曲孔院共在全美 28 个州及古巴、英格兰、德国等国家共 46 所高校完成 123 场戏曲演出，累计有 7 万余名观众。宾汉顿大学校长哈维·斯登格（Harvey Stenger）更是十分认可戏曲艺术。他说："中国戏曲是一种教授中国语言和文化的新颖而有效的方式。"

现为巴黎中国文化中心副主任的吴刚，是著名戏剧家吴祖光和评剧皇后新凤霞夫妇的长子，旅居法国工作生活 30 余年的他，一直在当地致力于推广中国戏曲与文化。最近几年，他还特意请来中国评剧院表演艺

术家陈胜利、高闯，以及琴师张建军三位老师，专门向当地的法国学生教授评剧。从 2017 年开始，巴黎中国文化中心"评剧培训班"已经开展了三期，每一次结业汇报演出，都是完全由法国学员表演和伴奏。

三、实力雄厚的日本票友

日籍演员石山雄太是国内戏曲界极为少有的外籍京剧演员。他自从小时候在日本看了京剧演出之后，便为之深深着迷，发誓要学好京剧艺术。于是，他先在一家私立高中学习中文，随后又在 1993 年正式来到中国戏曲学院附中学习戏曲表演。20 岁的石山雄太经过一番痛苦"折磨"后，终于如愿以偿考入中国戏曲学院，师从著名京剧表演艺术家汪汉荣、刘习中等，本科毕业时，日本 NHK 电视台（日本放送协会）专门来华录制报道毕业公演。片子在日本播出后反响很大，许多喜爱京剧艺术的日本同胞都来信鼓励石山雄太。

此后，石山雄太又顺利考入中国京剧院，正式成为一名专业京剧武丑演员，是当时中国文化部批准的唯一一位外籍专业京剧演员。1994 年，他应邀参加日本日生剧场第二届儿童剧艺术节《西游记》的演出；2001 年，应邀参加日本青少年文化中心创立五十周年《龙凤呈祥》的演出。2002年，上海组织了纪念中日邦交正常化三十周年"京剧与狂言"交流演出，中国演员严庆谷演狂言，石山雄太则演出新编京剧折子戏《时迁探路》，赢得了阵阵叫好。2003 年，在改编自西

石山雄太的美猴王扮相

方歌剧的京剧《图兰朵》中，石山雄太饰演钱公公。2008 年 9 月，石山雄太去了东京巡演，凭借其特殊的身份与精湛的演技，一时间轰动了东京京剧演艺圈。近些年，石山雄太进入日本唯一的京剧团新潮剧院，并

去了不少初高中学校进行普及性演出，一直致力于在日本推广京剧艺术。比如，他曾与日本舞蹈演员合作排演《鹰愁涧》，讲述唐僧收白龙马的故事。他在剧中运用京剧猴戏的方式扮演孙悟空，而日本演员则用歌舞伎扮演白龙马。

实际上，从20世纪80年代中叶开始，东京票房便有日本票友。如今在东京都市圈中，就有一万多名遍布各个年龄段的京剧迷，其中不乏功力深厚的京剧票友。他们不仅定期支持京剧现场演出，还会专门飞赴中国看戏乃至学戏。京剧戏迷以女性为主，其中也不乏中青年。中国京剧在日本观众中得到了认可的同时，演员的数量和剧目的编排也在不同程度上得到了改变，由初始只演一两个折子戏，一地演出几场，发展到演出整场大戏，一个城市可以演上10到20场。

庆应义塾大学文学部的教授山下辉彦，则是东京票房的中流砥柱。他除了热衷于票房演出活动外，还到处普及京剧知识。日籍友人金川谅曾在中国戏曲学院学习丑角。2005年，中国京剧院的专业演员和日本京剧票友在山梨县北杜市长坂社会会馆内联袂演出三国戏《长坂坡》。金川谅在其中扮演夏侯恩，其道白虽用日语，却京韵十足，赢得满座叫好。

像这样的日本京剧票友不在少数，日籍留学生小笠原周不仅喜欢京剧，还喜欢昆曲、蒲州梆子。他平时爱唱老生，吐字行腔都相当地道。1992年11月20日至11月21日，兰心大戏院和上海京剧院礼堂举行了"第一回日本京剧爱好者访中演出"，演出了《盗仙草》《拾玉镯》《秋江》《霸王别姬》《女起解》和借鉴京剧技法演出的布莱希特话剧《赫拉第人和克利亚第人》，日本票友精湛的演技，让国内观众不禁刮目相看。

2009年是东京票房成立60周年，为此东京票房特地举办了一台公演，压台戏竟是"抗日戏"——《红灯记·痛说革命家史》。东京票房的搬演行为，显得十分大胆。但出乎意料的是，演出效果很好，很多日本观众甚至流下了泪水。

经日本文部省批准，日本樱美林大学于2000年开设中国京剧课程，成为日本唯一一所教授京剧表演艺术的高校。2006年，该校成立孔子学院后，在孔院的大力支持和推动下，京剧课程广受欢迎。

四、"洋猴王"与"洋贵妃"

1993 年，在英国曼彻斯特索菲特大学读三维动画的计算机硕士格法·普拉扎，自从在伦敦偶然看到一场北京京剧团的表演后，深深为之痴迷。他一路跟着京剧团在英国的巡演，最终打动了剧团领导，同意介绍当时已 32 岁"高龄"的格法到北京戏曲学校学习京剧。

一开始，戏校老师认为他在闹着玩，没想到格法是真下苦功夫，压腿、踢腿、下腰、拿顶……他跟着 5 岁至 10 岁的小朋友一起从零学起武生。在克服了一系列难以想象的困难之后，格法成了第一个修完戏校全部课程的外国人。学艺几年后，由于伊朗裔、拥有阿塞拜疆的血统的格法外形酷似孙悟空，打鼓师傅建议他不如专学美猴王。这一建议，恰好击中了格法的心，孙悟空一直是他心目中最钟爱的角色。于是，他决定装扮成"洋猴王"，专攻演出《大闹天宫》。为了学好猴戏，他每天都比别人早一个小时到练功房，还买了许多关于猴子的书籍、光盘潜心研究。功夫不负有心人，格法演绎的美猴王，获得了观众的认可，每回出场都能博得满堂彩。2009 年，"中国美猴王"六小龄童与"洋美猴王"格法会面，交流扮演美猴王的心得。六小龄童邀请他参加 2010 年首届西游记国际旅游节。如今，50 岁的格法，依然每天练功 5 个小时，10 余年里演出 400 多场戏，并且曾多次与北京京剧院、中国京剧院合作，成了一个名副其实的"洋美猴王"。他出演的《大闹天宫》还获得了第二届国际京剧票友大赛的最高奖"金龙奖"。

格法也在努力做一个京剧推广大使，他不仅常年到美国、英国等国家的学校里讲授和普及京剧知识，而且将京剧《美猴王》改编成英文版，成立英国国际美猴王戏剧中心，有自己专业的国际美猴王剧团。这个剧团里也尽是一些不同国家的洋票友，可能是金发碧眼的土地老人、黑脸的王母娘娘、日本的七仙女等等。每次演出，他都坚持找几个外籍友人来扮演戏中的小角色，尽可能让外国人深入感受中国国粹的魅力。美猴王剧团多次奔赴美国、马来西亚、伊朗、英国、意大利等世界各地演出交流。单在美国，剧团就曾在 1 个半月内巡回演出 66 场，可谓战绩辉煌。现有纪录片《泊客中国之美猴王格法》专门记录了格法与京剧的不解之缘。

提到美国的洋票友，则不得不提美国夏威夷大学戏剧系主任魏莉莎教授。她算得上是英语京剧的开创者，是京剧国际化的推动者，因而荣获 2019 第七届"中华之光——传播中华文化年度人物"奖，在前文有简略提及其事迹。早在 1979 年，她到江苏京剧院做访问学者，实地考察后，发掘理论研究与京剧实践仍存较大差距，于是拜师梅派弟子沈小梅，学了一出《贵妃醉酒》，次年于南京公演，一时间成为当年文化事件。金发碧眼的她，因此被国人亲切地冠以"洋贵妃"的称号。回国后，她在执教夏威夷大学期间，一直不遗余力地编排推广英语京剧，代表剧作有《凤还巢》《玉堂春》《沙家浜》《四郎探母》《秦香莲》《铡美案》《杨门女将》等全本大戏。

这些年来，魏莉莎还带出数十位专门研究中国戏曲的专家学者。魏莉莎对京剧田野调查式的研究，不仅奠定了她个人从事京剧翻译实践的扎实基础，而且也保障了其英语京剧演出的顺利开展。她的京剧译本是为演出服务的，以"可演出"为标准。在魏莉莎看来，京剧不仅仅是一个民族的艺术，也应该是一种跨越国际的艺术，京剧应该像芭蕾、欧洲歌剧一样，被世界各地的人接受和欣赏。英语京剧更多是一种因地制宜，其主要目的是为了提起外国观众的兴趣，从而让他们去欣赏真正原汁原味的京剧。因为之前听过某位剧协老先生谈起，戏曲与歌剧是两码事，魏莉莎一直铭记于心。如今在她多方努力之下，现在夏威夷的报纸提到京剧不再用"Peking Opera"，而是直接用汉语拼音"Jingju"。虽然如今魏莉莎早已退休，但她在海外推广京剧的脚步却从没停下。

五、洋票友也爱唱地方戏

在日本的昆曲圈里，有著名戏剧评论家尾崎宏次、楠田薰、信欣三、伊藤巴子等资深戏迷。2013 年新春，人民网日文版和日本频道联合推出系列纪录片《日本人·中国梦》，片中就介绍了一位痴迷昆曲的日本戏迷伊藤治奈。伊藤的母亲精通日本吟诗舞。因此，她自小就对舞台

非常向往。在 19 岁那年，她偶然看到一场昆曲《牡丹亭》后，便为之深深着迷，踏上了中国寻访昆曲之路，从此在中国待了 20 多年，专门研究昆曲技艺。她的师傅是北方昆曲剧院早期"北昆四旦之一"、陶然昆曲学社社长张毓雯。据张毓雯说，大概在 1988 年、1989 年，许多日本学生开始找她学唱昆曲。因为她的教法，并不因为是外国人而放松，国内外都一视同仁，特别认真，所以名声传开了。因此，现在日本曲友会的曲目还是相当可观，他们回国后还成立了"日本昆曲之友社"。前田尚香、福永美菜、关优子、三野雄一郎等人都是曲社中的骨干力量。为此，周边人还调侃说，张毓文带出了"日昆"。前田尚香原本在日本就读贸易专业，1989 年来中央戏剧学院学习汉语本为开展中日国际贸易，却因偶然看了奥地利留学生演出昆曲《思凡》，而误入昆曲世界，并为之痴迷。于是，她干脆于 1990 年 9 月转入戏文系专修昆曲表演。

如今为美国底特律腹地剧团团长的白灵芝，曾在四川艺术职业学院系统学习过三年川剧，是当时唯一的一位留学生。她一直在试图搭建川剧艺术与西方文化交流的平台，探索如何将川剧传统的戏曲身段、程式、基本功等融入美国的戏剧表演中。2014 年，四川艺术职业学院艺术团受邀赴美国演出。白灵芝特意赶赴纽约州，用普通话、四川话、英语主持节目，向观众讲解川剧艺术。从 2009 年以来，她开始翻译川剧剧目和剧本，如今已有《死水微澜》《马前泼水》《红梅记》等 6 部川剧出炉。

加拿大的苏志恒（David Joseph Pedosiuk），至今定居中国已 16 年，他从 2005 年开始自学豫剧，算得上颇为资深的豫剧票友。现在担任郑州大学西亚斯国际学院的外籍教师的他，主要教授跨文化交际和英语口语课程。课上，他常应学生的邀请唱上一段。

放弃了美国大学稳定教职的美国小伙威廉（中文名印景道），如今定居上海，他也是戏曲迷。他虽然长着黄头发蓝眼睛，却能唱越剧、沪剧、淮剧、京剧等十八种剧种，是当地颇有名气的洋票友。威廉原本是音乐理论博士，会弹钢琴、吹爱尔兰长笛、跳爱尔兰舞，还演过莎士比亚戏剧，有专业的音乐基础。为了学好念白唱词，岳母还曾带他正式拜师沪剧名家陈瑜，他不仅每天和妻子请教矫正发音，而且还热衷与当地人聊天。这些年，他还上过国内各大电视台，表演过沪剧《昨夜情·为你打开一扇窗》、越剧《盘妻索妻》等剧目，收获了不少粉丝。威廉虽然祖籍是爱尔兰，但一直颇为痴迷中国文化，因为他的爷爷在中国东北定居十多年，常与他交流谈论中国趣事。威廉说，自己学中国戏曲不仅是出于爱好，更大的目标，是成为一名文化交流的使者。

总之，海外戏曲社团以及洋票友的涌现，乃至突破了华侨华人的观众群，都是中国戏曲社团坚持不懈地走向海外，与世界异域文化自信对话的结果。

第十章
昆剧百年海外演出史初探（1919—2019）

　　20 世纪初期，"京剧大师"梅兰芳和"昆曲大王"韩世昌在日本、美国等海外的昆剧演出，拉开了向世界展示昆剧艺术的帷幕。此后因曲高和寡之故，昆剧在国内无可避免地式微，直到《十五贯》的演出，重新盘活了昆剧艺术。昆剧《十五贯》不仅在国内受到追捧，也受到欧洲艺术家的青睐，得以在欧洲改编上演。改革开放后，以张继青为代表的昆剧艺术家们率先走出国门，惊艳世界。在昆剧演出成为"文化外交"的重要符码的同时，在现代文化的冲击和中西密切交流的文化大背景之下，各类先锋探索版、中西合璧式昆剧演出在海外轮番上演，独辟蹊径。其中，尤以白先勇的青春版《牡丹亭》最为成功，一举打开了美国主流文化市场。此时的昆剧海外演出，也经历了两大重要转变：一是从剧目而言，从以武戏为主到文武兼备，从传统剧目到各类新编剧目；二是从演职人员而言，从全中国本土班底，到加入中西方艺术家、海外曲社的共同经营。昆剧艺术也正在逐渐摆脱对海外友人的低层次取悦，转而着力于展示和传达昆剧内涵的东方之美。

第一节　原汁原味的昆剧的传统演出

一、从梅兰芳到张继青

中国昆剧最早的海外演出记录，可追溯至 20 世纪早期，梅兰芳在日本、美国、苏联的几次艺演。1919 年 5 月 24 日，梅兰芳在日本神户俱乐部演出《牡丹亭》中的《春香闹学》《游园惊梦》两出戏。20 世纪 30 年代，梅兰芳曾在纽约、芝加哥、旧金山、洛杉矶、莫斯科等地轮番演出《铁冠图·刺虎》《牡丹亭》《春香闹学》《思凡》等昆曲折子戏。1956 年，梅兰芳在日本最大的国际剧场大阪中央公会堂演出《玉簪记·琴挑》，其目的是救济日本广岛原子弹受难者及战争中的孤儿。毫无疑问，梅兰芳是最早在海外世界传播昆剧的先驱。虽然众所周知，梅兰芳的几次海外演出所掀起的巨大反响，主要依赖于其高超的京剧艺术，但是昆剧的特别，也使得不少西方人注意到昆曲之美，如美国戏剧评论家斯达克·扬认为，梅兰芳的演出让他看到了昆曲的"美、雅致和崇高"。

　　1928 年，为了庆贺日本天皇加冕，日满铁道株式会社特意邀昆曲演员前往东京、大阪、长崎、西京等地演出 40 天，这批演员除了以"昆曲大王"韩世昌为首的荣庆社的昆曲演员外，也有相当一部分皮黄班。日本人石田贞藏还为这次演出编印了一本《昆曲与韩世昌》的小册子，向日本人普及昆曲知识。此次昆曲赴日，几乎场场客满，青木正儿教授始终陪同左右，许多知名艺术家都与演员见面合影，不少日文报刊皆纷纷登载评论和介绍演出的文章。韩世昌一行人回京后，国内报刊也刊发了不少文章，譬如《北京画报》还特意出过一期"迎韩专号"，对此行予以高度赞誉。

　　1958 年，言慧珠、俞振飞加入中国戏曲歌舞艺术团，前往英国、法国、比利时、卢森堡、波兰、捷克斯洛伐克、瑞士、美国等国进行为期六个月的演出。这次昆曲演出是与民乐、民族舞、京剧等其他剧种合演，俞振飞特意邀请程砚秋整理《百花赠剑》。但是"喜武厌文"的欧洲演出商一开始并不看好昆曲，要求文戏节目尽量缩短在 15 分钟以内，但俞振飞顶住了压力，拒绝缩短时长，好在昆曲独特的魅力，打动了西方观众，最后昆曲《百花赠剑》连演 80 余场，颇获好评，甚至连昆曲《长生殿》中"惊变""埋玉"这样的唱工戏，也意外收获了不少掌声。

　　"文化大革命"期间，昆曲海外访问一度陷入停滞，改革开放后才得以复苏。1982 年，张继青曾加入苏州戏曲团，并奔赴意大利威尼斯、

佛罗伦萨等城市演出《牡丹亭》中的《游园》《惊梦》等折子戏。佛罗伦萨的《城市报》头版发文，盛赞张继青的"昆剧《游园》和《惊梦》是真正的纯粹的杰作"。张继青当时就被意大利观众誉为"金凤凰"，打开了在欧洲的名声。此后在 1985 年至 1986 年，江苏昆剧团应西柏林第三届"地平线世界文化节"和意大利第二十八届"两个世界艺术节"的邀请，先后赴西柏林和意大利的斯波莱托、斐拉等城市演出了 11 场，场场爆满，甚至连地板上都坐满了观众。此时昆剧演出剧目以文戏为主，有《牡丹亭》（当时译名为《梦中的爱情》）、《朱买臣休妻》以及折子戏（《访鼠测字》《琴挑》《打虎游街》）专场。在海贝尔剧场演出时，虽然语言不通，张继青等一众演员整整谢幕 15 次，受到的热烈追捧在国内演出时也是罕见。第三届"地平线世界文化节"以介绍东方文化为主，因此邀请了七个亚洲剧团，其中四个来自中国，包括昆剧和川剧。赴德之前，西柏林电视台等媒体就已经在积极介绍宣传昆剧，演出后当地众多媒体热烈报道，西柏林自由大学甚至决定将此次演出的录像作为东方文学专业的辅助教材。昆剧团在意大利总共演出了五场，皆获得巨大成功，许多观众甚至因为没买到票而纷纷致电戏剧节委员会，要求增加演出场次。《信使报》《新闻报》皆刊发大幅评论和剧照。《信使报》评论说："我们过去一向认为，中国戏剧以武打见长，昆剧团的表演使我们耳目一新，我们看到了更为精湛和深刻的传统艺术。"意大利国家电视台第一频道将中国昆剧和意大利的托斯卡纳传奇剧，并誉为三百多年前东方和西方同时升起的两颗艺术巨星。随后，张继青又接到法国"巴黎秋季艺术节"、西班牙"马德里秋季艺术节"等重要邀约，每次演出同样引发轰动。在她上演《游园惊梦》时，法国观众居然拒绝法文字幕，以便专注欣赏。张继青不仅获得了法国维勒班市颁授的"荣誉市民"，还被媒体誉为"西班牙上空升起了中国艺术的明星""在目前欧洲歌剧舞台上，没有一个歌剧演员可与张继青媲美。"

1990 年，汪世瑜于两月内，在美国各大城市做了 12 次演讲和 20 场演出，受到华裔人士和美国各阶层观众的热烈欢迎。美国的《中国晨报》《中报》《世界日报》等各地报纸皆有报道，盛赞昆曲为"中国国宝"。2000 年，北方昆曲剧院应邀赴美国和加拿大，在 18 个城市进行了

29 场巡回演出。

不仅在欧美，张继青代表的昆曲艺术，在邻国日本也受到特殊青睐。1986 年，张继青一行人在战后首次访日时演出了《牡丹亭》《朱买臣休妻》等剧，大获成功。NHK 专派记者做了一期名为《江南春：访昆曲名家张继青》的纪录片，造势宣传。剧评家户板康二赞美张继青的表演，认为她"所塑造的杜丽娘、崔氏两个决然不同的艺术形象，十分成功。可以和 1956 年来日演出的著名男旦艺术家梅兰芳创造的杨贵妃（《贵妃醉酒》）、虞美人（《霸王别姬》）的艺术形象，一起流传千秋。"昆剧访日公演在东京演出了 13 场，在大阪、名古屋等地演出了 7 场，皆取得不俗成绩。《朝日新闻》《每日新闻》《经济新闻》《宝石周刊》等主流媒体还发表了昆剧院在日本演出的十多篇报道和评论。两年后，昆剧《长生殿》赴日演出，在东京国立剧场 6 天连演 11 场，蔡正仁扮演的唐明皇和华文漪饰演的杨玉环，引发了极大轰动，日本皇室成员亲临观戏。1991 年，上海昆剧团赴日演出《潘金莲》《新蝴蝶梦》《昆剧精华》折子戏 3 场专场，连演 33 场。日本文化戏剧界、教育界和新闻界热烈赞扬和高度评价。《产业新闻》《东京新闻》《朝日新闻》和《剧评》等报刊都不惜大篇幅介绍。演出期间，东京电视台还对《新蝴蝶梦》做了实况录像。

颇值得一提的是，2019 年是梅兰芳访日演出 100 周年。上海京剧院、上海昆剧团组团奔赴东京国立剧场连演三场，特意挑选了昆曲《琴挑》《秋江》《游园惊梦》演出清单，重现了百年前梅兰芳首次访日公演时的演出剧目。

二、海外艺术节和庆典常客

新世纪以来，尤其是在 2001 年，昆曲经过联合国教科文组织评定列为"人类口头和非物质遗产代表作"，昆剧之地位陡然上升，成为世界公认的高雅艺术。而为了帮助海外观众更好地理解剧目，各大昆剧团汲取梅兰芳当年成功访美的经验，在有条件的情况下，昆剧团大多会深入当地高校、社区进行昆剧讲座导赏，甚至举办文化展览，积极造势，吸

引观众；演出时，还会配上当地语言的字幕，乃至巧妙地在表演中融入当地文化。

在各类海外艺术节上，昆剧被当成是东方戏剧的代表，而受到包括世界三大戏剧节（德国柏林戏剧节、法国阿维尼翁戏剧节、英国爱丁堡艺术节）在内的广泛邀约和重视。此处仅挑新世纪以来的几次重点艺术节演出举例说明。例如在 2005 年，湖南昆剧团前往欧洲参加"东方国际音乐节"；江苏省昆剧院昆剧《1699·桃花扇》受邀参加了 2006 年 Be Se To（中日韩）戏剧节、2007 年香港艺术节、2007 年苏黎世艺术节等各大国际艺术节。2007 年，杨凤一带着昆曲《白蛇传》赴法国参加世界民族艺术展演活动。同年，在布鲁塞尔艺术节上，苏州昆剧院受邀赴比利时上演了三场《长生殿》，场场爆满。这次演出也是昆曲首度尝试在欧洲商业演出，院团演出费达到每场 1.5 万欧元，门票则定在 5 欧元至 35 欧元之间，与世界一流剧团享受同样待遇。2011 年和 2012 年，浙江省昆剧团应邀参加了莎士比亚诞辰周年庆典活动，演出了多场全本《牡丹亭》。2016 年，湖南省昆剧团、浙江省昆剧团共同参加了世界规模最大的艺术节之一——英国爱丁堡国际艺术节，演出了六场全本《牡丹亭》。在 2018 中欧旅游年演出暨第四届中国-欧盟文化艺术节上，北方昆曲剧院奔赴法国巴黎、比利时布鲁塞尔等地，并惊艳登场。2018 年，北方昆曲剧院作为唯一受邀的中国艺术团体，受邀参加俄罗斯索契冬季国际艺术节，演出《玉簪记》。同年，上海昆剧团携镇团之宝《临川四梦》完成了在柏林艺术节上的四场演出。一周内，德国 20 多家主流媒体刊登了 30 多篇报道。2019 年，昆曲《浮生六记》《反求诸己》受邀参加法国阿维尼翁艺术节。在这类国际艺术节上演昆剧，既有竞技性质，也有展示性质。昆剧能够得到其他国家同专业领域专家的肯定，难能可贵。而且艺术节的嘉宾中，常有欧洲各国的演出商，他们常常会促进昆剧的海外商演。

除了艺术节，在两国建交、友好城市、纪念庆典等主要活动中，昆曲已是主要的表演环节，成为"文化外交"中的重要符码。譬如 1987 年，上海昆剧团为庆祝旧金山和上海缔结友好城市五周年，首次赴美，到旧金山和夏威夷两地巡演，在华人社区掀起一股学习昆曲的热潮。

2002 年是中日邦交正常化 30 周年，北方昆曲剧院携《贵妃东渡》赴日庆贺演出。2010 年，北方昆曲剧院受邀赴日参加纪念日本古都奈良"平城迁都 1300 周年"的庆祝演出。2011 年，为庆祝中国与奥地利建交 40 周年，中国"昆曲艺术展示"活动在奥地利首都维也纳举行。2011 年，上海昆剧团在德国科隆歌剧院连演四天全本昆曲《长生殿》，轰动一时，为德国"中国文化年"拉开序幕。2012 年 4 月，为庆祝"昆曲申遗成功 11 周年纪念活动"，浙江省昆剧团在联合国教科文组织总部巴黎演出。同年，北方昆曲剧院前往英国伦敦演出，助力"北京文化周"活动。2015 年、2016 年和 2017 年，江苏省文化和旅游厅连续 3 年在英国多地开展了"中国昆曲英伦行"系列活动。2017 年，正值中国与希腊建交 45 周年，上海昆剧团在希腊雅典演出。同年，恰逢加拿大庆祝建国 150 周年和中加建交 47 周年，北方昆曲剧院受邀赴多伦多上演《牡丹亭》。2019 年，北方昆曲剧院相继奔赴日本参加纪念北京与东京建立国际友城关系缔结 40 周年系列活动、吉尔吉斯斯坦"中国馆"揭幕仪式以及白俄罗斯 2019 年"中国旅游文化周"活动，举行了《牡丹亭》巡演活动。同年，在中法建交 55 周年之际，作为苏州市在当地文化交流活动的重点推介项目，昆曲《浮生六记》于巴黎举行海外首演。

三、海外曲社的费心经营

昆剧在海外的传播，除了国内专业昆剧院团的出海访问或是商业性演出之外，海外自发组织的各类业余曲社和昆剧团，也在为昆剧的海外传播贡献一己之力。在各大洲的曲社之中，美国曲社力量相对而言发展最为庞大。如今已知最早在美国系统教导和传播昆曲的，当推项馨吾。他早年常与俞振飞合演昆剧，以闺门旦见长，是"一王四后"中的一后，同时亦精熟于其他行当。他早在 20 世纪 40 年代便赴美，随后与友人成立雅集曲社，是纽约第一个平剧社。

20 世纪 50 年代以后，傅汉思、张充和夫妇，李芳桂、徐樱夫妇成为在美传播昆曲的中坚力量。张充和的启蒙昆曲老师沈传芷，是著名昆曲家沈月泉之子，生旦皆擅。傅张夫妇二人在美期间创建了"也庐曲

会"，两人的配合宣传异常默契，常常是傅汉思教授演讲，张充和则示范演出。仅在北美，他们的足迹便遍布20多所世界知名学府。

1970年以后，昆曲传字辈著名小生顾传玠夫人张元和女士赴美定居，为美国曲友注入重要力量。张元和幼时师从尤彩云学旦，后随传字辈周传瑛学小生，擅演小生和旦角。2013年，为庆祝张充和百岁寿辰，纽约海外昆曲社举办了"唯曲是宝"系列昆曲活动，特邀孔爱萍、史洁华等名家共同举办了两场昆曲演出。

傅汉思、张充和夫妇

1979年，俞良济与俞程竞英伉俪在洛杉矶蒙特利公园市创办了春雷国乐社和美西昆曲社。张厚衡担任社长，每两年出资举办昆曲公演，迄今已有三十余年。

1988年，"纽约海外昆曲社"正式成立。在张充和、陈安娜等人的精心经营下，队伍不断壮大，吸收了不少移民美国的中国专业昆剧院团的从业人士，比如尹继芳、王泰琪、史洁华、蔡青霖、吴德璋、王振声等，成为训练海外昆曲演员的大本营。纽约海外昆曲社是如今海外参与人数最多、活动影响最广、与国内曲友互动最为频繁的海外曲社。昆剧社底下设两大组织——昆剧团和传习班。该昆曲社成立以来累计举办过三百多场表演、示范和演讲，影响深远。

擅演闺门旦及正旦的张惠新，则在1995年于马州成立昆曲艺术研习社，不仅定期举办昆曲研习班，推出不少大型公演，还盛情邀请国内外著名昆曲艺术家同台，叫好又叫座。

原上海昆剧团团长、享有"小梅兰芳"美誉的华文漪，1990年与先生、原上海京剧团苏盛义等人一同在洛杉矶创办"华昆研究社"。在美期间，她不仅常受邀在世界各大艺术节如洛杉矶国际艺术节、西班牙国际艺术节等演出昆剧，还获得了众多艺术奖项，如"亚洲杰出艺人奖"

和"美国最高传统艺术奖"。每当她讲授昆剧表演课程时，剧院课堂里常常人满为患，人气极高。在美国的戏曲界，还流传一种说法："东有齐淑芳，西有华文漪，该二位戏界之亨各把一方。"

原上海昆剧团著名演员、被蔡正仁赞誉为"小华文漪"的钱熠因出演陈士争版《牡丹亭》，一度被海外媒体誉为"中国的昆曲公主"。在美期间，她不仅活跃在各大西方戏剧舞台之上，也一直致力于推广昆剧。2006年，她在岳美缇的帮助下，正式拜师华文漪。她与台湾昆曲圈交流较多，如2007年主演《蝴蝶梦》以及吴兴国的实验昆剧《梦蝶》，2009年与台湾南管天后王心心同台主演新编剧《霓裳羽衣·南管昆曲》等等。

在日本，较为活跃的还有日本昆曲之友社，前田尚香、山田淳子等人是该社主要活跃人物。他们不仅在日本演出昆剧，还曾多次来中国演出。在东南亚地区，新加坡也有一定规模的昆剧演出。每隔两年举办的新加坡国际戏曲节几乎都会邀约昆剧表演，新加坡戏曲协会艺术总监黄萍与新加坡平社前社长严忠胜便曾合作演出昆剧《百花赠剑》《牡丹亭》。在欧洲，则有香港戏迷李惠馨创办的伦敦京昆研习社，华人学生Meimei创立的苏格兰昆曲社等等，皆有一些零星演出。

总之，对于海外曲社而言，受限于曲友的个人兴趣与实力，海外曲社大多属于清唱，舞台彩唱机会有限。其中，作为舞台演出的主力，大部分都是早年国内专业昆剧团的移民演员，而且演出剧目多是传统的经典折子戏。海外曲社除了演出示范之外，也常年举办各类昆剧讲座，推动昆曲积极走出华人圈子，走入主流社会。

第二节　现代派昆剧的海外实验演出

自诩"最传统"的昆曲，其实也有"最先锋"的一面，从魏良辅到梁伯龙、孔尚任等，无数昆曲家都在努力尝试着昆曲的创新变革。所谓创新，并非脱离传统，而是跳出传统反省自我。这类实验昆剧，试图在传统与现代之间找到某种平衡，而其之所以能香飘海外，乃至于墙内开

花墙外香，则是因为海外市场没有传统昆剧的土壤，因此演员恰好可以大胆放下包袱，而洋观众的现代戏剧文化背景也可以使他们更好地接受实验性质的表演。

一、以柯军"新概念昆曲"为代表的先锋探索

2001 年，柯军认识了"香港文化教父"、著名戏剧家荣念曾，自此开始了实验昆剧的探索。他还创出了"素昆"的全新概念，即以全素颜的形式表演昆曲。2003 年，港台联合举办了一场海峡两岸暨香港戏曲艺术节，受邀赴约的柯军根据要求，炮制出一出先锋《余韵》。《余韵》是孔尚任《桃花扇》中的最后一出，不少唱段几乎无人上演，柯军则以素颜、穿水衣上场演出。他将剧中的苏昆生、老赞礼、柳敬亭连同自我四个角色串为一体，技惊四座，收获好评后，更坚定其探索实验昆曲的决心。2004 年 9 月，在挪威奥斯陆音乐厅，庆祝中国与挪威建交五十周年"中国文化周"演出上，探索版《夜奔》一经亮相，便令观众耳目一新。剧中标志性的昆腔消失了，而全以演员的肢体和旁白、字幕来表达角色的内心世界，充斥着浓烈的情感与反思的理性精神。此后，先锋版《夜奔》曾先后奔赴新加坡、日本横滨、德国、伦敦、瑞典斯德哥尔摩等地演出……累计至今，先锋版《夜奔》已在海外上演了十几场，取得了艺术界人士的广泛认同。而且每次《夜奔》演出，柯军都在力求新的突破和创新。

这些年来，柯军一直努力与海外艺术家积极碰撞、合作，先后创作出《余韵》《浮士德》《藏》《新录鬼簿》《汤莎会·邯郸梦》《319·回首紫禁城》等剧目，前往海外巡演，皆收获好评。尤其是《藏》剧，在昆剧中融合了柯军的书法篆刻特长，通过对"同"字各种字体的艺术化书写，表达了人生的顺世与随性之两难，在现代舞台技术之中寄寓了浓郁的东方意境。该剧曾在 2016 年受到德国柏林世界文化中心的海外全额资助，并在 2010 年的欧罗巴艺术节上与川剧、京剧名伶共同巡演，具有相当高的票房号召力。

2012 年，实验戏曲《还魂三叠》在接受完国内市场检验后，首度赴

德国参加石荷洲音乐节演出。此后，该剧又获得了国际剧协全球音乐戏剧大奖。《还魂三叠》取材于昆曲《牡丹亭·幽媾》，京剧《红梅阁·放裴》和越剧《乌龙院·活捉》三出经典折子戏，讲述关于爱情的永恒哲理。谭盾曾评价该剧导演周龙是戏曲界的鬼才，一直在扮演努力沟通古今、中西的桥梁，作品极富有现代感。2019 年，北方昆曲剧院的小剧场昆剧《反求诸己》首度造访法国阿维尼翁戏剧节。《反求诸己》是对传统成语的当代解读，讲述夏朝时期，常胜将军启因骄傲自满后所发生的困境追索，立意十分现代新颖。为了符合欧洲观众的欣赏习惯，舞台演出尽量简化了背景和道具，减少唱段，增加念白，并配以法文字幕。

以"新概念昆曲"为代表的昆剧探索，无论是从主题的解构，叙事的意识流，再到演员的表演形式、舞台调度等多方面来看，都与传统昆剧之间存在极大差异，说是昆剧演出，实则更像是一种前卫的艺术思潮。将本是走向衰落的昆剧，变成了时尚的弄潮儿，它虽在国内受到了不少质疑之声，但却在海外市场得到了热烈反响。

二、白先勇与青春版《牡丹亭》

2004 年 4 月，由台湾著名作家白先勇主持制作，携手大陆和香港等地艺术家共同打造的"青春版"昆曲《牡丹亭》在台湾首演，一举轰动全岛，后又在大陆各大高校巡演，收获赞誉无数。有了成功的经验后，白先勇策划将《牡丹亭》推广至海外。

2006 年 9 月，青春版《牡丹亭》首次赴美国西岸巡回演出，在旧金山湾区、洛杉矶等地和加州大学伯克利、尔湾、洛杉矶、圣塔芭芭拉四大校区公演 12 场，场场爆满，反响热烈。均价 60 美元一张的演出券早早售罄，观演人数达两万人次。而且青春版《牡丹亭》在圣塔芭芭拉校区文化艺术节上作为首场参演剧目，是中国戏曲第一次以全本大戏参加美国一流艺术节。更重要的是，在这次美国演出观众中，非华裔超过了百分之五十，说明昆剧已经冲出了早前单纯的华侨华人圈子。美国洛杉矶市长向剧组颁发了"特别嘉奖证书"，圣塔芭芭拉市市长把 10 月 3 日至 8 日定为"牡丹亭周"，加州大学伯克利校区接连两个学期开设昆曲课

程。《纽约时报》《旧金山纪事报》《洛杉矶时报》等美国主流媒体都大幅报道并刊发剧评。戏剧评论家史蒂芬韦恩说："1930 年，梅兰芳剧团把京剧带来了美国。2006 年，苏州昆剧院青春版《牡丹亭》团队又把昆曲带来了美国。这次昆曲在美国的轰动，以及昆曲美学对美国文化界的冲击，是 1930 年梅兰芳访美以来规模最大和影响最大的一回。"

当然为了确保演出的成功，白先勇等一行人也付出了不少努力。在每次开演前，剧团都会不辞辛劳地前往当地学校、小区开展十余次昆曲义务宣传活动，柏克利大学还专门举办了欢迎仪式和学术会议，在美国青年中普及戏曲知识，激发人们对《牡丹亭》演出的期待。据白先勇介绍，此次巡演关键是得到了学界、侨界和领事馆等各方面社会人士的支持。比如陈怡蓁捐助巨资，而且协调苏昆团队与加州四个剧场签订演出合同，使得双方皆有利可图。

2008 年 6 月，青春版《牡丹亭》开始在欧洲巡演，包括在英国伦敦著名的萨德勒斯韦尔斯剧院演出两轮六场，希腊雅典演出一轮，上座率都高达 90％。同样在演出前，白先勇在伦敦亚非学院举行讲座，为演出积极造势。而伦敦首演是中英举办的文化交流活动——"时代中国"（China Now）的一场重头戏。英国第一人报《泰晤士报》刊登重要剧评，剧评人唐诺·胡特拉评价昆曲既非西方人认知的歌剧，亦不同于京剧，"是一出美极而又奇异的戏"。此外，《卫报》《每日电讯报》《金融时报》等英国各大主流媒体也对演出给予了高度评价。因此，青春版《牡丹亭》无疑是一次极为成功的昆曲海外传播事件。

青春版《牡丹亭》编剧本子写了一年多，坚持"只删不改"的原则，将原本五十五折戏浓缩为二十七折，分为上、中、下三本，即"梦中情""人鬼情""人间情"。演出时长达九个小时，需分三场才能演完。白先勇编排的青春版《牡丹亭》受众也非常明确，就是大学生和青年群体。为此，他大刀阔斧地对原有昆曲进行改革，整个剧情围绕着"情"之一字，转台快而破除昆曲固有的舒缓节奏，而且所有演员选拔、舞蹈设计、服装设计、舞美设计都突出"年轻""时尚"与"唯美"，充分体现了他以传统为体、现代为用的"昆剧新美学"。

当然，除了白先勇以外，《牡丹亭》作为昆剧经典，也有不少其他人试图打造全新版本。譬如 2010 年，皇家粮仓厅堂版昆曲《牡丹亭》，应海外孔子学院邀请，先后在意大利、博洛尼亚、都灵等地进行了七场巡回演出。2012 年，由美中文化协会和纽约大都会艺术博物馆共同制作的大型明代园林实景版昆曲《牡丹亭》，在纽约大都会艺术博物馆中的阿斯特庭院上演。该版《牡丹亭》由谭盾改编并导演，"昆曲王子"张军主演，舞蹈家黄豆豆编舞。演出当晚，博物馆官网也对演出进行了全球直播，自此一炮而红。2017 至 2018 年，北京董飞昆曲艺术中心出品的实景园林版昆曲《牡丹亭》则前往丹麦、葡萄牙、新西兰等多国巡演。

第三节　中西结合式昆剧的破壁演出

对于海外观众而言，相较于原汁原味的传统昆曲演绎，无疑更为熟悉西方的戏剧表演语言、形式与故事。因此，中国昆曲在开拓海外市场时，也会想到结合西方演法来演绎东方故事的路子。比如早在 1936 年，就有北京大学洪涛生教授率领北大学生剧团去欧洲演出德文版《牡丹亭》和《琵琶记》的记录。此前，洪涛生已经翻译出版德语版剧本，在演出期间两本书亦十分热销。此次访欧持续近三个月，包含奥地利、瑞士十一城，共演出二十六场，反响热烈。当时在维也纳皇宫剧院演出时，奥地利总统也曾前来观看。昆曲艺术家韩子和的女儿韩慧悌曾整理其父所留下的一本日记，对此行记载甚详。

改革开放后，昆曲改革的步伐明显加快，某种程度上为了迎合海外市场，跨文化的昆剧演出开始层出不穷。这类中西结合式的昆曲演出，试图努力融合东西方异质文化，从而找到审美契合点。大概可分为三类：第一类是昆剧改编西方故事，这让西方民众既感到亲切，又产生陌生化效果。第二类由西方人所导演的经典昆剧，这类表演常受到国内学界非议，但对于西方观众而言却有猎奇之奇效，颇受欢迎。第三类是昆剧与其他剧种和不同舞台艺术混搭合演，国内外学界乃至市场，大多对

之给出积极评价。

一、改编异域故事的昆曲

早在 20 世纪 30 年代，留学英国剑桥大学的黄佐临便生发出联系周信芳、俞振飞等京昆大师，用昆剧演绎莎士比亚戏剧的想法，可惜时代条件不成熟，只好作罢。时移事易，50 年后的 1987 年，由黄佐临担任艺术指导的昆剧《血手记》横空出世，这才了却了他的一桩大心愿。《血手记》的本子是郑拾风根据莎剧《麦克白》改编而成。剧情主要讲述马佩因平叛有功，得以重赏，但其却不满于此，甚至与妻暗杀郑王，窃取皇位。成功上位后，他的残暴与欺诈，最终使得夫妇二人陷入无底深渊。该剧初版由李家耀导演，上海昆剧团名角计镇华、张静娴主演。同年，《血手记》便出访英国、瑞典、丹麦三国巡演 24 场，持续三月有余，并参加第 41 届"爱丁堡国际艺术节"和"贝尔法斯戏剧节"，都引起很大轰动，广受赞誉。当年，《血手记》在欧洲巡演的票房，是同期传统版《牡丹亭》欧洲巡演票房的三四倍，足见其票房号召力。1993年，该剧还参加在新加坡举行的第一届亚洲表演艺术节，当地媒体也以显著篇幅报道。2008 年，在上海昆剧团建团 30 周年之际，《血手记》得以复排，花脸演员吴双担纲主角。

而说到莎翁逝世 400 周年纪念，昆剧界的确拿出不少由莎剧改编的大作。例如，湖南昆剧团便全新改编名剧《罗密欧与朱丽叶》，亮相英国爱丁堡艺术节。剧中"罗密欧"和"朱丽叶"身着传统昆曲戏服，行腔、身段严格按照传统昆曲手法，完全颠覆了莎剧形象。此外，江苏昆剧团创排了同题材的《醉心花》，可惜这部剧作尚未有进军海外的演出记录。在 2016 年伦敦设计节南京周上，柯军则和里昂·罗宾联合执导了中英版《汤莎会·邯郸梦》，剧中的卢生不断与 12 部经典莎剧如《哈姆雷特》《麦克白》《李尔王》《第十二夜》等作品中的角色互相对话。而张军也受"中国变奏"国际艺术节的邀请，在伦敦南岸艺术中心，首演原创昆剧《我，哈姆雷特》。剧中张军不仅一人分饰四角（分别用生、旦、净、丑四个行当饰演哈姆雷特、奥菲利亚、父亡魂、掘墓人），而且用昆腔念起英文独白,在舞台上演出 80 分钟的独角戏,惊艳伦敦。这类昆剧与莎剧的交会,凸显出了昆剧的艺术内涵。

2004 年,柯军与荣念曾合作改编德国著名作家歌德的长诗剧《浮士德》,全剧没有连贯情节,而是用昆曲身段和造型特点,来表达自我作为昆曲人的一些痛苦与困惑。在唱腔上,柯军突破了曲牌体,只选择了有昆曲韵味的唱,并加入了电声等全新的音乐配器。2016 年,上海昆剧团出品的实验昆剧《椅子》,在日本利贺铃木忠志主推的第五届亚洲导演节上首演。此后,该剧又于次年亮相第二十二届俄罗斯"金萝卜"戏剧节,在"SamArt"剧院连演两场,座无虚席。萨马拉州电视台也对此次演出展开了专题采访。《椅子》改编自荒诞派戏剧之父、法国剧作家尤金·尤涅斯库的同名剧,讲述的是在无名小岛上,一对九旬夫妻临终前,对着众多空椅子追忆一生后,相继投海自尽的故事。该剧本推出过戏妆版和素颜版两版,演出以最传统的"一桌二椅"样式呈现,充分利用唱念做打等功法程式和行当转换,揭示剧中人物的不同关系及状态,探讨了自由、生死、爱情等人生命题。

除了西方故事外,一衣带水的日本故事,也是新编昆剧的素材来源。北方昆曲剧院排演的《贵妃东渡》改编自日本民间传说,讲述了日本遣唐使阿倍仲麻吕在安史之乱中毅然将杨贵妃救护至日本的故事。杨贵妃马嵬坡蒙难,靠日本友人救助辗转来到东瀛的故事曾在日本民间广泛流传,日本山口县至今还保存杨贵妃故里、墓冢和雕像。该剧创作经费制作巨大,剧目总策划张和平曾亲赴日本考察,并力邀李光、杨凤一、王振义三朵梅花加盟。2001 年至 2002 年,分别应日本英雄株式会社和日本内阁之邀,赴日本福冈、大阪、名古屋等 15 个城市进行近 20 场巡回演出,场场爆满,引发轰动。因其浓郁的唐代风情和日本民间传说故事情节,特别受日本民众的喜欢。总之,几乎所有改编自异域故事的昆剧,都曾到欧美等地区参加各类国际戏剧节并进行巡演,并且大多取得了不俗的口碑和令人惊喜的票房成绩。

二、西方人编导的经典昆剧

清末以来，由于花部兴起，昆剧在国内的生存境地一路滑坡，十分尴尬。直到 1955 年，改编自朱素臣的传奇《十五贯》，经由浙江国风昆苏剧团演出后，被毛泽东、周恩来等国家重要领导人大为赞扬。至此，昆剧才迎来全新生机，传出"一出戏救活一个剧种"的美谈。1957 年，上海京剧院受到外派任务，在周信芳带领下前往苏联巡回表演了 17 个剧目，其中就包含昆曲《十五贯》。

《十五贯》的演出非常成功，在欧洲也掀起了不小反响，先是苏联当地的剧作家翻译了《十五贯》剧本，随后联邦德国戏剧家葛特尔·魏森堡不仅成功改编《十五贯》，还在 1958 年将之搬上了汉堡的塔里阿剧院。魏森堡的改编很有意思，他依据国情，将《十五贯》的主题改为"鼓励民众坚持真理，与德国纳粹主义斗争到底"，同时穿插了爱情线。在表演形式上，他去除了昆曲演唱和程式化的表演，用对话和肢体语言来进行故事表达，在保留了昆曲舞台道具的同时，也用西方面具代替东方脸谱。事实证明，他的这一套法子，还是很对欧洲观众的胃口。汉堡首演后，德版《十五贯》又在柏林、美因茨、慕尼黑、斯图加特乃至东德舞台上轮番上演。受其影响，阿根廷剧作家将之改编为西班牙语版的《十五贯》，在布宜诺斯艾利斯上演。1984 年，美国密苏里大学戏剧系常任驻校教授，北京人艺著名导演、演员英若诚赴美讲学，重新编排了《十五贯》。该版《十五贯》由洋人保罗·米切恩和彼得·桑德主演，他们的表演融合了卓别林式的夸张动作和喜剧手法以及当地的文化背景，十分生动活泼，颇有默片时代的风味。

20 世纪 90 年代后，一些西方国家导演开始注意到经典《牡丹亭》，并按其理解将之搬上国外舞台。其中首先为人所注意的，便是美国当代先锋派导演彼得·谢勒斯（Peter Sellars）。他毕业于哈佛大学，以对欧洲经典歌剧的后现代改编而闻名。当他读到西里尔·白之的英译本《牡丹亭》时，为其所深深着迷，遂邀请来华文漪以及作曲家谭盾，共同创造了一部杂糅"话剧、歌剧、昆曲"的先锋版《牡丹亭》。1998 年 5 月，这部戏在维也纳首演，随后至伦敦、罗马、巴黎及美国巡演。谢版《牡丹亭》足足用了三对演员来演绎柳杜之间的爱情。他对传统戏曲中杜丽娘的多愁善感并不满意，而立足于美国本土的性解放概念，执着于挖掘其中幽暗而充满性欲的性格。不仅是中国学者难以接受这类过于现代化的解读，美国学界也多有批评，如美国汉学家桑梓兰把该版本《牡丹亭》定义为"后现代杂沓"版，芝加哥大学蔡九迪教授则认为该版本与汤著题旨相差甚远。甚至连一些西方观众也认为舞台杂乱的拼接元素，难以让人理解。例如《旧金山时报》发表了评论家乔舒亚的评价文章《〈牡丹亭〉感官超载》，对之进行批判。

1999 年，华裔导演陈士争与钱熠、温宇航等人编排全本《牡丹亭》（长达 20 小时）在美国纽约林肯中心上演，后又至法国巴黎、卡昂，意大利米兰，澳大利亚珀斯，新加坡，中国香港等地主要音乐艺术节巡回演出。陈版《牡丹亭》曾收获《纽约时报》《华尔街日报》《纽约杂志》等媒体好评，一度引发轰动。法国《世界报》将之评为 20 世纪最受瞩目的文化盛事之一。法国汉学巨擘雷威安（André Lévy）认为该版本影响非常大，甚至提到这次演出传播和 2001 年将昆曲定为非遗的决定是有关的。陈版《牡丹亭》有两大特征，第一在于"全本"的完整性，第二在于多元的"民俗元素"的呈现。但这类过于多元的民俗展示，反倒招致杂糅的批判。陈版舞台上，昆曲与评弹、木偶、花鼓戏、川剧丑角、秧歌等各类表演元素杂糅，而布景抛弃了写意，全用真实的假山鱼池甚至活鸭子、鸳鸯等。更夸张的是《闹殇》一折中，演员在台上撒纸钱，并带着观众前往场外街道当场焚烧丧葬品，极为荒诞吊诡。在严肃的中国学者眼中，这都难逃刻意迎合和讨好"西方猎奇"的嫌疑。国内不少昆曲爱好者猛烈批判该作形式革新大于内容表达，感官刺激多于情感传输，很容易让第一次接触昆曲的西方人误解昆曲和戏曲文化，因而遭受批判。

西方导演版《牡丹亭》之所以与传统版反差如此之大，最重要的因素就在于西方演出以导演为中心，舞台面貌完全由导演把控，昆剧成为一种表演工具；而昆剧《牡丹亭》则由演员主导，折子戏早已形成一种定势因而改编幅度不大，传播任务主要由演员的表演技艺来担纲。

三、中外艺术的混搭合作

昆剧的海外演出，也有为了迎合当地舞台文化，与其他民族戏剧艺术混搭。在这点上，或许是由于日本同属东亚文化圈内，更能深度接受昆剧艺术，昆剧与日本舞台艺术的合作交流尤为频繁。早在 1998 年，为了和张继青排练《玉簪记·秋江》，日本狂言国宝级大师野村万作特地奔赴南京学戏。当年 12 月，他们用中日双语合演的方式，在日本东京国立能乐剧场同台演出《秋江》，在东京演出获得了极大的认可。张继青的演出，也打破了外国人和女性不能进能乐堂的惯例，颇为轰动。这也是昆曲与狂言的首次合作，在中日文化交流史上具有重大意义。

2002 年，中日邦交正常化 30 周年，昆曲与歌舞伎合作演出《游园惊梦》，张军扮演柳梦梅，日本歌舞伎演员扮演杜丽娘，共同演绎了《山桃红》唱腔和一段歌舞伎。日本媒体褒奖无数。2006 年，在东京举行的"中国文化节"上，由狂言《舟渡》改编的昆剧和由昆剧《百花赠剑》改编的狂言同台演出，最后昆剧演员张娟与和泉元弥合作演绎了昆剧经典《秋江》。和泉元弥将昆剧元素融入狂言，甚至在开场部分念起了中文对白，别具风味。更为难得的是，2007 年，被誉为"日本

坂东玉三郎饰演的杜丽娘

梅兰芳"的日本歌舞伎大师坂东玉三郎来到苏州，跟着张继青学习昆剧。中日版《牡丹亭》特意采用"全男旦"的形式，坂东玉三郎携两名中国青年男旦刘铮、董飞共同饰演杜丽娘。除了改进服装乐器之外，中日合作版《牡丹亭》更偏向传统，坂东玉三郎并非试图按照歌舞伎改造昆曲，而是完全按照传统昆曲学习《牡丹亭》。2008 年，中日版《牡丹

亭》在京都歌舞伎发源地的南座剧场公演 20 场，6 万张票全部售罄，并创下了中国剧团在日本演出的最高价。每次演出后，全体观众的鼓掌时间长达近半个小时，盛况空前。朝日新闻、读卖新闻、NHK 电视台等日本重要媒体都重点报道了演出盛况。2010 年世博会上，中日艺术家再度合作，昆剧与日本能剧首次对话，碰撞出《朱鹮的故事》，上演近 7000 场次。2017 年，昆曲、京剧、日本能乐、狂言艺术家在日本国立能乐堂，同台合演经典《长生殿》。

除了日本狂言、歌舞伎、能剧，包括泰国、印尼、雅库特等其他亚洲国的传统文艺，也都曾与昆剧产生积极的互动。例如 2015 年，俄方以雅库特传统文艺形式"奥隆霍"重新编排《牡丹亭》，而中方则以昆曲形式新编雅库特英雄史诗《图雅蕾玛》。

昆剧艺术与其他舞台艺术的混搭演出，也渗透和影响到了西方传统戏剧。2000 年，纽约多罗茜剧场上演玩偶剧场《牡丹亭》。该版本《牡丹亭》演出中融合交错了欧洲 19 世纪的玩偶剧场，颇为独特。2008 年，谭盾作曲的世界顶级歌剧作品《马可·波罗》在阿姆斯特丹皇家歌剧院进行全球首演，张军作为唯一的华人演员，饰演线索和灵魂人物——马可·波罗的狱友鲁斯蒂谦。演出中，张军大胆采用昆曲韵白念英文旁白，并将昆曲唱腔、身段融入歌剧。2019 年，在汉堡举办的"玛塔·阿格里奇和她朋友们艺术节"上，享誉国际乐坛的"钢琴女祭司"阿格里奇与张军合作演出，12 首改编自普罗科菲耶夫钢琴组曲《罗密欧与朱丽叶》钢琴曲与昆曲《牡丹亭》的部分片段穿插交替，水磨调与琴笛交融中汩汩流动，惊艳观众。

其实，相较于传统昆剧的海外演出，现代派先锋昆剧和中西融合的昆剧演出，无疑是少数。但是笔者的笔墨却反过来，原因正在于对昆剧革新的鼓与呼。另需说明的是，现代派昆剧和中西交融式昆剧并非截然对立，而常有交叉共存，因为截取西方艺术样式，也是现代昆剧实验的一种重要手段。而昆剧的海外演出状态，也与国内的演剧生态息息相关。所谓"皮之不存，毛将附焉"，很大程度上是因为国内昆剧团锐意革新，捧出新关注，才得以让昆剧的新面貌展现在国际市场上。也正是在频繁的海外演出中，昆剧也逐渐吸引了海外艺术家的关注。尤其是在

海外导演的昆剧以及与日本等国的传统戏剧艺术的混搭编排这种现象中，昆剧不再仅仅被当作是一种特定的中国或者东方文化的符码，而是跳脱自身的民族属性，拥抱世界的一种普适戏剧样式。不论是将西方故事进行东方化改编，还是将东方故事进行西方化改编，昆剧的创新性改编，大多可分为两类，一类是充分"本土化"，就是以中国式逻辑和审美习惯处理西方经典的脉络走向，迎合传统戏曲的价值和伦理；一类是部分"本土化"，在充分灵活地使用戏曲独特的技艺形式基础上，努力保持西方戏剧审美风格和艺术感受。

当然，这种鼓励新剧革新的心态，并非贬斥传统昆剧在海外生存的可能性，毕竟传统是一切革新的根源，传统昆剧才是昆剧的核心所在。譬如，大部分海外曲社的演出，基本都是尽可能遵循传统规制，可见传统昆剧的魅力依旧不容小视。因此，各类革新合璧式的昆剧在海外的演出，可以更为直接地吸引海外观众，尤其是年轻的知识分子，在打开其好感度与探索欲之后，再引导其进入传统昆剧的殿堂，窥其奥妙。这样的宣传方式，或许可以减少跨文化传播场域中"文化贴现"效应的产生。

缩结而言，对于海外世界，昆剧艺术给他们带来走进东方文化的新渠道；对于昆剧本身而言，海外演出帮助昆剧扩展了新的故事题材，培育海外观众群，为其真正走向世界舞台，成为世界艺术开辟路径。在东西方戏剧艺术积极的嫁接、渗透与互动之中，昆剧才可以真正找准自己在世界艺术之林的坐标和定位。

主要参考文献

一、著　作

[1] 温任平，等. 马华文学 [M]. 香港：文艺书屋，1974.

[2] 内田鲁庵. 文学一斑 [M]. 东京：博文馆，1892.

[3] 三上参次，高津锹三郎. 日本文学史 [M]. 东京：金港堂，1890.

[4] 柯木林. 从龙牙门到新加坡——东西海洋文化交汇点 [M]. 北京：社会科学文献出版社，2016.

[5] 柯木林. 新加坡华人通史 [M]. 福州：福建人民出版社，2017.

[6] 李廷辉. 新马华文文学大系（第一集）[M]. 新加坡：新加坡教育出版社，1971.

[7] 庄钟庆，等. 东南亚华文文学与中国现代文学 [M]. 厦门：厦门大学出版社，1991.

[8] 宋旺相. 新加坡华人百年史 [M]. 新加坡：新加坡中华总商会，1993.

[9] 孙玫. 中国戏曲跨文化研究 [M]. 北京：中华书局，2006.

[10] 曹广涛. 英语世界的中国传统戏剧研究与翻译 [M]. 广州：广东高等教育出版社，2009.

［11］陈超平. 海外华人中的粤剧［M］. 广州：广州市文艺创作研究所，2010.

［12］陈广宏，侯荣川. 日本所编明人诗文选集综录［M］. 桂林：广西师范大学出版社，2018.

［13］陈辛仁，孙维学，林地，赖祖金，马燕生. 新中国对外文化交流史略［M］. 北京：中国友谊出版公司，1998.

［14］陈宣良. 伏尔泰与中国文化［M］. 北京：首都师范大学出版社，2010.

［15］陈艳霞. 华乐西传法兰西［M］. 耿昇，译. 北京：商务印书馆，1998.

［16］单波，石义彬. 跨文化传播新论［M］. 武汉：武汉大学出版社，2005.

［17］都文伟. 百老汇的中国题材与中国戏曲［M］. 上海：上海三联书店，2002.

［18］范存忠. 中国文化在启蒙时期的英国［M］. 上海：上海外语教育出版社，1991.

［19］范希衡.《赵氏孤儿》与《中国孤儿》［M］. 上海：上海古籍出版社，2010.

［20］葛桂录. 中英文学关系编年史［M］. 上海：上海三联书店，2004.

［21］葛桂录. 中外文学交流史·中国—英国卷［M］. 济南：山东教育出版社，2015.

［22］耿铁华. 中国高句丽史［M］. 长春：吉林人民出版社，2002.

［23］何培忠. 当代国外中国学研究［M］. 北京：商务印书馆，2006.

［24］黄鸣奋. 英语世界中国古典文学之传播［M］. 上海：学林出版社，1997.

［25］黄遵宪. 日本杂事诗［M］. 光绪廿四年（1898）长沙富文堂重刊本.

［26］纪录片《纽带》团队. 纽带：东学西鉴四百年［M］. 北京：中

信出版社，2016.

[27] 江棘. 穿过"巨龙之眼"：跨文化对话中的戏曲艺术（1919—1937）[M]. 北京：中国人民大学出版社，2016.

[28] 卡萨奇，莎丽达. 汉语流传欧洲史 [M]. 上海：学林出版社，2011.

[29] 康海玲. 海上丝绸之路上的戏曲传播 [M]. 北京：文化艺术出版社，2018.

[30] 康海玲. 马来西亚华语戏曲研究 [M]. 厦门：厦门大学出版社，2013.

[31] 李安光. 英语世界的元杂剧研究 [M]. 北京：中国社会科学出版社，2017.

[32] 李明滨. 中国文化在俄罗斯 [M]. 北京：中国国际广播出版社，2012.

[33] 李声凤. 中国戏曲在法国的翻译与接受 [M]. 北京：北京大学出版社，2015.

[34] 李智. 文化外交——一种传播学的解读 [M]. 北京：北京大学出版社，2005.

[35] 梁燕. 梅兰芳与京剧在海外 [M]. 郑州：大象出版社，2016.

[36] 林一，马萱. 中国戏曲的跨文化传播 [M]. 北京：中国传媒大学出版社，2009.

[37] 刘伯骥. 美国华侨史 [M]. 台北：黎明文化事业公司，1981.

[38] 刘海平. 中美文化的互动与关联 [M]. 上海：上海外语教育出版社，1997.

[39] 刘强. 高丽汉诗文学史论 [M]. 厦门：厦门大学出版社，2008.

[40] 刘玉珺. 越南汉籍与中越文学交流研究 [M]. 北京：中国社会科学出版社，2019.

[41] 陆昌萍. 国外汉学概论 [M]. 芜湖：安徽师范大学出版社，2017.

[42] 马祖毅，任荣珍. 汉籍外译史 [M]. 武汉：湖北教育出版社，1997.

［43］毛小雨. 东张西望——中国戏曲及域外戏剧论集［M］. 北京：中国文联出版社，2017.

［44］孟伟根. 中国戏剧外译史［M］. 杭州：浙江大学出版社，2017.

［45］彭国栋. 中越文化论集［M］. 台北："中华文化出版事业委员会"，1956.

［46］钱婉约. 从汉学到中国学：近代日本的中国研究［M］. 北京：中华书局，2007.

［47］郑判龙，等. 朝鲜学——韩国学与中国学［M］. 北京：中国社会科学出版社，1993.

［48］宋柏年. 中国古典文学在国外［M］. 北京：北京语言学院出版社，1994.

［49］宋天仪. 中外表演艺术交流史略（1949－1992）［M］. 北京：文化艺术出版社，1994.

［50］孙歌，陈燕谷. 国外中国古典戏曲研究［M］. 南京：江苏教育出版社，2000.

［51］孙萍. 中国戏剧艺术海外传播初探［M］. 北京：外语教学与研究出版社，2012.

［52］孙英春. 跨文化传播学［M］. 北京：北京大学出版社，2015.

［53］王介南. 中外文化交流史［M］. 太原：书海出版社，2004.

［54］王丽娜. 中国古典小说戏曲名著在国外［M］. 上海：学林出版社，1988.

［55］王溥. 唐会要［M］. 上海：上海古籍出版社，2006.

［56］王廷信. 20 世纪戏曲传播方式研究［M］. 北京：中国文联出版社，2020.

［57］魏璧城. 中国戏曲翻译初探［M］. 南京：南京大学出版社，2012.

［58］翁思再. 京剧丛谈百年录［M］. 北京：中华书局，2011.

［59］吴戈. 中美戏剧交流的文化解读［M］. 昆明：云南大学出版社，2007.

［60］熊文华. 美国汉学史［M］. 北京：学苑出版社，2015.

文缘广结：中国文学艺术的海外传播

［61］许光华. 法国汉学史［M］. 北京：学苑出版社，2009.

［62］许明龙. 18 世纪欧洲"中国热"［M］. 太原：山西教育出版社，1999.

［63］许明龙. 黄嘉略与早期法国汉学［M］. 北京：商务印书馆，2014.

［64］严绍璗，刘渤. 中国与东北亚文化交流志［M］. 北京：北京大学出版社，2016.

［65］严绍璗. 日本中国学史稿［M］. 北京：学苑出版社，2009.

［66］阎国栋. 俄国汉学史［M］. 北京：人民出版社，2006.

［67］阎宗临. 传教士与法国早期汉学［M］. 郑州：大象出版社，2003.

［68］叶渭渠. 日本文化史［M］. 桂林：广西师范大学出版社，2010.

［69］俞振飞，言慧珠. 访欧散记［M］. 上海：上海文艺出版社，1959.

［70］张西平. 传教士汉学研究［M］. 郑州：大象出版社，2005.

［71］赵征军. 中国戏剧典籍译介研究：以《牡丹亭》的英译与传播为中心［M］. 北京：中国社会科学出版社，2015.

［72］孙越生，陈书梅. 美国中国学手册［M］. 北京：中国社会科学出版社，1993.

［73］周宁. 东南亚华语戏剧史［M］. 厦门：厦门大学出版社，2007.

［74］朱徽. 中国诗歌在英语世界［M］. 上海：上海外语教育出版社，2009.

［75］Chai，Chu，Winberg Chai. A Treasury of Chinese Literature：A New Prose Anthology, Including Fiction and Drama［M］. New York：Appleton-Century Press. 1965.

［76］Cyril Birch Donald Keene. Anthology of Chinese Literature：Volume I：From Early Times to the Fourteenth Century［M］. New York：Grove Press，1994.

［77］Cyril Birch. The Peony Pavilion［M］. Indiana University Press，1980.

主要参考文献

［78］George T. Candlin. Chinese Fiction ［M］. Chicago：The Open Court Publishing Company，1898.

［79］Giles，H. A. History of Chinese Literature ［M］. New York：D. Appleton and Company，1929.

［80］Kate Buss. Studies in the Chinese Drama ［M］. Boston：The Four Seas Company，1922.

［81］Swatek，Catherine Crutchfield. Peony Pavilion Onstage：Four Centuries in the career of a Chinese Drama ［M］. Center for Chinese Studies Publications，2012.

二、学位论文

［1］裴氏翠芳，杨扬. 中国现当代文学在越南 ［D］. 上海：华东师范大学，2011.

［2］迟铁军. "和魂汉才"与"和魂洋才"关系论 ［D］. 长春：东北师范大学，2006.

［3］陈惠，蒋坚松. 阿瑟·韦利翻译研究 ［D］. 长沙：湖南师范大学，2010.

［4］陈艳明. 论莎剧的戏曲呈现 ［D］. 长沙：湖南师范大学，2020.

［5］邓诗钰，朱振明. 论古代越南华夷观的由来与演变 ［D］. 昆明：云南大学，2015.

［6］杜磊.《赵氏孤儿》译介史论（1731—2018）［D］. 上海：上海外国语大学，2019.

［7］段仁婷.《牡丹亭》海外传播研究——以英美日韩为例 ［D］. 金华：浙江师范大学，2019.

［8］高桂英.《赵氏孤儿》传播研究 ［D］. 太原：山西师范大学，2013.

［9］胡薇薇. 邓台梅与中国现代文学在越南的翻译与传播 ［D］. 南宁：广西民族大学，2016.

［10］胡维娜，宁继鸣. 新加坡中小学华文课程标准及教材研究

［D］. 济南：山东大学，2012.

　　［11］江棘. 1919—1937：海外推介与中外对话中的戏曲艺术［D］. 北京：中国艺术研究院，2012.

　　［12］蒋秀云. 中国古典戏剧在 20 世纪英国的传播与接受［D］. 福州：福建师范大学，2011.

　　［13］金蕊. 德国汉学的变迁与汉学家群体的更替——以中国古代文学研究为中心［D］. 武汉：武汉大学，2016.

　　［14］赖素春. 新加坡华族戏曲发展史［D］. 厦门：厦门大学，2011.

　　［15］李海燕. 韩国出土新罗木简研究——以庆州雁鸭池与咸安城山山城出土木简为主［D］. 上海：复旦大学，2009.

　　［16］李声凤. 19 世纪中国戏曲在法国的翻译与接受（1789—1870）［D］. 北京：北京大学，2012.

　　［17］梁茂华. 越南文字发展史研究［D］. 郑州：郑州大学，2014.

　　［18］刘虹. 元杂剧跨文化传播策略初探［D］. 太原：山西大学，2013.

　　［19］刘同赛. 近代来华传教士对中国古典文学的译介研究——以《中国丛报》为中心［D］. 济南：济南大学，2014.

　　［20］庞庆. 旧金山华埠的戏曲跨文化传播研究（1848—1906）［D］. 北京：北京外国语大学，2021.

　　［21］彭涛. 基于"有讲解的京剧巡演"模式的京剧海外传播研究［D］. 济南：山东大学，2013.

　　［22］邱湘闽. 近代"中国文学"概念的形成［D］. 武汉：武汉大学，2018.

　　［23］桑颖颖. 中国戏曲的翻译和海外传播策略研究——以《京剧百部经典英译工程》第一辑为例［D］. 北京：北京外国语大学，2015.

　　［24］施梦雅，黎跃进. 夏目漱石汉诗与中国文化［D］. 天津师范大学，2016.

　　［25］孙诗豪. 马来西亚国民中学文言文教学的现状和策略——以北根及关丹市中学为例［D］. 武汉：华中师范大学，2019.

　　［26］王白鸽.《牡丹亭》在韩国的传播与接受［D］. 太原：山西大

主要参考文献

学，2018.

[27] 韦伟燕，滕铭予. 越南境内汉墓的考古学研究［D］. 长春：吉林大学，2017.

[28] 吴雨航. 京剧在欧洲的传播研究（1949—2000）——基于典型事件的考察［D］. 北京：北京外国语大学，2022.

[29] 徐健顺，李岩.《三国史记》的文学价值研究［D］. 北京：中央民族大学，2003.

[30] 徐冉. 中国戏曲的跨文化传播 ——歌剧《马可波罗》中昆曲传播效果的个案分析［D］. 上海：上海外国语大学，2010.

[31] 徐爽，梁燕. 意大利汉学家晁德莅的中国古典戏曲翻译研究［D］. 北京：北京外国语大学，2019.

[32] 杨娟，王今晖. 李奎报追和唐宋文人诗研究［D］. 青岛：青岛大学，2015.

[33] 杨槐.《牡丹亭》的现代跨文化制作——以《牡丹亭》在美国的舞台二度创作为例［D］. 苏州：苏州大学，2012.

[34] 杨晓颖.《现代西方文学观念简史》研究［D］. 保定：河北大学，2015.

[35] 原辉. 跨文化交流视野下的《牡丹亭》［D］. 北京：北京语言大学，2008.

[36] 张慧丽，于向东. 越南后黎朝前期民族意识研究（1428—1527）［D］. 郑州：郑州大学，2016.

[37] 张日善，姜孟山. 百济与中国的关系［D］. 延边：延边大学，2001.

[38] 张杨. 从"浦岛传说"的演变探求中国文化的影响［D］. 西安：陕西师范大学，2011.

[39] 张永平，廖群. 日本《诗经》传播史［D］. 济南：山东大学，2014.

[40] 张雨乐，陈玉兰. 王韬与日本明治汉诗研究［D］. 金华：浙江师范大学，2018.

[41] 赵颖. 新加坡华文旧体诗研究［D］. 西安：陕西师范大学，

2012.

[42] 钟声. 新加坡华文报《新国民日报》研究：（1919—1928）[D]. 长春：东北师范大学，2014.

[43] 朱杰，张勇. 越南汉文小说中的祠神书写研究 [D]. 昆明：云南师范大学，2019.

[44] 朱志鹏. 虎关师炼与《济北集》赋篇研究 [D]. 杭州：浙江工商大学，2013.

[45] 邹诗洁. 翟理斯编《剑桥大学图书馆藏威妥玛满汉书目》研究 [D]. 上海：上海师范大学，2018.

三、期　刊

[1] 卜松山，屈艾东. 卫礼贤的《中国文学史》 [J]. 国际汉学，2006（01）.

[2] 洪恩姬. 韩国"中国古典戏曲研究"概况——以明代戏曲研究为中心 [J]. 中国典籍与文化，1997（01）.

[3] 金真. 韩国古代考试制度与中国文化 [J]. 考试研究，2015（02）.

[4] 文大一. 梁启超在"开化期"韩国的影响 [J]. 青岛大学师范学院学报，2011（03）.

[5] 吴秀卿. 中国戏曲在韩国的传播与接受 [J]. 戏曲研究，2009（03）.

[6] 尹在硕. 东亚简牍文化圈的形成与发展 [J]. 河南师范大学学报（哲学社会科学版），2016（05）.

[7] 黄先炳. 马来西亚的中国古代文学研究 [J]. 古典文学知识，2004（06）.

[8] 谢川成. 论温任平诗文中的中国性 [J]. 华文文学，2008（01）.

[9] 樋口隆康，蔡凤书. 卑弥呼的铜镜百枚 [J]. 华夏考古，1988（02）.

[10] 刘宏. 论中国对当代印度尼西亚文学的影响：以普拉穆迪亚·阿南达·杜尔为例（上）[J]. 华文文学，2000（01）.

[11] 黎太苏，张强. 越南封建主义和封建道德的起源 [J]. 国外社会科学，2001（04）.

［12］裴氏幸娟. 鲁迅作品在越南的译介与研究［J］. 上海鲁迅研究，2016（02）.

［13］石峻山，郭超，冯伟. 戏曲海外传播中的机遇和挑战——石峻山教授访谈录［J］. 戏曲与俗文学研究，2022（01）.

［14］巴屏. 泰国华文教学现状［J］. 国外汉语教学动态，2003（04）.

［15］白勇华. 辗转东南亚：高甲戏海外百年（1840—1940）［J］. 福建论坛（人文社会科学版），2011（08）.

［16］白玉陈. 论梁启超"新民"思想在近代朝鲜的传播及影响［J］. 科技信息，2010（03）.

［17］鲍德旺. 霍克斯《〈红楼梦〉英译笔记》述介［J］. 江苏社会科学，2010（01）.

［18］蔡丽娟. "东方道德，西方技艺"与日本近代化［J］. 湖北广播电视大学学报，2000（01）.

［19］曹迎春，叶张煌. 牡丹花开异域——《牡丹亭》海外传播综述［J］. 东华理工大学学报（社会科学版），2011（03）.

［20］陈婵娟. 会贤社创办规制［J］. 黑河学院学报，2019（04）.

［21］陈国华. 中国传统戏曲海外传播问题探究［J］. 中国戏剧，2013（10）.

［22］陈恒新. 法国国家图书馆藏汉籍的来源与文献价值考略［J］. 大学图书馆学报，2018（02）.

［23］陈历明. 海外华人与潮剧［J］. 东南亚研究，1995（05）.

［24］陈茂庆. 粤剧在美国的传播与接受（1852—1929）［J］. 文化遗产，2020（06）.

［25］陈茂庆. 中国戏曲在夏威夷的传播——访夏威夷大学荣休教授罗锦堂先生［J］. 艺术百家，2013（02）.

［26］陈凝. 粤剧在世界各地的传播和影响［J］. 南国红豆，2005（04）.

［27］陈友冰. 意大利汉学的演进历程及特征——以中国文学研究为主要例举［J］. 华文文学，2008（06）.

［28］陈中梅. 历史与文学的分野：奥德修斯的谎言与西方文学经典

表述样式的初始展现［J］. 外国文学评论，2011（03）.

[29] 程希. 中国人留学美国的历史回顾［J］. 八桂侨史，1996（02）.

[30] 程艳梅. 研究与创作兼顾 用力于古今之间——林水檺先生学述［J］. 天中学刊，2013（01）.

[31] 储常胜. 中国戏曲在英语世界的传播：以《牡丹亭》为例［J］. 现代传播（中国传媒大学学报），2016（06）.

[32] 崔雄权. 向力与张力之合力：中国革命文学在现代朝鲜［J］. 延边大学学报（哲学社会科学版），1991（03）.

[33] 董新颖. 广东汉剧海外演出传播状况与思考［J］. 中国戏剧，2018（11）.

[34] 范心茹.《西厢记》英译及其海外传播研究［J］. 文化创新比较研究，2022（06）.

[35] 范毓周. 六朝时期中国与百济的友好往来与文化交流［J］. 江苏社会科学，1994（05）.

[36] 方维规. 西方"文学"概念考略及订误［J］. 读书，2014（05）.

[37] 封家骞. 略论夏目漱石的汉诗［J］. 桂林市教育学院学报（综合版），1997（01）.

[38] 封杰. 京剧海外演出市场现状与发展［J］. 中国京剧，2013（07）.

[39] 高方. 鲁迅在法国的译介历程与特点［J］. 中国比较文学，2006（03）.

[40] 高福顺. 新罗儒家思想文化发展考论［J］. 关东学刊，2017（11）.

[41] 高奈延.《西厢记》在韩国的传播与接受［J］. 南开学报，2005（03）.

[42] 高山湖. 川剧海外演出剧目的打造途径与方法初探［J］. 四川戏剧，2016（11）.

[43] 高山湖. 态势分析法视野下的川剧跨文化传播［J］. 四川戏剧，2016（05）.

[44] 戈宝权. 青木正儿论鲁迅［J］. 社会科学战线，1978（01）.

［45］葛文峰，李延林.香港《译丛》杂志与中国文化翻译出版——文化"走出去"的成功案例［J］.出版科学，2014（06）.

［46］耿红卫.海外华文教育的历史回顾与梳理［J］.东南亚研究，2009（01）.

［47］耿铁华，董峰.新发现的集安高句丽碑初步研究［J］.社会科学战线，2013（05）.

［48］龚维英.包公戏《灰阑记》在欧洲［J］.陕西戏剧，1979（06）.

［49］顾文艳.中国现代文学在德语世界传播的历史叙述［J］.中国比较文学，2019（03）.

［50］管兴忠.王际真英译作品翻译研究［J］.东方翻译，2015（05）.

［51］郭超.从"歌"向"舞"——从梁社乾看20世纪二三十年代之京剧海外传播的重心转移［J］.戏曲研究，2019（02）.

［52］郭惠芬.华文报刊、南下文人与东南亚华文文学的嬗变——从五四到抗战［J］.厦门大学学报（哲学社会科学版），2016（05）.

［53］郭梁.近代华侨出国历史概述［J］.南洋问题研究，1982（02）.

［54］郭亚文，张清菡.《西厢记》非英语译本在海外的译介和传播［J］.四川戏剧，2019（02）.

［55］郭燕.论《西厢记》在朝鲜半岛和日本的流传与接受［J］.戏剧（中央戏剧学院学报），2010（01）.

［56］郭勇.日本明治时代的汉学命运［J］.上海师范大学学报（哲学社会科学版），2021（01）.

［57］郝二涛.从《赵氏孤儿》的经典化过程看中国文学传播的发展［J］.文学界（理论版），2012（04）.

［58］何振鹏.何尊铭文中的"中国"［J］.文博，2011（06）.

［59］洪艺花.中国戏曲《五伦全备记》在韩接受研究综述［J］.韩国语教学与研究，2020（03）.

［60］胡娜.张火丁北美演出对中国戏曲跨文化传播的启示［J］.艺术评论，2016（03）.

［61］淮茗.中国戏曲在海外华人社会的演出［J］.寻根，2010（04）.

［62］黄鸣奋.二十世纪英语世界中国近代戏剧之传播［J］.中华戏

曲，1998（15）.

［63］黄启臣. 16—18世纪中国文化对欧洲国家的传播和影响［J］. 中山大学学报（社会科学版），1992（04）.

［64］冀振武. 中日书籍交流史话［J］. 出版史料，2005（01）.

［65］江棘. 被遗忘的剧界"权威"——梁社乾与20世纪二三十年代的戏曲对外传播［J］. 中华戏曲，2014（02）.

［66］江棘. 梅兰芳、程砚秋海外交流与20世纪30年代的戏曲艺术理论建构［J］. 戏剧（中央戏剧学院学报），2014（04）.

［67］江岚. 葵晔待麟：清诗的英译与传播［J］. 文化与传播，2014（03）.

［68］姜夏，尹允镇. 论李仁老汉诗与中国文人之关联［J］. 东疆学刊，2017（01）.

［69］蒋春红. 从"唐话课本五编"管窥唐通事的汉语教育［J］. 现代语文（语言研究版），2016（07）.

［70］金柄珉，吴绍钘. 梁启超与朝鲜近代小说［J］. 延边大学学报（哲学社会科学版），1992（04）.

［71］靳丛林. 平衡与差异：五四时期中日文学交流史论［J］. 吉林大学社会科学学报，2001（01）.

［72］靳小蓉. 新世纪《赵氏孤儿》海外改编与演出述评［J］. 南大戏剧论丛，2015（02）.

［73］井上泰山，四方美智子. 日本人与《三国志演义》——以江户时代为中心［J］. 复旦学报（社会科学版），2008（01）.

［74］康海玲. 闽方言戏曲在新加坡［J］. 戏曲研究，2018（01）.

［75］康海玲. 深层的展演——人类学视野下的马来西亚华语戏曲［J］. 戏曲研究，2008（03）.

［76］康海玲. 中国传统戏曲在东南亚的传播及反思［J］. 戏曲研究，2017（02）.

［77］康海玲. 中华戏曲与马来西亚华人的节日民俗［J］. 中国戏剧，2008（10）.

［78］赖文斌. 元杂剧《赵氏孤儿》在十八世纪英国的译介与传播

［J］. 四川戏剧，2016（06）.

［79］雷碧玮. 物质与非物质之吊诡：昆曲在海外的保存与发展［J］. 文艺研究，2009（06）.

［80］李安光. 元杂剧在英国的传播及其特征——兼论中国传统戏曲文化的"走出去"策略［J］. 中华戏曲，2019（01）.

［81］李嘉楠. 中国戏曲跨文化传播策略——以昆曲为例［J］. 海外文摘，2022（13）.

［82］李莉薇. 1920 年代梅兰芳访日公演后京剧与日本戏剧的交流［J］. 戏曲艺术，2015（03）.

［83］李莉薇. 20 世纪京剧在日本的传播［J］. 艺术探索，2018（04）.

［84］李培. 中国当代戏曲艺术的海外传播及其启示——以越剧海外演出为中心［J］. 学术探索，2022（11）.

［85］李庆新. 清代广东与越南的书籍交流［J］. 学术研究，2015（12）.

［86］李群. 《西厢记》在日本［J］. 文史知识，2001（08）.

［87］李蓉. 赵氏孤儿：历史传奇与元杂剧及其传播［J］. 四川戏剧，2017（06）.

［88］李声凤. 法国汉学家儒莲的早期戏曲翻译［J］. 上海交通大学学报（哲学社会科学版），2015（02）.

［89］李四清，陈树，陈玺强. 中国京剧在海外的传播与影响——翻译与传播京剧跨文化交流的对策研究［J］. 理论与现代化，2014（01）.

［90］李天锡. 中华传统诗词在菲律宾的传播和影响［J］. 八桂侨刊，2012（04）.

［91］李晓虹，梁楠. 梁白华与郭沫若早期作品的韩文译介［J］. 郭沫若学刊，2010（01）.

［92］李毅婷. 晚清新加坡闽籍商人的兴学活动与儒学传播［J］. 中国高校社会科学，2017（06）.

［93］李勇. 敬惜字纸信仰习俗在海外的传承与变迁——以新加坡崇文阁为例［J］. 世界宗教研究，2013（02）.

［94］李玉辉，黄意明. 从白芝到宇文所安：美国中国文学概论中的

元杂剧研究［J］. 戏曲艺术，2020（01）.

［95］李志. 海外华文报刊对滥觞期海外华文文学建设的贡献［J］. 学术研究，2002（10）.

［96］李志远. 论《赵氏孤儿》在十八世纪欧洲的传播现象［J］. 中国古代小说戏剧研究，2018（01）.

［97］梁燕. 中国京剧海外传播的先驱——齐如山与梅兰芳［J］. 国际汉学，2012（02）.

［98］林彬晖. 从中国戏曲到域外汉语口语教材——《伍伦全备记》的双重身份及价值［J］. 求索，2017（01）.

［99］林乾良. 海外第一票房——多伦多国剧社［J］. 中国京剧，2004（01）.

［100］林笳. 库恩和中国古典小说——兼谈文学的创造性背叛［J］. 学术研究，1999（05）.

［101］凌来芳. 传承革新 多元融合——越剧的跨文化传播策略研究［J］. 四川戏剧，2017（01）.

［102］凌来芳. 中国戏曲"走出去"译介模式探析——以"百部中国京剧经典剧目外译工程"丛书译介为例［J］. 戏剧文学，2017（08）.

［103］刘珺，白晨壮. 京剧海外传播的规律与影响——以 20 世纪 80 年代以来《人民日报》关于京剧海外演出活动报道为对象［J］. 艺海，2021（08）.

［104］刘珺. 改革开放以来的戏曲海外传播研究——以《人民日报》报道为例［J］. 戏曲艺术，2021（03）.

［105］刘文峰. 中国戏曲在港澳台和海外年表（上）［J］. 中华戏曲，1999（01）.

［106］刘文峰. 中国戏曲在港澳和海外年表（下）［J］. 中华戏曲，2001（01）.

［107］刘小枫. 希罗多德与古希腊诗术的起源［J］. 文艺理论研究，2019（01）.

［108］刘雪洋. 从两次改编热潮看《赵氏孤儿》在欧洲的传播［J］. 戏剧文学，2017（05）.

［109］刘艳春，赵长江.《赵氏孤儿》在海外的传播及影响［J］. 河北学刊，2015（01）.

［110］刘玉珺. 越南诗人蔡顺及《吕塘遗稿诗集》考论［J］. 外国文学评论，2013（04）.

［111］刘玉珺. 越南使臣与中越文学交流［J］. 学术研究，2007（01）.

［112］刘长焕. 叶炜《扶桑骊唱集》钞本的文献价值［J］. 贵州文史丛刊，2009（01）.

［113］马歌东. 训读法：日本受容汉诗文之津桥［J］. 陕西师范大学学报（哲学社会科学版），2002（05）.

［114］梅显仁. 浅谈海外华人文学社团［J］. 八桂侨刊，2002（02）.

［115］苗怀明. 现代海外华人社会的形成与中国小说、戏曲的传播、接受［J］. 河南社会科学，2012（02）.

［116］莫嘉丽. 中国传统文学在新马的传播——兼论土生华人的作用［J］. 华侨华人历史研究，2001（03）.

［117］聂燕燕. 我国五大戏曲英译及其研究回顾与展望［J］. 海外英语，2013（21）.

［118］欧阳启名. 日本古代木牍中的"便体"［J］. 中国书法，2001（04）.

［119］潘培忠，王汉民. 福建歌仔戏向东南亚传播的历史回顾与探析［J］. 东南亚纵横，2012（04）.

［120］潘妍娜. 从三种社团形态看粤剧在当下新加坡的传播趋势［J］. 音乐传播，2018（01）.

［121］钱林森. 作为汉学研究的西方中国游记［J］. 国际汉学，2007（01）.

［122］阮秋贤. 20 世纪中国文学在越南的译介［J］. 中国现代文学研究丛刊，2016（10）.

［123］申非.《平家物语》与中国文学［J］. 日语学习与研究，1985（03）.

［124］沈俊，林敏洁. 鲁迅在日本的译介传播［J］. 文学研究，2017（02）.

［125］沈有珠，黄伟. 近现代粤剧在北美地区的传播历程——以旧金山为中心的考察［J］. 戏剧文学，2015（07）.

［126］沈有珠. 近现代粤剧在越南的演出与传播［J］. 戏剧文学，2016（04）.

［127］师洁琼，李志艳. 明治时期中日文人的汉诗交流［J］. 世界华文文学论坛，2018（03）.

［128］司寰. 浅议戏曲文学传播在中国戏曲史上的意义——以明传奇《牡丹亭》为例［J］. 戏剧之家，2021（03）.

［129］宋耕. 文本、语境与意识形态——海外元杂剧研究及其启示［J］. 国际汉学，2003（01）.

［130］苏莹莹. 中国文化在马来西亚的传播与传承［J］. 中国高校社会科学，2015（06）.

［131］孙惠柱. 中国戏曲的海外传播与接受之反思［J］. 中国文艺评论，2016（03）.

［132］孙康宜. 1949 年以后的海外昆曲——从著名曲家张充和说起［J］. 中国文化研究，2010（02）.

［133］孙玫，熊贤关. 接触·碰撞·融合——中国戏曲在西方的传播［J］. 艺术百家，2016（01）.

［134］孙玫. 回望中国戏曲的跨文化演出［J］. 人文中国学报，2018（01）.

［135］孙慰祖. 汉乐浪郡官印封泥的分期及相关问题［J］. 上海博物馆集刊，2008（00－011）.

［136］孙毓敏. 京剧艺术在海外［J］. 中国京剧，1995（05）.

［137］唐政. 鲁迅与日本改造社同人［J］. 鲁迅研究月刊，1999（01）.

［138］藤井省三，林敏洁. 鲁迅与佐藤春夫——两位作家间的互译与交往［J］. 社会科学辑刊，2017（03）.

［139］王趁意. 日本三角缘神兽镜"魏镜说"考辨［J］. 大众考古，2015（12）.

［140］王汉民. 新中国成立前福建戏曲海外传播史考述［J］. 戏曲研

究，2011（02）.

[141] 王剑."文明等级"的提升——论丁韪良英译中国神话传说和诗歌 [J]. 中国比较文学，2017（02）.

[142] 王列耀. 中国文学与菲律宾华文文学 [J]. 暨南学报（哲学社会科学），1994（02）.

[143] 王伟，陈思扬. 海上丝绸之路与闽南戏曲当代发展——东亚文化格局中的闽南戏曲二次创业研究 [J]. 艺苑，2015（02）.

[144] 王文欣，姚建彬. 17 世纪初到 20 世纪初荷兰的中国研究与中国文学翻译 [J]. 外国语文，2016（06）.

[145] 王相宝."洋贵妃"回美唱响英语京剧 [J]. 华人时刊，2001（06）.

[146] 王晓平. 仿构与翻新——江户时代翻案的话本小说十三篇 [J]. 明清小说研究，1993（03）.

[147] 韦伟燕. 越南海阳省菊浦遗址出土的"万岁"瓦当及相关问题 [J]. 文物春秋，2020（02）.

[148] 文铮. 意大利汉语热引起的思考 [J]. 对外传播，2012（07）.

[149] 吴菡，吴志杰. 中国文学在"一带一路"沿线国家意大利的翻译、传播与影响 [J]. 外语教学与研究，2018（03）.

[150] 吴圣雄.《龙飞御天歌》的用韵与朝鲜汉字音 [J]. 语言研究集刊，2014（02）.

[151] 吴晓滨. 中国京剧在海外 [J]. 东方艺术，1996（03）.

[152] 吴晓群. 论希罗多德的"探究"是何以成为"历史"的 [J]. 世界历史，2013（03）.

[153] 吴雪兰. 潘佩珠与梁启超及孙中山的关系 [J]. 北京师范大学学报（社会科学版），2004（06）.

[154] 夏露. 李文馥广东、澳门之行与中越文学交流 [J]. 海洋史研究，2014（01）.

[155] 夏露. 略论 20 世纪上半叶中国古典小说在越南的翻译热 [J]. 东南亚纵横，2007（05）.

[156] 肖采. 海外票友爱京剧 [J]. 中国京剧，1993（04）.

［157］肖朗，苏青. 从近代日本留华学生看帝国大学汉学学科的建立——以文部省留华学生为考察中心［J］. 社会科学战线，2017（12）.

［158］谢彬筹. 广东戏曲传播海外的途径和特点［J］. 广东艺术，1996（03）.

［159］谢玉冰. 中国古典诗歌在曼谷王朝时期的泰译及流传［J］. 国际汉学，2016（02）.

［160］徐健顺. 李齐贤词作的意义、成因与考辨［J］. 文学前沿，2002（01）.

［161］徐佩玲. 中国文学在泰国传播与发展概况［J］. 大众文艺，2012（01）.

［162］徐臻. 论空海入唐对日本汉诗的影响与意义［J］. 华西语文学刊，2015（01）.

［163］许辉勋. 试谈明清小说对朝鲜古典小说的影响［J］. 延边大学学报（社会科学版），1987（01）.

［164］许钧. 我看中国现当代文学在法国的译介［J］. 中国外语，2013（05）.

［165］严明. 明清诗学对朝鲜汉诗时调的影响［J］. 文贝：比较文学与比较文化，2013（Z1）.

［166］杨小强. 昆曲文化的跨文化传播路径研究——以上海昆剧团"临川四梦"为例［J］. 戏剧之家，2022（18）.

［167］杨一. 近二十年来新加坡汉学研究之现状及特色——以新加坡国立大学中文系为例［J］. 国际汉学，2017（01）.

［168］杨昭全. 鲁迅与朝鲜作家［J］. 外国文学研究，1984（02）.

［169］姚伟. 中国京剧的早期西传——以司登得英译《黄鹤楼》为例［J］. 中华戏曲，2020（02）.

［170］于锦恩. 民国时期东南亚华校国语课程研究［J］. 民族教育研究，2018（03）.

［171］张福有. 好太王碑杂识及碑文考笺［J］. 学问，2003（10）.

［172］张惠. 王际真英译本与中美红学的接受考论［J］. 红楼梦学刊，2011（02）.

［173］张立力. 中国戏曲在海外的翻译与接受［J］. 文化学刊，2017（11）.

［174］张斯琦. 北美华文文学在媒介传播中的嬗变［J］. 学术交流，2015（09）.

［175］张西艳，梁燕.《灰阑记》在东西文化中的旅行［J］. 戏剧（中央戏剧学院学报），2021（03）.

［176］张小琴，王汉民. 福建高甲戏东南亚传播探析［J］. 中华戏曲，2012（01）.

［177］张小苑. 关于日本战后知识界对"近代化"反思的考察［J］. 山西师大学报（社会科学版），2012（04）.

［178］张艳. 基于目的论视角下的古诗翻译——论阿瑟·韦利的古诗翻译［J］. 青年文学家，2016（06）.

［179］张一方. 昆曲《牡丹亭》的海外传播［J］. 当代音乐，2017（17）.

［180］张长虹. 泰国：20世纪二三十年代海外潮剧的中心［J］. 南洋问题研究，2006（02）.

［181］张长虹. 中国—东南亚间潮剧网络中的泰国潮剧——文化地理视野下的中国戏曲海外传播研究［J］. 戏曲研究，2009（03）.

［182］赵金铭. 魏建功先生在朝鲜教汉语和在台湾推广国语的贡献［J］. 世界汉语教学，2002（03）.

［183］赵维江. 汉文化域外扩散与高丽李齐贤词［J］. 民族文学研究，2010（02）.

［184］赵颖. 新加坡华文旧体诗的作者构成、写作特点及其影响［J］. 东南亚纵横，2011（09）.

［185］赵颖. 郁达夫南洋主题旧体诗考略［J］. 理论界，2013（04）.

［186］郑成宏. 韩国中国学会简介［J］. 国外社会科学，2003（04）.

［187］郑大华. 从"天下"走向"世界"——近代中国人世界意识的形成与发展［J］. 中国文化研究，2020（02）.

［188］钟鸣，顾楠楠. 新加坡当代华族戏曲实践的启示［J］. 戏曲研究，2018（01）.

［189］周东颖. 清代末期粤剧的海外传播及其意义［J］. 音乐传播，2014（01）.

［190］周健强. 从私人到文人共同体：江户时期的白话小说阅读［J］. 明清小说研究，2020（03）.

［191］周宁. 重整马华文学独特性［J］. 华侨华人历史研究，2004（01）.

［192］周振鹤. 持渡书在中日书籍史上的意义——以《戌番外船持渡书大意书》为说［J］. 复旦学报（社会科学版），2007（03）.

［193］朱恒夫. 戏曲在海外传播的历史及文化意义［J］. 中华艺术论丛，2010（00）.

［194］朱军利，潘英典. 论以孔子学院为平台的中国戏曲海外传播［J］. 戏曲艺术，2015（02）.

［195］朱俊玲. 北京昆曲对外交流和传播史述及其意义［J］. 戏曲艺术，2015（03）.

［196］朱巧云. 论当代海外华人古体诗词的经典特质与经典化研究［J］. 华侨华人历史研究，2017（04）.

［197］朱少华，耿丽萍. 《赵氏孤儿》在欧洲的传播［J］. 中国戏剧，2007（04）.

［198］朱沈妍. 昆曲海外传播研究与展望［J］. 艺术科技，2021（13）.

［199］朱语丞. 论布莱希特对中国戏剧的间离——对两部《灰阑记》的比较阅读［J］. 外国文学评论，2009（04）.

［200］邹慕晨. 从海外戏剧市场看中国戏剧产业的未来性［J］. 文艺评论，2014（03）.

［201］左平. 日本民族起源新考［J］. 人文地理，1997（03）.

四、报　纸

［1］谭文瑞. 中国艺术家在法国［N］. 人民日报，1958-05-07.

［2］庄国土. 唐人街：中国在海外的文化"飞地"［N］. 华声报，

2004-03-15.

　　［3］王能宪. 汉字与汉字文化圈［N］. 光明日报，2011-01-17（15）.

　　［4］黄友发. 新加坡的书店［N］. 中华读书报，2013-01-09（21）.

　　［5］姚桃娟，胡迪军. 白湖诗社 风雅家族，名动浙东［N］. 宁波日报，2015-10-08（A7）.

　　［6］郝树声. 汉代《论语》在边疆的传播［N］. 光明日报，2016-11-28（16）.

　　［7］金镛镇. 朝鲜登科试文与中国古典文化［N］. 中国社会科学报，2020-11-13.